여우왕의 신부 ⓒ비향 / 녹시 ⓟ예원북스

여우왕의 신부

여우왕의 신부

초판 1쇄 찍은 날 | 2017년 4월 7일
초판 1쇄 펴낸 날 | 2017년 4월 17일

지은이 | 비향
펴낸이 | 예경원

편집 | 유경화

펴낸곳 | 예원북스
등록번호 | 제396-2012-000132호
등록일자 | 2012. 7. 25
YRN | 제1-0183호

주소 | 경기도 고양시 일산동구 호수로 646-24 위너스 21-Ⅱ 206A호 (우) 10401
전화 | 031-819-9431 팩스 | 031-817-9432
http://cafe.naver.com/yewonromance
E-mail | yewonbooks@naver.com

ⓒ 비향, 2017

ISBN 979-11-6098-150-6 03810

비향 장편 소설

Goldline
Romance
Story

여우 왕의 신부

LINE
GOLD

• 目次 •

제 1 부

여우왕의 신부

“헉, 헉!”

구정이 갓 지난 겨울, 여전히 살을 에는 날카로운 바람에 정신을 차리기 힘들었다. 엄동설한의 겨울밤. 누군가에게 쫓기듯 달리던 여인이 화산 입구에 잠시 멈춰 섰다. 품에는 작은 보따리인가 싶은 것을 들고 뛰고 있었다. 하지만 가까이에서 보면 그것은 짐 보따리가 아니라 갓난아기였다. 아기는 조용히 따뜻한 여인의 품에 안겨 있었다.

여인은 슬쩍 품 안의 아기를 내려다보았다.

어여쁜 여자아이였다.

“하아…… . 아기씨…… .”

그녀는 그저 안타까웠다. 하나, 더는 망설일 수가 없었다. 결국 여인은 화산 안으로 들어가기로 마음먹었다.

화산.

예로부터 이 산은 불의 기운이 많은 산이라 하여 火山이라고 불리었다. 산세가 험해 산을 모르는 사람이 타면 길을 잃기 십상이었고 산에 무서운 짐승들이 많아 사람의 발길이 잦지 않은 곳이었다.

특히 어둠이 찾아온 화산의 출입은 보통 사람이라면 엄두조차 내지 못할 정도로 두려운 산이었다.

응애애!

어린 아기조차 그 두려움을 느꼈는지 조용하던 아기가 울기 시작했다. 화들짝 놀란 여인이 서둘러 더 깊고 깊은 곳을 향해 들어갔다.

그런 산 깊은 곳에 갓난아기의 울음소리가 들렸다.

아기를 안고 숲으로 무작정 들어온 여인이 아기를 달래며 주변을 살폈다. 슬쩍 벌어진 그녀의 입술 사이로 뜨거운 입김이 피어올랐다.

얼마 전 내린 눈으로 땅은 꽁꽁 얼어 있었다. 미끄러운 땅 위에서 몇 번을 휘청이던 여인은 품에 안았던 아기를 차디찬 눈 위에 내려놓았다.

"아기씨…… 미안합니다. 부디, 부디 좋은 곳으로 가셔요."

목숨 줄을 끊어놓으라는 명에 차마 그리하지 못하고 선택한 방법이 이것이었다. 산 중에서도 가장 험해 사람이 좀처럼 들어오지 못하고, 산짐승들이 많다고 소문이 자자한 험악한 산에 갓난아기를 유기할 생각을 한 여인은 이 모든 과過를 하늘로 돌렸다.

"그저 하늘을 원망하세요. 하필이면……. 조금만, 조금만 더 있다 나오시지……. 조금만 참고 계시지……."

여인은 그저 안타까워 눈물을 훔쳤다.

오늘이 아닌 내일, 아니, 더 일찍 태어났다면 지금 제 눈앞에서 울고 있는 아기의 운명은 달라졌을 것이었다.

사사삭!

그때 여인의 등 뒤 수풀에서 수상한 소리가 나자 흠칫 놀라 고개를 돌렸다.

"거, 거기 누구시오?"

하지만 들려오는 소리는 숨 막힐 정도로 고요했다.

"……."

불현듯 두려워진 여인이 아기를 두고 산을 내려갔다. 아기를 숨기는 데 급급해 이런 산까지 들어온 것을 후회했다. 그러면서도 울음을 멈추지 않는 아기의 울음소리에 여인은 자꾸 뒤를 돌아보았다.

하지만 그녀는 다시 아기를 향해 돌아가지는 않았다. 아기를 죽이지 못한 것을 들킨다면 자신 또한 목숨을 부지할 수 없었기 때문이었다.

이런 산속이라면……. 자신의 손에 피를 묻히지 않아도 짐승들의 먹잇감이 되거나 추위에 얼어 죽을 것이다. 그녀는 아기에게 참으로 죄스러웠지만 이럼으로써 자신의 죄책감을 조금이나마 덜고 싶었다.

여인이 떠나고, 남겨진 아기는 더욱더 크게 울어 젖혔다.

"으애앵—!"

처절하고 간절한 울음이었다.

깊은 산속에 사는 영험한 존재를 깨울 정도였으니 더 말할 것도 없었다. 그들이 결국 듣다못해 존재를 드러내며 아기의 앞에 섰다. 청초한 외모의 여인이 강보에 싸여 있는 아기를 안아 들었다. 태어난 지 채 하루도 안 된 갓난아기였다.

"대체 어떤 인간이 이런 핏덩이를 이곳에……."

여인이 불쌍한 얼굴로 온기를 잃어 차갑게 식은 아기를 꼭 껴안았다.

"얼음처럼 차갑습니다. 이런 추위에 그것도 사람이 오지 않는 이런 산속에……."

"인간들이란 이기적이지. 제 배 아파 낳은 자식을 이렇게 깊은 산속에 버리고 도망을 가다니. 얼음이 녹지도 않은 땅에……."

냉정한 눈빛으로 말하는 남자의 말에 여인은 슬픈 표정으로 숨이 점점 꺼져가는 아기를 바라보았다.

"가지."

여인의 곁에 있던 남자가 말했다.

늠름한 풍채, 가는 콧날과 바늘처럼 가늘게 세로로 된 동공, 적갈색의 머리결. 영락없는 호족(狐族:여우족) 수컷의 모습이었다. 여인도 그와 같은 호족의 암컷이었고 그를 수령이라 불렀다.

화산에는 호족 말고도 여러 종족들이 살고 있었다.

랑족(狼族:이리족), 범족(虎族:호랑이족), 송골족(松鶻族:매족), 사족(蛇族:뱀족), 묘족(卯族:토끼족)……. 그들은 서로가 아슬아슬한 경계를 만들어 자신들만의 영역을 지키며 화산을 지키고 있었다.

호족은 그들 중에 가장 많은 영역을 차지했는데, 비상한 잔재주와 지략의 귀재인 수령 무이 덕택이었다. 영역을 넓히고 지키는 것은 힘만이 아니라는 것을 무이는 잘 알았다. 호족들이 영역을 꽤나 차지한 것에 대단한 불만을 품은 종족들은 한둘이 아니었지만 그를 우습게 여겼다간 큰코다친다는 것을 모르는 종족도 없었다.

"수령님……."

잿빛의 긴 머리카락을 산호 비녀로 올려 묶은 여인이 수령을 간절하게 올려다보았다. 무이가 유일하게 이길 수 없는 존재였다.

하지만 이번만큼은 단호했다.

"안됐지만 자연의 섭리에 맡기도록 하지. 숨이 꺼져가고 있어."

그가 등을 돌려 돌아가려 했지만 아이를 안고 있던 여인이 그의 옷깃을 잡으며 그 결정을 번복해 주길 바라는 눈으로 고개를 저었다.

"후……. 여의, 이래서 내가 나오지 말자고 한 것이야. 그대는 너무 마음이 약해."

"하지만 이리 간절히 우는 아이의 울음소리를 외면하지 못한 것은 비단 저뿐만은 아니지 않습니까? 무이…… 이 가여운 아이를 보세요. 험한 산속에서 살고자 작은 몸으로 발버둥을 치고 있습니다."

"……."

무이는 대답을 않았지만 틀린 말은 아니었다. 말은 무시하자 했지만 여의처럼 외면하지 못하고 아기 울음소리에 끌려 나온 것은 사실이었다.

"아이 숨이 약해. 곧 끊어질 수도 있다고."

"하지만 아직 살아 있습니다. 가만 두고 갈 순 없어요……."

"여의."

"이대로 두고 가면 전 아마 두고두고 이 아이가 생각날 것 같습니다⋯⋯. 흘려보낸 그 아이처럼⋯⋯."

그녀의 말에 결국 무이가 두 손을 들었다.

"좋아. 오늘 밤까지 데리고 있다가 괜찮아지면 인간의 마을로 돌려보냅시다."

만족스러운 대답을 들은 여의가 입가를 올리며 아이를 품에 꼭 껴안았다.

"고마워요, 무이. 역시 무이밖에 없어요."

그는 여의의 이런 함박웃음에 약했다. 괜한 헛기침을 하며 돌아선 그의 뒷모습을 보며 여의가 품에 안겨 어느새 잠든 아이를 내려다보았다.

"아아, 너무나 순한 아이구나."

따뜻한 품에 안기자 언제 울었냐는 듯 조용해지더니 이내 잠이 든 아기. 여의는 곤히 잠든 아기의 얼굴을 보며 고운 미소를 흘렸다. 어여쁜 여자아이였다.

"춤군, 돌아가지."

그가 그녀의 어깨를 슬며시 끌어당겼다. 여의가 그의 어깨에 고개를 기댔다.

눈 덮인 산속 깊은 곳에 자리한 호족의 영역은 화산의 산등선을 타 자연스럽게 만들어진 요새였다.

거대하지도 작지도 않은 요새 안의 가옥들은 모두 산수를 해치지 않으면서도 아름다운 가옥들이 많았다. 대부분의 호족들은 가옥뿐만 아니라 정자와 땅의 모양에 따라 만든 회랑을 가지고 있었다. 그들의 집은 모두 산과 하나가 된 듯 어우러져 있었다. 수목과 연못, 곳곳에 있는 돌들 하나하나마저도 전부 그들이 지은 가옥과 함께 하나의 절경을 만들어냈다.

호족들 중 가장 아름다운 가옥을 가지고 있는 수령의 집 앞, 눈이 소복하게 쌓인 담장 아래 호족들이 모여 불편한 얼굴로 두 사람을 바라보았다.

"수령, 어찌 인간의 아이를…….."

호족들 모두 인간의 아기를 달가워하지 않았다. 무이는 한숨을 쉬며 여의를 바라보았다. 그녀는 말을 하진 않았지만 품에 안은 아이에게 이미 각별한 감정이 있어 보였다.

"이런 어린 인간의 아이 혼자 이 험한 산속을 어찌 버티겠나. 오늘 하루만 보살피고 내일 인간들의 마을로 돌려보낼 것이다."

"……."

인간의 아이를 데리고 온 자가 수령이 아니었다면 당장에라도 다시 있던 자리에 두고 오라고 했을 테지만 호족의 왕이나 다름없는 수령의 말이었다. 호족들은 어쩔 수 없이 그의 말을 따랐다.

따뜻한 공간에 오니 창백했던 아기의 혈색도 조금씩 돌아오기 시작했다. 깨어난 아기가 꼬물거렸다.

처소로 돌아온 여의가 자신의 침상에 아기를 조심스럽게 올려놓았다. 그녀를 뒤따라온 탁야는 꼬물거리는 낯선 존재를 가만 바라보고 있었다.

두 부부의 아들 탁야는 아직 성체로 자라지 않았다. 과년 정도 되어 보이는 앳된 외양의 탁야는 무이를 많이 닮아 있었다.

잿빛의 머리카락과 은회색의 눈동자는 여의를 닮았지만 외모와 풍채는 영락없는 작은 무이였다. 앳되어 보이지만 절대 만만히 볼 수 없는 차가운 눈동자. 생각을 읽기 힘든 표정, 같은 또래 호족들 중 가장 덩치가 컸고 총명했다.

하지만 그런 탁야도 아직은 화산 밖으로 나간 적이 없었다.

그의 은회색 눈동자에 인간 아기의 얼굴이 가득 들어왔다.

탁야는 호족의 영역 안으로 인간이 들어왔다는 사실이 조금 신기했다. 실제로 인간을 이렇게 가까이에서 보기는 처음이었다. 게다가 아기라니. 꼬물거리며 입술을 오물대는 것이 귀엽기까지 했다.

"탁야야, 이리 와서 봐보렴. 어찌나 순하고 귀여운지 몰라."

"……."

잠에서 깬 아기가 여의를 마주 보며 배냇짓을 했다. 여의가 그 모습을 보며 깜짝 놀라 탁야에게 물었다.

"어머, 방금 찡긋 웃는 거 보았니?"

"예……."

탁야도 그것을 보았다. 순수한 눈으로 종긋종긋 잘도 웃었다.

"까아."

"아아, 그래. 안녕? 이 오빠는 탁야 오빠란다. 탁야야, 아기가 널 보고 웃는구나, 인사해야지?"

"……."

자신을 향해 웃는 아기의 순한 웃음에 약간 경계했던 마음이 순식간에 녹아내렸다. 고사리 같은 손가락을 활짝 편 아기의 손을 만져보고 싶은 생각에 그가 검지를 가져갔다.

꼬옥.

손바닥에 그의 검지가 닿자 꼭 그것을 쥐었다. 제법 힘 있게 쥐는 것이 신기해 탁야의 두 눈이 휘둥그레졌다.

"오라버니가 좋은가 보구나."

"……."

여의가 흐뭇한 표정으로 탁야를 바라보았다.

어미를 닮은 외모, 잿빛의 머리카락. 아비를 닮아 이미 훤칠한 키에 다부진 몸. 두 사람의 우월한 점만 닮은 그가 작디작은 아기를 보며 살며시 웃음을 지어 보였다.

"그나저나…… 이 아이는 대체 어떤 사연으로 이 험한 산중에 버려진 걸까?"

아기의 몸을 감싼 강보를 보아하니 가난한 집안의 자식은 아닌 듯싶었다. 아주 가끔이었지만 가난을 이기지 못하고 아기를 산속에 유기하는 이들이 있었기 때문이었다.

"……."

"그것도 이런 살인적인 추위에 말이지……."

다시 생각해도 불쌍한 아기의 상황에 여의가 한숨을 쉬었다.

"무이가 내일 인간의 마을로 돌려보낸다는데 과연 좋은 부모를 찾을지 모르겠구나. 나라가 몇 해째 흉년이라 뒤숭숭하잖니. 우리야 인간들만큼 큰 영향을 받지 않지만…… 이 아기는……."

두 사람은 천진난만한 표정의 아기를 내려다보며 근심에 싸였다.

"……."

탁야는 자신의 손을 꼭 잡은 아기의 따뜻한 온기가 나쁘지 않았다.

무이가 뒤늦게 여의의 처소로 들어왔다. 다른 상대에게 별 관심을 주지 않는 탁야까지 관심을 갖자 그가 한숨을 쉬었다.

"탁야는 이제 그만 네 처소로 돌아가거라."

"……."

무이의 말에 탁야가 잠시 머뭇댔다. 검지를 꼭 잡고 있는 아기의 힘을 뿌리치기 어려웠기 때문이었다.

"어서."

"예……."

결국 탁야는 꽉 잡힌 검지를 살살 돌려 빼내었다.

탁야가 처소 밖으로 나가는 것을 보며 무이가 여의를 향해 시선을 돌렸다.

"어차피 내일이면 없을 아이인데 굳이 탁야에게까지 보여줄 필요가 있었어?"

"궁금해하는 걸 어찌 말립니까? 무이를 닮아 고집이 엄청난 아이인데."

자신을 나무라는 그의 말에도 여의는 아기에게 눈을 떼지 못하며 대꾸했다.

"여의."

"무이, 이리 와보세요. 이 아기 웃는 게 너무너무 순하답니다."

"정 주지 말래도."

"이리 예쁜 아기에게 어찌 그리 모질 수 있을까요? 이리 와서 한번 보셔요. 너무나 예쁜 아이예요."

무이는 그녀의 말에 한숨을 쉬며 탁상 위에 놓인 찻잔에 차를 따랐다.

"아, 찻물이 식었을 거예요. 데워 올 테니 잠깐 기다리셔요."

"음."

그녀의 말에 그가 고개를 끄덕였다.

여의가 백자 다관을 가지고 나갔고 아기는 그녀의 침상에서 두 팔을 허우적거리며 제법 얌전히 누워 있었다.

무이는 침상을 향해 무심히 시선을 두었다.

"으앵……."

주변이 조용해지자 아기가 불안해하며 울기 시작했다.

"흐애애앵!"

작게 흐느끼던 울음이 결국 걷잡을 수 없이 커졌다. 탁자 앞에 앉아 있던 무이가 결국 자리에서 일어나 침상으로 급히 걸어갔다.

얼굴이 빨갛게 달아오를 정도로 아이는 온 힘을 다해 울고 있었다. 작은 몸으로 어찌나 우렁차게 우는지 무이는 신기할 정도였다.

이대로 두다간 숨이 넘어갈 것 같아 일단 안아 든 무이가 능숙하게 아기를 달랬다.

"옳지, 옳지. 울지 말거라. 아가."

"흐앵."

그가 달래주자 아기는 곧장 얌전해졌다.

무이는 살살 달래다 기회를 봐 침상 위에 다시 내려놓으려 했다.

"으애앵!"

자신을 내려놓으려 하자 다시 울기 시작했고 무이는 미간을 슬쩍 좁히며 다시 아기를 안아 들었다.

"귀찮군……."

"흐앵, 우애으."

무이는 끈기있게 칭얼거리는 아기를 달래며 토닥였고 그사이 여의가 다
관을 가지고 돌아왔다.

"녹차 잎이 떨어져서 국화……."

"……."

아기에게 정을 주지 말라며 단호하게 거리를 두던 그가 아기를 안고 달래
는 모습에 잠시 말을 잃었다.

"흠흠. 애가 울기에……."

"아아, 그래요? 이제 제가 안을 테니 차 식기 전에 마셔요."

"……그러지."

여의에게로 아기를 건넨 무이는 그녀의 품에 안긴 아기가 그녀를 향해 방
긋 웃는 모습을 보았다.

"옳지, 울지 마렴. 배가 고프니?"

젖을 물려야 할 아이었다. 여의는 고민 끝에 얼마 전 몸을 푼 홍단에게 부
탁을 할까 생각했다.

"청청아."

"예, 수령님."

그녀의 생각을 읽은 무이가 시종을 불렀다.

"홍단을 부르거라."

"예."

"무이……."

여의는 그의 세심함에 감동했다. 무심한 듯했지만 다정했다. 무이는 그녀
의 품에 안겨 해실 웃는 아기를 힐끗 쳐다보다 곧 등을 돌렸다.

"오늘은 다른 곳에서 자야겠군."

"고마워요."

"내일이 되면 인간의 마을로 보낼 거야. 내 마음은 변하지 않아."

"……."

확고한 그의 말에 여의의 얼굴이 다시 풀이 죽었다. 잠시 후, 수령의 부름

에 그의 처소로 온 홍단이 인간 아기에게 흔쾌히 젖을 물렸다.

"인간 아이를 데리고 오셨다더니 정말이었군요. 대체 이런 추위에 누가 내다 버린 걸까요? 게다가 하필 버려도 이런 험한 산속에 말이에요. 못된 인간들. 이런 핏덩이를······."

"그러게 말이야······."

"내일 도로 내보내신다는데 과연 인간들이 받아줄지 모르겠어요."

"······."

인간들이 버린 아기였다.

다시 품어줄 수나 있을지 여의는 홍단의 젖을 정신없이 물고 빠는 아기를 보며 깊은 한숨을 쉬었다.

"불쌍해라······."

홍단은 얼마 전 해산해 쌍둥이 남매를 키우고 있었다. 그렇기에 핏덩이인 아기에게 동정이 갈 수밖에 없었다.

"그래, 그래. 많이 먹으렴. 에휴, 불쌍한 것······."

"······."

여의는 이 밤이 조금 더디게 흘러가기를 빌었다. 내일이 되면 이 작은 아기가 견뎌야 할 일들이 꽤나 험난할 것이 분명했다. 어쩌면 견디지 못할 수도 있었다.

그녀의 바람에도 밤의 기운은 무심하게 제 할 일을 다 했다.

아기의 배를 불려준 홍단은 떠난 지 오래였고 여의는 밤새 아기의 곁에서 아기를 지켰다.

"아가······."

단 하루였지만 여의는 사실 아기를 처음 본 순간부터 아기에게 남다른 정이 일었다. 사실 여의 또한 탁야의 동생을 회임한 적이 있었다.

하지만 워낙 몸이 약한 탓에 오래 뱃속에 아기를 두지 못했고 결국 사산하였다. 그 일로 두 번 다시 회임을 하지 못하는 몸이 되었고 여의는 그것이 못내 무이에게 미안했다.

배를 불린 아기는 곤히 잠이 들었다. 곧 죽을 것 같았던 안색은 온데간데 없었다. 여의가 보드라운 아기의 뺨을 살며시 매만지며 중얼거렸다.

"널 어쩌면 좋니……."

인간의 아기이기에 쉬이 거둘 수도 없었다.

아기가 다시 눈을 떠 여의를 향해 시선을 두었다.

"아아, 내가 만져서 깼니?"

그녀를 향해 아기가 배냇짓을 다시 보였다. 여의는 아기의 순진한 그 웃음을 보며 결심을 했다.

"이제 네 엄마는 나란다. 아가……."

해가 결국 달을 밀어냈고 무이는 약속대로 아기를 인간의 마을로 돌려보내기 위해 차비를 했다.

여의를 찾아온 무이가 익숙하게 그녀의 이름을 불렀다.

"여의. 이제 채비를……."

"앗."

"여의!"

여우구슬을 아이의 입안으로 넣으려는 그 찰나를 들켜 버린 여의가 서둘러 여우구슬을 아기에게 삼키게 했다.

무이가 그녀를 아기와 떨어뜨렸지만 이미 늦었다.

"무슨 짓을 한 거야!"

무모한 그녀의 행동에 결국 그가 화를 냈다.

"이 아기를 내 아이로 키우고 싶어요. 무이."

"미쳤어? 호족의 영역 안에서 인간의 자식을 어찌 키우나!"

"그래서 나의 여우구슬을 줬잖아요. 이 구슬이 이 아이의 몸에 있는 한 나와 이 아이는 이어져 있는 거랍니다."

여의가 웃었다.

여우구슬을 넘긴 탓에 몸이 더 허약해져 안색이 하얗게 질린 주제에 활짝 웃는 그녀를 보며 무이가 거칠게 한숨을 쉬었다.

"아……."

여의가 휘청였다.

무이는 그녀가 다칠까 서둘러 품 안으로 그녀를 끌어당겼다.

"날 또 이렇게 신경 쓰게 하는 건가?"

"무이…… 허락해 줘요. 난……."

"하아……. 여의, 그대는 정말이지 날 늘 시험에 들게 한다."

그의 품에 기댄 여의가 작게 웃으며 속삭였다.

"그치만 그럼에도 불구하고 날 위해 최선을 다해줄 거잖아요."

"나의 반려이니 그것은 당연하다."

"응……. 그러니 이번에도 부탁해요……."

결국 무이는 그녀의 고집에 두 손을 들었다.

"하아. 날 이기는 유일한 상대가 그대지."

"후후."

"좋아. 호족의 영역 안에서 저 아이를 키우는 것을 허락하지. 하지만 성인이 되는 날, 저 아이는 호족의 영역 밖으로 떠나야 한다."

여의가 고개를 끄덕였다.

지금은 그것만으로도 충분했다.

"고마워요, 무이!"

"후."

여의가 그의 뺨에 입을 맞췄다.

그녀의 입맞춤에 무이는 속절없이 풀어지는 자신의 쉬운 속내에 한숨을 쉬었다.

결국, 인간의 아기는 두 사람의 양녀가 되었다.

그 소식을 들은 탁야가 여의의 처소를 찾았다.

"그럼 어머니, 이 아이의 이름을 앞으로 무어라 불러야 합니까?"

"아, 글쎄. 어찌 짓는 게 좋을까?"

여의가 고민을 했다.

"에에. 아웅!"

아기는 연신 좋다고 의미 모를 소리를 내며 방긋방긋 웃고 있었다. 그 모습이 너무나 어여뻤다. 눈은 또 어쩌나 구슬처럼 동그랗고 예쁜지 보석 같아 지켜보고 있는 탁야 또한 기분이 묘할 정도였다.

"은옥……."

그런 아기를 바라보며 여의가 중얼거렸다.

"예?"

"은옥이 어떠니? 온화할 은. 보배 옥."

탁야가 그녀의 말에 빙긋 웃으며 고개를 끄덕였다.

"어울리네요. 어여쁜 이름입니다. 어머니."

"그치?"

탁야는 인간의 아기를 양녀로 들이겠다는 두 사람의 결정에 순순히 따랐다.

"은옥아."

그가 처음으로 은옥의 이름을 불렀다.

"꺄하!"

그러자 마치 대답을 하듯 입 밖으로 간드러지는 목소리와 함께 웃음을 터뜨렸다. 탁야가 그런 은옥의 반응에 웃으며 다시 한 번 그 이름을 불렀다.

"은옥아."

그는 그렇게 은옥을 자신의 여동생으로서 곁을 내어주고 지켜주기로 했다.

호족은 수령의 결정을 썩 달가워하지 않았으나 은옥을 받아들이기로 했다. 수령의 결정은 곧 법이었으며 호족을 지키는 수령에게 감히 반할 이들은 없었다.

인간의 아이는 그렇게 호족들 사이에서 자라게 되었고 은옥이란 이름과 함께 양부와 양모 그리고 오라버니 사이에서 어여쁘게 자라났다.

19년 후.

"은옥아."

탁야가 호수에서 배를 타고 노니는 은옥을 불렀다.

"어, 오라버니!"

탁야는 성체로 자라 숫여우다운 모습으로 변해 있었다. 잿빛의 풍성하고 긴 결 좋은 머리카락, 은회색의 눈빛은 한층 더 깊어져 있었다.

핏덩이였던 은옥은 어느새 방년의 나이가 되었다. 말괄량이였던 시절을 지나 이제는 제법 여인의 향기가 나는 듯했다. 아담하고 가녀린 체구에 청초하면서 차분한 눈, 단아한 귀, 하얀 피부에 돋보이는 살굿빛으로 물든 화사한 입술은 사내의 시선을 한 번쯤 뺏기 충분했다.

은옥이 탁야를 향해 활짝 웃었다. 웃을 때마다 들어가는 보조개가 인상적인 은옥의 웃음에 탁야가 빙긋 웃음을 지었다. 남들에게는 좀처럼 보여주지 않는 웃음이었다.

은옥은 그가 자신에게만 그렇게 웃어준다는 것이 참으로 좋았다. 물론 그것이 동생이기에 편한 상대에게만 보여주는 웃음이라는 것을 잘 알았다. 하지만 아직까지 다른 여자에게는 절대 보여주지 않는 웃음이기에 꼭 그것이 자신의 것만 같아 기분이 좋았다.

은옥과 함께 나온 그녀의 시종 아랑이 노를 열심히 저으며 물가로 배를 몰았다.

"헉, 헉……."

"고생했어. 아랑아."

"예……."

아랑은 아직 채 녹지 않은 호수에서 배를 타고 싶다는 은옥의 말에 어쩔 수 없이 배를 끌고 나와 노를 저었다. 열심히 얼음을 깨고, 노를 젓고 하다 보니 아무리 건강한 체력을 가졌어도 힘에 부쳤다. 마음 같아선 은옥을 호수 한가운데 두고 경공으로 날아 나오고 싶었으나 그랬다간 수령의 손이 아니라 탁야의 손에 죽을 것 같아 그만두었다.

워낙 오누이 간의 우애가 남달라 수령보다도 탁야의 눈치를 보게 되곤 했고 지금도 은옥을 데리러 온 그를 보며 아랑은 속으로 혀를 내둘렀다.

'저러니 누구도 은옥 아가씨를 못 건들지.'

은옥이 조심스레 일어서 배에서 내려가려 했다.

탁야가 그런 그녀에게 손을 내밀었다. 은옥이 슬쩍 눈웃음을 흘리며 그의 손을 잡았다.

"고마워요. 오라버니."

"아직 날이 쌀쌀한데 뱃놀이는 이르지 않느냐?"

아랑이 녹지 않은 얼음을 깨주어 배를 움직일 수는 있었지만 그래도 아직 날이 추웠다. 그가 자신의 외투를 벗어 은옥의 어깨를 감쌌다.

"아, 괜찮은데……."

"괜찮긴, 양 뺨이 빨갛다 너. 어서 들어가자."

남바위에 배자까지 갖춰 입고 나와 춥지 않았는데도 탁야는 꿋꿋하게 그녀의 어깨 위에 자신의 외투를 걸쳤다.

은옥이 그의 배려에 작게 웃었다.

"예."

아랑은 자신은 안중에도 없는 두 사람의 모습에 한숨을 쉬었다.

"하여간, 오누이인지 정인인지 알 수가 없다니까……."

사실, 은옥도 아랑과 생각이 비슷했다.

너무나도 잘해주는 오라버니의 배려에 때때로 가슴이 떨렸다. 그럴 때마다 은옥은 자신을 호되게 채찍질했다.

'탁야 오라버니는 내가 동생이니까 잘해주는 거야. 오라버니의 하나뿐인 동생이니까. 그러니 허튼 마음 갖는 건 있을 수 없어. 그건 이제껏 날 키워주신 어머니, 아버지께 큰 불효를 하는 거라고.'

그런 생각을 할 때마다 마음이 아프고 슬펐지만 은옥은 지금 자신의 위치를 잘 알았다. 자신은 호족이 아니었다. 그들과는 다른 존재였다. 그렇기에 욕심 낼 수 없었다.

감히, 욕심을 낼 수 없는 사내.

탁야는 호족의 수령 자리를 이을 유일한 후계였다. 그에 비해 자신은 그저 한낱 인간계집에 불과한 호족의 영역 안에 있는 이방인일 뿐. 아무리 좋아하고, 연모하여도 소용없는 일이나 마찬가지인 그런 헛된 마음이었다.

'어차피 나와 오라버니는 이어질 수 없는 사이라고……'

절대, 절대 이뤄질 수 없는 사이였다.

은옥은 함께 걷고 있는 탁야를 향해 슬쩍 시선을 옮겼다.

"……."

여의를 닮은 잿빛 긴 머리카락, 조금 차갑게 느껴지는 은회색의 눈. 무이를 닮아 균형 잡힌 체형과 훤칠하게 큰 키와 그리고 여의와 무의를 반반 닮아 수려하면서 날렵한 외모. 거기에 근엄하기까지 한 분위기는 감히 어느 여자라도 혹하지 않을 수 없는 사내였다.

누구라도 흠모할 사내.

은옥은 그런 오라버니를 남몰래 흠모하고 있었다.

여의의 처소로 돌아온 은옥과 탁야가 탁상 앞에 앉아 그녀가 내려주는 따뜻한 차를 마셨다.

"하아."

온몸이 녹는 기분에 은옥이 작은 탄식을 터뜨렸다. 여의가 내려준 인삼차는 그야말로 최고였다.

"맛있어요. 어머니."

"몸에 좋으니 많이 마시렴. 넌 몸에 열이 부족해 겨울 감기가 잘 걸리잖니."

"예."

은옥이 방실 웃으며 다시 찻잔을 입에 가져갔다. 여의의 따뜻한 관심이

그녀는 참 좋았다. 탁야가 그런 은옥을 보며 작게 웃었다. 세 사람은 한가로
우면서 좋은 한때를 즐겼다. 소소한 대화를 이어가며 즐거운 분위기가 물씬
풍길 때였다.

"수령님."

무이가 그녀의 처소로 들어왔다.

"아버지."

"오셨습니까."

탁야와 은옥이 자리에서 일어났다.

"몸도 좋지 않은데 누워 있지 그러시오. 여의."

나이가 들면서 점점 쇠약해지는 여의를 무이는 굉장히 걱정했다.

"이 정도는 괜찮습니다. 무이도 차 한 잔 드시겠어요?"

"괜찮소."

무이가 심드렁한 표정으로 은옥과 탁야를 향해 시선을 돌렸다.

"너희들은 그만 처소로 돌아가거라."

"예……."

"네, 아버지."

두 사람이 그의 말에 곧장 처소 밖으로 걸음을 옮겼다.

무이가 여의를 번쩍 안아 침상으로 향했다. 아이들에게 쌀쌀맞은 그의 태
도에 여의가 그를 나무랐다.

"하여간, 저한테 하는 반만큼 아이들에게 해주시면 안 되겠습니까?"

"내겐 그대가 더 중요하다."

"못 말린다니까……."

여우구슬이 있다면 이렇게까지 병약하지 않을 텐데 여의는 고집스럽게
은옥에게서 구슬을 되찾지 않았다.

"이제 그만 은옥에게서 구슬을 돌려받지."

"이 겨울이 지나면요. 그 아이 아시잖아요. 나 못지않게 병약합니다."

무이는 그녀의 말에 깊게 한숨을 쉬었다.

"후, 그건 그대의 생각이다."

"겨울이 오면 언제나 감기부터 걸리는 아이인걸요. 전 괜찮아요. 조금만 더……."

사실 여의는 예감하고 있었다. 그녀의 삶이 얼마 남지 않았다는 것을.

영험하다고 하나 그들도 영생을 사는 존재는 아니었다. 그저 사람보다는 좀 더 오랜 수명을 가졌을 뿐. 돌려받은 여우구슬을 품고 생을 다하기보단 차라리 계속 은옥이 자신의 구슬을 품었으면 좋겠다고 생각했다. 그래야 이 호족의 영역 안에서 조금이라도 오래 버틸 수 있기 때문이었다.

이런 생각을 무이는 이해하지 못할 것이 분명했기에 차일피일 이런저런 핑계를 대며 미루고 미루었다.

"좀 더 쉬어."

"예. 알겠나이다. 수령님."

무이가 여의의 이마에 손가락을 살짝 튕겼다.

"잠이 잘 오게 향을 피울까?"

"좋죠."

두 사람은 시간이 흘러도 여전히 금실이 좋았다.

한편, 탁야와 은옥은 서로의 처소로 돌아가는 길을 같이 걸었다. 탁야도 무이를 닮아 말수가 그리 많은 편은 아니었다.

"아참, 오라버니."

항상 먼저 말을 꺼내는 상대는 은옥이었다.

"응?"

"곧 오라버니 탄일이잖아요. 갖고 싶은 것 없어요?"

"됐어. 안 줘도 된다니까. 늘 챙기려 드니?"

"하지만, 오라버니는 늘 제 탄일선물을 챙겨주시잖아요."

이번 그녀의 탄일에는 근사한 머리꽂이를 선물해 주었다. 은옥은 그것을 단 하루도 빠지지 않고 머리에 꽂고 다녔다. 지금도 그러했다. 탁야가 곱게 땋은 그녀의 머리에 꽂혀 있는 머리꽂이를 보며 빙긋 웃었다.

그가 손을 뻗어 그녀의 머리꽂이를 조심스럽게 만졌다.

"마침 잘 어울릴 것 같아서 가져온 거야."

"……."

가끔씩 호족의 영역 밖으로 나가 그녀에게 이것저것 선물을 해주곤 했었다. 정작 은옥은 여의의 불호령에 영역 밖은 구경도 못 해봤다.

"그래도……."

그가 자신의 머리를 부드럽게 쓰다듬어 주자 은옥은 양 뺨이 화끈 달아오르는 것을 느꼈다. 혹, 그에게 들킬까 고개를 내린 은옥이 그의 발치에 시선을 두며 머뭇댔다.

"……."

탁야가 땅을 보며 머뭇대는 은옥을 내려다보았다.

이제는 자신의 가슴께에 닿을 정도로 제법 자랐다. 윤기 나는 검은 머릿결, 결점 하나 없는 반듯한 이마. 동그란 눈, 오뚝한 코, 부끄럽거나 추워지면 어김없이 발그레해지는 어여쁜 뺨, 복사꽃처럼 색이 고운 입술. 성숙해진 여인의 얼굴이 자신을 향해 여러 감정을 내보일 때마다 탁야는 아찔한 기분에 휩싸였다. 은옥은 확실히 더 아름다워지고 있었다.

그녀가 점점 여인의 향기를 뿜어내기 시작하면서 그는 조금씩 은옥을 달리 보게 되었다.

하지만 쉬이 그런 감정이나 마음을 표현하기엔 너무나 많은 장벽이 있었다.

은옥은 호족이 아니다.

하지만 은옥은 무이와 여의에게 친자식이나 다름없었다.

그러나 은옥은 여전히 호족에게 이방인이었다. 그저 수령이 받아주었기에 마지못해 함께 하는 것일 뿐, 여전히 일부는 그녀를 달갑게 생각하지 않았다.

"……."

게다가 탁야는 차기 수령의 후계자이기에 그의 혼인 또한 신중해야 했다.

은옥이 고개를 올려 탁야를 바라보았다.

"오라버니?"

"그럼 오랜만에 유밀과를 만들어주겠어? 네가 만든 유밀과가 제일 맛있잖아."

그의 말에 그녀가 활짝 웃으며 고개를 끄덕였다.

"네, 알겠어요. 유밀과면 되나요? 다른 건? 매작과도 만들어 드릴까요?"

"좋지."

자신 있는 일이기에 은옥이 고개를 열심히 끄덕였다. 그녀가 잘하는 일 중에 가장 자신이 있는 일이었다.

"네. 맛있게 만들어줄게요."

"그래. 기대하마."

여의의 처소에서 가장 가까운 처소는 은옥의 처소였다.

"그럼, 그만 들어가 볼게요."

은옥이 먼저 그에게 인사를 건넸다.

"응."

그녀를 기다렸던 아랑이 은옥과 함께 처소로 돌아갔다. 그런 그녀의 모습을 먼발치에서 가만히 지켜보았던 탁야도 천천히 그곳을 지나쳤다.

"탁야!"

그의 처소 앞에서 그를 기다리고 있던 기아가 그가 돌아온 것을 보고 크게 그의 이름을 불렀다.

암컷 호족들 중 가장 아름답고 매혹적인 색기가 흐르는 암컷이었다. 그녀 또한 그것을 모르지 않아 언제나 자신만만했고 당당했다.

언제나 자신의 매력을 표현함에 있어 소홀하지 않을 정도로 그녀는 항상 짙은 치장인 염장艶粧을 했다. 더욱더 자신을 요염하고 도도하게 보일 수 있게 해주는 치장을 즐겨 했고 입는 옷 또한 그에 맞게 화려하면서도 강렬한 색을 대비해 입었다.

붉은 양단 저고리에 주취색 양단 치마를 입고 나타난 그녀가 탁야를 향해 웃었다.

"기아."

"한참 기다렸어."

하지만 탁야는 그런 그녀의 말에도 표정 하나 변하지 않은 채 물었다.

"무슨 일로 온 거야?"

그의 매정한 반응에 기아가 잠시 표정이 발끈했지만 이내 웃으며 그에게 선물을 내밀었다.

"자."

"이게 뭐지?"

그녀에게서 비릿한 냄새가 났다. 피 냄새였다.

"네 탄일선물."

"됐다."

분명 정상적인 선물이 아닐 것이란 생각에 그는 차갑게 거절했다. 그의 냉정한 거절에도 기아는 은근히 근육으로 다져진 팔을 붙잡아 선물을 쥐어 주었다.

"선물을 준 사람 성의는 생각해야지 않겠어? 받아."

"……."

"내 나름의 고민에 고민을 한 선물이라고. 너도 좋아할 거야."

탁야는 마지못해 천에 싸여진 것을 풀어냈다. 천에 제법 꽁꽁 싸인 것의 정체는 알아보기 힘든 이상한 것이었다. 피가 흥건했고 막에 싸여 있고 흐물흐물했으며 보기가 썩 좋지 않은 것이었다.

"뭐야. 이게."

미간을 좁히며 그가 묻자 기아가 재미있다는 듯 웃으며 대답했다.

"표태杓胎."

"뭐?"

"표범의 배에 있던 새끼. 마침 새끼를 밴 표범이 보여 잡아왔어. 가죽도 지금 뜨고 있으니 네게 줄게."

그가 손에 놓인 천을 도로 싸 그녀에게 던졌다.

"앗! 조심해! 내가 이거 얻겠다고 얼마나 고생을 했는데⋯⋯!"

"필요 없어."

"이게 얼마나 귀한 건데 그래?"

"역겨우니까 치워."

기아.

그녀는 호족의 암컷들 중에서 서열 1위의 암컷이었다. 그리고 차기 수령 후계자의 정실자리를 탐내는 야욕이 넘치는 여자이기도 했다.

"역겹다니, 이걸 잡느라 내가 얼마나 힘들었는데. 섭섭하게시리."

그녀의 말에도 탁야는 전혀 신경 쓰지 않았다. 매정하게 몸을 돌리는 그를 보며 기아가 키득였다.

"킥, 점점 더 잘생겨진단 말이야."

그녀는 이번에야말로 그를 사로잡을 것이라고 생각했다. 자신의 반려로서 전혀 손색이 없는 유일한 상대였다.

"반드시 널 내 것으로 만들 거야. 두고 봐. 탁야."

탁야는 그런 그녀의 속내를 모르지 않았다. 피곤한 눈으로 처소에 돌아온 그가 탁상 앞에 앉아 차를 따랐다.

"후."

기아는 피곤한 상대였다. 좋게 말을 하면 여장부였지만 나쁘게 말하면 괄괄하고 거칠었으며 매사 공격적이었다. 최고의 자리를 갈망하는 욕망을 감추는 법이 없었다.

그렇기에 그는 그녀를 가장 경계할 수밖에 없었다. 물론 그의 취향이 아닌 이유도 있었지만 어쨌든 기아의 그 욕심을 경계해야 했다.

"⋯⋯."

이제 은옥 또한 어엿한 성인이었다. 인간의 마을에선 벌써 시집을 가고도 남을 나이였지만 워낙 여의가 품 안에서 놓지 않으려고 해 여전히 혼자였다.

그리고 탁야 또한 아직까지 반려를 두지 않았다.

그것은 은옥의 영향이 컸지만 그 속내를 드러낼 수 없어 늘 혼례 시기를 이리저리 피해갔다. 하지만 늦겨울이 지나고 다시 봄이 찾아오면 더는 혼인을 미룰 수 없을 것 같았다.

"은옥……."

그는 그녀를 원했다. 은옥이 아닌 반려는 생각해 본 적이 없을 정도로 탁야는 간절히 그녀를 원하고 있었다. 그리고 은옥 또한 자신과 같은 마음이기를 원했다. 언제나 자신을 향해 얼굴을 붉히고 시선을 좀처럼 마주치지 못하는 것을 보면 꼭 은애하는 상대를 앞에 둔 수줍은 많은 소녀였다.

그녀의 마음을 확인해 보고 싶었다.

"……."

톡, 톡.

탁상 위에 올려놓은 그의 손이 따뜻한 찻잔에 손톱을 세워 톡, 톡 건드렸다. 그리고 조금의 시간이 지나자 찻잔을 들어 입술로 가져갔다.

탁야는 은옥이 자신과 같은 마음이라면 더는 망설이지 않고 그녀를 곁에 둘 생각이었다. 무이와 여의처럼, 평생을 곁에 두고 어여삐 여기고 싶었다.

문득, 그녀의 마음을 확인할 좋은 묘안이 떠올랐다. 참으로 간단하면서도 명료한 일이었다. 그가 입가를 올리며 여유롭게 차를 마셨다.

한편, 은옥은 그의 탄일에 만들 유밀과와 매작과를 만들 생각에 들떠 있었다.

"모양은 어떤 모양이 좋을까? 아랑아?"

"어떤 모양이든 좋아하시겠지요."

아랑이 시큰둥한 목소리로 대답했다. 하지만 은옥에게는 그런 아랑의 어투가 신경 쓰일 리 없었다.

"그래도, 평범한 모양은 싫어."

"하여간……. 아가씨, 누가 보면 오라버니 탄일을 챙기는 누이가 아니라 정인의 탄일을 챙기는 줄 알겠습니다. 가뜩이나 아가씨께선 수령님의 양딸인데 조심해야지 않겠어요?"

아랑의 뼈 있는 말에 은옥의 안색이 하얗게 질렸다. 그녀의 그런 표정 변화를 제대로 살피지 못하고 아랑은 따뜻하게 데운 차를 따랐다.

"안 그래도 탁야 도련님의 혼례도 아직이라 수령님께서 예민하시니 괜히 책잡히지 마시고 적당히 하셔요."

애석하게도 아랑의 말은 틀린 말이 하나도 없었다.

"오라버니는……."

앞으로 혼례를 해야 한다. 그럴 날이 머지않았다.

"역시 기아랑 혼인을 할까?"

"아마도요. 저희 호족 암컷 중에 서열이 가장 높지 않습니까? 수령님 또한 긍정적인 것 같으셨고요. 탁야 도련님 속은 알 길이 없지만."

워낙 측근에게도 자신의 속내를 시원하게 내비친 적이 없었다.

"그렇겠지……."

지끈.

심장 언저리가 아렸다.

사실 은옥도 알고 있었다. 모든 것을 그저 외면하고 있었다. 그는 차기 수령이었다. 수령으로서 호족의 혈통과 입지를 굳건하게 지켜야 하는 가장 중요한 우두머리.

그렇기에 혼인 상대 또한 신중하게 결정되어야 했다.

호족의 혼인은 인간의 혼인과는 조금 달랐다. 인간은 집안 간의 약속으로 이루어지는 일이 많았지만 호족은 암컷이 상대를 고를 수 있는 선택권이 주어졌다.

그것은 탁야라고 다르지 않았다. 가장 먼저 암컷의 선택을 받을 수 있는 기회가 주어졌고 암컷들 사이에서도 가장 서열이 높은 암컷이 그를 선택할 가능성이 높았다.

탁야와 기아…….

기아는 정말 너무나 매력 있는 여자였다. 자신이 봐도 황홀할 정도로 화

려하고 아름다웠다. 붉은 머리카락은 결이 좋아 언제나 윤기가 돌았고 키가
작은 자신에 비해 키도 크고 자신감이 넘쳤으며 때때로 오만했지만 아름다
웠다.

그런 그녀와 탁야가 혼례를 올린다면…….

은옥의 표정이 점점 서글퍼졌다.

"난…….."

그 모습을 차마 지켜보지 못할 것 같았다.

은옥의 이부자리를 봐준 아랑이 두 손을 탈탈 털며 말했다.

"아가씨, 목욕재계 하실 물을 준비할 테니 잠시 기다리세요."

"응. 알겠어."

아랑이 가고 혼자 남은 은옥은 여전히 좋지 않은 표정으로 한숨을 쉬었
다. 상상만으로도 이렇게 가슴이 아픈데……. 정말 그런 날이 오면 자신은
어찌해야 할지 감을 잡을 수도 없었다.

은옥은 경대의 면경을 세워 자신의 얼굴을 비췄다. 양쪽의 옆 머리카락을
조금씩 땋아 반만 묶은 풍성한 긴 머리카락을 잠시 매만지던 은옥이 왼쪽에
꽂아둔 머리꽂이를 매만졌다. 탁야가 선물해 준 귀한 장신구였다. 조심스럽
게 그것을 떼어낸 은옥이 머리를 묶은 비단 끈을 풀었다.

얼레빗을 가져 땋아두었던 머리카락을 풀고 빗질을 하며 처량한 표정
의 자신을 바라보았다.

"하아……."

머릿결을 정리한 은옥이 이젠 저고리와 치마를 벗기 위해 가슴으로 손을
내렸다. 옷고름을 풀어 은근한 쪽빛으로 물들인 저고리를 벗었다. 옷을 한
꺼풀 벗으니 역시 그래도 초겨울이라고 옷깃 사이로 찬 공기가 날카롭게 은
옥의 온기를 뺏어갔다. 부르르, 몸을 떤 그녀가 도라지꽃의 색을 닮은 고운
치마를 벗었다. 그리고 하얀 속저고리와 너른바지는 벗지 않고 아랑을 기다
렸다.

얼마 지나지 않아 아랑이 그녀의 방을 찾아왔다.

"다 됐습니다. 가시지요."

목욕물을 다 받은 아랑이 이마에 맺힌 땀을 손등으로 닦으며 말했다.

"응."

욕탕으로 향한 은옥이 안으로 들어서자마자 물씬 느껴지는 뜨거운 훈증과 쑥향을 맡았다. 쑥을 베자루에 넣고 우린 욕조를 보고 고생했을 아랑을 바라보며 입술을 열었다.

"꼭 이렇게 쑥까지 넣어서 목욕물을 해줄 필요는 없는데……. 이 쑥 구하기도 힘들었을 텐데 고마워."

"괜찮아요. 다른 옷전들도 다 이렇게 하는걸요. 아가씨도 다 하늘의 복을 받아 이런 호사를 누리는 거 아니겠어요?"

"……."

"아이고."

아랑이 뒤늦게 자신의 입술을 찰싹 때리며 미안한 눈치로 은옥을 쳐다보았다.

"죄송해요, 아가씨. 또 제가 생각 없이 말을 뱉었네요."

"괜찮아."

아랑의 고질병이자 단점인 버릇이었다. 그녀는 생각나는 대로 말을 하는 성격이었다. 오랜 시간 곁에서 겪다 보니 면역이 되었다고 생각하다가도 이렇게 종종 크게 바늘이 되어 자신의 마음에 상처를 주곤 했다.

"죄송해요, 정말……."

괜찮다지만 표정까지는 도저히 바꿀 수 없었다.

"옷 벗는 거나 도와줄래?"

목울대가 뻐근했지만 애써 감정을 진정시키며 아랑에게 말했다. 아랑이 곧장 그녀의 앞에 서서 그녀가 옷을 벗는 것을 도와주었다.

속저고리를 벗고, 속적삼을 벗고……. 너른바지와 단속곳을 벗고 고쟁이와 속속곳까지 벗은 은옥이 가슴싸개로 향하는 아랑의 손을 살며시 밀어냈다.

"여기부턴 내가 할게."

"네."

"고마워."

은옥이 욕탕 앞까지 걸어간 후에야 가슴싸개와 다리속곳을 조심히 벗었다.

"……."

완벽하게 알몸이 된 그녀가 조심스럽게 욕탕 안으로 들어갔다. 하얀 나신은 아랑의 말처럼 호사를 누려 곱디고왔다. 쑥을 우린 물에 목욕을 하면 살결이 고와진다. 은옥은 확실히 쑥탕의 효능을 본 것 같았다.

찰랑…….

쑥 물을 목까지 끌어와 적시자 쑥향이 훨씬 짙게 느껴졌다.

"하아."

체온보다 조금 높은 물의 온도에 은옥은 느른한 기분에 휩싸였다. 턱을 위로 올린 은옥이 두 눈을 감았다.

아랑의 말처럼, 사람에게 버려진 자신이 이런 호사를 누리는 것은 하늘의 은덕이었다.

하지만…….

"이방인……."

자신은 이곳에서 철저한 이방인이었다.

어릴 적부터 함께한 아랑조차도 자신에게 썩 호의적이지 않았다. 물론 최대한 은옥에게 예의를 갖추긴 했지만 인간과 호족의 차이를 엄연히 두고 있었다.

"……."

영원히 섞이지 않을 이방인.

은옥은 그런 생각이 들자 서글퍼졌다.

목욕을 끝낸 은옥을 위해 자리옷을 가져온 아랑이 일단 젖은 그녀의 몸을 닦아주었다.

"어머……."

이제 제법 봉긋해진 가슴과 잘록하게 들어간 은옥의 허리를 보며 아랑이 감탄을 했다.

"아가씨, 이제 제법 처녀 태가 나네요."

"뭐?"

"인간은 참 발육이 늦어서 언제 나올 거 나오고 들어갈 거 들어가나 싶었는데."

아랑의 말에 은옥이 얼굴을 붉혔다.

"아이참, 그런 말 좀 하지 마. 어서 내 자리옷이나 줘."

"이제 정말 시집가셔도 되겠어요. 수령님과 여의 님께서 어서 아가씨 짝을 찾아줘야 하는데 말이에요."

"……."

은옥은 서둘러 자리옷을 입고 욕탕 밖을 빠져나갔다.

"아……."

욕탕을 나와 처소로 향하는 짧은 회랑을 지나는데 무심결에 돌린 시선에 탁야가 맺혔다.

❖

탁야의 처소에는 아주 오래된 고목나무가 있었다. 그는 때때로 그 높은 나무의 가지 위에서 쉬는 것을 좋아했다. 하지만 은옥은 그가 저 나무 위에 올라가는 것은 고민이 있을 때나 마음이 심란할 때 올라가 쉬는 것이라는 걸 잘 알고 있었다.

"……."

이번에는 또 무슨 고민이 생겨 해가 져 공기가 찬데도 올라가 쉬고 있는 것일까. 달빛에 비친 청초한 그의 얼굴은 어딘가 쓸쓸해 보였다.

"아가씨, 추운데 어찌 안 들어가셔요?"

"아, 응. 들어가려고."

뒤쫓아 온 아랑이 처소로 들어가지 않은 그녀를 향해 의아한 목소리로 물었다. 은옥은 아랑의 말에 서둘러 자신의 처소로 돌아갔다.

"그럼, 주무셔요."

"응…….'

아랑이 그녀의 처소 문을 닫았다. 침상에 누운 은옥은 이불잇을 가슴께로 끌어당기며 깊은 한숨을 내쉬었다.

그의 그 쓸쓸한 얼굴이 뇌리에 박혀 좀처럼 지워지지 않았다.

"무슨 일이 있으신가요, 오라버니…….'

탁야의 생각으로 은옥은 결국 밤새 잠을 이루지 못했다. 간단히 조식을 하고 나온 은옥이 호숫가로 나왔다. 밤사이 살짝 언 호숫가의 수면을 바라보며 제대로 자지 못해 어지러운 기분을 달래고 있었다.

"하아."

은옥은 그의 좋지 않은 표정 하나로 밤을 새운 자신이 한심하다가도 역시 그가 조금 걱정되었다.

고민을 하던 은옥이 끝내 그를 만나보기로 마음을 굳혔다.

"가보자."

용기를 낸 은옥이 몸을 돌려 그의 처소로 향하려 했다.

"아!"

그녀가 몸을 돌리자마자 놀라 까무러쳤다. 등 뒤에 탁야가 있었다. 인기척도 없이 자신의 등 뒤에 있었던지라 놀랄 수밖에 없었다. 휘청이는 그녀를 탁야가 놓치지 않고 가볍게 붙잡아 끌어안았다.

"오, 오라버니…….'

"놀랐어?"

"네, 네. 어, 어찌 기척도 없이 제 뒤에 계셨습니까?"

"놀래주려고."

어제 보았던 그 쓸쓸하고도 시르죽었던 표정은 온데간데없었다. 짓궂게 웃는 그를 마주 보던 은옥이 그의 품에 안겨 있다는 사실을 뒤늦게 깨닫고 서둘러 떨어졌다.

"어찌 혼자야?"

탁야가 자신에게서 떨어지는 은옥을 향해 물었다. 아랑이 주변에 없다는 것을 은근히 꾸짖는 말투였다.

아랑은 그녀의 시종이기도 했지만 그녀를 지키는 임무도 함께 수행하는 아이였다. 은옥이 그럴 리가 없지만 혹시라도 호족의 영역 밖으로 나간다면 그것은 다른 의미로 위험했다.

여우구슬. 여의의 여우구슬을 품은 인간인 은옥이 위험해질 수 있었다.

"아아, 제가 혼자 있고 싶다고 했어요. 일각 정도……."

"아랑 없이는 함부로 돌아다니지 마."

사실 그녀는 호족 안에서도 조금 위험했다. 수령의 명만 아니면 먹잇감에 불과한 존재였다. 게다가 여우구슬까지 품고 있으니 호족들도 호시탐탐 은옥을 노리는 자들이 많았다.

"네에."

"처소까지 데려다주마. 가자."

"……."

은옥이 물끄러미 그를 바라보았다.

"왜?"

"아, 아니어요……."

"내게 뭔가 묻고 싶은 얼굴인데."

"그게……."

망설이는 그녀를 보며 탁야가 고개를 갸웃댔다.

은옥이 머뭇거리다가 결국 어제 있었던 일을 입 밖으로 꺼내었다.

"어제, 고목나무에 앉아 계시던 걸 보았어요."

"아아. 그래?"

그 말에 탁야가 가벼운 웃음을 흘리며 곱게 단장된 그녀의 머리를 쓰다듬었다.

"또 내가 무거운 걱정을 하고 있다고 생각했겠구나."

그의 행동에 은옥은 두 뺨이 홧홧해지는 것을 느꼈다. 서둘러 고개를 내린 그녀가 그에게 대답했다.

"예……. 무슨 고민이 있으신 겁니까?"

자신을 걱정하는 은옥의 표정을 보며 탁야가 입가를 예쁘게 말아 올렸다. 사실은, 의도된 행동이었다. 그 시각, 그녀가 목욕재계를 하고 그 회랑을 지나갈 것이란 걸 모르지 않았다. 고목나무에 앉은 자신을 보지 못할 은옥이 아니었다. 자신을 순수하게 걱정하는 그녀를 바라보며 그가 입술을 열었다.

"내 고민을 들어주겠어?"

"제가 들어도 되는 것이라면 듣겠습니다."

고개를 올려 그와 시선을 마주한 은옥이 어여쁜 대답을 하였다.

"은애하는 상대가 생겼다."

"……."

그러나 그의 고민은 전혀 생각지도 못한 것이었다.

"예……?"

은애하는 상대라니.

그녀는 온 세상에 무너지는 것 같은 기분에 휩싸였다. 오라버니가 은애하는 이라니……. 호족의 암컷들에게 언제나 무심하던 그였기에 은옥은 방심할 수밖에 없었다. 그러나 그도 역시 어쩔 수 없는 호족이었고, 사내였다…….

"헌데 나의 마음을 어찌 전해야 할지 모르겠구나."

심장이 이지러지는 기분이었다.

"기아 님…… 입니까?"

은옥의 물음에 그가 고개를 단호하게 저었다.

"아니."

"그럼……."

"마음씨가 참 착한 여인이다. 언제나 맑고 깨끗해 감히 내가 다가가도 되나…… 싶은 그런 여인이지.”

“…….”

은옥은 그의 말에 눈물이 핑 돌았다. 그녀가 서둘러 고개를 숙였다.

그의 말 한마디, 한마디가 그리고 은애하는 상대를 표현하는 그 목소리가 정말 애정이 묻어났다. 이렇게 그를 놓치고야 말았다.

“은옥아?”

좀처럼 말을 꺼내지 못하는 은옥의 반응에 탁야가 그녀의 두 어깨에 조심스럽게 손을 올려 흔들었다.

“왜 그러느냐?”

두 눈에 가득 고인 눈물을 보여서는 안 되었다. 은옥이 그의 시선을 피하려 했다.

“그러고 보니 제가 깜빡 할 일을 잊었네요. 그만 돌아가야…….”

하지만 탁야는 그녀를 놓아줄 생각이 없었다. 그녀의 팔을 붙잡았다. 은옥은 그에게 붙잡혀 다시 그의 품에 기댄 것을 눈치채고 바동댔다.

“오, 오라버니……!”

“어찌 우는 것이야?”

“…….”

그녀가 울고 있다는 것을 탁야는 알고 있었다. 은옥은 결국 뜨거운 눈물이 뺨을 타고 내려가는 것을 막지 못했다.

“응?”

“그건…….”

그가 손을 뻗어 그녀의 눈물을 부드럽게 닦아주었다.

“왜 우는 것인지 연유를 말해주겠어?”

“…….”

자신의 뺨을 매만지는 그의 손길이 너무나 따뜻했다. 은옥은 부드러운 시선으로 자신을 마주하며 묻는 그를 보며 입술을 깨물었다.

그는 자신에게 필요 이상으로 잘해주고 있었다.

"이리 잘해주지 마셔요."

"왜?"

"그분께서 오해하십니다."

"그럴까?"

은옥이 여전히 자신의 뺨을 만지는 그의 손을 억지로 내려놓았다.

"저도……."

"응?"

"저도 오해할 것 같단 말입니다."

"그래?"

자신의 이 마음을 아는지 모르는지 시종일관 여유롭기만 한 그의 표정에 조금 화가 나기 시작했다.

"오해할 것 같다……."

"예, 그러니 이런 건 은애하는 그분께 해주셔요. 전……."

"넌……?"

"전……."

당신의 동생이니까요.

라는 말이 쉬이 입 밖으로 나오지 못했다. 그것을 인정하기가 참으로 어려웠다.

"흑……."

결국 다시 울음을 터뜨렸다. 탁야는 자신의 앞에서 펑펑 울음을 터뜨리는 은옥을 보며 잠시 당황했다.

"어찌 그러느냐? 응? 울지 마라. 예쁜 얼굴이 다 망가지잖아."

"흑. 잘해주지 마시라구요!"

또, 또. 자신을 보듬고 안아주려는 그를 보며 은옥이 빽, 목소리를 높였다.

탁야는 생전 처음 접하는 은옥의 행동에 두 눈을 동그랗게 떴다. 은옥 또한 자신이 이렇게까지 목소리를 높일 수 있다는 것을 뒤늦게 깨닫고 당황했다.

하지만 지금은 그것이 문제가 아니었다. 그가 조금 미웠다.

"잘해주지 마셔요. 아픕니다."

"왜? 난 네 오라버니다. 누이를 챙기는 것은 당연하지 않니?"

"흑!"

당연했다.

하지만 은옥은 그것이 못내 상처가 되어 아팠다. 그에게 붙잡힌 팔을 빼내려 했다. 하지만 그는 여전히 그를 놓아주지 않았다.

"놓아주셔요. 오라버니……!"

"연유를 말하지 않았다."

그는 자신이 이러는 이유를 알기 전까지 놓아주지 않을 모양이었다. 납득하지 못하는 일에는 어떻게든 파고들어 납득하려 하는 그의 그 성정을 모를 그녀가 아니었다.

"응?"

"흑. 제가……."

그는 끈기 있게 그녀의 대답을 기다렸다. 감정에 차올라 바들바들 떨리는 그녀의 입술 밖으로 자신이 원하는 대답이 들려오기를 기다렸다.

"제가……."

"둘이 뭐 해?"

그때, 기아가 나타났다.

"……."

놀란 은옥이 서둘러 기아에게서 등을 돌렸다. 그리고 흘렸던 눈물을 훔치며 격하게 올라갔던 감정을 수습했다.

탁야는 중요한 순간에 방해를 하는 기아의 등장에 여유로웠던 표정을 구겼다.

"뭐지?"

"네가 안 보여서 찾아다녔어. 탁야."

"별일이 아닌 걸로 날 찾았다면 무사하지 못할 거야. 기아."

진심이었다.

그는 지금 화가 머리끝까지 나 있었다. 자신을 방해한 기아를 향해 살기를 흘렸지만 기아는 그런 그의 살벌한 말에도 꿈쩍하지 않았다.

"잊었어? 오늘 소월이 오잖아. 영역 안으로 들어왔어."

"……."

"아."

기아의 말에 은옥도 잊고 있던 일을 떠올렸다.

방랑자 소월이 오는 날이었다. 호족이지만 정착하지 않고 떠돌아다니는, 가장 부러워하는 상대이기도 한 소월이 돌아왔다는 말에 은옥은 침울했던 마음을 잠시 비껴두었다.

"……."

"가자."

하필 이런 때에…….

상대가 소월이기에 그 또한 기아의 말을 무시하지 못했다. 소월은 그의 가장 막역한 친우였다.

"아가씨!"

약속대로 아랑이 다시 은옥을 찾아왔다.

"아가씨, 소월 님이 돌아오셨답니다."

"응, 들었어."

"지금 수령님을 뵙고 있대요. 소월 님께 가보시겠어요?"

아랑의 말에 은옥이 기아와 탁야의 눈치를 살폈다.

"그래도 됩니까?"

"……."

"그럼. 소월도 널 아끼잖아."

탁야와 여의 다음으로 호족 중에 자신에게 호의적인 상대는 소월뿐이었다. 이곳저곳을 떠돌아다니다 보니 상당히 개방적이었고 또 탁야와는 호형호제하는 사이였다.

그렇게 네 사람은 소월에게로 향했다.

소월이 겪고 다른 이들에게 전해 들은 영역 밖의 이야기와 또, 머나먼 타국의 이야기를 듣는 것을 은옥은 참으로 좋아했다. 다른 호족들은 그녀와 달리 상대적으로 영역 밖의 출입이 자유로웠다. 그녀만이 여의의 감시를 받으며 호족 안에서 지내야 했다.

"오, 탁야!"

무이를 만나고 나온 소월이 호쾌한 목소리로 탁야의 이름을 불렀다. 탁야가 씩 웃으며 그를 바라보았다.

"결국 한 해를 넘기고 보나 했다."

"하하, 그럴 리가. 네 탄일 전에는 와야지."

"돌아다니면서 별 탈은 없었나 보군."

그의 말에 소월이 서운하다는 얼굴로 소리쳤다.

"무슨 소리! 개고생을 했다고. 내 죽을 뻔했다는 소식이 아직 전해지지 않은 거야?"

"어머."

두 사람의 대화를 듣고 있던 은옥이 놀라 그만 소리 내어 감탄사를 뱉었다.

"아! 키가 큰 기아에 가려 우리 은옥이가 온 것을 보지 못했구나!"

그럴 리가 없었다. 후각이 인간에 비해 뛰어난 호족인 그가 은옥이 탁야와 함께 왔다는 것을 모를 리 없었다. 괜히 기아를 놀리기 위한 발언이었다.

"뭐야?"

가만히 있는 자신을 가지고 시비를 거는 소월의 말에 기아가 뾰쪽하게 반응했다.

"쯧쯔. 기아야. 내가 충고 하나 하는데 사나운 분위기를 좀 죽여. 은옥이처럼 간드러지는 맛이 있어야 사내가 혹한단다."

"그 입을 찢어주랴?"

기아가 허리춤에 늘 두고 다니는 애검으로 손을 내렸다. 스릉, 사늘한 소리를 내며 검집에서 나온 그녀의 검이 날카로운 날을 자랑하며 햇빛에 비쳐 반짝였다.

"하하하! 은옥아, 오랜만에 네가 내리는 차를 마셔보고 싶은데 그리해 주겠니?"

"예? 아, 네."

"가자, 가자!"

결국, 기아와 탁야, 소월은 은옥의 처소에 와 차를 마셨다.

은옥은 여의에게 전수받은 다도를 그들에게 착실히 선보일 수 있었다. 미리 데워둔 다관에 차를 넣고 식혀둔 숙우의 물을 다관에 천천히 부었다.

조용조용, 유려하게 움직이는 은옥의 손짓을 보며 소월이 감탄했다.

"은옥이는 날이 갈수록 어여뻐지고 여성스러워지는구나. 누구와는 다르게 말이야. 하하!"

"그 누구가 나를 말하는 거야?"

기아가 또 발끈해 물었다.

탁야는 두 사람은 전혀 신경 쓰지 않고 찻물을 우리는 은옥을 바라보았다. 참으로 고왔다. 점점 더 아름다워지는 아이. 누군가 그녀를 탐낼까 두려울 정도였다.

다관을 잡고 찻잔에 따라둔 예열한 물을 버리고 찻잔 등을 닦아낸 은옥이 다관을 들어 자신의 찻잔에 차를 따랐다. 차의 우림 상태를 보아하니 제대로 우러났다.

탁야와 소월, 그리고 기아의 잔에 차를 마저 따른 그녀가 찻잔 받침을 들어 소월에게 먼저 찻잔을 건넸다. 그리고 탁야, 기아 순으로 찻잔을 건넸고 싱긋 웃으며 그들에게 말했다.

"드셔보세요. 입맛에 맞으실지 모르겠습니다."

"언제나 최고지."

소월이 당연하다는 듯 대답하며 그녀가 우린 차를 마셨다.

"음, 오가피 차구나. 피로 회복에 참 좋은 차지."

"예. 오랜 여행에 지치셨을 텐데 조금이나마 소월 오라버니께 도움이 되는 차를 내리고 싶었습니다."

"캬, 맘씨도 어쩜 이리 예쁠꼬."

그가 감탄을 하며 다시 차를 마셨다. 은옥은 언제나 자신을 어여삐 봐주는 소월이 좋았다. 싱긋 웃음을 짓다가 기아와 시선이 마주쳤다.

"흥."

기아는 은옥을 좋아하지 않았다. 은옥 또한 그것을 알았다.

"……"

자신이 내린 차에는 단 한입도 대지 않는 그녀를 보며 은옥이 시무룩하게 고개를 숙였다.

"맛이 좋다. 고마워."

탁야가 차를 마시며 빙긋 웃었다. 은옥은 그의 칭찬에 고개를 끄덕였다. 평소 같았으면 밝게 웃으며 고개를 끄덕였을 테지만 차마 그를 향해 웃어 보일 수는 없었다.

소월은 두 사람의 묘한 기류를 읽었다. 유심히 두 사람을 바라보다가 슬며시 화제를 돌렸다.

"참, 지금 영역 밖에 심상치 않은 소문이 돌고 있어."

"무슨 소문?"

기아가 구미가 당기는 이야기일까 싶어 그의 말에 곧장 되물었다.

"어린아이의 간이 몸에 좋다는 소문이 돌아 아이들이 사라지는 일이 빈번해졌다더군."

"뭐?"

놀란 은옥이 두 손을 들어 입술을 막았다. 무서운 소월의 말에 큰 소리를 낼 뻔했다.

"사람의 간을 먹으면 젊어진다느니 영생을 산다느니 아주 말도 안 되는 소문이 돌아 금상今上도 골치를 썩는다더라고."

"흥, 난 또 뭐라고. 인간들이야 원래 그리 어리석지 않아? 그저 영생에 눈이 멀어 미신을 믿고 또 그걸 숭배하기도 하지."

"하여튼. 밖은 좀 혼란스러워."

은옥은 영역 밖의 세상이 참 궁금했다. 하지만 소월의 말에 그 궁금증을 잠시 내려놓는 것이 좋겠다는 생각을 했다.

"무서운 세상 같습니다. 영역 밖은……."

"그치? 그러니 은옥이 너는 영역 밖으로 나갈 생각 말아. 너 혼자는 정말 정말 위험하니까."

소월의 말에 은옥은 고개를 끄덕일 수밖에 없었다.

"이번에 명나라를 갔다 하지 않았어?"

"응? 아아, 다녀왔지. 아. 맞다. 선물을 사 왔는데 까먹을 뻔했구나. 자자, 받아."

그가 소맷자락을 뒤져 세 사람에게 하나씩 쥐어주었다. 은옥은 자신의 손 위에 놓인 것을 보며 눈동자를 크게 굴렸다.

"이것이 무엇입니까?"

옥처럼 옥빛을 띠고 있는 구슬이었다. 그러나 옥은 아닌 것 같아 은옥이 소월을 향해 시선을 던졌다.

"후후. 귀한 것을 내가 또 구해왔지."

소월은 언제나 여러 나라에서 가져온 진귀하고 신기한 물건을 선물해 주고는 했다. 이번엔 조금 의아할 정도로 별것 없는 모양새에 기아는 심드렁한 표정을 지어 보였다.

"어디서 또 사기 당한 거겠지. 자주 그러잖아."

"무슨 섭한 소릴. 그건 명나라에서도 귀해 좀처럼 얻을 수 없는 거라고. 들어는 봤나? 야명주라고?"

"야명주? 이게 야명주라고?"

탁야도 놀라 그에게 물었다. 말로만 전해 들었던 귀한 보물인데 생긴 것은 너무나 평범했다.

"그래! 후후, 밤에 한번 봐. 달처럼 밝게 저 혼자 빛을 낼 테니. 내가 이 세

개 구하느라 얼마나 힘들었는지 알아?"

"와아. 고마워요. 소월 오라버니."

은옥이 그의 말에 야명주를 소중히 두 손에 쥐며 감사의 인사를 전했다. 소월이 빙긋 웃었다.

"그나저나 이틀 뒤면 탁야 탄일이네."

"이번에도 조용히 지나갈 생각은 아니지? 호족들 모두가 성대하게 축하해 준다는데 왜 싫다는 거야?"

"시끄러운 건 딱 질색이야."

기아의 말에 탁야는 단호하게 말했다.

"이번엔 수령께서 그냥 지나치지 않을 모양이던데?"

"뭐?"

"몰랐어? 수령께서 그날 네게 수령의 자리를 넘긴다 하던데."

"……."

"정말?"

기아가 반색하며 그에게 물었다.

탁야의 얼굴이 어두워졌다. 전혀 몰랐던 일이었다. 은옥도 소월의 말에 같이 표정이 어두워졌다.

그가 수령이 된다면……. 더욱더 그의 곁에 있기 힘들 것 같았다. 어쩌면 자신의 혼인 또한 일사천리로 진행될 수 있었다. 은옥은 그런 것은 싫었다.

소월이 두 사람을 가만 보다 자리에서 일어났다.

"이런, 이런, 그러고 보니 내 깜빡 까먹은 일이 있었네. 그래, 아! 기아. 너에게는 또 줄 선물이 있는데 나랑 같이 가지 않겠어? 그것도 까먹고 가져오질 않았네."

"뭐?"

"명나라의 솜씨 좋은 대장장이에게서 받아낸 좋은 명검이 있었는데 말이야. 그걸 내 깜빡하고……."

기아가 자리에서 일어났다.

"가자."

소월의 빤히 보이는 수작이었지만 기아는 넘어가기로 했다. 어차피 그가 수령이 된다면 수령의 정실자리는 자신의 것이었고 그렇게 된다면 은옥을 처리하는 일은 쉬웠다.

두 사람이 자리를 떠났고 다시 그와 함께 하게 된 은옥은 불편한 공기를 깨지 못하고 가만히 앉아 있었다. 탁야가 무거운 한숨을 쉬었다. 은옥이 그의 찻잔에 차가 비어진 것을 보고 다시 그의 찻잔에 차를 따랐다.

"……."

"따뜻한 차를 더 준비해 올게요……."

은옥이 자리에서 일어나려 하자 탁야가 그녀의 팔을 잡아 다시 앉혔다.

"오라버니……."

"수령이 되면 난 내가 은애하는 그 여인을 내 반려로 삼을 거야."

"……."

"그래도 좋아?"

그의 물음에 은옥이 다시 흔들렸다.

"말해."

"어찌 이러십니까? 은애하시는 분께 가셔요. 왜 제게 그런 말을 하시는 겁니까?"

그녀가 울먹이며 대답했다.

"말해. 날 좋아한다고."

그 말에 놀란 은옥이 울음을 멈추고 그를 바라보았다.

"오라버니……?"

"날 은애한다고 말해. 지금."

"전……."

은옥은 망설였다.

그러나 거짓을 고하고 싶지는 않았다.

"오라버니를 좋아해요……."

"……."

"흑, 은애합니다."

결국 자신의 마음을 고백한 은옥이 울음을 터뜨렸다. 탁야는 원하는 대답을 듣자 그제야 편하게 웃어 보일 수 있었다.

"하……."

"한데 오라버니는 다른 분을 은애하고 계시잖아요. 한데, 한데 어찌 제게 이런 고백을 강요하십니까? 너무합니다. 흑, 너무해요. 제 마음을 이리 어지럽히는 까닭이 무엇입니까?"

"내가 널 은애하니까."

그의 간단한 대답을 은옥은 알아듣지 못하고 울기만 했다. 우는 것에 정신이 팔려 있다가 한참 뒤에야 그의 말을 이해하고 고개를 들어 그를 바라보았다.

"예? 방금 뭐라고 하셨어요……?"

"나도 널 좋아해. 은옥아."

"……."

은옥은 그의 말이 귓가에 빙빙 맴돌았다. 그것을 머리로 이해하는 것은 시간이 조금 걸렸고 이내 얼굴이 빨갛게 달아오르는 것을 느꼈다.

"세상에……!"

뒤늦게 두 손으로 자신의 얼굴을 가리며 은옥이 놀란 눈으로 탁야를 바라보았다. 탁야는 그런 은옥의 행동 하나하나가 다 어여쁘고 어여뻤다.

"말도 안 됩니다. 어찌, 어찌 그런……."

그의 말을 은옥은 믿지 못했다.

탁야가 웃으며 탁상에 오른팔 팔꿈치를 올리며 오른손에 턱을 괴었다.

"좋아해."

단 한 치의 망설임이 없는 그의 고백에 은옥은 정신을 차릴 수 없었다.

"말도 안 돼……."

은옥은 정말로 그의 말을 믿기 힘들었다. 아니, 이 모든 것이 꿈이 아닐까 걱정이 되었다.

"꿈인가요?"

"뭐?"

"꿈이면 어쩌죠?"

다시 음울해지는 그녀를 보며 탁야는 피식, 웃음을 터뜨렸다. 시시때때로 표정이 바뀌고 있었다. 그 모든 것이 다 자신으로 인한 변화인지라 나쁘지 않았다. 그가 자리에서 일어났다.

은옥의 앞에 선 그가 무릎을 구부려 그녀와 시선을 마주했다.

"……."

자신과 시선을 마주한 탁야를 바라보던 은옥이 용기를 내어 그의 얼굴에 손을 가져갔다.

"이래도 꿈같니?"

"따뜻해……. 꿈이 아니네요."

"응."

그녀는 그제야 안심을 하며 웃었다. 탁야가 따라 웃으며 뺨에 닿은 그녀의 손을 슬며시 잡았다.

"……."

은옥은 자신의 손을 부드럽게 맞잡는 그의 행동에 잠시 부끄러워하며 뒤로 물러나려 했다.

"그러지 말거라."

탁야는 부끄러워하며 자신을 피하려는 은옥에게 나직이 말했다. 이제 그녀의 마음을 안 이상 질질 끌고 싶지 않았다.

"나도, 너도. 서로를 은애하지 않느냐. 더 아끼고, 아껴주기만도 바쁠 텐데. 시간 낭비는 하지 말았으면 해."

"오라버니……."

"나를 선택해."

"……."

"나를 너의 반려로 인정해 줘."

나의 반려.

은옥은 자신의 손에 닿은 그의 따스한 뺨의 온기에 흔들렸다. 입으로는 당장이라도 자신의 낭군이 되어달라 말하고 싶었지만 불현듯 여의와 무이가 떠올랐다.

"하지만…… 어머니 아버지께서 우릴 허락하실 리 없어요……. 호족들도……."

"상관없어. 난 너만 있으면 된다."

"오라버니……."

"너도 나와 같은 마음이 아니더냐?"

같은 마음이었다.

은옥은 그의 물음에 고개를 끄덕였다.

"오라버니만을 원합니다."

"그래, 그 말이 듣고 싶었어……."

"저의…… 저의 반려가 되어주시겠습니까?"

그녀의 말에 탁야가 예쁘게 입술을 말아 올리며 답했다.

"기꺼이."

은옥은 자신을 확 잡아당기는 그의 힘에 힘없이 이끌렸다. 탁야의 품에 폭삭 안긴 은옥은 그가 자신의 입술에 입을 맞췄다는 사실을 깨닫고 놀라 두 눈을 동그랗게 떴다.

그는 눈을 감고 있었다.

놀란 은옥이 그를 바라보다 입술 틈을 벌리고 들어오는 뜨거운 숨과 말캉한 혀의 엉킴에 움찔거리며 눈을 질끈 감았다.

"훗……."

난생처음 맞춰보는 입맞춤이었다. 말로만 듣던 입맞춤이란 것이 이렇게 살 떨리고 온몸의 감각이 바짝바짝 타는 것이란 걸 이제야 알게 되었다.

"하아……."

탁야의 입술 사이에서 탄복이 흘러나왔다.

좋다.

이렇게 좋을 수가 없었다.

여리디여린 입술을 완전히 정복하게 된 이 짜릿한 쾌감이, 낯선 감각에 흠칫 놀라면서도 더는 피하지 않는 은옥의 갸륵한 용기도 모두 좋았다.

한 번의 입맞춤으로 발그레해진 그녀를 마주 보며 탁야가 동그란 은옥의 이마에 촉, 가볍게 입 맞췄다.

"이제 더는 숨기지 말자. 너도, 나도."

"예……."

그가 그녀를 번쩍 안아 들었다.

"꺅! 오, 오라버니……!"

"생각을 하고 또 해보아도 일단 이 방법 말고는 없겠더구나."

"무, 무슨……."

"널 완전히 나의 것으로 만들어야 하는 방법. 누구도 널 가질 수 없게, 누구도 널 해칠 수 없게 할 방법."

은옥은 침상으로 향하는 것을 보고 놀라 그를 바라보았다.

"하지만 곧 아랑이 올 것입니다. 그리고 전 아직……!"

"상관없어. 그렇담 네게 더는 함부로 하지 못하겠지."

"오라버니!"

결국 침상 위로 은옥을 내려놓은 그가 그녀의 양 겨드랑이에 손을 두고 도망가지 못하게 막았다.

"오라버니…… 이러지 마셔요. 이러시면 안 됩니다……."

"너도 들었잖아. 아버지께서 나의 탄일에 수령의 자리를 넘길 거라고 한다고."

"……."

"그때 널 내 반려로 맞이하겠다 말하면 늦는다."

수령이 된 자신을 향해 온갖 구애와 공작을 펼칠 호족의 암컷들 사이에서 은옥을 자신의 반려로 맞이하겠다 한다면 반발이 거셀 것이 분명했다.

조금 비겁한 방법이었지만 이 방법 말고는 그녀를 안전하게 자신의 곁에 둘 방법이 없었다.

"오라버니……."

"미안하구나."

"……."

"정정당당하게 널 맞이하기엔 아직 내가 많이 모자라."

그의 말에 은옥의 고운 미간이 밉게 구겨졌다. 탁야의 표정 또한 좋지 못했다. 어젯밤, 보았던 그 표정이었다. 처연하고 슬픈 표정. 그가 그때 그 고목 나뭇가지 위에서 고민했던 그 일이 이것이었다는 생각에 은옥이 작게 흐느꼈다.

"흑……."

"미안해……."

애써 웃고 있었지만 비감한 목소리가 흩어져 내렸다. 은옥은 눈물짓는 자신의 눈가로 내려온 그의 입술을 막지 않았다. 뺨을 천천히 타고 내려와 다시 자신의 입술을 취하는 것도, 천천히 자신의 옷고름을 풀고 저고리를 헤치는 그의 손길을 거부할 수 없었다.

"아……."

그녀의 옷들이 하나씩, 하나씩 바닥에 떨어졌다.

은옥은 너무나 부끄러웠다. 게다가 늦은 밤도 아닌 시각에 그와 이렇게 몸을 섞을 것이라고는 생각하지 못했다.

그녀가 자꾸 움츠러들었다.

"괜찮다. 부끄러워 말아."

가슴싸개와 다리속곳마저 그의 손에서 쉽게 벗겨지자 은옥은 너무나 부끄러워했다. 그러나 부끄러워하는 것이 무색할 만큼 은옥의 나신은 아름답기 그지없었다.

"아름다워."

봉긋한 가슴, 잘록한 허리. 가녀린 두 다리로 여인임을 증명하는 뚜렷한 증표가 수줍게 드러나 있었다.

"오라버니……."

그 또한 자신의 옷을 거침없이 벗었다.

은옥은 난생처음 그의 속살을 보게 되었다. 두툼한 옷 사이로 가려졌던 그의 탄탄한 근육과 군살이라고는 찾아볼 수 없는 완벽한 나신에 그저 놀란 눈을 할 수밖에 없었다.

차마 그의 상체 아래로는 시선을 내릴 수 없어 부끄러워하며 그를 올려다보았다.

"은옥아……."

그가 그녀의 뺨을 조심스럽게 쓰다듬었다.

"아……."

다른 손으로는 그녀의 봉긋한 가슴을 어루만졌다. 아주 조심스럽게 보물을 다루듯 소중히 어루만지며 그가 그녀의 몸 위로 몸을 포갰다.

은옥은 따뜻한 온기가 피부 위로 더해지는 것과 그리고 단단하게 느껴지는 그의 남근에 긴장했다.

"흣."

"괜찮아. 이건 자연스러운 거야. 은애하는 사이에서는……."

"알아요……."

모르지 않았다. 하지만 그럼에도 부끄럽고 부끄러웠다. 그가 그녀의 말에 빙긋 웃으며 그녀의 가슴에 입술을 내렸다.

"아앙."

은옥은 자신도 모르게 교태를 부렸다. 그의 뜨거운 입술이 여리고 여린 살결에 입을 맞추고 뜨거운 혀로 핥자 어쩔 줄 몰랐다.

"으응, 오라버니……."

난생처음 남자를 겪는 몸이었다. 순수하디순수해 아름답기 그지없는 여인. 탁야는 부끄러워하면서도 쾌감에 흔들리는 그녀를 보며 속삭였다.

"은옥……. 세상 단 하나뿐인 나의 반려……."

"아아. 탁야 오라버니……."

"그래, 날 불러줘. 그렇게……."

탁야는 자신을 부르짖는 은옥의 목소리에, 그녀의 보드랍고 순수한 체향에 점점 취해갔다.

티끌 하나 없는 뽀얀 살결을 맛보고 점점 더 숨이 거칠어지는 그녀의 입술을 훔치고 애무에 간드러지는 신음을 흘리는 여리디여린 목소리를 즐겼다. 그는 조금씩, 조금씩 그녀의 아래로 내려가 고이 간직했을 은옥의 순결한 꽃잎을 살며시 건드렸다.

"헉……!"

은옥이 소스라치게 놀라며 파르르 몸을 떨었다. 본능적으로 다리를 다시 모으려고 했지만 이미 파고든 그로 인해 그럴 수 없었다. 그녀가 고개를 저으며 두려워했다.

"흑, 오라버니……. 그만……."

"내가 완벽하게 널 가질 수 있게 허락해 줘……."

"그치만……. 아!"

그의 손이 그녀의 몸 안을 파고들었다. 은옥이 허리를 튕기며 놀라 숨을 헐떡였다.

"하, 히윽. 오라버니……! 소, 손을 거둬주셔요……."

"하지만 네 몸은 날 원하고 있다고 하는 걸……. 이거 봐. 네 순결한 꽃이 꿀물을 내보내고 있어."

"헉……."

그의 손가락에 잔뜩 묻은 투명한 물의 정체가 자신의 몸에서 나오는 것이라는 걸 은옥은 믿기 어려웠다.

놀라워하는 것도 잠시, 그가 그녀의 두 다리를 활짝 벌렸다. 순간 방심한 틈을 타 자신의 두 다리를 벌리고 다리 사이로 얼굴을 묻자 은옥은 부끄러움에 두 손을 얼굴 위에 올려두며 작게 신음했다.

"흐읏……."

그의 뜨거운 숨이 자신의 은밀한 살갗에 흩어지자 더욱더 긴장이 되어 온몸이 뻣뻣하게 굳었다. 동시에 아찔한 감각에 때때로 작게 몸이 경련을 일으켰다.

"하악!"

은옥은 몸을 섞는다는 것은 긴장을 한시라도 놓칠 수 없는 일이란 것을 깨달았다. 그의 입술이 그 여린 살갗에 닿아 지분댈 거라고는 상상도 하지 못했다.

"아앗, 오라버니!"

자지러지게 놀란 은옥이 교성을 지르며 그를 불렀다. 하지만 탁야는 아랑곳 않고 그녀의 꽃잎에 입을 맞추고 빨아 당겼다.

"하앙, 아아, 싫어. 그만……!"

은옥은 생전 처음 느끼는 아찔한 쾌감에 눈앞이 깜깜하게 사위는 것을 느꼈다. 숨이 좀처럼 제대로 내쉬어지지 않았다. 발가락이 뻣뻣하게 곱아지고 온몸의 감각들이 벼락을 맞은 것처럼 짜릿했다. 그것이 희열이라는 것을 은옥은 나중에야 알았다.

"오라버니, 탁야 오라버니……!"

"조금만……. 조금만 더……."

남자를 처음 받아들이는 일은 엄청난 고통을 수반한다는 것을 탁야는 모르지 않았다. 그렇기에 최대한 그녀의 몸이 남자를 받아들이는 데 어렵지 않게 해주고 싶었다.

그녀를 아낀다.

제 몸처럼 아끼기에 그녀의 얼굴이 아파 일그러지는 것을 원하지 않았다.

"아아앙, 그만, 아핫!"

그의 뜨거운 혀가 꽃잎을 헤치고 꽃길 안으로 침범하자 은옥이 허리를 들썩였다. 그의 타액과 그녀의 달콤한 꽃물이 뒤엉켜 꽃길의 안이 미끈거렸다.

은옥의 다디단 꽃잎에서 입술을 뗀 그가 입술에 묻은 꽃물을 핥으며 두려움과 애락에 젖은 그녀를 바라보았다.

"아……!"

그의 손가락 하나가 꽃길을 천천히 들어왔다.

"아아, 탁야 오라버니……!"

왈칵 겁이 난 은옥이 그의 목을 끌어안았다.

"괜찮아, 아프지 않을 거야. 괜찮아……."

"아흣……."

남자를 받아들이는 것이 이렇게 힘든 여정이라는 것을 알았다면 조금 더 신중했을 텐데 이미 늦었다. 은옥은 조금 후회했지만 자신을 배려하며 안아 주는 그의 따뜻한 입맞춤과 손길에 어쩔 도리 없이 탁야에게 모든 것을 맡겼다.

차츰차츰 그의 손가락이 그녀의 꽃길을 헤치고 들어왔다. 예상했던 것처럼 좁았다. 그리고 굉장히 뜨거웠다. 탁야는 자신의 손가락을 녹여 버릴 것처럼 뜨거운 그녀의 안을 확인하며 더운 신음을 토해냈다. 이 안을 빳빳하게 곤추선 자신의 남근이 들어간다면 버티지 못하고 터져 버릴 것이 분명했다.

"하앗!"

그가 그녀의 내벽을 살며시 긁었다. 그것을 기민히 반응하며 몸을 튕기는 은옥을 내려다보며 그가 손가락 하나를 더해 그녀의 꽃길을 천천히 넓혀갔다.

"흐윽, 오라버니……."

은옥은 이제 더는 버티기 힘들 것 같았다. 어쩌면 이것은 자신이 감당하기 어려운 일이었는지도 모르겠다고 생각할 정도로 그에게서 배우게 된 남녀 간의 성교가 이런 것인지 몰랐다.

그녀가 고개를 저으며 소리쳤다.

"흑, 그만, 그만해요. 더는, 더는……."

"쉬이, 아직이야……. 아직……."

여전히 아직이라는 그의 말에 은옥은 어서 이 모든 것이 끝나 버렸으면 좋겠다고 생각했다.

"아앙……!"

그가 손가락을 앞뒤로 움직이기 시작했다.

꽃물로 잔뜩 젖은 그의 손가락이 움직이자 그녀의 좁은 내벽이 함께 딸려 밀리며 은옥에게 야릇한 기분을 가했다.

"아아앗, 하앙……."

탁야는 조금씩 농밀하게 쾌감을 느껴가는 은옥을 바라보며 조금 더 그녀를 몰아붙였다.

"하앗, 싫어. 그렇게 움직이면……!"

천천히 움직이던 그의 손가락이 움직임을 빨리하자 은옥이 고개를 세차게 저으며 소리쳤다.

"아앙……!"

점점 은옥에게서 색기色氣가 짙어지기 시작했다. 탁야가 작게 웃으며 그녀의 뺨에 입술을 가져갔다.

"하아……. 오라버니……."

"이제 하나가 되면 돼."

"아아……."

드디어 끝이 보인다는 생각에 은옥이 작게 웃음을 띠었다.

"헉……!"

그러나 그녀의 생각처럼 쉽게 끝이 날 일은 아니었다. 이미 팽창할 대로 팽창한 그의 남근이 불뚝하게 하늘을 향해 솟아 있었다.

은옥이 그의 남근을 보자마자 놀란 탄식을 내뱉었다. 그가 천천히 몸을 숙여 벌린 은옥의 다리 사이로 살을 맞췄다.

"흐윽!"

그녀가 작게 흐느끼며 고개를 꺾었다. 그는 망설이지 않고 은옥의 꽃잎 안으로 자신의 남근을 천천히 욱여넣었다.

"아아앗!"

"큭……!"

꽃길을 풀어놓는다고 열심히 애무를 했지만 역시 처음 남자를 받아들이는 은옥의 내벽이 놀라 움츠러들었다. 탁야가 거칠게 신음을 내뱉으며 반쯤 들어간 남근을 한 번에 끝까지 밀어 넣었다.

"아앗!"

조금 거친 진입에 은옥이 놀라 높은 신음을 터뜨렸다.

"하읏……."

아랫배가 가득 찬 느낌이 들었다. 그리고 무엇보다 아랫도리가 짓이긴 것처럼 너무나 아파 눈물이 났다. 그의 손가락이 들어와 놀던 것과는 차원이 달랐다.

"흐윽! 아파, 아파……."

결국 은옥의 입술 밖으로 고통스럽다는 말이 터져 나왔다. 탁야는 그녀의 울음 섞인 호소에 얼굴을 찡그렸다.

눈물이 고인 그녀의 눈가에 다시 입술을 가져간 그가 맺혀 있는 뜨거운 눈물을 훔쳐 주었다. 탁야의 다정한 입맞춤에 가까스로 진정한 그녀가 그를 올려다보았다.

"오라버니……."

"이러고만 있고 싶겠지만……."

"아……!"

그가 천천히 움직이기 시작했다. 먼저 손가락으로 했던 것처럼 앞뒤로 천천히 움직였다. 틈 없이 내벽과 맞춰진 살덩이가 움직이자 다시 내벽이 긴장을 하며 수축하기 시작했다.

"큭, 은옥아 힘을 빼……!"

하지만 은옥은 그럴 수 없었다. 그가 움직일 때마다 딸려 내려갔다가 올라오는 내벽이 극렬한 감각을 몰고 와 자신을 흔들었기 때문이었다.

"아앗, 오라버니. 저는, 저는 도저히……!"

모르겠다.

은옥은 어찌해야 하는 것인지 몰랐다. 그저 그가 움직일 때마다 온몸이 아팠다. 하지만 아프기만 한 것도 아니었다. 아득했지만 팡팡, 몸 안에서 무언가가 터지는 기분이었다. 전율인 것도 같았고 쾌감인 것도 같았다.

"하앗, 아아앗!"

"크윽, 은옥아, 은옥아……!"

욕망에 가득 찬 탁야의 눈빛이 빨갛게 달아오른 은옥을 향해 있었다. 자신으로 인해 점점 더 붉게 물들어가는 그녀의 입술과 두 뺨에 입을 수없이 맞추며 탁야는 오랫동안 갈망했던 것을 하나씩 하나씩 취했다.

순결한 은옥의 입술도, 봉긋하게 다 자란 그녀의 가슴도, 감미롭기만 한 그녀의 꽃길도 하나하나 음미하고 감동했다.

"너는 이제 나만의 것이다."

"흐읏……."

"나의 반려, 내가 은애하는 단 하나."

"오라버니……."

은옥이 가쁜 숨을 내쉬며 두 팔을 벌려 그를 끌어안았다.

"흑, 은애합니다. 은애해요……."

"누구에게도 널 빼앗기지 않아……."

다짐하는 탁야의 그 말이 기쁘지 않을 수가 없었다. 은옥이 기뻐 눈물을 흘리며 조금씩 빨리 움직이는 그의 몸짓에 입술을 깨물었다.

"큭, 은옥아……!"

"하아앗!"

두 사람이 황홀한 절정을 향해 내달렸다. 은옥은 꽃송이가 터지듯 무언가 몸 안에서 터지는 것을 느꼈다. 이윽고 몸 안을 가득 채우는 뜨거운 온기를 느꼈다. 운우지정. 은옥은 이것이 운우지정이라는 것을 알았다.

"하아……."

뜨거운 온기가 몸 안 가득 퍼지는 느낌을 받으며 은옥이 까무룩 정신을 잃었다.

축, 늘어지는 은옥을 부축하며 탁야가 조심스럽게 그녀를 눕혔다. 기특하게 온전히 자신의 것이 된 은옥을 사랑스러운 눈으로 바라보던 탁야가 숨죽여 두 사람의 정사를 지켜보던 아랑을 향해 매서운 눈빛을 지어 노려보았다.

"이제 그 가벼운 입을 무겁게 놀려야 할 것이다."

"헉……! 예, 예!"

무서운 살기에 아랑이 곧장 꼬리를 내리며 몸을 엎드렸다.

"운신하기가 힘들 것이니 잘 모셔라."

"예, 탁야 님……."

아랑은 언젠가부터 심상치 않았던 두 사람이 결국 일을 쳤다는 사실에 그저 가슴이 콩닥콩닥 뛰었다.

수령의 후계인 탁야가 인간의 여자와 합을 맞추다니……. 아랑은 앞으로 벌어질 일이 걱정스러웠다. 호족의 역사상 가장 어지러운 때가 될 것 같았다.

은옥이 눈을 떴을 땐 탁야는 보이지 않았다. 다만, 옷이 갈아입혀져 있었다. 그리고 그녀의 머리맡에 서찰이 접혀 있었다.

바스락.

반듯하게 접혀진 서찰을 펼친 은옥은 단번에 탁야의 글씨체를 알아보았다.

―곤히 자고 있어 깨우지 않았어.

깨어나면 내가 없다고 서운해하지 말길. 이제 곧 나와 함께 할 날이 머지않았으니까.

그의 장난기 가득한 문체에 은옥이 픽, 웃음을 흘렸다.

"으……."

몸 구석구석이 욱신댔다. 특히 중심부가 많이 저렸다. 거기까지 생각이 미치자 그와 함께 했던 일들이 생각났다.

"꺅."

대낮의 정사라니. 전혀 상상하지 못했던 일이었다.

"오라버니……."

그의 반려가 되었다.

남들에겐 아직 말을 못 할 일이었지만 그의 연인이 되었다는 사실이 가슴 벅찼다.

그때였다. 아랑이 그녀의 처소 안으로 들어왔다. 은옥이 서둘러 서찰을 베개 안으로 감췄다.

"와, 왔어?"

"예. 아가씨. 목욕물을 준비했어요. 욕탕으로 가시죠."

"어? 아, 응."

아침부터 목욕물을 준비했다는 말에 잠시 심장이 털컥 내려앉았지만 침 잠한 표정으로 상대하는 아랑을 보며 은옥은 긴가민가했다.

일단 욕탕을 가기 위해 자리에서 일어났다. 그러나 그와 함께 했던 흔적 이 난무한 잠자리를 보고 은옥은 경악을 할 수밖에 없었다. 처녀흔이 남겨진 이부자리를 아랑이 본다면 필시 여의와 무이에게도 그것이 전해질 것이 분 명했다.

"아가씨?"

은옥은 하얗게 질린 얼굴로 서둘러 야금을 끌어 처녀흔을 가렸다. 아랑은 은옥이 왜 그러한 행동을 하는지 모르지 않았다.

"저는 아무것도 모릅니다."

"아, 아랑아⋯⋯."

"그러니 걱정 마시고 욕탕으로 가셔요."

아랑의 말에 은옥이 울먹이며 그녀를 끌어안았다.

"아, 아가씨⋯⋯?"

"흑, 고마워. 아랑아. 이 은혜는 잊지 않을게⋯⋯!"

그저 탁야의 엄명인 줄 모르고 고마워하는 은옥의 순수한 마음에 아랑은 입술을 꼭 다물 수밖에 없었다. 순진해도 참으로 순진한 분. 아랑은 한숨을 쉬며 그녀에게 말했다.

"됐으니 어서 욕탕으로 가셔요. 여의 님께서 찾으시었습니다."

"응⋯⋯!"

은옥은 서둘러 씻고 여의를 만나러 갔다.

"어머니!"

차를 따르고 있는 여의를 향해 은옥이 반갑게 그녀를 불렀다.

"무슨 낮잠을 그리 오래 자니?"

"아⋯⋯. 죄송해요. 너무 달게 자서⋯⋯."

"하여간, 자. 앉아라."

"예."

은옥이 웃으며 앉아 여의가 따라주는 차를 바라보았다. 모락 피어나는 김을 바라보다 이내 코끝을 간질이는 생강 향에 빙긋 웃어 보였다.

"생강차네요. 으, 맵겠다."

"조금 매울 순 있지만 몸에 좋은 거니까 많이 마시렴."

"예에."

그때였다.

"여의 님! 아가씨! 밖에, 밖에!"

아랑이 급히 들어와 밖을 가리키며 소리쳤다.

다급한 아랑의 목소리에 놀란 은옥과 여의가 그녀를 보며 물었다.

"무슨 일이냐?"

"해가, 해가 어둠에 가려집니다!"

아랑의 말에 은옥은 무슨 말인지 몰라 자리에서 일어났다. 여의도 조금 놀라긴 했지만 아랑처럼 경악하는 수준은 아니었다.

"가볼까?"

"예……."

아랑의 말처럼 하늘의 해가 어둠에 가려지고 있었다. 놀란 은옥이 여의의 곁에 바짝 붙었다.

여의가 그런 은옥을 다독이며 말했다.

"달이 해를 머금는 것이다."

"달이…… 해를요?"

"그래. 보기 드문 현상이지. 이런 일이 생기면 사람들은 불길하다고 생각하고 제단을 세워 신의 노여움을 풀기 위해 노력한단다."

"불길한가요?"

은옥의 물음에 여의는 애매한 표정을 지어 보였다.

"모르겠구나. 때때로 흉작이 들거나 전염병이 창궐하기도 했지. 그치만 꼭 달이 해를 머금은 때에만 생기는 것도 아니지 않니?"

"……."

"그러고 보니 너도 이런 일이 있던 날 이 산에서 발견이 되었지."

"제가요?"

여의는 그래서 아마도 은옥이 버려진 이유가 그것 때문이 아닐까 생각했다. 달이 해를 머금던 날 태어난 아이. 영역 밖의 인간이라면 충분히 그 아이를 불길하게 여겨 버릴 수 있었다.

"그래, 그랬단다."

"그럼…… 저는 불길한 아이인 건가요?"

생각지 못한 여의의 말에 은옥의 얼굴이 서글피 바뀌었다.

"그럴 리가. 그랬다면 호족들이 어찌 너와 19년을 함께 했겠니?"

"……."

"달이 해를 머금는 것이 네가 생각하기에 쉬워 보이느냐?"

여의의 말에 은옥이 고개를 저었다.

"아니요……."

"그래. 어쩌면 달이 해를 머금는 것은 다른 연유가 있을지도 몰라."

"다른 연유요?"

"예를 들면 해를 사모해 달이 그의 주변을 돌고 돌다 다시 만난 것일 수도 있고?"

여의의 말에 은옥이 풋, 웃음을 터뜨렸다.

"풋. 에이, 어머니 농이 너무 유치합니다. 이제 저는 더 이상 어린애가 아니어요."

"후후. 그래. 이런 농도 이제 믿지 않는 걸 보니 정말 우리 은옥이가 많이 크긴 했구나."

'제가 얼마나 컸는지 아시게 되면 놀라실 걸요…….'

은옥은 그 말이 입안에 맴돌았지만 꺼내지는 않았다. 그저 그녀의 말에 빙긋 웃으며 달에 가려진 해를 바라보았다.

"그래도 역시……. 저런 모습은 무섭습니다. 해가 가려져 세상이 어두워지지 않았습니까……."

"……."

어찌 험한 산속에 버려졌는지 은옥은 내내 이해할 수 없었는데 이해가 되었다. 달이 해를 머금은 날 태어난 아이……. 불길하다고 생각할 만했다. 은옥은 두려웠다. 정말로 자신이 불길한 기운을 가지고 태어난 것이라면, 그래서 자신이 저 태양을 가린 것이라면…….

탁야 또한 자신으로 인해 위험해지거나 힘들어진다면 견딜 수 없을 것 같았다.

불현듯 불안한 마음이 피어올랐다.

"……."

"그만 들어가자꾸나. 별일 없을 거야."

여의의 말에 은옥이 고개를 끄덕이며 다시 처소 안으로 돌아갔다. 이후 여의와 무슨 대화를 했는지는 기억나지 않았다. 그저 낮에 찾아온 어둠이 물러가기를 기다렸다.

다음 날.

어제 있었던 일은 마치 꿈만 같았다. 해는 언제 그랬냐는 듯 하늘을 밝게 비추었다.

은옥은 내일 있을 탁야의 탄일에 약속한 유밀과와 매작과를 만들기 위해 선방을 분주히 돌아다녔다.

"아랑아. 유밀과 틀은 어디 있니?"

"아, 참. 특별히 주문하신 거라 오늘 아침에 겨우 완성했어요. 여기."

아랑이 무명보자기에 싸여 있던 틀을 그녀에게 건넸다.

"아. 예쁘게 잘 만들어졌구나."

"예. 먼저 유밀과부터 반죽할까요?"

"아니, 매작과부터 만들자."

"아, 예."

타래 모양처럼 생겨 타래과라고도 불리는 매작과에 은옥은 고운 색을 입혔다.

치자물을 반죽에 섞어 색을 입혔는데 아랑이 감탄했다.

"어머, 색이 참 곱네요."

반죽을 오목한 그릇에 두고 뚜껑을 덮은 은옥이 바로 새 밀가루를 가져와 말했다.

"응. 일단 한식경 정도 두어야 하니 이제 유밀과 반죽을 하자."

"예."

은옥은 밀가루를 기름에 반죽해 꿀과 술을 섞어 다시 반죽했다. 유밀과는 탁야도 좋아했지만 무이와 여의도 좋아했다. 은옥은 조금 더 많이 만들어 두 분에게도 보내 드릴 생각이었다. 유밀과 틀을 준비하고 반죽을 틀에 넣어 찍어냈다.

"아, 정말 예쁘구나."

"그러게요. 나비 모양도 나쁘지 않네요. 이, 다섯 잎의 꽃 모양도 예쁘고. 이 이파리 모양도 특이하니 괜찮고요."

"응, 이걸 이렇게……."

꽃과 나비, 이파리들을 한데 모았다.

"어머."

"예쁘지?"

그렇게 한데 모으니 꽃과 이파리에 나비가 앉아 있는 모양새가 되었다.

"이렇게 꾸밀 수도 있군요. 제법인데요?"

보기 좋게 꾸며지니 정말 탄일선물 같은 느낌도 나고 그럴듯해 아랑이 고개를 끄덕였다.

그녀의 말에 은옥이 어깨를 으쓱였다.

"헤헤. 얼른 기름에 지지자."

"예. 기름에 지지는 건 제가 할 테니 꿀물을 준비하셔요."

"응."

아랑의 말에 은옥은 유밀과를 담가둘 꿀물을 만들었다. 꿀과 생강즙, 그리고 계피가루를 섞었다. 지진 유밀과의 기름을 뺀 후 꿀물에 담가두었다. 꿀물이 유밀과 속 안까지 충분히 배길 기다렸다가 통풍이 잘되는 그늘진 곳에 그것을 옮겨두었다.

말랑해진 매작과 반죽을 다시 한 번 치댄 은옥이 밀대로 납작하게 밀며 매작과 만드는 일에 열중했다.

코와 뺨에 밀가루가 묻은 것도 모르고 굉장히 열심이었다. 뜨거운 기름 앞에 서 있는 아랑도 제법 추운 공간임에도 땀을 삐질삐질 흘렸다.

"하, 고생했어. 다 만들었다!"

다 만든 유밀과와 매작과를 보며 은옥이 뿌듯한 얼굴로 아랑에게 말했다. 아랑이 땀을 닦아내며 웃었다.

"후, 정리는 제가 알아서 할 테니 아가씨께선 돌아가 계셔요."

"응."

처소로 돌아온 은옥이 오랜만에 솜씨를 발휘해서 그런지 어깨가 뭉친 것 같았다.

툭, 툭.

사실 은옥은 요리와는 거리가 멀었다. 유밀과와 매작과는 어릴 때부터 좋아하던 것이었고 또, 탁야도 좋아해 여의의 곁에서 많이 보고 만들어봐 그 솜씨만이 늘었다.

기름에 지지는 것도 아랑이 없으면 늘 태우거나 덜 익혀 아랑의 도움이 없으면 사실 만들기 어려웠다. 여의를 닮았다면 다 잘해냈을 텐데 애석하게도 닮지 못했다. 어쨌든 다른 때보다 더 정성을 다해 만들었으니 탁야도 좋아해 주었으면 했다.

"하암."

하품이 올라오자 은옥은 잠깐 눈을 붙일까 싶어 침상으로 향했다. 베개에 머리를 대자마자 잠은 곧장 몰려왔다.

"음……."

꽤 단잠을 잤다.

'따뜻해.'

아랑이 불을 올린 걸까? 잠들기 전보다 좀 더 따뜻한 기분에 은옥이 이불 안을 파고들었다.

"으응……."

부드럽게 자신의 몸을 쓰다듬어 주는 이불의 느낌에 은옥이 얕은 신음을 흘리며 눈을 떴다. 머릿속이 멍했다.

"더 자."

"아……."

탁야가 자신을 보듬어주고 있었다. 은옥이 꿈뻑꿈뻑 눈을 감았다 뜨며 그를 멍하니 바라보았다.

"오라버니······?"

"너한테 달큰한 냄새가 나."

"아······. 유밀과와 매작과를 만들고 바로 자서 그런가 봐요······."

은옥이 일어나기 위해 꼼지락거리자 그가 다시 그녀를 꽉 붙들어 품 안으로 끌어당겼다.

"더 자."

"하지만······."

"내일 있을 내 탄일에 네가 입을 옷을 지어왔어."

"아······."

그가 은옥의 이마에 입술을 가져갔다.

"그걸 입고 기다려 주겠어?"

"예······."

그의 입맞춤에 그녀가 수줍게 고개를 끄덕였다. 탁야는 웃으며 은옥의 어깨를 토닥였다.

"더 자자."

은옥이 그의 가슴에 얼굴을 묻었다.

그의 포근한 체취를 느끼며 다시 잠이 들었다. 새근새근, 아기 숨을 내쉬며 잠이 든 은옥을 내려다보며 탁야가 살며시 입가를 올렸다.

"잘 자, 나의 신부."

탁야의 탄일이 성큼 다가왔다. 호족들 모두 그의 탄일을 축하하기 위해 분주히 움직였다. 누구도 아닌 수령의 하나뿐인 후계의 탄일이기에 큰 잔치를 열어 축하하려 했다. 여의 또한 기쁜 날이기에 그 어느 때보다 화사한 웃음을 지으며 그의 곁에 앉아 탁야의 탄일을 기뻐했다.

은옥은 자신의 처소에서 그가 준비한 옷을 아랑의 도움을 받으며 입었다.

하얀 비단의 저고리에는 은은한 색감의 꽃들이 도련 위에 수놓여 있었다. 깃 아래 한 마리의 붉은 나비도 수놓여 있었는데 붉은 고름과 잘 어울렸다.

치마도 고름의 색처럼 붉었는데 늘 튀지 않는 옷만 입던 그녀가 조금 부담스
러워했다.

"아랑아, 솔직히 말해보련. 이상하지 않니?"

"……."

아랑은 잠시 넋이 나갔다. 아랑 또한 은옥의 마음처럼 어울리지 않을 것
같았다. 하지만 막상 입은 모습을 보니 예상 밖이었다.

"역시 이상하니?"

아랑의 반응에 은옥이 울먹였다.

"어쩌지? 밖에 나가면 분명 놀림거리가 될 거야……."

"아, 아닙니다. 아가씨. 생각보다 너무 잘 어울려 놀랐습니다."

아랑의 말에 은옥이 울먹이던 것을 멈추고 그녀를 향해 시선을 옮겼다.

"정말?"

"예. 그리고 이제 머리를 올리면 될 것 같아요."

"아…… 응……."

머리를 올린다.

사실 호족의 암컷들은 인간들처럼 머리 모양에 큰 의미를 두지 않았다.
은옥 또한 호족을 따라 머리 모양에는 큰 의미를 두지 않고 다녔다. 양쪽 머
리를 땋아 반으로 묶고 다니는 것을 좋아했지만 이번만큼은 탁야가 머리를
올리고 나와주길 바랐다.

그녀의 머리를 올린 아랑이 그가 준비한 비녀를 꺼냈다. 신주로 된 비녀
의 머리 부분은 커다란 옥을 물고 있었다. 산호꽃과 진주가 장식되었는데 은
옥은 그 비녀가 참으로 마음에 들었다.

그녀의 머리에 비녀를 꽂은 아랑이 백분을 꺼내 그녀의 얼굴에 조심스레
두들겼다. 그리고 눈썹먹으로 눈썹을 그리고 입술연지를 꺼내 그녀의 입술
을 더욱더 붉게 했다.

"와아……."

기아처럼 요염한 염장艶粧 같은 것은 꿈에도 생각해 보지 않았던 은옥이

었다. 그녀는 장렴과는 거리가 멀었다.

담장淡粧 정도만 하며 지냈기에 생전 처음 색조가 들어간 단장을 해보았다.

"아름다우십니다."

아랑은 정말 진심이 우러나왔다. 이렇게 치장을 하니 청아하고 순백의 꽃처럼 가련했던 그녀가 붉은 홍매화가 되어 한층 더 성숙하게 변화했다.

"오라버니 옆에 서도 부족함이 없겠어?"

"예. 전혀요."

그녀가 인간이라는 것이 흠이긴 했지만 아랑은 굳이 그런 말까지는 표현하지 않기로 했다.

"하아, 긴장돼."

"걱정 마세요. 탁야 님 뜻대로만 하시면 됩니다."

"응."

잔치를 시작하기 전, 무이가 따로 탁야를 불렀다.

"아버지."

"음."

"간밤에 어머니께서 안 좋으셨다고 들었습니다. 괜찮으십니까?"

"그래. 아침이 되어서야 좀 괜찮아졌지."

탁야가 고개를 끄덕였다.

"오늘 너에게 내 자리를 넘길 생각이다."

"……."

"넌 나를 닮아 호족을 잘 이끌어주겠지."

"예. 그럴 것입니다."

흔들림 없는 대답에 무이가 웃음을 지어 보였다.

"그래. 만족스러운 대답이구나."

"그리고 제 반려도 그 순간을 함께할 것입니다."

무이는 태어나 처음으로 탁야의 말에 당황했다.

"뭐?"

"은옥입니다."

"뭐야?"

"그 아이의 반려가 되었습니다."

반려가 될 것이라는 말이 아닌 반려가 되었다는 말에 무이는 그가 은옥을 취했다는 것을 짐작했다.

"하필⋯⋯."

"그 아이와 혼례를 올릴 것입니다."

"안 된다."

아무리 은옥을 탁야가 취했어도 무이는 두 사람의 사이를 허락할 수 없었다.

"아버지! 은옥이는 제가 없으면 안 됩니다!"

"우리 호족을 책임져야 할 놈이 어리석기는⋯⋯! 그 아이를 너의 반려로 호족들이 인정할 것 같으냐?"

"제가 수령이 되면 어쩔 수 없이 인정하겠지요."

"은옥이 너의 약점이 되는 거야. 호족들이 널 우러러보는 게 아니라 널 얕보고 언제든 널 자리에서 끌어내릴 거라고."

결국 이렇게 사달이 났다.

무이는 진즉 은옥을 영역 밖으로 내보내지 않은 것을 후회했다. 워낙 속내를 드러내지 않는 탁야의 성격 탓에 이런 일을 방지하지 못한 것을 자책하며 등을 돌렸다.

"허락 못 한다. 아무리 반려로 서로를 인정하였어도 이 일은 절대 허할 수 없다."

"허락을 구하려 했다면 은옥이를 먼저 취하지도 않았습니다."

"너⋯⋯!"

"호족들은 걱정 마십시오."

탁야의 말에 무이가 몸을 돌려 그를 노려보았다.

"나의 반려를 거부할 수 있는 이들은 없을 테니까."

겁 없이 덤빈다면 잘게 부숴 버리면 그만이었다. 그는 절대 누구에게도 은옥을 빼앗길 마음이 없었다.

침잠이 가라앉는 그의 눈빛을 바라보며 무이가 깊은 한숨을 쉬었다.

기아는 무이가 수령의 자리를 탁야에게 넘긴다는 사실을 전해 듣고 한껏 치장을 했다. 그녀뿐만이 아니었다. 호족의 암컷들 모두가 한껏 치장에 힘을 썼다. 수령의 자리에 오른다면 곧 짝을 정해야 한다.

수령의 반려의 자리를 놓고 경쟁을 해야 할 시간이 온 것이다.

그녀의 얼굴에 토막 낸 오이를 부드럽게 비비며 피부에 수분을 채우던 호족의 암컷이 결이 곱고 탄력 있는 피부를 보며 감탄했다.

"아아. 기아 님 피부가 참으로 곱습니다."

일찍부터 기아에게 충성을 맹세한 암컷들이 그녀를 보며 감탄을 했다. 기아는 입에 발린 말이라는 것을 알면서도 기분 좋게 웃으며 면경을 바라보았다. 그녀의 곁에 있던 시종이 분꽃 씨를 곱게 간 가루를 가져와 연지첩에 찍어 정돈된 기아의 뺨과 이마에 조심히 두들겼다.

붉은 색분을 가져와 뺨에 찍어냈고 연지 또한 붉은 연지를 꺼내 그녀의 입술에 발랐다.

"환이環珥를 좀 더 화려한 걸 해야겠어."

"예, 이건 어떠십니까?"

귀에 걸려 있던 장신구를 떼어낸 기아가 화려한 술이 달린 것을 받아 귀에 걸었다. 그것이 좀 더 마음에 든 기아가 빙긋 웃었다.

붉은 치마에 검은 비단 저고리를 한 기아가 요염한 표정을 지어 보였다.

"이 정도면 되었지?"

"네. 아름다우셔요. 호족의 암컷들 중 가장 아름답고 가장 빛나시죠."

"오늘 자리는 더더욱 그래야 해."

기아의 말에 암컷들이 그녀의 발아래 무릎을 꿇었다.

"약속드립니다. 호족의 암컷들은 감히, 수령님을 향해 헛된 마음을 품지 않겠나이다."

발아래 엎드린 이들을 보며 기아가 입가를 뾰쪽하게 올렸다.

그래, 이제 드디어 그에게 닿는다.

호족의 수령에게, 탁야에게, 자신이 연모하는 그에게.

"자, 이제 출발하자."

"예, 기아 님."

"네, 기아 님."

무이를 만나고 나온 탁야가 자신의 처소의 고목나무에 기대고 쉬고 있는 소월을 발견했다.

"소월."

"이제 와?"

"그래."

"다들 널 기다리고 있어."

탁야가 고개를 끄덕였다.

호족의 모든 이들이 그의 탄일을 축하하기 위해 모여 음을 타고, 춤을 추었다. 일찍이 와 자리를 지키고 있는 기아가 탁야가 나타나자 환히 웃었다.

탁야는 자신의 자리를 찾아 앉았고 기아는 그가 앉자 기다렸다는 듯 그녀의 시종 명화에게 고갯짓을 했다. 명화가 고개를 끄덕이며 음을 타는 이에게 슬슬 준비하라는 눈짓을 했다.

그녀의 눈짓을 알아들은 그가 자연스럽게 다른 음을 탔다.

기아는 기다렸다는 듯 무대로 나가 독무를 시작했다.

"오오."

무릇, 호족의 수컷들은 기아를 참으로 선망했는데 오늘따라 한층 더 요염해진 그녀를 보자니 혼이 정말 나가 버린 듯했다. 그녀가 자신을 선택할 리 없지만 그저 이렇게 바라보기만 해도 몸이 달았다.

"저 색기를 봐……. 기아는 정말 호족의 암컷들 중 단연 최고라고 할 수 있지."

그런 수컷들의 노골적인 눈빛에도 기아는 아랑곳 않고 오직 탁야만을 바라보며 몸을 움직였다.

정작 탁야는 그녀의 그런 노골적인 춤사위에도 별 감흥을 느끼지 못하겠다는 듯 술잔을 기울이며 술을 마셨다.

소월도 애쓰는 기아를 보며 한숨을 쉬었다.

"안타깝군."

"……."

"기아가 가만있지 않을 거야. 다른 호족들도 마찬가지이겠지만."

"하지만 곧 나의 명을 따르겠지."

소월은 그의 대답에 한숨을 쉬며 술을 마셨다.

그리고 곧장 그에게 단호하게 말했다.

"넌 아직 수령이 아니야."

탁야가 그 말에 소월을 향해 시선을 옮겼다.

"잊지 마라. 수령은 아직 널 호족의 수령으로 인정하지 않았어."

"나 말고 또 누가 수령을 하지?"

그가 소월을 향해 조금 날 선 물음을 했다. 소월이 그의 말에 가볍게 웃었다.

"잊었나 본데, 나도 수령의 핏줄이야."

"……."

"나의 아버지가 일찍이 돌아가시지 않았다면 수령의 후계는 내가 되었을 수도 있었다. 탁야야."

그의 막역한 친우 소월은 무이의 막역했던 친우이자 전대 수령의 하나뿐인 핏줄이었으며 한때 수령의 후계였던 사내였다.

"그래서, 수령의 자리를 다시 찾겠다는 건가?"

"글쎄……."

소월이 기아를 향해 시선을 옮겼다.

"그런 생각이 아주 안 드는 건 아니라고 해두지."

"기아를 갖고 싶은 건가?"

탁야는 모르지 않았다. 소월이 기아를 마음에 두고 있음을.

"하지만 기아는 널 갖고 싶어 하지."

"정확하게는 내가 아닌 수령의 반려의 자리를 갖고 싶어 하지. 그래서 방랑자의 삶을 버리고 수령의 자리를 위해 나와 싸울 생각이야?"

소월이 그의 물음에 잔에 술을 따랐다.

술잔에 천천히 술이 채워지는 모습을 보며 소월이 쓰게 웃었다.

"수령의 자리가 내게 어울린다고 생각하진 않아."

"……."

"다만, 차기 수령님께서 사사로운 감정 때문에 호족들을 향해 이를 드러낸다면 생각이 달라질지도."

그의 말에 탁야가 술잔을 들었다.

"하지만 난 호족들이 나의 반려를 향해 이를 드러낸다면 가차 없을 거야."

"……."

소월은 독무를 마무리하는 기아를 보며 다시 작게 한숨을 쉬었다. 탁야의 마음이 어떠한지 알 리가 없는 그녀가 가여웠다.

기아.

워낙 어릴 때부터 권력에 남다른 욕심을 보였던 그녀였다. 수령의 반려. 그녀는 오직 그 꿈을 위해 태어난 암컷처럼 굴었다. 소월은 자신이 아닌 탁야만을 바라보며 수령의 반려를 꿈꾸는 그녀를 그저 한걸음 뒤에서 지켜볼 수밖에 없었다.

자신이 아닌 탁야를 선택할 때마다 그는 수령이었으나 일찍이 병을 얻어 죽은 자신의 아비를 탓했다. 하지만 소월은 싸워 수령의 자리를 가질 용기는 없었다. 탁야를 꺾을 자신도 없었고 소월을 낳아 젖도 물리지 못하고 일찍이 돌아가신 어미를 대신해 탁야와 함께 친형제처럼 키운 여의를 슬프게 할 수 없었다.

기아를 보고 있노라면, 수령의 자리가 탐났다.

여의를 보고 있노라면, 창백한 그녀의 얼굴에 슬픔을 드리울 수 없었다.

하여, 그는 호족의 영역을 떠나 방황했다. 영역만 벗어나면 그는 평범해졌다. 무엇 하나 고민할 것 없었고 마음가는대로, 눈 닿는 대로 행동하고 또 그것으로 인해 마음의 평정을 찾았다.

소월은 활짝 웃는 기아를 보며 주먹을 쥐었다. 어떤 것도 해줄 수 없는 자신이 너무나 한심했다.

기아의 독무를 보며 웃던 무이가 수족들이 자신에게 다가오는 것을 보고 술잔을 내려놓았다. 옆자리에 앉아 있는 여의가 알면 안 되는 은밀하고도 조심스러운 일이었다. 물론, 탁야 또한 이 일을 모르고 있었다. 탁야는 더더욱 이 일을 몰라야 했다.

수족들이 주변을 살피며 그의 귓가에 은밀하게 속삭였다.

"은옥 아가씨는 붙잡아두었습니다."

무이가 한숨을 쉬며 고개를 끄덕였다. 은옥에게는 못할 짓이었지만 호족의 미래를 위해서는 어쩔 수 없었다.

"인간의 마을까지 안전하게 내보내어야 할 것이다. 다치지 않게. 잘 뫼시거라."

"예."

무이 또한 이렇게 이별하게 될 줄은 몰랐다. 내색은 하지 않았지만 여의만큼 그 또한 은옥에게 정이 많았다. 키운 정 또한 낳은 정만큼 다르지 않았다.

"……."

"어찌 그러십니까?"

아무것도 모르는 여의가 동그랗게 눈을 뜨며 그를 바라보았다. 여의에게 또한 못 할 짓을 한 무이가 그녀의 손등 위로 손을 올리며 대답했다.

"아무것도 아니오."

"은옥이 보이지 않아요."

"……."

"또 어디서 무엇을 하는 건지……."

은옥의 생각에 걱정이 한가득인 여의의 표정에 무이가 잠시 말을 잃었다.

"수령님. 이제……."

그때, 그의 수족이 탁야에게 전달해야 할 목걸이를 가지고 다가왔다.

호족 수령만이 가질 수 있는 목걸이였다. 초대 수령의 뼈로 만든 영험한 물건이었다. 무이가 자리에서 일어났다. 탁야도 자리에서 일어나 그의 앞으로 걸어갔다.

두 사람의 시선이 복잡하게 엉켰다.

하지만 이내, 탁야가 무릎을 꿇었다. 무이는 한숨을 쉬며 목걸이를 조심스럽게 들어 그의 목에 걸어주었다.

"탁야. 명심하여라."

"……."

"대대로 내려온 초대 수령의 혼이 담긴 목걸이를 건네니 그대는 열아홉 번째 수령으로서의 의무를 가슴에 새기고 호족의 번영을 약속하라."

탁야가 그를 향해 고개를 들며 대답했다.

"반드시, 그리하겠습니다."

"……."

무이는 탁야의 호기로운 대답을 듣고도 표정이 좋지 않았다. 사실 지금 이 순간도 탁야에게 수령의 자리를 맡기는 것이 맞는 것인지 의문이었다. 하지만…… 여의의 몸 상태가 좋지 않았다. 더 늦기 전에 모든 것을 정리하고 여의와 여생을 함께 하고 싶었다.

"부탁한다."

진심이었다.

호족의 앞날에 먹구름이 끼지 않길 바랐다.

탁야가 웃으며 자리에서 일어났다. 그리고 목에 건 목걸이를 호족들에게 보여주며 새로운 수령이 되었음을 알렸다.

"와아!"

호족들은 수령이 된 탁야를 반겼다. 그 어떤 우두머리보다 뛰어나고 힘 있는 그였기에 그가 수령이 된 것에 반대하는 자들은 없었다.

그때였다.

"새로운 호족의 수령께 인사를 드리오!"

탁야가 드디어 수령의 자리를 차지한다는 소식에 화산의 다른 존재들 또한 초미의 관심을 두고 있었다.

"……."

랑족과 사족, 그리고 백호족이 찾아와 그와 무이에게 고개를 숙였다.

"아아, 이제 오십니까?"

탁야가 그들의 등장에 빙긋 웃어 보였다.

백호와 랑족의 앞에서도 기가 죽지 않는 모습을 보이며 탁야가 그들의 앞으로 다가갔다.

"아니 오는 줄 알았습니다."

"그럴 리가요. 탁야 님께서 드디어 수령의 자리에 오르신다는데 어찌 참석하지 않을 수 있겠습니까."

그들의 말에 탁야가 빙긋 웃었다.

이 화산에는 호족을 비롯한 범족, 랑족, 사족, 묘족…… 여러 존재들이 서로의 영역에서 서로를 견제하며 살아갔고 때로는 영역을 다투며 피를 보기도 했다.

탁야는 호족의 수령들 중 가장 뛰어난 수령이 될 재목이었다. 무이와 함께 앞장선 영역 다툼에서 단 한 번도 밀려난 적이 없었다. 가장 막강한 힘을 가진 범족을 가뿐히 이겨 버릴 정도로 탁야는 지략이 뛰어났다. 또, 호족들 간의 서열 일인자의 자리를 굳건하게 지키고 있었다. 수령의 유일한 후계.

탁야는 호족들 누구도 의심치 않는 그들의 미래의 수령이었다.

"오늘은 기쁜 날이니 즐기다 가세요."

"예. 수령이시여."

탁야가 몸을 돌려 자리로 돌아갔다.

기아는 그의 위풍당당한 모습에 다시 한 번 야릇한 신음을 흘렸다. 그를 갖고 싶다. 그의 옆자리에 그녀 또한 당당하게 서고 싶었다.

"하아, 너무 매력 있어."

기아는 이제 머지않았다고 믿었다. 그의 옆자리를 차지할 날이……

그러나 탁야는 그런 기아의 기대와는 달리 은옥을 제 옆에 두기 위해 수족에게 은밀히 속삭였다.

"이제 그 아이를 데려와."

"예."

그의 말에 수족이 조용히 사라졌다.

은옥은 그가 자신을 불러들일 때까지 얌전히 앉아 기다렸다. 머리를 올리고, 그가 원하는 옷을 입고, 너울을 쓴 채, 착하게 기다리고 있었다.

"모시겠습니다. 아가씨."

"아…… 예."

아랑은 어디를 갔는지 보이지 않았다. 아랑 대신 탁야의 다른 시종이 그녀를 도와 탁야의 탄일을 축하는 곳으로 그녀를 안내했다.

"……"

문이 열렸고 멀리, 탁야가 보였다.

너울 너머로 보이는 그의 모습을 보며 은옥이 조심스럽게 한 걸음, 한 걸음을 떼어냈다.

은옥의 등장에 호족들이 술렁였다.

무이 또한 누군가 걸어 들어오는 것을 보며 불안한 표정을 지우지 못했다. 분명 은옥을 붙잡았다고 전해 들었는데 이 일이 어찌 된 영문인지 자신의 수족을 불렀다.

"라군! 이게 대체 어찌 된 것이냐?"

"저, 저희도 어찌 된 것인지……. 분명 아가씨를 붙잡아두었는데…….."

"어서 은옥을 쫓아내어라. 어서!"

"무이, 어찌 그러는 겁니까? 어찌 은옥이를…….."

자신의 팔을 살며시 잡고 묻는 여의를 무이가 자신도 모르게 뿌리쳤다.

"아……."

"헉, 여의……."

"……무이. 어찌 이러는 것인지 말해주세요. 왜 이렇게 당황하는 것인지, 은옥은 왜 내쫓으려 하는지."

여의의 눈빛이 차가워졌다.

무이는 그녀의 눈빛에 표정이 일그러졌다.

은옥을 향해 매섭게 다가가는 무이의 수족들을 탁야의 수족들이 막아섰다. 영문을 모르는 은옥은 탁야만을 바라보며 천천히 걸음을 옮겼다.

그 걸음이 곱고 단아해 탁야는 그만 정신을 잃을 뻔했다. 너울을 썼지만 은옥은 너무나 어여뻤다.

살랑대는 바람을 맞으며 다가오는 은옥은 그야말로 신루 같았다.

기아는 은옥의 등장에 기분이 부쩍 이상해 자리에서 일어났다.

"설마……."

탁야는 자신에게 다가오는 은옥의 두 손을 맞잡으며 부드럽게 웃었다.

"이제 다 되었다."

"……."

그가 그녀의 너울을 벗겼다. 너울을 벗은 은옥은 수줍게 웃으며 그를 올려다보았다. 머리를 올린 은옥을 보며 기아는 경악을 할 수밖에 없었다.

"말도 안 돼."

"나의 반려."

탁야의 말에 호족들이 술렁이기 시작했다.

"말도 안 돼!"

기아가 소리치며 뛰쳐나갔다.

"지금 무슨 소리를 하는 건지 알기는 하는 거야?"

기아의 말에 탁야는 무표정한 얼굴로 그녀를 바라보았다.

"나의 반려라고 하였다. 문제 있나?"

"미쳤구나. 인간의 계집을 너의 반려라고 말하다니. 미쳤어. 미친 게 분명해!"

은옥이 기아의 발악과도 같은 행동에 슬쩍 탁야의 등 뒤로 숨었다. 그런 은옥의 행동이 곱게 보이지 않는 기아는 그녀를 끌어내려 손을 뻗었다.

기아의 기만을 탁야는 가만 보고 있지 않았다.

"악!"

그녀를 멀리 날려 버렸다.

소월이 놀라 자리에서 일어났다.

간신히 중심을 잡고 착지한 기아가 탁야를 노려보았다.

"탁야……!"

"나를 선택한 나의 반려이다. 감히 수령의 반려에게 손찌검을 하려 해?"

"인정 못 해. 나만 인정 못 할 것 같아? 여기 호족들 모두가 인정 안 할 거라고!"

그녀의 말에 탁야가 픽, 웃음을 흘렸다.

"과연 그럴까?"

"뭐……?"

"한낱 인간의 계집이 아니다. 나의 어머니 여의의 여우구슬을 품었으며 나의 씨를 품을 나의 유일무이한 반려이지."

그의 말에 기아의 표정이 엉망으로 무너졌다.

"하……!"

은옥을 다시 자신의 앞으로 내세운 그가 그녀의 양어깨에 두 손을 올리며 호족들에게 외쳤다.

"그대들은 나의 반려가 모자람이 있다고 생각하나?"

누구도 그의 물음에 대답을 하지 못했다.

그들은 무이보다도 탁야에 대한 기대가 컸다. 그것은 그가 화산을 삼켰듯 그로 인해 호족들의 화산을 영위할 것을 믿어 의심치 않았기 때문이었다. 그런 그가 인간의 여자를 반려로 삼겠다 하니 실망하지 않을 수가 없었다.

짝짝짝.

그때 백호족이 자리에서 일어나 박수를 쳤다.

"역시 호족은 달라도 다릅니다. 특별한 반려를 선택하시다니."

탁야가 백호족을 향해 고개를 돌렸다.

"인간이지만 호족의 여우구슬을 품고 있는 자……. 예로부터 인간이 호족의 여우구슬을 품으면 모든 이치를 깨닫는다 하지요. 모든 이치를 깨달은 여인의 뱃속에서 태어날 수령의 아기도 기대되는군요."

"그러합니까?"

"예. 백호족의 대표로 이 자리를 한 보담의 축하주를 한 잔 받으시지요."

"좋습니다."

보담의 말에 그가 흔쾌히 축하주를 들었다. 은옥이 보담을 슬며시 올려다보았다. 백호족은 처음 마주해 보는 것이었다. 어마무시할 정도로 풍채가 좋았고 뿜어져 나오는 분위기 또한 남달랐다. 보통 사람이라면 분명 기가 눌릴 만한 그런 분위기였다.

그럼에도 탁야는 아무렇지 않게 보담과 축하주를 들었다. 백호족이 나서서 은옥을 받아들이자 랑족과 사족도 나서 그녀를 환영했다.

물론, 그들의 이면엔 다른 것이 깔려 있었다. 수령의 반려를 받아들임과 동시에 그들 또한 그것을 빌미로 호족을 압박할 수 있는 기회를 잡으려 한 것이었다. 탁야 또한 그들의 속내를 모르지 않았다.

그들을 불러낸 것도, 이런 빌미를 그들에게 준 것도 모든 것이 탁야가 의도한 일이었다.

호족들은 백호족이 그녀를 인정하자 더욱더 술렁였다. 그들이 그녀를 이렇게 쉽게 인정할 것이라고는 생각지 못했다.

탁야가 은옥을 자신의 옆에 바짝 끌어당기며 다시 한 번 호족들을 향해 시선을 던졌다.

"그대들은 여전히 은옥을 나의 반려로 인정하지 못하는 것인가?"

"……."

먼저 그의 수족들이 그를 향해 머리를 조아렸다.

"수령님 뜻대로."

그러자 곧 다른 호족들도 하나둘씩 두 사람을 향해 머리를 조아렸다.

그 모습에 무이가 나서려 했다. 하지만 여의가 그를 붙잡으며 고개를 저었다.

"이제 그만 우리는 한걸음 물러나 지켜보아야 합니다. 무이."

"……."

"탁야를 믿어보셔요. 또……. 우리 은옥이를 믿어주셔요. 탁야의 반려로서……."

여의는 이렇게 될 것이란 걸 사실 오래전부터 깨달았다. 여인의 촉은 사내들보다 더 뛰어났다. 어느 순간부터 여동생이 아닌 여인으로 보는 탁야의 눈빛을 여의는 말릴 수 없었다.

물론 은옥이 탁야를 흠모하고 있다는 것도 모르지 않았다. 여의는 어미로서 그래서는 안 되었지만 두 사람이 이어지길 바랐다. 두 사람을 많이 아끼고 사랑했기에 그러했다. 비록 두 사람에게 많은 걸림돌과 풍파가 닥칠 일이었지만 여의는 믿어 의심치 않았다.

분명 두 사람은 많은 난관을 함께 헤쳐 나가리라고.

하지만 기아는 여전히 두 사람을 인정하지 못했다. 호족들 모두가 인정을 하고 은옥을 받아들였지만 그녀는 인정할 수 없었다.

"저 옆자리는 내 자리여야 한다고……!"

소월이 그녀의 곁으로 다가와 그녀를 부축했다. 하지만 기아는 그의 부축을 받지 않았다. 거칠게 그의 손을 뿌리치고 다리를 절며 사라졌다. 소월은 그런 그녀의 뒷모습을 슬픈 눈으로 바라보며 하늘을 향해 시선을 돌렸다.

"하아……."

서녘이 지고 있었다.

❖

은옥은 드디어 모든 호족들에게 자신이 그의 반려가 되었음을 알린 사실에 심장이 두근두근 뛰었다. 꿈같은 일이었다.

자신의 처소가 아닌 그의 처소로 돌아왔다는 사실도 꿈같았고 그의 침상에 앉아 그를 기다리고 있다는 사실도 꿈같았다.

혹시 정말로 이게 꿈인가 싶어 은옥이 손을 올려 볼을 꼬집었다.

"아얏."

아팠다.

꿈은 아니었다. 정녕, 꿈은 아니었다.

"뭐 하십니까?"

그때, 아랑이 따뜻한 차를 들고 들어왔다. 아랑의 등장에 은옥이 화들짝 놀라며 고개를 저었다.

"아, 아니야. 아. 근데 어디 있었어? 보이지 않아 찾았는데……."

"아."

아랑은 탁야의 명으로 잠시 그녀의 모습으로 변장을 했었다. 그것을 모르고 무이의 수족들이 그녀를 잡아둔 것이었고 비술이 뛰어나지 못했던지라 한식경도 못 버티고 들통이 났다.

그러나 그 시간만 벌어도 충분했다.

"차 식습니다. 드세요."

그러나 그런 일을 굳이 은옥에게까지 설명할 필요는 없었다. 요즘 들어 아랑은 자신의 입이 꽤나 무거워진 것에 스스로 감탄했다.

"아, 응."

"탁……. 아니, 수령님께서는 좀 늦으실 것 같다 하셨습니다. 먼저 수침 드셔도 된다 하셨으니 피곤하시면 먼저 주무세요."

"응. 알겠으니 너도 가서 쉬어."

"예."

은옥은 한숨을 푹, 쉬었다.

수령의 자리에 올랐으니 제법 바빠진 것 같았다.

"그래도 먼저 자라니. 너무해."

은옥이 입술을 삐쭉이며 투덜댔다.

풀썩.

침상 위로 몸을 던진 은옥이 한숨을 푹, 쉬었다. 어머니와 아버지의 얼굴을 차마 볼 수 없었다.

해가 밝으면 찾아가고 싶었다.

"……."

오라버니의 반려로 많이 부족했다. 더, 더 노력해 그의 반려로서 아깝지 않은 여인이 되겠노라 두 사람에게 꼭 말을 하고 싶었다.

그녀가 피곤한 눈을 끔뻑이다 이내 곧 잠이 들었다.

반나절이 조금 안 되서야 탁야는 호족들에게서 벗어날 수 있었다. 그들은 여전히 은옥을 마땅치 않게 생각했다.

그가 잠들어 있는 은옥의 뺨을 살며시 매만졌다.

"나의 반려가 부족하다면 나 또한 수령의 자리를 차지함에 부족한 자란 말로 간주하지. 그것은 곧 반역이다."

"……."

그들은 더 이상 어떤 말도 할 수 없었다.

"호족의 영역 밖은 그대들이 보았던 것처럼 백호족과 랑족, 사족들이 시시때때로 틈을 보이고 있다. 호족이 어지러워지면 그들이 입맛을 다시며 공격해 오겠지."

탁야는 싱긋 웃으며 쐐기를 박았다.

"뭐, 반역을 생각하기도 힘들겠지만."

어느 누구도 감히 탁야를 향해 검을 들 자들이 없었다.

"음……."

은옥이 뺨에 닿는 차가운 기운에 잠에서 깼다.

"깼어?"

"오라버니……."

은옥은 그가 돌아왔다는 사실에 상체를 일으켰다. 그리고 두 팔을 뻗으며 탁야에게 와락 안겼다.

"많이 기다렸니?"

"아뇨, 잠들었어요. 졸려……."

"더 자."

"재워줘요."

그녀의 말에 그가 웃으며 야금 안으로 함께 들어갔다.

"그래, 재워주마."

은옥이 그의 품을 조금 더 파고들었다.

"좋다. 오라버니 냄새……."

자신의 체취를 한껏 들이마시는 그녀를 보며 탁야가 입가를 예쁘게 말아 올렸다.

"이제 호칭을 바꿔야지."

"응?"

"서방님."

"아……."

그의 말에 은옥은 잠이 확 달아나는 것을 느꼈다.

"불러봐."

"……."

부끄러웠다. 두 뺨이 홧홧하게 달아오르는 것을 느낀 그녀가 양손을 뺨에 얹으며 당황해했다.

"그, 그치만⋯⋯."

"어서."

"⋯⋯."

은옥이 그를 올려다보았다.

서방님.

그는 이제 그녀에게 오라버니가 아닌 서방님이었다.

"서방님⋯⋯."

"한 번 더 불러줘."

"아이 참⋯⋯."

또 불러달라는 그의 말에 은옥이 고개를 숙였다. 그러나 탁야는 그런 그녀의 고개를 붙잡아 올렸다.

"안 그럼 밤새 괴롭혀 줄 거야."

"아⋯⋯. 오라버니⋯⋯."

"어? 뭐라고?"

탁야의 짓궂은 물음에 은옥은 너무나도 부끄러웠다. 하지만 그의 말처럼 이제 그를 부르는 호칭은 달라져야 했다. 익숙해져야 했다.

"서방님⋯⋯."

눈도 제대로 못 마주치며 말하는 은옥을 보며 탁야는 뜨거운 한숨을 토해냈다.

"하아, 이제 보니 너 남심을 불러일으키는 재주가 있어."

"예? 앗⋯⋯!"

은옥은 그가 자신을 눕히고 몸 위로 올라오자 놀라지 않을 수가 없었다.

"오라버니⋯⋯!"

"서방님."

"아⋯⋯."

"오늘은 제대로 교육을 해줘야겠어. 오라버니라고 할 때마다 널 괴롭힐 거야."

그의 말에 은옥이 얼굴을 붉히며 버둥댔다.

"이, 이러지 마셔요."

"서방님."

그가 단호하게 그녀에게 말했다.

"서방님……."

은옥은 그의 말을 그대로 따라 하며 부끄러워했고 탁야는 그녀의 그런 뺨을 어루만지며 입을 맞췄다.

"일단 오늘 밤은 쉽게 놓아주지 못하겠어."

"아앗……!"

은옥은 결국 자신의 저고리를 풀어버리는 그의 손길에 부끄러워했다. 이미 한 번 그와 몸을 섞은 사이였지만 여전히 이 모든 것들이 부끄럽기만 했다.

"불을 꺼줄게."

팟!

말이 끝나기 무섭게 초가 꺼졌다.

은옥은 어두워지니 더 긴장했다. 앞이 잘 보이지 않으니 그가 어찌할지 조금 두려웠다.

"괜찮아, 나의 신부. 널 잡아먹지는 않을 거란다."

그가 은옥의 귓가에 키득이며 말했다.

"아아, 오라버니……!"

"이런, 이런. 서방님이라니까."

은옥은 그 밤, 수없이 그의 손길을 느껴야 했다. 자신의 입술이 그를 오라버니에서 서방님으로 바꿔 부르는 것이 익숙해질 때까지…….

소월은 기아의 처소 문 앞에서 만월이 뜬 하늘을 멍하니 바라보았다. 매섭게 춥던 추위도 가셨다.

그러나 기아의 마음엔 찬바람이 불었다.

"그만 울지?"

"닥쳐! 꺼져, 꺼지라고!"

이미 기아의 시종들은 그녀의 역정에 일찍이 자리를 피한 상황이었다. 그런데도 굳이, 굳이 그녀의 처소 앞을 지키며 소월이 그녀를 달래고 있었다.

처소 안은 엉망이었다. 모든 물건을 던지는 것도 모자라 옷을 찢고, 머리에 꽂았던 장신구들을 전부 잡아떼어 냈다. 화를 넘어서 그깟 인간 계집에게 졌다는 치욕에 눈물이 났다. 소월은 그런 그녀의 마음을 모르지 않았다.

한참 문 앞에서 기아가 문을 열어주기를 기다렸던 소월이 결국 문을 열고 들어갔다. 침상 위에 앉아 있던 그녀가 그가 안으로 들어온다는 것을 깨닫고 베개를 던졌다.

소월이 검지를 치켜들며 그것을 간단히 옆으로 튕겼다.

"어린애 같긴."

"귀머거리야? 꺼지라고 하였잖아!"

"그렇게 그 자리가 탐나?"

그가 한숨을 쉬며 물었다. 기아는 그의 질문에 단 한 치의 망설임 없이 대답했다.

"그래. 탐나. 내 전부를 걸어서라도 꼭 빼앗을 거야."

"……."

소월이 기아에게 가까이 다가갔다. 기아는 자신을 향해 다가오는 그를 가만히 노려보며 입술을 움직였다.

"그 계집이 앉은 자리, 내가 반드시 되찾을 거라고!"

무표정한 얼굴로 다가간 그가 기아의 턱 끝을 잡아당겼다.

"내가 수령이 되면, 나의 반려가 되겠어?"

"……."

진지한 먹색의 눈동자가 기아의 옥색 눈동자를 흔들림 없이 마주했다. 기아는 그가 진심을 다해 묻는 것이란 걸 알았다. 하지만 그는 수령이 될 재목이 아니었다.

"네가?"

소월이 그녀를 양어깨를 짓누르며 거칠게 눕혔다.

이미 저고리 앞섶이 풀려 풍성한 가슴골을 여과 없이 보여주던 기아의 젖가슴이 출렁이며 그의 시선을 사로잡았다.

"날 선택해, 기아."

"……."

그가 그녀의 입술에 입술을 포갰다.

거친 그의 숨이 그녀의 잔잔한 숨결과 얽히고 섞였다. 거칠게 반항할 줄 알았던 기아가 얌전히 있자 소월은 탄력을 받은 듯 그녀의 뽀얀 가슴으로 고개를 내렸다.

기아는 자신의 가슴을 쥐고 애무를 하는 그를 내려다보며 차갑게 비웃었다.

"널 키워준 여의를 버리고, 무이를 버리고 너와 친형제나 마찬가지인 탁야를 버릴 수 있다고? 날 위해서?"

"……."

따뜻한 살결에 입을 맞추던 소월이 행동을 멈추고 그녀를 바라보았다. 그는 어떤 말도 하지 못했다.

기아가 그를 향해 입가를 한껏 말아 올리며 웃었다. 애써한 단장이 전부 망가져 버리고 그의 입맞춤으로 입술에 발랐던 연지도 번져 버렸지만 그럼에도 그녀는 아름다웠다. 그가 그의 고개를 잡아 자신의 얼굴 가까이로 끌어당겼다. 연지가 번진 붉은 입술이 소월의 뺨 언저리에 닿을 듯 말 듯한 거리에서 서성이며 더운 숨을 뿜어냈다.

기아는 쉬운 상대는 싫었다.

소월 또한 마찬가지였다.

그녀는 탁야. 탁야가 아니면 싫었다.

"네가 수령이 된다 한들 탁야는 될 수 없지. 안 그래?"

그녀의 말에 소월의 미간이 미세하게 좁혀졌다.

"괜한 수고 하지 마. 그 계집이 앉은 자리는 내가 꼭 되찾을 거니까."

"……."

기아가 그를 밀치며 자리에서 일어났다. 풀어진 저고리를 여유 있게 여미며 탁상 앞에 앉아 경대와 백분, 연지를 꺼냈다.

엉망이 된 얼굴을 다시 단장하는 그녀의 모습에 소월이 자리를 박차고 나갔다.

그가 나가든 말든 흥분을 가라앉힌 기아는 스스로 단장을 하는 데 여념이 없었다. 그리고 자신의 표독스러운 표정을 그대로 비추는 경대를 보며 작게 다짐했다.

"그런 계집에게 내 자리를 허무하게 빼앗길 수야 없지."

기아는 절대 이렇게 그 자리를 넘겨줄 마음이 없었다.

분첩을 뺨에 두들기며 기아는 어떻게 은옥을 그 자리에서 끌어내릴지를 고민했다.

"두고 봐. 누가 이기는지……."

기아의 그런 의중을 알 리 없는 은옥은 여의의 처소로 들어가 여의의 얼굴을 차마 바라보지 못하고 고개를 숙인 채 서 있었다.

여의는 어깨를 잔뜩 움츠리고 서 있는 그녀를 보며 한숨을 쉬었다.

"네가 뭘 잘못했는지는 아는가 보구나."

"어머니……."

"언젠가 한 번은……. 한 번은 어미의 뜻을 거스를 것 같았어."

두 손을 모아 꽉 쥐고 있는 은옥에게로 다가간 여의가 그 두 손을 살며시 맞잡았다. 은옥이 자신의 손을 따뜻하게 잡아주는 여의의 다독임에 용기를 얻어 고개를 천천히 들었다.

"하지만 이렇게 무턱대고 큰일을 치를지는 몰랐단다."

"죄, 죄송해요……."

"마냥 내 품의 아이였던 네가……."

여의는 여전히 믿기지 않았다. 하지만 탁야가 은옥의 곁을 지켜준다면 더할 나위 없었다.

"어머니……."

하지만 그럼에도 조금 괘씸했다.

여의가 은옥의 반듯한 이마에 손가락을 튕겼다.

"아얏."

"아무리 첫날밤을 급히 치렀어도 아직 혼인 전이니 네 처소에서 기거하렴."

"예?"

"정식으로 혼례는 올려야지."

"아……."

두 사람의 혼례를 허락한다는 그녀의 말에 은옥이 기뻐 눈물을 지었다. 그러다 곧 무이를 떠올리고 여의에게 조심스럽게 물었다.

"저…… 아버지께서는……."

여의가 우물쭈물한 그 물음에 말없이 입가를 올렸다. 힘없는 미소였다. 무이는 여전히 은옥을 반대했다. 자신의 양딸로서는 인정하지만 탁야의 반려로는 인정할 수 없었다.

"조금 시간이 걸릴 것 같구나."

"……."

"걱정 말아. 결국엔 널 탁야의 반려로도 인정해 주실 테니까."

"그럴까요……?"

왠지 그것엔 자신이 없었다. 하지만 여의는 달랐다.

"그럼. 넌 평범한 아이가 아니잖니. 나의 여우구슬을 품고 있는 아이고, 수령이 키운 아이야."

"……."

"인정하실 거야. 오래 걸리지 않을 거라고 장담해."

여의의 말에 은옥이 고개를 끄덕였다.

"인정하실 수 있게 제가 노력할게요."

기특한 그녀의 대답에 여의가 방긋 웃었다.

"이렇게 속이 깊은데 금방 알아주실 거야."

"네……."

"콜록, 콜록콜록."

여의의 기침이 시작되었다.

한 번 시작하면 좀처럼 멈추질 못했기에 은옥이 걱정이 가득한 얼굴로 그녀를 부축했다.

"어머니, 괜찮으셔요?"

"콜록, 콜록!"

"어머니!"

여의가 각혈을 했다. 놀란 은옥이 그녀를 불렀다.

밖에 있던 아랑이 들어와 쓰러지는 여의를 은옥과 함께 부축했고 소리쳤다.

"어서 태기 할배를 불러, 어서!"

호족들의 가장 웃어른이며 그들의 병환을 맡고 있는 태기를 찾으며 아랑이 여의를 침상으로 데려갔다.

은옥은 눈물을 뚝뚝 흘리며 피로 얼룩진 여의의 입가를 닦아내었다. 소식을 듣고 온 무이가 하얗게 질린 채 누워 있는 여의를 향해 달려왔다.

"여의!"

은옥은 자신을 밀치고 여의를 향해 달려온 무이를 보며 한 걸음 물러났다.

"여의, 여의! 정신 차려요. 여의!"

"……."

눈을 뜨지 못하는 그녀를 보며 무이가 고개를 떨궜다.

"큭……."

"아버지……"

은옥이 그를 불렀다.

무이가 은옥을 향해 고개를 돌렸다. 여우구슬. 그녀의 여우구슬을 돌려받는다면 여의의 생명은 조금 더 연장될 수 있었다.

그가 일어서 은옥을 붙잡았다.

"꺅!"

"무이 님!"

아랑이 놀라 그를 불렀지만 무이는 이미 이성을 잃은 지 오래였다.

"여우구슬, 여우구슬을 내놓아라."

"아, 아버지……!"

"어서 내놔! 그건 여의의 것이야!"

"아버지!"

탁야가 때마침 나타나 은옥을 그에게서 떼어냈다.

"네 어미가 죽게 생겼다. 저대로 둘 것이냐?"

"……"

"은옥이 너도. 이제 그만 돌려줘야지 않겠느냐? 원래 그것은 여의의 것이었다. 널 키워준 어미를 이렇게 보낼 것이야?"

"아버지……"

은옥이 금방이라도 숨이 넘어갈 듯한 여의를 바라보았다. 백지장처럼 하얀 그녀의 안색은 은옥을 덜컥, 겁나게 하기 충분했다. 은옥이 고개를 저었다.

"제가, 제가 여우구슬을 돌려주면 어머니께서 다시 건강해질 수 있는 겁니까?"

"그래, 그러니 어서……"

은옥은 큰 결심을 했다.

하지만 탁야가 그런 은옥을 막아섰다. 지금 상황에서 여우구슬을 내어준다면 호족들은 당장에라도 그녀에게 이빨을 드러낼 것이 뻔했다.

"탁야……!"

그녀를 막는 탁야를 향해 무이가 진심을 다해 분노했다.

짐승의 소리가 들렸다. 은옥은 무이가 그렇게 화를 내는 것을 처음 보았다. 숨이 막힐 정도로 지독한 암기가 뿜어져 나오고 있었다. 은옥이 비틀거리자 그가 그녀를 붙잡으며 암기에 영향이 받지 않게끔 도와주었다.

"하아, 하아……. 오라버니……."

"또, 또. 서방님이라고 하지 않았어?"

그 와중에도 호칭을 구분하는 그의 행동에 은옥이 웃으면 안 되는데 웃음을 지었다. 하지만 탁야는 사실 무이의 변화에 촉각을 곤두세우고 있었다. 그의 가장 나쁜 버릇은 긴장이 되면 될수록 여유를 부린다는 것이었다.

무이는 점점 짐승으로 변하고 있었다.

"무이……."

그때였다.

여의가 그의 이름을 힘겹게 불렀고 무이는 자신의 이름을 부르는 그녀의 목소리를 놓치지 않고 들었다.

"여의……."

정신을 차린 여의가 억지로 상체를 일으켰다. 그러자 무이가 곧장 모습을 달리하고 그녀에게 달려갔다.

"여의, 괜찮아?"

"어머니……!"

은옥이 그녀에게 다가가려 했지만 탁야가 그녀를 붙잡았다. 아비인 무이에게는 불효였지만 언제든 틈만 보이면 은옥에게 위협을 가할 상태였다.

"여의, 그대의 구슬을 돌려받자. 돌려받으면……."

"아니요. 무이, 외면하지 마세요. 여우구슬로도 살아가기 힘든 몸입니다."

그녀의 말에 무이는 절망했다.

"아아, 여의……. 나는, 나는 그대를 못 보낸다."

"아이참. 누가 보면 당장 숨이 넘어가겠습니다. 그저 각혈을 한 것뿐입니다. 그리고 은옥이 겁먹은 거 안 보이십니까?"

"……."

"다시는 그러지 마세요. 아시겠어요?"

여의는 무이에게 늘 휘둘리다가도 중요한 순간엔 자신의 의견을 피력할
줄 아는 여인이었다.

무이는 이미 그녀가 여우구슬을 은옥에게 건네줄 때부터 그 구슬을 돌려
받을 생각이 없었다는 것을 알고 있었다.

"후. 태기, 고마워요. 이제 괜찮으니 나가봐요."

"기를 보할 약을 지어 보내겠습니다. 여의 님."

"네, 부탁해요."

무이의 살의와 암기가 사라지자 탁야는 그제야 은옥과 함께 여의에게로
다가갔다. 은옥이 울먹이며 그녀를 바라보았다.

여의가 그런 은옥에게로 손을 뻗었다. 무이는 어쩔 수 없이 옆으로 비켰
고 은옥은 기다렸다는 듯 그녀에게 달려갔다.

"어머니……!"

"놀랐구나. 우리 은옥이 탁야 혼례복도 맞추고 둘이 혼례 하는 것도 봐야
하는데 쉽게 하늘의 부름에 응할 수가 있겠어?"

"어머니……."

여의의 말에 은옥이 결국 눈물을 떨어뜨렸다.

"울면 어째, 그만 울렴. 착하지? 우리 아기."

무이는 여전히 은옥을 향한 모성에 결국 고개를 숙였다.

여의가 탁야를 향해 시선을 돌렸다. 탁야 또한 마음이 좋지 않았다. 사랑
하는 어머니가 나날이 야위어가는 모습, 시들어가는 모습은 무척 가슴 아픈
일이었다.

"가까이 오렴."

그가 여의에게 좀 더 가까이 다가갔다. 그녀가 그의 손을 잡아 자신의 뺨
에 가져가며 나직이 말했다.

"너의 하나뿐인 반려가 되었으니 은옥이의 일생은 이제 너에게 달렸어."

"예."

"한 사람이 너의 세계에, 너의 안에 속하게 된다는 건 꽤 쉽지 않은 일이란다."

"쉽지 않아도…… 함께 할 것입니다."

그의 말에 여의가 만족을 하며 침상에 몸을 뉘었다.

"하아. 좀 피곤해. 쉬고 싶네."

"나가보겠습니다."

"어머니……."

곁에서 간호를 하고 싶었던 은옥은 탁야가 자신을 향해 고개를 절레절레 저으며 손목을 잡아당기자 결국 힘없이 밖으로 그와 함께 걸음을 옮겼다.

"오라버니……."

"서방님."

탁야가 다시 정정하자 은옥이 순순히 입술을 움직여 따라 불렀다.

"서방님……."

"왜 그러시오. 부인."

"여우구슬을 어머니께 돌려 드리면 어머니께서 좀 더 제 곁에 있다 가시지 않을까요?"

"……."

은옥이 또다시 닭똥 같은 눈물을 터뜨렸다.

"인간보다 삶을 오래 사는 호족이지만 어쨌든 죽음을 피할 수 없어."

"흑……."

"어머니가 너의 몸에 여전히 여우구슬을 거두지 않는 건 네가 이 호족의 영역 안에서 탈 없이 살아갈 수 있는 명분을 가져야 하기 때문일 거야."

"……."

은옥 또한 모르지 않았다.

여의의 구슬을 품고 있기에 호족들이 자신을 받아준 것이었고 수령의 양

딸이기에 그들이 자신에게 고개를 숙인 것이었다.

"흑, 어머니……."

그가 슬퍼하는 그녀의 어깨를 끌어안았다. 은옥이 펑펑 눈물을 흘리며 얼마 남지 않은 여의의 시간을 안타까워했다.

무이 또한 여의를 앞에 두고 서글픈 표정을 지우지 못했다.

"무이…… 약속해요. 내가 지금보다 더 위독해진다고 해도 은옥에게서 나의 여우구슬을 빼앗으려 하지 말아줘요."

"은옥의 걱정만 하지 말아. 혼자 남겨질 나는 걱정이 되지 않는가?"

"잠시 제가 먼저 떠나 있는 것일 뿐이지 않습니까?"

"여의……!"

"한날, 한시에 함께 눈을 감는 것도 참 좋은 일이겠지만 그럴 수 없기에 더 애틋한 것이지 않겠습니까? 나는 죽는 날까지 무이와 애틋하고 싶습니다."

자신의 뺨을 어루만지는 여의의 손에 무이는 수없이 입을 맞췄다.

"내일은 좀 더 날 은애해 주세요."

"그래……."

"그다음 날도, 그다음 날도……."

여의가 눈을 감고 중얼거렸다.

기력이 빠져 잠이 드는 그녀를 내려다보며 무이가 작게 흐느꼈다. 그의 심장이 점점 이지러지고 있었다.

여의의 심상치 않은 몸 상태에 탁야와 은옥의 혼례가 서둘러 준비되고 있었다. 은옥은 하루가 멀다 하고 여의를 찾아갔다.

"괜찮다는데도."

은옥은 괜찮다는 그녀의 어깨에 탄자를 둘러주었다. 봄기운이 찾아오고 있었지만 병약해진 여의에게는 아직 바깥 공기가 차가웠다.

"안 돼요. 태기 아저씨도 바깥출입은 자제하라 하였잖아요. 하도 답답하다 하시어서 나온 거니까 은옥이 말을 따라주셔요."

"하여간……."

단호한 은옥의 말에 여의가 힘없이 웃으며 잠든 등나무를 바라보았다.

"등꽃이 피려면 한참 멀었겠지."

"……."

"등꽃이 흐드러지게 피는 건 보고 가고 싶구나."

"어머니……."

여의의 말에 은옥의 표정이 어두워졌다.

"탁야가 왔구나."

탁야의 기척을 느낀 여의가 몸을 돌렸다. 그녀의 말에 은옥도 몸을 돌려 천천히 다가오는 그를 바라보았다.

은옥은 어쩐지 그가 점점 더 멋있어지는 것 같았다. 긴 잿빛 머리카락이 바람에 흩날렸다. 여의는 탁야를 보며 빙긋 웃었다.

"여기 계실 줄 알았습니다."

"후후."

"이 등나무를 참 좋아하시죠."

그가 등나무를 올려다보며 말했다.

"그래. 늘 이 나무의 등꽃이 피면 늘 등꽃 아래서 너와 은옥이랑 함께 나들이를 했었지."

"이번 봄에도 그래야죠."

그의 말에 여의가 힘없이 웃었다.

"이 나무는 내게 의미가 많은 나무란다."

"……."

"나의 증조할머니께서 심으신 나무이고 여기서 무이와 함께할 것을 맹세했지."

아직 끝나지 않은 겨울의 시심에 잠이 든 등나무를 어루만지던 여의가 은옥을 불렀다.

"은옥아."

그녀가 은옥의 손을 맞잡았다.

"이제는 나 대신 네가 이 나무를 지켜주었으면 좋겠구나."

"흑, 어머니……!"

은옥이 결국 또다시 울음을 터뜨리고 여의에게 안겼다.

"아아, 은옥아. 이것은 자연스러운 것이란다. 그리 슬퍼하면 어미가 어찌 편히 눈을 감겠니?"

"흐윽."

여의가 은옥의 눈가에 맺힌 눈물을 거두며 토닥였다. 그녀가 고개를 돌려 탁야의 뒤에 있는 무이를 향해 눈길을 던졌다. 여의가 걱정이 되어 온 무이가 탁야와 은옥도 함께 있는 것을 보고 멀리서 세 사람을 지켜보고 있었다. 그녀가 그를 향해 빙긋 웃으며 은옥에게 속삭였다.

"이제 그만 들어갈까?"

"예……."

그녀의 말에 은옥이 고개를 끄덕였다. 탁야도 무이가 가까이 있다는 사실을 알았다. 은옥이 뒤늦게 무이가 왔다는 사실을 깨닫고 조금 위축되었다.

"……."

탁야가 그런 은옥에게 다가가 그녀를 끌어안았다.

"괜찮아."

무이 또한 그 일을 미안해하고 있었다. 아비 된 자로서 보여서는 안 될 일이었다. 자신을 보자 움츠리는 은옥을 보며 무이는 무거운 한숨을 쉬었다. 여의 또한 은옥의 그러한 반응을 보며 무거운 한숨을 쉬었다. 허나, 시간이 해결할 것이란 걸 알았다.

여의와 무이가 처소로 돌아갔다.

은옥은 여의에게 헌신적인 무이의 뒷모습을 바라보며 조용히 자신의 처소로 돌아왔다.

그녀도 잘 알았다. 아버지에겐 어머니뿐이라는 것을. 그렇기에 마음이 무거웠다. 여우구슬을 바라고, 자신을 향해 위협도 불사했던 그를 원망하는 것은 아니었다. 하지만 어쩔 수 없이 그가 두렵고 겁이 났다.

"은옥아?"

말이 없는 그녀를 탁야가 불렀다.

"아. 예. 서, 서방님……."

여전히 어색하였지만 이제는 익숙해져야 할 단어였다.

탁야가 그녀의 말에 입가를 말아 올리며 찻잔을 들었다. 은옥이 차가 식은 것을 마시려는 그를 보며 자리에서 일어났다.

"차, 차를 데워올게요."

탁야가 괜한 부끄러움에 자리를 피하려는 은옥을 붙잡아 자신의 무릎 위에 앉혔다.

"괜찮아. 차 한 잔 정도는 내가 알아서 데울 수 있는걸."

"하지만……."

그가 찻잔의 입을 가볍게 들어 흔들었다. 그러자 금세 찻물이 따뜻하게 데워졌고 은옥을 보며 그가 빙긋 웃었다.

"차는 한 잔이면 충분해."

"내, 내려주시어요."

그의 다리에 앉아 있는 자세는 여간 어색하고 부끄럽기 그지없었다.

"왜? 어릴 땐 이렇게 내 무릎 위에 자주 올라왔잖아."

"그야, 그건 어렸을 때고…… 지금은……. 누가 보면 흉하다 할 것이 분명합니다."

"나의 신부를 내가 이리 안겠다는데 감히 누가 무어라 하겠어."

"서방님……!"

그가 짓궂게 웃으며 그녀의 뺨에 입을 맞췄다.

"앗……."

가볍게 닿는 그의 입술만으로도 은옥은 기분이 이상해졌다. 탁야가 얼굴을 붉히는 그녀를 바라보며 입가를 올렸다.

"이런, 나의 신부님. 내가 무슨 짓을 할지 알고 있는 거야?"

"그, 그런⋯⋯."

얼굴을 붉히며 은옥이 그의 무릎 아래로 내려가기 위해 버둥댔다.

"내, 내려주세요. 네?"

"조금만, 조금만 이러고 있자."

그가 그녀의 어깨에 얼굴을 묻었다. 은옥의 부드럽고 달콤한 체취를 한껏 들이마시며 편히 숨을 내쉬었다.

"좋은 냄새가 나. 너한테."

"무, 무슨⋯⋯."

"좋아. 우리 은옥이 냄새."

결국 은옥은 얌전히 그의 품에 갇혀 안겨 있었다.

"아버지는⋯⋯."

"⋯⋯."

"네게 심했다는 걸 알고 계셔."

"알아요."

그가 작게 한숨을 쉬며 그녀의 머리에 가볍게 입을 맞췄다.

"시간은 좀 걸리겠지만 기다리자. 다가오시기를."

"네."

"하아. 당장이라도 널 저 침상에 눕히고 싶지만⋯⋯."

탁야가 못내 아쉬운 표정으로 은옥을 자신의 무릎 위에서 내려 보냈다.

"내일만 참으면 되니까."

"아⋯⋯."

"내일, 데리러올게."

그의 말에 은옥이 고개를 끄덕였다.

탁야는 아쉬운 마음을 뒤로하고 은옥의 처소를 나섰다.

"⋯⋯."

길을 걷던 그가 걸음을 멈추고 미간을 좁혔다.

"자꾸 신경 쓰인단 말이야……."

"뭐가?"

"……."

소월이 그의 뒤로 쓱 나타나 그의 어깨 위에 얼굴을 들이대며 물었다. 기척도 없이 나타난 그의 행동에 탁야가 미간을 좁히며 한 걸음 물러났다.

"뭐가 신경 쓰인다는 거야?"

"영역 밖. 정확히 말하면 인간이 만든 그 사찰."

"사찰? 아, 거기?"

"그래."

탁야의 말에 소월도 고개를 끄덕였다.

"음, 확실히 좀 그렇지. 뭐랄까……."

"누군가 결계를 건드렸어."

"그래! 그거야. 결계가 무너진 것 같달까."

소월이 중지와 엄지를 튕기며 소리쳤다.

"그래서? 가볼 거야?"

"귀찮아."

단호한 탁야의 말에 눈을 반짝이던 소월이 흥미를 잃고 툴툴댔다.

"뭐야. 신경 쓰인다면서."

"어차피 그 결계의 영향을 받는 건 인간들의 마을이잖아. 우리 호족과는 상관이 없지."

"하긴……. 그 결계는 화산엔 영향을 주지 않으니까. 인간들이나 좀 영향을 받겠지."

게다가 은옥과의 혼인을 앞두고 있는 상황이었기에 탁야는 굳이 일을 벌이고 싶지 않았다.

"한동안 나와는 말을 안 할 줄 알았어."

탁야가 말했다.

소월이 그의 말에 픽, 웃으며 그의 어깨에 팔을 둘렀다.

"뭐야, 내가 너처럼 옹졸한 줄 알아? 꽁해서 말도 안 하게?"

"그래. 내가 괜한 생각을 했어. 말을 하루라도 안 하면 입에 가시가 돋는 녀석인데 말이야."

"뭐야?"

"내 혼례는 보고 떠날 생각인가 보네."

그의 말에 소월이 어깨를 으쓱였다.

"글쎄. 나도 이제 슬슬 정착해야 하지 않나 싶기도 하고."

탁야가 소월을 보며 씩 웃었다.

"기아와?"

소월의 표정이 잠시 어두워졌다.

"글쎄."

그의 어두운 표정에 탁야가 손을 올려 소월의 어깨를 툭툭, 두들겼다.

"곧 너에게도 마음을 열겠지."

"……."

'넌 기아를 몰라. 탁야.'

탁야가 걸음을 멈춰 선 그를 보며 의아한 눈빛을 지어 보였다.

"뭐 해?"

"기아는 절대 포기 안 할 거야."

"……."

"그러니 조심해."

소월이 그에게 해줄 수 있는 말은 그것이 전부였다. 기아가 은옥을 향해 서슬 퍼런 날을 갈고 있다는 것을 말할 수 없었다.

"간다."

"……."

소월이 탁야의 어깨를 토닥이며 지나쳤다. 혼자 남겨진 그는 무학대사가 지었다는 사찰을 향해 고개를 돌렸다.

"……."

❖

은옥은 좀처럼 잠이 오지 않았다. 내일은 정말로 그의 신부가 되는 날이었다. 그를 선택했던 그 순간만큼 떨렸다.

"하아……."

좀처럼 잠이 오지 않았다. 뒤척이던 은옥이 결국 처소 앞마당으로 나와 어두운 밤하늘을 올려다보았다.

어쩐지 오늘따라 주변의 모든 것들이 느릿느릿 흘러가는 것 같았다.

그래도 달빛은 굉장히 밝았다.

"와아."

맑은 빛이 땅으로 내려와 환히 비추니 어쩐지 기분이 좋았다. 은옥이 고개를 들어 고운 달빛을 한껏 쐬었다.

모두가 잠들었을 늦은 밤. 은옥은 조용히 산책을 즐겼다.

그때였다.

타닥!

담장 쪽에 수상한 소리가 나자 놀란 그녀가 서둘러 몸을 돌렸다.

"꺅!"

갑자기 뭔가가 자신을 덮치자 은옥이 비명을 질렀다. 큰 손이 그녀의 입을 곧장 막았고 겁에 질린 은옥이 거칠게 몸부림을 쳤다.

"읍, 으읍!"

"쉬이. 목소리를 죽여."

그녀의 귓가에 나직이 말하는 목소리는 굉장히 익숙한 목소리였다.

"너도 잠이 오지 않는 모양이구나."

"오, 오라버니?"

"후우, 언제쯤 서방님이란 말이 익숙해질까. 우리 은옥이."

"아…… 서방님……."

탁야 또한 마찬가지였다. 잠이 오지 않았다. 고목나무 위에 올라가 잠시 바람을 쐬려는데 은옥 또한 잠을 자지 못하고 처소 밖을 서성이고 있는 것을 발견한 것이었다.

"나의 신부님. 아무래도 우리 서로 이 밤이 외로워서 잠을 못 자는 것이 아닐까?"

"그, 그런……."

탁야가 웃으며 그녀를 안아 들었다.

"서방님……!"

"달님이 너무 느릿느릿 서녘으로 넘어가. 어쩌면 우리가 이리 함께 있는 게 싫어서 빨리 해님을 불러올릴지 모르잖아."

"말도 안 되는 소리를……."

황당한 말에 어이없어 하는 은옥을 보며 탁야가 킥킥 웃었다. 두 사람은 결국 처소 안으로 들어갔다.

은옥이 침상 위에 몸이 눕혀지자 조금 긴장한 눈으로 그를 올려다보았다.

"나의 신부님."

"……."

자신의 긴 머리카락을 한 움큼 집어든 그가 머릿결에 입을 맞추는 것을 은옥이 떨리는 숨을 애써 죽여가며 바라보았다.

"그거 알아?"

"예……?"

"점점 내가 너에게 미쳐가."

"아……."

자리옷이 순식간에 벗겨지기 시작했다. 달빛이 밝아 촛불을 껐음에도 은옥은 그의 모습이 훤히 보였다. 어느새 흐트러진 옷깃 사이로 단단한 가슴이 보였다. 그 모습이 어찌 그리 여자보다도 매혹적인지 은옥은 얼굴이 점점 홧홧해지는 것을 느꼈다.

"흑."

그가 다리속곳까지 전부 벗겨낸 것을 뒤늦게 눈치챈 은옥이 맨살이 차가운 공기에 닿자 놀라 움찔댔다.

"괜찮아……."

"아, 음……."

입을 맞춰오는 그의 입맞춤에 은옥이 낮게 신음을 뱉었다. 머릿속이 멍해지기 시작했다. 그녀는 점점 그에게 홀리는 기분이었다.

"아아, 서방님……."

"그래, 그렇게 나를 불러줘."

온화하고 부드러운 목소리가 은옥의 귓가에 맴돌았다.

"서방님……."

그의 살결이 닿기 시작했다. 그저 그의 따뜻한 온기가 피부를 스치고 닿은 것뿐인데 은옥이 몸을 파르르 떨며 달콤한 신음을 흘렸다.

"아앙……."

"예민해졌구나."

"아앗."

은옥의 귓바퀴를 탁야가 이를 세워 슬쩍 물었다. 그녀가 아찔한 쾌감에 어쩔 줄 몰라 했고 탁야는 은옥의 다리 사이로 자리를 잡고 그녀의 가는 다리를 잡아 올렸다.

"하웃!"

은옥은 자신의 허벅지 안쪽을 핥고 빨자 높은 신음을 터뜨렸다. 한 손으로 그녀의 보드라운 가슴을 쥐고 있던 그가 도드라진 정점을 꼬집으며 끊임없이 은옥을 뜨겁게 자극시켰다.

여린 신음과 거친 숨을 연방 토해내던 은옥이 자신의 다른 쪽 가슴을 맛보기 시작하는 그의 입술에 몸속이 점점 뜨거워지는 것을 느꼈다. 탁야의 손이 점점 아래로, 아래로 내려갔다.

"훗!"

그가 젖은 꽃잎을 손끝으로 짓이겼다.

"아앗, 우웃. 서, 서방님……!"

"젖었어. 그것도 담뿍."

"흑, 그, 그런 말은……!"

꽃잎의 붉은 수술을 희롱하던 그가 손을 빼내었다.

은옥은 그의 손가락이 흠뻑 젖은 것을 보며 부끄러워 고개를 돌렸다.

"그런 건……!"

탁야는 부끄러워하는 은옥과 달리 손에 묻은 꽃물을 할짝였다. 그 모습을 보게 된 그녀가 경악을 하며 소리쳤다. 그 모습이 너무나 음탕했다.

"서방님……!"

"다디달아."

더, 더 그 다디단 꽃물을 마시고 싶었다.

"아아아앗!"

그녀의 꽃잎으로 입술을 내린 그가 꽃물을 핥았다. 은옥이 결국 참지 못하고 신음을 질렀고 몸을 연신 떨며 바둥댔다.

"아앗, 핫, 히익. 싫어. 그만……!"

꽃물을 충분히 삼킨 그가 이젠 단단해진 수술을 혀끝으로 자극하며 길고 가는 손가락으로 꽃길을 열기 시작했다.

은옥은 몸 안쪽이 움찔, 움찔거리는 것을 느꼈다. 강렬하면서도 황홀한 자극에 의식이 끊어질 것 같았다.

"하아악, 으앗, 그만, 흐윽, 서방님……!"

"아아, 그런 표정으로 날 보면 울리고 싶어지잖아."

은옥은 지금 지독하게 관능적인 얼굴이었다.

"아아, 하아, 하웃."

"더 울어줘. 나의 신부님."

"아……."

그가 드디어 몸을 맞추기 시작했다. 은옥은 빠듯하게 채워지는 그를 느끼며 고개를 젖혔다.

"으응……!"

탁야는 뿌리 끝까지 용케 삼켜낸 은옥의 꽃잎을 보며 느릿하게 허리를 움직였다.

"아아, 아웃……. 서방님……."

"하아, 나의 신부님……."

"흑, 으웃. 이름을, 이름을 불러주셔요……."

은옥의 말에 그가 웃으며 그녀의 입술에 입을 맞췄다.

"하아, 은옥아……."

"흐윽, 탁야 님……."

은옥은 서로의 이름을 부르자 온몸이 저리는 기분이 들었다. 아니, 좋았다. 너무 좋아서 눈가에 눈물이 맺힐 정도였다.

"큭, 그렇게 날 조이면 곤란해……."

"아, 앗!"

느릿하게만 움직이던 그가 점점 격렬하게 움직였다. 그가 깊게 닿았다가 멀어지기를 반복했다. 그녀를 한계까지 몰아갔고 은옥은 극도의 전율이 온몸에 번지는 것을 느꼈다.

"아아앗!"

"하아……! 은옥……!"

달은 정말로 두 사람이 함께하는 것이 질투가 났는지 어느새 서녘 끝을 향해 달려가기 시작했다. 점점 해가 밝아왔고 은옥은 탁야의 두 뺨을 그러쥐며 그의 입술에 입을 맞췄다.

탁야가 기꺼이 그녀의 입맞춤에 응하며 아득한 쾌감을 음미했다.

"은애해요……."

은옥의 말에 그가 흔현히 웃으며 대답했다.

"나도 은애해."

"준비는 다 되었어?"

동녘에서 해가 떠오를 때까지 잠을 못 든 이가 한 사람 또 있었다.

"예."

"좋아. 철저하게 준비해. 탁야가 알지 못하게."

"알겠습니다. 기아 님."

기아가 입가를 올리며 자리에서 일어났다.

처소 한 켠에 준비한 자신의 혼례복을 부드럽게 매만지던 그녀가 비단에 뺨을 비비며 중얼거렸다.

"수령의 신부는 나 하나면 돼……."

해가 떠올랐다. 탁야와 은옥의 혼례 준비가 바삐 시작되었다. 은옥은 아랑의 도움을 받아 혼례복을 입었다.

붉은 비단에 이성지합 백복지원, 수여산, 부여해의 한자가 수놓여 있었다. 성이 다른 남자와 여자가 혼인해 모든 행복의 근원을 받고 산처럼 오래 살고 바다처럼 재물이 쌓이길 바란다는 덕담이었다.

소매에는 모란꽃과 불로초, 나비, 봉황과 거북, 사슴과 소나무 달 같은 여러 문양이 수놓여 있었다.

아랑이 은옥에게 활옷을 입힌 뒤 가슴 위에 대대를 매주었다. 그리고 또 야머리를 한 은옥의 머리에 용잠을 꽂아 도투락댕기를 드리웠다.

마지막으로 머리 위에 칠보장식과 금은보화로 장식된 화관을 올렸다.

"아아, 예쁘구나. 우리 은옥이."

여의가 활옷을 전부 갖춰 입은 은옥을 보며 감탄했다. 은옥이 부끄러움에 얼굴을 붉혔다. 그녀가 은옥의 두 손을 잡았다.

"탁야와 함께 가는 길은…… 조금은 험난할 수 있어."

"예……."

"하지만 넌 나의 여우구슬을 품고 있는 세상에서 가장 지혜로운 아이니 분명 아무리 어려운 고난이라도 헤쳐 나갈 수 있을 거야."

여전히 호족들은 은옥을 못마땅해했다. 하지만 결국엔 그녀를 수령의 반려로 받아들일 것을 의심치 않았다.

"어머니……."

여의가 곱게 치장된 은옥의 얼굴을 조심스럽게 쓰다듬었다.

"이리 다 커서 시집을 가다니."

"……."

"아니다. 오는 건가?"

"풋."

눈물을 지으려던 찰나에 그녀가 가볍게 농을 쳤다. 눈물 대신 웃음을 터뜨렸다.

"그래. 그렇게 웃으렴. 웃는 게 가장 예쁘단다. 우리 은옥이는."

"예. 어머니."

모두가 그녀를 두고 밖으로 나갔다. 은옥은 신방에서 탁야를 기다렸다.

"하암."

아침 해가 뜰 때까지 그와 함께 했던 탓에 잠이 부족했다.

탁야는 여의와 아랑이 오기 전에 몰래 다시 월장을 했다. 은옥이 가볍게 담을 넘는 그의 모습을 떠올리며 웃었다.

"서방님……."

이젠 정말로 부부가 된다.

아침까지 그와 함께 했는데 또 이렇게 그를 기다리는 순간이 설레다니, 어쩔 수 없는 한결같은 마음에 스스로 자조했다.

"나도 참, 이제는 익숙해질 때도 됐는데 말이야."

그의 반려가 되었다는 것이 여전히도 믿겨지지 않아 큰일이었다.

그때였다.

덜컹.

굳게 닫은 아지살문이 소리를 내었다. 은옥은 아랑인가 싶어 고개를 돌렸다.

"아랑이니?"

이윽고 여인의 그림자가 비춰졌다. 아랑의 그림자는 아니었다. 은옥의 표정이 조금씩 굳어졌다.

그림자의 형상이 조금 이상했다.

문 앞을 기웃대는 여인도 화관을 쓰고 있었다. 굳게 닫았던 문이 끼익, 소리를 내며 열리기 시작했고 점점 불길한 기분에 은옥이 자리에서 일어났다.

"누구시오?"

대답이 없었다.

끼이익.

"헉······."

기아였다.

자신과 똑같은 활옷을 입고, 화관을 쓴 기아가 입가를 올리며 안으로 들어왔다. 은옥은 그 모습에 놀라지 않을 수가 없었다.

"이게 무슨 짓입니까?"

"내 자리를 찾으러 왔는데?"

"대체 무슨······!"

은옥은 자신에게 다가오는 기아의 위협적인 모습에 서둘러 자리에서 일어나 밖으로 도망을 치려 했다.

기아는 미친 것이 분명했다.

하지만 그녀는 은옥이 밖으로 도망치는 것을 가만 두고 보지 않았다.

은옥의 팔을 낚아채 침상으로 던지듯 밀친 기아가 여유롭게 웃으며 뒷걸음질 치는 그녀에게 다가갔다. 두려움에 떠는 그녀의 턱 끝을 잡아당겼다.

"아, 싫어······."

기아가 점점 다가왔다. 서로의 입술이 닿을 듯 말 듯한 거리에 있었다. 몸부림을 치며 도망치려 했지만 소용없었다. 기아에게 단단히 결박당했고 은옥은 가슴속 깊은 곳이 울렁이는 것을 느꼈다.

"헉……."

몸 안에서 무언가 꿈틀거렸다.

기아가 은옥을 향해 웃으며 입술을 조금 더 벌렸다. 은옥은 그제야 깨달았다. 기아가 자신에게 무슨 짓을 하려는 것인지를. 하지만 막을 수 없었고 기아의 입안과 은옥의 입안이 하얗게 빛이 났다.

"아아……."

기아는 은옥의 몸속에 오랫동안 자리 잡았던 여의의 여우구슬을 취하려 했다.

'안 돼……! 오라버니……!'

하지만 이미 늦은 후였다. 은옥의 여우구슬이 결국 기아의 입안으로 빨려 들어갔다.

밖에 있던 여의가 뒤늦게 자신의 여우구슬이 심상치 않다는 것을 느꼈고 아랑에게 소리쳤다.

"은옥이, 은옥이에게 어서 가보아라. 어서!"

"예? 예, 예!"

여의의 뜬금없는 명에 아랑은 별수 없이 곧장 은옥의 처소로 들어가려 했다.

"악!"

그러나 기아가 미리 쳐둔 결계로 인해 들어갈 수 없었다. 결계의 강한 힘에 튕겨 나온 아랑이 심각한 표정으로 여의를 바라보았다.

"여, 여의 님 이건……."

"어, 어서 탁야를 불러오거라. 어서!"

"예……!"

하지만 늦었다.

이미 은옥은 기아에게 여우구슬을 빼앗긴 상황이었다.

쾅!

은옥이 기아의 우악스러운 힘에 끌려 처소 밖으로 내쳐졌다. 놀란 여의가 소리쳤다.

"은옥아!"

여의 또한 기아의 결계를 깨기엔 역부족이었다. 하지만 눈앞에서 은옥을 잃을 수 없었다. 그녀가 기를 쓰고 기아의 결계를 깨기 위해 자신의 힘을 밀어붙였다.

기아는 그런 여의가 가소로웠다. 다 늙어 숨을 쉬는 것도 버거운 주제에 자신의 결계를 깨려 하다니. 정말이지 지독한 모성애였다. 여의 때문에 이런 하찮은 계집에게 탁야를 빼앗긴 것을 생각하면 화가 치밀어 올랐다.

"억!"

기아가 여의를 튕겨 버렸다.

"어, 어머니……!"

여의가 피를 토하며 쓰러지자 은옥이 놀라 소리쳤다. 몸부림치며 여의에게로 달려가려는 은옥의 등을 발로 짓밟은 기아가 차가운 눈으로 그녀를 내려다보았다.

당장이라도 그녀를 갈기갈기 찢어버리고 싶었지만 아직은 아니었다.

"은옥아!"

"여의!"

그때, 탁야와 무이가 나타났다.

무이는 쓰러진 여의를 부축했고 탁야는 은옥을 짓밟고 있는 기아를 보며 분노에 휩싸였다.

콰콰아앙!

그의 주변의 공기가 무겁게 가라앉았다. 엄청난 요력에 호족들 모두가 겁에 질렸는데 기아는 달랐다. 그리고 주변에 쳐두었던 결계를 단숨에 풀어냈다.

은옥은 기아의 결계에서 해방됨과 동시에 탁야의 요력에 숨을 쉬지 못했다.

"컥……!"

숨을 헐떡이며 괴로워하는 그녀의 모습에 놀란 탁야가 서둘러 요력을 거뒀고 기아는 그런 그의 모습에 입가를 말아 올리며 은옥의 등을 짓눌렀던 발을 거뒀다.

"흑, 서방님……."

그녀의 말에 기아의 눈빛이 다시 사나워졌다.

"네까짓 것이 감히……!"

"악!"

"은옥아!"

은옥을 향해 서슴없이 발길질을 하는 기아를 향해 탁야가 손톱을 세우고 달려들었다. 기아와 탁야가 서로 맞붙었다. 무이의 부축을 받고 상황을 지켜보던 여의가 은옥에게로 달려갔다.

탁야와 전면전은 기아에게 불리했다.

하지만 기아에겐 은옥의 목숨 줄이 쥐어져 있었다.

"후후, 날 죽이면 곤란해질 거야. 탁야."

"닥쳐……!"

"여우구슬이 없는 은옥이 과연 앞으로 이 호족의 영역 안에서 살아갈 수 있을 것 같아?"

기아에게 휘두르려던 결정적인 공격을 탁야는 하지 못했다.

"……."

"이제 은옥은 너의 신부가 되지 못해."

그녀가 비열하게 웃으며 여의의 품에 안겨 있는 은옥을 쳐다보았다. 엉망이 되어버린 활옷, 머리에 올렸던 화관은 이미 벗겨져 없었고 용잠은 삐뚤어져 보기 안타까울 정도였다.

"날 죽이면 은옥은 영영 너의 곁에 있을 수 없게 되겠지."

"기아……!"

"죽여봐. 어디. 날 죽이고, 여우구슬도 없는 평범하디평범한 인간의 여자를 반려로 삼겠다고 말해봐! 킥킥, 아무리 천하의 너라도 이번엔 그럴 수 없을 거야."

탁야가 은옥에게로 시선을 돌렸다.

"……."

만신창이가 된 그녀를 바라보았다.

은옥은 기아의 말에 결국 눈물을 터뜨렸다. 여우구슬을 빼앗긴 자신은 이제 정말 탁야의 신부가 될 수 없었다. 호족의 영역 안에서 살아갈 수가 없었다.

"흑……."

기아가 탁야의 고개를 잡아 자신에게로 시선을 향하게 했다.

"날 반려로 삼아. 그럼 은옥은 목숨은 부지할 수 있을 거야."

"……."

"자, 이제 너의 결정만 남았어. 난 인내심이 그리 있는 편은 아니란 거 알지?"

은옥은 상상도 하지 못한 상황에 그저 눈물만 났다. 여의는 그저 그녀를 달래는 것 말고는 해줄 수 있는 것이 없었다.

무이가 기아를 노려보았다.

"감히 이런 짓을……!"

도저히 가만 두고 볼 수 없었다.

기아는 자신을 향해 살의를 드러내는 무이를 향해 말했다.

"잘 생각하시죠. 무이. 혹 압니까? 이 구슬을 내가 원래 주인인 여의에게 돌려줄지 말입니다."

"이……!"

여의가 그를 막았다.

"안 돼요. 안 돼요. 무이……!"

무이가 망설이는 사이, 탁야는 기아의 탐욕스러운 시선을 마주하며 주먹을 꽉 쥐었다.

"기아를……."

"……."

"기아를 나의 반려로 삼겠다."

"탁야……!"

무이가 그의 결정에 소리쳤다. 은옥이 그의 결정에 고개를 저었다.

"흑, 안 돼……. 아니 되어요. 서방님……!"

여의가 은옥을 껴안았다.

결국 승리의 깃발을 쥐게 된 기아가 그 뺨에 입술을 가져갔다. 그리고 그를 껴안았고 울부짖는 은옥을 향해 잔인한 미소를 지어 보였다.

눈앞에서 탁야를 빼앗긴 은옥은 결국 혼절할 수밖에 없었다. 여의는 기절한 은옥을 향해 소리쳤다.

"은옥아, 은옥아!"

탁야는 당장이라도 은옥에게 달려가고 싶었지만 그럴 수 없었다. 분노에 가득 찬 눈으로 앞에 선 기아를 노려보았고 그녀에게 낮게 경고했다.

"은옥의 털끝 하나라도 건드렸다간 그땐 정말 가만두지 않을 것이다."

"후후, 나의 낭군의 뜻을 감히 어기겠나이까?"

기아는 기어코 자신의 손안에 들어온 탁야를 보며 웃었다.

"하지만 은옥을 계속 여기에 둘 순 없지."

"뭐……?"

숨어 있던 기아의 수족들이 나타났다.

"일단은 저 아이를 살려두긴 할 거야. 하지만 앞으론 호족의 영역 안이 아닌 영역 밖에서 살아가야겠지."

"기아……!"

"호족들에게서 저 아이를 네가 지킬 수 있을 것 같아? 이제 수령의 양딸도, 여우구슬을 품은 여인도 아닌 것이?"

정신을 잃은 은옥을 슬픈 눈으로 내려다보던 여의가 소리쳤다.

"내가!"

"……."

"내가 화산 밖으로 이 아이를 보낼 것이다."

"어머니……!"

여의의 말에 탁야가 소리쳤다.

"내가, 내가 보낼 것이다. 누구도 이 아이의 털끝 하나 건들지 못해……!"

"여의……."

"뜻대로."

기아는 은옥이 어찌 되든 이제 별 관심이 없었다. 탁야를 가졌고 원하는 자리를 가졌다. 한낱 인간 계집의 안위 따위를 신경 쓰고 싶지 않았다.

무이가 여의의 뜻을 따라 은옥을 업었다.

탁야는 차마 그 모습을 볼 수 없었다. 기아가 이런 식으로 일을 꾸밀 것이라곤 생각하지 못했다. 소월의 말이 마음에 걸려 아침까지 은옥과 함께 했던 것이었는데……. 그 잠깐의 틈을 파고들고 이런 짓을 할 것이라고는…….

그가 기아를 노려보았다.

"아아, 서방님. 그리 이년을 바라봐 주시면 몸 둘 바를 모르겠지 않겠습니까?"

"닥쳐."

"홋, 인정해야 네 맘이 편할 거야. 내가 너의 반려가 되었음을."

기아가 자신의 뺨으로 손을 가져가자 탁야가 냉정하게 그녀의 손을 뿌리쳤다.

"이 일을 반드시 후회하게 해주지. 기아."

"후후, 과연 그럴까?"

"그리고 하늘에 맹세하지."

"……."

"나의 반려가 된 너를 기필코 내 손으로 죽이겠노라고."

그의 눈빛이 흉포해졌다. 기아는 애써 섬뜩해진 기분을 외면하고 보란 듯이 웃어 보였다.

"너의 손에 죽는다면 기꺼이 죽어줄게. 탁야."

❖

　탁야는 신방으로 들어와 침상에 걸쳐 앉아 옷을 벗는 기아를 흥미 없는 눈으로 바라보았다.

　비녀와 화관을 스스로 벗어낸 그녀가 활옷을 벗고 저고리의 옷고름을 풀었다.

　"자, 어서 날 안아줘."

　기아가 뽀얀 속살을 드러내며 그에게 말했다.

　"내가 널 안을 거라고 생각하나?"

　"아직 은옥이 결계 밖으로 빠져나가지 못한 걸로 아는데. 내 수하들의 손에 기어코 죽이고 싶지 않다면…… 날 안아야 할 거예요. 서방님."

　"……."

　"어서, 어서 날 안아줘. 탁야."

　그녀가 달뜬 얼굴로 그에게 말했다.

　탁야가 주먹을 꽉 쥐었다. 기아가 두 다리를 벌리고 치마를 걷어 가늘고 긴 다리를 뽐냈다.

　"은옥을 살려야지 않겠어?"

　망부석처럼 서 있던 그가 결국 기아에게로 달려갔다.

　그녀를 거칠게 침상 위로 눕힌 그가 속속곳과 가슴싸개를 동시에 찢어발겼다.

　찌이익!

　"하아!"

　짜릿한 신음을 토해내며 기아는 기대했다. 드디어 그와 한 몸이 된다. 드디어, 드디어…….

　그가 그녀의 풍만한 젖가슴으로 입술을 내렸다. 기아가 생각했던 것 그 이상으로 그는 애무에 정성을 다했다.

가슴을 핥고 빨며 거칠면서 부드럽게 그러쥐었고 도드라진 정점을 꼬집으며 기아의 정신을 혼미하게 했다.

"아아. 그래…… 조금 더……"

기아는 꿈같은 기분에 사로잡혀 야릇한 신음을 토해냈다. 그녀의 치마마저 찢듯 벗겨 내린 그가 그녀의 가는 두 다리를 벌렸다.

"아앙……"

그의 뜨거운 혀가 하얀 다리를 훑었다. 기아는 점점 더 몸속이 뜨거워지고 있다는 것을 느끼며 관능적인 표정과 신음을 흘렸다.

은밀한 그곳이 움찔거렸다.

"하아……. 탁야……."

"……"

탁야는 무표정한 눈으로 열락에 젖은 기아를 내려다보았다. 기아가 그의 손을 자신의 은밀한 꽃잎으로 이끌었다.

"여기를……. 어서……"

그는 순순히 그녀의 꽃잎 안으로 손가락을 집어넣었다.

"아잇! 하으……"

꽃길을 헤치고 들어간 그의 손가락이 기아의 내벽을 거칠게 비볐다. 기아는 벌써부터 흥건하게 꽃물을 흘리고 있었다.

그가 방만하게 벌린 그녀의 다리 사이로 입술을 내렸다.

"하앗! 아아앙, 핫, 탁야……!"

그의 머리카락을 꽉 쥐며 기아가 날 선 신음을 내뱉었다. 꽃술을 그의 혀 끝이 희롱했다. 온몸이 저릴 정도로 까마득한 희열에 기아가 연신 탄식을 내뱉었다. 탁야는 꽃길 안으로 손가락 하나를 더 집어넣어 그녀를 더욱더 열락의 소용돌이에 빠지게 했다.

"아아, 아웃……! 탁야, 아앙, 이상해져. 더는……!"

헉!

기아는 손가락 끝을 세워 내벽을 긁는 그의 행동에 허리를 튕겼다. 단번에 그녀의 취약점을 찾아낸 탁야가 입가를 올리며 그곳을 집중적으로 괴롭혔다.

"하아아악!"

기아가 결국 자지러지며 경련을 일으켰다.

탁야는 능란하게 그녀를 절정에 치닫게 했다. 자신의 손에 가득 묻은 그녀의 꽃물에 미간을 좁히며 떨어졌다. 기아가 가쁜 숨을 몰아쉬며 그를 바라보았다.

"하아, 하아……."

흐트러짐 하나 없는 모습으로 자신을 바라보는 그를 향해 그녀가 두 다리를 벌렸다.

"어서, 내 안에……."

그가 그녀를 비웃었다.

"어쩌나, 내 남심은 요지부동인 것을."

"뭐……?"

"너에게 나의 씨를 뿌리는 일은 없을 거야. 기아."

단호한 말에 기아가 미간을 좁혔다.

머리카락 한 올, 옷깃 한 자락 흐트러지지 않은 그의 모습에 그녀는 팍, 자존심이 상했다. 야금을 끌어당겨 그제야 알몸을 가린 기아가 그를 노려보았다.

"네 욕구는 언제든지 채워주지. 하지만 내게서 나의 후계를 잉태할 생각은 접어."

"탁야……!"

"나의 몸은 오직 은옥의 것이다. 네가 아니라."

그가 그녀가 쥐고 있는 야금을 빼앗았다.

"하루하루, 말라가는 기분이 어떤지 너도 깨달아야지."

냉정한 그의 눈빛에 기아의 당돌했던 눈빛이 흔들리기 시작했다.

"내게서 은옥을 빼앗아간 죄가 얼마나 큰 죄인지 알게 해주지."

"앗!"

"날 선택한 걸 후회하게 해줄게, 기아."

"하악!"

그가 잔인하게 웃었다.

"은옥이 화산을 완전히 벗어날 때까지 넌 이 방에서 못 나가."

"탁야, 너……!"

"은옥이 빨리 화산을 벗어나길 바라야 할 거야."

"윽!"

그가 그녀의 가슴을 아프게 쥐었다.

"그전에 정신을 잃으려나."

기아는 자신을 바라보는 탁야의 은회색의 차가운 눈동자가 처음으로 소름 끼쳤다. 전혀 자신을 배려하지 않는 동요 없는 눈빛은 어떤 생각을 하고 있는지도 알 수 없을 정도로 텅 비어 있었다.

"히익!"

그가 그녀의 젖은 몸 안에 다시 긴 손가락을 욱여넣었다.

"몇 번이고 가게 해주지. 하지만 그러면 그럴수록 넌 채워지지 않는 허전함에 괴로워할 거야."

기아가 그의 말에 애써 웃음을 터뜨렸다.

"좋을 대로 해. 결국 넌 내 반려가 되었으니 내게서 후계를 봐야 할 거야……! 탁야!"

두 사람은 서로에게 끔찍한 짓을 저질렀다.

탁야는 지지 않고 덤비는 기아를 증오했고 기아는 자신을 여전히 봐주지 않는 탁야를 원망했다.

"은옥아, 은옥아?"

혼절한 은옥을 바라보던 여의가 뺨을 가볍게 두드리며 부드러운 음성으로 그녀를 깨웠다.

은옥이 미간을 좁히며 정신을 차렸다.

"어머니……."

"그래, 우리 은옥이……."

은옥의 동그란 머리를 부드럽게 감싸 안으며 여의가 작게 흐느꼈다. 잠시 멍하게 있던 은옥이 의식을 잃기 전의 상황을 떠올리며 발딱 일어났다.

"서, 서방님은요? 여긴 어딥니까?"

"……."

여의가 그녀를 보며 눈물지었다. 무이 또한 도와주지 못한 자신을 책망했다.

"미안하다. 내 미리 기아를 손썼더라면……."

"가야 합니다."

은옥이 자리에서 일어났다.

하지만 여의가 붙잡았다.

"안 된다."

"어머니……!"

"탁야는 이미 기아를 선택했어……."

"아닙니다. 제가, 제가 오라버니의 반려예요……!"

여의가 그녀를 다시 끌어안았다.

"아아, 우리 은옥이를 어쩐다. 이를 어쩐단 말이니. 흑……."

"흑, 어머니. 저는 가야 해요. 가야 합니다. 오라버니께 가야 한다고요……!"

여의도 은옥도 눈물을 한가득 흘릴 수밖에 없었다. 이런 일이 일어날 것이라고는 전혀 짐작할 수 없었기에 믿기지 않았다.

"콜록, 콜록!"

흐느끼던 여의가 기침을 토하기 시작했다. 제법 기침이 거셌고 세 번의 기침에서 결국 피를 토했다.

"어머니……!"

"여의!"

무이가 그녀를 부축했다. 여의가 그의 품에 쓰러졌다. 여의가 피를 흘리며 쓰러지자 은옥이 그녀의 손을 붙잡으며 다시 눈물을 지었다.

"흑, 어머니……!"

"아아, 우리 은옥이……. 은옥아……."

"흑, 어머니. 정신 차리셔요! 태기, 태기 할아버지를 불러야 합니다. 제가, 제가 불러올 게요!"

"은옥아……. 내 널 이 화산 밖으로 안전히 내보내야 하는데……."

그럴 수 없을 것 같았다.

"무이……. 우리 은옥이를 부탁해요……."

"여의……!"

여의가 마지막을 예감하듯 무의 또한 그녀의 마지막을 절감했다.

"탁야가 다시 널 찾으러 올 때까지…… 꼭꼭 잘 숨어 있으렴……. 꼭……."

"흐윽, 네. 어머니……."

그녀는 반드시 탁야가 다시 은옥을 찾아낼 것이라고 믿었다. 비록 조금 시간이 걸리겠지만 두 사람은 다시 만날 것이라고 믿었다.

여의의 눈빛이 조금씩 생기를 잃어가고 있었다.

"아아, 결국 등꽃이 피는 것은 보지 못하고 마는구나……."

그녀가 무심한 하늘을 보며 중얼거렸다.

"여의!"

그녀가 무이를 향해 시선을 옮겼다.

"고마웠습니다. 무이……."

"안 된다. 나는 그대를 못 보내!"

"먼저 가서 당신을 기다리지요……."

여의가 무의의 뺨에 손을 올렸다.

무이는 믿고 싶지 않았다. 뺨에 닿은 여의의 손끝이 너무나 차가웠다. 그가 여의의 손을 붙잡으며 소리쳤다.

"여의!"

여의의 눈꺼풀이 천천히 감기었다.

은옥과 무이는 믿을 수 없는 그녀의 조용한 죽음에 오열을 했다.

"어머니!"

그녀의 목소리가 천공을 울렸다.

무이는 자신의 품에서 기어코 숨을 거두는 여의를 보며 하늘을 향해 소리 쳤다.

"으아아!"

두 사람의 오열에도 하늘은 무심할 정도로 맑았고 무이는 점점 가까워지 는 기아의 수족들의 기척에 비틀거리며 가까스로 자리에서 일어났다. 주저 앉아 있는 은옥 또한 일으켜 세우며 그가 말했다.

"도망쳐라."

"흑, 하지만……."

"어서 이 산을 내려가!"

그의 불호령에 은옥이 놀라 자리에서 일어났다.

"뒤도 돌아보지 말고 도망쳐라."

"아버지……."

"이 화산을 벗어나. 어떻게든……. 절대 돌아보지 마라. 누구의 목소리에도 현혹되지 말아야 해. 앞으론 누구도 믿지 마라. 누구도! 이제 누구도 널 대신 해 줄 사람은 없어. 버텨야 한다. 탁야가 널 찾지 못한다면 내가 널 찾으마."

"흑, 아버지……."

그가 은옥의 뺨을 어루만졌다.

"미안하다. 내 너에게 아비로서 부족함을 많이 보였지."

"흑……."

"미안하다. 아가."

은옥이 두 눈에서 눈물을 뚝뚝 흘리자 엄지로 눈물을 훔쳐주며 다독였다.

"넌 나의 딸이고 탁야의 하나뿐인 반려다. 절대 그것을 잊지 말고…… 버터. 알겠지?"

"예……."

"어서 가, 어서!"

무이의 말에 은옥이 떨어지지 않는 걸음을 떼어냈다. 잠든 것처럼 반듯이 누워 있는 여의의 모습도, 자신을 향해 오랜만에 따뜻하게 웃어주는 무이의 모습도 두 눈에 꼭꼭 담은 채 은옥이 호족의 영역을 빠져나갔다.

무이가 땅에 던져둔 검을 집기 위해 한쪽 무릎을 구부렸다. 눈을 감은 여의를 보며 그가 비감히 웃었다.

"걱정 마시오. 내 그대와의 약속은 반드시 지키지 않소."

기아의 수족들이 은옥의 털끝 하나 손대지 못하도록 이곳에서 전부 베어버릴 것을 다짐하며 소리쳤다.

"덤벼라! 이 가소로운 것들!"

콰아아앙.

그가 밟고 있는 땅이 흔들리기 시작했다. 그를 향해 기아의 수족들이 겁 없이 덤볐고 무이가 자세를 낮추며 검집에서 검을 뽑았다.

촤악!

검이 검집에서 뽑힘과 동시에 검붉은 피가 쏟아졌고 무이는 수십의 적들 사이를 날며 차근차근 그들을 제거했다.

은옥의 털끝 하나도 건들지 못하게 하리라. 수령의 자리에서 내려왔지만 그는 아직 건재했다.

"으아아!"

은옥은 미친 듯이 달리고 또 달렸다.

호족의 영역을 벗어났는지 아닌지는 알 수 없었다. 오직 화산을 벗어나야 한다는 생각으로 가득 차 숨이 턱까지 차오름에도 걸음을 멈추지 않았다.

"헉, 허억!"

찌익, 활옷이 나뭇가지에 걸려 찢겼다. 은옥이 결국 대대를 풀고 활옷을 벗었다. 여의가 자신을 위해 수놓은 수들을 바라보며 잠시 울컥 감정이 차올랐다.

하지만 이렇게 자신의 감정에만 연연할 수 없었다.

도망쳐야 한다. 화산을…….

그녀가 더러워진 치맛자락을 걷어 올리며 다시 달렸다.

"헉, 허억!"

어떻게든 살아남아 다시 아버지를, 탁야를 만나야 했다. 그의 반려는 누구도 아닌 바로 자신이었다.

서방님……. 꼭 절 찾으러 오셔야 해요. 꼭……!

"악!"

무작정 화산을 빠져나가야 한다는 생각만 가득 차 은옥은 바로 앞이 벼랑인 것도 까맣게 모르고 있었다.

밑으로 훅 꺼지는 느낌이 들었다.

단말마의 비명을 내지르며 은옥은 두 눈을 질끈 감았다.

탁!

그때였다. 누군가 재빠르게 그녀의 손을 붙잡았다.

은옥은 뒤이어 닥칠 고통에 질겁하며 두 눈을 꼭 감았는데 오히려 누군가 팔을 잡아주었다는 느낌에 눈을 뜨고 고개를 올렸다.

"괜찮소?"

또야머리가 헝클어지고 풀리면서 머리에 꽂았던 용잠도 달랑였는데 은옥이 벼랑 아래로 떨어지면서 또야머리에 달려 있던 용잠이 결국 떨어졌다.

"아…….'"

"꽉 잡으시오."

자신의 손을 꼭 잡은 낯선 사내가 그녀를 힘껏 잡아당겼다. 은옥은 가까스로 벼랑을 빠져나왔다.

"고, 고맙습니다…….'"

'앞으론 누구도 믿지 마라. 누구도.'

그때 은옥의 머릿속에 무이가 단단히 주의를 주었던 말이 떠올랐다.

"어찌 이런 험한 산속을 이런 차림으로 헤매고 있는 것이오?"

"아……."

은옥은 눈앞의 남자가 점점 두려워지기 시작했다.

"이보시오! 부인!"

남자는 하얗게 질린 얼굴로 도망치는 은옥을 수차례 불렀다. 은옥은 뒤도 돌아보지 않았고 남자는 황당한 표정을 감추지 못했다.

"허, 참."

"꼭 귀신이라도 본 표정입니다."

"그러게나 말이다. 널 본 거 아니냐?"

"그런 것 같진 않던데요."

남자는 더러워진 도포자락을 털며 산 주변을 향해 눈길을 돌렸다.

"후, 그나저나 산세가 정말 너무 험한 거 아니야?"

"말하지 않았습니까. 험하다고."

남자는 시큰둥한 표정으로 대꾸하는 청의동자를 보며 혀를 찼다.

"콩만 한 게 말본새하고는."

"저 여인 말입니다."

"왜."

"좀 특이합니다."

"그래, 특이하지. 이 험한 산속에 갑자기 나타난 신부가 말이 되냐? 가만, 미친 여자가 아닐까?"

그의 말에 청의동자가 한숨을 쉬었다.

"그게 아니라, 여우구슬을 꽤 오랫동안 품은 여인입니다."

"뭐?"

"지금은 품고 있지 않지만……."

"흐응."

"하지만 오랫동안 품고 있어 꽤나 달콤한 향기를 뿜어내는군요."

숙주가 경악을 하면서 청의동자를 바라보았다. 그의 옆에 있는 동자는 청색 두루마기에 백색 바지를 입고 머리엔 복건을 두른 대여섯 정도 되어 보이는 동자귀였다. 마땅한 이름이 없어 그저 입고 있는 옷이 청의인지라 숙주는 동자귀를 청의동자라 부르곤 했다.

청의동자가 그를 바라보았다.

근사한 옥색의 도포가 잘 어울리는 남자였다. 삐뚤어진 흑립을 급히 고쳐 쓰며 한숨을 쉬었다. 그리고 다시 허겁지겁 도망가기 바쁜 은옥의 뒷모습에 시선을 꽂았다.

"뭐? 달콤한 향기?"

"아마 이 산을 벗어나기도 전에 다른 존재들에게 잡아먹힐 것 같은데."

"뭐어?"

"관상을 보아하니 주인님만큼이나 예사로운 분이 아닐 수 없습니다."

그 말에 숙주가 조금 불안한 눈빛을 지어 보였다.

"곁에 두시면 도움이 되실 만한 분이십니다."

"하."

"어서 붙잡으시지요. 절대 두 번은 안 오는 기회이니까."

"하아. 내가 어쩌다 이런 잡귀에게 얽어걸린 걸까……."

숙주는 정말로 후회가 막심하다는 표정과 목소리로 중얼거렸다. 청의동자가 그의 말에 씩 웃으며 연기처럼 사라졌다.

"아아. 괜히 들어왔어. 괜히 들어왔어!"

은옥은 다시 미친 듯이 달렸다.

'절대 돌아보지 마라. 누구의 목소리에도 현혹되지 말아야 해. 앞으론 누구도 믿지 마라. 누구도!'

무이가 했던 말을 수없이 되뇌며 걸음을 재차 옮겼다. 하지만 화산은 그녀가 생각했던 것보다 훨씬 넓고 산세가 험악했다.

"흑……!"

게다가 분명 지나온 길 같은데 다시 또 그 길 위에 서 있는 기분이었다. 그리고 어느새 해가 지고 있었다.

"안 돼……."

밤이 찾아오면 더욱더 위험해질 것이 빤했다. 잠시 멈췄던 걸음을 재촉하려는데 두 다리가 찌릿찌릿하게 울렸다.

"흐윽."

이렇게 오래 뛰거나 걷는 것은 처음이었기에 두 다리가 더는 걷지 못하겠다고 아우성을 쳤다. 은옥의 두 눈에 다시 눈물이 차올랐다. 주저앉고 싶었지만 그럴 수 없었다.

억지로 걸음을 옮겼고 다시 험난한 길을 걸었다.

"은옥아!"

그때였다.

그녀의 등 뒤로 무이의 목소리가 들렸다. 은옥이 그의 목소리에 기뻐 몸을 돌리려 했다. 하지만 곧 그녀의 뇌리 속을 스치는 그의 목소리에 돌리려던 몸이 멈칫댔다.

'절대 뒤돌아보지 마라. 절대!'

절대 뒤를 돌아보지 말라던 그의 말이 은옥을 바짝 정신 차리게 했다. 잠시 멈췄던 걸음을 다시 걷자 그녀의 등 뒤로 또다시 무이의 목소리가 들렸다.

"은옥아! 아비다! 내 목소리가 안 들리느냐!"

은옥이 두 귀를 막았다.

"아니야, 아니야!"

두 귀를 막고 다시 미친 듯이 달렸다.

그녀를 부르던 무이의 목소리가 점점 멀어졌다. 은옥은 또다시 흘러내리는 눈물을 훔쳤다.

"절대, 절대 뒤돌아보면 안 돼……."

하아, 하아.

점점 어두워지는 산세에도 은옥은 쉬지 않았다. 그리고 드디어 산 아래 마을이 보이기 시작했다. 그녀의 얼굴에 환한 웃음꽃이 피어났다.

조금만, 조금만 더 내려가면……!

"은옥아."

한 걸음을 떼어내려던 그녀의 등 뒤로 그리운 목소리가 들렸다.

"흑……."

"돌아가자. 은옥아. 내가 왔어."

하지만 은옥은 고개를 저었다.

"거짓말! 당신은 서방님이 아니야……."

"은옥아, 내 목소리를 잊은 것이야?"

"아니야, 아니야……!"

"날 봐. 너의 반려. 탁야다. 너의 서방님 탁야라고."

은옥이 두 귀를 막으려 했다.

"너의 엉덩이에 있는 세 개의 점도 알고 있어. 네 왼쪽 귀 뒤에도 점이 있고 손목에도 점이 있지. 다 나에게 서슴없이 보여주지 않았어?"

"아……."

탁야와 그녀를 키운 여의만이 알고 있는 그녀의 비밀이었다.

"서방님……."

그것을 알고 있다면 자신의 등 뒤에 있는 이는 탁야가 확실했다. 은옥이 뒤를 돌아 그를 향해 소리쳤다.

"서방님!"

"은옥아."

탁야다.

은옥은 틀림없는 탁야의 모습에 기뻐 그에게 뛰어갔다.

"흑, 서방님……!"

그녀는 더 이상 망설이지 않고 넓은 그에 품으로 뛰어 들어갔다. 품에 안긴 은옥을 꼭 껴안은 탁야가 입가를 올리며 속삭였다.

"진작 이렇게 안길 것이지……."

분명 처음은 탁야의 목소리였다. 그러나 뒤로 갈수록 목소리가 걸걸하게 바뀌더니 이내 그의 모습도 바뀌기 시작했다.

"헉……!"

몸이 꿈틀거리기 시작하더니 이윽고 유연하게 움직여 그녀의 몸을 감쌌고 탁야의 얼굴이 순식간에 구렁이의 얼굴로 바뀌었다.

사족蛇族이었다.

쐐액!

그녀의 몸을 단단히 감싼 구렁이가 소름 끼치는 소리를 내며 입을 크게 벌렸다.

"꺄악!"

징그러운 구렁이의 입에 은옥이 비명을 질렀다.

"낄낄, 멍청하긴. 무이의 말을 다시 새겼어야지. 뭐, 나야 덕분에 횡재한 것이지만."

"시, 싫어. 저리 가……!"

"여우구슬을 품었으면 더 맛있었을 텐데 말이야."

아쉬운 듯 입맛을 다시며 다시 넓은 주둥이를 벌렸고 은옥이 다시 한 번 비명을 질렀다.

"꺄아아악!"

"잠깐."

구렁이가 은옥의 머리부터 삼키려는 찰나였다. 푸른 옷을 입은 아기동자가 공중에서 건방지게 자신을 막자 구렁이는 부쩍 심기가 상했다.

"뭐야? 애송이는. 이 화산에 이런 것도 있었던가?"

"그분을 풀어줘."

"애들은 가라."

은옥은 갑자기 혼잣말을 하는 구렁이의 행동에 놀라 두 눈을 끔뻑였다.

"무슨……."

인간인 은옥에게는 귀鬼에 해당하는 청의동자가 보일 리 없었다. 보이지도 않을뿐더러 목소리도 들을 수 없었다. 그러니 구렁이의 행동이 당연히 이상할 수밖에 없었다. 구렁이는 굳이 그것을 설명하려 들지 않았고 다시 식사를 마저 하려 했다.

"싫어⋯⋯!"

청의동자는 혀를 가볍게 차며 구렁이의 대가리를 중지와 엄지로 튕겨냈다.

"억!"

구렁이의 대가리가 순식간에 꺾이듯 뒤로 넘어갔다.

"부인!"

그리고 구렁이가 방심한 틈을 타 나타난 숙주가 은옥을 불렀다. 은옥은 아까 만난 그를 보며 흔들렸다.

"어서 내 손을 잡으시오!"

그가 그녀를 향해 다시 손을 뻗었다.

은옥은 그 손을 잡아야 하는지 말아야 하는지를 고민했다. 숙주가 머뭇거리는 그녀를 보며 다시 호통 쳤다.

"죽고 싶은 겁니까? 어서 내 손을 잡으란 말이오!"

"⋯⋯."

그를 믿어도 될지 어떨지는 나중 일이었다. 이 구렁이의 마수에서 벗어나는 것이 급선무였다. 은옥이 손을 뻗었다. 숙주가 그녀의 손을 맞잡아 끌어당겼다.

"어딜⋯⋯!"

"꺅!"

그녀를 쥐고 있던 구렁이가 빠져나가려는 은옥을 똬리를 틀며 옥죄었다. 온몸이 조여지고 숨통이 막히자 은옥이 괴로움에 얼굴을 찡그렸다.

청의동자는 구렁이의 행동에 한숨을 쉬었다.

"내 좋게 해결하고 싶었는데 말이야. 다 네 업이니라."

"흥, 애송이는 꺼져!"

청의동자가 조용히 염을 외었다.

"큭……!"

그러거나 말거나 구렁이는 크게 주둥이를 벌렸다. 그러나 곧 스스로 뭔가 이상함을 깨달았다.

"으윽! 뜨거워!"

"꺅!"

몸속이 뜨거워지는 기분에 은옥을 옥죄던 것도 멈추고 똬리를 풀며 땅을 굴렀다. 구렁이에게 풀려난 은옥은 숙주의 품에 엉겁결에 안기게 되었다. 은옥은 갑자기 구렁이가 미친 듯이 땅을 구르자 놀라 그의 품에 안겼다는 사실도 잊고 구렁이를 바라보았다.

"헉……!"

구렁이의 몸 안에서 파란 불이 피어올랐다.

숙주는 결국 청의동자에게 호되게 당하는 구렁이를 보며 중얼거렸다.

"부디 다음 생에는 저놈이랑 털끝 하나 연관되지 말거라."

"……."

청의동자가 그의 말에 콧방귀를 뀌었다.

은옥은 구렁이가 결국 알 수 없는 푸른 불에 타 죽는 것을 봐야 했고 그대로 혼절을 했다.

"어라."

품에 기대어 혼절한 그녀를 바라보며 숙주가 곤란한 표정을 지어 보였다.

"이를 어쩐다……."

"이런, 기절하셨군요."

"이게 다 너 때문이잖아!"

숙주가 버럭 소리를 질렀지만 청의동자는 그저 어깨를 으쓱였다.

"많이 지치셨네요."

"……."

"오늘은 이만 돌아갈까요?"

청의동자의 말에 숙주가 고개를 푹 숙이며 신을 원망하기 시작했다.

"제가 전생에 대체 무슨 죄를 지은 것입니까? 부처님……!"

결국, 숙주는 남색의 대란치마에 노란 삼회장저고리를 입은 채 화산을 헤매던 이름 모를 색시를 자신의 집으로 데려갈 결심을 했다.

험한 화산을 가까스로 내려와 거기에 한참을 걸어 제집에 도착한 숙주는 벅찬 숨을 몰아쉬었다. 아무리 작은 체구의 은옥이라고 하나 오랜 시간, 쉬지 않고 업는 일은 제아무리 웬만한 사내라 할지라도 버거운 일이었다.

버들이 웬 낯선 새색시를 업고 집 안으로 들어오는 그를 보고 놀라 서둘러 안채로 뛰어갔다. 숙주의 옷깃을 꿰매던 해정이 슬쩍 열린 미닫이문 사이로 버들이 허겁지겁 뛰어오는 것을 보며 슬쩍 입가를 올렸다. 오늘은 어디서 뭘 들고 왔기에 또 저리 난리법석일까 싶어 웃음을 지은 것이었다.

"마님! 주인마님께서…… 글쎄……!"

해정은 호들갑인 버들의 태도에 바느질하던 것을 그만두었다.

"또 무슨 일이기에 이리 호들갑인 것이냐."

"그, 글쎄 주인마님께서……! 새, 새색시를 데리고 오셨습니다……!"

"뭐……?"

버들의 말에 해정의 표정이 어두워졌다.

"지, 지금 사랑채에……."

해정이 벌떡 자리에서 일어났다.

"가자."

언제나 얌전하고 조용하고 나긋하게 행동하던 해정이 처음으로 생각과 동시에 행동을 보이자 버들이 고개를 강하게 끄덕이며 그녀와 함께 사랑채로 향했다.

"주인마님! 마님께서 오셨습니다!"

버들이 조금 떨리는 목소리로 소리쳤다. 해정은 버들의 말이 끝나기 무섭게 앞서 걸었다.

숙주가 해정이 왔다는 말에 일이 복잡해질 것이 빤한 상황에 한숨을 쉬었다. 청의동자는 그럴 것 같았는지 벌써부터 눈에 보이지 않았다.

"내 이놈을……."

꼭 일은 청의동자가 벌여놓고 해결하는 것은 자신의 몫이었다.

역시나 이번 일도 그러해 숙주는 정말로 난감했다. 혼절해 누워 있는 은옥의 모습은 어디로 보나 새색시였다.

"오셨소? 부인?"

"예. 버들이 말이……. 보아하니 사실인가 보군요."

누워 있는 은옥을 보며 해정이 주먹을 꽉 쥐었다. 숙주는 곤란한 눈으로 은옥과 해정을 번갈아 바라보며 한숨을 쉬었다.

"부인, 부인이 무슨 생각을 하는지 내 모르지 않소. 하나, 오해요."

"오해…… 요?"

상처받은 눈빛을 보이는 해정을 보며 숙주가 결국 그녀를 끌고 밖으로 나왔다.

"놓아주셔요……!"

해정이 붙잡힌 손목을 가까스로 빼내며 멈춰 섰다.

숙주가 한숨을 쉬며 사랑채 안으로 다시 한 번 눈길을 두었다. 해정은 혹 잠들어 있는 그녀가 깰까 노심초사하는 그의 모습에 단단히 상처를 받았다.

"첩을 들지 말라고는 하지 않았습니다."

"그러니까……."

"마음에도 없는 혼인인 것을 잘 알기에 언젠가 서방님께서 다른 여인을 데리고 올 것이란 것도 이미 염두에 두어 있었고요. 하지만……."

이런 식으로 무작정 데리고 올지는 상상하지 못했다. 게다가 밖에서 혼례까지 치르고 오다니 숙주의 배려 없는 행동에 결국 해정이 눈물을 지었다.

"어찌, 어찌 제게 이러신단 말입니까?"

숙주는 자신을 단단히 오해하는 해정의 태도에 오히려 실망한 듯 그녀에게 되물었다.

"나를 믿지 못하는 것이오?"

"서방님……!"

"오해라 하지 않소. 그저 무슨 연유에서인지 위험에 처한 여인을 구해 데려온 것뿐이오. 갓 혼례를 올린 새색시의 차림이었으나 저 여인의 곁에 신랑은 보이지 않았소."

그 말에도 해정의 표정은 여전히 믿기지 않는 표정이었다. 숙주가 한숨을 쉬며 그녀에게 등을 돌렸다.

"믿든 믿지 않든 부인 마음대로 하시오. 하나, 나는 그대에게 거짓을 말하지 않았다는 걸 알아줬으면 좋겠구려."

"정녕…… 사실입니까?"

"하아, 부인이야말로 정녕 내 말을 못 믿는 것이오?"

이 모든 것이 다 청의동자 때문이었다. 가슴속에 청의동자를 향한 불길이 치솟아 오르려던 찰나였다.

"아니요!"

해정이 그의 말에 곧장 도리질을 치며 대답했다.

"……."

"제 낭군께서 하시는 말씀인데 믿어야지요. 믿겠습니다."

그녀의 말에 숙주는 조금 답답했던 마음이 풀리는 기분이었다.

"고맙소."

해정이 그의 말에 서둘러 눈가에 맺혔던 눈물을 훔치며 말했다.

"버들이에게 세숫물을 준비하라 이르겠습니다."

"그러시오."

숙주는 집에 오니 피곤함이 몰려오는 것 같았다.

"하아."

"그분께서 깨어나시려고 합니다."

청의동자가 그의 앞에 나타났다. 숙주는 얌체같이 곤란할 땐 쏙 빠지고 이제야 눈에 보이는 그를 노려보았다.

"오늘 밥은 없을 줄 알아라."

"아아, 치사하게 밥 가지고 그러지 마시지요."

"뭐? 치사? 이 녀석이 보자 보자 하니까……!"

"깨어나셨습니다. 가보시지요."

또 슬쩍 사라지는 청의동자의 행태에 숙주가 약이 바짝 올라 소리쳤다.

"아오! 내 눈에만 보이니 누구한테 하소연도 못 하고……!"

은옥이 깨어났다.

눈을 뜬 은옥은 낯선 공간에 와 있다는 사실에 화들짝 놀라 몸을 일으켰다.

"아……."

온몸이 찢어질 듯한 느낌에 은옥이 신음을 삼켰다. 그때였다. 문밖에서 누군가 기척을 냈다.

"흠흠, 깨어나셨소?"

은옥은 화산에서 만난 그를 기억해 냈다.

"당신은……."

때마침 버들이 숙주를 위한 세숫물을 가지고 왔다.

"세숫물은 됐고, 허기가 질 테니 반상을 좀 내오너라."

"예? 예……."

버들은 그의 말에 깨어난 은옥을 힐끔 쳐다보았다. 은옥은 그의 말에 서둘러 자리에서 일어나려 했다.

"아, 아닙니다! 그런 신세를 질 수야 없지요. 돌아가……."

풀썩, 그녀가 자리에서 도로 주저앉았다. 다리에 힘이 좀처럼 들어가지 않았다. 후들후들, 떨리기까지 했다. 산에서 기력을 다 쇠진한 것이었다.

창피함에 얼굴이 붉혀진 그녀가 남루해진 자신의 몰골에 참담한 심정을 감추지 못했다.

흙투성이의 남색 대란치마, 노란 삼회장저고리도 지저분했다. 또야머리를 했던 것은 이미 흔적도 없이 풀어져 엉망이었다.

"흑……."

눈물이 차올랐다.

숙주는 애써 그녀의 모습을 모른 척하며 입술을 열었다.

"돌아갈 곳이 있다면 데려다주겠소. 일단 허기부터 채우시오."

"하지만……."

"난 신숙주라 하오."

그가 자신의 이름을 밝혔다.

"어째서 그 험한 산을 헤매고 있었는지 말을 하고 싶지 않다면 묻지 않겠소. 하나, 내 집에 온 손님인 이상 대접해야 할 것은 해야겠으니 다 받고나 가시오."

은옥은 그의 말에 고개를 끄덕였다.

"고맙습니다……."

"갈아입을…… 옷도 준비하라 이르리다."

창피했지만 그의 도움을 받을 수밖에 없었다. 버들이 반상을 가져와 그녀의 앞에 쌀쌀맞게 가져갔다.

은옥은 자신에게 대놓고 거칠게 구는 버들의 행동에 두 눈을 동그랗게 떴다. 호족들 사이에서 은근한 무시는 당해보았어도 대놓고 이리 사람을 무시하는 경우는 처음 겪어 적잖이 당황했다.

"뭐요? 왜 그리 빤히 보시오?"

"아, 아닙니다. 고맙습니다."

"흥, 이건 내 옷이오. 입으시든가. 말든가."

허름한 옷을 던지듯 내주는 버들의 버릇없는 행동에도 은옥은 웃어 보였다.

"고맙습니다. 잘 입을게요."

"다 먹으면 문 앞에 두시오. 내 알아서 치울 테니."

버들은 아무리 주인마님의 손님이라 해도 존칭을 쓰고 싶지 않았다. 어디서 굴러먹다 온 여인인지 몰라도 우리 마님을 눈물짓게 했으니 자신에겐 적이나 다름없었다.

은옥은 움직일 기력이 있어야 했기에 입맛이 없어도 억지로 밥그릇을 비웠다.

"어떻게든 버틸 거야. 오라버니가 날 찾아올 테니까……. 아버지가 날 찾으러 오실 거니까……."

무이가 했던 말을 되뇌며 은옥은 울컥 올라오는 눈물을 훔쳤다. 깨끗하게 비운 반상을 문밖에 내어놓은 그녀가 더러워진 혼례복을 벗었다.

툭, 툭.

그녀의 몸에서 치마와 저고리가 힘없이 떨어졌고 버들의 옷을 주워 차례로 입었다.

고름을 단단하게 맨 그녀가 길게 풀어헤쳐진 머리카락을 손가락으로 빗으며 한숨을 쉬었다.

끼익.

그때였다. 버들이 마침 반상을 가지고 가려고 왔고 은옥은 빼꼼히 열린 문틈 사이로 버들을 바라보았다.

머리를 풀어헤친 채 앉아 자신을 바라보고 있는 은옥을 보며 버들이 흥, 콧바람을 세게 뿜으며 자리를 떠났다.

"……."

은옥은 단 한 번도 머리카락을 혼자 정돈한 적이 없었다. 얼레빗으로 빗질 정도야 할 줄 알지 전부 아랑이 해주어 어찌해야 할지 난감했다.

"어쩐다……."

한숨을 쉬던 은옥은 일단 머리를 땋아보기로 했다. 하지만 좀처럼 예쁘게 땋지 못했다. 게다가 경대는커녕 면경도 찾기 어려운 상황에서 머리를 땋는 것은 참 어려운 일이었다.

결국 땋기를 포기한 은옥이 한숨을 푹 쉬었다.

"하아."

이런 것 하나 못 하다니. 앞이 깜깜했다.

그때였다.

"머리카락은 그렇게 풀어헤쳐 놓고 뭐 하는 거요?"

청승맞게 앉아 있는 은옥을 보다 못한 버들이 결국 들어가 잔소리를 해댔다.

"옷도 다 입었으면 어서 머리를 올려야지!"

"저…… 그게……."

머리카락을 땋지 못한다는 은옥의 말에 버들이 황당한 표정을 감추지 못했다.

"아니, 대체 어디서 오셨소? 어디 귀한 집 따님이시오?"

"그게……."

은옥은 버들의 물음에 제대로 된 답을 내놓지 못했다. 화산에서 왔고, 호족들의 영역에서 살던 한때는 호족 수령의 딸이었노라고 말할 수 없었다.

보통 사람들은 그들의 존재를 알지 못했기 때문이었다.

"거참. 뒤돌아봐요."

별수 없이 버들이 그녀의 머리카락을 땋기 시작했다. 버들은 얼레빗으로 대충 그녀의 머리카락을 빗겼지만 사실 속으로는 놀랄 수밖에 없었다. 해정보다도 더 비단결 같은 그녀의 머릿결에 눈이 휘둥그레졌다.

머리를 땋아 올린 버들이 나무비녀를 꽂으며 그녀에게서 떨어졌다.

"흠, 흠! 이제 다 되었으니 갈 길 가시오. 보아하니 혼례를 올린 새색시 같던데 신랑은 어디 있는 거요?"

"……."

은옥은 차마 대답하지 못했다. 어두워지는 그녀의 얼굴에 버들은 필시 혼례 첫날부터 소박을 맞아 쫓겨난 것이라 생각했다. 얼굴은 참 곱게 생겼는데 어쩌다 소박을 맞은 건지 알다가도 모를 일이었지만 버들은 그런 것까지 신경 쓸 겨를이 없었다. 마님도 모셔야 했고 밀린 일도 해야 했다.

"하여튼, 이제 그만 갈 길 가소. 우리 주인마님이 워낙 착하시고 불쌍한 이를 보면 외면하는 법이 없어 이렇게 그쪽을 집에까지 데리고 온 모양인데 혹시라도 딴마음을 품으면 내 가만있지 않을 거요!"

"……."

딴마음?

은옥은 버들의 말에 두 손을 저었다.

"어, 어찌 그런! 저도 신세는 여기까지 지려고 했습니다. 하나, 도와주신 분께 제대로 된 인사는 하고 가야 하는 것이 도리이니 인사만 하고 갈 수 있게 해주시겠습니까?"

또박또박 자신의 말에 대꾸를 하는 은옥을 보며 버들이 잔뜩 의심의 눈초리로 빽 소리를 질렀다.

"허, 그걸 빌미로 우리 주인마님한테 꼬리라도 쳤다간……!"

"버들아!"

사랑채에 반상을 치우러 간다고 가서 한참을 오지 않는 버들을 결국 찾으러 온 해정이 은옥에게 버릇없이 말하는 모습을 보고 호통을 쳤다.

"마, 마님……!"

버들의 말에 은옥이 해정을 향해 시선을 던졌다.

"……."

은옥이 자리에서 일어났다. 해정은 서둘러 자신의 앞으로 온 버들을 단단히 화가 난 얼굴로 바라보았다.

"주인마님이 데려온 손님이시다. 주인마님과 같이 모셔야 할 분을 어찌 이리 대하느냐? 내 얼굴에 먹칠을 하려고 작정한 것이더냐?"

"아, 아닙니다요. 어찌 제가 그러겠습니까? 전 그냥…… 마님을 대신해……."

"닥치거라! 정녕 볼기짝을 맞아야 정신을 차리겠구나. 박 영감! 박 영감 어디 있는가!"

그녀의 말에 버들이 무릎을 꿇었다.

"아이고! 아이고 마님! 자, 잘못했습니다. 잘못했어요!"

해정과 버들을 지켜보고 있던 은옥이 결국 두 사람에게 다가갔다.

"괜찮습니다. 상전을 지극히 생각해 그러한 것이란 걸 이해합니다. 갑자기 이렇게 난데없이 신세를 지었으니 오해할 만하지요."

"……."

해정이 나긋나긋 말을 하는 은옥을 바라보았다. 은옥이 다소곳이 그녀에게 고개를 숙였다.

"은옥이라 합니다. 부군께 정말 큰 은혜를 입었습니다. 말뿐인 감사 인사라도 하고자 하는데……."

"서방님께선 잠시 출타하셨습니다."

"아……."

"오늘은 늦었으니 해가 뜨면 떠날 차비를 하시죠."

해는 이미 지고 어둠이 찾아와 있었다. 은옥은 그 제안도 물리고 싶었지만 여인이다 보니 역시 밤은 무서웠다. 못 이기는 척 고개를 끄덕였고 해정은 그녀에게 선뜻 제안을 했다.

"서방님께서 돌아오실 때까지 저와 차라도 한잔하시겠습니까?"

해정의 제안에 은옥이 조금 놀라 눈을 크게 떴다. 호의적이진 않았지만 그녀는 최선을 다해 자신에게 예의를 갖추고 있었다. 허름한 차림의 잘 알지도 못하는 자신에게 손님으로서의 예를 다하는 그녀를 보며 은옥은 대단하다고 생각했다. 자신이 생각해도 충분히 오해를 할 상황이었는데 해정은 부군을 굳게 믿고 처음 보는 자신에게 예의를 지켰다.

은옥은 버들이 다시 가져온 새 옷을 입고 해정과 함께 안채로 향했다. 아마도 해정의 옷 같았다. 연한 복사꽃 색의 치마와 하얀 저고리를 입었는데 저고리는 깃과 고름의 색이 치마의 색과 같았다.

버들은 조용히 두 사람이 마실 차를 준비해 왔다. 은옥은 구절초 꽃차를 내온 것을 알아보고 웃었다.

"어찌 웃으십니까?"

해정이 차를 마시려다 말고 그녀의 웃음에 물었다.

"계절과 상황에 따라 차를 준비하는 분별이 꽤나 뛰어난 것 같아서요. 구절초 꽃은 몸을 따뜻하게 데울 때 마시면 좋은 차이지요."

"……."

입춘이 지난 시기였지만 아직은 공기가 차가웠다. 또, 밖에서 험난하게 구르고 온 자신을 생각해 내온 것을 눈치챌 수 있었다. 해정의 호통에 그제야 정신을 차리고 은옥을 위해 귀한 꽃차를 내온 것이었다.

"부인을 생각하는 마음이 진실 되게 느껴졌습니다. 비록 언행은 조금 거칠었지만."

"……."

"전 괜찮으니 그만 용서해 주셨으면 합니다."

해정은 묘령의 여인을 마주하며 미간을 모았다. 알다가도 모를 사람이었다. 나긋나긋 말을 하는 것을 보면 분명 반가의 여식인데 어찌 그런 행색으로 서방님의 등에 업혀 온 것인지 이해할 수 없었다.

"이름이 은옥…… 이라 하셨나요?"

"예. 은옥입니다."

"본이 어디이신지 여쭤도 됩니까?"

해정의 말에 은옥이 난감한 표정을 지어 보였다. 본이라, 그런 것은 알지 못한다. 그러니 대답해 줄 수가 없었다.

"저는……."

"말씀하기 힘드시면 무르지요."

해정은 자신의 물음에 낯빛이 어두워지는 은옥의 얼굴에 곧바로 물음을 물렀다.

"고맙습니다."

은옥은 말없이 꽃차를 마시는 해정을 보며 웃었다.

"마님, 주인마님이 오셨습니다."

"아."

"오셨나 보네요."

숙주가 어두운 표정으로 들어와 해정과 해정의 뒤에 있던 은옥을 향해 눈길을 던졌다. 해정은 걱정이 한가득인 표정이었고 은옥은 어리둥절한 눈으로 그를 바라보고 있었다.

"한성에 또 불이 난 모양이오."

"또……."

"……."

은옥은 두 사람의 대화를 가만히 듣고 있었다.

"벌써 엿새째이니……."

"방화범은 또 잡지 못한 것입니까?"

숙주는 그녀의 물음에 고개를 끄덕였다.

"……."

그의 곁에 있던 청의동자는 고개를 저으며 확신했다.

"이것은 절대 사람의 짓이 아닙니다."

"……."

"분명, 그 화산과 연관이 있습니다. 주인님."

청의동자의 말에 숙주는 한숨을 푹 쉬었다. 화산의 불기운이 다시 도지기 시작했다는 청의동자의 말에 반신반의하며 들어갔지만 화산에서 찾은 거라곤 은옥뿐이었다. 이 일이 그녀와 연관이 있는 건지는 알 수 없었다.

다만, 그와 청의동자의 생각으로는 화산의 불기운을 잠재우기 위해 세웠다는 무학대사의 사찰에 문제가 생긴 것이 아닌가 싶었다. 하지만 확신할 수는 없었다.

그가 은옥에게로 시선을 돌렸다.

"나와 잠시 이야기를 좀 하겠소?"

"……."

해정은 자신을 지나쳐 은옥에게 향하는 숙주의 등을 말없이 바라보았다.

"예? 아, 예. 저도 감사의 인사를 마침 하려고……."

"버들아, 차를 내오너라."

"예…… 주인마님."

버들이 해정의 눈치를 살폈다. 해정은 사랑채로 향하는 두 사람의 모습을 바라보며 버들에게 말했다.

"인삼차와 다과를 준비해 내가거라."

"예? 예……."

해정의 말에 버들이 애써 수긍하며 서둘러 차를 준비하기 위해 주방으로 향했다.

은옥은 그와 함께 사랑채로 돌아가 그와 마주 앉았다. 이윽고 버들이 차를 준비해 두 사람의 앞에 내놓았고 숙주는 차를 마시며 다소곳이 앉아 있는 그녀를 슬쩍 쳐다보았다.

화산에서 봤을 땐 몰랐는데 차려입은 것을 보아하니 미색이었다.

"마님도 어여쁘신데 이쪽 분도 곱네요."

"흠흠."

그의 마음을 읽기라도 했다는 듯 곁에 있던 청의동자가 말했다. 괜한 헛기침을 내며 숙주가 청의동자를 향해 날카로운 눈짓을 보였다.

차를 마시던 은옥은 아까부터 궁금한 것이 있었다. 해정과 버들과 대화할 때는 모르겠는데 그와 대화를 할 때면 꼭 보이지 않는 누군가가 함께 있는 것 같았다. 게다가 버들이 준비해 온 찻잔은 두 잔이 아니라 세 잔이었다. 나머지 한 잔에도 버들은 익숙하게 차를 담았고 은옥은 신기하게도 찻잔에 담긴 찻물과 다과가 조금씩 줄어드는 기이한 현상을 목격했다.

"저……."

결국 은옥이 먼저 입술을 열었다.

"왜, 왜 그러시오?"

"혹, 이곳에 저희 두 사람 말고 다른 분도 계신 겁니까?"

"……."

아차.

숙주는 이제 이 집안의 가솔들은 익숙해진 청의동자의 존재감 때문에 미처 은옥에게 청의동자에 대해 설명하지 않은 것을 뒤늦게 깨달았다.

"믿을지 모르겠으나 내 옆에 청의동자라는 귀가 있소. 이 녀석은 늘 나와 이곳에서 함께 생활하지요."

"아아……."

은옥이 그의 말에 고개를 끄덕였다.

별달리 놀라지 않는 그녀의 행동에 숙주가 의외의 눈을 했다.

"그게 다요?"

"예?"

"다른 사람들은 믿지 않거나, 놀라거나 둘 중 하나인데 말이요."

"아아. 그런 존재가 없다고는 생각하지 않습니다."

그녀가 어떤 이들에게 자랐는가, 은옥은 다시 한 번 자신의 남다른 정체에 혀를 내둘렀다.

"역시……."

"여우구슬을 품었던 분이니 당연히 다른 존재에 대해서도 남들보단 개방적이겠지요."

곁에 있던 청의동자가 말했다.

"어쨌든……."

은옥은 이만 그에게 감사 인사를 건네고 떠나야 한다고 생각했다.

"도움을 주셔서 감사했습니다. 이 은혜는 언제고 꼭 갚겠습니다."

"……."

앞으로 어떻게 살아야 할지 막막했지만 은옥은 어떻게든 버틸 마음의 준비가 되었다.

찻잔을 내려놓고 자리에서 일어서려는 그녀를 향해 숙주가 물었다.

"돌아갈 곳은 있는 것이오?"

은옥은 그의 말에 쓰게 웃었다. 돌아갈 곳은 없었지만 기다릴 사람은 있었다.

"반드시 절 찾아오겠다고 하였습니다."

"돌아갈 곳은 없다는 것이군."

"⋯⋯."

"화산에 대해 잘 아시오?"

숙주의 물음에 은옥이 흠칫 놀라며 그를 향해 시선을 던졌다.

"화산은 어찌⋯⋯."

"그 산이 왜 화산이라 불리는지 아오?"

"⋯⋯."

사람들은 그 산이 불의 기운을 지닌 산이라 하여 화산이라 했다.

"화산에서 뿜어져 나오는 불의 기운이 너무나 강해 한양이 화를 입을 수 있다 하여 그 불기운을 달래는 사찰을 지었다고 하오."

"예⋯⋯."

언젠가 여의에게 들은 적이 있었다.

화산은 인간들에게는 꽤나 많은 영향을 주는 산이라 예로부터 인간들이 두려워했고 여러 도승들이 이 산을 찾아와 그 불기운을 잠재우기 위해 많은 노력을 했다는 말을 기억해 냈다.

"화산에 분명 무슨 일이 있는 것이 분명한 것 같소."

"어째서 그런 생각을 하십니까?"

그러고 보니 그를 화산에서 만난 이유가 분명 있는 것 같았다. 은옥이 고개를 갸웃대며 물었다.

"한성에 알 수 없는 불이 엿새째 계속되고 있소."

"알 수 없는 불?"

"예. 불은 나는데 불을 낸 사람은 도통 잡지 못하고 있지."

은옥이 그의 알쏭달쏭한 말에 미려한 이마를 구겼다.

"대체 그게 무슨 말인지⋯⋯."

"아무래도 도깨비의 장난 같은데⋯⋯."

"예⋯⋯?"

"도깨비의 소행이요?"

"정확히 말하면 그 불은 누군가의 방화도, 자연발화도 아닌…… 화산의 불기운에 영향을 받은 도깨비불이라는 겁니다."

"그런……."

"그 불에 많은 사람들이 집을 잃고, 재산을 잃고 있소. 게다가 불이 한 번 나면 쉽게 진압을 못 한다지."

숙주의 얼굴이 심각해지자 은옥의 표정도 덩달아 심각해졌다.

"다시 화산에 가봐야겠소."

"예?"

"한성의 의문 모를 화재를 가만 두고 볼 수는 없소."

"……."

은옥이 호방한 표정으로 말을 하는 그의 얼굴을 보며 실로 대단한 사내라고 생각했다.

"나으리는 정말 담대하시군요."

그녀의 솔직한 말에 숙주는 갑자기 부끄러워졌다.

"흠, 흠! 그런 말을 듣고자 한 것은 아니었는데……."

"쯧쯔, 주인님. 제가 지금 곁에 있는 걸 잊으신 것 같사온데 저 지금 여기 있습니다."

그때 조용히 있던 청의동자가 자신의 존재를 상기시켰다. 숙주는 청의동자의 말에 조용히 날카로운 눈짓을 흘렸다.

"아무튼, 내가 부인께 하고자 한 말은…… 화산에 대해 아는 게 있음 말을 해주겠소?"

"……."

그의 물음에 은옥은 조금 난처한 표정을 지어 보였다. 화산에 대해 사실 아는 것도 없었지만 알고 있는 것도 전부 꺼내 보일 수가 없었다.

"모르시오……?"

"송구합니다……."

"모르는군……."

하지만 은옥은 그에게 도움이 되고 싶었다.

"나으리도 아시겠지만 화산은 정말로 위험합니다. 말로는 설명하기 힘든 것들이 분명 그 안엔 있으니까요."

"음."

"화산의 불기운이 흐른다면 그건 분명 뭔가가 잘못된 것일 수도 있겠지요."

"대체 왜 갑자기 그러는 것일까……."

오랜 시간 조용했던 산이었다.

함께 고민을 하던 은옥이 그에게 물었다.

"한성에 불이 난 지 며칠이 지났다고 하시었죠?"

그가 대수롭지 않게 대답했다.

"엿새째. 오늘 밤이 지나면 이레가 되오."

엿새째라. 엿새째에 화산에 어떤 일이 있었던가……. 은옥은 달이 해를 삼켰던 때를 떠올리며 그에게 다시 질문을 던졌다.

"허면, 달이 해를 삼켰던 날은……."

"그건……."

청의동자가 말끝을 흐리는 그를 대신해 대답했다.

"그것도 역시 엿새째."

"혹, 그것과 관계가 있을까요?"

그녀의 물음에 숙주는 더욱더 알 수 없는 표정이 되었다. 청의동자 또한 묘하게 일치하는 두 사건에 골몰했다.

"흐음."

❖

소월은 기어코 수령의 반려가 된 기아를 보며 낮은 한숨을 쉬었다.

"뭐야, 왔어?"

그녀는 비어 있는 방에서 혼자 술을 마시고 있었다. 저고리는 벗어두고 치마만 두른 채 술잔에 술을 기울고 있었다.

"한잔하겠어? 술맛이 좋아."

"……."

소월이 그녀에게 걸어가 손에 들린 술잔을 빼앗았다.

"원하는 걸 얻었는데 꼴이 왜 이 모양이야."

"원하는 것? 킥킥, 그래 맞아. 원하는 걸 얻었지. 드디어!"

그녀가 두 팔을 펼치며 웃었다. 기아는 술에 단단히 취해 있었다. 지독한 술 냄새에 소월이 미간을 좁혔다.

"기아!"

"아아, 왜 화를 내는 거야? 오늘같이 좋은 날."

"좋은 날? 그래서, 넌 좋은 건가? 좋아? 원하는 걸 얻었잖아."

"시끄러워! 싫은 소리 할 거면 꺼져!"

소월이 자신의 손에서 술잔을 빼앗아가려는 기아의 행동에 거칠게 팔을 휘둘러 벽을 향해 잔을 던졌다.

쨍그랑!

"여의 님이 죽었어. 너 때문에!"

"어차피 금방이라도 숨이 넘어갈 상태 아니었던가?"

냉정한 그녀의 말에 소월이 흥분하며 가녀린 어깨를 붙잡았다.

"너!"

"왜 그럼 나타나지 않았어? 탁야를 도와 날 막든, 여의를 도와 은옥을 구하든 했었어야지."

"……."

소월은 차마 그들을 도울 수가 없었다. 돕는다면 기아가 위험했기에…….

기아가 그를 보며 씨익 웃었다.

"아아, 소월. 너는 영원히 나의 편이야."

"……."

그녀가 소월의 뺨을 쓸어 만지며 스륵 눈을 감았다. 결국 술에 취해 잠이
드는 기아를 넘어지지 않게 부축한 그가 그녀를 안아 침상으로 걸어갔다.

그는 조용히 그녀를 눕히고 야금을 끌어와 목까지 덮어주었다. 처소 안은
엉망이었다. 혼례복들은 전부 찢기고 성한 것이 없었다.

"……."

소월이 두 눈을 질끈 감으며 주먹을 꽉 쥐었다. 고작 할 수 있는 일이라곤
이렇게 그녀를 보살피는 것 말고는 할 수 있는 것이 없었다.

"탁야……."

술 취한 기아의 입술 밖으로 탁야의 이름이 흘러나왔다.

독하게 그의 곁을 차지했지만 그것은 정말로 수령의 반려 자리에만 욕심
이 나 그런 것만은 아니었던 것이었다.

기아는 탁야를 은애하고 있었다.

하지만 탁야는…….

탁야는 소중한 이들이 한꺼번에 사라진 사실을 받아들이지 못하는 것 같
아 보였다. 어미가 죽었고 은애하는 반려를 놓쳤다. 그는 자신의 처소로 돌
아가 누구도 만나지 않았다.

또, 죽은 여의를 데리고 돌아온 무이는 기아에게 저주를 퍼부었다.

'널 내 손으로 반드시 죽여주마. 기아……!'

그리고 그는 손수 여의의 장례를 치른 후 홀연히 사라졌다.

"……."

호족들은 급변한 상황에 기뻐해야 할지 슬퍼해야 할지를 몰라 그저 위태
롭게 숨을 죽이고 있었다.

소월 또한 그랬다.

슬퍼할 수도, 기뻐할 수도 없었다.

"또…… 도망가야 하나."

비감한 표정으로 웃으며 여명이 밝아오는 하늘을 바라보았다.

탁야 또한 기아와 다르지 않았다. 술동이 그의 처소 곳곳에 굴러다녔다. 허나 그는 기아와 달리 마시고 마셔도 취하지 않았다.

그저 은옥을 향한 그리움에 사무칠 뿐.

"은옥아…… 은옥아……."

그는 그녀의 이름을 쉼 없이 불렀다. 부르고 불러도 좀처럼 나타나지 않아 그것이 못내 서글퍼 탁야의 눈에서 눈물이 흘렀다.

"은옥아……!"

잃어버린 자신의 신부.

영원한 자신의 반려.

그녀를 결국 지키지 못했다.

"하하."

지킬 수 있다고 자신했던 탁야는 지금의 자신이 너무나 한심했다. 자리에서 일어난 그가 여명이 밝는 하늘을 올려다보며 허탈하게 웃었다.

"은옥아, 네가 없어도 빌어먹을 하늘이 밝는구나."

실성한 사람처럼 웃던 그가 고개를 숙였다.

"하아."

깊은 한숨을 쉬며 고개를 올린 그가 날카로운 눈으로 하늘을 노려보았다.

"아랑."

"예……."

"은옥을 찾아라."

아랑이 그의 명에 한쪽 무릎을 꿇고 앉았다.

"존명."

독기가 가득 오른 표정으로 그는 하늘을 노려보았다. 설사 하늘이 자신과 은옥을 갈라놓는다 하여도 그는 다시 그녀를 되찾을 것이었다. 누구도 자신에게서 은옥을 빼앗을 수 없었다.

은옥은 결국 숙주의 집 손님방에서 하루를 지새웠다.

"하아."

숙주는 아침 일찍부터 다시 화산에 가보겠다고 차비를 하고 있었다. 은옥도 손님방을 나와 그를 바라보았다.

"정말로 다시 가보실 생각이십니까?"

"그래요."

"하지만 그 산은……."

숙주가 봇짐을 싸며 담담히 말했다.

"내겐 청의동자가 있습니다. 기이한 일은 이미 수없이 겪었으니 걱정하지 마십시오."

"산짐승도 많고……."

"내 걱정보단 그쪽부터 걱정해야지 않겠소? 더 이 집에 있어도 되는데. 서둘러 떠날 필요가 있겠소?"

은옥이 그의 말에 고개를 저었다.

"폐를 끼칠 수야 없지요. 괜찮습니다."

해정이 안채에서 나왔다.

"출타하십니까?"

"음. 다녀오리다."

"아, 저도 그만 떠나보겠습니다. 신세 진 은혜는 절대 잊지 않겠습니다. 고맙습니다. 나으리. 부인."

떠나겠다는 은옥의 말에 해정이 준비해 둔 작은 보자기를 건넸다.

"여비와 여벌의 옷을 준비했습니다."

"아, 아닙니다. 이런 건……."

"보아하니 아무것도 챙기지 못하신 것 같은데 받으시지요. 내가 입지 않는 옷과 얼마 되지 않는 여비입니다."

"……."

은옥은 세심한 해정의 마음 씀씀이에 감동했다.

"고맙습니다……."

"그럼, 가보겠소."

그와 함께 대문 밖을 나온 은옥이 두 사람에게 다시 한 번 고개를 숙였다. 당장 어디로 가야 할지 막막했지만 귀인을 만났으니 어떤 일이든 해낼 수 있을 것 같았다.

"갈 곳은 정하셨소?"

"일단 한양을 좀 둘러볼까 합니다."

은옥은 사실 한양이 무척 궁금했다. 늘 호족의 영역 안에서만 생활을 해왔던지라 사람들이 사는 한양이 어떤 곳인지 알고 싶었다.

"조심하시오. 화재 원인은 여전히 오리무중이니."

"예. 그럼……."

인사를 하고 등을 돌리는 은옥을 보며 청의동자가 아쉬운 목소리로 중얼거렸다.

"아아, 복이 나가네요."

"뭐?"

"제가 말하지 않았습니까? 저분은 분명 주인님께 좋은 영향을 줄 분이라고."

"좋은 영향은 무슨. 쓸데없는 말 말고 얼른 가자."

숙주의 말에 청의동자가 한숨을 푹 쉬었다.

"분명, 후회하실 겁니다."

"어허. 지금은 화산이 더 중요하다니까!"

결국 그의 말에 못 이긴 청의동자가 그를 따라 화산으로 향했다. 다시 찾은 화산은 기괴한 분위기를 물씬 풍겼다.

"가자."

그는 일단 가장 먼저 무학대사가 지었다는 사찰로 향하기로 했다. 불기운을 막기 위해 지은 사찰인데 불기운이 흘러나오고 있다면 그건 분명 사찰에 문제가 생긴 것이 분명했다.

"정말 이상하단 말이야."

"무엇이요?"

"사찰에 사는 스님들이 화산의 불기운을 이리 방치하고 계실 리가 없는데……."

"예. 그러니까 제가 자꾸 와보자고 한 것 아닙니까."

숙주는 한숨을 쉬며 계속해서 산을 올랐다.

"그러니까. 내가 왜 이런 놈이랑 엮여서 굳이 몰라도 될 일을 이리 파헤치고 있는 것인지……."

"어차피 파직당하셔서 할 일도 없으시면서."

아픈 곳을 찌르는 청의동자의 말에 숙주가 발끈했다.

"어허! 파직이라니! 내 스스로 그냥 관직에서 물러난 것과 다름없는 일인 것을 알면서 그러하는구나!"

"혹 압니까? 이번 일을 해결하셔서 다시 관직에 오르실지."

"……."

사실 숙주도 그런 마음이 없는 건 아니었다.

하지만 한성에 일어나는 의문의 화재를 더는 두고 볼 수 없는 것도 있었다. 벌써 수십 채의 집들이 불에 탔고 또, 종묘까지 불이 번지는 일이 발생했다. 가만 보고만 있을 수 없는 문제였다.

"그래도 저번처럼 징그러운 구렁이는 안 나오는구나."

"원래 그런 존재들은 쉽게 모습을 드러내지 않지요. 은옥 님이 탐이 나 모습을 드러낸 것뿐입니다. 뿌리치기 어려운 달콤한 냄새를 풍기거든요."

은옥.

숙주는 그녀를 떠올리며 한숨을 쉬었다.

"보아하니 의지할 곳 없어 보이던데 말이야……."

어디서 험한 일이라도 당할까 걱정되었지만 괜한 오지랖인 것 같아 숙주는 애써 그녀에 대한 생각을 접으려 했다.

"계속 주인님 곁에 계셨으면 분명 가까운 날 좋은 일이 생겼을 텐데……."

"못 하는 말이 없구나. 새색시를 집에 데리고 온 것도 식솔들 사이에서 말이 많거늘. 무슨 오해를 사게 할 생각이야?"

"하지만 그분 관상이 참 드문 관상입니다. 왕후의 관상을 타고나셨거든요."

"뭐?"

청의동자의 말에 놀란 그가 걸음을 멈췄다.

"왕후? 말도 안 된다. 너도 보지 않았느냐, 혼례를 올린 행색을! 그런 여인이 어찌 왕후가 된단 말이냐?"

"관상학적으로 말한 것뿐입니다. 왕후는 아니어도 한 나라를 분명 좌지우지할 분은 확실합니다."

숙주가 청의동자를 향해 눈을 흘겼다.

"하여간 말로는 못 이기지."

"다 왔습니다."

청의동자의 말에 앞을 향해 시선을 던진 그는 믿을 수 없는 광경에 두 눈을 비볐다.

"대체 저게……."

사찰의 현판은 떨어져 동강이 나 있었고 창호문들은 모두 찢기거나 떨어져 바람에 맥없이 흔들리고 있었다.

부처상과 재단은 넘어져 깨져 있었다. 승려들은 보이지 않았다.

"무슨 일이 있었던 거지?"

"주인님. 보십시오."

땅 곳곳에 핏자국이 있었다.

"……."

"짐승의 짓이라고 보기엔 어렵습니다."

깨끗하게 잘려 나간 문짝을 보며 청의동자가 말했다.

"사람의 짓이란 것이냐?"

"아마도요."

"하지만 이곳엔 다른 존재들도 있다 하지 않았더냐?"

"그들은 아닐 것입니다. 자신의 영역을 침해하지 않는 이상 사람들에게 이유 없이 해를 가하는 이들은 아닙니다."

청의동자의 말에 숙주가 모르겠다는 듯 중얼거렸다.

"그럼 대체 누가 이런 짓을……."

"어쨌든 사찰이 이 지경이 된 것을 보면 필시 무학대사께서 친 결계도 무너진 것이 분명합니다……."

"……."

숙주는 서둘러 돌아갈 차비를 하였다.

"헉."

몸을 돌린 숙주가 놀라 짧은 단말마를 내질렀다. 청의동자 또한 놀라지 않을 수 없었다.

바로 뒤에 기척도 없이 나타난 존재에 바짝 경계를 했다.

"물러서십시오. 주인님……!"

"뭐야. 이래서 며칠 전부터 내 신경이 거슬렸던 거군."

"누, 누구시오!"

탁야는 심드렁한 눈으로 숙주를 보며 말했다.

"탁야. 호족의 왕이다."

은옥은 숙주의 말에 어느 정도 상상은 하고 있었지만 생각보다 심각한 한성의 상황에 놀라지 않을 수가 없었다.

머리에 장옷을 쓴 그녀가 어깨에 그것을 걸치며 주변을 한 바퀴 둘러보았다.

잿더미인 집, 사람들은 모두 거리에 앉아 추위를 버티고 있었다.

"세상에……."

단 한 번도 본 적이 없는 광경이라 은옥은 그저 두 눈이 휘둥그레질 수밖에 없었다. 하지만 곧 많은 사람들이 원인을 알 수 없는 화재에 고통 받고 있다는 것을 깨달았다.

"아이고, 아이고……!"

피폐해진 한성 여기저기에서 곡소리가 들렸다.

"도둑이야!"

게다가 혼란스러운 틈을 타 좀도둑이 판을 치는 듯했다. 은옥이 소리가 나는 방향으로 몸을 돌렸다. 보따리를 쥐고 재빠르게 도망치는 도둑을 보고 놀란 그녀가 품에 안고 있던 보따리를 꼭 쥐었다.

정신을 단단히 차리지 않으면 정말 한순간에 당할 듯싶었다. 이런 상황에서 당장 무엇을 해야 할지 막막했지만 은옥은 일단 묵을 곳을 찾기로 했다.

하지만 이미 많은 이들이 시종도 없이 혼자 길을 헤매는 은옥을 보며 못된 마음을 품고 있었다. 어리바리한 얼굴, 잔뜩 위축이 되어 있는 여자. 그녀는 한눈에 봐도 세상에 가장 쉬운 표적이었다.

아무것도 모르는 은옥이 길을 헤맸다.

초행길이다 보니 어디에 무엇이 있는지 알 리가 없었다. 헤매다 보니 인적이 드문 곳까지 다다랐고 조금 으쓱하다 싶어 길을 돌아가려는 찰나에 뒤늦게 인상이 험악한 사내들이 자신을 뒤쫓아오고 있었다는 것을 깨달았다.

놀란 은옥이 어깨를 움츠리며 그들을 피해 지나치려 했지만 그들은 쉬이 길을 내어주지 않았다.

서넛의 사내들이 은옥을 보며 비열하게 웃었다.

"왜, 왜 이러십니까?"

"어찌 반가의 아녀자께서 이리 누추한 곳까지 혼자 행차하셨는지 몰라 여쭈러 왔지요."

"길을 터주시지요. 그렇지 않으면 소리를 지를 것입니다!"

보기와 달리 맹랑한 은옥의 말에 사내들이 코웃음을 쳤다.

"그래 보시든가, 그래 봤자 아무도 구해주지 않을 거야. 다들 지금 자기 살길이 바쁘신 분들이라 말이야."

그들이 그녀를 향해 입맛을 다시며 가까이 다가가려 할 때였다.

"불이야!"

"헉!"

또 어딘가에서 불이 난 모양이었다. 멀지 않은 곳이었다. 하늘로 검은 연기가 피어오르는 것을 목격한 은옥이 불이 났다는 말에 정신이 팔린 남자들 사이를 재빠르게 지나쳤다.

"어, 어!"

미처 그녀를 잡을 생각을 하지 못하고 남자들은 불이 난 방향으로 뛰어가는 은옥을 보며 황당해했다.

"불을 피해야지! 저거 아무래도 모자란 여자 같구만!"

"무슨 상관인가? 어서 피함세!"

사내들은 불길을 피해 도망치기 바빴다.

불이 난 곳으로 뛰어간 은옥은 그들이 더 이상 자신을 쫓아오지 않는다는 것을 확인하고 화마에 휩싸인 집을 보고 놀라지 않을 수가 없었다. 걷잡을 수 없이 벌써 두 채나 집어삼킨 불을 보며 사람들은 발을 동동 구르기만 했다. 타오르는 집을 보며 속절없이 우는 사람도 있었고 조금 깨어 있는 이들은 물을 조달해 끄기 바빴다.

집들이 다닥다닥 붙어 있어 또 다른 집도 금세 불길이 옮아갈 것 같았다. 은옥은 그것을 가만 지켜볼 수가 없었다.

두 손을 걷어붙이고 불을 끄기 위해 물을 조달하는 사람들의 틈에 끼어 그들을 돕기 시작했다.

"젠장, 이제 우물에 물도 없는데……!"

남자의 말에 은옥이 주변을 둘러보며 말했다.

"연못의 물이라도 길어야 합니다."

"가뭄으로 연못도 물이 말랐다오. 제길!"

"하면, 무거워도 흙을 가져오셔요."

"뭐요?"

은옥의 말에 남자가 황당해했다.

"흙도 불을 끌 수 있는 진화제입니다. 보자기에 흙을 모아 가져오세요!"

갑자기 나타나 말도 안 되는 말을 늘어놓는 은옥의 말에 남자는 못 미더운 눈치였지만 그렇다고 불이 난 것을 가만 두고 볼 수가 없으니 그녀의 말을 따르기로 했다.

흙을 보자기에 싸온 남자들을 보며 은옥이 말했다.

"불길 안으로 던지세요!"

"웃, 차!"

그녀의 말에 남자들은 그대로 보자기에 든 흙을 불길 안으로 던지듯 뿌렸다.

촤악!

흙들이 불길 안으로 들어갔다.

기대했던 것과는 미미했지만 흙이 들어간 자리에 불씨가 약간 사그라졌다. 하지만 이것은 너무 비효율적인 진압 방법이었다.

"수레나, 흙을 좀 더 빨리 조달할 수 있는 건 없겠습니까?"

"수레…… 있소! 거기에 더 담아오지!"

은옥은 어린아이도 불을 끄겠다고 물동이에 물을 가져와 나르는 것을 보며 그들을 도왔다. 우물엔 정말 물이 많지 않았다.

"불을 진압하는 건 틀렸어……."

은옥은 생각을 고쳐먹었다.

"이럴 바엔 다른 집들에 불이 옮지 않게 해야 해."

불이 난 집으로 향하는 물동이를 든 사람들을 은옥이 막아섰다.

"남아 있는 물은 불이 나지 않은 집에 뿌리십시오."

"뭐? 물도 귀한데 무슨……!"

"그래야 불길이 더는 번지지 않습니다. 이 불은 이 물과 흙으론 못 막아요. 멀쩡한 집부터 살리는 것 말고는 방법이 없습니다. 서둘러요. 어서요!"

그녀의 말에 남자들과 그들을 돕던 아낙들도 반신반의했지만 물을 길어와 불이 번지지 않은 집에 뿌렸다.

"아이고……!"

자신의 집이 타는 것을 속수무책으로 지켜볼 수밖에 없는 사람들은 그저 통곡을 했다. 화마는 끔찍할 정도로 높게 치솟아 올라 결국 집 두 채를 전부 삼키고 나서야 스스로 꺼졌다. 은옥이 하라는 대로 우물물을 길어 불이 번지지 않은 집의 벽과 바닥에 뿌리니 정말로 불이 번지지 않아 사람들은 안도의 숨을 내쉬었다.

"고맙소. 부인, 부인 덕에 큰 화를 면하였소. 불이 난 집의 불을 끄기에 급급해 다른 집은 신경을 쓰지 않았는데……."

"아, 아닙니다. 혹 초기에 불이 난 것을 본다면 꼭 화점火點을 향해 흙을 던지셔요. 비가 오지 않아 무척이나 건조하니 되도록이면 불을 쓸 때 조심하셔야 합니다."

"에효, 그걸 누가 모르겠소? 정말 도깨비불이라는 말이 맞는 건지 시도 때도 없이 아무 데서나 불이 나니……."

"……."

은옥은 한숨을 푹, 내쉬는 그들을 보며 덩달아 한숨을 푹 쉬었다.

그리고 어깨에 걸쳤던 장옷과 보따리를 찾아 주변을 둘러보았다.

"……."

불이 나는 바람에 장옷과 보따리를 잠시 내려놓았는데……. 내려놓은 자리에 그것이 없었다.

은옥은 싸한 기분에 휩싸였다.

그 정신이 없는 틈을 타 누군가 가져간 듯했다.

"아아."

은옥이 다리에 힘이 풀리는 것을 느끼며 주저앉았다.

"왜 그러시오?"

"그게…… 제 짐들이 사라졌네요……."

"헉!"

은옥은 울 기운도 없었다. 허탈하게 웃으며 바보 같은 자신을 탓했다. 한

치 앞도 못 보는 주제에 남을 돕겠다고 돕다 이런 꼴을 당하다니.

"멍청하게, 잘 챙겼어야 했는데."

"이 일을 어쩌누……."

"하하."

이런 일이 생길 거라고는 생각도 하지 못했기에 절망할 수밖에 없었다.

"아아……."

그녀의 두 눈에 눈물이 가득 차올랐다.

"저, 그럼 일단 오늘은 우리 집에서 지내지 않겠소?"

"예……?"

선뜻 제안하는 남자의 말에 은옥이 고개를 올렸다. 나이가 지긋한 남자는 인자하게 웃으며 말했다.

"보아하니 갈 곳이 마땅치 않은 듯한데 내 집에서 하루 묵고 가시게나. 괜찮지, 할멈?"

"그럼요. 괜찮고말고요. 누추하지만 손님방에서 하루 자고 가요."

불을 끄는 데 함께 했던 노부부가 은옥에게 손을 내밀었다. 은옥이 그들의 호의에 눈물을 거두며 자리에서 일어났다.

"그럼, 하루만 신세지겠습니다. 이 은혜는 정말 절대 잊지 않을게요."

"허허, 괜찮소. 은혜는 무슨. 젊은 아낙이 고생하는 게 안쓰러워 그래. 우리 손녀딸 같기도 하고 말이야."

"정말, 정말 감사합니다……."

은옥은 노부부가 안내하는 그들의 집으로 향했다. 숙주의 집보다 훨씬 작고 초라한 초가집이었다. 손님방이라는 방은 정말 작고 냉골이었다.

"많이 좁지? 그래도 한 사람이 잘 곳은 되니까 하룻밤 자는 건 문제 없을 거야. 아궁이에 불을 올렸으니 금방 따뜻해질 거라오."

노인이 그녀에게 낡은 이부자리를 건넸다.

"아…… 고맙습니다. 어르신."

"시장할 테니 내 먹을 것 좀 내오리다."

정말 다행이었다. 이런 호의를 또 받을 수 있다니 하늘이 도왔다며 은옥은 차가운 방에 이부자리를 펴고 앉았다.

"하아."

툭, 툭.

은옥은 퉁퉁 부운 두 다리를 주먹 쥔 손으로 두들겼다. 오래 걷는 것은 여전히 적응이 되지 않았다.

"앞으로 정말 어찌해야 하나……."

차가운 벽에 등을 기댄 은옥이 노곤한 눈꺼풀을 깜빡였다. 피로가 몰려왔다. 꾸벅, 꾸벅. 긴장했던 것들이 풀리니 그녀는 곧장 졸기 시작했다.

스륵.

결국 얼마 지나지 않아 은옥은 잠이 들었다.

몇 가지 없는 찬반과 보리밥을 가져온 노인은 은옥이 잠이 든 것을 보고 씩, 입가를 올렸다.

도로 반상을 가지고 돌아오는 노인의 행동에 노파가 슬쩍 물었다.

"잠들었슈?"

"응. 곯아떨어졌어."

두 사람의 시선이 음흉해지기 시작했다.

"그럼 얼른 불러올게요."

노인이 서두르라며 노파를 밖으로 내보냈다. 아무것도 모르는 은옥은 단잠에 깨어나지 못했다.

노파가 향한 곳은 다름 아닌 기방이었다.

"내가 아주 실한 걸 데리고 있어."

기방을 지키고 있던 험상궂은 남자에게 노파가 속삭였다.

"그래?"

"그러니 후하게 쳐주라고. 경국지색 저리 가라라니까?"

"안내해."

노파는 곧장 그들을 자신의 집으로 안내했다. 그들을 기다리고 있던 노인이 숨죽여 은옥이 있는 곳을 향해 가리켰다.

"저기야, 저기. 지금 자고 있으니 소리를 죽이라고."

그의 말에 우두머리 남자가 고개를 끄덕이며 슬쩍 손님방으로 향했다. 구멍이 뚫린 창호지 사이로 잠이 든 은옥을 확인한 남자가 입가를 올렸다.

"확실히 반반하군."

"그치? 얼마나 쳐줄 겐가?"

"열 냥."

"열 냥 받고 일 전 더."

노파의 말에 남자는 혀를 차며 대답했다.

"열 냥하고 다섯 푼. 이 이상은 안 돼."

"좋아. 데려가쇼."

노파의 말에 남자는 곧장 주머니를 열어 값을 치렀다. 그들의 꿍꿍이를 알 리 없는 은옥은 여전히 단잠에 빠져 있었다. 남자와 함께 온 일행들은 남자의 고갯짓에 곧장 그녀가 자고 있는 방으로 향했다.

덜컹!

문이 열리는 소리에 화들짝 놀란 은옥이 잠에서 깨어났다. 하지만 때는 늦었고 방 안으로 건장한 남자들이 닥치자 놀라 소리를 질렀다.

"꺅!"

하지만 남자들은 우악스러운 손으로 그녀의 입을 막고 그녀를 막무가내로 포대에 씌워 보쌈을 했다.

"읍, 으읍!"

은옥은 갑작스러운 상황에 속수무책 당할 수밖에 없었다.

그녀를 집으로 데려왔던 노부부는 그녀가 끌려가는 것을 보지도 않고 그들에게 받은 돈을 세느라 정신이 없었다.

"행수께서 좋아하시겠어. 간만에 이런 반반한 것을 찾아왔으니 말이야."

남자는 행수에게 좋은 점수를 받을 것을 기대하며 서둘러 기방으로 향하는 걸음을 옮겼다.

❖

숙주는 탁야를 보며 잔뜩 긴장했다.

한눈에 보아도 심상치 않은 상대 같았다. 청의동자 또한 마찬가지였다. 보통 상대가 아님을 느끼고 숙주의 앞에 섰다.

"뭐야. 꼬맹이."

"청의동자라 하오. 수호령이지."

"흐응."

탁야는 사실 두 사람에게 별 관심이 없었다.

"사찰을 이리 만든 것이 당신 짓입니까?"

숙주가 날카로운 목소리로 그에게 물었다.

"쓸데없이 내가 왜?"

"허면 대체 누가……."

"누가 했든 중요한 건……."

탁야가 한숨을 쉬며 말했다.

"나의 신부가 인간의 세상에 가 있는 이상 가만 두고 볼 수 없다는 것이다."

혹, 이 기운이 은옥에게까지 영향을 미칠까 탁야는 걱정스러워 사찰을 찾은 것이었다.

"그게 무슨……."

"무너진 결계는 다시 복원시켜 주지."

"……."

청의동자는 말이 끝남과 동시에 무너졌던 결계가 다시 원래대로 돌아간 것을 느끼고 놀라움을 감추지 못했다.

"……."

"이제 더는 인간에게도 영향을 미치지 않을 것이다."

"청의동자, 사실이냐?"

그의 말에 숙주가 물었다.

"예…… 사실입니다. 결계가 다시 원래대로 돌아갔어요."

"……."

청의동자의 말에 숙주의 두 눈이 흔들렸다. 일이 이렇게 쉽게 해결될 것이라고 생각하지 못했다.

탁야는 당황해하는 그들을 두고 몸을 돌렸다.

"후……."

청의동자는 멀어지는 탁야를 보며 중얼거렸다.

"여우왕……."

"대체 저자는 뭐란 말이냐?"

"……."

숙주는 금세 시야에서 사라지는 탁야의 뒷모습에 혼란스러운 기분을 감추지 못했다.

"허……."

"어쨌든……."

청의동자가 금세 어둠이 찾아온 하늘을 올려다보았다.

"이제 한성의 도깨비불은 한시름 놓겠군요."

"그래. 하지만 이런 짓을 한 자를 찾아야 한다."

"예……."

숙주는 일단 이것을 한성부에 고하기로 마음먹었다.

사찰을 지키고 있던 승려들이 전부 사라졌다. 살인 사건인지 실종 사건인지 모를 일이었으나 그냥 지나칠 수 없는 일이었다.

"윽!"

은옥은 어딘지 모를 곳에 자신을 던지듯 내려놓은 그들의 행동에 짧은 비명을 질렀다. 그녀의 몸을 덮었던 포대가 벗겨졌다. 은옥은 숨을 거칠게 쉬며 주변을 살폈다.

퀴퀴한 창고 안인 것 같았다. 우락부락한 사내들이 대여섯 있었고 준비된 의자에 앉은 중년의 여인이 입가를 올리며 곰방대를 쥐고 있었다.

"정말 반반하네."

"그쵸?"

"이 정도 미모면 나라를 쥐고 흔들 절세미인이지."

"다, 당신들은 대체 누구십니까!"

은옥의 물음에 곰방대를 쥐고 있던 여인이 웃으며 곰방대의 입구를 한껏 빨았다.

"후우."

은옥을 바라보며 연기를 내뱉던 여인이 자리에서 일어났다. 은옥은 겁에 질렸지만 그녀를 바라보는 눈에 힘을 바짝 주었다.

"앞으로 널 기생으로 만들어줄 기방행수니라."

"뭐……? 그게 무슨……!"

기생이라니.

은옥은 경악을 금치 못했다. 결박이 된 끈을 풀기 위해 안간힘을 쓰며 소리쳤다.

"나, 난 그런 사람은 될 수 없소. 난 혼인한 몸이라고!"

"풋, 그래? 네 서방은 어디 있느냐? 부인 하나 간수 못 하다니. 무능하기 그지없네 그래."

"흑, 제발, 제발 놓아주시오. 난, 나에겐……."

짝!

"악!"

기방행수가 그녀에게 서슴없이 손찌검을 했다. 은옥은 강한 힘에 고개가 꺾이고 골이 띵한 기분에 혼절할 것 같다. 뺨은 얼얼하다 못해 불에 데인 듯 화끈했다.

"넌 내가 열 냥하고도 닷 푼이나 주고 산 계집이다."

"흑……. 난 그 돈을 받지 않았어!"

"넌 받지 않았지만 너에게 난 그 돈을 썼단 말이지. 그러니 앞으로 넌 이 명화루의 기생이다. 알겠어?"

"싫어!"

은옥은 강하게 거부했다.

"그래? 그 말이 과연 하루는 갈지 모르겠구나."

"놔주시오. 이거 놓으란 말이오!"

"스스로 기생이 되겠다 하기 전까진 밥도, 물도 주지 말거라!"

"예!"

은옥은 그 말을 끝으로 나가 버리는 여인을 향해 소리쳤다.

"이보시오, 이보시오!"

그녀 혼자 두고 나가 버리는 그들의 행동에 은옥이 목소리를 높였다.

"제발, 제발 날 그냥 놓아주시오!"

허나 그들은 냉정했다.

문은 굳게 닫혔고 은옥은 결박당한 채 바닥에 엎드려 흐느꼈다.

"흐윽!"

눈 깜짝할 사이에 나락으로 떨어져 버린 상황이 은옥은 믿기지 않았다. 한성은 너무나 무서운 곳이었다.

혈혈단신인 그녀에게는 너무나 가혹했고 무자비했으며 냉혹했다. 은옥이 눈물을 흘리며 울음을 토해냈다.

"흑, 서방님……. 아버지……. 어머니……!"

제 2 부

지워진 왕녀

누각으로 나온 탁야는 탁상 앞에 앉아 홀로 술을 마시고 있었다. 맑은 술이 술잔에 가득 차올랐다. 달이 차오른 술잔을 만지며 기척을 죽이고 다가오는 소월을 향해 말했다.

"넌 정말 욕심 없어?"

"……."

그의 말에 소월이 미간을 좁혔다.

"네가 수령이 되면 기아를 가질 수 있잖아."

수령의 자리를 마치 내놓겠다는 듯 말을 하는 탁야의 말에 사늘한 표정을 지어 보였다.

"마음에도 없는 말 하지 마."

"아아, 마음에 없는 말이라고 생각하는 거야?"

탁야가 웃으며 술잔을 들었다.

"소월 넌 정말 이대로 괜찮겠어?"

"……."

탁야의 말에 소월의 표정이 어둡게 변해갔다.

"넌 다 좋은데 말이야."

그런 소월을 보며 탁야가 깊은 한숨을 쉬었다. 어릴 때부터 그는 그랬다. 활달하고 다정하고 장난기가 많았지만 정작 중요한 순간엔 늘 속내를 감췄다. 그게 자신에게 손해를 입히는 일이든 아니든 겁쟁이처럼 속내를 감추고 보았다.

"항상 그렇게 결정적인 일엔 미온적이지."

그의 말에 소월은 부정할 수 없었다. 틀린 말이 아니었기에, 늘 중요한 때를 놓쳤다. 바보같이 언제나 그랬다.

"나의 반려는 오직, 은옥뿐이야."

"은옥은 인간이다. 호족이 아닌 인간 계집일 뿐이야."

"그런 게 나에게 중요하다고 생각해?"

"호족들은 중요하게 생각하지."

탁야가 웃었다.

"그래, 그래서……."

느른한 숨을 내쉬면서 그가 술잔에 술을 따르며 말했다.

"너한테 준다고. 수령의 자리."

"말도……."

"말도 안 되는 소리!"

기아가 두 사람의 대화를 듣고 발끈해 소리를 질렀다. 소월이 몸을 돌려 기아를 바라보았다.

"기아……."

"그깟 계집이 뭐라고 수령의 자리까지 마다하겠다는 거야 대체……!"

"……."

소월이 악에 받쳐 소리를 지르는 기아를 보며 주먹을 꽉 쥐었다. 누구보다 아름답게 치장하고 애써 꾸민 것은 모두 탁야, 그를 위한 몸부림이었다.

호족의 암컷들 중 가장 아름답다 모두에게 인정을 받은 기아보다 탁야에겐 은옥, 오로지 은옥뿐이었다. 그것이 너무나 치욕스러워 기아는 견딜 수가 없었다.

화가 머리끝까지 차올라 손이 떨렸다. 애써 손을 꽉 쥔 기아는 자신은 여전히 안중에도 없는 탁야를 노려보았다. 술잔에 술을 따라 마시기만 할 뿐, 그는 기아를 없는 사람 취급했다.

"절대, 절대 넌 내 곁에서 못 벗어날 거야. 탁야……!"

"……."

"은옥을 찾아 죽여 버릴 거야. 네 앞에서, 가죽을 벗기고 화산의 까마귀밥으로 줄 거야. 그 계집이 널 갖느니 차라리……."

그녀의 말에 탁야가 술잔의 술을 기아에게 뿌렸다. 소월이 재빨리 그녀를 감싸 막았다.

"큭……."

치이익…….

살이 타들어가는 통증에 소월이 이를 악물었다. 자신의 발아래로 무릎을 꿇고 괴로워하는 소월을 두고 기아가 두 눈에 분노를 담아 탁야를 노려보았다.

"널 살려두는 이유는 단 하나야. 모르지 않을 텐데?"

"나 또한 그 계집을 살려둔 이유도 단 하나야. 너야말로 날 모르지 않을 텐데. 내가 인간 세상으로 도망친 그 계집을 못 찾을 것 같아?"

"……."

탁야가 쥐고 있던 술잔에 힘을 주었다. 파직, 술잔에 금이 갔고 그의 심기가 사나워지고 있음에도 기아는 눈 하나 깜짝하지 않았다. 오히려 괴로워하는 소월을 지나쳐 탁야의 턱 끝을 잡아당겨 자신에게로 당겼다.

"순순히 나의 것이 되는 게 좋아. 탁야."

그녀의 도발에 탁야가 입가를 올렸다.

"어쩔 수 없군."

기아가 드디어 자신에게 한수 접고 순응하는 것인가 기대를 하며 희색했다.

"누가 살아남는지 해보는 수밖에."

"뭐……?"

그의 살기를 느낀 소월이 서둘러 기아를 잡아 품에 안았다.

"탁야……!"

기아의 동공이 가늘게 수축했다. 탁야의 몸에서 푸른 연기가 뿜어져 나왔다. 결 좋게 착 가라앉아 있던 그의 은발이 허공에 떠올라 살랑살랑 움직였다.

"너……."

소월이 미간을 좁히며 그를 쳐다보았다. 호족 중 그 누구도 이해하지 못할 일이었다.

"그 계집이 뭐라고……!"

기아가 이를 드러내며 을렀다.

"호족의 왕이라고 호족들 모두가 너의 결정을 따를 것 같아……?"

"상관없어."

"하……."

"은옥이 다시 이곳에 돌아와 평안한 삶을 누릴 수 있게 할 수만 있다면……."

탁야의 두 눈이 점점 독기로 가득 차올랐다.

"무슨 짓이든 할 거야."

"탁야……!"

아무리 여우구슬을 두 개 품은 기아라 할지라도 쉽게 탁야의 적수가 되지 못했다. 탁야가 말했듯, 그녀를 살려둔 이유는 그저 그녀가 품고 있는 은옥의 여우구슬이 다칠까 염려가 되었기 때문이다. 그 이상도, 그 이하의 이유도 담아 있지 않았다.

소월이 기아를 데리고 순식간에 사라지자 탁야는 그의 빠른 판단에 감탄했다.

"아아, 역시 소월. 그래도 기아보다는 몇 수를 앞서 보는구나."

탁야가 한숨을 쉬며 붉게 물들어가는 달을 바라보았다.

"기다려…… 은옥."

고요했던 화산이 그의 각성에 요동치기 시작했다. 잠들어 있던 존재들이 눈치를 챌 정도로 강력한 폭주였다. 탁야와 기아의 전쟁 속에서 호족들은 혼란에 빠질 수밖에 없었다.

호족들의 영역이 심상치 않아지자 다른 종족들의 이목이 그들에게 쏠리기 시작했다. 그들 중 간악하기가 이를 데 없는 사족의 왕이 잠에서 깨어나 탁야의 폭주를 흥미롭게 여겼다.

사족의 영역은 화산에서 가장 어둡고 습한 곳이었다. 폭포가 흐르는 암벽 아래, 은밀한 동굴은 사족의 왕이 가장 좋아하는 곳이었다. 길쭉하게 만들어진 왕좌에 옆으로 누운 채 사악한 눈을 느른하게 감았다가 뜨며 물었다.

"하여간, 호족이 결국 그렇게 파탄이 나는구나."

"예. 인간의 계집을 여우왕의 신부로 맞이한다는 발상 자체가 불가능한 일이었지요."

"아아, 호족의 왕은 추운 겨울에 참 별짓을 다 하는구나. 그 인간 계집 하나 때문에 말이야."

"그 계집은 어찌 되었을까요?"

충신의 말에 사족의 왕이 눈을 가늘게 뜨며 말했다.

"그러게 말이다. 참 맛있게 생긴 계집이었는데."

"호족의 왕도 아직 못 찾은 것 같았습니다."

"흐응."

사족의 왕이 가득 채워진 술잔을 들었다. 따뜻한 술로 입을 축이며 골몰히 생각에 잠긴 그가 입가를 올렸다.

"찾아봐. 어쩌면 그 계집이 우리에게 좋은 일을 만들어줄 수도 있지 않겠어?"

그의 말에 충신이 곧장 예를 갖추며 대답했다.

"예!"

"하아, 그나저나 이 지독한 겨울은 언제 끝나려나. 추워서 재미있는 생각이 떠올라도 실현하지 못하잖아."

겨울의 끝.

화산에 내려앉았던 눈이 아주 천천히 녹아내리고 있었다. 그러나 아직 화산의 존재들이 깨어나 활동을 하기엔 너무나 이른 시기였다.

그럼에도 호족의 영역은 그 어떤 때보다 치열했다. 화산의 영역을 함께 쓰는 다른 존재들은 그저 그 일을 숨죽여 지켜보았다. 누가 이기든, 세력이 약해질 것은 불 보듯 뻔했고 그들은 그 틈을 노릴 생각이었다.

탁야 또한 그럴 것이란 걸 예상하지 못한 바는 아니었다. 설사 호족의 영역이 무너져 내릴지라도 그는 은옥과 함께 할 수 있는 세상을 꿈꿨다.

차가운 밤.

달빛이 살창 사이로 영롱하게 들어왔다. 며칠을 이 좁고 더러운 창고 안에 갇혀 지내고 있는지 은옥은 기억하지 못했다.

공기가 너무 차가워 얼어 죽는 것은 아닐까 걱정하며 기절하듯 정신을 놓다가도 또, 살아 눈을 떴다. 차라리 죽어버릴까 수없이 생각해 보았지만 그럴 수는 없었다.

"서방님……."

탁야를 두고 그럴 수는 없었다.

은옥의 두 눈에서 눈물이 다시 흘러나왔다. 더는 흘릴 눈물이 없을 것 같다가도 이렇게 그를 생각하면 또 흘러나왔다.

끼익.

냉랭한 바닥 위에 누워 있던 은옥이 눈동자를 굴려 천천히 문이 열리는 것을 움직임 없이 쳐다보았다. 며칠을 물 한 모금 먹지 않고 굶어 기력이 쇠했다.

"……."

"어디서 이런 독한 년이 굴러들어온 거야. 대체……."

기방행수라는 여자가 죽어가고 있는 은옥을 보며 혀를 찼다.

"정녕 죽고 싶은 게냐? 그깟 몸뚱이 좀 놀리면 어디가 어때서 그러는 것이야?"

"나는…… 지아비가 있는 몸입니다……. 허니 제발……."

"저놈의 지아비, 지아비! 누가 보면 너만 서방이 있는 계집인 줄 알겠구나. 장돌아!"

"예! 서 행수님!"

서 행수는 은옥을 내려다보며 마지못해 말을 이었다.

"방으로 옮겨라! 이러다 진짜 사람 잡겠다."

"싫소, 나는 기생이 되지 않……!"

얼마 남지 않은 기력으로 미약하게 반항을 했지만 그마저도 장돌이 귀찮다는 듯 그녀를 기절시켜 버렸다.

"고집이 보통이 아닌데 기생이 될 수 있을까요?"

걱정스러운 장돌의 말에 서 행수가 한숨을 쉬며 입맛을 다셨다.

"후우, 그냥 썩히기엔 아까운 얼굴인데……."

먹을 것을 코앞에 던져줘도 먹지 않고 버틸 정도로 고집과 신념이 대단한 계집이었다.

"그렇다고 정말 죽게 내버려 둘 순 없으니……."

서 행수는 은옥을 좀처럼 놓아주고 싶지 않았다. 얼굴이면 얼굴, 색기면 색기. 모든 것을 갖춘 계집인데 어찌 그냥 보낼 수 있으랴. 기생으로 키울 수만 있다면 한양 제일, 아니, 이 조선의 제일가는 기생이 될 것이었다.

"후우."

서 행수의 얼굴에 어두운 그늘이 졌다.

은옥은 따뜻하게 데워진 방에 눕혀졌다. 냉한 곳에 몇 날 며칠을 있어 꽁꽁 얼었던 몸이 긴장이 풀려 결국 열을 내었다. 지독한 열에 시달리게 되었고 결국 명화루에 의원이 오갔다.

또 그렇게 며칠을 흘려보냈고 정신을 차렸을 땐 어느 정도 기력을 회복한 상태였다.

따뜻한 목화솜 이불을 걷어내고 자리에서 일어난 은옥은 자리옷을 입고 있다는 것을 눈치채고 이불을 꽉 품 안에 가져왔다.

"이제 정신이 좀 듭니까, 아가씨?"

"누, 누구시오?"

"단이입니다. 명화루에서 허드렛일을 하고 있죠. 자, 미음을 가져왔으니 드셔보시겠어요?"

그녀의 말에 은옥이 거칠게 고개를 저었다.

"싫습니다."

"하지만…… 아직 몸이 다 회복된 것이 아니어요. 이걸 드셔야 약도 먹지요."

"됐습니다. 절 내보내 주세요, 제겐……."

"다시 살 만하니 또 시작이구나."

서 행수가 때마침 은옥의 방으로 들어왔다. 단이가 미음을 들고 한쪽으로 자리를 비키며 그녀에게 예의를 갖췄다.

"서 행수님."

"하지만 난 널 돈을 주고 샀으니 너는 내 몸종이나 다름이 없거든."

"그, 그런……!"

"그래, 몸을 팔기 싫다면 다른 방법으로 갚아보아라."

은옥이 억울한 눈으로 그녀를 노려보았다.

"춤은 출 줄 아느냐? 아니면, 악기 다룰 줄은 아느냐? 몸을 팔기 싫으면 장기라도 있어야지. 널 산 나는 너로 마진을 남겨야 하는데 말이야. 무엇 하나 쓸모가 없으면 어쩔 도리가 없지 않겠어?"

"……."

"기방엔 그런 여인만이 있을 수 있는 곳이지. 몸을 팔거나, 장기를 부리거나."

서 행수가 냉정한 눈으로 그녀를 바라보았다.

"네가 여기서 선택할 수 있는 건 그뿐이다."

단이가 안타까운 눈으로 은옥을 바라보았다.

"도망칠 수도 없어. 명화루의 호위무사들은 임금이 산다는 궁의 병사들보다도 뛰어난 무예 실력을 갖췄지. 그리고……."

"……."

"너에게 베푸는 아량은 여기까지다. 도망을 치려 한다면 그땐 네 목이 날아갈 것이야."

"하……."

은옥이 결국 눈에서 눈물을 떨어뜨렸다.

"명화루에 들어온 순간부터 너의 이전의 삶은 지워. 그래야 이곳에서 살아가기 편할 테니까."

"난……!"

"여기도 나쁘지 않은 곳이란다. 사내들의 마음을 훔치면 더 나은 팔자로 고칠 수도 있고 말이야."

"난 그런 걸 원치 않아요! 난, 난……!"

짝!

"잊으라니까!"

결국 서 행수에게 뺨을 맞은 은옥은 힘없이 쓰러졌다. 단이가 놀라 한 손으로 터져 나오는 소리를 막았다.

"넌 이제 이 명화루의 기생일 뿐이야. 네가 누구의 아내였든, 어떤 삶을 살았든 그런 건 여기서 하나도 중요하지 않아. 알겠어?"

"흑……!"

"그러니 이제 단념하고 기생이 될 준비나 하라고."

서럽게 우는 은옥을 두고 서 행수가 단이에게 말했다.

"단이 너는 이제부터 이 아이를 잘 모시거라. 알겠느냐?"

"예……."

"흐윽!"

은옥은 눈앞이 깜깜했다.

기생이라니, 모르는 남자에게 몸을 팔고, 웃음을 파는 기생이라니. 단 한 번도 그런 삶을 생각해 본 적이 없었다. 무서웠다. 인간들의 세상은 너무나 척박하고 무서운 곳이었다.

탁야의 품이 그리웠다. 언제나 자신을 안전하게 지켜주던 그의 따뜻하고 넓은 품이…….

"서방님……. 서방님……!"

등꽃이 흐드러지게 핀 봄. 은옥은 등꽃 아래 앉아 하느작하느작거리는 꽃과 잎들 사이의 햇빛을 바라보았다.

따뜻한 햇빛, 따뜻한 바람, 향기로운 꽃향기. 모든 것이 좋았다. 고즈넉한 풍경이 은옥의 마음을 풍요롭게 했다.

"아아, 좋다."

등나무 아래 한가로운 여유를 즐기는 것. 그것을 은옥은 참 좋아했다.

"은옥아."

"오라버니……!"

탁야가 은옥을 향해 천천히 다가왔다. 은옥이 반가움에 벌떡 자리에서 일어나 그에게 안겼다.

"오라버니……."

"여기 있었구나."

"네. 여기 있었어요."

"여기서 무엇을 하고 있었던 게야?"

그의 말에 은옥이 빙긋 웃었다.

"바람이 보드라워서요. 또, 등꽃도 예쁘고 햇볕도 따사롭고요. 어머니가
이 등나무 아래를 좋아하는 이유를 알겠어요."

"그래?"

"예."

"어디, 그럼 나도 같이 느껴볼까?"

"어어?"

은옥을 잡아당겨 등나무 아래 앉은 그가 빙긋 웃었다.

"아이참, 누가 보면 어쩌려고 이러십니까?"

"누가 보아도 상관없어. 나의 신부인 걸 모르는 녀석들이 없는데?"

"그래도……."

복사꽃잎처럼 붉게 달아오른 은옥의 뺨에 탁야가 입술을 가져갔다.

"괜찮아. 나의 신부님."

"아이참……."

은옥은 사실 그의 입맞춤이 싫지만은 않았다. 그가 넓은 품으로 은옥을
끌어당겼다. 탁야의 넓은 품에 안긴 은옥이 기분 좋은 미소를 지으며 그의
긴 머리카락을 가지고 장난을 쳤다.

"정말 오라버니 머릿결은 저보다도 좋아요."

"칭찬인 것이지?"

"질투예요."

그 말에 그가 작게 웃음을 터뜨렸다. 앙증맞은 그녀의 콧방울을 슬쩍 꼬
집었고 은옥이 작게 끄응댔다.

은옥은 그의 품에 기대어 안겨 휴식을 취했다.

"은옥아."

"예?"

"은옥아."

"예에."

또, 또. 이렇게 자신의 이름을 쉼 없이 불렀다.

"은옥아."

"예에."

"은옥아."

"아이참, 예. 저 여기 있습니다. 오라버니."

그녀의 말에 그가 웃으며 속삭였다.

"이젠 오라버니가 아니지 않느냐?"

"아……."

그의 말에 은옥이 부끄러워하며 시선을 아래로 내렸다.

"서방님……."

"부인."

"서방님……."

"부인……."

탁야가 은옥의 고개를 위로 올렸다.

고개를 꺾은 그녀가 탁야에게 온전히 시선을 두지 못하고 흔들렸다. 탁야가 웃으며 그녀의 이마에, 콧대에, 그리고 입술에 차례로 입을 맞췄다.

따뜻한 숨결, 부드러운 감촉. 은옥은 그의 입맞춤에 녹아내릴 것 같은 착각이 들었다. 자신의 뺨을 소중한 보물 다루듯 귀하게 쓰다듬는 그의 손길이 간질간질, 은옥의 가슴까지 간질이는 것 같았다.

"서방님……."

은옥이 그의 뺨을 만지기 위해 손을 위로 뻗었다. 자신을 향해 늘 온화한 미소를 지어주던 탁야의 입가를, 뺨을 만지고 싶었다.

"아……?"

그의 뺨에 손끝이 닿으려는 순간이었다.

순식간에 그가 사라졌고 은옥은 어찌 된 영문인지 나락으로 추락하고 있었다.

"아아악!"

놀란 은옥이 비명을 질렀다.

분명 눈을 뜨고 있는 줄 알았는데 번쩍 두 눈이 뜨였다. 정신을 차리고 보니 자신이 있는 곳은 등꽃이 흐드러지게 핀 등나무 아래도 아니었고 탁야의 곁에 있는 것도 아니었으며 벗어나고 싶은 명화루 안, 자신의 처소였다.

"흐윽."

다시 현실로 돌아온 은옥이 작게 흐느꼈다. 현실이 꿈만 같은 기분. 여전히 믿겨지지 않는 상황에 절망하며 눈물짓던 그녀가 단이 처소 안으로 들어오는 것을 보고 서둘러 눈물을 훔쳤다.

"또 울고 계셨어요?"

"아, 아닙니다."

"말 놓으셔요. 제가 아가씨를 모시고 있는 시종이니까요."

단의 말에 은옥이 고개를 끄덕였다.

자신보다 한두 살 어린 듯한 단이는 얼굴에 주근깨가 많았다. 납작한 코에, 이마에는 살이 제법 있어 두툼했다. 야무지게 바닥을 걸레로 훔치며 단이 말했다.

"곧 서 행수님께서 찾아오실 거예요. 이제 아가씨도 결정을 하셔야 합니다. 명화루의 기생으로 살아야 할 마음가짐을요."

"……."

그녀의 말에 은옥의 얼굴이 다시 어두워졌다. 명화루의 기생. 상상하기 싫은 일이었다. 하지만 어떻게든 버텨야 했다. 어떻게든 버텨 탁야를 만나야 했다.

은옥이 두 손을 꼭 쥐며 입술을 꼭 깨물었다.

서 행수가 그녀의 처소로 들어왔고 은옥은 그녀를 노려보았다.

"그런 눈빛, 좋구나. 그래, 멍청하게 울고불고하는 것보다 나아."

"당신, 절대 용서 안 할 거야."

"좋아. 그 배포도."

서 행수가 점점 은옥을 마음에 들어했다. 그런 그녀의 모습에 은옥은 주먹을 꼭 쥐었다.

"자, 선택하거라."

스릉······.

소름 끼치는 소리가 들렸다.

그 말에 그녀를 따라왔던 그녀의 호위무사가 검을 꺼내 은옥의 목에 겨눴다.

"······."

단이가 두려운 눈으로 서 행수와 은옥을 지켜보았다. 은옥은 눈물을 삼키며 파르르 떨리는 입술을 움직였다.

"가야금을 주시오."

"호오?"

은옥의 말에 서 행수가 흥미로운 눈으로 그녀를 바라보았다. 그리고 단이에게 가야금을 가져오라 눈짓했고 단이는 곧장 처소를 나섰다.

"······어제부터 불길하게 붉은 달이 떠오르더니······. 하늘이 심상치가 않구나."

하루 종일 어둡기만 한 하늘을 보며 단이 중얼거렸다. 어쩐지 꼭 이게 은옥의 앞날을 예고하는 듯한 기분이 들어 서둘러 고개를 저었다.

그리고 서둘러 걸음을 옮겨 가야금을 가져와 은옥에게 건넸다.

가야금 머리를 오른쪽 무릎 위에 올린 은옥이 한숨을 깊게 내쉬며 현 위에 고운 손을 올렸다.

"······."

띵—

현을 몸 쪽으로 당기며 시작된 부드러운 연주, 느리면서 여운이 남는 곡이 그녀의 처소 안을 울렸다.

생각했던 것보다 훌륭한 연주이기에 서 행수의 표정이 오묘하게 바뀌었다.

구슬픈 곡조였으나 한없이 처량하지만도 않았다.

"호오……."

평소 가야금을 타는 것을 좋아했던 여의의 곁에서 은옥 또한 가야금을 배우고 즐겼다. 탁야 또한 그 어떤 악기보다 가야금을 좋아했는데 그는 그녀처럼 부드러운 곡조보다는 가볍고 맑은 느낌의 곡조를 즐겼다.

'서방님…….'

은옥은 언젠가 등나무 아래서 그와 함께 가야금을 타던 때를 떠올렸다. 여의가 두 사람의 가야금 연주를 들으며 즐거워했고 은옥은 즐겁게 그와 함께 장단을 맞춰가며 가야금을 켜던 그때가 가장 행복했다.

"……."

눈물을 흘리는 은옥을 보며 서 행수가 혀를 찼다.

"쯧. 가야금만 잘 타면 뭐 하나, 꽃이 시들시들한데."

"……."

"좋다. 네 뜻대로 가야금만 타봐. 하지만 지금처럼 그렇게 청승맞은 표정과 곡조는 버려야 할 것이다."

서 행수의 말에 은옥이 그녀를 향해 시선을 올렸다.

"단아."

"예."

"저 아이에게 어울릴 만한 옷들과 머리장식을 준비해 두거라."

"예……."

서 행수가 등을 돌리며 은옥의 처소를 나서려 했다.

"아."

서 행수의 뒷모습을 말없이 노려보던 은옥이 고개를 슬쩍 돌리며 말하는 그녀의 말에 절망했다.

"이제부터 네 이름은 등화다."

"……."

등화.

은옥은 정말로 자신의 처지가 나락으로 떨어져 가고 있다는 것을 느꼈다.

"흑……!"

명화루는 조선팔도에서 가장 예쁘다는 여인들과 재주가 뛰어나다는 여인들을 가지고 있는 기방이었다.

은옥만큼 뛰어난 외모의 여인들이 많았고 재주 또한 여러 방면으로 뛰어난 여인들이 많았다. 단이는 그녀를 위해 준비해 온 옷들을 내밀며 조심스럽게 말했다.

"이 명화루에서 조심해야 할 게 몇 가지 있습니다."

"……."

"이곳의 진짜 주인이 저기, 저 높은 자리에 있는 분이신지라…… 모두 그분의 눈에 들고 싶어 안달이 났거든요. 혹시 모른다는 기대감과 욕망. 그것들이 명화루의 기생들을 망쳐놓지요."

"이곳의 진짜 주인……?"

은옥은 여태 서 행수라는 자가 정말 명화루의 주인인 줄 알았다. 단이의 뜻밖의 말에 그녀의 두 눈이 휘둥그레졌다.

"……예. 이곳은 진양대군께서 세운 기방입니다. 물론, 대외적으로 드러나지 않은 비공식적인 일이에요. 하지만 한양 사람들 모두 모르는 이가 없지요."

"아……."

진양대군.

은옥은 단이의 말에 머리를 굴렸다. 대군이라 하면 아마도 왕실의 왕자를 뜻하는 말일 것이었다.

호족들의 영역에서만 살아왔던지라 인간들의 일에 대해서는 무지했다. 종종 소월이 가지고 온 이야기를 듣긴 했지만 그것도 아주 자세한 것은 아니었다.

"그분이 그렇게 높으신 분이야?"

"……."

생각지도 못했던 물음에 단이가 조금 황당한 눈으로 그녀를 바라보았다.

한양에서 살다 온 것은 아니라고 생각되긴 했지만 그래도 조선 사람이라면 진양대군을 모를 리가 없을 터였다.

"진양대군을 모르십니까?"

"아……. 그게…… 워낙 속세와는 동떨어진 곳에서 살아서……."

"……."

그녀의 말에 단이가 고개를 주억거렸다. 하긴, 그렇지 않고서야 사람에게 속아 여기까지 왔을까.

"진양대군은 임금님의 둘째 왕자님이십니다. 저희들끼리 그분을 일컫는 말이 있습니다."

"일컫는 말……?"

"잠룡."

"잠룡은……."

"예, 잠룡은 사실 세자전하를 뜻하는 말이지요."

그러나 그를 아는 모든 사람들은 그를 잠룡이라 불렀다.

"야망이 크신 분예요. 비록 아직은 자세를 낮추고 계시지만……. 언젠간 그 야욕을 드러내실 분이라고 모두가 입을 모아 말하고 있죠."

단이 조금 긴장한 눈으로 주변을 살폈다.

"허니, 그분을 혹여라도 마주하거나, 또 그분이 총애하고 계신 홍연 아가씨를 조심하세요."

"홍연……."

"예. 홍연 아가씨 또한 진양대군만큼 음흉하고, 야망이 높은 여인입니다."

"……."

단이의 말에 은옥은 두려웠다. 이 명화루가 그녀가 생각했던 것보다 더 두려운 곳이라는 것을 알아갈수록 버텨낼 수 있을지 자신이 없어졌다.

단이가 준비한 옷들을 입은 은옥이 밖으로 나가려는 그녀의 팔목을 잡았다.

"얼굴을."

"……예?"

"얼굴을 가리고 싶어."

"하지만……."

은옥이 단이의 두 손을 잡으며 애원했다.

"단아, 나는 이곳이 너무 두려워. 날 지키기 위해서는 이 방법밖에는 없는 것 같아. 난 누군가의 암투에 희생되고 싶지도 않고 사내들의 눈에 들고 싶은 마음도 없어. 그러기 위해서는 내 이 얼굴을 가려 누구에게도 관심을 받고 싶지 않아."

"아가씨……."

"부탁이야. 얼굴을 가릴 수 있게 해줘."

"하지만 서 행수님께서……."

망설이는 단이를 은옥이 달랬다.

"그 사람은 내가 설득할 수 있어. 그러니 부탁해."

"알겠습니다. 얼굴을 가릴 만한 능라를 가져올게요."

그녀의 말에 은옥이 희색했다.

"고마워!"

단이는 처음으로 웃어 보이는 은옥의 미소에 잠시 넋이 나갔다. 울기만 하고, 침울해 있을 때에도 물론 예쁜 여인이었지만 역시 입가가 올라가야 더할 나위 없이 어여쁜 여인이었다.

서 행수가 그녀를 탐을 낼 만하다는 것을 단이는 여기서 느꼈다.

자신을 가만히 바라보는 단이의 눈길에 은옥이 뒤늦게 자신이 너무 기뻐했다는 것을 깨달았다.

"아, 나도 모르게 너무 기뻐했구나. 그렇게 기뻐할 일이 아닌데……."

"아닙니다. 그냥, 아가씨는 역시 웃는 게 더 곱고 어여쁘시네요."

"……."

"이곳이 그리 나쁜 곳만은 아닙니다. 아가씨처럼 여러 사연을 가진 사람이 사는 곳이니 너무 겁만 먹지는 마셔요."

은옥이 고개를 끄덕였다.

"응. 고마워. 단아."

결국, 단이 그녀의 얼굴을 가릴 만한 얇은 능라를 가져왔다. 은옥은 그것을 귀에 걸고, 코와 입을 가렸다.

서 행수는 얼굴을 가리고 나타난 은옥을 마음에 들지 않는 얼굴로 바라보았다.

"누가 얼굴을 가려도 된다 했지?"

"난 내 몸을 팔지 않겠다 했소. 내 재주를 판다 하였지."

"그래, 그래서……."

"내 얼굴도 내 몸의 일부이므로 팔지 않는 것이니 가리는 게 왜 안 되는 것이오?"

당돌한 그녀의 물음에 서 행수가 뒷목을 잡았다.

"아, 아아. 어디서 저런 것이 들어와……."

"싫으면 내보내 주시든가."

"하!"

그녀의 말에 서 행수가 기가 막혀 헛웃음을 터뜨렸다.

"네가 정말……!"

은옥은 이러나저러나 다를 것이 없다면 자신의 고집대로 밀고 나가야 한다고 생각했다. 서 행수는 정말 자신을 죽일 생각은 없어 보였다. 그랬다면 그 창고 안에서 죽게 내버려 두었을 게 분명했으니까.

"명화루 등화는 얼굴을 가린 채 연주할 겁니다. 누구든 내 얼굴을 볼 수 없습니다. 그게 설사 조선의 임금이라도 다를 것이 없으니 그리 아시오."

"이게 정말……!"

서 행수가 손을 올렸다. 하지만 곧 손님을 모셔야 할 은옥의 뺨을 차마 때릴 수 없어 호흡을 가다듬고 이를 악물었다.

"맹랑한 계집이로구나. 좋아, 어디 네 뜻대로 해보려무나. 그게 될 성싶은가……!"

❖

기아는 다친 소월의 등을 묵묵히 치료해 주고 있었다. 탁야의 음기에 당했기에 상처는 쉽게 아물지 않았다.

"……."

그녀가 소월의 어깨에 뺨을 기대며 아픈 부위에 손끝을 슬쩍 가져갔다.

"큭……."

"많이 아파?"

"……."

"소월."

기아가 성한 그의 피부를 쓸어 만지며 속삭였다.

"은옥을 찾아줘."

"……."

"그리고 반드시 목숨 줄을 끊어줘."

"기아……!"

그녀의 무모한 부탁에 결국 소월이 엎드려 있던 몸을 일으켰다. 그 바람에 기아가 슬쩍 밀려났고 조금 기분 나쁜 표정으로 그를 쳐다보았다.

"왜?"

"은옥은 나 또한 아끼는 아이야."

"그래?"

소월이 흔들리는 눈으로 그녀를 바라보았다.

"그렇담 반드시 죽여야겠어. 내 사람이 그런 하찮은 계집을 아끼는 건 싫거든."

"기아!"

"은옥, 은옥, 은옥! 대체 그 아이가 너희 두 녀석들에게 무슨 짓을 한 거야?"

악에 받쳐 소리를 지르는 기아를 보며 소월은 입을 열지 못했다. 기아는 망가져 가고 있었다. 그녀 혼자만 모르고 있을 뿐이었다.

"기아……."

"죽여 버릴 거야."

"그만해……."

"반드시 그 계집을 죽여 버리겠어……!"

기방을 찾은 사내들은 얼굴을 가리고 들어온 은옥을 호기심이 가득한 눈으로 쳐다보았다.

그녀를 이 자리에서 처음 본 기생들 또한 조금 다른 분위기로 들어오는 은옥의 등장에 경계와 호기심이 깃든 눈으로 그녀를 지켜보았다.

"……."

은옥은 애써 그들의 시선을 담담하게 받아들이며 자리에 앉았다. 고급스러운 치마가 풀썩이며 풍성하게 공기를 머금다가 가라앉았다. 은옥은 가야금을 들어 무릎에 올려두었다. 그때, 진즉 취한 사내가 자리에 일어나서 그녀에게 물었다.

"네년은 뭔데 얼굴을 그리 가렸누?"

"……."

"어디 흉한 상처라도 있느냐?"

"예. 어릴 적 심하게 천연두를 앓아 흉이 심하게 졌지요. 제 흉한 흉터에 나으리들의 심기가 저어될까 두려워 부득이하게 얼굴을 가린 것이니 양해를……."

그녀의 말에 사내가 피식 웃으며 그녀의 천을 떼어내려 했다.

은옥이 그의 손을 사납게 쳐 내렸다.

"허, 이년이?"

"나으리, 이러시면 곤란합니다. 전 가야금을 타기 위해 이 자리에……."

"감히 기생년 주제에 말이 많구나. 어서 그걸 벗어 내리지 못하겠느냐?"

그의 말에 은옥이 떨리는 주먹을 꽉 쥐었다. 여기서 이렇게 자신의 얼굴을 드러낼 수 없었다.

"어서!"

망설이는 그녀를 보며 참을성 없는 사내가 결국 다시 그녀에게로 달려들었다. 은옥이 저항을 위해 그를 밀치려는데 함께 있던 사내가 그를 막았다.

"그만하시오, 많이 취하셨소."

"아아, 왜 이러나? 자네도 궁금하지 않은가?"

"사연을 듣고도 궁금한 건 그대뿐일 겁니다. 그러니 그만하시고 가야금을 잘 타는 아이인 듯하니 그만 한 곡조 들어봅시다."

"……."

다행히 상황을 모면한 은옥이 안도의 숨을 내쉬었다. 자신을 도와준 사내에게 고개를 숙인 그녀가 바들바들 떨렸던 손을 쥐었다 피며 현 위에 다시 손을 올렸다.

띠잉.

오른손으로 현을 안쪽으로 당기고 왼손의 검지와 중지는 줄을 잡고 음을 탔다.

"……."

순식간에 그 자리에 있는 사람들의 시선을 사로잡은 은옥은 애절하면서도 섬세한 가야금의 음색을 잘 표현했다.

어느덧 그곳에 있는 모든 이들의 귀와 눈이 그녀의 가야금에 꽂혔다. 은옥은 자신의 마음을 빗대어 곡을 만들었다. 갸날픈 듯하지만 무겁게 실린 소리. 애타게 그를 부르짖는다. 그를 향한 그리움이 진하게 묻어났다.

'반드시 다시 서방님께 돌아갈 것입니다. 반드시…….'

연주를 끝낸 은옥이 농현을 지긋이 눌렀던 손에 힘을 풀었다.

"……"

그녀의 연주에 넋이 나갔던 이들이 연주가 끝나 버렸다는 것을 뒤늦게 깨달았다. 잠시 서로의 눈치를 살피더니 은옥을 도와주었던 사내가 먼저 박수를 치며 그녀의 연주를 칭찬했다.

짝짝짝.

"살면서 가야금 연주를 귀 기울여 들어본 적이 없는데. 혼을 빼놓는구나. 명기라는 말은 너에게 쓰는 말인 것 같아. 이름이 무엇이더냐?"

"……"

은옥이 그의 칭찬에 잠시 주변을 살폈다. 사내들 모두 자신의 연주에 혀를 내두르고 있었다. 하지만 명화루의 기생들은 그녀를 조금 질투 어린 시선으로 바라보고 있었다.

"응?"

이름이 무엇이냐는 그의 물음에 은옥이 가야금을 내려놓고 나직이 대답했다.

"등화…… 입니다."

"아아, 등화?"

"등꽃을 말하지요……"

"아. 그 등화. 그래, 어울리는 이름이로구나."

그녀가 고개를 숙였다.

"자, 우리 등화의 다른 연주도 한번 들어봅시다. 또 넋이 나갈까 두렵지만 한 번만 듣기는 아쉽지 않소?"

사내가 술잔을 들으며 말했다.

함께 있던 사내들도 고개를 끄덕이며 술잔을 들었고 은옥은 함께 있는 기생들의 눈치를 보며 조용히 가야금을 다시 오른쪽 무릎 위에 올렸다.

띵…… 띠잉─

다시 가야금을 타자 여러 곳에서 좋다는 탄성이 들렸다. 적어도 곡을 연주하는 동안 사내들은 은옥을 건드리려고 하지 않았다. 그녀는 안도의 숨을 내쉬며 연주에 집중했다.

하지만 그녀는 몰랐다. 외모를 드러내는 것보다 드러내지 않는 것이 사내들의 호기심을 더욱더 자극한다는 것과 기방 기생들의 질투를 더 한 몸에 받을 것이라는 것을.

그녀를 향한 적의가 확실한 시선들, 은옥은 결국 질투 어린 여인들에게 둘러싸여 호된 신고식을 치를 수밖에 없었다.

"웃기지도 않는 년, 사내들 눈길 한 번 더 받겠다고 별짓을 다 하는구나. 정말 네 얼굴에 흉한 자국을 내주어야 정신 차리겠어?"

그녀의 능라를 단숨에 벗긴 기생 금낭이 멀쩡한 얼굴을 보며 황당해했다. 그러나 은옥이 어째서 얼굴을 가렸어야 했는지는 사실 속으로 이해할 수밖에 없었다. 그럼에도 말이 거친 것은 은옥을 향한 질투요 경쟁심 때문이었다.

"이러지 마시오. 나는 그저……."

"서 행수께 들었다. 몸을 팔지 않고 네 재주만 팔겠다 했다지? 그래 봤자 너는 명화루 기생일 뿐이야. 어디 감히 고고한 척 고개를 빳빳이 들어?"

"그런 게 아니오! 나는…… 나는 지아비가 있소. 지아비에게 돌아가야 한단 말이오!"

"여기 그런 년이 너 말고 한둘인 줄 아니? 뭐 하니? 본때 좀 보여주자."

독이 잔뜩 오른 기생들이 결국 은옥의 머리카락을 잡고 옷을 찢었다. 심지어 정말 얼굴에 손톱자국을 낸다고 그녀의 뺨을 할퀴었다.

"악!"

은옥은 난생처음 매서운 손에 맞고, 머리채를 잡혀보았으며 또 꼬집히고 할퀴어대는 여인들의 공격에 속수무책으로 당할 수밖에 없었다.

"뭣 하는 것이야!"

그때, 뒤늦게 서 행수가 쫓아와 그녀를 무차별적으로 폭행하는 기생들에게 호통 쳤다.

그제야 기생들의 악착같은 손아귀에서 벗어난 은옥은 쓰라린 왼뺨을 부여잡았다.

"흑……."

찢어진 능라를 보며 눈물을 터뜨린 은옥에게 단이가 다가와 서둘러 그녀를 부축했다.

"아이고, 아가씨 괜찮으세요?"

"단아……."

"이것들이 하라는 몸단장은 안 하고 잘들 하는 짓이다. 수준 떨어지는 짓 같은 거 하지 말라고 내가 몇 번을 말했니?"

"하지만 행수님. 저년 하는 짓이 웃기지 않습니까?"

"저년이 아니라 등화다. 금낭이 너는 내가 말투 좀 고치라고 하지 않았니? 여긴 네가 주름 잡던 닳고 닳은 기방이 아니야. 자꾸 그렇게 모지리처럼 굴면 명화루를 나가야 할 것이다."

서 행수의 말에 금낭의 입술이 쌜쭉해졌다.

"알겠어?"

"예……."

서 행수가 단이에게 기대어 있는 은옥에게 다가갔다.

"이제 알겠느냐? 네가 얼굴을 그렇게 가리면 가릴수록 사내들은 너에게 더 많은 관심을 둘 것이다. 그것뿐인 줄 아느냐? 이렇게 시기질투하는 년들이 나타나 널 괴롭힐 테지. 멀쩡한 얼굴을 가리는 건 그저 이 아이들에겐 더 튀어 보이게 하려는 수작으로밖에 안 보이거든."

"……."

"그래도 가리겠느냐?"

그녀의 물음에 은옥이 다시 기생들에게 시선을 돌렸다. 여전히 못마땅해하는 그녀들의 눈빛이 닿았다. 명화루의 기방을 찾는 사내들 또한 다를 것이 없을 게 뻔했다. 하지만…….

"그래도 전 가릴 겁니다."

탁야가 아닌 다른 남자들의 노골적인 시선을 받고 싶지 않았다. 그것은 소름 끼치게 싫었다.

"……."

"절대 내 얼굴을 다른 남자들에게 보이지 않을 겁니다."

"고집도 아주 똥고집이구나."

서 행수가 한숨을 깊게 내쉬었다.

"언제까지 그럴 수 있나 어디 보자."

"……."

"뭣들 해? 어서 단장하고 새 손님 맞이할 준비나 하라고. 이럴 시간에! 너희를 더 아름답게 할 것에 투자를 하란 말이야!"

그녀의 말에 기생들이 서둘러 뿔뿔이 흩어졌다. 단이와 함께 우두커니 남겨진 은옥은 여전히 곁에서 자신을 걱정하며 엉망이 된 옷의 먼지를 털고 헝클어진 머리카락을 손가락빗으로라도 대충 정리해 주는 단이에게 말했다.

"명화루는 정말 너무 무서운 곳이다. 단아."

"……."

"내가 정말 이런 곳에서 버텨낼 수 있을까?"

"아가씨……."

은옥은 또다시 자신이 없어졌다.

"흑……."

눈물을 흘리는 그녀를 보며 단이 서둘러 고름을 들어 그녀의 눈물을 훔쳤다.

"울지 마셔요. 뺨에 난 상처가 덧나면 어쩌려고 이러십니까? 일단 얼른 들어가서 상처 난 곳부터 치료해요. 아이고, 이 고운 얼굴에 이런 상처를 내시다니……. 아가씨들 정말 못됐어요."

"……."

왼뺨이 참 많이 쓰렸다. 처음 누군가에게 악의적인 미움과 상처를 받아본 은옥은 참담한 한숨을 내쉬었다.

"하아……."

"괜찮아요. 처음엔 다, 이렇게 힘들어요. 괜찮을 겁니다……."

단이 그녀의 등을 토닥이며 처소로 데려갔다. 약재들을 구해와 그녀의 뺨에 살며시 얹어주고 머리카락도 다시 얼레빗으로 정리해 빗겨주었다.

"고마워, 단아."

"별말씀을. 제가 해야 할 일인걸요."

"단아. 너는 몇 살이니?"

그녀의 말에 단이 수줍게 대답했다.

"이제 곧 열여덟이 되어요."

"아아, 나보다 두 살 어리구나."

"그럼 아가씨 나이는 스무 살입니까?"

단이의 물음에 은옥이 고개를 끄덕였다.

"응."

"아가씨께선 서방님이 있으시다고 했지요?"

서글픈 물음에 은옥이 작게 웃으며 대답했다.

"그래. 나에겐 서방님이 계신단다."

"어떤 분이십니까? 아니, 대체 어쩌다 부군과 생이별을 하시게 된 것이에요?"

"……."

쉬이 대답을 하지 못하는 은옥의 반응에 단이가 눈치를 살폈다.

"제가 물으면 안 되는 것을 물었습니까?"

"아니. 나의 서방님께서는 지금 날 찾아 헤매고 계실 거야. 피치 못할 사정으로…… 우리 두 사람은 헤어지게 되었지."

"……."

"날 반드시 다시 찾아오실 거야."

은옥은 그가 다시 자신을 찾아올 거라 믿어 의심치 않았다. 무이가 반드시 자신을 찾아내겠다고 말했고 탁야는 기아에게서 빼앗긴 자신의 여우구슬을 되찾기 위해 애를 쓰고 있을 것이라고 믿었다.

"그러니까 나는 꼭, 살아남아야 해. 한양으로 날 찾아올 나의 서방님을 위해."

"……."

어떤 사연인지 알 수는 없었지만 단이는 서방님을 굳게 믿고 있는 그녀를 응원했다.

"예. 그러십시오. 꼭 그러실 수 있으실 겁니다."

❖

"새로운 계집이 들어왔다더니. 서 행수가 어지간히 아끼나 보구나."

"그렇다니까요? 홍연 언니. 언니가 어떻게 좀 해주셔요. 정말이지 반반한 외모 믿고 어찌나 오만방자한지……."

홍연이 연죽의 물부리를 입으로 가져가 한껏 담배 연기를 들이마셨다.

"후우. 서 행수가 예뻐하는 계집을 내가 무슨 수로?"

담배 연기를 허공에 흩뿌리며 말하는 그녀의 말에 금낭이 갖은 아양을 떨어댔다.

"아잉, 언니야말로 이 명화루의 실세가 아니셔요? 막말로 서 행수는 그분의 꼭두각시 아닙니까?"

"꼭두각시라……."

서 행수를 우습게만 보는 금낭을 보며 홍연이 피식 웃음을 흘렸다.

"서 행수를 네가 아주 물로 보는구나."

"홍연 언니……?"

"네까짓 것은 언제든 치워 버릴 수 있는 사람이다. 말조심해."

"소, 송구합니다."

하지만 홍연은 새로 들어온 등화라는 계집에게 조금씩 흥미가 생겼다. 하필이면 등화가 잘 만진다는 악기가 홍연 또한 가장 잘 다루는 가야금이었다.

"등화라……. 재미있구나."

재주만을 팔겠다고 호기롭게 서 행수의 욕심을 꺾은 계집의 얼굴이 그녀 또한 궁금하긴 했다.

"홍연 아가씨, 곧 진양대군께서 오신다고 합니다."

"아아. 그래?"

"예. 아, 양평대군께서도 오신다 하였습니다."

홍연이 곰방대를 금낭에게 넘겼다. 금낭이 그것을 두 손으로 받았고 홍연은 자리에서 일어나 치장을 위해 경대 앞에 섰다.

"오랜만에 두 대군마마들께서 사냥을 다녀오신 모양이구나. 그렇다면 정성스럽게 단장해 맞이해야지."

화장도구들을 늘어놓고 홍연은 명화루를 찾아오는 진양대군을 위해 한껏 치장을 했다.

진양대군과 양평대군.

이 나라 조선의 네 번째 왕의 둘째 아들과 셋째 아들인 두 사람은 종종 명화루를 찾아와 회포를 풀었다.

특히 진양대군은 이 명화루의 실주인이라고 할 수 있는 자였다. 이 명화루의 계집들은 그의 것이었다. 명화루에는 뛰어난 재주를 가진 여자들이 많았지만 그중 홍연이 가장 아름답고 영특한 여인이었다.

또, 진양대군과 많은 면이 닮아 있는 여인이기도 했다.

홍연처럼 진양대군은 욕심이 많은 자였다. 그러나 그것을 음흉하게 감추고 형인 세자에게 또 부군에게 자세를 낮추며 살아가고 있는 숨죽인 잠룡이었다. 단지, 지금은 때가 아닐 뿐. 홍연은 야심가인 그가 언젠가는 반드시 왕위를 쟁취할 거라고 믿었다.

"대군마마님들."

그가 가장 좋아하는 검은색 치마에 붉은 저고리를 입은 그녀가 붉은 입술을 움직여 간드러지는 목소리로 말했다.

"오, 홍연아."

양평대군과 대화를 나누던 진양대군이 홍연을 보며 웃었다.

"오늘도 역시 아름답구나."

그의 칭찬에 홍연이 입가를 올리며 물었다.

"어서 오셔요. 두 분, 사냥은 즐거우셨습니까?"

"둘째 형님만 아주 즐거웠지. 난 이런 사냥놀이는 영 재미가 없어."

"그래도 오늘은 토끼를 잡지 않았더냐. 지난번보다 훨씬 활솜씨가 늘었다 내 칭찬도 해주고 말이야."

"양평대군께서는 토끼를 잡으셨군요?"

홍연이 늘 허탕만 치던 양평이 오늘은 토끼를 잡았다는 말에 의외의 눈빛을 지어 보였다.

진양대군은 그녀의 표정을 보며 우쭐한 표정을 하며 대답했다.

"그래. 난 여우를 잡았지."

"어머, 여우를요?"

그의 말에 홍연이 두 눈을 휘둥그레 뜨며 물었다. 진양대군이 웃으며 그녀의 허리를 슬쩍 끌어안았다.

"그래, 그것도 두 마리나 잡았다. 가죽을 벗겨 너의 조끼를 만들어주마."

"와아. 소첩, 황공하기 이를 데가 없나이다. 대군마마."

이제는 익숙한 하사품이었다. 그는 늘 사냥을 하고 돌아와 동물의 가죽과 고기를 홍연에게 선물했다.

무성의한 그녀의 말에 그가 호탕하게 웃었다.

"하하. 이 녀석, 기쁘지 않은 게냐? 목소리에 감정이 전혀 실리지 않았다. 날 놀리는 게야?"

"놀리다니요. 기쁘기 그지없는 걸요? 저에게만 친히 내리시는 하사품이 아닙니까? 이 홍연은 지금 죽어도 여한이 없나이다."

그는 그녀의 농담 섞인 대답이 싫지 않았는지 웃어넘겼다.

"하하. 네 이 세 치 혀에 내가 녹는다. 녹아. 자, 들어가자. 오랜만에 너의 가야금 곡조나 들으며 쉬고 싶구나."

그의 말에 홍연이 웃었다.

"기꺼이 그리하겠나이다."

뒤늦게 서 행수가 나와 그를 맞이했다.

"대군마마."

"아, 서 행수. 잘 있었지?"

"예. 안으로 드시지요."

"그래. 별일은 없고?"

그의 말에 서 행수가 고개를 숙였다.

"예. 별일이 있겠습니까. 대군마마께서 신경 써주시는 덕에 명화루는 평안합니다."

"그렇군. 가자, 홍연아."

"예."

홍연과 함께 기방을 들어온 진양대군이 그녀의 가야금 독주를 들으며 함께 사냥을 다녀온 양평대군과 술잔을 기울였다.

"역시 홍연의 가야금은 이 심금을 울리는구나."

진양대군의 말에 양평대군이 동의했다.

"조선팔도의 기생들 중 가야금에 대한 조예는 홍연이 가장 뛰어날 겁니다."

"과찬이십니다."

홍연이 가야금을 내려놓고 진양대군의 곁에 앉아 술을 따랐다.

진양대군이 술을 마시고 문득 잊어버렸던 일을 떠올리며 말했다.

"얼마 전 붉은 달이 떠올랐다고 다들 두려움에 떨더니 오늘 새벽에 동궁전에 불이 났다더구나."

양평대군도 그의 말에 고개를 끄덕였다. 그의 곁에 있던 기생이 그의 술잔에 술을 따랐다.

"아아, 들었습니다. 그래도 큰 화재는 아니었다 들었는데."

"그래, 다행히 군사들이 초기에 진압을 하였다지."

듣고 있던 양평대군이 술을 마시며 말했다.

"일식이 오질 않나, 원인 모를 불들이 한양을 태우질 않나. 여러 가지로 뒤숭숭하기는 합니다."

"그러게나 말이다. 안 그래도 아바마마의 옥체가 점점 미약해지고 계신데. 심중까지 어지러우실 게 아니냐."

"……."

"조만간 한 번 입궁해 보자꾸나."

"예."

홍연이 비어진 술잔에 술을 따라주었다. 그것을 묵묵히 받아마시던 그가 또 한 가지 일이 떠올라 말했다.

"참, 명화루에 새로운 계집이 들어왔다지?"

"아. 예."

"고집이 대단했다지?"

"……."

그의 호기심이 일렁이는 것을 홍연은 모르지 않았다. 다시 술잔에 술을 따르며 초연히 대꾸했다.

"결국 기생이 되어 오늘 손님을 받았지요."

"하하, 결국 그럴 것을. 명화루의 기생도 나쁘지 않은 삶이거늘. 그렇지 않느냐? 홍연아?"

홍연이 그 물음에 잠시 뜸을 들였다. 다행히 진양대군은 눈치채지 못했고 대답을 기다리는 그를 향해 빙긋 웃음을 지어 보였다.

"이 홍연이는 이곳에서 진양대군을 만난 걸 평생에 없을 큰 복이라고 생각하는 년입니다. 죽는 날까지 대군만을 모실 거고요."

"그래, 내 널 살뜰하게 보살펴 주마. 이 화려한 명화루에서 신명나게 살아 보려무나."

양평대군은 그런 홍연과 진양대군을 바라보며 불편한 심기를 애써 눌렀다.

또 하나의 작은 궁. 명화루.

진양대군은 이곳에서 왕처럼 군림하고 있었다. 그것을 즐겼고 좋아했다. 허세와 교만함이 하늘을 찔렀다. 양평대군은 언젠가 그가 그 교만에 무너질 것이라 믿었다.

"새로운 그 아이를 한번 보고 싶구나."

"아……."

그의 말에 홍연이 곤란한 낯빛을 지었다.

"어찌 그러느냐?"

"사실은……."

"응?"

"몸을 팔지 않고 재주만 팔겠다고 서 행수를 설득시킨 것도 모자라서 제 얼굴까지 가리고 손님을 맞이했다가 기방 아이들 눈에 밉보여서……."

홍연의 말에 진양대군의 눈빛이 흥미롭게 바뀌었다.

"호오?"

"지금 처소에서 쉬고 있을 겁니다. 아시잖아요. 사내들의 관심을 먹고사는 여인들끼리 있다 보면 으레 있는……."

"얼굴을 가리고 나왔다고?"

"예. 자신의 얼굴도 몸의 일부이니 절대 보이지 않겠다고요."

그녀의 말에 진양대군이 크게 웃었다.

"하하하! 가소롭구나."

"……."

홍연은 진양대군이 점점 등화에게 관심을 가진다는 것을 느꼈다. 관심을 가질 수밖에 없는 괴기한 행동이긴 했다. 허나, 그래 봤자 이 홍연만큼 사내를 잘 아는 계집은 아닐 터. 홍연이 그의 말에 웃으며 대답했다.

"그게 자기만의 전략인지 아닌지는 모르겠으나 그래 봤자 이 명화루에 들어온 이상 그 계집 또한 다른 기생과 다를 것이 없다는 걸 여전히 믿고 싶지 않나 봅니다."

"아아, 얼굴을 가린 계집이라. 그 아이의 얼굴을 보고 싶어 안달이 날 사내 녀석들이 눈에 훤하구나."

"진양대군마마께선 궁금하지 않으시옵니까?"

그녀의 말에 진양대군이 끈적한 시선으로 홍연을 바라보며 대답했다.

"내겐 네가 있지 않느냐. 날 만족시킬 아이는 너뿐이니라."

"아아, 대군마마……."

"흠흠."

양평대군의 인기척에 두 사람이 작게 웃었다.

"이런 내가 아우님을 잠시 잊었군."

"이제라도 기억해 주셔서 감읍합니다. 형님."

"하하, 아우 자네도 궁금하지 않은가?"

"뭐, 직접 봐야 알지 않겠습니까? 궁금증을 불러일으키나 안 일으키나. 얼굴을 가리고도 호기심을 자극할 줄 모르는 계집이라면 궁금하겠습니까?"

일리 있는 말이었다. 진양대군이 고개를 끄덕였다.

"그렇지. 직접 마주 봐야 알겠지?"

"……."

홍연은 결국 등화를 찾는 진양대군의 속내에 한숨을 쉬며 밖을 향해 고개를 틀었다.

"청아, 가서 등화를 데려오너라."

"예."

은옥은 진양대군이 자신을 찾는다는 말에 철렁, 심장이 내려앉는 기분이 들었다.

"다, 단아……."

"아가씨……."

자신의 판단이 이렇게 단숨에 진양대군의 눈에 띌 줄은 생각도 못 했던지라 은옥은 참담할 수밖에 없었다.

"설마, 설마 날⋯⋯."

은옥은 차마 뒷말을 잇지 못했다. 명화루의 실질적인 주인이라 했기에 그의 말은 곧 명이고 복종일 것이 분명했다.

"그, 그렇게 나쁘신 분은 아니실 겁니다⋯⋯."

단은 확언할 수 없었다. 사실 이런 경우는 처음이었다. 늘 명화루엔 새로운 기생들이 채워졌고 그때마다 기생들을 부르지는 않았다. 홍연이 그의 곁을 굳건히 지키고 있기에 그럴 일은 많지 않았다.

"난⋯⋯."

"⋯⋯."

자신을 어떤 의도로 부르든 간에 은옥은 여기서 한 발자국도 나가지 않아야 한다고 생각했다.

"난 나가지 않을 것이다."

"예?"

"맞은 곳이 너무 아파 나가지 못한다고 해줘. 약을 먹고 잠들었다고."

"하지만⋯⋯."

망설였던 단이 결국 고개를 끄덕였다.

"알겠습니다. 그리 전해보죠."

"고마워⋯⋯. 단아."

감히 진양대군의 부름에 응하지 못한단 답을 가져온 단이를 보며 홍연은 조금 황당해했다.

"뭐?"

"그게, 신고식을 호되게 당하셔서 약을 먹고 잠이 드셨습니다. 그래서⋯⋯."

"그걸 지금 말이라고⋯⋯."

"풋, 당돌한 계집이로구나."

홍연이 진양대군을 향해 시선을 옮겼다.

"대군마마, 노여워 마셔요. 그 계집이 아직도 주제를 모르는……."

"됐다. 못 나올 정도로 신고식을 험하게 당했다 하니 내 다음에 부르지. 그리고 그 신고식인지 뭔지 명화루에선 없어져야 할 것이다. 내 허락 없이 내 것에 흠집을 내는 건 용서 못 해."

"예……. 명심하겠습니다."

진양대군이 술잔에 술을 따랐다. 홍연이 뒤늦게 그가 든 술병을 받아 상에 내려두었다.

"……."

술을 마시는 그를 지켜보며 홍연은 황당한 계집의 처사에 두 눈에 불길을 담았다. 누구도 감히 진양대군의 부름을 거부한 적이 없건만. 주제를 모르고 날뛰니 금낭이 왜 자신에게 아양을 떨어가며 본때를 보여달라고 한지를 이해했다.

명화루에도 법이 있고 그 법 아래 누구도 피해갈 수 없음을 알려주겠노라 속으로 다짐하며 홍연이 태연하게 그의 앞에서 웃었다.

"다시 가야금을 켜드릴까요?"

그가 흔쾌히 웃으며 홍연의 뺨을 만졌다.

"좋지. 어디 다시 날 네 가야금 곡조에 취하게 해보거라."

다행히 오지 않아도 된단 말을 전해준 단이의 말에 은옥은 한시름 놓으며 잠시 처소 문을 열고 툇마루에 앉았다.

"하아……."

어느새 해가 지고 노을이 진 하늘을 보며 은옥은 다시 그리운 얼굴을 꺼내었다.

"……."

하늘을 나는 철새처럼, 은옥은 지금 이 순간은 새가 되고 싶었다. 자유롭게 하늘을 날아 당장이라도 그에게 향하고 싶었다.

"흐윽."

하루하루, 이곳에서 버티는 것이 힘들었다. 언젠간 이곳에서 자신도 여느 기생들과 다를 것 없이 무너져 살아가는 것은 아닐까 겁도 났다.

돌아가고 싶었다.

그의 품이 그리웠다.

드넓은 하늘이 그녀의 마음을 달래주지 못했다. 흐르는 눈물이 볼에 난 상처를 따갑게 건드렸다.

이런 상처 따위 탁야라면 단숨에 지워주고 아프지 않게 보듬어줄 텐데. 그에 대한 그리움에 사무쳐 눈물을 흘리고 있던 은옥에게 단이가 다가가 그녀를 말없이 다독였다.

"에휴. 이렇게 여린 아가씨가 어쩌다 이곳에 오셨을꼬……."

"흐윽! 단아……."

"상처 흉집니다. 그만 우세요. 고운 얼굴을 정말로 망가뜨릴 셈이세요?"

단이가 은옥을 어르고 달래는데 누군가 두 사람에게 다가왔다.

"어? 청아야."

"등화 아가씨. 우리 홍연 아가씨가 만나고 싶어 하십니다."

"하지만……."

단이가 그의 말에 토를 달려 하자 청아가 손을 올려 듣지 않겠다고 단호하게 그녀의 입을 막았다.

"오지 않으신다면 끌고 오라 하셨습니다."

그러자 청아의 뒤에서 검은 도복을 입은 두 명의 사내가 슬쩍 나타나 은옥과 단을 향해 무서운 기운을 뿜어냈다.

"어쩌시겠습니까? 두 발로 저희 아가씨를 만나시겠습니까?"

"……."

"아가씨……."

단이 불안한 시선으로 은옥을 바라보았다. 은옥은 또다시 찾아온 위기에 눈앞이 아찔했다.

"날…… 왜 찾으시는 건지 알 수 있겠어?"

"끌고 가시오."

그 물음마저도 듣기 싫다는 듯 청아가 뒤에 있는 사내들에게 말했다.

"자, 잠깐……."

은옥이 결국 비틀거리며 자리에서 일어났다.

"내가 갈게."

"진작 그럴 것이지……."

진양대군은 피했지만 홍연은 피할 수 없는 모양이었다. 은옥은 반쯤 체념하며 그녀의 처소로 향했다.

그러나 막상 청아가 그녀를 데리고 간 것은 홍연의 처소가 아니라 그 옆에 있는 작은 방이었다.

"여긴……."

"쉬잇."

홍연의 처소라기에는 너무 볼품없고 작아 의아한 얼굴로 청아를 보며 입을 연 은옥이 입술 위에 검지를 올려놓고 조용히 하라는 그녀의 몸짓에 입술을 닫았다.

[아앙…….]

그때, 옆방에서 야릇한 신음이 들렸다. 놀란 은옥이 청아를 바라보았고 당황하는 그녀를 보며 청아가 가까이 다가가 속삭였다.

"홍연 아가씨께서 여기서, 기다리라고 하셨습니다. 아직 진양대군과 교합이 진행 중이니 끝날 때까지 숨죽이고 기다리십시오."

"그 무슨……!"

"목소리를 죽이세요. 진양대군께서 아셨다간 목이 날아갈 테니까."

청아의 교활한 비웃음에 은옥의 안색이 하얗게 질렸다.

"난 여기 있을 수……."

"홍연 아가씨께서 한 발자국이라도 벗어난다면 등화 아가씨의 목이 날아갈 것이라고 하였습니다. 그것을 원하신다면, 말리지 않지요."

"하……."

[아아, 하읏. 아아, 대군마마. 아아아!]

낯부끄러운 소리가 벽을 타고 흘러들어왔다. 은옥의 얼굴이 순식간에 빨갛게 달아올랐다.

"이게 대체……!"

"거기서 얌전히 듣고 있어요."

청아가 은옥을 비웃으며 방을 나섰다. 은옥이 청아를 따라나서려 했지만 곧장 자신의 목에 서늘한 검날이 드리워졌다. 놀란 그녀가 다리에 힘이 풀리는 것을 느끼며 주저앉았다.

탁.

방문이 냉정하게 닫혔다.

"윽……."

은옥이 두 손을 올려 귀를 틀어막았다.

그럼에도 그녀의 귓가로 듣고 싶지 않은 소리들이 들렸다.

[하아, 대군마마, 아앙……. 하읏!]

[크윽, 홍연아. 조금만 더……!]

상상도 하지 못했던 고문에 은옥은 다시 눈물을 흘렸다. 지옥과도 같은 순간이었다. 그들의 교합은 좀처럼 끝날 기미를 보이지 않았다. 은옥은 기절하고 싶을 정도로 끔찍한 시간을 견뎌야 했다.

얼마나 지났을까. 어느 순간부터 조용해졌다. 구석진 곳에서 귀를 막고 있던 은옥이 충격이 가시지 않아 눈에 힘을 잃은 채 두 손을 내렸다.

"……."

그리고 잠시 후, 굳게 닫혔던 문이 열렸다. 청아가 들어와 넋이 나간 그녀를 보며 말했다.

"홍연 아가씨께서 들어오시랍니다."

"……."

그러나 은옥은 자리에서 일어날 수가 없었다.

결국 청아가 그녀를 부축해 홍연의 방으로 데려갔다. 막 진양대군을 보낸 홍연이 옷을 입고 있었다.

"……."

"네가 등화라고?"

"……."

은옥은 입을 열지 못했다. 아니, 열 수 없었다. 여전히 후끈한 공기, 비릿한 냄새……. 흐트러져 있는 잠자리……. 그녀가 방금 무엇을 했는지 모를 수가 없었다.

홍연을 향해 눈을 매섭게 치켜뜬 그녀가 주먹을 꼭 쥐고 소리쳤다.

"대체 이게 무슨 짓이오? 사람을 어찌 이리 모욕할 수가……!"

짝!

홍연이 옷을 입다 말고 자신에게 소리치는 은옥을 향해 뺨을 후려쳤다.

"악!"

"모욕이라니 말조심해."

뺨을 맞고 풀썩 쓰러진 은옥이 부들부들 떨리는 손으로 뺨을 쥐며 홍연을 올려다보았다.

"기생이 몸을 파는 것을 부끄러워하면 쓰나."

"난……."

"그래, 너는 몸이 아니라 재주를 판다고 하였다지?"

"그렇……. 악……!"

홍연이 그녀의 손을 뒤꿈치로 짓이겼다. 놀란 은옥이 소리를 지르며 그녀에게 밟힌 손을 빼내려 했지만 홍연은 그럴수록 발뒤꿈치에 힘을 주었다.

"아악!"

괴로워하는 그녀를 보며 홍연이 웃었다. 은옥이 그녀의 발을 가까스로 밀어내었다. 휘청이는 홍연을 재빠르게 청아가 부축해 쓰러지지 않게 도와주었다.

부들부들 떨리는 손을 가슴 앞으로 가져간 은옥이 눈물을 흘리며 홍연을 노려보았다. 그런 은옥의 눈빛에 홍연이 무릎을 구부려 그녀와 시선을 마주했다.

"재주마저 팔지 못하게 되면, 그땐 어쩌려고 그래?"

"당신……!"

"그럼 얼굴을 드러내고 사내를 유혹하려나?"

은옥이 왼손을 높게 치켜들었다.

하지만 홍연에게 닿기도 전에 청아가 막았고 은옥이 소리를 질렀다.

"이거 놔아!"

홍연이 다시 한 번 그녀의 뺨을 때렸다.

짝!

청아가 그녀를 붙잡고 있었기에 은옥은 쓰러지지는 않았다. 그저 고개만 돌아갔고 입안이 터져 피비린 맛이 올라왔다.

"대체 나에게 왜 이러는 것이오……?"

"고고한 척 버텨보았자 너는 명화루의 기생년이라는 것이다."

"하……."

"그러니 괜한 것에 힘 빼지 말고 현실에 순응해."

은옥이 홍연을 노려보며 말했다.

"난 반드시 이 명화루를 떠나 나의 서방님에게 돌아갈 것이오. 반드시……!"

"하하하. 그래. 기대할게. 명화루를 언제 벗어나 그 서방이라는 남자의 품에 안기는지 두고 보겠어."

"……."

홍연이 그녀의 말을 가볍게 비웃었다.

"그리고 기억해야 할 것이 있다."

"……."

"이 명화루에서 가장 아름다운 것도 나 홍연이어야 하고 가야금이 가장 뛰어나야 하는 것도 나 홍연이어야 하고 대군마마의 총애를 한 몸에 받아야 하는 것 또한."

은옥은 그 말을 듣는 순간 그녀의 본심이 바로 이것이라는 것을 단번에 깨달을 수 있었다.

"나 홍연이어야 한다. 알겠느냐?"

"결국 홍연 당신도 진양대군의 관심이 나에게 쏠릴까 두려워 이러는 것이지 않소?"

"뭐……?"

홍연은 힘없이 웃으며 말하는 그녀의 말에 미려한 눈썹을 일그러뜨렸다.

"진양대군이 나에게 관심을 갖는 게 질투가 나 이러는 것이 아니오!"

은옥의 말에 홍연의 얼굴이 험상궂게 변해갔다.

"네년이 지금 뭐라……."

"명화루의 기생으로 살아가지 않겠다고 했으나 기생으로 살아야 한다 하여 재주라도 팔겠다고 한 것이오. 얼굴 또한 그런 이유로 가렸을 뿐. 의미가 있다면 내 다른 사내에게 나의 얼굴을 보이기 싫었습니다. 나의 낭군께서 아끼는 이 얼굴을 다른 사내들에게 보여주고 싶지 않았으니까요. 누군가에게 관심을 받기 위해 한 것이 아니라 나를 지키기 위해 한 것이오. 나는 고고한 척도 하지 않았고 당신의 자리도 탐을 낸 적이 없소이다!"

홍연이 결국 또다시 손을 들었다.

독기가 바짝 오른 은옥이 겁내지 않고 그녀를 노려보았다.

드르륵! 탁!

그때 닫혀 있던 홍연의 처소 문이 열리는 소리가 났다. 서 행수가 단단히 화가 난 얼굴로 소리쳤다.

"대체 뭣들 하는 것이야!"

홍연이 서 행수의 등장에 혀를 차며 물러났다. 바닥에 주저앉아 있는 은옥을 보며 서 행수가 미간을 좁혔다.

"홍연, 네가 기고만장해지긴 해졌구나."

차분하게 가라앉은 서 행수의 말에 홍연은 아무 말도 하지 않은 채 그녀의 시선을 피했다.

"아직 이 명화루의 기방행수는 나다. 아무리 진양대군마마의 총애를 받고 있는 너라 해도 이 일은 가만 묵고할 수 없지."

"……."

"단이는 가서 회초리를 들고 오너라!"

"예?"

주저앉아 있는 은옥을 보며 안절부절못하고 있는 단이에게 서 행수가 말했다. 뜻밖의 그녀의 말에 단이 놀라 그녀를 올려다보았다.

"내가 두 번 말해야겠니?"

"예, 예. 가, 갑니다."

결국 단이 서 행수의 말을 듣고 회초리를 한 단 가져왔다. 그녀가 홍연을 지나쳐 상석에 앉았다.

"홍연이 너부터 종아리를 들거라."

"……."

홍연은 아랫것들도 보는 자리에서 자신에게 종아리를 들라 하는 그녀의 말에 입술을 꼭 깨물었다.

"어서!"

마지못해 서 행수의 말을 들은 홍연이 치마를 올려 맨다리를 드러냈다.

서 행수가 회초리 하나를 들고 말없이 그녀의 가는 다리를 매섭게 후려쳤다

짝!

짜악!

하얀 홍연의 다리에 붉은 빗금이 그려지기 시작했다. 홍연은 이를 악물고 신음 한 번 토해내지 않았다.

결국 회초리가 부러졌고 서 행수는 그치지 않았다. 다른 회초리를 들어 다시 그녀의 다리에 휘둘렀다.

휘익!

짝!

부러진 회초리의 수가 늘어나면 늘어날수록 홍연의 얼굴에 식은땀이 늘었다. 붉어진 빗금들은 점점 퍼져갔고 결국 살이 터져 피가 맺히기 시작했다.

짜악!

서 행수는 누가 이기나 해보잔 식으로 계속해서 그녀를 때렸다. 결국 홍연이 무너졌다.

"윽⋯⋯."

회초리를 때리던 서 행수도 애써 뻐근한 어깨를 아무렇지 않게 내리며 홍연을 바라보았다.

"내가 이 명화루에 행수로 있는 한 너의 그 독단은 절대 용납할 수 없다. 알겠어?"

"⋯⋯."

"단이는 등화를 데리고 나가고."

"예⋯⋯."

청아는 서 행수 앞에서 차마 홍연을 부축하지도 못하고 안절부절 서 있었다. 서 행수가 청아를 매섭게 쳐다보며 말했다.

"청아 너도 나가."

"예? 예⋯⋯."

결국 자신의 앞에 무릎을 꿇은 홍연을 보며 그녀가 경고했다.

"지금 진양대군의 총애에 들었다고 기고만장하지 말아야 할 거야."

"⋯⋯."

"여기는 너처럼 예쁘고 재주 좋은 년들이 한둘이 아니니까 말이다."

"서 행수⋯⋯!"

서 행수가 그녀에게 경고했다.

"네 불안한 그 마음을 내 모르는 바는 아니야. 이해해. 꽃도 한창일 순 없으니."

"……."

홍연이 입술을 꽉 깨물고 그녀를 노려보았다.

"네 욕심을 채워줄 남자들을 치맛자락 아래 두고 싶다면 이런 저급한 짓은 안 하는 게 좋단다. 홍연아."

그녀의 말에 홍연이 파르르 몸을 떨었다.

"쉬려무나."

"……."

은옥이 단이의 부축을 받아 다시 자신의 처소로 돌아갔다. 손이 그녀의 발에 짓이겨져 퉁퉁 붓기 시작했다.

"아아, 홍연 아가씨도 참……!"

단이 속상해했다.

"괜찮아. 움직일 수 있는 걸 보면 그리 크게 다치진 않은 것 같으니 걱정 마렴."

"아가씨……."

"차라리 잘됐어. 이렇게 되면 이 방문 밖으로 나가지 않아도 되잖아."

"아이고……."

은옥이 웃었다.

"난 이게 더 좋은걸? 괜히 마음 쓰지 마."

"정말이지……."

단이 정말로 좋아하는 은옥을 보며 못 말린단 눈으로 그녀를 나무랐다.

"그래도 홍연 아가씨께 그렇게 바락바락 대들면 안 되는 거였어요. 이젠 정말 명화루의 모든 아가씨들에게 미움을 사실 텐데 어쩌시려고 그러셔요?"

"……."

"같은 동료 하나 더 만들어 이 명화루의 생활을 익히셔야 할 분이……."

은옥이 고개를 저었다.

"난 그러고 싶지 않아. 단아. 명화루에서 나의 삶을 단 한 번도 생각해 본 적이 없어."

"아가씨……."

그러나 그녀의 바람과는 다르게 명화루의 등화는 점점 입소문을 탔다.

딱 한 번, 사내들에게 탔던 가야금 연주는 그들의 마음을 휘어잡기 충분했다. 게다가 그 이후로는 애타게 나타나지 않아 등화를 한 번이라도 보고 싶어 오는 이들이 많았다.

"그 등화라는 계집은 사내들 앞에서는 얼굴을 절대 보이지 않는다는데 정녕이냐?"

"예에, 뭐……."

오는 사내들마다 등화에 대해 물으니 명화루의 계집들의 표정이 썩 좋지 못했다.

"내 그 계집의 얼굴이 궁금해 이리 걸음 하였거늘. 그 계집은 대체 왜 아직도 나오지 않는 것이야?"

"칠칠맞지 못하게 손을 다쳤다지 뭡니까? 하여 당분간 운신하지 못한다 하였습니다."

"에잉, 그럼 얼굴이나 비칠 것이지……."

아쉬움에 남자들이 혀를 차며 술잔을 기울였다.

"기생 주제에 몸은 팔지 아니한다 하니 저도 놀라울 뿐이어요."

"하하하. 그 계집 참으로 앙큼한 곳이 있구나. 기생 주제에 몸을 팔지 않는다니. 꽃이 나비를 부르지 않겠다 하는 것과 다를 것이 무어랴?"

사내의 말에 기생들이 웃으며 아양을 떨었다.

"아잉, 그런 계집은 이제 그만 찾으시고 대감 앞에 있는 꽃을 꺾어주시와요. 꺾이기만을 기다리고 있지 않습니까?"

"하하, 이년. 그래, 내 오늘 널 꺾어주마……!"

명화루의 하루는 그렇게 또 흘러갔다. 다른 듯 다르지 않게, 그렇게 가고 있었다.

은옥은 자신의 처소에서 또 그렇게 흘러가는 노을을 바라보고 있었다. 방문을 활짝 열어 붉은 노을빛을 방 안 가득 채운 은옥이 자신의 오른손을 찬찬히 살폈다. 홍연이 짓이겼던 손은 천천히 회복되었다. 혹여나 가야금을 못 타는 건 아닌가 걱정했지만 다행히 크게 다친 것은 아니었다.

가야금을 가져온 그녀가 천천히 현을 탔다.

띵, 띠잉, 띵…….

조금 손의 근육이 뻣뻣한 감이 있었지만 며칠 연습하면 금방 다시 괜찮아질 것 같았다.

"너로구나? 등화가."

"아……!"

그때 누군가 그녀의 처소로 들어왔다. 은옥이 화들짝 놀라 밖을 향해 고개를 돌렸다.

"미색이긴 하구나. 애써 얼굴을 가리는 게 아까울 정도야."

"누, 누구……."

"난 초요갱. 나도 너와 같은 명화루 기생이야."

"아…….."

"악무를 배우느라 네 소식을 이제 들었지 뭐야. 가야금을 그렇게 잘 탄다지?"

백옥 같은 화사한 피부가 인상적인 초요갱이라는 기생이 그녀의 방 앞 툇마루에 앉았다. 어디서 가져온 것인지 오이를 아삭아삭 씹으며 나타난 그녀의 등장에 은옥은 당황해할 수밖에 없었다.

"홍연에게 된통 당했다기에 아예 손을 못 쓰나 했는데. 그건 또 아닌가 보구나."

"……."

"난 춤을 잘 춰. 종종 궁에도 불려가지."

"아…….."

은옥이 초요갱을 찬찬히 바라보았다.

홍연이 고혹한 요염함 넘치는 외모의 소유자라면 초요갱은 그녀와는 묘하게 달랐다. 절제된 듯한 화려함. 그리고 홍연보다는 조금 더 품격이 있는 미색의 소유자였다.

그런 그녀의 외모와 달리 하는 행동은 황당할 정도로 괴상했다. 생오이를 아삭아삭 씹어 먹으며 자신을 바라보는 초요갱을 향해 물었다.

"궁에도 불려간다면…… 이 명화루를 나설 수 있단 말이오?"

"그래."

"그렇다면……."

"하지만 서 행수는 널 명화루 밖으로 안 내보낼 걸."

그녀의 기대를 초요갱은 단숨에 꺾어버렸다. 은옥이 풀이 죽은 표정을 지어 보였다.

"진양대군에게 잘 보여봐. 널 데리고 나가줄지 모르지. 임금께 잘 보이고 싶어 하는 자이니까."

"홍연, 그자가……."

"홍연이 왜 명화루에만 있는지 알아? 그 아이는 진양대군의 아이라서 그래. 누구에게도 보여주고 싶어 하지 않지. 그 아이의 재주가 그렇게 썩히는 걸 안타까워하면서도 말이야."

"……."

초요갱이 오이를 전부 씹어 먹으며 어둠이 지는 하늘을 향해 고개를 올렸다.

"그러니 네가 그 자리를 차지하면 돼. 재주가 뛰어나고 부왕께 잘 보일 수 있는 계집."

"……."

"그럼 나갈 수 있어."

은옥이 그녀를 바라보았다.

"나에게 이런 말을 해주는 연유가……."

"어차피 넌 어떻게 해도 기생 신세에서 못 벗어나."

"……."

"그러느니 차라리 잠시라도 궁으로 들어가 기생이 아닌 무희나 악단이 되어 숨을 돌리는 게 어떻겠어?"

의중을 알 수 없는 여인이었다. 은옥이 이해할 수 없는 표정으로 그녀를 바라보았다. 초요갱이 툇마루에서 일어나 기지개를 켰다.

"가야겠다. 오이도 다 먹었고."

"아……."

"다음에 또 봐. 그땐 네 가야금 연주 들을 수 있겠지?"

"예……."

은옥은 느닷없이 나타나 떠나는 초요갱의 뒷모습을 가만히 바라보았다. 짧은 저고리, 가슴을 가린 허리띠, 풍성한 치마. 누가 봐도 그녀의 차림은 기생의 차림이었다. 하지만 그녀의 걸음은 반가의 여식처럼 다소곳하고 우아했다.

"……."

그때, 단이 때마침 들어왔다.

초요갱과 마주한 단이 그녀에게 고개를 숙였다. 그녀가 단이를 가볍게 지나쳤다.

"초요갱 아가씨가 예까진 어쩐 일이랍니까?"

"모르겠어……. 그냥 내가 궁금했나 봐."

"그래요? 흐음, 어지간한 일엔 별 관심이 없으신 분인데 워낙 아가씨께서 한번에 유명세를 얻어 궁금하셨나 보네요."

은옥은 단이의 말에 한숨을 쉬었다.

"그건 하나도 반갑지 않아……."

손이 아파 불편할 땐 빨리 나았으면 하다가도 이 손이 나아버리면 다시 사내들의 앞에 앉아 노골적인 시선을 감내하고 가야금을 연주해야 한다는 것이 너무 숨 막혔다.

"하아."

해가 졌다.

그녀의 마음도 캄캄하게 어둠이 깔렸다.

❖

오른손이 회복되자마자 서 행수는 기다렸다는 듯 손님을 맞이하게 했다.

"등화야, 정말 네 얼굴이 그리 흉칙하더냐? 내 생각엔 그런 것 같지 않은데. 어디 그 능라를 내려보지 않으련?"

"……."

가야금을 치기도 전에 남자들은 은옥의 얼굴을 한 번이라도 보고자 안달이 났다.

은옥은 애써 무시하고 가야금을 켰다. 함께 한 기생들이 그녀의 가야금에 맞춰 장구와 해금을 연주했다.

남자들은 술을 마시는 둥 마는 둥 하며 얼굴을 가린 은옥의 얼굴을 어떻게 해야 벗길 수 있을지 그 궁리만 하고 있었다. 은옥 또한 그들의 노골적인 시선을 느낄 수 있었다.

팅.

결국 은옥이 현을 거칠게 튕기며 연주를 중단했다.

"아니, 흥이 깨지게 왜 그러느냐?"

"제 연주를 듣고 싶으시긴 하신 겁니까?"

은옥은 당돌하게 사내들을 향해 물었다. 그녀의 사나운 물음에 사내들이 헛기침을 하며 술을 마셨다.

"네 얼굴 한 번 보여주면……."

아직도 자신의 얼굴을 보고 싶다며 치근덕대는 자의 말에 은옥이 자리에서 벌떡 일어났다.

"전 제 가야금 소리를 듣고 싶어 하시는 줄 알고 이 자리에 온 것입니다. 그것이 아니라면 제가 여기 있을 이유가 없지요."

이곳 명화루에서는 절대 자신을 호락호락하게 보여선 안 된다는 것을 은옥은 깨달았다. 자신의 얼굴을 향한 관심을 완전히 끊어내야 했다.

그녀가 정말로 밖으로 나가려 하자 애달은 사내들이 그녀를 붙잡았다.

"아아, 아이고. 알겠다. 네 가야금 연주를 들고자 부른 것이니 노여워 말아. 자, 앉아라. 응?"

그녀와 함께 있던 기생들은 그런 은옥의 모습이 고까워 사내들의 눈을 피해 혀를 찼다.

사내들은 결국 은옥의 얼굴을 보는 것은 포기하고 가야금을 들으며 술을 나눠 마셨다.

"그러고 보니 금상께서 오늘 동교東郊로 나가 사냥을 구경하신다고 했지?"

"아아, 그래. 세자전하와 진양대군과 함께 거동한 걸로 알고 있네."

"금상께서 날이 갈수록 쇠약해지시는 게 걱정이군."

"안정眼精이 날이 갈수록 안 좋아지신다 하니…… 세자전하께서도 걱정이 이만저만이 아니지. 진양대군께서도 눈에 좋다는 건 다 챙겨 궁으로 보내지 않나."

금상의 건강을 염려하며 술잔을 기울이는 사내들의 말을 가만 들으며 은옥은 가야금 현을 튕겼다.

"근데 자네 요즘 좌찬성이 좀 이상하다고 못 느꼈는가?"

"응? 왜?"

"좀 신경이 날카로워진 것 같달까, 깜짝깜짝 잘 놀라고 말이야. 부쩍 기력이 쇠해진 것 같던데."

"그래? 워낙 나이가 있지 않으신가. 이제 일흔일세."

그 말에도 남자는 고개를 저으며 말했다.

"아니야, 얼마 전까지만 해도 정정하지 않으셨던가. 이상해, 꼭 뭐에 놀란 사람처럼."

"그런가?"

"사람이랑 눈도 잘 못 마주치고 말이야."

"나이도 있는데 업무가 많아 그런 거 아니겠어? 괜한 걱정 말고 술이나 하세."

술자리에서는 참 여러 가지 말들이 나왔다. 정무에 대한 이야기는 기본이요, 시시콜콜한 가정사까지. 별별 주제를 꺼내며 술잔을 기울였다.

계속해서 술을 기울여 잔을 채우고 비우던 사내들은 점점 술에 취했다.

"……."

은옥은 조용히 연주를 멈췄다.

살며시 눈치를 살펴 방을 나섰고 그녀의 그런 행동을 유심히 지켜보던 남자가 따라나섰다.

그것을 눈치채지 못한 은옥은 자신의 앞을 대뜸 막아버리는 남자의 행동에 화들짝 놀랄 수밖에 없었다.

"뭐, 뭐 하는 것입니까?"

"어찌 이리 박한 것이야? 너도 좀 즐기고 그럼 좀 좋지 않아?"

"노, 놓으십시오!"

남자에게 손이 붙잡힌 은옥이 거칠게 저항했지만 소용없었다.

"가자, 네 처소가 어디지? 내 오늘 특별히 널 아껴주마."

징그럽게 웃으며 말하는 사내의 말에 은옥이 있는 힘을 다해 그를 밀어냈다.

"이거 놓으라 하지 않았습니까!"

"읔!"

남자는 술에 취한 탓에 은옥의 저항에 맥없이 넘어졌다. 바닥에 얼굴이 쓸려 까져 버린 남자가 오른 뺨을 부여잡고 흥분해 일어섰다.

"네, 네 이년! 감히 기생년 주제에 양반의 얼굴에 상처를 내? 내 너를 가만두지 않을 것이야!"

"꺄……!"

자신을 향해 무섭게 달려드는 남자의 공격에 은옥이 두 눈을 질끈 감았다.

탁.

꼼짝없이 맞겠구나 싶었던 찰나였다. 손을 치켜들어 은옥의 뺨을 때리려던 남자가 누군가 뒤에서 자신의 팔을 붙잡자 버럭 화를 내며 뒤를 돌아보았다.

"어떤 자식이야? 감히 날 막고도 살아남……."

흥분해 소리를 지르던 그가 말을 끝내지 못하고 자신의 손목을 붙잡은 이를 보며 안색이 하얗게 변했다.

"지, 진양대군마마……."

"술에 많이 취하셨소. 그대가…… 홍문관의 부교리였던가?"

"저, 저저저, 전……!"

"그만 집으로 돌아가 쉬지 그러시오. 오랜만에 갖게 된 꿀 같은 휴일에 이런 시끄러운 일을 만들어 쓰나. 그것도 부교리씩이나 된 분께서."

은옥은 말로는 나긋나긋 남자를 설득시켰지만 눈은 매섭기 그지없는 진양대군을 보며 숨을 죽였다.

"……."

남자가 허겁지겁 그 자리를 피했다. 은옥은 진양대군을 향해 고개를 숙였다.

"구해주셔서 감사합니다. 대군마마님."

"네가 등화구나."

"……예."

진양대군이 왔다는 소식에 뒤늦게 나온 홍연이 은옥과 진양대군이 마주한 것을 보고 입술을 깨물었다.

"등화……!"

결국 은옥은 진양대군과 함께 자신의 처소가 아닌 다른 방으로 향해야 했다.

"그래, 내 익히 너의 대한 이야기는 많이 들었다. 여전히 얼굴을 가리고 있구나."

"……."

"내가 벗어보라고 해도 벗지 않을 것이냐?"

그의 말에 은옥이 주먹을 꼭 쥐었다.

"흐응."

은옥의 그런 행동에 진양대군이 흥미로운 표정을 지어 보였다.

"대군마마, 홍연이 왔습니다."

홍연이 왔다는 말에 진양대군이 술잔을 내려놓으며 말했다.

"홍연? 내 너를 찾지 않았는데?"

"……."

"아, 그, 그럼 소첩……."

"하하, 아니다. 들어오려무나."

진양대군이 웃으며 밖에 서 있던 홍연을 들여보냈다.

"우리 홍연이. 어찌 그런 얼굴이냐?"

"피, 이년 이제 대군마마께 버려지는 줄 알았습니다……. 제가 어찌나 가슴이 철렁였는지 아시어요?"

갖은 앙탈을 떨며 앉는 홍연을 모른 척하며 은옥은 가야금을 탔다.

"호오."

진양대군이 은옥의 가야금을 가만 듣기 시작했다. 홍연은 못마땅한 눈으로 은옥을 바라보았다.

허나 그녀 또한 인정해야 했다. 은옥의 가야금은 기교는 없었지만 듣는 동안은 어떤 것도 의식할 수 없었다. 부드럽고 차분하게 빠져들게 한다. 진양대군 또한 눈을 감고 가야금 곡조에 귀를 기울였다.

홍연이 입술을 살며시 깨물었다.

연주를 끝낸 은옥이 가야금을 내려놓았다.

"과연, 들리는 소문이 틀리지 않았구나. 좋은 가락이었다."

"……과찬이십니다."

"재주만을 팔겠다, 고집을 부릴 만하구나. 자, 한잔하거라."

그가 잔을 주자 은옥은 어쩔 수 없이 그 잔을 받았다.

"얼굴을 가리고 싶다면, 그래, 그렇게 하도록 해."

"대군마마……!"

선뜻 그가 허락을 내놓자 곁에 있던 홍연이 기가 막혀 목소리를 높였다.

그러자 진양대군이 듣기 싫다는 듯 손을 올렸다.

"……."

홍연이 입술을 꽉 깨물었다.

"재주가 뛰어나니 허락하는 것이다. 그렇지 않았다면 내 너의 목을 쳤겠지."

아무렇지 않게 말을 했지만 눈빛을 사늘했다.

"……."

"아, 홍연아. 내일은 특별한 날이니 신경 써서 준비해 놓고 있거라. 그렇다고 또 너무 화려하게는 하지 말고. 그 녀석 취향이 그렇게 화려하지 못한 취향이라."

"예, 대군마마."

"흠, 오늘은 사냥을 세자전하와 신나게 했더니 피곤하구나. 그만 가봐야겠다."

그의 말에 은옥과 홍연이 자리에서 일어났다.

"예, 대군마마."

홍연은 그를 배웅한다고 함께 나갔고 혼자 남겨진 은옥은 한숨을 쉬며 다시 자신의 처소로 돌아갔다.

"하아."

그녀에겐 홍연보다 진양대군이 더 두려웠다. 소름 끼치는 눈빛, 종종 사악하게 웃는 표정은 섬뜩하기까지 했다. 야심이 넘쳤다. 그것을 어떻게 숨기고 다니는지 몰랐지만 적어도 명화루에서는 그가 왕이나 다름없었다. 아니, 폭군이었다.

"절대 가까이하고 싶지 않은 자야……."

초요갱의 말처럼 하고 싶었지만 은옥은 자신이 없었다.

동쪽으로 떠오른 해가 중천에 걸린 시간, 밝은 햇빛이 가득 들어온 숙주의 사랑방은 연신 한숨 소리가 들려왔다. 그는 반갑지 않은 자리에 초대 받아 아침부터 기분이 좋지 않았다. 시간이 다가오면 올수록 표정이 어두워졌고 청의동자는 그런 그를 바라보며 어깨를 으쓱댔다.

"꼭 가야 할까?"

그의 한숨 섞인 말에 청의동자가 말했다.

"가기 싫으시면 가지 않으셔도 되지 않습니까?"

"허나……."

가지 않으려니 초대한 자가 하필이면 양평대군이었다.

"양평대군께서 친히 초대한 자리이지 않나. 자리가 내 내키지 않아 그렇지."

"어쩌겠습니까. 진양대군께서 친히 준비한 자리라고 하는데. 양평대군도 그 자리가 내키지 않을 겁니다."

"그렇겠지……."

어쩔 수 없었다.

양평대군 또한 진양대군 때문에 억지로 나가는 자리이니 나가지 않을 수가 없었다.

"후우."

얼굴빛이 좋지 않은 그를 향해 청의동자가 말했다.

"진양대군은 속이 엉큼한 자입니다. 무슨 생각으로 양평대군의 탄일을 축하하는 자리를 만든 건지는 모르겠지만 주인님께서도 적당히 속을 숨기고 행동하세요."

"그래야지."

양평대군과 진양대군은 형제였지만 성향이 무척이나 달랐다. 진양대군아무에 좀 더 출중한 능력을 가졌다면 양평대군은 문에 재능이 뛰어났다.

"후우."

그때였다.

"서방님, 소첩 들어가도 되겠습니까?"

해정이 사랑방 앞에서 그를 불렀다. 숙주가 자세를 고쳐 앉으며 대답했다.

"들어오세요."

그의 방으로 해정은 소반을 들고 들어왔다.

"드셔요."

숙주가 미간을 좁혔다. 약은 원래 쓰다지만 어머니께서 보낸 이번 한약은 너무나 썼다. 먹기 힘들어하는 것을 알기에 해정도 그의 표정에 한숨을 쉬었다.

"어머님께서 직접 골라 보내주신 거라고 합니다. 어머님을 생각하시어 쭈욱, 들이키시어요."

"……."

해정의 그 말에 숙주는 체념한 표정으로 한약이 가득 든 사발을 들었다. 두 눈을 질끈 감고 그것을 들이켰고 곧장 해정이 건네는 알사탕을 받아먹었다.

"흠."

"오늘은 양평대군을 만나러 출타하신다 하셨지요?"

"그렇소. 탄신이시니."

"잘 다녀오셔요."

해정의 말에 숙주가 대답 없이 고개를 끄덕였다. 명화루라는 곳에서 양평대군의 탄신을 한다는 걸 알고 있음에도 해정은 그에 대한 믿음이 확실했다. 기생과 함께 방탕하게 놀아날 사내가 아니라는 것쯤은 그와 함께 한 세월이 길어 알 수 있었다.

숙주 또한 해정의 그 믿음을 모르지 않았다.

"다녀오리다."

"예."

명화루는 양평대군의 탄신을 축하하는 자리인만큼 아침부터 분주하게 움직였다. 진양대군이 너무 화려할 것은 없다 했지만 그래도 대군의 탄신이 아니던가, 만전을 기하며 서 행수까지 나서 자리를 꾸몄다.

은옥은 분주한 명화루의 분위기를 읽으며 단이에게 물었다.

"오늘 무슨 날이니?"

"양평대군의 탄일이라고 분주하네요."

"아아."

진양대군이 말했던 특별한 날이 양평대군의 탄일이었던 모양이었다. 따뜻한 바람이 은옥의 방문을 스치고 들어왔다.

"……."

탄일을 축하 받기에 더할 나위 없이 좋은 날이었다. 따스한 봄빛, 부드러운 바람. 완연한 봄이었다.

숙주는 명화루 앞에서 양평대군과 진양대군을 만났다. 진양대군이 웃으며 두 사람과 함께 명화루 안으로 안내했다.

양평대군은 입구부터 화려하게 꾸민 명화루의 모습에 진양대군의 눈치를 피해 한숨을 쉬었다. 숙주 또한 눈 둘 곳이 없을 정도로 어지러운 화려함에 골치가 아팠다.

"하하, 자 이쪽으로 올라오시게들."

진양대군이 그들을 가장 넓은 방으로 안내했다. 홍연이 가야금을 잡고 다른 기생들이 해금과 장구를 맡아 신나는 가락을 뽑았다.

"이러지 않으셔도 되는데. 고맙습니다. 형님."

양평대군은 불편한 자리였지만 최대한 웃으며 진양대군에게 감사의 인사를 표현했다. 진양대군은 흐뭇한 표정으로 앉아 그의 인사에 손사래를 쳤다.

"아니다. 내 아우님의 탄일을 어찌 넘어가겠어? 형으로서 당연한 일이니 너무 고마워 말게."

"예……."

조용히 앉아만 있는 숙주를 향해 진양대군이 슬쩍 눈을 흘겼다. 첫 관직을 맡았지만 무단결근으로 인해 관직에서 내쳐진 인물이라 알려졌으나 실상은 달랐다. 이조에서 그에게 전농시 궁중 제사 행사를 맡도록 명하여 이것을 전해야 하는 아전이 그만 깜빡 그 일을 잊은 것이었다.

아전이 공문을 전하지 않아 숙주가 참여할 행사에 참여하지 못하게 되었고 그로 인해 사헌부에서 이를 문제 삼았다.

아전이 벌을 받아 마땅한 일이었으나 아전이 파면되리라는 것을 알게 되어 숙주는 공문을 받고도 나가지 않은 것이라고 거짓을 고한 것이었다.

그 일로 관직에서 내려왔지만 진양대군은 진사시에 장원 급제까지 한 친구가 이렇게 손을 놓고 아무것도 하지 않는다는 게 아까웠다. 아니, 양평대군의 곁에 있어 그렇게 된 것이라고 생각했다. 자신이라면 곧장 금상께 그 일을 고해 다시 관직을 맡길 텐데 고지식한 양평대군은 사헌부의 결정을 번복하지 않았다.

"그나저나 숙주 그대는 어쩌나, 관직을 다시 맡아야지 않겠는가?"

숙주가 진양대군을 바라보았다.

"때가 되면 다시 되찾겠지요."

"내가 금상께 말 한 번 해볼까 하는데……."

그 말에 양평대군이 슬쩍 진양대군을 쳐다보았다. 자신을 따르는 이들을 제 편으로 만들 속셈이었다.

"……."

양평대군도 그럴 수 있었다. 하지만 숙주가 원하지 않았다. 이것 또한 자신의 운이고 운명 또한 받아들이는 것이 옳은 일이라고 한사코 그의 제안을 거절했다.

"아닙니다. 그런 폐를 끼칠 수야 없지요."

"하지만, 장원 급제나 한 인재를 이렇게 썩히는 건 금상께서도 원치 않을 텐데."

"때가 되면 다시 관직을 찾을 수 있겠지요. 관직에 욕심이 있는 편이 아닌지라 지금 이대로도 좋습니다."

"허허, 욕심이 없다니. 장원 급제까지 한 사람의 말치곤 너무 양심이 없는 발언이구만. 그렇지 않나? 아우? 하하하."

진양대군의 말을 숙주는 가만 듣기만 했다. 양평대군이 무릎 위에 올려둔 숙주의 손을 슬며시 다독였다.

뒤늦게 성삼문과 박팽년, 이개, 최항이 명화루로 들어왔다. 그들 또한 내키지 않았으나 양평대군의 탄일을 그냥 지나칠 수 없어 찾아왔다. 그들의 등장에 잠시 분위기가 환기되었고 숙주는 조용히 술을 마셨다.

"하하, 이렇게 아우님의 친우들과 함께 술잔을 기울이니 참 좋구만. 종종 이 명화루에 놀러들 오시게. 날 봐서라도 잘해줄 터이니."

그의 말에 모두들 어색하게 웃었다. 흥을 돋우던 가락을 마무리한 홍연이 진양대군의 곁에 앉았다. 자연스럽게 그녀의 허리에 팔을 두르며 그가 비어 있는 술잔을 홍연에게 내밀었다. 홍연이 술병을 들어 그의 잔에 따르며 요염하게 웃었다.

다른 사람들의 곁에도 기생들이 따라 앉았다. 모두 그 자리가 불편했지만 내색은 하지 않았다. 숙주는 말없이 기생이 따라주는 술을 마셨다.

슬슬 지루해지는 참이었다. 곁에 있던 청의동자가 괜히 그가 자리를 박차고 나갈까 걱정이 되어 한마디를 보탰다.

"잘 참고 계십니다. 조금만 참으면 앞으로가 편할 겁니다."

"……."

술을 마시던 진양대군이 홍연을 보며 등화를 떠올렸다.

"아, 그러고 보니 등화가 안 보이는구나. 등화를 불러오지 그랬느냐?"

"아……."

그의 말에 홍연의 표정이 알기 쉬울 정도로 굳어졌다. 그럼에도 진양대군은 등화를 찾았다.

"명화루의 간판이 되어버린 아이인데 이 자리에 부르지 않으면 섭하지. 불러오거라."

"……예."

홍연이 마지못해 대답을 했다.

은옥은 또다시 자신을 부르는 진양대군의 부름에 긴장했다. 되도록이면 마주하고 싶지 않은 자였다.

가야금을 가지고 진양대군과 양평대군이 있다는 곳으로 불려간 은옥은 시선을 내리깔고 그들에게 허리를 숙였다.

"오, 그래. 등화야. 오늘 우리 아우의 탄일인 것은 알고 있지? 어디 한번 신명나는 가락을 뽑아보아라. 내 요즘은 홍연의 가락보다 너의 가락이 더 좋더구나."

진양대군의 말에 홍연이 입술을 꽉 깨물며 은옥을 노려보았다. 은옥은 따가운 시선과 또 얼굴을 가린 자신을 향한 궁금한 시선을 모른 척하며 자리에 앉았다.

청의동자가 은옥을 보더니 미간을 좁혔다. 숙주는 아직 모르는 눈치였다. 얼굴을 가려 모르는 것 같았다. 그러나 청의동자는 아무리 사람이 얼굴을 가리고 모습을 바꿔도 알 수 있었다.

"……."

탄일을 축하하는 가락이라…….

은옥은 진양대군의 주문에 잠시 고민을 하다 결국 탁야와 함께 타던 가락을 타기 시작했다. 어머니 또는 아버지의 탄일이나 그와 자신의 탄일이 되면 함께 타던 즐거웠던 가락. 은옥은 또다시 옛 추억에 잠겨 현을 탔다.

홍연은 단 한 번도 들어보지 못했던 가락이었지만 그것이 꽤 따뜻하면서 정겨워 약이 올랐다. 즉흥적인 연주는 절대 아니었다. 필시 누군가에게 가야금을 배운 것이었다. 그 누군가가 누구인지 감이 오지 않아 질투가 날 뿐이었다.

'나도 저 아이의 스승 아래 배웠다면 저 아이 못지않게 가야금을 탔을 거라고……!'

또다시 은옥의 연주에 빠진 사람들을 살피며 홍연은 이를 꽉 깨물었다.

"과연 명화루의 간판이라 불릴 만하구나."

잠자코 있던 양평대군이 그녀의 가야금 연주에 홀려 말했다. 진양대군이 도리어 뿌듯해하며 웃었다.

"하하하, 그치?"

"……."

은옥이 이어 다른 가락으로 넘어가기 전에 슬쩍 자리에 앉은 이들을 훑어보았다. 무심결에 지나칠 뻔했지만 낯선 사내들 사이에 숙주를 찾을 수 있었다.

"……."

은옥의 두 눈이 커졌다. 믿을 수 없는 상황에 손이 떨렸고 가슴이 떨렸다. 이런 곳에서 그를 다시 만나다니. 당장이라도 얼굴을 가린 능라를 벗고 그에게 도움을 요청하고 싶었지만 그럴 수는 없었다.

혹여 그에게 또 누를 끼칠까 염려도 되었고 이런 신세로 전락한 자신을 외면할 것 같아 두려웠다.

"……."

청의동자는 은옥이 숙주를 알아보았다는 것을 보고 한숨을 쉬었다. 사정이 어찌 된 것인지는 모르나 워낙 순진한 여인이었으니 이곳까지 흘러들어온 사연이 썩 유쾌하지만은 않을 것 같았다.

그 또한 이 사실을 숙주에게 알려야 하나 말아야 하나 고민이었다. 게다가…… 명화루는 진양대군의 것이었다. 청의동자가 진양대군을 향해 시선을 돌렸다.

설마, 은옥에게 관심이 있는 것일까.

드러내지는 않았지만 은옥에 대한 감정이 그리 나쁜 것 같진 않았다.

'일이 이상하게 꼬이는군…….'

하필이면 엮인 상대가 진양대군이라니. 상황이 참 기묘했다. 언젠가는 만나게 될 인연이라는 것은 보였으나 이렇게 만나게 될 줄은 청의동자 또한 예측하지 못했다.

아무리 사람의 영역을 뛰어넘는 수호귀鬼라고는 하나 많은 앞날을 보지는 못했다. 그래도 역시 그에게 은옥의 존재를 알려주는 것이 낫겠다 싶어 그의 뒤로 바짝 섰다.

갑자기 자신의 등 뒤로 청의동자가 다가오자 숙주가 술잔을 내려놓았다.

"가야금을 타고 있는 저 여인을 잘 보십시오."

"……."

뜬금없이 가야금을 타고 있는 기생을 보라는 청의동자의 말에 숙주가 미간을 좁혔다. 하지만 청의동자의 말투가 꽤나 진지해 슬그머니 기생에게로 시선을 던졌다.

얼굴을 가리고 있어 누군지 알 수 없었다. 숙주는 사람들이 많은 자리에서 청의동자의 뜬금없는 말을 꾸짖을 수 없었다. 안 그래도 불편한 자리, 심기도 편치 않은데 갑자기 이상한 행동을 하는 청의동자를 이해할 수 없었다. 슬쩍 고개를 돌려 화가 난 표정을 지어 보이자 청의동자가 한숨을 푹 내쉬었다.

"못 알아보시겠습니까? 화산에서 만났던 그때 그 여인 아닙니까. 지금 저 앞에 여인은 틀림없는 그 여인입니다."

"뭐……?"

숙주가 놀라 자신도 모르게 대답했다. 모두 그에게 시선이 집중되었고 은옥 또한 숙주를 향해 시선을 고정했다.

"아……."

당황한 그가 은옥의 시선을 피하며 어색하게 술잔을 들었다.

"양평대군의 탄일이 아닙니까? 우리 모두 한 잔씩 돌리며 탄일을 축하하지요."

그의 말에 모두 자리에서 일어나 술잔을 들었다.

"양평대군의 스물세 번째 탄일을 축하드립니다. 올해도 좋아하시는 학문과 서화에 많은 발전이 있길 바라오!"

진양대군이 술잔을 올리며 뒤에 있던 수족에게 고갯짓을 했다. 그러자 준비했던 탄일선물을 양평대군에게 내밀었다.

양평대군이 진양의 선물에 적잖이 놀란 얼굴을 했다.

"이건……."

"황공망의 서화이니라. 내 이걸 구하는 데 꽤나 애를 썼다고."

그림 중에서도 서화를 좋아하는 양평대군에게 진양대군이 사려 깊은 선물을 해준 것이었다.

"고맙습니다. 형님. 형님께서 이런 선물을 해주실 거라고는……."

정말 기쁜 표정으로 황공망의 서화를 뚫어져라 바라보는 양평대군의 모습에 진양대군이 호탕하게 웃었다.

"하하하, 뭐 이런 걸 가지고. 내 아우가 좋아하는 것인데 이 정도도 못 하겠어? 좋아해 내 기분도 좋군. 자, 들게나."

화기애애한 분위기와는 달리 숙주는 바로 앞에 앉아 있는 등화라는 기생이 다름 아닌 은옥이란 말에 충격이 가시지 않았다.

"……."

"왜 그러나?"

곁에 있던 성삼문이 슬쩍 물었다.

"아, 아닐세. 잠깐 어지럼증이 와서. 술을 제법 많이 마신 모양이야. 자, 잠시 바람 좀 쐬다 오겠네."

"그래? 다녀오게나."

그의 말에 성삼문이 고개를 끄덕였다.

"……."

숙주는 일부러 자리를 피했다. 자신이 밖을 나가는 것을 보고 은옥이 따라 나오지 않을까하는 생각에서였다.

은옥은 자리를 피해 나가는 그를 보며 갈등했다.

허나 지금 이 기회가 아니면 그를 언제 다시 만날지 알 수 없었다.

결국, 은옥이 주변의 눈치를 살폈다. 모두 서로의 술잔에 술을 따르고 대화를 나누느라 자신은 뒷전이었다. 천천히 자리에서 일어나 방을 나서려는 찰나였다.

"어딜 가는 게야?"

홍연이 앙칼지게 물어보았다. 은옥은 애써 당황한 기색을 뒤로하고 고개를 숙였다.

"저…… 그것이……."

"뭐 마려운 개 마냥 그러는 걸 보니 소피가 마려운 모양이로구나. 그래,

너도 사람인데 그렇겠지. 다녀오거라."

"……."

일부러 그녀를 부끄럽게 할 요량으로 하는 소리였다. 은옥은 홍연이 무슨 소리를 하든 신경 쓰지 않았다. 서둘러 밖을 나온 은옥이 숙주를 찾아 헤맸다.

"……."

숙주는 자신을 찾아 두리번거리는 은옥의 모습을 보며 미간을 좁혔다.

"정말 그 여인이 맞는 것이냐?"

"절 못 믿으시는 겁니까?"

믿을 수 없어 하며 되묻는 숙주의 말에 청의동자가 발끈해 물었다.

"……."

"좋습니다. 잘 보세요."

청의동자가 단숨에 은옥의 곁으로 향했다. 그녀의 뒤로 돌아가 얼굴을 가리고 있는 능라를 치워 버렸다.

"앗……!"

바람 한 점 불지 않는데 갑자기 능라가 날아가 버리자 놀란 은옥이 얼굴을 두 손으로 가렸다.

청의동자의 말이 맞았다. 숙주는 숨을 삼키는 것조차 잊고 그녀를 바라보았다.

은옥이 숙주와 눈이 마주쳤다.

"아."

두 손으로 얼굴을 가렸지만 그는 이미 그녀의 얼굴을 보았다. 은옥이 당황한 나머지 그를 피해 도망치려 했다. 하지만 숙주가 그녀를 놓칠 리 없었다.

"거기 서시오!"

"……."

허둥지둥 도망가려던 은옥이 그의 목소리에 걸음을 멈췄다. 아니, 누군가 자신을 붙잡고 놓아주지 않는 기분이 들었다.

그녀의 느낌은 사실 틀리지 않았다. 도망치는 은옥을 청의동자가 와락 안아 붙들어놓고 있었다.

"어찌하여 도망을 치려는 것이오?"

"……."

은옥도 그의 말에 제대로 된 답을 내놓기가 어려웠다. 아니, 너무 창피했다. 한순간에 기생의 신분으로 추락한 자신의 모습을 보이고 싶지 않았다.

"대체 어찌 이런 곳에……."

"흑……."

그의 말에 은옥은 눈물부터 쏟았다. 그녀의 눈물에 숙주는 당황했다.

"아, 아니. 왜 우는 것입니까? 난 그저…… 이곳에 있을 분이 아니기에……."

"흑, 나으리……."

하지만 그를 만났다는 안도감 또한 무시할 수는 없었다. 이 한양이라는 곳에 그녀가 유일하게 알고 있는 사람. 믿을 수 있는 사람이었다.

"말해보시오. 대체 왜 이런 곳에 있는 것이오?"

"전……."

은옥은 어디서부터 말을 해야 할지 머릿속을 정리하려 했다. 그때였다.

"무슨 일이십니까?"

두 사람 앞에 서 행수가 나타났다.

은옥이 하얗게 질려 숙주의 등 뒤로 몸을 숨겼다.

"……."

숙주가 미간을 좁혔다.

"얼굴을 가리고 재주를 팔겠다더니 그새 마음이 바뀐 것이더냐?"

얼굴을 가리던 능라를 벗은 은옥을 보며 서 행수가 그녀를 비꼬았다. 은옥이 그녀의 시선에 고개를 돌려버렸다.

"뭣 하는 것이야? 어서 돌아가지 않고."

"……."

서 행수의 말에 은옥이 숙주의 옷깃을 잡았다.

숙주는 단번에 그녀가 원해 이런 곳에 있는 것이 아니라는 것을 깨달았다.

"어서 이리 오지 못해?"

"……."

숙주는 일단 그녀를 서 행수에게 보내기로 마음먹었다.

"무엇 하느냐. 서 행수께서 부르는데."

"예……?"

숙주의 말에 은옥은 당황할 수밖에 없었다. 은옥이 그를 바라보았고 단 한 번도 보지 못했던 그의 냉랭한 표정을 마주해야 했다.

"무슨 일인가?"

그때, 진양대군까지 나타나 세 사람에게 다가왔다. 은옥이 서둘러 얼굴을 숙였다. 홍연도 뒤따라 나왔다.

"어머. 얼굴은 절대 어떤 사내에게도 보이지 않겠다더니. 네 낭군이 신숙주 나으리더냐?"

"어허, 홍연아."

버릇없는 홍연의 말에 진양대군이 그녀를 향해 주의를 주었다.

"흥."

진양대군이 유심히 은옥을 바라보자 숙주는 어쩐지 기분이 좋지 않았다. 슬쩍 그녀를 자신의 뒤로 데려온 그는 진양대군의 흥미로운 시선과 엉켰다.

"흐응."

은옥은 서둘러 바닥에 떨어진 자신의 능라를 주워 다시 얼굴을 가렸다.

"등화 너, 어서 이리 오지 못하겠어?"

은옥이 다그치는 서 행수의 말에 숙주를 바라보았다. 숙주는 애써 은옥의 시선을 무시하며 그녀를 모른 척했다. 도와주고 싶었지만 자세한 진상을 모르는 데다 이 명화루가 누구의 것인지를 잘 알기에 쉽게 나설 수 없었다.

"어떻게 된 일인지 제가 주변 귀들에게 알아보지요."

그의 심중을 읽은 청의동자가 말했다. 숙주는 고개를 작게 고개를 끄덕였다.

은옥이 결국 다시 서 행수의 손에 이끌려 끌려갔다. 계속해서 자신을 돌아보는 그녀의 시선을 애써 무시하며 숙주가 진양대군을 향해 고개를 숙였다.

"저 아이에게 관심이라도 생긴 것인가?"

"……."

그의 물음에 숙주는 제대로 된 답을 내놓지 못했다.

"의외로군. 숙주 그대가 여색에 흔들리다니."

평소 올곧은 성정을 자랑하는 그였기에 진양대군은 심히 흥미로운 눈빛을 하고 있었다.

"……아름다운 여인이지 않습니까."

숙주는 이렇게 오해를 산 것, 그녀에게 좀 더 가까이 다가갈 수 있는 빌미를 삼아야겠다고 생각했다.

"흐응, 그렇긴 하더군. 나도 오늘 저 아이의 얼굴을 처음 보았어. 나에게도 내놓지 않던 얼굴인데……."

"우연히…… 능라가 바람에 벗겨져 볼 수 있었습니다. 운이 좋았군요."

"바람에?"

허나 지금은 바람 한 점 불지 않았다.

"예, 바람이 불어 벗겨졌습니다."

고집스럽게 또박또박 말을 하는 숙주를 바라보며 진양대군은 여전히 어딘가 수상쩍은 기분에 휩싸였다. 분명 둘이 무언가 있는 것 같은데 그게 무엇인지 짐작 가는 것이 없었다.

"뭐, 아무튼. 들어가지."

"예."

숙주는 그와 함께 다시 자리로 돌아갔다. 은옥은 돌아오지 않았지만 숙주는 청의동자가 나타나 자신에게 하는 말을 듣고 반드시 그녀를 이곳에서 빼내야 한다고 생각했다.

"인신매매로 잡혀 들어온 것 같습니다. 이건 관청에 신고를 하면 되지 않을까요?"

아니, 신고를 한다 하여도 그들이 명화루를 단속할지는 알 수 없었다. 한양에서 사는 자들이라면 이 명화루가 누구의 것인지쯤은 세 살배기도 아는 사실.

게다가 은옥 또한 신분이 불분명해 자칫 그녀가 더 위험해질 수 있었다.

"순진하신 분이라 이런 곳까지 잡혀 들어오셨나 봅니다."

"······."

이렇게 될 줄 알았다면 절대 그냥 보내지 않았을 것이었다. 숙주가 깊은 한숨을 쉬었다.

"왜 그러나? 땅이 꺼지겠구먼."

유심히 숙주를 지켜보고 있던 진양대군이 그의 한숨에 이때다 싶어 물었다.

"아, 아닙니다. 잠시 다른 생각을······."

"다른 생각? 무슨 생각? 아, 등화를 생각한 모양이로군."

"······."

숙주의 말에 양평대군과 다른 이들이 일제히 그를 향해 시선을 던졌다. 진양대군이 일부러 그런 말을 던진 것을 그가 모를 리가 없었다.

"정말 절세미인이라 하는 게 맞을 정도로 예쁘긴 하더군. 홍연이 네가 그 아이를 질투할 만해."

"대군마마······!"

홍연은 또 자신을 걸고넘어지는 그의 말에 발끈해 소리쳤다. 진양대군이 웃으며 홍연을 끌어안았고 숙주는 조용히 술을 마셨다.

"내 숙주 그대가 여자에 이렇게 빠질 줄은 생각도 못 했네. 역시 그대도 사내는 사내군, 하하하."

진양대군의 말에 숙주는 아무런 대꾸도 하지 않았다. 그런 숙주의 대응에 양평대군은 물론 평소 친하게 지내던 성삼문마저 놀라 그를 바라보았다.

"자, 한 잔 들게."

진양대군의 잔을 받으며 숙주는 말없이 술을 마셨다.

차라리 지금 자신이 등화라는 기생에 반해 버린 모양새가 그럴듯했다. 다시 은옥을 만날 기회를 만들 수 있었으니까.

은옥은 서 행수의 독단에 다시 골방에 갇혔다. 얼굴을 보이지 않겠다 고집을 부리던 아이가 얼굴까지 드러내고 사내의 등 뒤로 숨는 꼴이 꼭 자신을 이곳에서 도망치게 해달라 빌고 있는 것 같았기 때문이었다.

두 사람이 아는 사이인가 싶었지만 숙주의 냉담한 태도를 보면 또 그것은 아닌 것 같았다.

은옥은 골방에 갇혀 눈물을 훔쳤다. 믿었던 사람에게 그렇게 냉정하게 외면을 받아본 것은 처음이었다.

"흑……."

그때였다.

끽, 끼익…….

은옥을 마주하고 있는 벽에서 이상한 소리가 들리기 시작했다. 놀란 은옥이 고개를 들어 벽을 바라보았고 벽에서 글씨가 써지는 것을 보고 두 눈을 휘둥그레 떴다.

—주인님께서 부러 모른 척을 하신 것이니 슬퍼 마십시오. 아씨께서 어찌하여 여기까지 온 것인지 사정을 알고 계시니 곧 구하러 오실 겁니다.

"아……."

청의동자였다.

은옥이 눈물을 훔치며 고개를 끄덕였다.

"고맙습니다. 전해주세요. 기다리겠다고……."

청의동자는 한숨을 쉬며 은옥을 바라보다 곧장 사라졌다.

은옥은 벽에 그려졌던 글씨들이 순식간에 사라지는 것을 보며 청의동자가 돌아갔다는 것을 눈치챘다.

"하……."

그래, 그럴 분이 아니셨다.

그랬다면 화산에서 그렇게 자신을 도와주지 않으셨겠지. 다시 살아난 그에 대한 믿음에 은옥의 얼굴빛이 좋아졌다.

참고 기다리면 구해줄 사람이 있었다.

그것만으로도 은옥은 숨통이 트이고 기뻤다. 더는 이 끔찍한 곳에서 하루하루를 버티지 않아도 된단 생각에 날아갈 것 같았다.

그때, 그녀를 걱정하던 단이 슬며시 골방 근처로 다가왔다.

"등화 아가씨……! 괜찮으십니까?"

"아, 단아……!"

"아가씨, 어찌 또 이런 곳에……. 그래도 서 행수님께서 많이 화가 나신 건 아닌 것 같아요. 그러니 좀만 참으셔요."

"응 고마워. 진양대군마마 손님들은 다들 가셨니?"

그녀의 물음에 단이 고개를 끄덕이며 대답했다.

"예, 다들 가셨습니다. 어찌 그런 걸 물어보셔요?"

누가 오고 가는 것에 통 관심이 없는 그녀였다. 단이는 갑자기 은옥이 그런 것을 묻자 의아한 눈으로 굳게 닫힌 골방을 바라보았다.

순간 당황한 은옥이 말을 얼버무렸다.

"어? 아, 가, 가야금 연주를 채 끝내지 못한 게 마음에 걸려서……. 다들 가셨구나……."

벌써 돌아가 버렸다는 말에 은옥이 시무룩한 표정을 지어 보였다.

당장 구해줄 거라고는 기대하지 않았지만 그가 이곳에 없다는 사실이 또 무척 서운했다.

"앗, 서 행수님이 이쪽으로 오시나 봐요! 아가씨, 나중에 봬요!"

단이 밝은 귀를 쫑긋거리며 은옥에게 말했다. 서둘러 자리를 피하는 단이의 발소리를 들으며 뒤이어 서 행수와 서 행수를 따르는 자들의 웅성거림을 들을 수 있었다.

"문을 열어라."

"예."

서 행수가 골방의 문이 열리자 독기가 가득 오른 은옥과 시선을 마주했다.

"신숙주 나으리와는 어찌 아는 것이야?"

"모르오. 그저 잠깐 마주쳤을 뿐이오!"

"잠시 마주쳤는데 얼굴을 보이느냐?"

"갑자기 바람이 거칠게 불어 능라가 벗겨졌소. 내가 벗어 던진 게 아니란 말이오!"

"……."

숙주가 진양대군과 한 말과 일치하자 서 행수는 서서히 의심을 풀기 시작했다.

"그래?"

"차라리 탈을 쓸 걸 그랬어. 그랬다면 이렇게 허무하게 얼굴을 드러내지 않았을 터인데……!"

은옥이 두 얼굴을 감싸며 흐느꼈다. 아니, 흐느끼는 척을 했다. 그러자 서 행수는 듣기 싫다며 손사래를 쳤다.

"알겠다. 알겠어. 다음부터는 조심해라. 아니, 내가 왜 네 얼굴을 드러낸 일에 이렇게 예민하게 굴어야 하는 것이야?"

"……."

"얼굴을 드러내지 않기로 했으면 절대 무슨 일이 있어도 드러내지 말아야 한다. 내 오늘은 진양대군께서도 그냥 넘어가라고 하니 넘어가는 것이야. 한 번만 더 그렇게 허무하게 얼굴을 드러냈다간 능라는커녕 탈도 못 쓰게 될 줄 알아!"

사실 은옥이 얼굴을 가리겠다고 고집을 부리고 나오면서부터 명화루의 수입이 좋아졌다. 등화라는 얼굴을 가린 기생의 재주와 또 능라 안에 감춰진 얼굴이 어떨지에 대한 궁금증에 사내들은 하루도 빠짐없이 명화루를 들렀다.

의외로 이것이 돈이 된다는 사실을 깨달은 서 행수는 은옥의 그 고집을 더 이상 꺾지 않았다.

그런데 그 와중에 그녀의 얼굴을 본 사내가 있으니 그것이 마음에 걸렸다. 물론 박색이 아닌 미색의 소유자였지만 비밀을 드러낸 것과 드러내지 않는 것에 대한 사내의 마음은 종잇장 한 장 차이였다.

그녀의 얼굴을 본 숙주가 어떤 식으로 그녀에 대한 말을 하고 다닐지 아무도 몰랐다.

물론 평소 언행과 행동이 신중한 자이니 크게 걱정할 필요는 없었지만 사내란 때때로 허세에 가득 차 이상한 말을 하기도 했다.

"후우. 내가 저 등화 년 때문에 하루하루 몇 년은 더 늙는 기분이로구나."

서 행수의 말에 초요갱이 웃음을 터뜨렸다.

"예전엔 나 땜에 늙는다더니. 이젠 등화 고 계집애 때문에 늙어가시는구면, 핑계도 좋아."

그녀의 말에 서 행수가 날카로운 눈으로 소리쳤다.

"이년이! 너도 등화 못지않아 이년아. 하라는 손님맞이는 안 하고 허구한 날 궁으로 들어가 알아주지도 않을 악무를 한다고 난리를 치느냐?"

초요갱이 그 말에 코웃음을 치며 춤을 췄다.

"두고 봐요. 난 반드시 이 나라 조선의 중요한 춤꾼이 될 테니까."

"어휴, 저년이나 이년이나……."

서 행수가 가슴을 퍽퍽 치며 자신의 처소로 향했다. 초요갱은 그런 그녀를 두고 배워온 춤을 연마하기 위해 연습에 연습을 했다.

그녀는 가지고 있는 천부적인 재주뿐만이 아니라 노력과 땀으로 얻고자 하는 것을 얻었다. 춤이면 춤, 음악이면 음악. 전부 재주와 노력으로 얻은 소중한 자산이었다.

언젠가 기필코 이 재능으로 조선을 휘어잡으리라. 그녀는 속으로 다짐하고 또 다짐했다.

숙주는 그다음 날부터 명화루를 빠짐없이 찾기 시작했다. 사람들은 신숙주가 등화의 얼굴을 보았다더니 그 미색에 빠져 명화루의 문턱이 닳도록 다녀간다고 수군댔다.

해정 또한 그 소문을 들을 수밖에 없었다.

버들이 숙주의 외도에 파르르 떨며 말했다.

"어찌, 어찌 주인마님께서 이러실 수가 있으시단 말입니까? 예?"

"조용히 하지 못하겠느냐? 버들이 네가 감히 화를 낼 일이 아니다."

"하지만……."

"내 정녕 나에게 맞고 싶은 게 아니면 입을 다물어야 할 것이야."

해정의 사늘한 말에 버들은 결국 입을 다물 수밖에 없었다. 해정이 사랑방을 향해 한 번 시선을 두다 이내 안채로 돌아갔다.

맞닿았다고 생각하면 늘 어긋나는 분이셨다. 가슴에 돌덩이가 내려앉는 기분에 해정이 주먹을 쥐고 툭, 툭. 가슴을 두드렸다.

"하아……."

지아비가 첩을 들이는 일은 이 나라 조선에서 이상한 일이 아니었다. 숙주 또한 그러지 않을 것이라 말을 하진 않았지만 그간 그는 정실인 해정 말고는 굳이 첩을 두거나 집안의 시종에게도 별로 관심을 두지 않았다.

단 한 번, 밖에서 데려왔던 은옥이라는 새색시를 데려왔을 때 빼고는 여자로 자신의 가슴에 멍을 만든 적이 없었다.

"너무하십니다……."

아무리 자신이 그가 모셨던 스승의 손녀였고 스승의 중매에 마지못해 한 혼인이라고는 하나 여인으로서 단 한 번도 관심을 주지 않는 것은 모욕적인 일이였다.

"제가 그리 싫으십니까……."

돌아오지 않을 물음을 중얼거리며 해정은 결국 눈물을 흘렸다.

"흑……."

정체 모를 여인에 이어 이번엔 기생이었다. 늦게 여자에 대해 눈이라도 뜨게 된 것일까. 해정은 그럼에도 여전히 자신은 아니라는 사실에 좌절할 수밖에 없었다.

그런 해정의 마음을 짐작도 하지 못한 채 숙주는 오늘도 은옥을 찾아 가야금 독주를 들었다.

술을 마시며 그녀의 가야금 연주를 듣고 있노라면 확실히 시간이 어떻게 가는지도 모를 정도였다.

가야금을 퉁기던 은옥이 슬쩍 연주를 멈추고 그를 바라보았다.

숙주가 술잔을 내려놓고 은옥을 바라보았다.

"저……."

"쉬이. 계속 연주를 하거라. 흥이 깨지 않느냐."

밖에는 듣는 귀가 제법 많았다.

그들에게 그저 자신은 한 번 본 등화의 미색에 빠졌지만 정말 한심하게 가야금이나 청하는 물색없는 사내로 비춰지고 있었다. 그리고 언제쯤 욕망에 사로잡혀 등화를 취할지가 그들의 초유의 관심사였다. 등화 또한 다른 사내에겐 뾰족해도 숙주에게만큼은 유들하다며 넘어갈 것이다, 아니다를 두고 내기까지 하는 것 같았다.

계속해서 가야금을 퉁기라는 그의 눈짓에 은옥은 또 하는 수 없이 가야금을 켰다. 그리고 숙주는 조용히 술잔에 검지를 담가 바닥에 글을 써내려갔다.

─이틀 후, 남장을 해 이곳을 빠져나갑시다.

그의 말에 은옥이 가야금을 치며 두 눈을 크게 떴다.

남장이라니, 그런 생각은 단 한 번도 해본 적이 없었다.

─옷과 흑립은 내가 준비하리다. 어차피 이곳 손님들은 그대의 얼굴을 알지 못하지 않소. 모두를 속이긴 어렵겠지만 청의동자와 내가 힘을 모아 이곳을 빠져나가게 해주리다.

그의 말에 은옥이 감격하며 고개를 끄덕였다. 바닥에 적었던 글들은 모두

증발이 되어 사라졌다.

진양대군은 오늘도 숙주가 그녀를 찾아왔다는 말에 픽, 웃음을 터뜨렸다.

"역시, 여자에 빠지면 답이 없지. 신숙주도 별거 없는 사내로다."

"하지만 등화 고년은 한 번도 그와 동침을 하진 않았습니다."

그의 말을 듣고 있던 홍연이 쌜쭉댔다.

"육체적인 사랑만이 다가 아니니라. 홍연아. 두 사람…… 아니, 신숙주 그 자는 그런 것을 뛰어넘은 정신적인 사랑을 하고 있는 것이지."

"여러 가지로 이상한 나으리입니다. 아전의 실수를 그리 넘어가는 것부터 가 이상했어요."

"하하하. 천재를 이해하기는 어려운 법이지. 그래도 그자는 두뇌는 명석 하다. 장원 급제가 어디 쉬운 줄 아느냐?"

홍연은 코웃음을 쳤다.

"머리가 똑똑한들 뭐 합니까. 여자 하나 자빠뜨리지를 못하는데."

"어허, 내 말하지 않았더냐? 정신적인 사랑. 그는 그런 것을 하고 있는 것 이라고."

"그런 것보다 이년은 남자 구실을 제대로 하는 사내가 좋습니다. 앞으로 자주 못 들르신다 하지 않으셨습니까? 어서 이년을 예뻐해 주셔요."

은근한 유혹을 하는 홍연을 보며 진양대군이 못 이기는 척 그녀에게 넘어 갔다.

"후후, 그래. 앞으로 좀 바빠질 거야. 중전마마와 함께 충청도의 온수현을 동행하기로 했거든."

"중전마마께서는 여전하시지요?"

그녀의 말에 진양대군이 한숨을 쉬며 고개를 끄덕였다.

"그래, 여전하시지. 어서 건강을 되찾으셔야 하는데 말이야."

"양평대군과도 함께 가신다고요?"

"응. 양평대군을 유독 예뻐하시거든."

"대군마마께나 점잔을 떨지 호방하신 성격이지 않습니까. 중전마마께도 극진하시니 좋아하시겠지요."

그녀의 말에 진양대군이 웃었다.

"그래. 그 녀석, 내 앞에서는 필요 이상으로 딱딱해져. 바보같이."

"온수현이라, 저도 가고 싶네요. 따끈한 온천물에 몸을 담가보는 게 소원이어요. 땅에서 솟아난 물이 그렇게 따뜻하다면서요?"

"하하, 내 다음에 기회가 되면 너도 데리고 가주마."

"꼭입니다. 약조하시는 거여요?"

그의 말에 격양된 어조로 홍연이 약조를 받아내었다.

"그래, 그래. 내 꼭 널 데리고 가주마. 그 까짓것이 뭐라고."

"진양대군마마밖에 없습니다. 이년 대군마마를 만나지 못했으면 어쩔 뻔했을까요? 상상도 하기 싫어요."

아부가 섞인 말이었지만 그는 싫지 않았다.

나흘 뒤, 중전과 함께 온수현으로 떠났다. 숙주는 정확히 그날을 노리고 있었다. 주인이 자리를 비운 사이, 명화루의 꽃을 훔칠 생각이었다.

"주인님, 그래도 명화루는 대궐만큼이나 경비가 삼엄한데. 괜찮겠습니까?"

"방법은 이 수밖에 없지 않느냐. 그리고 혼을 빼놓을 것도 있고 말이지."

그는 창고에 불을 낼 생각이었다. 불에 정신이 없는 틈을 타 은옥을 빼돌려야 했다.

"그 후엔 어쩌시려고요?"

"어차피 인신매매로 데려온 여인이니 찾고 싶어도 쉽게는 못 찾겠지. 하지만 나의 집에 두는 것도 위험하다. 되도록이면 멀리 떠날 수 있도록 해주는 게 좋을 거야."

"어디로요?"

"……"

숙주는 사실 거기까지는 아직 생각을 하지 못했다. 사실 진양대군이라면 조선팔도를 뒤져서라도 찾아낼 인물이었다.

"후우……."

"화산으로 다시 되돌아갈 수는 없겠지요……?"

"……."

그랬다간 그녀를 노리는 여러 가지의 존재들에게 잡아먹힐 것이 분명했다.

"명나라 배편을 알아봐야겠다."

"결국 그 수밖에는 없는 것일까요?"

"……."

조선을 떠나야 했다.

숙주가 한숨을 쉬며 일단 그녀에게 건네줄 옷을 챙겼다. 그녀에게는 좀 클 것 같았지만 지금 그런 것을 따질 처지는 아니었다.

"후우."

은옥은 드디어 이곳을 떠날 수 있단 생각에 자꾸 히쭉히쭉 웃음이 터졌다. 남들에게 티를 내지 않기 위해 애써가며 하루를 겨우 보내고 이튿날. 숙주는 그녀에게 사내의 옷을 건넸다.

"여기서 갈아입으세요."

그가 낮게 속삭였다.

"여, 여기서요?"

"시간이 없습니다."

"하지만 가야금을 켜야……."

"청의동자가 켤 겁니다."

그의 말에 청의동자가 기다렸다는 듯 가야금 위에서 줄을 튕기며 연주를 했다. 은옥이 가야금에서 나와 숙주를 바라보았다. 숙주는 그녀에게서 등을 돌렸다.

하지만 그럼에도 은옥은 부끄러웠다.

그러나 그의 말처럼 시간을 허비할 수 없어 단정히 매듭지었던 옷고름을 풀었다. 저고리를 벗어 바닥에 떨어뜨렸다. 치마를 벗어 내리고 은옥은 그가 건넨 옷을 주섬주섬 입었다.

숙주는 애써 아무렇지 않은 척을 했지만 등 뒤의 그녀가 무척 신경 쓰였다. 옷고름을 푸르고 저고리를 벗는 소리가 가야금의 곡조를 타고 생생하게 들려왔다. 이런 상황을 별달리 신경 쓰지 않을 것이라고 생각했는데 그건 또 아니었다.

"흠흠······."

괜히 목이 타고, 입안이 바짝 마르는 기분이었다. 은옥은 또 그런 숙주의 반응을 민감하게 살피며 서둘러 두루마기를 입었다. 숙주가 입은 옷과 똑같은 옷이었다.

생전 처음 사내의 옷을 입어보는 터라 모든 것이 어색했다. 머리를 바짝 올려 흑립까지 써보았지만 영 사내 같지 않아 보여 불안할 정도였다.

"저, 저기····· 다 입긴 했는데······."

그녀의 말에 숙주가 몸을 돌렸다.

"······."

무거운 가채를 벗고 머리카락을 전부 올려 흑립을 쓴 은옥의 모습은 영락없는 예쁜 사내였다. 아니, 여자임을 한눈에 알아볼 수 있을 정도로 어여삐 남장을 해도 소용이 없는 모양새였다.

"하아."

오히려 사내들의 시선을 확 끌기 좋아 보였다.

"안 되겠군. 흑립을 깊게 눌러 쓰시오. 남장을 해도 의미가 없구려."

"아······."

그의 말에 은옥이 시무룩한 얼굴로 고개를 숙였다.

"잘 들어요. 이제 곳간에 불이 날 겁니다. 걱정 말아요. 정말 곳간만 태울 거니까. 사람들의 신경이 그곳으로 쏠리면 이곳을 나가 도망치는 양반들 사이에 섞여 도망가시오."

"나, 나으리는······."

"나도 곧 뒤따라갈 것이오. 나가서 북촌으로 가시오. 가서 세 번째 주막에서 날 기다리고 있으면 찾아가겠소."

그녀에게 여비를 쥐어주며 그가 두 눈에 힘을 주었다.

"절대 흑립을 올리고 다른 이들을 향해 얼굴을 드러내지 마시오. 알겠소?"

"예……."

가야금을 켜던 청의동자가 곧장 곳간으로 몸을 옮겼다.

갖은 곡식과 식량들이 가득 채워진 곳간을 둘러보며 한숨을 쉬었다.

"이 많은 것들을 홀라당 태우려니 내 마음이 좋지 못하군."

하지만 주인님의 뜻이었다. 많은 이들의 이목을 끌고 가장 중요하면서도 사람들의 원초적인 부분을 건드려야 했다. 사람이 살면서 있어야 할 가장 중요한 것은 의식주가 아니던가. 청의동자가 푸른 불빛을 손바닥 위로 피어오르게 했다.

"활활 타올라라. 걷잡을 수 없이. 무섭게."

곡식에 불을 옮긴 그가 낮게 주문을 외듯 중얼거렸다. 불씨는 그의 말에 즉각 반응하며 활활 타오르기 시작했고 검은 연기를 피워 올렸다.

불은 순식간에 커졌다.

뒤늦게 그 길을 지나가던 명화루의 호위무사가 놀라 소리를 쳤다.

"불이야!"

그의 말에 청소를 하던 시종도, 길을 지나던 다른 이들도 곳간에서 화염이 피어오르는 것을 보며 너나 할 것 없이 소리를 질렀다.

"불이야!"

은옥과 숙주가 그 목소리를 들었다. 명화루를 머물고 있던 사람들과 기생들이 속속히 밖으로 나와 불이 난 곳을 확인하기 위해 소동을 벌였다.

서 행수가 나와 곳간이 활활 타오르는 것을 보며 경악을 금치 못했다.

"뭐, 뭣들 하는 것이야! 어서 불을 끄지 않고! 저러다 곳간 다 태워먹겠다!"

기방을 찾은 양반들은 불이 났다는 소식에 헐레벌떡 방에서 뛰쳐나왔다. 옷을 제대로 입지 못하고 나오는 자들도 있었고 흑립을 허겁지겁 쓰고 나와 신도 신지 않고 냅다 도망가는 양반도 있었다.

문밖 복도가 소란스러운 것을 느끼며 긴장한 은옥을 향해 숙주가 고개를 끄덕였다.

"어서 가시오……!"

그의 말에 은옥이 거칠게 문을 열고 우왕좌왕하는 사람들 사이에 섞였다. 흑립을 깊게 눌러 쓴 채 밖으로 나온 그녀는 명화루의 입구까지 다다랐다.

드디어 도망을 나왔다.

은옥은 끔찍한 명화루의 밖을 나왔다는 사실에 이루 말할 수 없는 기분에 휩싸였다. 허나 여기서 감정에 휩쓸려 지체할 시간이 없었다. 북촌의 주막으로 향해야 했다.

"이, 이보시오."

그녀는 최대한 목소리를 낮춰 지나가는 행인을 붙잡았다.

"예?"

"북촌이 어디요?"

"저쪽으로 가시면 됩니다만……."

행인의 안내에 은옥이 흑립을 아래로 집어 얼굴을 가린 채 북촌 방향으로 서둘러 걸음을 옮겼다.

한편, 그녀를 내보낸 숙주는 뒤이어 유유히 기방을 떠나려 했다.

다들 불을 끄기 위해 정신이 없었다. 기생들은 놀라 서로 모여 발만 동동 굴렸고 건장한 사내들이 물을 길어와 불을 진화하려 했지만 소용없었다.

하지만 서 행수는 분명 숙주와 같은 차림의 남성이 먼저 명화루 밖으로 빠져나가는 것을 보았다. 그런데 그가 유유히 다시 명화루를 빠져나가는 것을 보며 느낌이 이상해 소리쳤다.

"등화, 등화는 어디 있느냐?"

그녀의 말에 단이 두 눈을 동그랗게 뜨고 말했다.

"예? 신숙주 나으리와 함께……."

"어서 찾아라, 어서!"

서 행수의 직감은 틀리지 않았다. 은옥이 사라진 것을 뒤늦게 알게 된 서 행수가 나머지 호위무사들에게 소리쳤다.

"등화 그년을 찾아라. 멀리는 도망가지 못했을 거야! 남장을 했을 가능성이 크다. 송화색으로 된 두루마기를 입고 있었으니 길을 지나는 사내들도 살살이 살펴보거라. 알겠느냐?"

"예!"

서 행수를 지켜보고 있던 청의동자가 혀를 찼다. 생각보다 빨리 알아냈기 때문이었다.

곧장 신숙주에게 이 사실을 알렸고 숙주가 웃었다.

"괜찮을까요?"

"그 주막이라면 믿을 수 있는 곳이다. 입이 무겁기로 유명한 분께서 하는 곳이니. 뛰어 들어간 병아리 같은 남장여인을 잠시라도 품어줄 그런 분이지."

"근데 하필 왜 송화색입니까? 쪽빛도 있고 녹색이나 농람도 있지 않습니까."

청의동자의 말에 그가 웃었다.

"송화색을 내가 좋아해서 그런다. 불만 있느냐?"

"……."

그가 일부러 송화색을 택한 것은 사실 눈에 금세 띄는 색이기 때문이었다. 청의동자의 말처럼 쪽빛도 있고 농람이나 녹색의 두루마기도 있었다. 그러나 그것은 거리에 널리고 널렸다.

좀 더 눈에 확실히 띄는 색이 필요했다.

"확실히 눈에 띄긴 하네요. 미리 입혀 돌아다니게 하지 않았으면 어쩔 뻔했습니까? 이로써 조금 시간을 벌긴 했지만 앞으로가 문제 같군요."

"자시에 떠나는 배편을 구했으니 조금만 버티면 된다."

"주인님이야말로 어서 옷을 갈아입으시지요. 서 행수라면 주인님도 잡아들일 여자가 아닙니까?"

"아아, 그래야지."

그는 평범한 백색의 두루마기로 갈아입었다.

은옥은 숙주가 알려준 주막으로 미친 듯이 뛰어와 숨을 골랐다.

"하아, 하아. 주모……! 여기 방 좀 내어주시겠습니까?"

아차, 평소 목소리대로 말을 해버린 것을 깨달은 은옥이 두 손을 들어 입술을 막았다. 마침 손님들을 보내고 뒷정리 중이던 흰 머리가 희끗희끗 난 주모가 고개를 돌렸다.

"혼자 오셨소……?"

차림은 사내의 차림인데 얼굴이 영락없는 여자라 주모는 한눈에 남장을 한 여자라는 것을 알아차릴 수 있었다. 하지만 거기에 더 새로운 것 한 가지를 주모는 더 깨닫게 되고 하얗게 얼굴이 질려갔다.

"아아……."

은옥은 흑립을 깊게 눌러쓰고 목소리를 급하게 다시 바꾸며 되물었다.

"하, 한 사람이 묵을 방 하나를 내어주었으면 하오."

"아……."

주모는 말을 잇지 못했다. 까무러칠 것 같은 상황이었지만 놀란 가슴을 애써 진정시키며 끝 방을 가리켰다.

"저, 저기로 가십시오."

주모의 손끝을 따라 은옥이 급하게 방으로 들어갔다.

다행히 누군가 뒤쫓아오거나 한 것 같진 않았다. 미친 듯이 뛰느라 얼굴과 등이 온통 땀범벅이었다.

숨을 돌리며 땀을 닦은 은옥이 완벽하게 명화루를 빠져나왔다는 사실에 안도하며 눈물을 짓기 시작했다.

"흑……."

끔찍하기만 한 곳이었다. 자신의 기억을 지울 수 있다면 그 부분만을 도려내고 싶을 정도로 끔찍했다.

그때였다.

"들어가도 되겠습니까?"

아까 마주했던 주모였다. 은옥이 서둘러 눈을 훔치며 목소리를 가다듬었다.

"흠흠, 들어오시오……!"

작은 반상을 가지고 들어온 주모가 그녀의 앞에 내려놓았다. 은옥은 허리가 굽어 제대로 펴지도 못하는 그녀에게 받은 밥상을 보며 침을 꼴딱 삼켰다.

명화루에도 질 좋고 맛있는 밥상이 올라오긴 했지만 마음이 불편하고 싫어 입맛이 당긴 적이 없었다.

"어서 드세요⋯⋯."

"고, 고맙소."

갑자기 허기가 졌다. 오랜만에 보는 투박한 밥상이었다. 은옥은 주모의 말이 떨어지기 무섭게 수저를 들고 퍼먹기 시작했다. 너무 뜨거워 화들짝 놀라기도 했지만 그녀는 국물 한 방울 남기지 않았다. 아니, 주모가 차려온 반상을 다 해치웠다.

고기 한 점 들어가지 않은 콩나물국밥이었지만 맛은 일품이었다. 또, 고기 대신 수란이 있어 든든했다.

"하아⋯⋯."

오랜만에 윗배까지 그득그득 채워 먹은 기분이었다.

"⋯⋯."

정신없이 먹은 탓에 주모가 앞에 앉아 있다는 것도 잊을 정도였다. 자신을 유심히 바라보는 주모의 시선을 이제야 깨달은 은옥이 뒤늦게 그녀를 경계하며 뒤로 물러났다.

"여인이 맞지?"

"그, 그게⋯⋯."

주모는 은옥이 여인이라는 것을 확신했다.

"왜 이런 차림을 하고 있는 것이오? 아니, 여기 사람이 아닌 듯한데 어, 어디서 오셨소?"

"⋯⋯."

은옥은 말문이 턱 막혀 입을 열지 못했다. 바들바들 떨기만 하는 은옥을 향해 주모가 흥분한 마음을 진정시키며 반상을 옆으로 치웠다.

"내가 아는 분과 많이 닮아 그러오. 혹, 어디서 온 것인지 말을 해줄 순 없는 것이오?"

"저와 닮은 분이 있다고요……?"

주모는 입을 달싹이다 곧 고개를 저었다.

"아니야. 그럴 리가 없어. 내 괜한 소리를 했소. 다 먹은 것 같으니 이만 나가……."

"저, 전 화산에서 내려왔습니다."

그릇을 한데 모아 반상을 들고 나가려던 주모가 반상을 거칠게 내려놓으며 주저앉았다. 그녀의 그런 반응에 은옥도 놀랄 수밖에 없었다.

"왜, 왜 그러십니까?"

"아, 아닙니다. 아무것도……."

서둘러 반상을 들고 나가는 그녀를 보며 은옥은 직감했다. 자신을 알고 있는 사람이 분명했다. 사람이 살지 않는 화산에서 내려왔다는 말에 믿지 않는 게 아니라 소스라치게 놀라는 것을 보면 자신이 누구인지를 알고 있는 것이 확실했다.

"주모……!"

하지만 주모는 주막을 버리고 도망을 치고 있었다.

은옥이 서둘러 그녀의 뒤를 쫓았다.

"주모!"

주모는 겁에 질린 얼굴로 뒤를 돌아보며 은옥과 시선이 마주하자 급하게 도망을 쳤다. 분명 무언가 아는 것이 있었다. 놓칠 수 없어 쫓기 시작했다. 허리가 굽어 제대로 달리지 못하면서도 어찌나 빠른지 정말 죽기 살기로 도망치는 것이 눈에 보일 정도였다.

대체 자신이 누구기에 저렇게 겁을 먹고 도망을 가는 것인지 은옥은 조금 겁이 났다. 하지만 한양으로 내려와 자신을 아는 유일한 사람을 만났다. 놓칠 수는 없었다.

어째서 자신이 사람이 좀처럼 드나들지 않는 그 화산에 버려진 것인지를 알고 싶었다.

"주모……!"

평소 뜀박질을 못 하는 터라 결국 주모를 놓칠 수밖에 없었다. 은옥은 눈 깜짝할 사이에 사라져 버린 주모를 찾기 위해 사방을 두리번거렸다.

"하아, 하아……!"

급하게 뛰어오느라 흑립을 어딘가에 떨어뜨린 것도 잊을 정도였다. 길을 지나는 사람들의 시선이 은옥에게로 쏠렸다.

뒤늦게 모든 이들의 눈이 자신에게로 향해 있다는 것을 깨닫고 은옥이 놀라 머리를 더듬었다.

"흐, 흑립이……!"

"저기다! 저기 있다!"

피익!

그때였다.

은옥을 찾은 명화루의 호위무사가 단저를 들어 동료를 불렀다. 은옥이 당황하며 무작정 달리기 시작했다.

이렇게 또다시 붙잡힐 수는 없었다.

미친 듯이 뛰었다. 또다시 붙잡혔다간 그땐 정말 어떻게 될지 몰랐다. 아니, 상상하고 싶지 않았다.

"흑, 서방님……!"

은옥은 이 순간만큼은 탁야가 그리웠다.

"아……!"

골목, 골목으로 정신없이 들어가 어떻게든 숨어보려 했지만 막다른 길에서 막혀 결국 오도 가도 못 하게 되었다.

"아아……."

"헉, 헉. 이 앙큼한 년. 감히 도망을 쳐?"

"흑, 다가오지 마……!"

다시 명화루로 끌려갈 바엔…….

은옥이 두 눈을 부릅뜨며 그들에게 소리쳤다.

"가까이 다가오지 마시오! 한 발자국만 더 가까이 다가오면 혀를 깨물고 자진할 것이오!"

그러나 그들은 그녀의 말을 귓등으로도 안 들었다. 다가오는 그들을 보며 은옥이 정말로 혀를 깨물었다.

"헉……!"

놀란 남자들이 주춤댔다.

은옥이 자리에 주저앉았고 그때, 누군가 다가와 그들을 향해 소리를 쳤다.

"네 이놈들! 썩 꺼지지 못할까……!"

어디서 들리는지 은옥은 알 수 없었다. 시야가 흐려졌다.

그대로 그녀는 기절을 했고 도망쳤던 주모가 다시 나타나 험악한 표정을 지어 보였다. 자신이 모셨던 상전과 너무나 닮은 데다 화산에서 왔다는 말에 정신없이 도망쳐 버렸지만 확실하게 확인해야 할 것이 있었다.

"할멈은 뭔데……."

그때 주모를 알아본 자가 건방지게 나서려는 자를 제지했다.

"왜?"

"중궁전 부제조 상궁마마님이시잖아. 이 녀석아!"

"뭐?"

"박가 주막, 몰라?"

동료의 말에 뒤늦게 전해 들은 적이 있는 이야기를 남자가 꺼냈다.

"소, 소문 아니었어? 중궁전 부제조 상궁마마께서 왜 그런 허름한 주막을……."

그의 말에 곁에 있던 남자가 한심하다는 듯 입을 열려는 찰나였다.

"말이 많군. 알면 어서 썩 꺼지지 못하겠어?"

"하, 하지만……."

"네놈들, 명화루의 식솔들이지? 가서 서 행수에게 전해라. 이 아이…… 이 아이는 내가 데려갈 테니 이 아이 근처로 얼씬도 말라고."

그녀의 말에 남자들은 망설였다. 그 말을 전했다가 서 행수에게 무슨 불

벼락을 맞을지 모를 일이었다.

"저희는 꼭 저 계집을……."

"내 말이 말 같지 않은 게야?"

"……"

결국 남자들은 은옥을 놓을 수밖에 없었다. 도망치듯 골목길을 빠져나가는 남자들을 마음에 들지 않는 눈치로 째려보며 혀를 차던 박 상궁이 정신을 잃고 쓰러진 은옥에게로 시선을 옮기며 한숨을 쉬었다.

"하아……."

처음 은옥을 보았을 때, 박 상궁은 그녀가 중전마마 모친의 젊은 시절을 빼다 박은 얼굴에 놀랄 수밖에 없었다. 아닐 거라고 생각했지만 화산에서 내려왔다는 뜻밖의 대답에 죽었다고 믿어왔던 모든 것들이 부정당하자 정신줄을 놓아버렸다.

그 추운 겨울, 험한 산속에 갓 태어난 아기씨를 버리고 도망쳐 나온 세월이 벌써 스무 해. 연령대로 보나, 생김새로 보나…….

틀림없는 공주마마셨다.

"……"

하나, 박 상궁은 마지막으로 확인해 보고 싶은 것이 있었다.

왕가 대대로 전해지는 확실한 증표가 있었다. 주모는 일단 그녀를 다시 주막으로 데려가기 위해 소리쳤다.

"현풍아, 현풍이 게 없느냐!"

그러자 멀지 않은 곳에서 우둔하게 생긴 소년이 어슬렁어슬렁 걸어왔다.

"뫼셔라. 조심히. 다치지 않게."

힘 있는 당부에 현풍이 고개를 끄덕였다.

"대답은 네!"

"네."

조금 모자란 소년이었지만 힘이 장사라 그녀가 종종 잔심부름을 부리곤 했다. 또, 유독 현풍 또한 그녀를 잘 따랐다. 이름도 지어주었고. 떠돌던 자신에게 지낼 곳을 마련해 준 고마운 사람이란 것을 아는 눈치였다.

기절한 은옥을 어깨에 거뜬히 메고 주막으로 돌아온 현풍은 끝 방에 그녀를 눕혔다.

"가서, 백 의원을 불러와. 혀를 깨물어 자진 시도를 했으니 치료할 약재들도 가져오라고 하고."

입안에 고인 피가 제법 많았다.

"허이고, 작정을 하고 깨물었군."

하지만 고인 피를 빼내고 가만 들여다보니 다행히 피는 멈춘 듯했다.

"후우……."

그리고 박 상궁은 마지막으로 확인해야 할 것을 확인하기 위해 그녀를 옆으로 눕히고 바지를 슬쩍 벗겼다.

"……."

박 상궁은 절망할 수밖에 없었다.

"아이고……."

그녀가 그 험난한 화산에 버리고 간 아기씨, 아니, 공주마마가 틀림없었다.

"아이고……. 아이고……."

박 상궁은 눈앞이 깜깜해지는 것을 느꼈다. 절대 살 수 없을 것이라고 생각한 곳이었다. 차마 자신의 두 손으로 작은 생명을 거둘 수가 없어 선택한 최선의 방법.

짐승의 먹이가 되든, 엄동설한에 얼어 죽든, 버려진 공주의 숨을 제발 화산이 거둬가 주길 바라며 도망쳤다.

허나 화산은 그녀를 품은 모양이었다.

"아이고……."

박 상궁은 연신 아이고라는 말 말고는 어떤 말도 내놓지 않았다. 가슴을 툭, 툭 치기도 했고 그 작았던 아기가 이렇게 자란 것이 기쁘기도 하다가, 앞으로 닥칠 잔인한 운명에 안타까워하기도 했다.

"아이고……. 이 일을 어쩌면 좋단 말인가……."

이렇게 살아 계시면 안 되는 분이었다.

그때였다.

"주모, 주모 계시오?"

숙주가 찾아왔다.

어찌 된 일인지 명화루의 호위무사들이 서 행수에게로 돌아갔다. 일단 상황을 보며 은밀히 주막을 찾은 숙주가 박 상궁을 찾으며 마루에 걸터앉았다.

박 상궁이 한숨을 쉬며 나왔다.

"오늘은 더 이상 손님을 받지 않을……."

"아, 접니다. 여기, 특별한 손님이 찾아오지 않았습니까?."

그의 말에 박 상궁이 미간을 좁혔다.

"대체 이분과는 무슨 사이시오?"

"글쎄. 자꾸 엮이게 되는 사이랄까요?"

충분한 대답이 아니었다. 박 상궁은 그의 그런 대답이 마음에 들지 않았으나 숙주는 은옥이 있는 방으로 기어코 들어갔다.

"헉."

그리고 은옥이 잠든 게 아니라 기절한 것을 깨닫고 놀라 그녀에게 소리쳤다.

"대체 갑자기 왜 이런 몰골이 된 겁니까?"

"……."

"박 상궁님!"

숙주의 다그침에 박 상궁이 한숨을 쉬었다.

"명화루 그 날건달들에게 쫓기다 자진을 시도했습니다. 다행히 더 이상의 출혈은 없어요, 의원을 불렀으니 곧 도착할 겁니다."

"……."

숙주는 여전히 미간을 좁힌 채 입가에 피가 잔뜩 묻은 은옥을 바라보았다.

"어찌 이런 모진 짓을……."

박 상궁이 숙주의 앞에 앉았다.

"제게 말을 해주셔야 합니다. 대체 이분과는 무슨 사이인지. 그리고 왜 이

분이 그 날건달들에게 쫓기고 있는 것인지를. 전부 다."

한참 후에야 은옥은 정신을 차릴 수 있었다. 입안이 얼얼하고 아팠다. 혀를 움직이려고 할 때마다 몰려오는 통증에 저절로 미간이 좁혀졌다.

"깨어나셨습니까."

그녀가 깨어난 것을 눈치챈 박 상궁이 자연스럽게 곁으로 다가가 은옥을 부축했다. 가까스로 자리에서 일어난 그녀는 다시 주막에 돌아왔다는 것을 깨닫고 두 눈을 크게 떴다.

"어으……."

말을 하고 싶었지만 혀가 움직이지 않았다. 아파 신음을 삼키는 그녀를 보며 박 상궁은 순순히 그녀가 궁금해하는 것들을 설명했다.

"명화루 잔당들은 다신 찾아오지 않을 겁니다. 회복되는 대로 거처를 마련해 드리겠습니다."

"……."

자신의 거처를 마련해 주겠다는 그녀의 말에 역시 자신이 누구인지를 알고 있다는 것을 알 수 있었다.

은옥은 묻고 싶은 것이 많았다. 허나, 박 상궁은 더 이상 입을 열지 않았다.

서 행수는 박 상궁의 방해에 발만 동동 굴렸다. 엎친 데 덮친 격으로 창고에 불이 나 당장 명화루의 객식구들이 먹을 쌀 한 톨도 없었다. 게다가 실주인인 진양대군은 중전마마의 요양을 함께 따라나서 당장 어찌해 줄 수도 없었다.

"왜 하필 거기서 박 상궁이 끼어들은 게야……!"

어째서 그 계집을 보호하려는 것인지 서 행수는 도통 짐작이 가지 않았다.

"일단, 진양대군께 이 일을……."

"그래. 내 소관이 아닌 일이 되었으니 연통을 넣기는 해야겠구나."

그녀가 한숨을 쉬었다.

두 사람을 멀리서 지켜보던 청아가 곧장 홍연에게로 달려갔다.

"홍연 아가씨, 지금 등화 그 계집이 박 상궁의 주막에 묵고 있다 합니다."

"뭐? 박 상궁의?"

"예. 한데, 이상한 것이 등화를 내어주지 않는다네요."

"……."

홍연의 표정이 오묘해졌다.

"왜?"

"그것까지는 서 행수도 알지 못하는 것 같았어요. 이상하죠? 등화 그 계집이 단숨에 그 깐깐하고 유별난 할멈을 구워삶았을 리는 없고."

"흐음."

희한한 일이기는 했다.

물론, 박 상궁이 오지랖도 넓은 편이라 북촌의 이곳저곳의 일들을 간섭하고 다닌다는 말은 들었다. 하지만 명화루는 예외였다. 이곳의 주인이 누구던가. 그녀도 잘 알고 있는 사람인데, 감히 명화루의 기생을 내놓지 않다니.

"사람을 붙여 알아보도록 해. 어째서 박 상궁이 그러는지."

"예."

청아가 고개를 끄덕였다.

"하여간 사사건건 날 거슬리게 하는 계집이야."

이번에야말로 하늘을 찌르는 고고함이 꺾여 망가지는 모습을 보는가 싶었거늘. 홍연은 아쉬웠다.

"진양대군이 어서 왔으면 좋겠구나. 이 일을 알면 절대 가만있을 분은 아니신데."

날짜도 기가 막혔다. 주인이 비운 날, 갑작스러운 화재에 때 맞춰 남장을 하고 도망이라.

"아무래도 신숙주 그 양반이 그 계집이 이곳을 빠져나갈 수 있게 도와준 모양이야."

"헉. 미치지 않고서야……."

"그렇지 않느냐. 그 양반이 입고 온 옷과 같은 옷을 입고 도망쳤다. 게다가 도망치기 전 며칠 동안은 꾸준히 그 아이만 찾았고."

"아……."

일리 있는 그녀의 말에 청아가 뒤늦게 고개를 끄덕였다.

"하필 명화루의 계집을 건드리다니. 신숙주 그자도 이젠 끝이로구나."

홍연이 꺼두었던 곰방대를 가져와 불을 지폈다.

"후우."

하얀 연기가 허공에 퍼져갔다.

명화루에는 참 다양한 일들이 일어난다. 치정, 암투, 모략. 담배 연기처럼 피어나 사라지는 곳.

그런 곳이 명화루였다.

❖

피로 흥건한 땅 위에 탁야가 서 있었다.

같은 동족의 피를 두 손에 묻히는 것은 꽤나 힘든 일이었다. 허나, 반드시 거쳐야 할 숙명과도 같은 것이었다. 그렇기에 탁야는 눈앞에 서 있는 소월에게도 칼끝을 겨눴다. 소월 또한 탁야 못지않게 피투성이였다.

"꼭 이래야 하는 걸까. 우리."

탁야는 칼끝을 겨눈 상황에도 망설였다. 형제와도 같은 친우였다. 함께 자랐고 함께 많은 것을 겪었다.

죽는 날까지 변함없는 우애를 다지고 싶었지만 자신과 소월은 지금 이 순간 두 번 다시 되돌릴 수 없는 운명의 갈림길에 서게 되었다.

소월이 땅으로 내린 검을 천천히 들어 탁야에게 겨눴다.

"그래, 어쩔 수 없는 거겠지."

언제나 같은 방향으로 가던 두 사람이 갈망하는 것이 달라졌다. 소월은 마음 깊이 은애하는 이를 위해 숨을 쉬었고 탁야는 오직 단 한 사람을 원하고 원해 손에 피를 묻히고 있었다.

기아는 멀리서 그런 두 남자를 지켜보았다. 소월은 그를 이길 수 없었다. 허나, 시간을 벌어주기에 충분했다.

그녀는 그가 소월과의 싸움에 정신이 팔린 틈을 타 호족의 영역을 빠져나가 은옥을 찾을 생각이었다. 처음부터 그 계집을 죽였어야 했다. 어차피 자신이 얻지 못할 사내였다면 그 역시 얻을 수 없어야 했다.

그의 손에 죽는 한이 있어도 그녀는 은옥의 심장을 꺼내 숨통을 끊어버릴 작정이었다. 이 두 손으로 반드시 그 계집의 마지막을 보고야 말리라.

"……."

틈을 보이는 탁야를 향해 날카로운 공격을 퍼부으며 소월은 제법 선전했다. 그는 점점 밀려났다. 방어를 하며 조금씩 뒤로 물러나는 탁야를 보며 소월이 미간을 좁혔다.

"봐주지 마. 탁야!"

그는 진정으로 원했다. 그와의 진검승부를. 이것은 기아를 위한 도전이기도 했지만 마지막으로 자신의 욕망과 마주한 싸움이었다.

"……."

기아를 원한다.

수령의 자리 또한 원한다.

허나 수령의 자리에 있는 이가 누구도 아닌 탁야였기에 그 또한 늘 망설였다. 허나, 지금만큼은 자신도 그도 한 가지만 보고 좇았으면 했다.

자신도, 탁야도 직감했기 때문이었다. 처음이자 마지막 대립.

그렇기에 더욱더 치열하고 처절하게 승부를 걸고 싶었다.

탁야가 눈빛을 바꿨다. 소월이 원하는 것이 그러한 것이라면 모든 것을 지우고 갈망에 충실하기로 했다.

"으아앗!"

소월의 기합이 잔뜩 들어간 목소리가 들렸다. 탁야는 그를 향해 한없이 냉정한 눈빛을 지어 보이며 유려하고도 날렵하게 움직였다.

기아는 점점 더 맹렬한 접전을 이루는 그들을 보며 기척을 죽이고 천천히 움직였다. 화산의 산길은 워낙 험했다. 그녀에게 그런 것은 문제가 되지 않았지만 다른 종족들의 영역 사이를 양해를 구하지 않고 아슬아슬하게 지나쳐 화산을 빠져나가야 했기에 조심스러웠다.

지금의 기아는 탁야에게서만큼이나 다른 종족들의 눈에 띄어선 안 됐다. 그들의 눈에 띄는 순간 그에게 자신의 위치를 알려주는 것이나 마찬가지였기 때문이었다. 기아는 최대한 조심스럽게 화산을 벗어났다.

"그러니까, 저분을 정말 화산에서 만났다는 겁니까? 화산이 확실한 것이지요?"

숙주는 박 상궁에게 추궁당하듯 은옥과의 일들을 얘기하는 것이 영 마음에 걸렸다.

"한데, 어째서 묻는 것입니까? 상궁께서 관심을 가질 만한 여인은 아닌 것 같은데……."

그의 말에 박 상궁의 입이 다물어졌다. 화산에서 만났다는 숙주의 말이나 화산에서 왔다는 은옥의 말이 일맥상통하는 것과…… 그녀의 오른쪽 엉덩이에 피어 있는 삼태성의 별.

왕가의 핏줄임을 증명하는 확실한 증표이자 박 상궁의 평생의 난제였다.

"혹, 이 여인을 알고 계십니까?"

"……."

숙주의 날카로운 질문에 박 상궁이 서둘러 자리에서 일어났다.

"아이고, 그냥 궁금했습니다. 사연이 많아 보이는 여인이라."

은옥이 왕가의 핏줄이라는 사실은 자신만 알고 있었다. 박 상궁은 이 사실을 평생 안고 갈 생각이었다. 자신만 안고 간다면 아무도 모르는 일이었다.

"······."

한눈에 보아도 박 상궁이 무언가를 숨기고 있다는 것을 숙주는 알 수 있었다. 오랜 세월 어떻게 궁 안에서 생활하셨는지 궁금할 정도로 그녀의 모습은 수상쩍기 그지없었다. 하지만 그녀는 궁녀답게 입 하나는 무거운 편이었다. 분명 무언가를 알고 있다. 허나 그녀의 입은 쉽게 열리지 않을 것 같았다.

"무슨 일인지 너는 짐작이 가느냐?"

청의동자에게 그가 물었다.

"제가 지난번에 말하지 않았습니까. 그분은 주인님께 복을 불러다 줄 분이라고. 지금이라도 늦지 않았으니 잡고 계시죠."

"뭐야, 대체. 알고 있는 것을 말해."

숙주의 말에 청의동자의 두 눈이 순간 파랗게 빛이 났다.

"제가 볼 수 있는 건 그분이 여우구슬을 품었었다는 것과 그분의 기운 자체가 남다르다는 것뿐. 그 기운을 주인께서 받으시면 분명 좋은 영향을 받겠다. 말을 한 이유가 그것이었습니다. 한데, 그 기운은 어디서 많이 느껴왔던 기운이었는데 그것을 이제 최근에야 알게 되었습니다."

"······."

"진양대군이나 양평대군과 같은 기운이 느껴집니다."

숙주는 청의동자의 말을 듣고 한참을 생각했다.

"뭐라고?"

분명 귀로 듣긴 들었는데 머리로 이해가 가지 않았다.

"중궁전의 부제조상궁을 맡았던 자가 그분을 보고 저리 당황하는 것을 보면 확실하네요. 왕가의 핏줄 같습니다."

"······."

"한데, 왕가의 핏줄이 어째서 그런 차림으로 화산을 헤매고 있었을까요?"

알면 알수록 복잡한 존재였다.

숙주는 어지러운 머리를 부여잡으며 한숨을 쉬었다.

"그러니까, 네 말은······ 진양대군과 양평대군의······."

"예, 형제인 것 같습니다."

"그걸 왜 이제……!"

"말이 안 되는 것이라 말을 못 하고 있었습니다. 공식적으로 중전께서 공주를 출산했다는 말이나 기록은 어디에도 없었으니까요."

청의동자의 말에 숙주의 표정이 어두워졌다.

"그럼 금상께서 민가에……."

"그럴 수도 있지만 중궁전 상궁께서 당황하시는 걸 보니 중전마마의 소생이 아닐까 합니다."

"하지만…… 중전마마의 여식은 정의공주뿐이지 않는가."

"그것이 걸려 말을 하지 못한 것입니다. 공식적으로 중전께서는 정의공주 이후의 또 다른 공주를 출산한 적이 없으니까요."

뭐가 어떻게 되는 상황인지 숙주는 여전히 혼란스러웠다.

"등화…… 아니, 그분께서 정말 공주의 신분이라면 큰일이지 않느냐. 그런 분께서 명화루의 기생을……."

"그렇지요. 심지어 진양대군께서는 꽤나 흥미를 가지고 계신 듯했으니까요."

"아아……."

숙주의 눈앞이 깜깜해졌다.

아무것도 모르는 은옥은 박 상궁이 불러다 준 의원의 약을 먹고 다시 잠이 들었다. 그녀에게 물어보고 싶은 것이 산더미 같은데 잠이 쏟아지니 무엇을 하나 하기가 어려웠다.

박 상궁은 일단 그녀를 진양대군도, 숙주도 모르는 곳으로 데려갈 생각을 했다. 중전마마와 금상이 그녀의 퇴궁에 꽤나 많은 재물과 여생을 편히 보낼 넓은 집을 친히 하사하였지만 박 상궁은 그런 것보다 이렇게 투박하게 살며 여러 사람들과 푸닥거리며 여생을 보내고 싶었다.

허나, 하늘은 그것을 허락지 않는 것 같았다.

"차라리 이렇게 된 것. 뒤늦게라도 속죄하며 공주마마를 모시겠나이다……."

어쩌면 우를 범했던 자신에게 주는 기회일지도 몰랐다. 중전께 사사된 아기씨를 잉태했다 거짓을 고하고 눈을 피해 핏덩이인 공주마마를 화산까지 데려가 결국 유기했던 그날 이후, 박 상궁은 평생을 괴로워했다. 시시때때로 아기 울음소리가 들리는 악몽을 꾸기도 했고 아니면 아기가 된 자신이 살려 달라 애원을 하며 우는 꿈을 꾸기도 했다.

일식이 일던 그때 태어나 버린 탓에 버려진 비운의 공주마마.

대비는 불행한 증좌라며 공주의 탄생을 달가워하지 않았다. 중전은 오랜 산통 끝에 나온 탓에 아기씨의 얼굴도 확인하지 못했고 금상은 일식이 떠올라 불안해하는 문무백관들을 진정시키며 정무를 보았다.

정신이 없는 그 틈을 타 대비는 공주를 사사하기로 했다. 금상께서 왕위에 오른 지 얼마 되지 않은 때엔 참으로 많은 일들이 있었다. 흉년과 홍수가 이어졌고 어느 지역엔 이질이 돌았다. 백성들의 민심이 흉흉하기 그지없었던 차에 일식까지 떠오르니 대비의 마음이 술렁일 수밖에 없었다.

그것을 박 상궁에게 지시했고 박 상궁은 무슨 일이 있어도 공주의 목숨을 끊어야 했다. 하지만 그녀는 결국 그러지 못했다.

추위에 척박해진 화산에 유기를 했다. 호랑이가 나타난다는 산이니 짐승에게 잡아먹힐 수도 있었고 설사 잡아먹히지 않는다 할지라도 엄동설한에 살아남을 수 없을 것이라 믿었다.

허나, 살아남아 자신의 눈앞에 다시 나타났다. 영락없이 부부인을 빼다박아 알아볼 수밖에 없었다. 박 상궁은 원래 중전의 모친 안 씨 집안의 시종이었다. 어린 날부터 중전의 모친을 곁에서 모셨고 함께 자랐다. 그렇기에 못 알아볼 수 없었다.

정의공주도 부부인의 얼굴과 비슷했는데 은옥은 더 많은 부분을 닮아 있었다. 가는 눈썹과 동그란 이마, 입가가 슬쩍 처진 것도, 귀와 손발이 유난히 작은 것도 닮았다.

"부부인께서 보시면 참 놀라워할진대……."

박 상궁이 깊게 한숨을 내쉬었다.

숙주는 주막의 다른 방에서 은옥이 깨어나길 기다렸다. 하지만 좀처럼 깨어나지를 못하는 것이 이상했다.

그때였다. 청의동자가 급하게 나타나 그에게 말했다.

"박 상궁이 몰래 그분을 데리고 도망치려 합니다!"

"뭐?"

발딱 일어난 숙주가 방문을 열었다.

현풍의 등에 은옥을 업히고 숨죽여 도망을 치려던 박 상궁이 때마침 나오는 그를 보고 놀라 현풍에게 소리쳤다.

"뛰어라, 어서!"

"네!"

"잠깐, 기다리시오. 어딜 데려가려고 그러시오!"

박 상궁도 급하게 현풍의 뒤를 이어 뛰기 시작했다.

"그 여인의 정체를 내가 모를 줄 아시오!"

결국 숙주는 박 상궁의 걸음을 멈추기 위해 소리쳤다. 놀란 박 상궁이 그를 향해 뒤돌았다.

"무, 무슨 소리를……."

"어쩔 생각인지 말하시오. 어디로 데려가려고 하는 것이지?"

"혀, 현풍아!"

이미 멀리 뛰어가고 있던 현풍이 박 상궁의 말에 뛰던 것을 멈추고 숨을 거칠게 내쉬며 뒤돌았다.

"네!"

"다시 이리 오너라……."

"에이씨."

그녀의 말에 현풍이 투덜거리며 터벅터벅 돌아왔다. 박 상궁은 의미심장한 숙주의 표정에 혼란스러운 눈빛을 감추지 못했다.

"나는 나으리께서 무슨 말을 하는지 통……."

"여기서 말을 할까요?"

"……."

은옥이 잠에서 깨어났다. 흐린 시야였지만 자신이 누군가의 등에 업혔다는 것과 숙주와 주모가 앞에 있다는 것을 깨달았다. 하지만 다시 잠이 쏟아져 기절하듯 눈을 감았다.

다시 은옥을 끝 방에 돌려놓은 박 상궁은 숙주를 마주했다. 그의 눈빛은 어떤 흔들림도 없었다.

"……."

"어디로 데려갈 생각이셨습니까?"

"……."

박 상궁은 좀처럼 입을 열지 않았다. 숙주는 하는 수 없이 자신의 패를 전부 드러냈다.

"궁으로?"

"대체…… 어디까지 알고 계신 겁니까."

"글쎄요."

"말해주세요. 어찌 알고 계신 거지요? 저분의 정체를……."

박 상궁은 좀처럼 믿기지 않았다. 분명 눈앞의 이 남자는 전부 알고 있었다. 허나, 이 비밀을 알고 있는 사람은 오직 자신뿐이었다. 누구도 알 수 없는 일이었다. 그런데 궁의 일거수일투족을 알기 어려운 한낱 문관일 뿐인, 그것도 파직을 당해 궁으로 출입조차 어려운 이가 어찌 이런 일을 알고 있는지 강하게 의문이 들었다.

"공주의 신분이 정말 맞는가 보군요."

흔들리는 박 상궁을 보며 숙주는 확신했다.

"……."

"어찌하여 그런 분이 궁이 아닌 곳에서 살고 있었던 겁니까?"

"……."

박 상궁은 입을 열지 못했다.

깊은 내막까지는 모르는 모양이었지만 대체 이것을 어찌 알았는지 몰라 당혹스러웠다.

"상궁!"

"……내 나으리가 원하는 대답을 해줄 수는 없습니다. 허나, 이 일에 대한 것 일체 입 밖으로 내지 마셔야 할 겁니다. 어차피 믿는 이들도 없을 테지만."

"……."

"나는 이분을 데리고 꽁꽁 숨어버릴 것입니다. 누구도 찾지 못하게, 아무도 이분의 정체를 알 수 없게 숨어 지낼 것입니다. 그게 이분을 위해서도 그리고 혼란에 빠질 이 나라를 위해서도 옳은 일이라고 생각합니다."

"대체……."

박 상궁이 손을 들어 그의 말을 막았다.

"더는 궁금해 마십시오. 절대, 알아내려고도 마십시오. 아니, 이분을 만난 것도 잊는 것이 좋겠습니다. 그래야 합니다."

숙주는 이해할 수 없었다.

하지만 박 상궁은 더 이상 그의 말을 듣지 않고 자리에서 일어났다.

"그만 돌아가세요."

"진양대군이 그분에게 지대한 관심을 두고 있는 걸 아십니까?"

"……."

"숨어 지내신다고요? 진양대군은 찾아낼 것입니다. 어린 시절 그분의 성정을 지켜보셨으니 잘 아시겠지요."

진양대군이라면 끝까지 은옥을 찾아내려 혈안일 것이 분명했다.

"……."

"숨기고 싶어 하시는 것 같습니다만, 숨기긴 어려울 것입니다."

박 상궁이 두 눈을 질끈 감았다.

"지금은 중전마마의 병환에 온수현에 계시겠지만 이미 연통을 넣었으니 내일 아침이면 연락이 닿겠지요. 그분의 성정에 당장 한양으로 향하지 않겠습니까? 아무것도 모르는 진양대군에게 그저 그분은 자신의 명화루 기생일 뿐이니. 그것도 상품가치가 아주 뛰어난."

아아.

박 상궁은 어지러움증을 느끼며 벽을 짚었다,

숙주는 한숨을 쉬며 그녀에게 말했다.

"어째서 감추려고만 하시는지 말을 해주세요. 그래야 제가 돕습니다."

"……."

그 말에 박 상궁이 천천히 고개를 돌려 숙주를 바라보았다. 그의 평판은 들어 익히 알고 있었다. 그가 왜 파직을 당해 궁을 나오게 된 것인지도. 입이 무겁기는 자신과 별반 다르지 않을 사람이었다.

"왜냐하면 대비께서 직접 공주마마를 사사하라 명하였으니까요."

"……."

뜻밖의 말에 숙주의 두 눈이 커졌다.

"지금으로부터 이십 년 전. 금상께서 왕위를 이어받으신 지 얼마 되지 않은 해였습니다. 그해엔 참 많은 일들이 있었지요. 연이은 흉작, 아랫지방은 홍수 피해로 많은 백성들이 목숨을 잃었고 게다가 이질까지 창궐해 백성들의 민심이 흉흉하기 그지없었습니다."

"……."

"거기에 누구도 예상하지 못했던 일식이 진행되었지요. 백성들과 문무백관들은 동요하지 않을 수가 없었습니다. 한데…… 그때, 공주께서 태어나셨습니다."

금상이 즉위 후 연이어 나라에 좋지 않은 일들이 일어나는 와중에 일식이 떠오른 때에 태어난 공주라니.

대비는 그것을 무척이나 좋지 않게 보았다.

"그런 이유로……."

"예. 그런 이유로 공주께서는 버려지셨습니다. 차마 내 손으로 공주의 숨을 끊어놓을 수 없어 사람의 출입이 많지 않은 산에 유기했지요. 엄동설한에 말입니다."

"……."

"당연히 죽었을 거라고 생각했습니다. 짐승에 잡아먹혔든지, 얼어 죽었든지……."

허나, 살아 있었다.

어찌 살아 있었는지는 아직 말을 듣지 못했지만 그 산은 예로부터 예사롭지 않은 일들이 많이 생기는 산이었다.

하여 무학대사가 그곳에 들어가 그 기운을 잠재울 사찰을 지었다지 않은가.

"중전마마께서는……."

"그날, 잃은 줄로만 알고 계십니다. 금상도 마찬가지시지요. 그분의 존재는 오직, 나만 압니다. 허니."

"……."

"나만 알고 나만 입을 다물고 공주마마와 함께 사라지면 되는 겁니다."

덜컹.

신숙주와 박 상궁이 순간 밖에서 들린 인기척에 예민한 반응을 보이며 방문을 열었다.

"아……."

은옥이었다.

약기운에 간신히 벗어나 주모와 숙주를 찾던 그녀는 두 사람의 이야기를 모두 들어버렸다.

"웃……."

혀가 아파 말을 하지 못했지만 믿을 수 없는 일이었다.

박 상궁과 숙주는 당혹스러운 표정을 지우지 못하고 그녀를 바라보았다. 눈물이 가득 고인 그녀의 모습은 애처롭기 그지없었다.

"잠깐……!"

은옥이 무작정 주막을 벗어나 뛰기 시작했다. 숙주가 뒤늦게 그녀를 잡기 위해 서둘러 신을 신었다. 박 상궁 또한 그녀를 쫓기 위해 숙주의 뒤를 따랐다.

몸이 성치 않은 터라 죽을힘을 다해 뛰어도 결국 숙주의 손에 붙잡힐 수밖에 없었다.

"진정하세요. 아직 몸이 회복되지 않지 않았습니까!"

"놔아……!"

힘겹게 혀를 움직여 반항을 했지만 소용없었다. 자신을 버린 부모를 단한 번도 원망하거나 탓한 적은 없었다. 버려졌지만 좋은 양부모를 만나 양껏 사랑 받고 자랐으니 그거면 충분하다 생각했다.

"흑……."

불길한 존재.

정말로 그런 것일까.

하여, 이렇게 나락으로 떨어져 가고 있는 것일까.

눈물을 흘리며 힘없이 주저앉는 그녀를 숙주가 부축했다. 뒤따라온 박 상궁이 흐느끼는 은옥을 내려다보며 말했다.

"잊으세요."

"……."

"그래야 삽니다."

은옥이 그녀를 올려다보았다.

"정말로 불길한 기운을 타고나셨든, 아니든 그것은 이제 중요하지 않습니다. 아기씨의 정체가 밝혀진다면 그때부터 모든 사람들은 모든 일의 이유를 아기씨에게 돌릴 것입니다. 대비께서 그러셨듯, 다른 이들도 그렇게 아기씨를 어떻게든 불길해하고 미워하겠지요."

"……."

눈물이 가득 고인 두 눈동자가 흔들렸다.

"그러니 모든 것을 묻어두고 이년이랑 누구도 우릴 모르는 곳에서 삽시다."

"흑……."

박 상궁이 숙주와 함께 그녀를 부축했다.

은옥이 힘없이 자리에서 일어났다.

그때였다.

"아가씨!"

그녀를 찾기 위해 화산을 내려와 한양 곳곳을 돌아다니던 아랑이 드디어 은옥을 찾았다. 아랑은 안도하다가도 그녀의 주변 분위기가 심상치 않다는 것을 깨달으며 그녀를 불렀다. 그렇게 찾고 찾을 땐 보이지 않더니 우연히 북촌을 지나다 발견한 것이다. 그동안의 고생이 허무하다가도 아랑은 그녀를 부축하고 있는 낯선 이들이 신경 쓰였다.

두 사람의 부축을 받고 있던 은옥이 낯설지 않은 목소리의 부름에 우뚝 멈춰 섰다. 어깨너머로 고개를 돌린 그녀가 그리운 얼굴인 아랑의 모습에 눈물을 터뜨리며 두 사람을 뿌리치고 아랑에게 달려갔다.

"아아!"

아랑이 자신에게 와락 안기는 은옥을 안았다. 아랑은 은옥을 못 알아볼 뻔했다. 마지막에 보았던 모습과는 영 다른 모습이었다. 앙증맞게 살이 올라 있던 뺨은 온데간데없었고 그녀의 몸 또한 뼈만 남은 것처럼 앙상했다.

게다가 말도 제대로 하지 못하는 것을 보며 아랑은 분노를 담아 숙주와 박 상궁을 노려보았다. 아무리 자신이 그녀를 호족이 아닌 인간이란 이유로 주인으로서 모시는 것을 내켜하지 않았어도 이것은 너무나 화가 났다.

"네놈들……!"

감히 자신의 주인에게 이런 짓을 하다니. 그녀의 두 눈이 매섭게 번뜩였다.

숙주는 단번에 은옥을 찾은 이가 예사 존재가 아님을 깨달았지만 박 상궁은 짐승의 소리를 내며 두 눈을 번뜩이는 아랑의 모습에 놀라 자리에 주저앉았다.

사족의 왕, 낙예가 긴 겨울잠을 끝내고 나왔다.

"그 계집은 아직도 못 찾은 게야?"

그의 충직한 신하 의양이 면구스러워하며 조심스레 대답했다.

"아직……."

"쯧, 인간 계집 하나 찾는 게 뭐 그리 어렵다고."

"……."

"봄도 왔는데 오랜만에 인간 마을로 마실이나 나가볼까……."

낙예가 콧노래를 흥얼거리며 벌써 파란 이파리들이 우거진 화산을 바라보았다.

"하오면……."

"차비하거라. 화산도 시끄러운데 오랜만에 내려가 놀아야겠다."

"예."

서둘러 낙예의 외출을 아랫것들에게 알리며 의양은 분주하게 움직였다. 그는 탁야의 약점이 호족들의 안위도 존폐도 아니라는 것을 잘 알았다. 오직 그의 반려 은옥과의 미래를 꿈꾸고 있는 것을 모르지 않기에 낙예는 그녀를 붙잡아 호족의 영역도 차지하고 종국엔 화산에서 호족의 씨를 말려 버리고 싶었다.

오래전부터 화산을 가지고 여러 종족들 간의 영역다툼이 있어왔다. 동면을 취하지 않으면 안 되는 사족과 웅족 같은 경우엔 늘 이 전투에서 약세일 수밖에 없었다. 웅족이야 워낙 아둔하니 그렇다치지만 그는 뛰어난 지력과 명석함을 가진 사족이 다른 종족들에게 무시를 당하는 것이 싫었다.

"호족부터 시작해 천천히 장악하겠다. 두고 보아라. 나 낙예가 반드시 이 화산을 내 것으로 만들지."

몇몇의 수족들과 함께 화산을 내려가던 그가 호족의 영역을 벗어나 도망치는 기아를 발견했다.

"저 계집은 호족의……."

의양의 말에 낙예가 기아를 비웃었다.

"결국 꼬리를 말고 도망부터 가는 것 같구나."

"그럼 결국……."

"호족의 왕도 조만간 산 아래로 내려오겠군."

낙예는 지금이 기회라는 것을 모르지 않았다

"넌 저 계집을 쫓아라. 놓치지 말아야 할 것이다."

"수령께선……."

"호족의 왕도 깨달았을 것이다. 저 계집이 호족의 영역을 빠져나간 것을."

기아를 잡기 위해 탁야는 반드시 호족의 영역을 벗어날 것이고 낙예는 그틈을 노려 호족의 영역을 차지할 생각이었다.

"호족의 영역이 가장 쇠약해진 이 순간을 지나칠 수야 없지."

탁야는 호족의 영역 밖으로 강한 기운이 빠져나가는 것을 느끼고 몸을 움찔거렸다. 그리고 자신에게 미친 듯이 달려드는 소월을 향해 매서운 눈빛을 지어 보였다.

"이거였나, 소월……!"

소월에게 이를 드러내며 탁야가 거칠게 그를 밀어냈다. 소월이 그 힘에 멀리 나가떨어졌다. 탁야는 기아라면 은옥을 찾는 것에 어려움이 없을 것이라는 걸 잘 알고 있었다. 그녀가 품은 여우구슬이 은옥을 기억하고 공명할 것이 분명했다.

기아를 붙잡아야 했다. 아직 화산을 벗어나진 못했을 터.

그가 곧장 기아를 뒤쫓으려는 것을 보고 소월이 놓친 검을 다시 꽉 쥐고 등을 보이는 그를 향해 검을 겨눴다.

"탁야……!"

탁야는 끝까지 자신을 붙잡고 늘어지는 소월을 향해 거칠게 검을 휘둘렀다.

간신히 그의 공격을 막아냈지만 그게 다였다. 막아내는 것만으로 온 힘을 다 쓴 것 같았다. 그의 근육들이 전부 터져 비명을 지르는 것 같았다.

압도적인 힘 차이에 이미 소월은 계속해서 밀려나고 있었다. 결국 소월의 검을 누르고 있던 탁야의 검이 더 소월의 오른쪽 어깨로 내려갔다.

"크악!"

검을 쥔 소월의 팔이 잘려 떨어졌다. 소월은 몰려오는 고통에 눈앞이 새까맣게 사위는 것을 느끼며 비명을 질렀다. 탁야는 더는 그에게 자비롭지 않았다. 찰나의 순간, 그의 검이 소월의 심장을 정확하게 뚫고 들어갔다.

"커억."

소월의 입 밖으로 붉은 피가 터져 나왔다. 그의 피가 탁야의 얼굴과 옷에

튀었다. 탁야는 거칠게 남은 숨을 몰아쉬는 소월을 안았다.

차갑기만 했던 그의 표정이 조금씩 슬픔에 젖기 시작했다.

"미안해. 소월."

"쿨럭……."

소월은 이제야 끝이 났다는 사실이 홀가분한 기분이었다. 이런 기분이었다. 언제나 미적지근했던 인생에 가장 격렬하고 치열한 순간이 드디어 지나갔다. 그 끝이 비록 볼품없는 말로였으나 이제는 어떤 미련과 집착은 깨끗하게 털어낼 수 있었다.

어쩌면 소월은 스스로 이것을 바랐는지도 모르겠단 생각을 하며 탁야를 바라보았다.

숨이 점점 꺼져가는 것을 소월은 느꼈다. 왼손을 들어 그의 손을 토닥이며 그가 애써 웃었다.

"소월……."

자신의 죽음에 많은 날을 괴로워하지 않길 바랐다. 기아 또한 그러하길 바랐다.

탁야는 점점 눈에 초점이 사라지는 소월의 두 눈을 바라보며 이를 악물었다. 기아를 화산 밖으로 내보내기 위해 기꺼이 목숨까지 바쳐 버린 바보 같은 녀석. 정작 기아에겐 그의 목숨 따위는 안중에도 없었다. 자신을 위해 목숨까지 바친 소월을 두고 기어코 화산을 빠져나갔다.

탁야의 두 눈에 분노가 가득 일었다.

기아의 지나친 욕심과 독한 이기심이 결국 소월의 숨을 가져갔다.

"기아……!"

호족의 영역을 빠져나가려는 그를 그의 수족들이 막았다.

"비켜."

"이대로 떠나시면 호족들은 다른 종족들에게 멸족당할 것이 뻔합니다. 수령……!"

"비켜!"

"기아는 저희가 쫓겠습니다. 그러니, 제발…… 호족의 영역을 지켜주세요. 수령의 뜻을 지지했던 이들을 생각하시어……."

그들이 무릎을 꿇었다.

하지만 당장 쫓지 않으면 은옥이 위험했다. 그것을 알면서도 모른 척할 수는 없었다.

"누구도 찾지 못하게 영역의 결계를 단단하게 칠 것이다. 아니, 찾는다 하여도 감히 깰 수 없게 만들겠다. 그러니 걱정하지 않아도 된다."

"하지만, 화산의 모든 종족들이 총공세를 펼친다면 그것 또한 버티지 못할……."

"그전에 돌아온다."

"수령……!"

그는 그들에게 힘주어 말했다.

"나의 신부와 함께, 반드시 수일 내로 돌아올 것이다."

결국 그는 호족들을 두고 영역을 나왔다. 자신이 만든 결계를 좀 더 단단하게 했다. 기아가 다시 화산에 돌아와도 찾을 수 없을 정도로 은밀하고 단단하게 결계를 만든 그가 빠르게 화산을 빠져나갔다.

그것을 낙예는 숨죽여 빠짐없이 지켜보고 있었다.

"역시……."

쉽게는 그 영역 안으로 들어가지 못할 결계였다. 오히려 같잖게 생각하고 건드렸다가는 먼지가 되어 사라질 정도였다.

"어찌해야 하나……."

결계 앞에 선 낙예는 고민에 빠졌다.

"역시 그 방법밖엔 없는 건가."

이미 화산의 모든 종족들도 이 일을 지켜보고 있을 것이 분명했다.

"하는 수 없군."

낙예는 결국 화산의 모든 종족들을 한데 모아 호족의 결계를 무너뜨리는 것을 선택하려 했다. 호족의 멸족과 영역을 나눠가지더라도 한자리 더 차지

해야겠다는 욕심에 앞선 그가 비열하게 웃음을 지어 보였다.

"후후후……."

화산을 나온 탁야는 기아의 기척을 느끼기 위해 갖은 애를 썼다. 허나 발칙하게도 기아는 완벽하게 자신의 냄새와 기척을 감췄다.

이미 작정을 하고 도망친 것이니 당연했다.

"기아……!"

은옥은 아랑을 다시 만났다는 사실에 드디어 안도할 수 있었다. 이 무섭고 혼란스럽기만 한 땅 위에 어떻게 버텨야 하는 것인지 눈앞이 깜깜하던 그 찰나에 찾아온 기적과도 같은 재회였다.

하지만 아랑은 지금 숙주와 박 상궁을 단단히 오해하고 있었다.

"감히 여우왕의 신부를 이런 몰골로 만들다니……!"

"아……!"

아랑이 흥분해 손톱도 길고 단단하게 만들며 공격할 것처럼 굴자 은옥이 서둘러 막아섰다.

"아니야……. 이분들은 날 도와주셨다."

은옥은 힘겹게 한자 한자 발음을 하며 아랑에게 말했다. 아랑이 미간을 좁히며 은옥을 바라보았다.

"그것이 정녕 사실입니까? 아가씨. 이제는 제가 있으니 겁내지 마시고……."

"응. 아랑이 있으니 이제 내 마음이 더는 힘들지 않아. 사실이니 노여움을 풀어."

그녀의 말에 아랑이 애써 흥분을 가라앉혔다.

"……알겠습니다."

아랑은 묻고 싶은 것이 많았다. 그러나 은옥에게 당장 필요한 것은 마음을 편하게 가질 수 있는 공간과 휴식이었다.

"아가씨께서 쉬셔야겠다. 쉴 공간을 마련하라."

아랑이 건방지게 숙주와 박 상궁에게 명령하듯 말을 했다. 숙주는 기분이 나빴지만 자신을 바라보는 박 상궁에게 고개를 끄덕였다.

"이쪽으로 오시지요."

그가 주막으로 손을 뻗으며 아랑에게 말했다. 아랑은 말없이 그를 바라보며 은옥을 부축했다.

"……."

숙주는 은옥이 여우구슬을 품고 있었다는 청의동자의 말을 기억하며 갓난아이였던 그녀를 길러낸 이들이 구미호들이 아닌가 생각했다.

박 상궁은 이제껏 살아가면서 단 한 번도 귀신을 봤다거나 기이한 일을 직접적으로 겪어본 적은 없었다. 그렇기에 방금 본 것들을 쉬이 믿을 수가 없었다. 더욱 놀라운 것은 은옥은 너무나 익숙하게 그 괴이한 존재에게 기대고 있었다. 아니, 의지하고 있었다.

아랑은 허름한 방 안으로 들어와 마음에 들지 않는 표정을 했다.

"그간 이런 곳에서 지내셨습니까?"

"……."

그 물음에 은옥은 그녀에게 들려줄 말이 참으로 많다는 것을 새삼 느꼈다. 하지만 한 가지 절실하게 느낄 수 있었던 것이 있었다.

"아랑아……."

"예."

"호족의 영역 밖은 정말 무서운 세상이야. 난 정말 내 아버지, 어머니 그리고 서방님의 품에서 얼마나 호강하며 살았는지를 알았어."

"……."

아랑은 자신이 그녀를 찾아 헤맨 시간 동안 은옥이 상상할 수 없을 만큼 힘든 시간을 견뎠다는 것을 단번에 느낄 수 있었다.

"이제 제가 있으니 걱정 마세요. 조금만 더 기다리면 수령께서 곧 아가씨를 데리러 오실 겁니다."

아랑의 말에 은옥이 눈물을 훔치며 고개를 끄덕였다.

"응. 이제 안심하고 기다릴 거야."

"하지만 이런 곳에서 계속 아가씨를 모실 순 없습니다."

"……."

너무나 누추하고 허름했다.

아랑은 한숨을 쉬며 하루빨리 은옥을 제대로 모실 곳을 알아봐야겠다고 생각했다. 그때였다.

방 밖에서 나는 기척에 아랑이 예민하게 소리쳤다.

"누구냐!"

"흠흠. 잠시 들어가도 되겠습니까?"

숙주였다.

아랑이 은옥에게 고개를 돌려 그녀의 의중을 물었다. 은옥이 고개를 살며시 끄덕였다.

"들어와도 좋다."

그 허락에 숙주는 곧장 신을 가지런히 벗어두고 그녀의 방 안으로 들어갔다. 박 상궁 또한 그 기회를 놓칠 수 없었다.

"쇠. 쇤네도 들어갑니다."

아랑은 불편한 표정으로 좁은 방에서 함께 마주한 두 사람을 바라보았다.

"……."

막상 은옥의 방에 들어온 두 사람은 어떤 말부터 꺼내야 할지를 몰랐다. 박 상궁은 여전히 아랑이 무서웠고 숙주는 은옥의 과거보다 앞으로의 일 때문에 머리가 복잡했다.

"용건을 말하지."

아랑의 말에 박 상궁이 숙주를 바라보았다.

"다 말을 해주시지요. 화산에 버려진 이분께서 어떻게 살아왔는지를."

"왜 그런 걸 묻지? 그대들이 알아야 할 이유가 있나?"

"……."

벽에 기대어 앉아 있던 은옥이 입술을 꽉 다물며 치맛자락을 쥐었다.

"그것은……."

박 상궁이 먼저 입을 열었다. 은옥을 향해 눈길을 주던 그녀가 아랑에게 말했다.

"화산에 버려졌던 아기는 이 나라의 왕녀이기 때문이지요."

"……."

그 말을 아랑은 믿을 수 없었다.

"감히 인간 주제에 나를 속이려 드는 것인가? 순진한 내 아가씨에게 그런 말을 잘도 지껄였겠다!"

수작을 부리는 것이라 여기고 아랑이 호통을 쳤다. 하지만 박 상궁은 틀림없는 사실이라 고하며 그녀를 버렸던 당시를 자세히 설명했다.

"일식이 떠오르던 날, 아기씨를 품에 안고 그 험한 산을 오르고 또 올랐습니다. 너무나 늦은 시간이었던지라 한 치 앞도 보이지 않는 깜깜한 밤이었지만 올라야 했습니다. 산 곳곳에서 짐승의 소리가 들리는 것 같았지만 그것보다 저는 저 높은 담장 안에 있는 분들이 더 무서웠으니까요. 자기의 운명이 어찌 되는지도 모르고 곤히 자고 있던 아기씨를, 그 핏덩이를 버리고 내려오는 내내 귓가에 아기씨의 울음소리가 들렸습니다. 몇 번이고 뒤를 돌아보며 내가 한 일을 후회했지만 쇤네는 그렇게 해야만 했어요. 대비의 엄중한 명이었고 또 제가 모시는 중전마마를 위한 일이었으며 중전마마의 부군이시자 이 나라의 지존이신 금상을 위한 일이었습니다."

한 생명을 그렇게 버리고 또 죽음을 바란 이유를 구구절절 설명하는 박 상궁의 그 말을 은옥은 더 이상 듣기 싫었다.

눈을 감고 고개를 돌려 버리자 아랑이 박 상궁을 노려보며 소리쳤다.

"잘 들어라 인간. 여기 이분은 그대들이 버린 왕녀가 아니라 여우왕의 신부다. 그대들이 어떤 이유로 태어난 지 하루도 안 된 아기를 험하디험한 화산에 버려야 했는지, 또 버릴 수밖에 없었는지를 알고 싶지 않다. 죽길 바라며 갓난아기를 화산에 버린 주제에 이제 와서 왕녀라는 이유로 어쩔 셈이지?"

"그건······."

"그럼 다시 화산으로는 돌아가실 수 있는 것입니까? 당장?"

숙주가 물었다.

아랑은 날카로운 그의 질문이 마음에 들지 않았지만 고개를 저어야 했다. 은옥은 당장 화산으로 돌아갈 수 없었다. 여우구슬이 없는 인간은 그저 호족에게 먹잇감에 불과했다. 아니, 화산의 여러 종족들에게도 그것은 마찬가지였다.

기아가 순순히 여우구슬을 내놓을 리가 없었다. 일단 아랑의 임무는 은옥을 찾는 것. 그리고 그녀와 함께 인간들의 틈에 끼여 때를 기다리는 것이었다.

"······."

은옥은 자신의 처지가 참 처량하다고 생각했다.

호족의 영역에서도 이방인이었지만 같은 종족인 사람들 사이에서도 이방인이었다. 은옥이 힘없이 웃었다.

"아가씨······."

아랑 또한 그녀가 안쓰러웠다. 숙주도 깊은 한숨을 쉬었다. 일단 당장 앞에 놓은 문제부터 해결해야 했다.

"아랑 님."

"······."

"지금 공주······ 아니, 부인께서는 이곳에 있어선 안 됩니다."

"왕녀이기 때문에?"

그녀의 말에 숙주가 고개를 저었다.

"아니요."

"그럼 또 연유가 있단 말인가?"

왕녀이기 전에 현재 그녀가 이곳에서 지내지 못하는 가장 큰 이유는 당연히 은옥이 명화루의 기생 신분으로 살아간 그 짧은 시간 때문이었다.

그 짧은 시간 동안 은옥은 알게 모르게 자신의 존재를 이 한성 바닥에 널리 알린 탓에 명화루의 간판과 마찬가지인 기생으로 자리를 잡아가고 있었다. 명화루의 수입이 그녀로 인해 좋아지고 있는 찰나, 그녀는 감히 그곳을 뛰쳐나왔고 도망자의 신분이 되었다.

붙잡힌다면 그녀의 정체가 밝혀지는 것은 시간 문제였고 또, 나라 안팎으로 소란스러워질 것은 자명했다.

쉽게 입을 열지 못하는 숙주와 박 상궁을 번갈아 보며 아랑이 은옥을 향해 시선을 돌렸다.

은옥이 결국 두 눈에서 눈물을 흘렸다.

"대체 여기서 무슨 일을 당하신 겁니까?"

"흑, 아랑아……."

숙주가 무거운 숨을 내쉬며 아랑을 바라보았다.

"부인께서는 화산에서 사족에게 붙잡혀 죽을 뻔하였습니다. 그것을 내가 구했지요."

아랑이 그의 말에 미간을 좁혔다.

"화산엔 그대가 무슨 연유로 들어왔지?"

"예로부터 화산은 불의 기운이 넘치는 산이었습니다. 화산에서 흘러나오는 기운이 아무래도 이상하다는 말에 확인차, 산을 올랐지요. 그곳에서 만났고 한동안 저희 집에 신세를 지셨습니다."

"그래서?"

"계속 신세를 지기 미안하셨는지 며칠 묵다 떠나셨고 떠난 날, 명화루라는 기방 무뢰배들에게 속아 붙잡혔죠."

기방이라는 말에 아랑이 두 눈을 크게 떴다.

"아가씨, 기방이라니. 기방에 끌려가셨습니까?"

아랑은 은옥이 그동안 어떻게 지냈는지 왜 이렇게 안쓰러운 몰골로 바뀐 것인지를 알게 되었다.

"내 이놈들을……!"

순진한 은옥이 그런 곳에 휩쓸렸단 사실에 아랑은 미안했다.

"제가 좀 더 일찍 찾았어야 했는데……."

은옥이 그렇게 쫓겨나듯 화산을 내려갔을 때 함께 했어야 했다. 그랬어야 했었다.

아랑의 후회 막심한 표정에 은옥이 고개를 저었다.

"괜찮아. 다시 만났으니 난 그걸로 족해. 아랑, 내 곁을 절대 떠나지 마. 난 그거면 돼……."

더는 누군가와 헤어지고 혼자가 되는 것은 싫었다.

"네. 수령께 돌아가시는 그때까지 꼭 곁에 있겠습니다. 걱정 마세요."

아랑은 일단 은옥과 함께 어디로 몸을 숨겨야 할지를 고민했다. 숙주의 말처럼 명나라로 향해야 할 것 같아 머리가 복잡해졌다.

"내일 해가 뜨는 대로 떠나야 합니다. 은밀히 말과 가마를 사 서산 초입에 준비하겠습니다. 이곳에 바로 준비해 드리고 싶지만 그자들의 눈에 띌 것이 분명해 조금 먼 곳에 준비했습니다. 그걸 타고 중국으로 가는 행렬을 쫓으세요."

아랑은 성질 같아선 명화루로 쳐들어가 모든 것을 태우고 그녀를 괴롭혔던 이들 하나하나 잡아 숨통을 끊어놓고 싶었다. 어쩌면 그게 더 깔끔한 방법일지도 몰랐다. 명화루라는 기방이 존재했었다는 것조차 알 수 없을 정도로 터를 전부 여우불로 태워 버릴까도 생각해 보았다. 허나, 그로 인해 발생되는 혼란과 공포가 자칫 잘못되어 은옥에게로 향할 수 있었다.

왕녀인 것이 혹시라도 발각이 되어버린다면 모든 것을 그녀가 떠안을 가능성이 컸다.

아랑의 임무는 탁야에게 안전히 은옥을 보내는 것이었다. 명나라든 왜나라든 그녀가 안전할 수 있다면 어디든 상관없었다.

워낙 체력이 약해진 은옥을 데리고 과연 명나라로 향할 수 있을까 걱정이 되긴 했지만 선택할 수 있는 여유도 주어지지 않은 상황이었다.

"후우."

노곤해하는 은옥을 두고 주막의 평상에서 하늘로 시선을 올렸다. 그믐달이 진 어두운 밤. 아랑은 탁야에게 은옥과 함께 있다는 사실을 전할 방법을 고심했다.

은옥을 안전한 곳에 모셔둔 뒤, 그를 찾을 생각이었는데 생각보다 은옥의 상황이 너무 좋지 않았다.

숙주는 자신의 집으로 돌아가기 위해 주막을 나섰다. 아랑이 그를 유심히 바라보았다. 박 상궁이 그를 따라 나왔고 밖에 있던 아랑과 시선이 마주쳤다. 박 상궁은 아직도 아랑의 존재가 믿기지 않았다.

"흭……."

자신을 두려워하는 박 상궁의 반응은 당연했기에 아랑은 별로 기분 나빠 하지 않았다.

하지만 박 상궁의 곁에서 조용히 자신을 바라보고 있는 숙주를 보며 아랑은 눈을 길게 늘어뜨렸다.

"아까부터 궁금했는데."

"……."

"그대는 어째서 동자귀신과 함께하는 거지?"

그녀의 말에 박 상궁이 놀라 숙주를 바라보았다.

"도, 동자 귀신?"

숙주가 한숨을 쉬었다. 아랑의 눈에도 청의동자가 보였다. 함께 대화를 나누는 내내 별말이 없기에 보이지 않나 싶었는데 역시 보였던 것이었다. 하긴, 범상치 않은 존재인데 저것이 보이지 않을 수가 없었다.

놀라는 박 상궁을 뒤로하고 숙주는 곁에 조용히 서 있는 청의동자를 바라보았다.

"장원 급제 시험장에서부터 보였던 아이입니다. 이 아이 말로는 제 수호 귀라고 하더군요. 왜 갑자기 이런 것이 보였는지는 모릅니다. 어쨌든 그때부터 쭈욱 함께 하고 있습니다."

"흐응."

곁에 있는 박 상궁은 오늘 하루에만 대체 몇 번을 놀라는지 몰랐다. 죽은 줄만 알았던 왕녀와의 재회에, 왕녀를 모시는 구미호에, 귀신을 데리고 다니는 남자에…… 여태껏 살아오면서 세상 볼장 다 보았다고 믿었는데 그게 아니었다.

"대체……."

넋이 나간 박 상궁을 아랑은 별 신경 쓰지 않았다. 숙주는 박 상궁에게 허리를 숙이며 말했다.

"그럼 전 이만 가보겠습니다. 상궁."

"……."

박 상궁은 숙주 또한 범상치 않은 인물이라는 것에 그제야 그가 어찌하여 은옥이 공주라는 것을 눈치챘는지를 깨달았다. 자신에게는 보이지 않는 그 귀신이 그에게 알려준 것이 분명했다.

"명화루의 놈들이 급습할 수 있습니다. 혹시 모르니 조심하세요."

숙주는 아랑에게 당부하는 것도 잊지 않았다. 아랑이 코웃음을 쳤다.

"흥, 제까짓 것들이 급습해 보았자지."

"그래도 조심하세요. 나름 무예로 수준급인 자들을 모아둔 곳입니다."

"……."

아무리 전 부제조상궁의 곁에 있어도 진양대군의 명이라면 그런 것도 개의치 않고 쳐들어올 자들이었다.

"아까부터 명화루의 시종 계집년이 이곳을 주시하고 있는데. 말해야 하지 않을까요?"

청의동자가 그의 곁을 나란히 걸으며 물었다.

"내 선에서 해결할 수 있는 일이니 굳이 알릴 것은 없다."

"……."

숙주는 모르는 척 주막을 나와 길을 걸었다. 그가 나오는 것을 보며 청아는 은옥이 여자만 남은 주막에 혼자 남겨진 것을 보고 홍연에게 알리기 위해 살살 걸음을 옮겼다.

"쥐새끼마냥 뭐 하는 것이냐."

"헉!"

어느새 자신의 뒤로 온 숙주를 보며 청아가 놀라 뒷걸음 쳤다.

"누가 보냈지? 명화루의 시종인가?"

"소, 소인은 그저…… 홍연 아가씨의 명으로……."

벌벌 떨며 홍연을 입에 담는 청아를 보며 그가 미간을 좁혔다.

"홍연이?"

"예……. 아가씨께서 살펴보라 하여……."

홍연이라면 진양대군이 예뻐하는 기생이었다. 그 기생이 은옥을 질투하고 있음을 숙주는 모르지 않았다. 숙주가 한숨을 쉬며 청아에게 말했다.

"독한 독기를 품은 꽃은 언젠가 자기 독에 질려 추하게 질려갈 뿐이지."

"……."

"꺼져라. 당장."

사늘한 그의 눈빛에 겁을 먹은 청아가 허겁지겁 일어나 도망쳤다. 뒤꽁무니를 빼며 도망가기 바쁜 청아의 뒷모습을 바라보며 청의동자와 숙주는 한심한 한숨을 쉬었다.

그는 일단 집으로 돌아갔다. 숙주가 집으로 돌아온 것을 전해 들은 해정은 곧장 안채를 나와 그에게 향했다.

"서방님……!"

명화루의 사람들이 집을 찾아와 그를 찾을 때 해정은 하늘이 노랗게 변하는 것을 느꼈다. 그가 자신들의 기생을 빼돌렸다고 험악하게 말을 하는 것을 들었지만 해정은 믿을 수 없었다. 그리 무모한 짓을 할 사람이 아니었다. 첩으로 삼겠다면 당연히 첩으로 삼을 수 있는 위치였다. 그런 그가 이해할 수 없는 일을 저지르다니, 그러한 연유가 있을 것이라 생각했다.

숙주는 자신의 걱정을 한가득한 표정으로 다가오는 해정을 보며 작게 한숨을 쉬었다.

"내 걱정을 많이 했다, 버들이에게 들었소."

"어찌 된 일인지를 말씀해 주실 수 있으십니까?"

"듣고 싶소?"

그의 물음에 해정은 고개를 주억거렸다.

"예. 듣고 싶습니다."

"버들아, 가서 따뜻한 차 한 잔 준비해 오거라."

"예……."

버들이 두 사람의 눈치를 살피며 다과상을 차리기 위해 자리를 피했다.

상석에 앉은 숙주가 한숨을 푹 쉬며 흑립을 벗었다.

"지난 초겨울, 내가 집으로 데리고 왔던 여인을 기억합니까?"

"예. 은옥이라는 이름의 여인이었지요."

기억을 못 할 수가 없었다. 새색시가 입는 활옷을 입고 그에게 업혀 왔던 여인이었다. 어찌 된 사연인지는 얘기해 주지 않았으나 혼인을 했음은 분명했던. 어딘가 묘한 분위기의 여인이었다.

"그래요. 그 여인이 그곳에 있었습니다."

"네……?"

"내 집을 나간 그날, 사람에게 속아 명화루에 팔려간 것이었소."

"아……. 어찌 그런……."

숙주가 한숨을 쉬었다.

"명화루는 그대도 알다시피 진양대군의 소유요. 그곳의 기생은 그의 것이지."

"……."

해정은 또다시 드리워진 은옥의 그림자에 표정이 어두워졌다.

"하여 그 여인을……."

"평범한 기방이었다면 내 돈으로 해결을 했을 텐데……. 어쩔 수 없었소."

"……."

"걱정시켜 미안합니다. 하지만 이제 괜찮아요."

해정이 입술을 달싹였다.

"그 여인은……."

"응?"

작은 그녀의 목소리에 숙주가 다시 되물었다.

"그 여인은 그럼 도망을 간 것입니까?"

"명나라로 떠날 것이오. 가마와 말을 구해다 주었으니 앞으로는 운에 맡겨야지."

그 말을 듣기 전까지 해정은 속으로 겁이 났다. 다시 은옥을 이 집으로 데려오려는 것은 아닌가. 그렇게까지 그녀를 도운 이유가 정말 그녀에게 마음이 있어 그런 것은 아닐까, 그의 마음이 불안했다.

"아……."

"시장하군."

숙주의 말에 해정이 화들짝 놀라며 자리에서 일어났다.

"아, 어서 반상을 올리겠습니다."

"그래요. 그게 좋겠어."

그러고보니 제대로 된 끼니도 해결하지 않고 온종일 은옥의 일에 매달렸다.

"하아."

버들이 그의 방으로 들어와 다과상을 내려놓았다.

청의동자가 다과상 앞에 앉았다.

"바로 반상 들어오는데 다과상은 그냥 치울까요?"

"아니, 청의동자가 먹고 있으니 두거라."

"아, 예."

그의 말에 버들은 이제 놀라지도 않았다. 익숙하게 고개를 끄덕이며 그의 방을 나섰고 숙주는 국화차로 속을 따뜻하게 데웠다.

"그러고 보니 내가 여우왕을 마주한 적이 있구나."

"아참. 그렇네요. 화산의 사찰에서 한 번……."

"……."

엄청난 음기를 뿜으며 사람을 질리게 했던 어마무시했던 그자를 떠올렸다.

'나의 신부가 인간의 세상에 가 있는 이상 가만 두고 볼 수 없다는 것이다.'

화산의 불의 기운을 잠재우면서 했던 그 말.

그 말속의 신부가 바로 은옥이었다. 아랑의 말로는 여우구슬을 잃은 은옥이 쫓겨나면서 여우왕의 신부 자리를 다른 여인이 차지해 그들의 영역에 혼란이 왔다 하였다.

그러나 그가 다시 자신의 신부를 되찾기 위해 언제 그녀를 찾을지는 기약이 없었다.

게다가 그 여우왕의 신부인 은옥은 사실 왕가의 왕녀였고 이 나라 조선에 있어서는 안 되는 여인이었다.

그들에게 드리워진 먹구름에 숙주가 괜히 답답했다.

"어렵구나."

"……."

약과를 다 먹은 청의동자가 손가락을 쪽쪽 빨며 대답했다.

"왕녀께서 정말 불길한 기운을 타고나셨다면 제가 주인께 복덩이라고 했겠습니까?"

"응?"

"여우구슬의 영향일지 모르나 그분의 기운 자체는 영롱할 정도로 맑았습니다. 일이 이렇게 꼬여 버린 것은 정말 우연일 겁니다. 너무나 순진한 여인에게 호의를 이용해 접근한 것뿐입니다."

"……."

해정이 반상을 들고 들어왔다.

"흠."

"버들아, 다과상을 좀 치워다오."

"예."

버들이 깨끗하게 비워진 다과상을 들고 밖으로 나갔다. 숙주는 해정이 준비한 반상을 맛보기 시작했다.

"부인도 함께 식사하지 그러오."

"전 이미 챙겨 먹었습니다. 좋아하시는 봄나물을 좀 무쳤습니다. 맛 좀 보셔요."

"음."

그가 좋아하는 세발나물을 새콤하게 무쳐낸 해정이 그것을 그의 밥 위에 얹어주었다.

"이러지 않아도 내가 알아서 먹으니 그만 안채로 돌아가 쉬세요."

그의 말이 서운했지만 해정은 내색하지 않았다.

"알겠습니다. 허면 소첩 그만 안채로 넘어가지요."

"……."

해정이 자리에서 일어나 나가는 것을 두고 숙주는 묵묵히 식사를 했다. 그것을 청의동자가 지켜보며 한숨을 쉬었다.

"마님께 너무하십니다. 아무리 정이 없어도 그렇지. 이리 박대하실 필요는 없지 않으십니까."

"……."

숙주는 해정과의 혼례 이야기가 오고 갈 때부터 썩 달가워하지 않았다. 그러나 자신의 스승의 손녀였고 혼인은 집안과의 일이기에 그의 의사는 중요하지 않았다.

"불편해."

"몇 년을 부부로 사셨는데 아직도 불편하십니까?"

"그러게나 말이다."

부부로 함께한 지도 수년. 제법 오랜 세월을 함께하였음에도 그녀에게 마음이 가지 않았다. 학문을 좋아해 책만 읽어댄 탓일까? 차라리 해정이 박색이었다면 그녀를 멀리하는 이유에 수긍이라도 들게 할 텐데. 그녀는 빼어난 절색은 아니었지만 수려한 외모의 여인이었다.

숙주는 자신의 이 마음을 스스로도 이해하지 못했다. 마음에 없으니 함께 방을 쓴 적도 많지 않았다.

"이렇게 마음이 가지 않으니……."

"……."

숙주도 답답할 노릇이었다. 마음 한 자락 주는 것이 참으로 어려웠다. 청의동자가 한숨을 쉬며 세발나물을 슬쩍 집어먹었다.

"맛있네요. 어서 마저 드세요."

"……버릇없게시리, 손으로 집어 먹지 말라고 하지 않았냐."

그가 혀를 차며 식사를 마저 했다.

은옥은 오랜만에 편하게 잠을 청했다. 아랑과 함께 있다는 사실이 이렇게 마음이 편할 줄 몰랐다. 깨물었던 혀는 여전히 아팠다. 무언가를 씹을 만큼 움직이기가 힘들어 죽을 먹을 수밖에 없었다. 아랑이 가져온 죽을 먹으며 은옥은 계속 웃음을 흘렸다.

"무엇이 그렇게 좋으십니까?"

"아랑이 있는 게 너무 좋아서."

정말로 좋은지 헤헤, 웃는 은옥을 보며 아랑이 피식, 웃음을 흘렸다.

"실없으십니다. 그만 웃으시고 마저 드시기나 하세요. 이제 슬슬 떠날 차비를 해야 합니다."

"응."

아랑의 말에 그녀가 고개를 끄덕이며 남은 죽을 마저 먹었다.

박 상궁은 아랑과 은옥이 있는 방을 힐끔 쳐다보았다. 믿기지 않았지만 믿을 수밖에 없는 일이 벌어졌다. 그녀가 한숨을 쉬며 마당을 쓸고 있는 현풍을 바라보았다.

이럴 땐 아무것도 모르는, 아니, 알아도 알아듣지 못하는 현풍이 부러웠다. 식사를 마친 그녀의 반상을 들고 나온 아랑이 쪽마루에 앉아 연신 한숨을 쉬는 박 상궁을 날카로운 눈으로 쳐다보았다.

"땅 꺼지겠어. 할멈."

"……."

대놓고 자신을 할멈이라 부르는 아랑의 호칭에 박 상궁은 부르르 몸을 떨었다. 박 상궁 또한 살아온 세월이 빡빡해 성질이 그리 유한 편은 아니었다. 허나 앞에 있는 이가 금상만큼이나 두려운 존재라 입을 함부로 놀리기가 어려웠다.

"할멈이 알고 있는 그 모든 것. 그건 무덤까지 가져가는 게 좋을 거야."

"......"

"나의 아가씨는 그대가 알고 있는 그런 존재가 아니라고 생각하고 사는 것도 나쁘지 않겠군."

이제껏 밝혀진 모든 사실을 함구하라는 아랑의 말에 박 상궁은 고개를 끄덕일 수밖에 없었다.

"부디 무탈하시길. 부엌으로 들어가시면 쪽문이 있습니다. 북촌 뒷길로 향하는 길로 연결이 되어 있으니 그리 나가시면 될 겁니다. 그쪽 길에도 명화루의 사람들이 있을 수 있으니 조심하시길."

이것은 진심이었다.

"명심하지."

은옥이 방을 나왔다.

아랑은 일찍부터 나가 사대부 아녀자들이 입는 고운 옷을 가져왔다. 어울리지 않는 화려한 기생의 옷을 입다가 또 우아하고 은은한 색감이 대비되는 옷을 입으니 어쩐지 기분이 묘했다.

아랑이 그녀에게 장옷을 건넸다.

"이걸 쓰시고 얼굴을 최대한 가리세요."

아랑의 말에 은옥이 장옷을 머리에 쓰고 고개를 끄덕였다. 주변을 살피며 은옥과 함께 주막의 주방으로 들어간 아랑은 주방 뒤쪽 쪽문을 열었다. 그리고 바로 또 앞에 밖을 나가는 작은 문이 보였다. 아랑이 먼저 문을 열고 나갔고 뒤이어 은옥이 나왔다.

북촌 뒷길로 빠져나가기 위해 주변을 살피며 빠른 걸음으로 걷던 두 사람이 숙주를 발견했다.

숙주가 검지로 입을 막으며 조용히 다가올 것을 몸으로 표현했다.

"......"

아랑과 은옥은 조용히 그에게 다가갔고 숙주는 멀지 않은 곳에 명화루의 무뢰배들이 있다는 것을 소곤거리며 말했다.

"저기, 서쪽 방향에 있는 사내들. 저자들은 명화루의 호위무사입니다. 며칠 전부터 저렇게 막고 주변을 살피고 있어요."

"……."

"어, 어쩌지요?"

확실히 은옥에게 익숙한 얼굴들이었다. 숙주를 바라보며 은옥이 불안한 표정을 지어 보였다.

"서산 초입에 장 할배라는 자가 말과 가마를 준비해 두었을 겁니다. 신 가에서 왔다 하면 내어줄 것이니 그자를 찾으세요. 그리고 이거. 여비입니다."

"나으리께서는……."

"저자들을 따돌리겠습니다. 버들아!"

그가 버들을 불렀다. 은옥이 모습을 드러내는 버들을 쳐다보며 의아한 눈을 지어 보였다.

버들은 해정의 고운 옷을 입고 나왔다. 아침 댓바람부터 자신을 부르더니 해정의 옷을 입으라 하는 그의 의중을 그녀도 알고 싶었다.

"이렇게 장옷을 머리에 씌워 저와 함께 미친 듯이 달리면 모두 부인인 줄 알고 쫓겠지요."

"아……."

"잠깐, 그러니까 주인나리의 말씀은…… 제가 이분인 척 나리와 함께 미끼가 되자고요?"

"그래. 단숨에 이해하는구나."

그가 버들에게 웃으며 말했다. 버들은 황당함에 말을 잇지 못했지만 어차피 자신의 의중은 안중에도 없을 것이 분명했다. 포기한 채 한숨을 푹 쉬는 버들을 보며 은옥이 숙주를 바라보았다.

그가 아랑에게 여비를 건네었다. 여비를 받은 아랑이 그에게 말했다.

"내 그대가 준 도움 절대 잊지 않겠소."

"됐습니다. 대가를 바라고 돕는 것은 아니니까요."

"나으리……"

은옥이 숙주의 두 손을 잡았다.

"……"

"그동안 정말 고마웠습니다. 이 은혜, 정말 죽어서도 잊지 못할 것입니다. 그리고 언젠가 꼭 이 은혜 갚을 것입니다."

"괜찮습니다. 그저 앞으로는 쉽게 누군가에게 곁을 주지 마세요. 착한 사람도 많지만 나쁜 사람도 많은 곳이 이곳, 인간들의 세상입니다."

"……예……"

은옥은 이제 모르지 않았다. 사람들의 사악하고 추악한 면모를 이제는 모르지 않았다. 더는 누군가에 속는 일도, 누군가에게 함부로 곁을 주는 일도 하지 않을 것이다.

"이젠 절대 누구에게도 속지 않을 겁니다……!"

숙주는 버들을 바짝 품에 안아 보란 듯이 길을 걸었다. 명화루의 무뢰배들이 두 사람을 발견했고 그가 등화를 데리고 도망치려는 것을 깨닫고 소리쳤다.

"잡아!"

"잡아라!"

"버들아, 죽을힘을 다해 뛰어야 한다. 뛰어!"

"으아악!"

버들은 정말 젖 먹던 힘까지 더해 숙주와 함께 북촌 바닥을 뛰어다녔다. 처음엔 네다섯이었던 사내들이 어디선가 더 나타나며 수십이 되었다. 어깨 너머로 힐끔 자신들을 쫓아오는 이들을 확인한 버들이 기겁했다.

"아이고, 마니임!"

버들은 괜히 그를 따라나선 자신을 탓했다. 숙주도 점점 증식하듯 늘어나는 사내들을 보며 혀를 내둘렀다.

"잡히면 꼼짝없이 죽겠구나. 정신 바짝 차려라, 버들아!"

버들은 숙주를 원망하지 않을 수가 없었다. 숨이 턱 끝까지 차올라 눈앞이 깜깜해질 때까지 뛰고 또 뛰었다. 버들은 아무리 체력이 좋아도 기를 쓰고 달려오는 남자들의 추격에 당해낼 수 없었다.

"헉헉, 나으리 소인은 이제 더는……!"

잘 뛰다가 멈추고 고개를 젓는 버들을 숙주가 부축했다.

"조금만, 조금만 시간을 더 벌어주어야 한다. 버들아……."

"아이고, 버들이는 모르겠습니다. 버들이 죽겠다고요. 나으리!"

숙주는 안 되겠는지 버들에게 소리쳤다.

"좋아, 그럼 내 네가 조금만 더 달려주면 원하는 건 뭐든 들어주마. 봉급을 올려달라 하면 올려줄 것이고, 휴가를 보내달라고 하면 보내주마. 허니 어서 일어나자. 응?"

솔깃한 그의 제안에 버들이 입을 열었다.

"정녕이지요?"

"그래, 그러니 어서 가자!"

버들은 곧장 자리에서 일어나 다시 달리기 시작했다. 두 다리가 찢어질 것처럼 아프고 뒤에서 누가 잡아당기는 것 마냥 한 발 한 발 내딛는 것이 힘들긴 했지만 구미가 당기는 제안이었기에 버들은 최선을 다해 달리고 또 달렸다.

그 틈에 은옥과 아랑은 수월하게 북촌을 빠져나올 수 있었다. 두 사람은 숙주가 말한 서산을 향해 걷고 또 걸었다.

"괜찮으십니까?"

"으응. 괜찮아."

"힘드시면 업히세요. 업겠습니다."

아랑의 말에 은옥이 고개를 저었다.

"괜찮아. 아직 걸을 수 있어."

"……."

그녀의 고집에 아랑은 하는 수 없이 그녀를 부축하며 길을 걸었다.

"조금만 더 가면 말과 가마가 준비되어 있을 거예요. 조금만 참으세요……."

"응. 고마워. 아랑아."

한편 서 행수는 등화 그 계집이 기어코 박 상궁의 주막을 벗어나 도망을 치고 있다는 소식에 탁상을 주먹으로 내리쳤다.

쾅!

"이 계집이 기어코……!"

"신숙주 그자가 데리고 도망치려는 것 같습니다. 어쩔까요? 그자의 집을 쳐들어가 당장 가족들을 인질로 삼으면……."

"진양대군께서는, 아직이더냐?"

서 행수는 어차피 감히 어찌할 수 없는 박 상궁의 품을 떠난 것이라면 잡아끌고 와도 될 것 같았다. 그 앙큼한 계집을 잡아 기필코 이번에야말로 그 버릇을 단단히 고쳐 버릴 생각이었다. 재주가 쓸 만해 가만두었더니 역시 기어올랐다.

"연통이 올 때가 되었는데……."

그때였다.

"서 행수님! 진양대군께서 연통을 보내셨습니다!"

때마침 온 진양대군의 연통에 서 행수가 기다렸다는 듯 자리에서 일어나 자신에게 건네는 서찰을 급하게 풀어 읽었다.

"잡아라, 그 계집을 지금 당장……!"

박 상궁은 괘념치 말고 당장 잡으라는 진양대군의 명이 적힌 서찰이었다. 더불어 신숙주 그자도 붙잡아두라는 그의 명에 서 행수는 무슨 수를 써서라도 그 두 사람을 잡으라 아랫것들에게 명했다.

홍연은 분주한 명화루의 움직임에 등화가 또 무슨 짓을 벌였다는 것을 단번에 파악했다.

"흥. 명화루의 계집이 된 이상 절대 그 그림자에서 못 벗어난단다. 등화야."

들고 있던 곰방대 물부리에 입을 가져간 홍연이 깊게 담배 연기를 빨아들였다.

"후……. 명화루가 다시 시끄러워지겠구나."

명화루의 무뢰배들에게 결국 포위당한 숙주가 어색하게 웃으며 버들을 품에 꼭 안았다.

"그냥 좀 보내주지?"

"그 계집을 우리에게 넘긴다면 그냥 보내주도록 하겠소."

그들의 말에 숙주가 웃었다.

"이 계집이 그렇게 중요한지 몰랐네. 그냥 좀 보내주면 안 되나? 불쌍하지 않은가. 순진하게 사람에게 속은 값은 톡톡히 치른 것 같은데."

"그건 우리가 알 바 아니다. 어서 그 계집을 돌려줘!"

"그럴 순 없지!"

자꾸 틈을 노리는 숙주를 그들은 더 이상 봐주지 않았다. 그의 목에 검을 들이밀며 겁을 주었고 숙주는 두 손을 들며 버들을 놓았다. 그들은 버들을 거칠게 잡아 장옷을 뺏어 얼굴을 확인했다.

"꺅!"

놀란 버들이 비명을 지르며 저항했지만 거친 남자의 손에 고개를 붙잡혀 얼굴을 억지로 들 수밖에 없었다.

"뭐야, 이 계집은!"

찬찬히 들여다보던 남자가 은옥이 아님을 깨닫고 험악하게 숙주를 노려보았다.

"그 계집은 어디에 숨긴 것이오!"

"응? 당신들이 찾던 여자가 이 여자가 아니야? 난 또, 그런 줄 알고 도망쳤네."

"당장 말하지 않으면 이 계집을 죽이겠어."

"꺅! 나으리!"

버들이 자신의 뒷덜미를 붙잡고 목에 가져온 소름 끼치는 검의 기운을 느끼며 숙주를 애타게 바라보았다.

숙주의 눈이 천천히 식어갔다.

"사람 목숨을 그렇게 가벼이 여겨 쓰나."

"시끄러워! 그 계집이 있는 곳이나 말하라고!"

"대체 누굴 말하는 건지 모르겠군."

그가 귀를 파며 딴청을 피웠다. 버들은 하늘이 노랗게 변할 정도로 지금 이 상황이 두렵고 무서웠다. 눈물을 흘리며 그들에게 말했다.

"제가 압니다. 제가……!"

버들의 말에 숙주의 두 눈이 커졌다.

"버들아!"

그녀의 말에 사내들이 흥미로운 표정을 하며 버들의 목에 검을 더 바짝 가져갔다.

"히익! 사, 살려주시어요. 전 아무 잘못이 없습니다. 나으리들……!"

"어디로 갔느냐. 말하면 살려주마."

"한마디도 하지 말아야 할 것이다. 네 주인이 누구인지 잊었느냐!"

그의 말에 버들이 입술을 깨물었다. 이러지도 저러지도 못하자 남자가 버들의 목에 슬쩍 흠집을 내었다.

"웃! 말하겠습니다. 말하겠습니다. 살려주세요. 살려……!"

"말해. 어디로 갔는지!"

"서산, 서산으로 간다 하였습니다. 정말입니다!"

숙주는 버들의 배신에 두 눈을 질끈 감았다. 그의 그런 반응에 남자들은 버들을 버리고 서산으로 방향을 틀었다.

"서산이다! 서산으로 가자!"

"제길!"

숙주가 그들을 막기 위해 그들을 향해 뛰어들었다. 방심한 사내의 허리춤에서 검을 뽑은 그가 그들에게 검을 휘둘렀다.

사실 숙주는 무예 쪽으로는 거의 젬병이었다. 게다가 이 많은 이들을 혼자서 상대하기엔 역부족이었다. 결국 청의동자가 그를 도와 사내들을 던지거나 자빠뜨렸다. 하지만 청의동자의 도움에도 몇몇의 사내들이 빠져나가 서산으로 향했다는 은옥의 뒤를 쫓으려 했다.

"젠장……!"

놓치지 않고 싶었지만 그의 한계였다.

결국 그 또한 그들에게 붙잡혔고 벌써 들켜 버린 것을 알지 못하는 은옥과 아랑은 둘이 함께 길을 걷고 또 걸었다.

"괜찮습니까?"

"으응. 괜찮아. 정말 괜찮대도?"

"이제 정말 다 왔습니다. 가마에서 편히 쉬시면서 이동하실 수 있을 겁니다."

그녀의 말에 은옥이 웃었다.

"응."

서산의 초입에 다다른 아랑은 장 할배라는 자를 찾기 위해 지나가는 사람들을 붙잡으며 묻기 시작했다.

"그대가 장 할배인가?"

허나 붙잡아 묻는 이들마다 아니라는 답만이 들려왔다.

"대체 장 할배라는 자는 어디에 있는 게야……!"

좀처럼 보이지 않자 아랑의 참을성에 한계가 다다르기 시작했다. 그때였다.

"장 할배가 난데."

"뭐?"

"신 가에서 오셨소?"

그의 물음에 아랑이 기쁜 마음에 목소리를 높였다.

"그대가 정말 장 할배인가!"

"그, 그렇소."

놀란 장 할배가 움찔거리며 고개를 끄덕였다.

"맞소. 신 가에서 왔소. 어서 말과 가마를 우리에게 넘기시오!"

"이를 어쩐다, 넘겨주는 거야 어렵지 않은데 말시."

"그럼 어서……."

"지금 홍제원에 살인 사건이 나서 창의문이 굳게 닫혔어. 함부로 도성 밖으로 나갈 수가 없다오."

"뭐요……?"

그의 말에 믿을 수 없는 표정을 지어 보이며 아랑이 은옥을 바라보았다.

"그게 대체 무슨 말이란 말이오? 우린 명나라로 한시 급히 나가야 하는데……!"

장 할배가 혀를 끌끌 차며 이해한다는 표정으로 말을 이어갔다.

"알다마다, 근데 살인 사건이 난 바람에 범인을 찾는다고 나랏님께서 문을 열어주지 않는데 이를 어쩌누."

"하……."

"대체…… 무슨 일이 일어난 겁니까?"

은옥이 물었다.

그러자 장 할배가 주변을 살피며 그들에게 작게 속삭였다.

"글게 말이여. 글쎄, 홍제원 길가에 시체 하나가 버려져 있었다더구만. 웬여인인데 세상에 글쎄, 곤죽이 된 것도 모자라 머리가 박박 밀려 있었다 하더라고."

"시, 시체요?"

그의 말에 은옥이 놀라 얼굴이 하얗게 질렸다. 끔찍한 일이었다. 은옥이 아랑의 뒤에서 그녀의 옷깃을 꼭 잡으며 불안한 마음을 달랬다.

"그래서, 그 시체 하나 때문에 들어오지도, 나가지도 못한다는 말인가?"

"범인을 잡아라, 나랏님께서 명하셨다는데 어쩌누. 누군지 잡으려면 일단 문부터 걸어 잠그고 찾아봐야지."

"……."

아랑은 한시라도 진양대군에게서 더 멀리 도망을 가야 하는 이런 때에 귀찮은 일이 벌어진 것을 못마땅해했다.

"하필……."

"……."

"뭐, 범인을 잡겠다고 형조와 한성부는 물론이고 의금부까지 나서 범인 색출에 혈안이니 곧 잡히겠지. 그동안 홍제원에서 쉬어가든지, 정 갈 곳이 없으면 잘 곳 정도는 내 알아봐 주리다."

그 말에 은옥과 아랑은 절망할 수밖에 없었다.

"어, 어쩌지 아랑……?"

"……."

아랑도 별 뾰쪽한 수는 없었다. 하지만 이렇게 맥없이 있다간 자신들을 쫓고 있는 자들에게 붙잡힐 게 뻔했다.

"일단 몸을 숨기는 것이 좋겠어요."

은옥이 아랑의 말에 동의하며 고개를 끄덕였다.

"응."

결국 두 사람은 장 할배의 도움으로 주막을 찾았다.

"전 이 일이 어찌 진행되어 가는지 확인할 테니 아가씨께선 꼼짝 말고 여기 계세요. 아셨죠?"

"그래, 알겠어. 얼른 돌아와야 해?"

은옥은 내심 아랑이 또 사라지거나 잘못될까 두려웠다. 그런 그녀의 마음을 모를 리 없는 아랑이 빙긋 웃어 보였다.

"네. 빨리 올게요. 걱정 마세요. 그러니 여기 꼭 가만 계세요."

"응."

아랑이 곧장 주막을 나가 홍제원으로 향했다. 사건이 일어났다는 길가엔 금줄이 쳐져 있었다. 길을 지나는 사람들 모두 수군대기 바빴고 그녀는 은근슬쩍 사람들 사이에 섞여 사람들의 대화에 귀를 기울였다.

"에휴, 아주 곤죽이 되어 있었다며?"

"말도 마, 우리 옆집 최가네가 봤다더라고. 어찌나 끔찍한 모양새였는지 생각하기도 싫다 하더라고."

"게다가 목까지 잘려 길에 그냥 버려졌으니……. 어휴 끔찍해."

"얼른 가자고. 여기 괜히 있다가 관청에 잡혀가면 어째? 벌써 수십의 사람들이 잡혀가 고문을 당하고 있다잖아."

사람들은 괜히 붙잡혀 곤혹을 치를까 두려워 서둘러 그 길을 지나쳤다. 아랑은 피로 물든 자리에 멍석을 깔아 대충 가린 곳을 가만히 바라보았다.

"……."

형조와 한성부 거기에 의금부까지 합세해 대대로 수사를 벌이는 통에 많은 사람들이 잡혀갔다.

나랏님의 지시에 세 관청은 강도 높은 신문과 고문까지 마다않으며 잡아온 이들을 다그쳤다. 아랑은 이 일이 쉽게 풀리지 않을 것 같은 기분에 머릿속이 복잡해지는 것을 느꼈다.

"탁야 님……."

이럴 바에는 차라리 위험을 감수하고라도 화산으로 되돌아가야 하는 것인지 아랑은 고민에 휩싸였다.

"하아……."

숙주는 서 행수의 일당들에게 붙잡혀 명화루로 끌려왔다.

"신숙주 나으리. 이렇게 자꾸 저희 일을 방해하시면 곤란합니다. 어찌 이러십니까? 진양대군과 양평대군께서 아끼는 분이시라 할지라도 더는 봐드리지 않겠습니다. 이 명화루는 나, 서 행수가 모든 걸 바쳐 일궈낸 소중한 곳입니다. 더는 어지럽히지 않았으면 좋겠군요."

"하하, 미안하게 되었습니다. 하지만 금상께서도 엄중하게 금한 것이 바로 인신매매가 아니겠소? 나는 그것을 알면서도 모른 척할 수가 없었소이다."

"……."

서 행수가 입술을 깨물었다.

"게다가 이 명화루가 다른 누구의 것도 아닌 진양대군의 소유인 것을 금상께서 아시는 날엔 어찌 되겠습니까? 서 행수, 나는 이 모든 것이 다 명화루를 위한……."

뻔뻔한 그의 말에 서 행수의 미간이 좁혀졌다.

"당분간 명화루에서 지내시지요. 뫼시거라!"

"이런 극진한 대접을 받게 될 줄이야. 기왕이면 이런 투박한 사내들이 아니라 다정한 여인이었으면 하는데."

시종일관 여유를 부리는 숙주의 행동에 서 행수의 얼굴이 험악하게 구겨지더니 붉으락푸르락해졌다.

"그럼, 제가 모시지요."

그때, 홍연이 나타나 말을 했다. 숙주가 천천히 다가오는 홍연을 바라보았다. 풀색치마에 붉은 저고리를 입고 어딘가 다녀온 길인지 전모를 쓰고 있었다.

"……."

"홍연 너는 어딜 다녀온 게야?"

"아아, 잠깐 운종가에 다녀왔습니다. 청아 너 말하지 않았니?"

"아, 그게 서 행수님께서 보이지 않아 자옥 언니에게 말을 하고 갔는데……."

청아의 말에 서 행수가 한숨을 쉬었다.

"여긴 상관 말고 들어가거라."

"왜요? 제가 신숙주 나으리를 모시면 안 되는 이유가 있습니까?"

홍연의 말에 서 행수가 그녀를 날카로운 눈치로 쳐다보았다. 허나 홍연은 서 행수의 그런 눈치에도 꿋꿋했다.

"이쪽으로 오시지요."

숙주는 홍연의 말에 순순히 고개를 끄덕이며 자신을 붙잡고 있는 남자들의 손을 뿌리쳤다.

"그럼, 난 이만."

그가 홍연을 따라 기방을 들어갔다.

홍연은 청아에게 술상을 봐와라 이르며 그와 마주 앉은 채 한동안 말을 하지 않았다.

"그래, 고맙다고 해야 하는 건가?"

그의 말에 홍연이 입가를 말아 올렸다.

"그런 의미 없는 공치사를 받고자 한 것은 아니었습니다. 그저 궁금해서 그래요. 등화 그 아이를 이렇게까지 도와주는 이유가 뭔지."

"……"

홍연이 곰방대를 들었다.

"처음엔 그저 기생에게 빠져 버린 순진한 사내인 줄 알았는데……."

"……"

그때 청아가 술상을 가지고 들어왔다.

두 사람의 대화가 잠시 끊겼고 청아는 그들의 눈치를 살피며 천천히 방을 빠져나갔다.

"한잔하시겠습니까?"

홍연의 말에 숙주는 술잔을 들었다. 홍연이 술주전자를 들어 그의 빈 잔에 술을 그득 따랐다.

그가 단숨에 그녀가 따른 술을 마셨다.

"등화를 연모하시는 거라면 함께 도망을 쳤을 텐데. 그 아이만을 보낸 것을 보면 그건 또 아닌 것 같아서."

"……"

예리한 그녀의 말에 숙주는 쓰게 웃었다.

"등화를 무척이나 신경 쓰는 것 같군."

그의 말에 홍연이 담배를 태웠다.

"……"

"계집이란 것들은 어쩔 수가 없죠. 자기보다 잘난 상대에게 느끼는 시기 질투란."

"등화를 질투한들 그대만 힘든 것 아닌가?"

그의 말에 홍연이 웃었다.

"몰라 그러는 줄 아십니까. 알아도 어쩔 수 없고 하고 싶지 않아도 하게 되는 것이 질투랍니다."

"그래서, 어쩌고 싶은 건가?"

그의 물음에 홍연이 다시 담배 연기를 마셨다. 숙주는 그녀의 대답을 조용히 기다렸다.

"진양대군의 심기를 거스르면서까지 등화를 지키는 이유. 그 이유를 알아야겠습니다. 아무래도 이상하거든요. 나으리께서 이렇게까지 하는 이유가 그 아이를 연모하는 것이 아니라면 대체 무엇 때문에 이렇게 무모하게 구시겠습니까?"

홍연이 그와 시선을 똑바로 응시했다.

"별 이유가 없다면?"

"별 이유가 없다면……."

홍연이 술잔을 들어 술을 마셨다.

"내 눈앞에서 망가지는 모습을 보고 싶은 아이죠."

"……."

"철저하게 기생으로서의 삶이 무엇인지 알려주고 싶은 아이."

잔인할 정도로 냉정한 표정과 눈빛에 숙주는 절로 얼굴을 찌푸렸다. 은옥에 대한 홍연의 질투는 꽤나 음습하고 오싹했다.

"오만하기 짝이 없군."

그의 말에 홍연이 웃음을 터뜨렸다.

"오만하게 들리셨습니까?"

"누구도 그런 일을 그대에게 하라 한 적이 없지 않은가."

"기생의 삶을 스스로 원하는 년도 없지요."

"……."

그녀 또한 집안의 몰락으로 관기가 되어 이곳까지 흘러들어온 것이었다.

이곳엔 사연이 없는 여인들이 없다. 모두 제각각 사연을 가지고 들어와 자신의 운명에 순응을 하며 아름다움을 팔았다.

기생의 삶은 그런 것이었다.

사내들에게 몸을 파는 것에 부끄러움이 없어야 하며, 수치도 없어야 했다. 자신을 던져 사내들의 마음을 얻어야 하는 것이 기생이었다.

"기생이란 그런 것입니다. 스스로 원하지 않았으나 기생이란 것이 된 이상 그 삶을 받아들이는 것도 필요하지요. 등화 그 아이는 그것이 부족하여 이런 일을 벌인 것이고요."

"……."

숙주가 술주전자를 들어 술잔을 따랐다.

"그래, 이 나라의 기생들의 삶은 그런 것이겠지."

"……."

곁에 있던 청의동자가 불안한 눈으로 숙주를 바라보았다.

"허나 그 여인은 이런 삶을 살 필요가 없는 사람이오."

"……."

"애초에 나라에서 금한 인신매매로 끌려 들어왔으니. 그대의 처지와는 다르지."

그 말에 홍연이 눈썹을 꿈틀했다.

"괜한 질투로 스스로를 벼랑 끝으로 몰고 가지 말게."

숙주의 말에 홍연이 자리에서 일어났다.

"나으리께서야말로 벼랑 끝으로 향하고 계심을 아셔야 할 겁니다. 진양대군께서 이리로 향하고 계시니."

자신을 향해 비열한 미소를 지으며 나가 버리는 홍연을 두고 숙주는 깊은 한숨을 내쉬었다.

"넌 그분께서 말과 가마를 받아 도성을 빠져나갔는지 확인해 보아라."

"예."

청의동자가 숙주의 말에 곧장 사라졌다.

숙주는 부디 두 사람이 도성을 빠져나가 조금 더 멀리 떠났길 바랐다. 진양대군에게 붙잡힌다면 그녀는 더욱더 위험한 쪽으로 이용당할 수 있었다.

그의 탐욕이 숙주는 처음으로 두려웠다.

"후우……."

청의동자가 곧장 다시 나타났다.

"주인님, 큰일 났습니다."

"뭐야. 어찌 그런 표정인 게야?"

"홍제원 쪽에 시체가 발견되어 도성의 창의문을 폐쇄하였다 합니다."

"뭐?"

전혀 예상치 못한 상황에 당혹스러움을 감추지 못한 채 숙주가 자리에서 일어났다.

"그렇다면……."

"예, 아직 발이 묶여 있을 겁니다. 제가 두 분을 찾아보려 했지만 찾을 수가 없었습니다. 아마 잡귀를 쫓는 부적을 쓴 주막에 있는가 봅니다."

"제길, 하필……!"

무엇 하나 일이 순조롭게 흘러가지를 않았다. 그는 얼굴을 팍 구겼다. 그리고 자신이 있는 방 주변을 철통같이 지키고 있는 명화루의 호위무사들을 살피며 깊은 한숨을 쉬었다.

"이를 어찌해야 하나……!"

"……."

청의동자도 달리 방법이 없어 입을 열지 못했다.

"어쩔 수 없구나."

"……."

"불을 질러라."

"예?"

숙주가 청의동자를 바라보며 말했다.

"이 명화루를 전부 태워 버려야겠다."

"주인님……."

"태워라. 모든 걸 태워 버려야 해."

진양대군이나 서 행수의 혼이 빠질 일을 어떻게든 만들어야 했다. 결국 청의동자는 그의 말을 따라 사람이 없는 곳부터 하나씩 불길을 던졌다.

"불이야!"

결국 다시 명화루에 불이 피어올랐다. 창고가 전부 불에 타 손해를 본 것을 적으며 한숨을 푹푹 쉬던 서 행수가 자리에서 발딱 일어났다.

"뭐라?"

이번엔 손님들을 받던 방들이 하나둘씩 타기 시작하자 마음이 급해진 서 행수가 재빨리 소리쳤다.

"불길을 막아라, 빨리!"

또다시 명화루에 소란이 일었다. 불길은 순식간에 번지기 시작했다. 겁이 난 사람들은 모두 불을 피해 달아나기 시작했고 숙주를 가둔 방을 지키고 있던 호위무사들도 연기가 자욱하게 들이닥치자 술렁였다.

"쿨럭, 쿨럭! 도망치자!"

연기에 질식할 것 같은 두려움을 느끼자 호위무사들이 결국 뒤꽁무니를 뺐다. 숙주도 소맷자락으로 입을 막으며 방을 나왔다.

"쿨럭, 쿨럭……!"

서 행수는 이번 불은 정말 명화루 전체를 휩쓸고 갈 화마라는 것을 깨달았다. 하지만 그렇다고 손을 놓고 있을 순 없었다. 어찌 지켜왔던 곳이던가. 도망치는 시종들을 붙잡아 역정을 냈다.

"어서 불을 끄지 못하겠어? 전부 다 타 없어진단 말이다!"

"서, 서 행수님 이 불은 못 끕니다! 다 죽기 전에 어서 피하세요!"

"네 이놈들……! 어서, 어서 이 불을 끄란 말이다!"

홍연도 갑작스러운 불에 놀라기는 마찬가지였다. 청아와 함께 밖으로 몸을 피한 그녀가 무섭게 하늘로 치솟는 화마를 보며 당황했다.

"어찌 이런……."

"아이고, 이제 어쩝니까, 아가씨……! 다 타버리고 있어요. 명화루가……!"

그때였다.

불길 속에서 숙주가 유유히 나오는 것을 발견한 홍연의 두 눈이 가늘어졌다.

"설마……."

숙주는 홍연을 무시하고 불을 피하기 위해 급하게 양손에 말의 고삐를 잡고 나온 사내를 거칠게 밀어냈다. 그리고 말 위에 올라타 곧장 홍제원이 있는 곳으로 달렸다. 홍연이 그런 그의 뒷모습을 보며 말을 잃었다.

숙주가 그렇게 도망을 가든 말든 서 행수는 명화루가 전부 타버리는 것을 두고 볼 수 없어 불을 진압하겠다고 혼자 물을 길어다 들이부었다. 허나, 그녀가 담아온 물로는 쉬이 꺼질 불이 아니었다.

"서 행수님, 소용없으니 이만 몸을 피하세요……!"

다른 기생들이 그녀를 말려보았지만 그녀는 막무가내였다.

"놔라! 너희들도 어서 물을 길어오지 못하겠느냐? 명화루가 타고 있다. 다른 것도 아닌 이 명화루가!"

홍연은 허무할 정도로 빠르게 타 사라지는 명화루를 보며 허한 웃음을 지어 보였다.

"하. 하하하."

"호, 홍연 아가씨……."

"대단하구나. 대체 무엇 때문에 이렇게까지 하는 걸까. 응? 청아. 궁금하지 않니?"

"아가씨……."

영문을 모르는 청아는 그저 홍연이 실성을 한 것인가 걱정을 했다.

"아가씨, 정신 차리세요. 괜찮으십니까?"

"하하, 재미있네. 점점 재미있어지는구나."

"아가씨……."

홍연은 숨을 크게 내쉬며 웃던 것을 멈추고 숙주가 사라진 곳을 향해 시선을 던졌다.

"하아, 어서 저분을 쫓아가라 하여라. 분명 등화 그 계집이 있는 곳으로 가는 것일 테니."

"예? 예……."

신숙주는 분명 숨기는 것이 있었다. 그것이 무엇이든 홍연은 그가 지키려는 것을 깨버리고 싶어졌다.

"어디 한번 해봅시다. 나으리."

허나, 숙주가 그것을 모를 리가 없었다. 고개를 돌려 어깨 너머를 확인하니 멀지 않은 곳에서 자신을 쫓고 있는 남자를 어렵지 않게 찾을 수 있었다.

"포기를 모르는군……!"

그가 말의 고삐를 세게 내려쳤다.

"이랴!"

이렇게 된 이상 명나라가 아닌 화산으로 은옥의 걸음을 바꿔야 했다. 설상가상으로 온수현에서 발이 묶였을 줄 알았던 진양대군이 도성으로 돌아온다고 하니 더는 방법이 없었다.

"이랴!"

그가 좀 더 속력을 냈다. 뒤따라오던 남자도 덩달아 속력을 냈다. 절대 놓치지 않겠다는 의지가 가득 담겨 있었다. 숙주는 일단 자신을 쫓아오는 이가 한 사람이란 것을 눈치채고 말을 갑자기 멈춰 세웠다.

"어쩌시려고요?"

청의동자가 물었다.

"어쩌긴, 한 놈 정도는 어찌할 수 있지 않겠느냐? 아무리 내 무예가 형편없어도 말이다."

"……."

그 말에 청의동자가 조금 불안한 시선으로 그를 올려다보았다.

"형편이 없어도, 너무 없으시지 않습니까."

"그럼 네놈이 좀 도와주든가……!"

청의동자가 한숨을 푹 내쉬었다.

"꼭 아쉬울 때만 저를 찾으십니다."

"그건 너도 마찬가지가 아니더냐?"

"……."

"잔말 말고 도와라. 내가 지금 누구 때문에 이렇게 되었냐? 다 네가 그놈의 화산을 가야 한다고 고집을 부리면서 시작된 인연이 아니더냐!"

그의 말에 결국 청의동자가 꼬리를 내렸다.

"예, 예. 도와드리겠습니다. 저 말을 놀라게 하면 되겠지요?"

"그래, 그게 좋겠구나."

청의동자는 달려오는 말을 보며 중얼거렸다.

"미안하다. 내 너에게 딱히 감정이 있는 건 아니다."

무서운 속력으로 달려오는 말을 향해 청의동자가 두 눈을 날카롭게 만들며 짐승처럼 포효했다.

크아앙!

그러자 말이 놀라 앞발을 들었다. 달리다 말고 갑자기 말이 놀라 몸을 일으키자 남자가 당황하며 고삐를 꽉 쥐었다. 다행히 떨어지진 않았지만 말은 여전히 놀란 마음을 진정하지 못한 채 날뛰기 시작했다.

히이잉!

"워, 워!"

뒤늦게 말을 진정시키려 했지만 말은 좀처럼 진정하지 못했고 결국 말에서 남자가 떨어졌고 숙주는 그 모습을 보며 입가를 올렸다.

"잘했다. 이제 좀 편하게 홍제원으로 가겠구나!"

"얼른 가기나 하시죠."

"그래, 그래야지……!"

한양에 당도한 기아는 천천히 길을 지나는 인간들을 바라보았다.

"……."

모두가 바쁜 걸음으로 길을 걷고 있었다. 자신이 찾고 있는 은옥은 보이지 않았지만 알 수 있었다.

"멀지 않은 곳에 있어."

자신이 품은 한때 은옥의 것이었던 여우구슬이 떨리던 공명을 조금씩 크게 했다.

"어디 있는 것이냐……."

기아의 두 눈이 가늘게 수축했다.

"고통 없이 단숨에 죽여줄 테니 어서 나오렴……."

키득.

기아가 웃음을 흘리며 천천히 한양 거리를 걸었다. 사람들은 모두 기아의 괴이한 모습에 놀라 길을 텄다.

머리를 단정하지 못하게 풀어헤쳤지만 결이 너무 좋아 걸을 때마다 부드럽게 흔들렸다. 저고리와 치마가 화산을 급히 내려오면서 찢기고, 해져 있었지만 그녀는 제법 화려한 양단의 옷을 입고 있었다. 진한 보라색 치마에 검은 저고리를 입고 있었다.

허나 워낙 오싹한 기운을 몰고 길을 걷는지라 사람들은 관청으로 달려가 수상한 여인이 길을 헤매고 있다 고했다.

처음엔 대수롭지 않게 생각했지만 점점 같은 이유로 관청을 찾는 이들이 늘어 포졸이 나와 기아를 확인했다.

정말 수상쩍은 터라 그들이 그녀에게 다가갔다.

"어디 사는 누구요? 아녀자가 장옷도 없이 벌건 대낮에 민얼굴로 돌아다니다니. 어디 아프시오?"

그러나 기아는 그들의 말을 무시하며 여우구슬이 안내하는 곳으로 길을 걸으려 했다. 그러자 포졸이 창을 그녀의 목에 겨누며 경고했다.

"대답하시오. 어디 사는 누구인지!"

"……."

기아는 귀찮게 자신의 앞길을 막는 건방진 사내를 치우듯 밀어 간단하게 던져 버렸다.

"으악!"

"헉!"

그것을 목격한 이들이 놀란 토끼눈을 하며 믿기지 않는 표정을 지어 보였다. 허나, 꿈이 아닌 사실이었고 기아가 한 걸음 앞으로 걷자 모두 놀라 뒷걸음질을 쳤다.

"귀찮게 하지 말아. 난 찾을 것이 있어 온 것뿐이니까."

기아가 나직이 사람들에게 말을 하며 길을 걸었다. 사람들은 두려움에 겁을 먹고 그녀가 지나는 길을 순순히 터주었다.

"어디 있니. 은옥……."

기아가 화산으로 내려온 것을 꿈에도 모르는 아랑은 홍제원 길가의 살인 사건 조사가 얼마나 진행되었는지를 살폈다.

"초검과 복검에 문제가 있어 삼검을 한다고요?"

"쉬이, 목소리 낮춰요. 괜히 이 일에 관심 갖는다고 범인으로 몰릴라."

"……."

말을 옮기기 좋아하는 아낙들이 있는 우물가에 슬쩍 와 이번 사건을 캐고 있는 중이었다. 아직도 시체 검안에 시간을 들이고 있으니 쉽게 이 일이 끝이 나지 않고 있는 것이었다.

"신원은 아직도 밝혀내지 못한 겁니까?"

"그게…… 얼굴을 몰라보게 때려놔서 신원을 파악하기가 어렵다 하더이다. 에휴, 끔찍도 하지. 여인의 몸을 그리 두들겨 팬 것도 모자라 얼굴도 형체를 알아보기 힘들게 곤죽을 만들어놨으니……."

"누군지 몰라도 그 여인에게 원한이 깊었던 모양이야. 그 정도로 때려놓은 걸 보면……."

"어휴, 어떤 놈이야. 대체."

아랑이 놈이라고 칭하는 여인에게 물었다.

"남자라는 사실은 밝혀진 겁니까?"

"응? 아니, 여자를 그렇게 때린 자가 설마 여자겠어?"

"……."

"놈이 확실해. 지금 끌려간 자들만 해도 여자보단 남자가 훨씬 많잖아."

아랑은 한숨이 절로 나왔다. 추측만 난무할 뿐 제대로 된 증거나 단서는 없어 보였다.

"아, 참. 게다가 먹은 것이 없었는지 삐쩍 말라 있었다며?"

"……."

"맞어. 굶기기까지 했는지 시체가 뼈밖에 없었다 하더라고."

아랑이 그들의 말에 번뜩이며 물었다.

"요즘 혹시 늘 보이던 여인이 갑자기 안 보인다거나 했던 적은 없었소?"

"응? 글쎄……."

"아! 그러고 보니 연이가 요즘 통 안 보이지 않아?"

그때, 누군가 연이라는 이름의 여인을 떠올리며 수군댔다.

"아, 그러고 보니. 한동안 안 보인다 했어. 좌찬성 이맹균 대감네 첩이 되더니. 그렇게 예뻐하나, 집 밖을 안 나오는구면."

아랑은 시시덕거리며 말하는 그들의 말에 두 눈을 크게 떴다.

"확실하오? 안 보인 지 얼마나 되었소?"

"응? 한 보름은 지났지 않았나?"

"에이, 보름은 더 됐지. 그 대감, 나이도 지긋하신데 밤일을 제법 잘 보시나 봐. 풋!"

"에이, 일흔이 다 되어가는 노인네인데 그게 그렇게 잘될 리가?"

재미있는지 키득키득 웃어가며 우물물을 담은 아낙들이 각자 자신들의 집으로 돌아갔다. 아랑은 초검과 복검에 문제가 있어 삼검을 한다는 것도 다 누군가 사건을 조작하기 위해 애를 쓰고 있는지라 사건 해결이 늦어지고 있는 것이라 생각했다.

"좌찬성 이맹균이라……."

직책이 재상급인 사대부였다. 그의 첩으로 들어간 계집이 보이지 않는다는 것이 의심스러워진 아랑은 두 눈을 가늘게 떴다.

"흐음……."

아랑은 여전히 고민했다. 은옥을 어찌하는 것이 맞는 것인지. 그녀를 데리고 도성을 정말 빠져나가 명나라로 향하는 것이 옳은 일인지, 아니면 그녀를 데리고 위험을 감수할지언정 다시 탁야 님에게로 가는 것이 맞는 것인지.

그러나 이 모든 일은 은옥이 결정하는 것이 맞았다. 아랑은 은옥과 진지하게 이 일을 의논해야 할 것 같았다.

"후."

아랑이 다시 그녀에게로 돌아갔다. 벽에 기대앉은 채 잠이 든 은옥을 보며 아랑이 조심스럽게 그녀를 이부자리 위에 눕혔다.

"으음."

누군가 자신의 몸을 이불 위에 눕히는 것을 깨달은 은옥이 단잠에서 깨어났다.

"아. 왔구나."

"예."

"어찌 되었어? 범인은 여전히 찾지 못한 거야?"

"예. 아직."

그녀의 말에 은옥이 심각한 표정을 지어 보였다.

"하루빨리 범인이 붙잡혀야 할 텐데……."

"……아가씨. 그래서 말인데요."

"응?"

아랑이 잠시 망설이다 입술을 움직였다.

"화산으로 다시 돌아가는 것은 어떻습니까?"

"응?"

"비록 지금 여우구슬이 없는 상황이지만 아예 돌아가지 못하는 것은 아닙니다. 제가 아가씨를 필사적으로 지킨다면……. 아니, 화산 안으로만 들어가도 지금 이 상황보다는 희망적일 것 같아요. 화산엔 탁야 님이 계시니까요."

"……."

물론 거기에 기아를 빼놓을 순 없었다.

하지만 아랑의 말도 일부 맞았다. 지금 이곳의 상황보다는 화산으로 돌아가는 것이 더 나을 수 있었다.

"난……."

"부인, 부인!"

그때, 밖에서 익숙한 사내의 목소리가 들렸다. 놀란 은옥이 문밖 사내의 그림자가 드리우는 것을 보고 아랑을 향해 시선을 옮겼다.

"이 목소리는……."

"……."

아랑이 문 옆 벽에 바짝 등을 붙이며 물었다.

"누구시오?"

"납니다. 신숙주."

"……."

신숙주. 그였다.

"그대가 어찌……."

분명 두 시진 전에 헤어졌던 자였다. 일단 아랑이 문을 열어 그를 들여보냈다. 숙주는 뛰어왔는지 숨을 거칠게 몰아쉬며 은옥의 앞에 앉았다.

"헉, 허억."

"예까진 또 어찌 온 것이지?"

아랑의 말에 숙주가 대답했다.

"하아, 하아. 홍제원 길거리에 시체가 발견되어 창의문이 폐쇄되었다기에……. 하아. 급히 왔습니다. 하아, 하아! 게다가 청의동자도 두 분을 좀처럼 찾질 못해서, 제가 직접……. 하아, 하아."

숙주가 방문 앞에 붙인 부적을 떼어냈다. 청의동자의 말이 맞았다.

"그랬군, 아직 이 소식은 그 명화루인지 뭔지 하는 기방 인간들에겐 전해지지 않았겠지?"

"예. 허나, 진양대군께서 곧 도성에 당도하실 겁니다."

"……"

그 말에 아랑이 미간을 좁혔다.

"지금 명나라로 향하는 것은 무리일 듯싶습니다. 하여."

"하여?"

"화산으로 돌아가는 게 어떻겠습니까?"

"……"

그의 말에 아랑과 은옥은 역시 그 방법밖에는 없는 것인가 하며 한숨을 내쉬었다.

"어찌 그러십니까?"

"우리도 지금 그 이야기를 하던 참이었습니다."

은옥의 대답에 그가 고개를 끄덕였다. 그렇담 더는 이곳에 머물 필요가 없었다.

"그럼 지금 당장 떠나야 합니다. 진양대군께서 곧 도성에 당도하신다니 분명 가지고 계신 모든 것들을 동원해 찾으려 들 것입니다."

아랑이 자리에서 일어났다.

"가요. 아가씨."

은옥이 고개를 끄덕이며 자리에서 일어났다. 숙주는 다시 장 할배를 찾아 말을 준비하라 일렀다. 얼마 후, 작은 가마와 말을 가져왔고 은옥은 가마에 올랐다. 아랑이 익숙하게 말 위에 올라갔다.

숙주가 다시 그녀에게 허리를 숙였다.

"부디 이번엔 무탈하게 빠져나가시길."

"고맙습니다…… 정말……."

숙주는 정말 이번이 그녀와의 마지막 인사이길 빌었다. 비록 그녀에겐 앞으로도 고비인 순간들이 많아 보였지만 적어도 진양대군에게만이라도 벗어난다면 그걸로 다행이었다.

아랑과 은옥은 드디어 화산으로 향했다.

은옥은 화산으로 돌아간다는 기분이 남달랐다. 그가 화산을 내려왔을 것이라고는 꿈에도 생각하지 못했다.

더불어, 기아도 화산을 내려와 도성에 있을 것이라고는 전혀 예상치 못했다.

숙주는 떠나는 아랑과 그녀의 모습을 가만 지켜보다 곧 자신도 집으로 돌아가기 위해 다시 말 위에 올라탔다.

말과 길을 걷던 그가 홍제원 길가에 쳐진 금줄을 발견했다. 청의동자는 넝마 위에 서 있는 죽은 여인을 발견하며 숙주를 향해 고개를 들어 올렸다.

"……."

숙주에게도 그녀가 보였다.

차마 지나가기 힘들 정도로 엉망이 되어 있는 모습에 그가 혀를 찼다.

"쯧, 잔인하게도 죽였구나."

그의 말을 들은 귀신이 그와 청의동자를 향해 빠르게 다가왔다. 숙주는 가끔 원한이 깊은 귀들이 보이곤 해 갑자기 다가오는 귀신의 행동에도 놀라지 않았다.

"……."

청의동자 또한 측은한 마음이 커 그런 귀신의 무례한 행동을 꾸짖지 못했다.

"내 억울함 좀 풀어주시오. 나는 좌찬성 이맹균의 첩입니다. 날 죽인 이는 이맹균의 처, 이씨가 날 이리 만들었습니다. 제발, 제발 이 사실을 관청에 알려주시오. 내 이대로는 못 갑니다. 내 이대로는……!"

그녀의 말에 숙주가 한숨을 쉬었다.

"곧 밝혀질 것이다. 그러니 이제 편히 쉬거라."

"꼭, 꼭 알려주시오. 내 꼭 날 이리 만든 이들이 죗값을 받는 것을 보아야겠소. 꼭 좀 알려주시오. 억울하오, 억울하오……!"

숙주가 한숨을 쉬었다.

"보아하니 아직 범인도 측정하지 못했나 보군."

"예. 아직도 삼검 중이라 하는 것 같았습니다. 그저 초검 때 갑자기 안 보이는 아낙만 찾아도 금방 신원이 조회될 텐데 그런 건 물어보지 않고 그저 안면 훼손이 심해 신원을 알기 어렵다고 조사가 지지부진하게 진행되는 것 같았습니다."

"좌찬성 이맹균의 첩인 걸 알면서도 쉬쉬하고 수사를 질질 끄는 것 같구나."

"아마도요."

"흐응."

숙주의 두 눈이 잠잠히 가라앉았다.

"어쩌시려고요?"

"글쎄. 의금부 판사를 만나보고 싶어졌달까."

"……."

그냥은 못 지나가려는 모양이었다. 청의동자가 한숨을 쉬었다.

의금부 판사 박곤은 공조참판을 지낸 신장의 아들 숙주가 뵙기를 원한다는 말에 흔쾌히 그와의 독대를 허했다.

"그래, 날 보자 하였다고?"

"예. 얼마 전 일어난 신원미상의 여인 시체에 대한 단서를 알고 있습니다."

"어떻게?"

"좌찬성 이맹균의 집안의 여종 하나가 없어졌을 겁니다. 그 집안 종들을 불러다 조사해 보시지요."

확신에 선 그의 말에 박곤이 미간을 좁혔다.

"그걸 자네가 어찌 아나?"

"이미 형조와 한성부의 이들은 좌찬성의 여종이란 것을 눈치챘으나 쉬쉬하고 있다 하여 찾아온 것입니다. 의금부 판사께서는 그들과는 다른 분이니까요."

"다르다……."

"길가에 던져진 그 여인에게도 늙은 어미가 있었지요. 나이가 들어 병이 들고 가난해 약을 살 돈도 없어 꽃다운 나이에 다 늙은 양반의 여종이 되었고 또 그 양반의 첩이 되어 살면서까지 그 어미를 끝까지 봉양하기 위해 열심히 살아가려던 여인이었습니다."

숙주의 말에 박곤이 무거운 숨을 내쉬었다.

"그런 여인이 처참하게 죽음을 맞이한 것입니다. 좌찬성의 정실부인에게."

"정실부인에게……?"

"예. 이미 그들은 사건의 전말을 모두 알고 있습니다. 허나, 재상 반열에 있는 양반의 집에서 생겨난 일이기에 모두가 감히 어찌하지 못하고 있지요."

그가 박곤을 찾아온 이유도 바로 이것 때문이었다. 박곤은 별 볼일 없는 가문의 무인이었다. 청렴결백한 성품으로 의금부판사의 자리까지 자력으로 올라온 존경할 만한 분이셨다.

"내 일단 조사해 보지. 고맙네. 안 그래도 억울하게 잡혀와 고초를 당한 백성들의 목소리가 높아 마음이 좋지 않았는데. 그대 덕분에 사건을 잘 해결할 수 있겠어."

숙주가 고개를 저었다.

"아닙니다. 그저, 억울한 이가 한 명이라도 생기지 않았으면 하는 마음에 이렇게 연통도 없이 찾아왔습니다. 결례였을 텐데 이해해 주셔서 제가 감사하지요."

그의 말에 박곤이 너털웃음을 터뜨렸다.

"아닐세. 억울한 자가 생기는 것은 막아야 하지 않겠나. 그것이 내가 이 자리에 있는 이유이고."

"……."

자신의 소임을 최선을 다해 지키고 있는 멋진 분이었다. 숙주는 박곤의 그런 절개를 본받고 싶었다.

"그럼."

"내 이 일이 잘 해결된다면 꼭 금상께 그대의 도움이 있었다 전하겠네."

그의 말에 숙주가 웃으며 고개를 저었다.

"아닙니다. 그런 것을 바라고 한 것은 아니니 괘념치 마시지요."

박곤은 언젠가 숙주가 파면 당한 것이 아전 때문이란 사실을 기억해 냈다. 실제로 만나보니 그럴 인물이란 것이 느껴질 정도로 그는 선하고 바르고 어질었다. 이런 자가 조정에 도움이 되어야 하는 것이라 생각했다.

일단 그는 주어진 일을 서둘러 해결하고 그다음, 금상을 만나 이 일화를 얘기하려 했다.

숙주는 다시 본가를 향해 돌아가기 위해 걸음을 옮겼다.

"후우."

"고생하셨습니다. 주인님. 이제 일도 어느 정도 마무리된 것 같으니 당분간 서책이나 읽으며 조용히 지내죠."

청의동자의 말에 숙주가 발끈해 말했다.

"네놈이 옆에서 자꾸 이상한 소리만 안 하면 조용히 지낼 수 있다. 난."

"그래도 제 덕에 세상에 대한 식견을 높여가시지 않습니까?"

뻔뻔한 말에 숙주는 황당한 표정을 지었다. 이런 걸 대체 왜 데리고 다니는지 깊게 고민이 되는 순간이었다.

"내가 어쩌다 널 만나 이런 일을 겪는지……. 내 전생에 무슨 짓을 한 것인가, 대체……."

그래도 숙주는 이제 모든 것이 다 정리가 되었다 믿었다. 비록 은옥은 화산에서도 힘든 고비를 넘겨야 하는 것 같았지만 일단 적어도 이곳에서의 복잡한 상황은 모면할 수 있으니 그걸로 된 것이라 생각했다.

"……."

그러나 그의 그러한 안심은 한순간에 무너졌다.

"저건……."

은옥을 태워갔던 가마가 부서진 채 언덕 기슭에 방치되어 있었다. 가마꾼들 또한 도망을 간 것인지 보이지 않았고 은옥과 아랑 또한 보이지 않았다. 다만 은옥이 입고 있던 저고리의 고름 한쪽이 뜯겨 땅에 버려져 있었다.

"대체 무슨 일이……!"

아랑은 말을 타고 앞을 묵묵히 걸었다.

은옥이 타고 있는 가마를 들고 있던 두 가마꾼들이 숨죽여 서로를 바라보며 의미심장한 표정을 지어 보였다. 고개를 둘 다 끄덕이며 사전에 준비했던 것을 하기로 했다.

그들이 가마를 땅으로 내려놓았다. 은옥은 갑자기 가마가 땅으로 내려앉는 것을 느끼며 의아한 얼굴로 가마의 쪽문을 열었다.

"무슨······."

말을 묻기도 전에 앞에 있던 가마꾼이 단도를 던졌다. 단도는 아랑이 타고 있는 말의 엉덩이에 단숨에 꽂혔다. 검에 찔린 말이 소스라치게 놀라 팔짝 뛰며 괴로워했고 갑작스러운 급습에 아랑이 말에서 떨어졌다.

다행인 것은 그녀가 사람이 아닌 여우족의 여인인지라 말에서 떨어져 동물적인 감각으로 땅에 가까스로 착지를 했다.

"꺅!"

은옥은 갑자기 가마의 문이 열리고 자신을 끌어내리는 남자의 힘에 속절없이 끌려갔다.

"네 이놈들!"

아랑이 은옥을 끌고 어디론가 가려는 가마꾼들을 향해 달려갔다. 그녀의 두 눈이 사납게 변했다. 양손의 손톱이 날카롭게 솟아 단단하게 변했고 송곳니까지 드러냈다.

"힉!"

무섭게 변하는 그녀를 보고 겁을 먹은 이들이 은옥을 앞세워 검을 겨누며 소리쳤다.

"가, 가까이 오면 이년의 목을 베겠어!"

은옥의 숨통을 가지고 위협을 하자 아랑은 쉽게 그들에게 접근하지 못했다.

"저, 저런 것은 들어본 적이 없는데. 그냥 이년만 데려오라 하지 않았어?"

아랑의 괴이한 모습에 조금 겁을 먹은 사내가 동료에게 물었다. 두 사람은 전혀 저런 것에 대해 들은 것이 없었다. 그저 가마에 오른 계집만 훔쳐오면 두둑하게 한몫 챙겨준다고 하여 쉬운 일이니 그렇게 하겠다 한 것이었다.

"나도 몰라, 그리고 저게 사람은 맞는 거야……?"

사내들은 아랑을 보고도 제 눈을 의심했다.

아랑이 으르며 그들에게 경고했다.

"당장 그분을 놓아라. 그렇지 않으면 너희들의 목숨은 내 거두지 않겠다."

"흐, 흥. 네년이 뭔지는 몰라도 우리도 이런 일엔 좀 신물이 난 인간들이거든. 짭짤한 의뢰인데 놓칠 수야 없지."

"……그래서 우린 인간들을 어리석다고 하지."

"뭐야?"

아랑이 자신의 양손의 손톱을 조금 더 길게 늘였다. 손톱은 땅에 닿을 정도로 길게 늘어났다. 흙바닥을 긁으며 천천히 그들을 향해 다가갔고 남자들은 그녀의 살벌한 분위기에 질려 뒤로 뒷걸음질쳤다.

은옥은 그들에게 꼼짝없이 붙잡혀 뒤로 끌려갔다. 허나, 이렇게 가만 그들에게 끌려가며 아랑을 곤란하게 하고 싶진 않았다.

순순히 끌려가는 척하며 틈을 엿보던 은옥이 턱을 내려 단단한 사내의 팔을 콱 깨물었다.

"악! 이 계집이……!"

은옥을 향해 남자가 홧김에 단도를 휘둘렀다.

"악!"

은옥이 왼팔에 소름 끼치는 통증을 느끼며 쓰러졌다. 아랑은 그녀가 단말마를 지르며 왼팔을 움켜쥐자 분노하며 손을 휘둘렀다.

"네 이놈들……!"

그녀의 손톱이 채찍처럼 허공을 유연하게 휘어 사내들의 몸을 순식간에 휘감았다.

"으악!"

꼼짝없이 아랑의 길고 단단한 손톱에 붙잡힌 두 사내는 그 힘에 휘둘려졌다. 은옥을 태우고 온 가마에 부딪혀 가마가 산산조각이 났고 그것으로도 모자라 아랑은 그들을 멀리 던져 버렸다. 던지면서 아랑의 날카로운 손톱에 옷깃과 살이 찢겨졌고 땅에 떨어지면서 온몸의 뼈가 부러져 결국 숨을 거뒀다.

아랑이 신음을 흘리는 은옥을 향해 달려갔다. 이미 그녀의 왼쪽 소매는 붉은 피로 흥건했다.

"괜찮으십니까?"

하얗게 질려 있는 은옥에게 그런 말은 물어봤자였다. 아랑이 서둘러 그녀를 업었다. 그러나 아랑은 또다시 발목을 붙잡혔다.

"누구냐……!"

은옥이 땅으로 향한 고개를 올려 앞을 향해 눈길을 옮겼다.

"……."

아랑은 몰라보았지만 은옥은 알아보았다. 말을 타고 두 사람의 앞을 막고 있는 자는 다름 아닌 진양대군이었다.

"진양대군마마……!"

그녀의 말에 아랑이 그제야 앞에 있는 기분 나쁘게 생긴 자가 진양대군이라는 사실을 눈치챘다.

"저자가……."

눈앞에 저 사내가 은옥의 동복 오라비가 되는 것이었다. 아랑이 미간을 좁혔다. 은옥과는 전혀 닮지 않은 인물이었다. 야욕과 탐욕이 고스란히 드러나는 눈빛, 풍채에 비해 품이 넉넉한 옷을 입고 말을 탄 채 등장한 진양대군을 보며 을렀다.

"순순히 비키는 게 좋을 것이오."

"업고 있는 그 아이를 내게 넘긴다면 순순히 비켜주지."

진양대군을 따라 말을 몰고 온 사병들이 두 사람의 앞길을 틈 없이 막아섰다. 애초에 비켜줄 마음이 없다는 것을 확인한 아랑이 말했다.

"고작 여인 하나 때문에 쓸데없는 힘 낭비를 하는 것 같은데."

그 말에 진양대군이 한숨을 쉬었다.

"그러게 말이다. 천하의 진양대군이 여자 하나 때문에 이렇게 체면이 구겨져서야 원, 내 등화 너에게 실망한 점이 한둘이 아니다. 한양의 명기로 이름을 날리길 기대했는데 말이야. 이렇게 날 곤란하게 하다니."

"이렇게까지 날 쫓아올 필요가 있습니까? 그냥, 그냥 날 놓아주세요. 대군!"

그녀의 말에 진양대군이 어깨를 으쓱였다.

"네 미모, 네 재주, 네 몸가짐. 뭐 하나 전부 아깝지 않은 것들이 없는 상품을 내 어찌 그냥 놓아줄 수 있겠느냐."

"……."

사실 진양대군은 숙주가 원한다면 그녀를 내어줄 생각이 있었다. 양평대군이 아닌 자신의 사람이 되어주기만 한다면 말이다. 허나, 두 사람은 자신의 인내심을 바닥까지 긁어버렸다.

명화루는 한 줌의 재가 되어 전부 타버렸고 이름을 노려 노비와 기생 몇몇이 겁 없이 도망을 가 손실이 어마어마했다.

진양대군의 표정이 차갑게 식었다.

"당장 저년을 잡아라."

"예!"

결국 자신을 끝까지 잡으려 하는 그를 보며 은옥은 눈물을 흘렸다. 저런 자가 자신과 한 핏줄이라니, 믿고 싶지 않았다.

"흑!"

"아가씨, 꽉 잡으세요!"

아랑이 번쩍 뛰어올랐다. 칠 척은 족히 넘는 높이를 단숨에 뛰어 넘어가 버리는 아랑의 모습에 그것을 목격한 사람들 모두 놀라지 않을 수가 없었다. 진양대군 또한 그런 광경은 처음 목격하는 것이었다. 하지만 놀라는 것도 잠시였다. 말을 타고 오면서 활과 화살을 가지고 왔다.

활쏘기만큼은 누구에게도 지지 않을 자신이 있을 정도로 진양대군은 활쏘기에 뛰어난 재능을 가지고 있었다.

시위를 바짝 당긴 그가 절피에 화살을 꽂고 숨을 멈추었다. 높이 뛰었다가 땅으로 내려온 아랑이 다시 하늘로 뛰어올랐다.

그의 화살촉이 그대로 아랑을 쫓았다. 아랑은 은옥을 업고 있었다. 진양대군은 가녀린 은옥의 등을 조준했다.

팽팽하게 당긴 시위를 놓으려는 그 찰나였다.

"잠깐!"

숙주가 뒤늦게 나타나 은옥의 등을 향해 화살을 던지려는 진양대군에게 소리쳤다. 하지만 진양대군은 그의 말에도 멈추지 않았다.

아니, 온 정신을 집중해 은옥의 등에 정확하게 조준했던 과녁을 놓쳤다. 화살은 시위를 떠나 은옥의 어깨에 정확히 박혔다.

"억!"

아랑이 놀라 고개를 돌렸다. 은옥의 어깨에 화살이 박힌 것을 깨닫고 놀라 소리쳤다.

"아가씨!"

아랑이 땅으로 가뿐히 내려와 은옥을 살폈다. 정신을 잃은 은옥의 어깨에 활이 관통한 것을 보고 아랑이 이를 갈았다.

"네 이놈들……! 용서하지 않겠어. 전부 다 숨통을 끊어주마!"

그녀의 상태가 심상치 않아졌다. 손등에 하얀 털까지 돋아나려 했고 등이 굽어지기 시작했다.

은옥이 가까스로 다시 정신을 차렸다. 그리고 본연의 모습으로 돌아가려는 아랑을 불렀다.

"안 돼, 아랑……!"

아랑의 모습이 완전히 변해 버린다면 돌이킬 수 없는 상황이 벌어질 것은 불 보듯 뻔했다. 진양대군은 물론, 여기 있는 모든 이들의 목숨이 위태로웠다.

"젠장."

청의동자도 숙주와 함께 한숨을 쉬었다. 진양대군은 은옥과 함께 한 여자가 점점 더 흉측하고 괴이한 괴물로 변해가는 것을 흥미로운 표정으로 바라보았다.

사병들이 일단 진양대군의 주변을 감싸 엄호했다.

"대체, 저건……."

"구, 구미호인가?"

"구미호다. 저건 구미호가 확실해!"

구미호라는 몇몇 사병들의 말에 진양대군 또한 그것을 확신하는 눈으로 짐승으로 변해가는 아랑을 지켜보았다.

"아랑!"

은옥이 그녀를 불렀지만 이미 흥분한 아랑은 스스로를 제어하지 못했다. 아랑이 진양대군을 향해 달려갔다.

크아앙!

"마, 막아!"

하지만 그들은 아랑이 멀리 있을 땐 몰랐다. 점점 가까이 다가오면 다가올수록 아랑의 몸이 무시하기 힘들 정도로 크다는 것을 깨달았다. 그들은 창을 들어 아랑의 몸을 찌르려 했지만 단단한 그녀의 몸을 창은 뚫지 못했다. 그녀의 거대한 입이 사람과 말을 단숨에 물어 멀리 던져 버렸다.

"아악!"

몇몇의 남자가 아랑의 주둥이에 물려 던져졌다.

"괴물이다!"

"도망쳐!"

생전 처음 보는 어마무시한 크기와 이길 수 없는 괴력의 괴물이었다. 잔뜩 겁에 질린 사람들이 결국 진양대군을 두고 도망을 쳤다. 진양대군 또한 놀라움을 감추지 못했다. 그의 명마 또한 놀라 펄쩍 뛰기 시작했다.

"윽, 진정해……!"

허나, 놀란 말은 진정이란 걸 모르고 거칠게 진양대군을 자기 몸에서 튕겨내 버렸다. 결국 말에서 떨어져 나간 진양대군은 어깨와 늑골에 전해지는 엄청난 고통에 숨이 막혔다.

"컥!"

게다가 설상가상으로 흥분한 그의 말이 그를 향해 뛰어들었다. 몸을 일으키기 힘들어 꼼짝없이 말에 밟혀 죽겠구나 싶은 찰나였다.

"진양대군!"

신숙주가 그에게 달려왔다. 하지만 한발 늦었다. 진양대군은 꼼짝없이 말에 밟혀 죽는 것인가, 믿을 수 없는 사실에 그저 두 눈을 꼭 감아버렸다.

"윽……!"

히이잉!

말의 앞발에 처참하게 밟힐 것이라 믿었던 진양대군이 뒤이어 찾아와야 하는 고통이 느껴지지 않아 당황했다.

"……."

감았던 눈을 뜨자 말이 공중에 떠 있었다. 진양대군은 순간 자신이 꿈을 꾸나 의심이 들었다. 그가 손을 들어 볼을 세게 꼬집었다.

"……."

아팠다. 아프다. 분명 아픈데 어째서 눈앞에 벌어지는 일든 모두 현실적으로 설명하기 힘든 일이 발생하고 있는가……!

말이 공중에 떠 다른 곳으로 천천히 옮겨졌다.

숙주가 천천히 옮겨지는 말을 바라보았다. 진양대군의 눈에는 보이지 않겠지만 청의동자가 말을 옮기는 것이었다. 하지만 한숨을 돌리기엔 일렀다. 아랑이 진양대군을 노려보고 있었다.

"……."

숙주는 긴장한 눈으로 아랑을 바라보며 아랑의 뒤로 보이는 은옥을 살폈다. 기절한 줄 알았는데 다행히 다시 정신을 찾은 듯했다.

"진정하십시오. 아랑 님."

청의동자가 아랑을 보며 말했다. 아랑은 숙주와 진양대군을 등지고 선 청의동자를 보며 으르렁댔다.

"아랑 님의 주인 되시는 분의 오라비가 되는 인간입니다. 뭐, 보시다시피 성품은 썩 좋은 편이 아니지만……. 은옥 님께서 바라는 것은 이런 것이 아닐 겁니다. 아시지 않습니까?"

하지만 아랑은 청의동자의 말을 듣지 않았다. 결국 숙주와 진양대군을 향해 달려들었고 청의동자는 그것을 막기 위해 아랑의 주둥이를 주먹으로 쳤다.

진양대군은 무섭게 달려오는 아랑을 보고 겁을 먹었다가 갑자기 좌측으로 날아가 버리는 뜬금없는 상황에 당황해했다.

"방금 뭐였나……?"

"……."

청의동자가 보이지 않다 보니 방금 있던 일이 어찌 이렇게 벌어진 것인지를 이해하지 못했다. 숙주는 그의 물음을 듣지 못한 척 가만히 청의동자와 아랑을 지켜보았다. 아랑은 청의동자를 날카로운 이를 드러내며 삼키려 했지만 약을 올리듯 잡히지 않았다. 청의동자는 아랑의 정신을 다른 곳으로 돌렸다.

그것을 지켜본 숙주가 진양대군의 뒤에 남아 있던 사병들에게 말했다.

"이틈에 어서 이분을 데리고 도망가시지요."

그 말을 끝으로 숙주는 진양대군을 지나쳤다. 진양대군이 은옥에게로 향하는 숙주를 가만 바라보았다.

"……."

어깨와 늑골이 부러진 건지 혼자서는 움직일 수가 없었다. 조금만 힘을 주어도 온몸이 아팠다. 사병들이 그를 부축했다. 누군지 모를 자의 등에 업히는 것만으로도 진양대군은 눈앞이 까맣게 사윌 정도로 큰 통증을 느껴야 했다.

"처, 천천히 달리거라. 천천히!"

게다가 빠른 보폭으로 서둘러 자리를 벗어나려 하니 몸이 들썩들썩 들려 아파 기절할 것 같았다. 허나 당장 들것을 구해올 수도 없었다.

숙주는 은옥을 안고 서둘러 자신의 집으로 향했다.

"헉!"

피투성이의 그녀를 안고 들어온 숙주를 보며 버들이 놀라 소리쳤다.

"이게 대체 무슨 일이래요? 주인마님……!"

"넌 어서 의원을 불러와. 어서!"

"예, 예!"

해정이 소란스러운 마당의 분위기에 안채에서 나왔다.

"헉……."

화살에 맞아 온통 피투성이가 된 은옥과 그녀의 피로 물든 숙주를 보고 놀란 해정이 서둘러 신을 신고 땅을 밟았다.

"서방님, 대체 무슨 일이……!"

"부인, 설명은 이따 하리다. 지금은 이분을 방으로 옮겨야 하오."

"아, 안채에……."

그의 말에 해정이 자신의 방으로 은옥을 들여보냈다. 버들이 서둘러 의원을 데려왔다. 급히 달려온 의원은 은옥의 상황을 보며 버들에게 말했다.

"팔팔 끓인 뜨거운 물이 필요하오. 그것부터 일단 가져와 주시오!"

"예, 예!"

안채 밖에서 숙주는 버들이 급히 나와 왔다 갔다 하는 것을 초조하게 지켜보았다. 피를 꽤나 흘려 걱정이었다.

"후우."

그때, 청의동자가 그의 집터로 돌아왔다. 조금 피곤해 보였다. 입고 있던 옷도 상당 부분이 찢기고 더러워져 있었다. 숙주가 청의동자의 상태를 보며 슬쩍 아랑에 대해 물었다.

"그 여우족은……."

"죽진 않았습니다. 다행히 조금씩 이성을 되찾아 천천히 이쪽으로 오고 계십니다."

"……."

"그분께선 어떻습니까?"

이번엔 청의동자가 은옥의 안위를 물었다.

"……모르겠구나."

"……."

"해가 뜨면 복잡해질 것 같군."

해가 어느새 지고 있었다. 그가 초저녁 하늘에 올라온 별을 보며 한숨을 쉬었다. 진양대군이 가만히 있을 이가 아니었다.

은옥은 사경을 헤매고 있었고, 진양대군은 그녀와 자신을 향해 칼날을 갈고 있었다. 게다가 아랑의 폭주로 다른 이들에게도 정체가 노출되었으니 점점 수습을 하기가 힘들어졌다.

"하아. 이 일을 어찌할꼬……."

제 3 부

여우왕 탁야

은옥의 상처는 제법 깊었다. 화살을 뽑자 피를 더 흘렸다. 그녀의 안색은
정말 금방이라도 숨이 넘어가도 이상할 것이 없을 정도로 창백하다 못해 파
랗게 질려 있었다.

"쯧, 어쩌다 이런 험한 꼴을 당했나 그래. 일단 나도 해볼 때까지 하긴 했
는데. 장담은 못 하겠구만유."

"……."

버들이 이젠 열까지 올라 부들부들 떨고 있는 은옥을 바라보다 곁에 앉아
있던 해정에게 시선을 돌렸다.

"마님……."

"……."

해정이 무거운 한숨을 쉬며 은옥을 바라보았다.

"수고하셨네. 그만 돌아가 보시게."

"예."

의원을 돌려보낸 해정이 따뜻한 물에 깨끗한 수건을 적셔 땀을 흘리는 은

옥의 이마와 얼굴을 닦아주었다.

"제가 할게요. 마님."

"아니다. 내가 하마. 넌 온돌불이 꺼지지 않게 잘 지피렴."

"아…… 예. 근데…… 살 수 있겠죠? 저분……."

"……."

해정이 가쁜 숨을 연신 뱉고 앓는 소리를 내는 은옥의 이마를 다시 천으로 닦아주며 말했다.

"다 저 하늘에 달린 것이 아니겠니."

"……."

해정은 모든 것을 하늘에 맡기기로 했다. 은옥이 다시 회복을 하는 것도, 끝내 숨을 거두는 것도 전부 자신의 소관이 아니었다. 자신은 그저, 지금 자신의 자리에서 할 수 있는 일을 하며 하늘의 뜻을 읽는 것 말고 달리 할 수 있는 것도 없었다.

안채를 나온 의원을 붙잡고 숙주가 물었다.

"어떻소, 괜찮겠소?"

"해볼 때까진 해보았습니다. 허나……."

"허나……?"

"상완에 난 자상이 생각보다 깊어 출혈이 컸습니다. 또, 어깨에 박힌 화살을 뽑으면서도 피가 많이 나왔어요. 솔직히 말하자면……."

숙주는 의원의 말을 초조하게 기다렸다.

"오늘내일이 고비입니다. 일단 보혈해 주는 약재들을 적어 시종 아이에게 건넸으니 잘 달여 먹여보시지요."

"……."

"그럼 전 이만……."

"이, 이보게. 오늘내일이 고비라니! 그런 무책임한 말이 어디 있나! 고비면 그 고비를 어떻게든 넘을 수 있게 도와줘야지! 사람을 살리는 의원이지 않은가!"

숙주가 의원을 붙잡으며 소리쳤다.

"소, 소인이 사람을 살릴 수도 있는 의원이기는 하나 사람의 명을 결정하는 신은 아니지 않습니까?"

틀린 말은 아니었다. 숙주가 결국 의원을 잡던 손에 힘을 놓았다. 의원이 그의 집을 도망치듯 빠져나갔다. 그가 말없이 가만 서 있는 청의동자에게 물었다.

"너는 알겠지."

"……."

"어찌 되느냐. 방금 떠난 의원은 오늘내일이 고비라 하였다."

그의 물음에 청의동자는 한숨을 쉬었다.

"죽음의 기운이 조금씩 이 집을 덮어가고 있긴 합니다."

"……."

"허나 이것은 그저 피 냄새를 좋아하는 잡귀들의 기운일 뿐, 저승차사가 아직 오지 않은 것을 보면 희망은 있을 것 같은데요."

청의동자의 말에 숙주는 그나마 안도를 하였다.

"저승차사가 아직은 오지 않았다라……."

"말 그대로 아직은 오지 않은 것입니다. 아직은."

그때, 아랑이 그의 집 안으로 들어왔다. 조금은 주눅이 들어 있었고, 입고 있던 옷도 전부 해져 있었다. 숙주가 그녀를 바라보며 한숨을 쉬었다.

버들이 아궁이를 떼고 나와 아랑을 발견하고 깜짝 놀랐다.

"아이고, 깜짝이야. 뉘, 뉘십니까?"

"손님이시다."

아랑은 담장 안에 목련나무가 가장 많이 심어져 있는 집이 숙주의 집이라는 것을 청의동자가 일러준 덕에 쉽게 찾아올 수 있었다.

"……."

아랑은 자신을 바라보고 있는 숙주와 청의동자에게 물었다.

"아가씨께서는……."

청의동자가 아랑을 보자 번뜩 스치는 생각에 소리쳤다.

"여우구슬!"

"……."

그가 무슨 말을 하는지 모를 리 없는 아랑이 은옥이 있는 방으로 고개를 돌렸다. 죽음의 냄새를 맡고 슬금슬금 모이는 상스러운 기운을 보며 한숨을 쉬었다.

"곧 저승차사가 올 수 있습니다. 그건 막으셔야지 않겠습니까?"

"……."

허나, 그렇게 되면…….

"내가 아가씨를 지키기 힘들어져……."

은옥을 데리고 화산을 돌아갈 수 없다.

"제가 지키지요."

숙주의 말에 아랑이 그를 바라보았다.

"……."

"제가 지키겠습니다."

해정이 때마침 식은 물을 가지고 나왔다. 누군지 모를 여인에게 다짐하는 숙주를 보며 들고 있는 대야를 꼭 쥐었다.

"아무리 저분께서 버려졌다고는 하나 왕가의 핏줄입니다. 밝힐 것입니다. 밝혀야 삽니다."

"……."

"힘없는 왕녀를 지키지 못할 정도로 약한 가문은 아니니 걱정 마시지요."

아랑은 결국 일이 이렇게 되어버리는 것에 깊은 한숨을 쉬었다. 해정과 버들은 은옥이 왕녀라는 사실에 놀라운 기색을 숨기지 못했다.

"자, 자자, 잠깐만요. 저기, 저분이 왕녀라고요? 정녕 저분이?"

"……."

"뭐 잘못 아시고 그러는 거 아니시지요? 왕녀라니……."

버들이 해정이 밖으로 나와 있는 것을 보고 화들짝 놀랐다.

"마, 마님……."

"……."

해정이 숙주를 바라보았다. 숙주가 그녀의 시선을 슬그머니 피하며 헛기침을 뱉었다. 그녀에게 은옥의 정체에 대해 사실대로 말하지 못한 것이 조금 마음에 걸렸다.

"좋아."

아랑이 고민 끝에 입술을 열었다. 더는 방법이 없었다. 최선의 방법은 그가 말한 것처럼 그녀의 정체를 밝히는 것뿐이었다.

"그대의 말을 따라보지."

그때, 때마침 숙주의 집으로 두 명의 저승차사가 들어왔다. 청의동자가 경계를 하며 천천히 마당을 지나치는 저승차사들을 향해 소리쳤다.

"잠깐! 잠깐 거기 서보시오!"

"감히 저승차사의 길을 막다니, 네놈도 함께 저승길로 동행하고 싶은 게 아니라면 가만있거라."

저승차사는 시종일관 무표정한 표정으로 청의동자의 말을 무시했다.

"아랑 님, 어서……!"

버들이나 해정의 눈엔 보이지 않았지만 저승차사들은 안채로 향했다. 숙주가 아랑에게 소리쳤고 그녀는 빠르게 안채로 들어갔다. 그러자 저승차사들이 눈치를 채고 서둘러 그녀를 뒤따라갔다.

갑자기 거칠게 불어오는 차가운 바람에 버들과 해정이 놀라 휘청였다.

"꺅!"

아랑이 서둘러 사경을 헤매는 은옥에게 향했을 때, 놀라지 않을 수가 없었다.

"……여의 님……."

여의가 은옥의 이마를 쓸어주며 함께 있었다. 여의가 아랑을 보며 웃었다.

"부탁해. 아직 이 아이는 나에게 오면 안 돼."

"……."

"고마워, 아랑. 네 엄마도 널 자랑스러워하고 있단다."

여의의 말에 아랑이 눈물을 지었다.

"잘 지내시는 겁니까?"

"응. 네 엄마는 나와 잘 지내고 있단다."

그때, 저승차사들이 방 안으로 들어왔다. 여의가 벌떡 일어나 저승차사들을 막았다.

"아랑, 어서……!"

아랑이 서둘러 눈물을 닦고 은옥에게로 뛰어갔다.

아랑이 은옥의 입에 자신의 입술을 가까이 가져갔다. 아랑의 입안에서 하얀 빛이 터져 나오기 시작했다.

"안 돼!"

저승차사들이 아랑의 행동에 소리를 치며 여의를 뿌리치려 했지만 여의는 온 힘을 다해 두 저승차사를 막았다.

순간 환한 빛이 방 안을 가득 채웠다.

아랑의 여우구슬이 은옥의 몸으로 들어갔다. 아랑은 그녀에게 여우구슬을 넘기자마자 미칠 듯한 피로감에 휩싸이며 쓰러졌다.

저승차사들은 여우구슬이 잠시 아랑의 몸 밖으로 나와 성스러운 빛을 뿜자 놀라 사라졌다. 여의는 은옥이 다시 안정적인 숨을 내쉬자 안도했다.

"그래…… 탁야가 오고 있다. 은옥아. 조금만 버티렴. 조금만 버티면 돼."

여의는 수척해진 은옥의 얼굴을 한참 내려다보았다.

뒤늦게 숙주와 청의동자가 들어왔고 해정도 들어와 쓰러져 있는 아랑과 은옥을 바라보았다.

"……."

숙주가 여의를 가만 바라보았다. 청의동자 또한 낯선 령의 등장에 의아한 눈치였지만 대충 누군지는 짐작이 갔다.

여의가 은옥의 뺨을 살며시 쓸다 이마에 입을 맞췄다. 하루 종일 정신을 잃었던 은옥이 가까스로 눈을 떴다.

"……."

여의의 모습을 본 은옥이 미소를 흘리며 그녀를 불렀다.

"어머니……."

"……."

여의가 부드럽게 웃으며 은옥을 다독였다.

"좀 더 자렴. 아직 전부 회복되지 않았단다. 시간이 걸리겠지만 곧 괜찮아질 거야. 여우구슬이 널 지켜줄 거니까."

"……."

은옥은 여의의 말을 전부 듣지 못했다. 다시 잠에 들었고 그런 은옥을 바라보며 여의가 웃었다.

"잘 부탁합니다. 가여운 아이입니다."

"……."

숙주와 청의동자에게 은옥을 부탁하며 여의가 그들에게 허리를 숙였다. 숙주는 대답을 하지 않았고 청의동자 또한 말없이 천천히 사라지는 여의를 바라보았다.

"서방님……."

해정은 이 상황이 이해되지 않았다. 숙주가 자신을 부르는 해정의 목소리에 정신을 차리고 그녀를 향해 고개를 돌렸다.

"버들아, 일단 이분은 다른 방으로 뫼셔야 할 것 같구나."

"아, 예……!"

방문 밖에서 세 사람을 지켜보던 버들이 숙주의 말에 서둘러 힘을 쓸 줄 아는 머슴을 불러와 아랑을 손님방에 옮겼다.

"부인은 사랑채로 건너오시지요."

"예……."

해정이 은옥을 내려다보았다. 아까까지만 해도 창백하기 그지없던 은옥의 얼굴에 혈색이 돌았다. 추위에 떨던 몸도 진정이 되어 있었다.

"……."

일단 두 사람은 은옥을 두고 사랑채로 걸음을 옮겼다. 아랑을 손님방으로 옮긴 버들이 사랑채의 문에 귀를 바짝 대고 두 사람의 대화를 엿들었다.

"안채의 그분은……."

"그래요. 아까 내가 말한 대로 그분은 왕녀이십니다."

"허나……."

"지금은 사정이 있어 모든 사람들이 알지 못하는 존재이지만…… 확실한 왕녀요."

확실한 왕녀……. 해정은 얼굴을 살짝 구기며 물었다.

"어찌 그것을 확신하십니까?"

그녀의 물음은 당연한 궁금증이었다. 숙주도 이해했다. 그가 한숨을 쉬며 복잡하고도 난해한 이 일을 어찌 설명해야 하나 잠시 고민했다.

"서방님……?"

"왕녀께서 태어난 날, 그날은 달이 해를 삼켰던 날이었습니다."

"……."

해정은 오래전에 있었다던 이야기를 떠올렸다.

"아……."

그해엔 참으로 많은 일이 있었다. 흉년과 홍수, 전염병까지 창궐했는데 거기에 달이 해를 삼켜 어둠이 찾아와 백성들을 불안에 떨게 했다.

"그날, 태어난 이유로 왕녀께서는 버림을 받고 왕녀인 줄도 모르고 살았지요."

박 상궁을 그렇게 만난 것은 그래도 은옥을 하늘이 버리지 않았다는 것을 반증했다. 만나지 못했다면 그녀는 고귀한 신분인 것을 모른 채 지독한 나락으로 떨어져 버렸을 것이었다.

"미안하오. 이 일은 내 말을 하기가 어려웠소. 하여 말을 하지 못했고."

그의 말에 해정이 고개를 저었다.

"아닙니다. 아녀자인 제가 어찌 이런 일을 관여하겠습니까."

"……."

해정의 말에 숙주가 한숨을 쉬었다.

"허면, 앞으로 왕녀님께선 어찌 되시는 겁니까?"

"제일 안전한 곳으로 가셔야지."

어디로 가든 그녀는 사실 안전하지 못했다. 하지만…….

"궁으로……."

해정의 말에 그가 고개를 끄덕였다.

"그래요. 궁으로. 왕녀께서 계셔야 할 그곳에."

사실 숙주는 궁도 은옥에게는 안전하지 않다 생각했지만 그나마 그곳이 그녀에게 안전한 곳이라 믿었다. 대비가 아직까지 살아계셨다면 돌아갈 수 없는 곳이었겠지만 대비께서 돌아가셨기에 은옥의 숨통을 직접적으로 옥죌 상대는 없었다.

적어도 지금은 궁 밖보단 궁 안이 안전했다.

화산을 내려온 탁야는 기아의 기운을 느끼기 위해 촉각을 곤두세웠다. 한양으로 왔다는 것까지는 알 수 있었다. 그녀는 기척은 숨겼지만 인간들에게 눈에 띄는 행동을 제법 하며 은옥을 찾아 헤맨 것 같았다.

허나 그것도 어느 순간 그만두고 자취를 꽁꽁 감춰 버렸다. 나중에야 자신이 뒤쫓아와 찾을 것을 자각한 것인지 아니면 무슨 꿍꿍이가 있어 인간들 틈으로 숨어들었는지 알 수 없었다.

기아를 찾는 것도 중요했지만 탁야는 은옥을 찾아야 했다. 그는 그녀의 안위가 가장 걱정되었다. 아랑이 그녀를 찾아 잘 지키고 있는지도 화산을 내려와 알 수 없었기에 더욱더 마음이 조급했다.

"은옥……."

어디에서 어찌 지내고 있을까…….

부디 잘 지내고 있길 바라며 그는 길을 지나는 여인들의 얼굴을 살폈다. 몇몇 여인들은 장옷을 입고 있어 얼굴을 알아보기 힘들었지만 은옥은 여기 없었다. 아련하고 애달픈 자신의 신부는 이곳에 없었다.

"나의 신부……."

여기 이렇게 자신의 신부를 찾기 위해 화산을 내려왔음에도 탁야는 한심하게도 단번에 그녀를 찾지 못했다.

허나, 더는 늦지 않게 그녀를 되찾을 것이었다.

"널 반드시 찾으마. 반드시 빨리 찾겠어……."

잠도 자지 않고, 먹을 것도 먹지 않고, 때때로 숨 쉬는 것도 잊은 채 은옥을 찾고 있었다.

"절대 널 잃지 않아……!"

더는 누군가에게 은옥의 어떤 것도 쉬이 잃을 수 없었다.

은옥은 좀처럼 잠에서 깨어나지 못했다. 여우구슬을 다시 몸에 품었다고는 하나 내상이 워낙 깊어 회복하는 데 시간이 조금 걸리는 듯했다. 그래도 사람의 힘으로는 절대 불가능한 초인적인 회복력을 보이고 있었다. 이미 그녀의 팔과 어깨에 난 상처는 흔적도 없어졌으니 여우구슬의 힘은 실로 대단하다 할 수밖에 없었다.

숙주의 집 안은 굉장히 고요했다. 숙주는 자신의 방에서 조용히 앉아 책을 읽었다. 청의동자는 그동안 책을 멀리했다며 책을 읽는 그의 태평한 행각에 혀를 내둘렀다. 언제 어떻게 쳐들어올지 모르는 진양대군의 침입에는 전혀 대비를 안 할 생각 같았다.

"너무 대비를 안 하는 것 같은데요. 주인님. 설사 은옥 님이 왕녀인 것을 알아도 그가 묵인하고 은옥 님을……."

"그럼 나도 죽여야 할 텐데, 그자가 그럴 수 있겠느냐."

"그러고도 남을 성품을 가지셨죠."

"성품은 어쩔 수 없으나 진양대군은 그야말로 대군이다."

"……."

지금 그 위치로는 절대 금상에게 이빨을 드러낼 수 없었다. 지금의 금상이 원하는 것은 형제간의 견줄 수 없는 우애를 원하지 피를 부르는 왕위 다툼이 아니었다.

"대군이 할 수 있는 일은 생각보다 많지 않다. 아무리 은밀히 작은 왕궁을 만들어도 결국 대군은 대군일 뿐. 잠룡은 깨어나지 못하면 아무짝에도 쓸모없는 토룡과 같지."

"그래도…… 대군의 몸을 상하게 했으니 그냥은 지나가지 않을 것입니다."

"그건 그때 가서 생각해 보자. 서책을 읽어야 하니 이제 그만 그 입 다물라."

"……."

청의동자가 그의 말에 입을 샐쭉였다.

어스름한 새벽이 밝아왔다. 횃불을 든 사병들이 숙주의 집을 에워쌌다. 청의동자가 수상한 낌새를 눈치채고 곧장 밖을 나가 그것을 확인했다.

"주인님, 결국 올 게 온 것 같습니다!"

"……."

청의동자의 말에 숙주는 한숨을 쉬며 책을 덮었다.

"후."

쾅!

문을 부수듯 밀쳐 연 진양대군의 사병들이 뒤늦게 나타난 숙주의 종들을 두들겨 패고, 검으로 위협하며 숙주를 찾았다.

"네 주인은 어디 있느냐."

"히익, 사, 사랑채에……."

"안내해."

그의 시비들은 어쩔 수 없이 그가 있는 사랑채로 침입자들을 안내했다. 시비를 위협하던 남자가 동료에게 그의 방으로 들어가라 고갯짓을 하자 곧장 남자가 그의 방으로 다가갔다.

그러나 그들이 온 것을 모르지 않는 숙주는 알아서 문을 열고 나왔다.

"손님이 오셨는데 대접할 게 마땅치 않군. 너무 이른 시간에 오셔서 말이야."

"……."

잠들지 않은 숙주를 보며 남자는 두 눈을 가늘게 늘어뜨렸다.

"진양대군께서는 역시 오시지 않았구만. 많이 다치셨나? 낙마가 참 위험한 사고지. 안 그런가?"

"닥쳐라. 감히, 진양대군을 그리 만들어놓고 살 줄 알았더냐?"

"말은 똑바로 하세. 내가 그런 것이 아니지 않은가? 말이 놀라 주인을 못 알아보고 던진 것인데."

숙주의 말에 발끈한 남자가 소리쳤다.

"입만 살았군. 쳐라!"

그때 안채에서 박 상궁이 나와 진양대군이 보낸 사병들에게 물을 가득 담은 대야를 던졌다.

"시끄럽다, 이놈들! 감히 여기가 어느 안전이라고 시끄럽게 구는 것이야!"

갑작스러운 물세례에 사병들은 잠시 얼음이 되어 상황을 파악하려 했다.

"박 상궁, 감히……!"

찬물을 정통으로 맞은 남자가 두 손으로 얼굴을 거칠게 쓸어내리며 화를 냈다. 그러나 박 상궁은 눈 하나 깜짝하지 않았다.

다시 은옥이 돌아왔다는 말과 숙주가 그녀를 궁으로 데려가야 할 것 같다는 말에 박 상궁은 급하게 궁으로 연통을 넣었다. 다른 누구도 아닌 금상을 모시는 상선에게 연통을 넣었다.

왕가의 왕녀가 이곳에 있으니 사람을 보내 모시고 가라는 서찰이 이미 그의 손에 들려 있을 것이었다. 믿지 않을 테지만 확인을 위해 사람을 보낼 것이고 자신은 금상과 중전의 앞에서 왕실을 기만한 죄로 죽는 한이 있어도 사실을 고해야 했다.

"닥쳐라, 이놈. 네놈이 무슨 대역죄를 지려는지 아느냐! 감히 네놈이 왕족을 해하려 하고 있다. 네놈의 삼대가 멸문지화를 당해도 모자랄 죄란 말이다!"

알아듣지 못할 말을 하는 박 상궁의 말에 남자는 점점 표정이 오묘해졌다.

"저 노인네가 지금 뭐라고 하는 것이냐?"

곁에 있던 동료에게 물었지만 동료 또한 무슨 말인지 못 알아들었다. 박 상궁이 혀를 차며 말했다.

"가서 진양대군에게 전하라. 내일 등화라는 계집은 왕가의 왕녀라는 이유로 나와 함께 궁으로 들어갈 것이라고. 궁금하거든 내일, 궁에 무슨 일이 벌어지는지 사람을 보내 알아보라 하여라!"

"……."

그녀의 말에도 그들은 여전히 무슨 말인지 알아듣지 못했다.

"등화가 왜 왕가의 왕녀라는 것이야……?"

"글쎄……."

"궁금하면 집구석으로 돌아가 쳐 자고 일어나! 그럼 알게 될 것이니!"

박 상궁의 거친 말에 얼떨떨해하던 그들이 서로 눈치를 살폈다. 이런 상황을 전혀 예상하지 못했다. 피 터지게 싸워 집 안을 풍비박산을 만들어 버리면 동이 틀 것이었고 그때쯤 슬슬 해산하면 되는 일이었다.

"어, 어쩌지?"

호기롭게 숙주의 집으로 쳐들어온 진양대군의 사병들이 술렁이기 시작했다. 저 말이 사실인지 아닌지 확실하진 않았지만 기세등등한 것을 보면 믿는 구석이 있는 게 분명해 보였기 때문이었다.

"썩 안 돌아가? 기어코 네놈들의 목이 궁 문 앞에 효수가 되고 나서야 정신을 차리겠구나!"

박 상궁의 말에 그들이 뒤로 주춤주춤 물러났다.

결국 그들은 주춤대며 다시 숙주의 집 밖으로 나섰다. 모양새가 대단히 보기 안 좋았지만 어쨌든 숙주의 집은 다시 평화를 찾았다.

한편, 진양대군은 꼼짝없이 누워 상한 뼈가 붙길 기다려야 했다. 그는 이렇게 가만 누워 있는 것이 분해 숙주의 집에 사병을 보냈다. 그리고 그의 집에 있을 등화 그 계집을 끌고 오라 일렀거늘, 정작 돌아와 하는 말이 가관이었다.

"뭐라? 그게 대체 무슨 말이냐! 윽…….."

목소리에 힘을 주자 늑골이 욱신 아파왔다. 진양대군은 통증을 참기 위해 숨을 멈췄다. 곁에서 그를 지켜보던 홍연이 표정을 잔뜩 일그러뜨렸다. 자신도 덩달아 아픈 기분이었다. 그리고 보고를 위해 그를 찾아온 남자를 향해 그 대신 소리쳤다.

"무슨 말도 안 되는 소리에 기가 눌려 온 것이야? 등화 그 계집이 왕녀라니, 그런 허망한 말에 속아 오다니 아무리 멍청해도 이렇게 멍청할 수가……!"

"저, 저희도 말이 안 된다고 생각했는데…… 워낙 그 노인네가 꼬장꼬장하게 굴어서……."

"네놈이 정말 이젠 사리분별이 안 되는 모양이구나. 시끄럽다, 당장 꺼지지 못하겠어?"

진양대군은 홍연의 호통을 가만히 들으며 미간을 좁혔다. 천하의 박 상궁이 노망이 들지 않고서야 그런 말을 할 리가 없었다. 박 상궁이 누구던가, 십수 년을 중전마마의 곁을 든든하게 지켰던 부제조상궁이었다.

늙고 병들어 퇴궁을 하겠다 하였지만 궁 밖을 나가 금상과 중전마마의 후한 상도 마다하고 주막을 차려 여러 사람을 만나며 즐겁게 살고 있었다. 박 상궁이 갑자기 노망이 와 실없는 소리를 할 수도 있었지만 진양대군은 앞으로도 수년은 꼿꼿하게 살 사람이란 걸 모르지 않았다.

"왕녀……?"

대체 누구의 왕녀란 말인가, 금상께서 사가에서 만난 여인이 있었던 것일까? 워낙 중전마마뿐만 아니라 다른 후궁들에게서도 자식을 많이 보신 분이라 놀랍진 않았다.

"정말 그 노인네의 말을 믿는 것입니까?"

"……."

무시하기는 힘들었다. 누구도 아닌 자신의 어머니를 가까이에서 모셨던 상궁이었고 또 해가 뜨면 알게 될 것이라고 하니 그때까지 기다려 보는 것도 늦지 않았다. 거짓이라면 박 상궁 또한 살아남지 못하리라.

"경거망동할 노인네는 아니다. 일단은 지켜보자꾸나. 어차피 그 연놈들은 독 안에 든 쥐가 아니냐."

"……."

홍연은 이 상황이 무척이나 마음에 들지 않았다. 허나 어쩔 수 없는 노릇이었다. 진양대군은 아파하다 지쳐 결국 잠이 들었다. 그런 그를 가만 바라보며 홍연은 한숨을 내쉬었다.

명화루가 전부 불에 타 다른 기생들은 당장 지낼 곳도 없어 서 행수와 함께 뿔뿔이 일단 흩어졌다. 명화루를 당장 재건한다 해도 완공까지는 몇 년이 걸릴 것이었다. 결국 기생들은 자기 살 곳을 찾아 떠나 버렸다. 진양대군도 그것을 막을 수가 없었다. 그나마 홍연은 진양대군이 자신의 집 방 한 칸을 내주어 지낼 수 있었다.

"왕녀라……."

홍연은 그것이 거짓이길 바랐다. 왕녀라니, 믿을 수 없었다. 근본도 없는 계집이 괜히 살기 위해 발악을 하는 것이라 생각했다.

"정말 가지가지 하는구나. 등화야."

홍연이 그녀를 힘껏 비웃으며 하늘을 향해 고개를 올렸다.

어스름했던 새벽녘이 이제 여명이 밝아왔다.

그녀는 한시라도 빨리 아침이 밝아오길 기다렸다. 과연 어떤 일이 벌어질지 기대가 되는 날이었다. 왕녀라 거짓을 말했다면 꼼짝없이 등화는 왕실을 기만한 죄로 목이 날아갈 것이 분명했다. 홍연은 차라리 기생이 되느니 그렇게 죽는 것이 소원인가 싶기도 했다.

기생의 삶이 그리도 싫은 것일까? 끝까지 고고한 척 고개를 빳빳하게 구는 모양새가 여전히 꼴 보기 싫었다.

"그래, 조금 더 시간을 벌어본 발악이 과연 어찌 되는지 두고 보자꾸나."

홍연은 힘껏 은옥을 비웃었다. 그녀는 진정으로 궁금했다. 이렇게까지 일을 크게 만들어 대체 어쩌려는 것인지, 감당하지 못할 정도로 일이 커지고 있다는 것을 은옥은 모르는 것 같았다.

은옥이 정신을 차렸을 땐 환한 아침햇살이 들어온 시간이었다. 해정이 자신을 돌보다 지쳐 벽에 기대 잠든 것을 보고 놀라 자리에서 일어났다.

"윽……."

어깨에 지긋이 오는 통증에 은옥이 신음을 내뱉으며 잠시 몸을 웅크렸다. 설잠에 빠졌던 해정이 그녀의 신음 소리에 잠에서 깼다.

"깨셨습니까?"

"아……."

"괜찮으십니까?"

은옥은 그녀의 방 안인 것을 눈치채고 서둘러 그녀의 자리에서 나오려 했다.

"제가 어찌……."

"괜찮습니다. 누워 계세요. 아직 일어나시기에는 벅차 보이시니."

"……."

"깨어나셨으니 서방님께 알려 드려야겠습니다. 밤새 걱정하셨습니다."

해정이 곧장 방을 나섰다.

은옥은 그녀의 말에 뒤늦게 숙주가 자신을 품에 안고 이곳으로 왔다는 것을 다시 기억해 냈다. 그의 집 문 앞까지 다다른 것은 기억이 났는데 이후로 안심이 되었는지 기억이 나지 않았다. 그저 소란스럽고 분주한 소리가 이어 들렸고 자신은 깊은 잠식에 빠졌다.

깨어나 보니 해정의 안채였고 옷도 깨끗한 옷으로 갈아입혀져 있었다. 더욱 신기한 것은 상처가 났던 팔과 어깨가 말짱해졌다는 것이었다. 분명 중상을 입었다. 기절할 정도로 아팠고 피도 제법 흘려 눈앞이 제대로 보이지 않을 만큼 어지러웠다.

"설마……."

은옥은 설마 하는 마음으로 자리에서 일어났다. 그때, 박 상궁이 죽을 가지고 들어왔다. 깨어난 그녀를 보며 말을 붙이기도 전에 은옥이 밖을 나섰다.

그리고 해정의 말을 듣고 안채로 들어오는 숙주를 향해 물었다.

"나으리. 아랑, 아랑은요?"

"……."

"그 아이는 어찌 되었습니까?"

"……."

그녀의 물음에 숙주는 잠시 대답하기를 망설였다. 아직 아랑은 깨어나지 못하고 있었다. 폭주로 인해 몸이 피곤할 텐데 그것을 여우구슬 없이 견디려니 힘든 것이었다.

"예?"

"아가씨……!"

그때, 손님방에 있던 아랑이 버들의 부축을 받으며 안채로 들어오고 있었다. 그녀의 모습에 은옥이 두 손을 입으로 가져가 눈물짓기 시작했다.

"세상에……."

아랑이 결국 자신에게 여우구슬을 건네준 것을 눈치챈 은옥이 고개를 저었다.

"아아, 아랑아……."

"이제 괜찮으십니까?"

두 눈에 눈물이 그렁그렁 맺힌 은옥을 향해 아랑이 털털하게 웃어 보였다.

"괜찮아야 합니다. 제 여우구슬이 그 몸 안에서 열심히 아가씨의 몸을 치유하고 있을 테니까요."

"흑, 아랑아……!"

은옥이 그녀에게 달려갔다. 아랑이 은옥의 포옹에 휘청였다. 곁에 있던 버들이 간신히 아랑을 받쳐줘 중심을 잡게 했고 아랑은 자신을 와락 안으며 흐느끼는 은옥을 부드럽게 토닥였다.

"괜찮습니다. 잠시 빌려 드리는 것이니 너무 고마워 마세요. 아가씨의 몸이 회복되는 대로 돌려받을 것입니다."

"응응. 꼭 가져가. 꼭……."

은옥은 여우구슬 따위 필요치 않았다.

"미안해. 내가 이렇게 모자란데, 날 지키겠다고……. 이런……."

"……."

"고마워, 정말 고마워……."

아랑이 작게 웃으며 가만 은옥의 등을 토닥였다.

"아가씨께서는 우리 호족의 유일한 왕비님이 아니십니까."

"……."

아랑은 언제나 은옥을 한편으로 인간이라 거리를 두곤 했다. 곁에서 모시기는 하나, 주군의 명이라 어쩔 수 없이 모시는 것일 뿐, 그 이상도 이하도 아닌 일로 치부했다. 그것을 은옥은 모르지 않았다. 아랑의 그런 말은 그녀를 펑펑 울리기 좋았다.

"흐윽!"

은옥이 크게 울음을 터뜨리자 아랑은 당황했다. 하지만 달래는 손길은 멈추지 않았다.

그런 두 사람을 숙주와 해정은 말없이 바라보았다.

그리고 그때였다.

"신숙주는 당장 이 문을 여시오!"

펑펑 울던 은옥이 담장 밖에 들리는 목소리에 아랑의 품에서 떨어졌다. 박 상궁이 앞서 나왔다.

박 상궁의 서찰을 전해 받은 상선이 놀란 나머지 직접 숙주의 집을 찾아왔다.

박 상궁이 그에게 허리를 숙였다.

"상선영감."

"대체 이 서찰은 무엇이냐? 박 상궁. 그대가 지금 무엇을 고하는 것인지 알기는 하는 것인가?"

"송구합니다. 직접 전하와 중전마마께 고해야 하는 것이 맞으나 제가 궁으로 들어갈 수 있는 처지가 아니었습니다."

상선은 박 상궁의 말에도 여전히 못마땅했다. 한숨을 쉬며 박 상궁에 곁에 있는 은옥을 바라보았다.

"……."

어렴풋이 보이는 중전마마의 모습에 박 상궁의 말이 사실일 수 있다는 생각을 했지만 그는 쉽게 그것을 믿을 수가 없었다.

중전마마의 소생이 어찌하여 궁 밖에서 나올 수가 있단 말인가.

"이 서찰의 내용이, 정녕 거짓 하나 없는 사실이란 말인가? 그래?"

"예. 상선영감. 틀림없는 사실입니다."

눈앞에 있는 은옥을 보고도 그는 박 상궁에게 확신을 가질 증좌를 요구했다.

"이것을 사실이라 말할 수 있는 근거를 대보아라."

박 상궁이 주변의 눈치를 살피며 상선에게 가까이 다가가 그에게 귓속말을 했다.

"삼태성의 별."

그녀의 말에 상선의 두 눈이 커졌다.

"그것이……!"

"이 증좌는 오직 중전마마의 집안에서만 내려져 오는 것이지요. 오른쪽 엉덩이에. 그것이 있습니다."

"……."

"자세히 들여다보십시오, 왕녀께선 부부인 마님을 많이 닮으셨습니다."

"허나…… 중전마마와 금상께서 왕녀의 존재에 대해 모르고 계신 연유는 대체 무엇이란 말인가!"

그의 물음에 박 상궁은 무거운 표정을 지어 보였다. 그리고 무릎을 꿇고 고개를 조아리며 소리쳤다.

"저의 죄입니다. 부디 제가 두 분께 저의 죄를 낱낱이 밝힐 수 있는 기회를 주소서."

"……."

상선은 이 일을 금상에게 고하지 못했다. 박 상궁이 필시 제정신이 아닐 것이라고 생각했기 때문이었다.

"허어……."

그러나 앞에 있는 은옥을 보고 나서는 생각이 달라졌다. 은옥은 중전마마의 가문 사람들과 매우 닮아 있었다. 중전마마의 모친인 부부인을 닮은 것도 같았고 중전마마의 모습을 닮은 듯도 했다.

"일단……."

복잡해져 가는 머릿속을 그는 간신히 정리하며 천천히 말을 했다.

"이 여인을 모셔라. 박 상궁 자네도 입궁하게나."

"예……."

은옥은 그들의 대화에 당황했다. 눈뜨자마자 이렇게 궁으로 불려갈 줄은 몰랐다. 그녀가 어리둥절한 눈으로 박 상궁을 바라보았고 궁에서 온 상궁들이 은옥의 양팔을 붙잡았다.

"자, 잠깐……."

"괜찮을 겁니다. 가마에 오르소서."

박 상궁이 순간 불안에 떠는 은옥에게 나직이 말했다.

"……."

"가마에 오르셔야 삽니다."

"……."

은옥이 아랑을 바라보았다. 아랑은 조용히 고개를 끄덕였다. 은옥은 가마에 오를 수밖에 없었다. 두려웠으나 두렵다고 피할 수만은 없는 그런 일이었다. 결국 은옥을 데리고 상선은 궁으로 향했다.

상선은 당황스럽기가 그지없는 이 일을 어찌 고해야 할지 앞길이 막막했다. 궁에 도착하는 내내 한숨을 쉬었다. 전하와 중전마마는 모르는 소생이라니. 어찌 이런 일이 있을 수 있다는 말인가.

은옥은 별궁에 잠시 보내졌다. 상선은 일단 그녀를 공주라 칭하지 않고 귀인이라 칭했다. 은옥은 그의 말에 처연히 웃었다. 공주로 인정하기엔 시기상조라는 말이었다.

"단정하고 격식 있는 옷으로 준비해 입히도록 하여라."

"예, 상선."

"이곳에서는 귀인으로 잠시 지내실 것입니다. 그리 알고 몸가짐을 조심히 하소서."

그의 말에 은옥이 조용히 고개를 주억거렸다.

그는 일단 옷차림부터 좀 더 격식이 있는 옷으로 바꿔 입히기로 했다. 그녀를 위한 옷과 몸과 얼굴에 치장할 것들이 천천히 들어오기 시작했다. 은옥은 그저 얼떨떨한 눈으로 그것을 바라보고 있었고 박 상궁은 오랜만에 궁의 격식에 맞게 상궁의 옷을 입고 입궁했다.

상선이 뒤늦게 대전에서 조회를 끝낸 금상에게 박 상궁이 보낸 서찰을 건넸다. 당연히 금상은 이 말을 믿지 않았다.

"박 상궁이 정말 이 서찰을 보냈다고?"

"예…… 전하……."

상선은 그의 눈치를 살피며 고개를 허리를 깊이 숙였다.

"말도 안 된다. 궁 밖의 왕녀라니. 나와 중전이 낳은 아이가 어찌 궁 밖에서 자라고 있었단 말인가! 박 상궁이 노망이 난 것이 확실하다. 그럴 리가 없다."

금상은 확신했다.

중전이 낳은 아이 중 일곱은 살아 곁에 있었고 둘은 안타깝게도 먼저 명을 달리했다. 첫째 공주였던 정소공주는 열셋의 나이로 세상을 일찍 떠났다. 또 다른 한 아이는…….

"말도 안 된다, 나와 중전 사이의 공주는 오직 정의공주뿐이다. 상선 그대도 알고 있지 않나!"

그의 물음에 상선은 그저 고개를 숙이고 절절매야 했다.

"예에, 소인도 그렇게 생각하옵니다. 허나……."

하지만 그러기엔 박 상궁이 왕녀라 칭한 그 여인이 너무나 부부인을 닮아 있었다.

"허나?"

"중전마마와 부부인을 많이 닮은 여인이었습니다. 게다가……."

"게다가, 또 무엇이 있기에 그러는 것인가!"

"중전마마 가문에서 내려오는 특이한 증표가 있지 않습니까……?"

그의 말에 금상이 미간을 좁혔다.

"그것을 말하는 것인가……?"

"예……. 삼태성의 별이 그분 몸에 있다 합니다."

"하……!"

"전하, 전 부제조 박 상궁이 찾아뵙길 원하옵니다."

밖에서 들리는 목소리에 금상이 소리쳤다.

"당장 들라 하라!"

박 상궁이 그의 앞에 무릎을 구부리며 엎드렸다. 금상은 그런 박 상궁을 노려보며 다그쳤다.

"모든 것을 소상히 말하라. 그리고 만약 이 모든 일이 그대가 꾸민 거짓된 이야기라면 그대는 물론이고 그대의 집안 모두 무사하지 못할 것이다!"

그의 말에도 박 상궁은 담담했다. 무덤까지 가져갈 줄 알았던 이야기를 박 상궁은 천천히 풀어 내렸다.

"지금으로부터 스무 해 전. 중전마마께서는 긴 진통 끝에 아기씨를 순산 하셨지요. 그게 바로 지금의 임영대군이십니다."

"……그래. 임영대군이다."

꾸밈없는 성격에 중전이 아끼는 넷째 아들이었다.

"설마……."

"임영대군께서는 운이 좋게도 일식이 시작되기 전에 세상 밖으로 나와 중전마마의 곁을 지키고 계셨던 대비마마의 품에 곧장 안기셨지요. 대비께서 임영대군을 안고 궁인들 모두 해산을 위해 가져온 것들을 정리하기 시작하던 그때였습니다. 중전께서 다시 산통을 느끼셨죠."

중전이 쌍둥이를 출산할 줄은 그때 누구도 알지 못했다.

"……."

"뒤이어 태어난 왕녀 아기씨……. 아니, 공주께서는 하필, 달이 해를 삼켰던 그때, 태어나셨습니다."

금상의 얼굴이 점점 어두워졌다. 박 상궁은 잠시 숨을 고른 뒤 말을 이어 갔다.

"달이 해를 삼킨 이때…… 게다가 쌍둥이라……."

대비는 이것을 영 길조로 보지 못했다.

게다가 금상이 왕위에 오르고 난 후, 몇 년간 계속 흉년이 이어지고 있었다. 금상이 구휼로 백성들을 살핀다고 살폈지만 이어지는 흉작 때문에 구휼로 백성들을 구제하는 일도 역부족이었다. 또, 아랫지방에서는 여름엔 홍수로 백성들이 죽고 전염병까지 돌아 민심이 흉흉하기 그지없었다.

그런 때에 태어난 대군이었다. 앞으로 왕실에 밝은 희망을 가져다주길 간절히 원하며 대군의 탄생을 기뻐하기도 잠시, 온 세상이 까맣게 물들던 그때, 하필이면 공주가 태어났다.

아무래도 좋은 징조가 아닌 듯하여 대비는 은밀히 궁 밖의 무녀를 찾았다. 집안 대대로 신을 모셨다던 무녀는 공주를 보자마자 소리를 쳤다.

"어서, 어서 궁 밖으로 내보내세요. 아니, 후환을 없애셔야 왕실에 피바람이 불지 않을 것입니다."

무당의 그 말은 대비의 가슴에 거대한 파도를 불렀다. 장자가 아닌 금상이 왕위를 물려받기까지 많은 어려움이 있었다. 그것을 헤치고 왕위에 앉자 찾아온 갖은 악재에 이미 충분히 힘든 금상이었다. 그런 금상에게 이번엔 자식이 악재가 되어 백성들의 민심을 해치게 할 순 없었다.

결국 공주는 이름도 지어지지 못한 채 박 상궁의 품에 떠안겨졌다.

"숨을 끊어놓아라."

대비의 말에 박 상궁은 망설였다. 핏기도 채 씻어주지 못한 아주 작은 아기씨였다. 눈도 제대로 뜨지 못해 꼬물거리는 작은 생명이었다.

"대, 대비마마. 어찌……."

"어서!"

대비의 명에 박 상궁은 떨리는 손으로 공주의 입고 코를 수건으로 막았다. 잠잠했던 아기가 꼬물댔다. 숨이 막혀 괴로워했지만 저항은 너무나 미약했다. 결국 작은 몸이 축 늘어졌다. 박 상궁은 자신이 한 짓을 믿을 수 없어 뒤로 물러나 부들부들 몸을 떨었다.

그 모습을 차마 지켜볼 수 없던 대비는 고개를 돌린 채 눈을 질끈 감고 있었다. 박 상궁이 움직이지 않는 아기를 보며 대비에게 고했다.

"대비마마…… 왕녀 아기씨께서 수, 숨을 거두신 듯하옵니다……."

"……."

그제야 눈을 뜬 대비가 잠잠한 왕녀를 바라보며 깊은 한숨을 내쉬었다. 그녀는 이 무거운 죄는 반드시 죽어 달게 받겠다는 다짐을 하며 손을 꼭 쥐었다.

"양지바른 곳에 잘 묻거라. 내생에는…… 부디 왕녀의 자식이 아닌 평범한 집안의 자식으로 태어나 천수를 누리다 가길……."

박 상궁이 축 늘어진 왕녀 아기씨를 품에 안았다. 아직, 따뜻했다. 그러나 반대로 박 상궁의 가슴은 차갑게 가라앉아 버렸다. 이제는 돌이킬 수 없어졌다는 것을 누구보다 잘 알았기에 그녀는 숨진 왕녀 아기씨를 곧장 궁 밖의 주인 없는 터에 묻기로 마음먹었다. 왕녀 아기씨를 묻으면서 이 모든 일을 묻어버리려 했다. 자신과 대비만이 아는 일. 두 사람 다 무덤까지 이 일을 가져가기로 하였으니 누구도 알지 못했다.

전부 다, 전부 다 묻어버리자. 자신의 손끝으로 지긋이 눌러 버렸던 아가씨의 연약했던 숨도, 품에 안은 몸이 여전히 따뜻한 것 같은 이 착각도.

묻자, 묻자…….

"으에엥."

"……."

작은 상자 안에 아기씨를 담아 넣고 가마를 탄 박 상궁이 아기 울음소리에 놀라 몸을 굳혔다. 잘못 들은 줄 알았다. 그녀가 빳빳해진 고개를 돌려 곁에 두었던 상자를 향해 시선을 내렸다.

천천히 상자 뚜껑을 연 박 상궁은 놀라지 않을 수 없었다.

"……."

"흐엥……."

죽은 줄로만 알았던 왕녀 아기씨가 살아 있었다.

"하……."

박 상궁은 온몸의 털이 쭈뼛쭈뼛 서는 느낌을 받았다. 가마가 멈추자 상궁은 서둘러 상자를 닫았다.

제발 아기씨가 울지 않길 바라며 박 상궁은 아무것도 모를 가마꾼들의 눈치를 살폈다.

"마마님, 도착하였습니다."

"그, 그래. 알겠다."

박 상궁이 상자를 가지고 가마에서 나왔다. 해가 지고 검은 어둠이 짙게 깔린 밤. 그녀는 은밀히 궁 밖을 나왔다. 한양을 조금 벗어난 박 상궁은 그들에게 삯을 건넸다.

"그만 돌아가 보시게."

"예."

그들은 삯을 받자마자 곧장 자리를 떠났고 박 상궁은 상자를 내려놓고 그 안에서 꼼지락거리는 아기씨를 곧장 안아 들었다.

그녀는 왕녀 아기씨의 숨이 채 끊어지지 않았다는 것을 깨닫고 좌절했다. 이 일을 대비께서 아신다면 분명 그녀는 죽은 목숨이나 다름이 없었다. 어떻게든 다시 왕녀 아기씨의 숨을 앗아가야 했다. 그녀가 왕녀 아기씨의 여린 목을 한 손으로 쥐었다.

이번엔 코와 입이 아닌 목을 졸라 확실하게 숨을 거두어야 했다. 그래야 했다.

부들부들……. 그러나 그녀는 차마 손에 힘을 줄 수 없었다. 손이 너무 떨렸고 또다시 끔찍한 짓을 할 엄두가 나지 않았기 때문이었다.

"흑……."

박 상궁은 차라리 자신의 목에 칼이 들어올지언정 살기 위해 작은 몸을 쉼 없이 팔딱이는 왕녀 아기씨의 숨을 억지로 거둘 수가 없었다.

"……."

박 상궁이 이미 해가 지고 까맣게 물든 하늘을 가만 바라보았다.

"하늘이시여…… 대체 제게 어찌 이런 시련을 주시옵니까? 저더러 어쩌라고……."

결국, 박 상궁은 다른 방법을 택할 수밖에 없었다.

그녀는 걷고 또 걸었다. 지칠 때까지 걷다 다다른 곳은 화산의 입구였다.

몰래 사람이 사는 집에 버리고 도망칠까 고민도 했지만 잔인한 흉년이 이어지고 있는 상황이었다. 거둬줄 리 만무했고 또, 포청에서 버려진 아기의 부모를 찾는 조사라도 이루어진다면 큰일이었다. 그 일이 금상이나 대비의 귀에 들어가지 않으란 법이 없었다.

화산 입구를 서성이던 그녀가 왕녀 아기씨를 품에 꼭 안고 산 안으로 들어갔다. 어둠 속에서 산을 오르는 것은 꽤나 무섭고 힘든 일이었다. 한 치 앞도 가늠이 되지 않을 정도로 어두웠다. 다행인 것은 얼마 전 눈이 내려 땅에 쌓여 있었다. 덕분에 땅이 조금 미끄러웠지만 숲속으로 내려온 달빛이 눈을 비추어 영롱한 빛을 내주었다.

그 빛을 따라 점점 더 깊은 산으로 들어간 박 상궁은 숨이 턱까지 차올라 가쁜 숨을 내쉬었다. 그녀의 입에서는 하얀 김이 연신 터져 나왔다.

어디쯤 들어온 것인지 가늠이 되지 않았다. 허나 오래 걸어 들어왔으니 제법 깊은 곳까지 들어왔으리라 박 상궁은 짐작했다.

응애애!

우는 왕녀 아기씨를 달래며 주변을 살폈다.

구정이 갓 지난 추운 겨울이었다. 눈으로 덮인 땅은 꽁꽁 얼어 있었다. 품에 안았던 아기씨를 차디찬 눈 위에 내려놓았다.

"아기씨…… 미안합니다. 부디, 부디 좋은 곳으로 가셔요."

그리고 박 상궁은 이 모든 과過를 하늘에게로 돌렸다.

"그저 하늘을 원망하세요. 하필이면…… 하필이면 아기씨께서……."

사사삭!

그때 등 뒤의 수풀에서 수상한 소리가 나자 흠칫 놀라 박 상궁이 고개를 돌렸다.

"거, 거기 누구시오?"

하지만 들려오는 소리는 숨 막힐 정도로 고요했다.

"……."

불현듯 두려워진 그녀는 아기씨를 두고 산을 빠져나갔다. 남겨진 아기씨가 얼마 후 울음을 터뜨렸다.

"으애앵—!"

처절하고 간절한 울음이었다. 박 상궁은 두 귀를 막고 미친 듯이 흐느끼며 산을 내려왔다. 그 울음소리를 외면할 수밖에 없었다.

"다음 날, 왕녀 아기씨의 시신이 있다면 수습해 묻으려 화산으로 돌아갔지만 시신은 어디에도 있지 않았습니다. 그저, 산짐승이 물고 가 어딘가에서 해치웠구나. 시신도 찾지 못하게……. 그리 생각하고 모든 것을 그렇게 묻었지요. 소인은 정말 왕녀께서 그 산에서 목숨을 달리했다고 생각하였습니다……."

쾅!

"네 이년……! 감히 왕가의 핏줄을 그리 능멸하려 하다니……!"

듣고 있던 금상이 결국 참지 못하고 왕좌를 거칠게 주먹으로 내리치며 목소리를 높였다. 박 상궁이 더욱더 고개를 조아리며 대답했다.

"소인을 죽여주시옵소서!"

죽어 마땅한 벌이었다. 이미 살 만큼 살았기에 삶에 대한 미련도 없었다. 금상은 기가 막힌 표정을 지어 보이며 박 상궁을 내려다보았다.

"그럼, 지금 궁에 데려온 왕녀라는 계집이 정말 나와 중전의 공주라는 사실은 어찌 알았느냐. 그 겨울, 성인도 들어가기 힘든 험한 산에서 갓난아이가 어찌 살아 돌아올 수 있지?"

"그것은……."

"어서 말하라!"

그의 다그침에 박 상궁이 입술을 깨물었다.

금상이 이것을 믿을 리가 만무했다. 그러나 거짓을 고할 수는 없었다.

"왕녀께서는……."

"……."

"왕녀께서는 여우족에게 발견이 되어 길러지셨습니다."

"뭐, 뭐라?"

짐작할 수조차 없었던 대답에 당황한 금상이 말을 더듬으며 박 상궁을 내려다보았다.

"그게 대체 무슨 말인지 모르겠구나. 여우족? 그런 이름을 가진 도적들에게 발견이 되었다는 말이냐?"

"……."

박 상궁은 금상에게 어떻게 설명을 해야 할지 애를 먹었다. 금상은 그런 그녀의 꾸물거리는 대답에 버럭 화를 냈다.

"어서 대답하지 못하겠느냐!"

"제 말을 믿어주시옵소서. 그럼 말씀드리겠나이다."

그녀의 말에 금상이 불편한 심기를 억지로 내려놓으며 순순히 대답했다.

"그대의 말을 믿고 듣겠다. 말하라. 어서……!"

"왕녀께서는 구미호에게 발견되어 길러지셨습니다. 하여, 화산 안에서 무사히 스무 해를 넘기실 수 있었던 것입니다."

"……."

황당하기 그지없는 말이었다. 금상은 슬슬 박 상궁의 모든 말들에 의심을 품기 시작했다.

박 상궁 또한 그의 그러한 마음을 짐작할 수 있었다.

"전하, 믿어주셔야 합니다. 소인은 정말 한 치의 거짓도 없사옵니다!"

"시끄럽다. 네가 지금 왕을 능멸하려고 하는구나!"

"전하, 소인이 어찌 감히 그런 무엄한 짓을 하겠나이까!"

"상선! 당장 저 노망난 년을 하옥시켜라!"

"예, 전하. 여봐라! 이 대역죄인을 하옥시켜라. 어서!"

상선의 말에 서둘러 금상의 금군들이 그녀를 붙잡아 끌고 나갔다. 박 상궁이 소리쳤다.

"전하, 소인의 말은 전부 사실이옵니다. 믿어주시옵소서!"

"하……. 이 무슨 말도 안 되는 일이……."

"……."

"그래서, 그 아이는 지금 어디 있는 것이냐?"

그의 물음에 상선이 허리를 숙이며 대답했다.

"별궁에 모셨사옵니다."

"……내 두 눈으로 직접 확인을 해야겠다."

금상은 박 상궁의 말이 전부 거짓이길 바랐다. 아니, 거짓이라 믿었다. 그는 단 한 번도 중전이나 대비에게서 임영대군과 함께 태어난 공주에 대해 듣지 못했다.

기록에도 남아 있지 않았고, 공주의 울음소리 한 번 듣지 못했다.

그것을 믿을 자가 몇이나 있겠는가.

"상선."

"예."

"중전을 어서 환궁하라 일러야겠다."

"예."

중전이 입을 다물 수밖에 없었던 것은 아마도 달이 해를 삼켰던 때에 태어난 공주라는 사실 때문이었을 것이었다. 대비께서는 그녀의 입을 단단히 막고 죽는 날까지 공주에 대해 어떤 말도 하지 않으셨다.

그는 처음으로 자신의 모친에게 화가 났다. 기록에도 남기지 않은 것도 모자라 살아 있던 아이의 숨통을 끊어놓으려 하셨다니. 믿을 수 없었다.

"하아……."

무너져 내리는 금상의 한숨 소리에 상선의 얼굴이 무척 어두워졌다. 갑작스러운 진실을 마주하는 일은 꽤나 힘든 일이었다. 게다가 중전께서도 건강이 좋지 않았지만 금상 또한 건강이 그렇게 좋은 편은 아니었다.

혹여, 이번 일로 몸져누울까 걱정이 되었다.

한참 말을 잃고 있던 금상이 입을 열었다.

"그런데, 정말…… 별궁에 있는 아이가 중전을 닮은 것도 모자라 나의 장모를 닮았다는 것인가?"

"……예."

"상선은 어찌 생각하나. 정말로 별궁에 있는 아이가 나와 중전의 딸이라는 것이 믿기는가?"

상선은 쉬이 대답을 하지 못했다. 그녀의 몸에 있다는 증표, 삼태성의 별과 부부인을 닮은 얼굴만 봐서는 믿을 수도 있을 것 같았다. 그러나 박 상궁이 나중에 한 말에서 그도 조금 의혹을 품기 시작했다.

구미호라니. 말도 안 되는 말이지 않은가.

"……."

"대체 이게 무슨 일인지……."

금상은 당황스럽다 못해 혼란스러웠다. 별궁으로 들어가는 문턱을 지난 그가 답답함에 밖으로 나온 은옥을 단숨에 찾았다.

"……."

연분홍의 단아한 치마저고리에 따뜻한 풀빛의 당의를 입고 머리를 땋은 은옥의 모습에서 금상 또한 중전의 얼굴을 찾아볼 수 있었다.

은옥은 작약이 피어 있는 화단으로 걸어가 오랜만에 한가롭게 꽃을 구경했다. 하지만 또 한편으로는 불안했다. 그 모습을 고스란히 바라보며 금상이 상선에게 물었다.

"저 아이가……."

"예, 박 상궁이 말한 분입니다. 저 또한 놀라지 않을 수가 없었습니다."

"사, 삼태성의 별은. 확실히 있는 것을 확인했느냐?"

"예……. 옷을 갈아입히는 과정에서 김 상궁이 확인을 하였다 합니다."

금상이 휘청였다.

그는 믿을 수 없었다. 허나, 은옥은 그녀와 그녀의 모친을 무척이나 닮아 있었다. 임영대군도 중전을 참 많이 닮아 있었는데 대군을 불러와 둘을 나란히 놓고 보면 쌍둥이라고 믿을 정도로 임영대군을 닮은 것 같기도 했다.

두 눈을 끔뻑이며 은옥을 보던 금상이 그녀와 시선이 마주쳤다. 은옥은 놀라 두 눈을 동그랗게 떴고 금상 또한 이렇게 시선이 엉킬 줄은 몰라 당황했다.

두 사람은 한참을 그렇게 서 있었다.

은옥은 이 나라의 임금이자 자신의 친부라고 하는 중년의 남자를 향해 무슨 말을 해야 할지 몰랐고, 금상 또한 자신의 딸이라고 하나 딸인지 의심스러운 여인을 향해 어떤 말을 꺼내야 하는지 몰라 난감했다.

뒤늦게 은옥이 그를 향해 허리를 숙였다.

"……."

"이름이 무엇이더냐."

그녀를 어찌 불러야 할지 몰라 그가 물었다. 은옥은 왕의 중후한 음성에 잠시 두 눈이 흔들렸다. 양부 무이와는 다른 목소리였다. 무이보다는 조금 더 낮았고 목소리가 잔잔하게 울렸다.

"은, 은옥이라고 하옵니다."

"은옥."

"예."

"박 상궁은 그대가 내 딸이라고 하는데 그대는 생각이 어떠한가."

그 물음에 은옥은 대답을 할 수 없었다. 어떤 생각도 할 수 없었다. 아니, 믿기지 않는 일이었다. 지금도 이렇게 자신이 궁 안에 들어왔다는 사실이 꿈 같았다.

"전하께서는……."

"……."

"전하께서는 어떤지요?"

그리고 그녀는 자신의 생각보다 임금의 생각이 더 궁금했다. 은옥의 당돌한 물음에 금상의 두 눈이 동그랗게 커졌다.

"나의 생각을 묻는 것이냐?"

"물으면…… 안 되는 것입니까?"

혹시 이 질문도 그에게는 굉장한 무례인 것인가 싶어 은옥의 얼굴이 하얗게 질렸다. 분명 자신의 옷을 갈아입혀 주던 상궁이 무어라 알려주기는 하였는데 전부 머리에 집어넣기엔 방대했다.

"나의 생각이 그대는 내 딸이 아니다, 라고 한다면?"

"……."

은옥이 금상을 살며시 올려다보았다.

"저는……."

"……."

"그런 것은 사실 저에겐 중요하지 않습니다."

의외의 대답이었다.

"전하의 세 번째 공주는 이 궁에서 버려진 존재이니까요."

"……."

"제가 정말 버려진 공주라면 너무나 슬플 것 같아요."

금상의 표정이 어두워졌다.

"몰랐다."

"……."

"난, 네가 태어난 줄도 몰랐다."

금방이라도 눈물이 터질 것 같은 눈으로 말을 하는 그를 마주한 은옥은 이상하게 가슴 한쪽이 아팠다.

하지만 곧 금상은 자신의 감정을 추슬렀다. 그리고 은옥을 향해 말했다.

"좀 더 그대에 대해 알아보아야 할 것 같으니 잠시 별궁에 기거하고 있는 게 좋겠다."

"……."

그러나 은옥은 묻고 싶은 것이 있었다.

"당시 셋째 공주가 태어났다는 것을 알고 계셨다면. 전하께서는 어찌하셨을까요?"

"……."

"달이 해를 삼켜 불길하다는 셋째 공주를…… 전하께서는 어찌하셨을 것 같으십니까?"

그녀는 그의 진심, 그리고 진실을 알고 싶었다. 금상이 알았더라면, 셋째 공주로 태어났던 아이의 운명은 달라질 수 있었을까?

달이 해를 삼킨 그 순간 태어난 공주.

그는 그런 것들을 믿지 않았다. 허나, 때때로 이 자리는 그런 것들에 무릎을 꿇어야 하는 자리이기도 했다.

매년 그가 하늘에 올리는 기우제 또한 그런 맥락과 다르지 않았다. 은옥의 뼈있는 질문에 금상은 차마 대답을 하지 못했다.

은옥이 그런 그의 뒷모습에 처연히 웃음을 흘렸다.

"전 제가 전하의 핏줄이 아니었으면 합니다."

"……."

"아니었으면 좋겠습니다."

박 상궁의 말이 모두 거짓된 이야기였으면 좋겠다고 생각했다. 아니, 은옥은 이제 자신이 무엇이든 상관없었다. 그저 탁야가 보고 싶었다.

금상이 멈추었던 걸음을 다시 떼어냈다. 천천히 별궁을 떠나는 그의 모습을 보며 은옥도 처소로 돌아왔다. 그녀는 당분간 별궁에서 조용히 기거해야 했다. 박 상궁의 말이 사실인지 아닌지를 놓고 궁 안의 모든 이들이 설전을 벌였다.

은옥은 그들이 궁금해하는 것들이 풀리든지 말든지 상관없었다. 그저, 이곳을 떠나고 싶었다.

화산으로 돌아가고 싶었다.

차라리 그의 곁에서 죽는 한이 있어도 화산으로 돌아가고 싶었다.

"서방님……."

진양대군은 정말로 은옥이 궁으로 들어가 별궁에 기거하고 있단 사실에 놀라지 않을 수가 없었다.

"정녕, 정녕 사실이냐? 확실한 것이야?"

홍연이 그것을 되물었고 궁의 소식을 가져온 청아도 당혹감을 숨기지 못했다.

"예……. 박 상궁 그자가 등화, 아니, 그분이 정말 중전마마의 딸이라고 고하는데 모두가 이것을 감히 입 밖으로 꺼내지 못하는 것 같습니다. 금상께서 함구령을 내리시어…… 지금은 금상의 수족들만 아는 사실이라고 합니다. 은밀하게 금상께서 알아보고 계신 것 같습니다. 그래도 온수현에 계신 중전께는 그 소식을 전한 모양입니다."

"……."

"말도 안 된다……."

진양대군은 정말 황당한 표정을 지어 보였다. 등화가 자신과 같은 동복형제라니.

"금상의 수족들의 말에 의하면 중전마마와 부부인마님의 젊을 때 모습과 많이 닮아 그분이 딸이 맞는 것 같단 말이 지배적입니다……."

"거짓이다. 세상에 형제가 아니어도 닮은 사람이 얼마나 많은데……!"

"……."

진양대군은 청아의 말에 두 눈을 가늘게 떴다.

등화가 중전마마를 닮은 것 같은 기분은 아주 잠깐 스쳐간 적이 있었다. 능라가 벗겨져 얼굴을 드러냈던 그때. 그때 들었던 기분은 단순히 기우라고 생각했다.

"아니다. 그럴 리가 없다."

그의 말에 홍연이 힘을 실었다.

"당연하죠. 박 상궁이 노망이 든 것이 확실합니다. 왕께서 속고 계신 겁니다."

"……."

몸만 자유로이 움직일 수 있었다면 당장 달려갔을 터인데 그럴 수 없는 것이 한이었다.

"신숙주. 그자는 어찌 되었지?"

"아……."

청아가 한숨을 쉬며 말했다.

"홍제원의 살인 사건은 어찌 알았는지 미궁에 빠질 뻔한 사건을 그가 나서 풀어주었다고 합니다. 그것이 금상의 귀에 들어가 다시 복직을 추진하고 있다고……."

"그래? 범인을 알아내었다고 하더냐?"

"예. 헌데, 그자를 추포하기도 전에 이미 그자가 오늘 자수를 한 모양입니다."

"자수를? 그자가 누구더냐?"

제법 흥미로운 일들이 많이 벌어지고 있었다. 자신이 꼼짝할 수 없는 몸이라는 것이 너무나 아쉬운 순간이었다.

"좌찬성 이맹균이라는 자였습니다. 그가 자수를 했다 합니다."

"헉, 좌찬성께서?"

진양대군은 믿을 수가 없었다. 일흔이 다 된 노인이 무슨 힘으로 사람을 죽인단 말인가. 게다가 재상의 자리와 마찬가지인 높은 위치에 있는 그자가 무슨 생각으로 그런 짓을 벌였겠는가.

"예. 하여, 지금 의금부에서 심문 중이라 합니다."

"흐응……."

여러 가지 일이 펑펑 터지니 궁 안팎이 시끄럽지 않을 수가 없었다. 진양대군이 한숨을 쉬며 다시 관심을 은옥에게 돌렸다.

"그 아이가 정말 나의 동복형제라면 내가 그 아이에게 한 짓이 낱낱이 밝혀지겠구나."

진양대군은 슬쩍 두려움에 빠졌다. 그 아이의 입에서 어떤 말이 나올지 조금은 걱정이 되는 듯했다. 그런 그와 달리 홍연은 절대 그 사실을 믿을 수 없었다. 아니, 믿지 않았다.

"그 아이가 진양대군의 동복형제면 전 진양대군의 딸입니다."

그녀의 말을 듣고 있던 그가 웃음을 터뜨리다 곧 찾아오는 통증에 괴로워했다.

"인석, 날 웃기지 말거라."

"……."

그러나 그 말은 반쯤 진심이었다. 그 정도로 믿지 않았다. 그녀의 독기 어린 눈이 한없이 맑은 하늘을 노려보았다.

홍연은 진양대군 몰래 은밀히 청아를 불렀다.

"궁에 흘려라. 이 사실을. 별궁에 있는 귀인은 사실 주상전하의 숨겨진 딸이노라고."

"예? 허나……."

금상께서 함구령으로 궁인들의 입을 전부 막았는데 이것을 흘린다면…….

"너에겐 절대 피해가 가지 않을 것이다. 밝혀지기만 한다면, 밝혀지기만 한다면 궁에 커다란 파란이 일겠지. 그리고 그들은 그 계집을 명화루의 기녀들보다도 더 낱낱이 물어뜯을 것이다. 우린 그것을 구경만 하면 되는 것이지."

"아아……."

홍연의 말에 청아가 입가를 올렸다.

"알겠습니다. 그리하겠습니다."

한편, 숙주는 오랜만에 관복을 입었다. 해정이 곁에서 그를 도와 관복에 각대를 채워주었다.

"고맙소."

해정이 빙긋 웃으며 그의 사모를 들었다.

"제가 당연히 해야 할 일이지 않습니까."

"……."

"부디 잘 다녀오셔요."

"다녀오리다."

그를 궁으로 보내는 것이 못내 마음에 걸렸지만 해정은 내색하지 않았다. 궁에는 은옥이 있었고 그 궁으로 들어가는 그를 막을 수 없음이 서글펐다. 그에겐 사실 홍제원의 살인 사건보다 별궁에 있는 은옥이 더 신경 쓰이는 듯했다.

"……."

해정이 작게 한숨을 쉬며 대문을 나서는 그의 뒷모습을 말없이 바라보았다. 그녀를 이해하는 것은 오직 버들뿐이었다.

"마님…… 괜찮으십니까?"

"……내가 괜찮지 않을 건 또 무엇이 있겠느냐."

버들의 물음에 해정이 힘없이 웃었다.

"날 돌아봐 주지 않는 것도, 마음 한 조각 주지 않는 것도, 다 내가 부족하기에 그런 것인데."

"……."

"알고 있으니 이젠 아프지 않구나."

그저 해정은 그의 안위만이 걱정되었다.

"부디 아무 탈이 없기를……."

"……."

그녀는 순풍을 흘려보내는 하늘을 보며 기도했다. 궁은 그 어떤 곳보다 무서운 곳이었다. 부디 그에게 어떤 위험도 도사리지 않길 바랐다.

숙주는 청의동자와 함께 입궁을 하였다. 금상과 독대를 하게 된 그는 조금 긴장했지만 청의동자는 궁 안을 휘젓고 다니며 철없이 굴었다.

"이야, 비원으로 부르실 줄은 몰랐습니다. 이곳이 얼마나 좋은지 좀 둘러보세요. 주인님. 무릉도원이 따로 없다구요."

"……."

숙주를 금상은 비원으로 불렀다. 봄이 찾아온 비원은 청의동자의 말처럼 무릉도원 같았다. 화사한 꽃과 높고 푸르른 나무들이 그곳을 부드럽게 감싸 안고 있었다. 봄의 햇살이 따뜻하게 정자와 연못을 비췄다. 그리고 그곳에 금상이 있었다. 금상과 조금 떨어진 금군들은 쥐죽은 듯 조용히 자리를 지키고 있었다.

금상에게 다가가려는 그를 잠시 그들이 막았다.

상선이 그들에게 보고를 받았고 조용히 금상에게 그것을 전했다. 그제야 금상이 연못의 잉어들에게 밥을 주던 것을 멈추고 숙주를 향해 고개를 돌렸다.

"왔군."

"주상전하를 뵙사옵니다."

"그대의 아비가 훌륭한 인물이기에 알고 있었다. 진사시에 장원 급제를 했었던 것도."

"……."

금상의 말에 숙주는 고개를 숙였다.

"헌데, 파직을 당했더군."

금상은 그에게 조금 더 가까이 다가갔다.

"늙은 아전이 실수를 해 그것을 감싸느라 순순히 파직을 당했다는 말을 들었다. 사실이더냐?"

"……."

"괜찮으니 대답하라."

"제가 대답을 어찌하느냐에 따라 그 아전에게 불이익이 돌아갈까 염려됩니다. 아전에게 죄를 묻지 않아 주신다면 거짓 없이 대답하겠나이다."

금상은 여전히 끝까지 아전을 걱정하는 그의 심성을 보고 웃었다.

"아전에게 죄를 묻진 않을 것이다. 그러니 대답하라. 사실인가?"

"예. 사실입니다."

그 대답에 금상이 인자한 미소를 지어 보였다.

"그대의 아비도 됨됨이가 무척 좋은 인물이었지. 아비를 닮았나 보군."

"아닙니다. 아직은 아버님의 발끝에도 미치지 못하는 것을요."

"하하, 아니다. 충분하다. 술을 좋아했던 것만 닮지 않으면 될 것 같군 그래, 의금부도사가 홍제원의 일을 그대가 해결해 주었다고 하더군."

그의 물음에 숙주가 연못 위에서 잉어들을 빤히 바라보고 있는 청의동자를 향해 시선을 슬쩍 흘리며 고개를 숙였다.

"예."

"어찌 알았는가? 이맹균 그자의 정실부인이 그런 처참한 짓을 벌였다는 것을."

올 것이 온 질문에 숙주는 잠시 호흡을 가다듬었다. 자신의 말을 믿지 않을 것이 분명하기에 그는 최대한 이야기를 그럴싸하게 꾸밀 수밖에 없었다.

"시작은 우연이었습니다. 홍제원에 살인 사건이 났다는 것을 알게 되어 관심을 갖던 차에 형조와 한성부는 이미 그 사실을 알고 있었더군요. 그러나 사건을 질질 끌고 있었습니다. 다름 아닌, 좌찬성의 집에서 일어난 일이었으니까요."

"……."

"아무리 시종이란 것이 하찮아도 억울한 죽음이지 않습니까. 게다가 무고한 백성들이 고초를 겪고 있었고요."

"그래. 그렇지."

"다행인 것은 의금부도사께서 청렴하시기로 소문이 자자해 저의 이야기를 잘 들어주셨습니다. 그분께서 들어주시지 않았다면 이번 일은 많은 사람들이 피해를 보고도 풀리지 않았을 겁니다."

틀린 말이 아니었기에 금상이 고개를 끄덕였다.

"그래. 그대가 의금부도사에게 말을 해주어 이 일이 정리될 수 있었다. 고맙구나."

"아닙니다. 소인, 나라의 가장 큰 문제를 가지고 고민하셨을 전하께 도움이 된 것만으로도 족하옵니다."

"그대의 도움을 받아 이 일을 쉽게 해결했으니 내 다시 관직을 하사할까 싶네."

"전하……."

주저하는 숙주를 보며 그가 손을 올렸다.

"어차피 아전의 실수가 아니었다면 그대는 승승장구하여 품계가 7품이 아니라 지금쯤 종5품은 되고도 남았겠지."

"……."

"내 그대에게 집현전 부수찬의 자리를 내어줄까 하는데."

"집현전이라 하심은……."

금상이 웃으며 연못을 향해 등을 돌렸다.

"그대처럼 뛰어난 인재들을 양성하기 위해 만든 곳이 아니던가. 그대의 아비도 그곳에서 일을 했었지."

그의 말에 숙주는 눈가가 시큰해지는 것을 느꼈다. 드디어 아비가 몸담았던 집현전을 들어가게 되었다.

"한 가지 더 물어볼 것이 있다."

"말씀하소서."

"별궁에 있는 아이가 그대의 집에서 왔다더군."

"……."

그 물음에 숙주가 순순히 고개를 숙였다.

"예, 전하."

"어찌 알게 되었지?"

"……."

"왜 그대의 집에서 오게 된 것인지 궁금하구나."

다시 숙주를 바라보는 금상의 눈은 아까와는 조금 달랐다. 차갑게 식은 눈으로 그가 물었다.

"어찌 알게 되었는가 물었다."

"……."

박 상궁은 하옥되어 고초를 겪는다고 들었다. 금상은 은옥이 자신의 딸임을 확인할 확실한 증좌를 원했다. 삼태성의 별도, 박 상궁의 증언도 믿지 않았다.

믿지 않을 수밖에 없었다. 여우족에 대한 이야기는 너무나 섣불렀다. 허나, 이해는 했다. 갓난아기가 화산에 버려졌다. 살아남기 힘들었을 것이고 이십 년 후, 다시 나타나 이곳까지 오기란 확실히 쉽지 않은 일이었다.

하지만, 여기에 거짓을 덧댈 수는 없었다.

"얼마 전, 한양에 원인을 알 수 없는 화재가 연이어 생겨난 것을 전해 들으셨는지요?"

"그래. 엿새째 끊이지 않고 계속되었지."

"예. 그랬습니다. 방화범은 잡히질 않고 불은 계속해서 불쑥불쑥 피어올랐지요."

"그래서?"

금상은 성격이 제법 급했다. 숙주는 잠시 숨을 고르고 대답했다.

"조선으로 도읍을 결정할 때 풍수지리학적으로 가장 걸리는 산이 있었습니다. 그 산이, 바로 화산이었지요."

"……."

"불의 기운이 너무나도 강하여, 무학대사는 그 험한 산에 사찰을 짓고 불기운을 잠재우셨습니다."

그 이야기를 모르는 왕은 없었다. 금상은 그가 왜 옛날 옛적 이야기를 들먹이는지 몰랐다. 조금씩 표정이 오묘히 바뀌는 그를 향해 그가 말했다.

"우연히 그에 관련된 책을 읽은 저는 불을 지른 방화범은 나타나지 않고, 불은 기이하게 엿새째 계속되고 있으니 혹, 화산의 사찰에 문제가 있는 것은 아닌가 하는 궁금증이 생겼지요."

"……."

그의 말을 전부 믿을 수는 없었다. 허나, 금상은 계속 들어보기로 했다.

"그 화산에서 별궁의 그분을 만났습니다."

"어쩌다가?"

"쫓기고 있었습니다. 도망치듯 내려오고 있었고 제가 구했지요."

"……누구에게 쫓기고 있었다는 것인가?"

설마, 숙주도 구미호에 대한 이야기를 꺼내려는 것인가, 금상은 설마 하는 표정으로 숙주를 바라보았다.

"……."

숙주가 좀처럼 대답을 하지 못하자 그가 그를 다그쳤다.

"대답하라."

그의 채근에 숙주가 입을 열었다.

"호족, 여우족에게 쫓기고 있었습니다."

"……그대도 이상한 소리를 하는군."

"전하, 세상에는 머리로는 이해되지 않는 일들이 때때로 벌어집니다."

그의 말에 금상은 웃음을 터뜨렸다.

"호족? 박 상궁은 그 여우족이라는 것들이 별궁의 아이를 키웠다더군. 그런데, 어째서 그들에게 쫓기고 있었던 것이지?"

"그건……."

"꾸물대지 말고 대답하라!"

"여우왕의 신부가 되셨기 때문이었습니다."

그의 말에 금상의 표정이 밉게 구겨지기 시작했다.

"한낱 인간 계집이 여우왕의 반려가 되려 하는 것을 시기한 자가 결국 영역 밖으로 내쫓았습니다. 하여, 화산을 내려올 수밖에 없었지요."

"말도 안 되는 이야기군. 그 말을 과인이 믿을 수 있을 것 같은가?"

"예, 쉽게 믿기엔 다소 무리가 있지요."

하지만 사실이었다.

"하지만 이것이 한 치의 거짓 없는 사실입니다."

숙주가 천천히 시선을 올려 금상의 혼란스러운 눈과 마주했다.

"아랑. 전하께 사실을 말해주세요."

그에게 확신을 주기 위해선 어쩔 수 없었다. 숙주의 말에 기척을 죽이고 있던 아랑이 천천히 그와 금상이 있는 정자로 걸어왔다.

금상을 지키고 있던 금군들은 어디서 나타난 것인지 모를 아랑을 잔뜩 경계하고 창을 겨눴다.

"감히 비원을 허락도 없이 들어오다니⋯⋯. 대체 어디로 들어온 것이지? 여봐라! 당장 저 사특한 것을 붙잡아라!"

그러나 아랑은 쉬이 붙잡히지 않았다. 높이 뛰어올라 자신을 향해 달려오는 금군들을 가뿐하게 피하는 것도 모자라 정자 지붕에 올라가 자신을 바라보는 금군들을 내려다보았다. 그 해괴한 광경에 놀란 금상이 정자에서 나와 지붕 위에 있는 아랑을 올려다보았다.

"저, 저⋯⋯."

"은옥 아가씨는 어디 계시지?"

"⋯⋯."

"그대가 은옥 아가씨의 생부인가?"

아랑의 건방진 물음에 곁에 있던 상선이 용기 있게 소리쳤다.

"이놈! 감히 어느 안전이라고 전하께 하대를 하느냐!"

금상이 손을 올려 상선의 말을 거뒀다.

"그만. 상선은 가만있으라."

"하오나 전하⋯⋯."

"그대는 나의 왕이 아니니 존대를 할 필요가 없지 않은가."

그녀의 건방진 말에 숙주가 미간을 좁혔다.

"아랑 님, 그래도 예의는 갖춰주셨으면 합니다만. 그분의 생부이시지 않습니까."

그의 말에 아랑이 내키지 않는 표정으로 금상을 바라보았다. 곁에 있던 상선은 그런 아랑의 태도에 뒷목을 잡았다.

"저, 저⋯⋯."

"그대는 정체는 뭔가?"

금상이 믿을 수 없는 얼굴로 물었다.

"나는 여우족, 은옥 아가씨를 모시는 수족이다. 아니, 수족입니다."

"그걸 어찌 믿지……?"

그의 말에 아랑이 곧장 짐승의 눈빛을 번쩍였다.

"헉……."

"이 정도면 믿겠습니까?"

그들이 보는 앞에서 손톱을 길게 꺼내 보였다. 금상은 믿을 수 없는 일에 제대로 말을 하지 못했다. 상선 또한 해괴한 얼굴에 핏기가 가셨다.

"박 상궁의 말이 정녕 사실이었단 말인가……."

"그렇습니다. 은옥 아가씨는 화산에 버려졌고 우리 일족이 거둬 길렀지요."

"아아……."

금상이 휘청이자 상선과 숙주가 서둘러 그를 부축했다.

"괜찮으십니까?"

"대체 이 무슨……."

금상은 말을 제대로 잇지 못했다.

"이게 대체 무슨 일이란 말인가……!"

단 한 번도 그는 이런 일을 믿지 않았다. 본 적이 없기에 믿지 않은 것도 있었지만 그저 사람들의 풍부한 상상력으로 만들어진 이야깃거리에 지나지 않는 일이라 생각했다. 혼란스러웠다.

"아아, 정말로 그 아이가……."

"전하!"

"중전은 어디까지 당도한 것인가……! 어서, 어서 내 이 사실을 확인해봐야겠다. 중전을 불러오라, 어서……!"

그녀가 정말 쌍둥이를 출산했는지를 알아야 했다. 그는 믿을 수 없었다. 함께 살면서 단 한 번도 자신에게 쌍둥이를 출산하였다고 말을 한 적이 없었기 때문이었다.

"전하!"

금상이 결국 쓰러졌고 숙주와 상선이 가까스로 그의 양팔을 잡아 땅으로 고꾸라지려는 것을 막았다.

"어서 전하를 침궁으로 모셔라! 그리고 어의, 어의를 불러라. 어서!"

결국 금상의 기절에 비원은 소란이 일었다.

은옥은 갑자기 어수선해진 궁의 분위기에 궁녀들의 눈치를 살폈다. 그리고 개중 가장 착해 보이는 궁녀를 붙잡고 물었다.

"무슨 일입니까?"

"전하께서…… 쓰러지셨다 합니다. 하여, 지금 궁이 난리입니다."

"전하께서……?"

"예. 뭐에 놀라신 것 같다는데 뭐에 놀라신 건지는…….”

궁녀의 말에 은옥의 표정이 어두워졌다.

"뭐에 놀라다니…….”

그때였다.

"아가씨!"

아랑이 별궁으로 와 은옥을 불렀다. 그녀의 목소리에 놀란 은옥이 곧장 뒤를 돌았다. 아랑이 그녀를 향해 달려왔다.

"괜찮으십니까? 혹, 누가 괴롭혔다거나 다쳤다거나 그러진 않으셨지요? 어디, 좀 봅시다."

"자, 잠깐. 아랑아, 어떻게 온 거야? 나으리와 함께 온 거야?"

"함께 오긴 왔죠. 중간에 버려졌지만."

아랑의 퉁명스러운 말에 은옥의 이마가 더욱더 구겨졌다.

"설마…… 전하께서 놀라 쓰러지신 게…….”

"뭐, 일부분 내 탓일 수도 있겠군요."

"아…….”

그녀의 말에 은옥은 머리가 핑, 도는 것을 느꼈다.

"어쩔 수 없었습니다. 믿지 않더군요. 아가씨가 그자의 여식이란 것을."

"그래도 그렇지……."

보통 사람이라면 당연히 놀랄 일이었다. 은옥이 무모한 아랑의 행동을 나무랐다.

"호족들이 위험해질 수도 있는 일이야. 왜 그걸 몰라?"

"……."

아랑이 그 말에 그녀를 가만 내려다보았다.

"왜, 왜 그렇게 봐?"

"호족의 안위까지 생각해 주시다니."

그녀의 말에 은옥의 뺨이 붉어졌다.

"그, 그야. 당연하지. 호족은 아니지만…… 난 여우왕의 신부잖아."

그녀의 말에 아랑이 웃었다.

"예, 우리 호족의 왕비시죠."

"놀리지 마. 하여간……."

금상이 놀라 쓰러졌다니 혹시 아랑이 잘못되진 않을까 걱정이 된 은옥이 주변을 살피며 아랑을 자신의 처소로 데려왔다.

"괜히 네가 다칠까 걱정이야. 아랑아, 틈을 봐서 궁 밖으로 도망쳐. 전하께서 놀라 쓰러지신 벌을 받게 되면 어떡하니?"

"……."

"난 내가 누군지 상관없어. 전하의 공주라고 인정을 받지 않아도 돼. 차라리 죽더라도 화산으로 돌아갈 걸 그랬어. 아니, 화산을 그렇게 내려가지 말았어야 했나 봐. 그랬다면 내가 사람에게 속아 기생이 될 일도 겪지 않았을 거고, 화산에 버려졌던 이유도 알지 못했을 텐데……."

"아가씨……."

은옥의 어두운 표정에 아랑의 얼굴이 같이 어두워졌다.

"탁야 오라버니……. 서방님이 너무 보고 싶어. 흑, 아랑아. 서방님이 날

잊으신 건 아니겠지?"

"그럴 리가요. 그럴 분이 아니란 거 알지 않으십니까?"

"흑, 너무 보고 싶어."

"아가씨……."

그가 너무나 보고 싶었다.

"흑……!"

금상은 금세 정신을 되찾았다. 그리고 그를 기다리는 것은 기절해 있는 사이, 별궁에 들어온 귀인의 정체가 공주였단 사실이 알려졌고 그들은 그녀에 대한 금상의 처분을 기다렸다.

또, 대신들 몰래 공주를 궁 안으로 데리고 온 그를 질책하는 목소리도 있었다.

일식이 떠오를 때 태어나 불길하기 짝이 없는 그녀가 사특한 것을 데리고 궁을 들어왔으니 당장이라도 도성 밖으로 유배를 보내야 한다는 대신들의 상소는 이미 수를 셀 수 없이 쌓여 있었다. 그녀를 하루빨리 궁 밖으로 내보낼 것을 요구했다.

"아아……."

그의 탁상 위로 올라온 상소들의 대부분이 그러한 상소였다. 딸의 존재를 이십 년 가까이 모르고 지내다 하루아침에 알게 된 충격도 채 가시지 않았는데 벌써부터 그 딸의 처분을 말하는 대신들의 맹렬한 기세에 금상은 황당하기가 그지없었다.

물론 그들의 그러한 반응을 이해하지 못하는 것은 아니었다. 다른 곳도 아닌 이 궁에 구미호가 나타나 한바탕 소란을 피웠으니 그럴 만도 했다. 자신 또한 놀라 쓰러졌으니…….

"별궁의 상황은 어떠하느냐."

"현재 수십의 병사들이 궁을 에워싸고 있습니다. 혹, 날아 도망을 칠까 염려해 궁수들도 준비해 배치해 둔 것으로 압니다."

상선의 말에 금상이 무거운 한숨을 쉬었다.

"하아……."

"전하…… 괜찮으시옵니까?"

"모든 것이 다 꿈만 같구나."

그의 말을 상선 또한 이해하지 못하는 것은 아니었다. 상선 또한 믿기지 않는 일이었기에 그에게 어떤 위로도 하기가 어려웠다.

"그 아이를 만나봐야겠다."

"허나……."

"괜찮다. 가자."

금상이 별궁으로 행차했다.

"주상전하 납시오!"

별궁에 금상이 행차하는 소리가 들렸다. 은옥이 아랑과 함께 조용히 처소에 있다 그 소리에 놀라 두 눈을 크게 떴다.

아랑은 안 그래도 병사들이 저리 빼곡하게 밖을 지키고 있는 것이 여간 마음에 들지 않았다. 금상이 행차했다 하니 어서 저것들을 치워달라고 요구할 참이었다.

"전하를 뵙사옵니다."

아랑이 은옥과 함께 있다는 것을 깨달은 금상이 조금 불편한 표정으로 은옥을 바라보았다.

은옥이 그의 표정을 단숨에 알아차렸다.

"아랑아, 잠시 자리를 피해주겠니?"

"예?"

그녀의 말에 아랑이 잠시 망설였지만 곧 자리를 피해주었다.

상석에 앉은 금상은 다소곳 앉아 있는 은옥을 찬찬히 살폈다. 어느새 그는 그녀를 빤히 바라보며 자신과 닮은 점을 찾기 시작했다. 오똑한 코와 고른 치아는 어쩐지 자신을 닮아 있는 것 같았다.

"하실 말씀이 있으십니까?"

"⋯⋯."

그녀의 물음에 그가 헛기침을 내뱉으며 서둘러 은옥에게서 시선을 뗐다.

이 모든 것이 사실이라면 눈앞에 있는 아이는 자신의 딸이었다. 금상은 아닐 수 있다고 생각하면서도 중전과 부부인을 너무나 닮은 은옥을 보며 또 쉽게 부정할 수 없음을 인정해야 했다.

"⋯⋯네가 그동안 어찌 살았는지를 정작 너의 입으로는 듣지 못했다. 그 것을 듣고자 왔다."

"⋯⋯."

그 말에 은옥은 자신을 좀 더 알기 위해 찾아왔다는 금상의 말이 왠지 조금 기뻤다. 하지만 쉽게 입을 열 수가 없었다.

"이야기하기가 힘든 것이냐?"

"그게 아니라⋯⋯."

그의 물음에 은옥이 고개를 저으며 말했다.

"호족들에 대한 이야기를 해도 되는지 모르겠어서요. 그들은 사람들에게 불필요하게 자신의 이야기가 흘러들어 가는 것을 원하지 않을 겁니다."

"나에게만 말을 하는 것이니 걱정 말라. 어디에도 이야기하지 않겠다. 난 단지⋯⋯."

"⋯⋯."

"나의 딸이⋯⋯ 그동안 어떻게 자랐는지를 알고 싶을 뿐이다."

은옥은 자신을 딸로 인정해 주는 금상의 발언에 잠시 말을 잃었다.

"⋯⋯."

그녀의 그러한 반응에 금상 또한 조금 머쓱했다.

"들려주고 싶지 않은 모양이구나."

"아, 아닙니다."

"⋯⋯."

"저는…… 호족의 수령……. 그러니까 호족의 왕의 양녀로 자랐습니다. 어머니는 한없이 착하셨고…… 아버지는 무뚝뚝하셨지만 때론 자상하셨습니다. 때때로 무서운 꿈을 꾸고 난 뒤 울고 있으면 오셔서 절 안고 바람을 쐐 주셨거든요. 이런저런 이야기를 하며 별도 보고 달도 보고 운이 좋으면 별똥별도 함께 보고 소원을 빌기도 했습니다."

은옥은 자신의 어린 시절을 회상하며 옅은 미소를 지었다. 가장 행복했던 시절이었다. 여의와 무이에게 사랑 받고 있다는 사실을 모를 수 없을 정도로 많이 받고 많이 원했던 때였다.

그들의 사랑이 없었다면 다른 호족들에게 받는 은근한 무시와 배척을 이기지 못했을 것이었다.

게다가…… 탁야가 늘 자신을 데리고 다녔다. 어디든 함께 했고 늘 자신을 돌봐주었다.

"오라버니도 저를 많이 아껴주셨지요. 오라버니가 없었다면 제가 호족들과 섞이는 것은 어려웠을 겁니다."

"……."

금상은 그곳에서도 은옥이 알게 모르게 배척을 받고 자랐다는 사실이 못내 마음 아팠다. 어디에서도 속하지 못하는 불쌍한 아이. 하필 태어난 시기가 불길하여 그 이유로 모든 불행이 그녀의 탓이 되어버린 것이 못내 가슴 아팠다.

"미안하구나."

"……."

"대비께서 그런 일을 벌였을 줄은 꿈에도 몰랐다……. 정말 꿈에도 몰랐어."

은옥은 그의 말에 고개를 끄덕일 수밖에 없었다. 그에겐 잘못이 없었다.

"이젠……."

은옥의 말에 그가 귀를 기울였다.

"이젠 전하의 이야기도 해주세요. 저도 알고 싶습니다. 전하께서 어떤 사람이고 또, 날 낳아주신 어머니…… 중전마마께서는 어떤 분이십니까?"

"……."

조금씩 서로의 이야기를 해가며 두 사람은 마음의 벽을 허물기 시작했다. 대화는 길어졌고 밤이 깊어질 때까지 끝나지 않아 상선이 중간에 말릴 정도였다.

결국, 그가 자리에서 일어난 시각이 술시였디.

"그만 돌아가야겠다."

"……."

그가 자리에서 일어났다. 은옥과의 대화는 즐거웠다. 그러나 대화를 하면 할수록 그는 마음이 무거웠다.

"미안하다."

"……."

"나 또한 널 이곳에서 외롭게 만들고 있구나."

"……."

고립이 되어 있다고 해도 무방할 정도로 은옥은 별궁에 갇혀 있었다.

"앞으로 저는 어찌 되는 겁니까?"

"……."

그녀의 그 물음에도 그는 제대로 된 대답을 해줄 수 없었다.

말을 하지 못하는 금상을 바라보며 은옥이 힘없이 웃었다.

"예상은 했던 것이니 크게 상처받지 않을 겁니다."

"……."

"대신들은 널 유배하라 하지만 난 그럴 수 없구나."

차라리 몰랐다면 모를까 자신의 핏줄이 살아 있다는 것을 아는데 이렇게 또다시 떨어져 지내고 싶지 않았다. 그는 그것만은 막고 싶었다.

"방법을 찾을 것이다. 꼭, 꼭……."

은옥은 가만히 그를 바라보았다. 자신을 딸로 인정하고 지켜주려는 그의 모습이 고마웠다. 하지만…… 이곳에서도 자신은 이방인이란 사실이 달라지지는 않을 것 같았다.

금상이 떠나고 은옥은 까만 하늘을 올려다보았다. 수많은 별들이 그녀를 향해 반짝이고 있었다.

"아아……."

꼭 자신에게로 쏟아질 것만 같은 별들을 바라보았다. 은옥이 어렸던 어느 날, 탁야와 무이 그리고 여의와 함께 늦은 밤 별똥별을 구경하기 위해 하늘을 바라보았던 날의 기억을 꺼내보았다.

높은 언덕으로 올라가는 것이 숨차 힘들어하자 자신을 품에 안아주었던 양부, 무이. 그는 언제나 자신에게 무뚝뚝했지만 정을 주지 않았던 사람은 아니었다. 그런 자신과 무이를 행복한 눈으로 바라보던 여의의 얼굴, 수많은 별들을 올려다보고 있는 탁야의 모습을 떠올렸다.

"아가씨."

아랑이 뒤에서 그녀를 불렀다.

"……."

은옥이 두 눈을 떴다.

"신숙주, 그자가 찾아왔습니다."

"날? 어떻게……?"

금상이 아니고서야 자신의 궁으로 들어올 수 있는 자들은 없었다. 그 또한 만날 수 없을 줄 알았는데 찾아왔다는 말에 은옥이 두 눈을 동그랗게 떴다.

"저에게 신세를 진 분에게 사정을 좀 했지요. 그분이 워낙 이 궁에서 오래 일을 하셨던 분인지라 웬만한 궁인들은 다 두루 알고 지내거든요."

숙주가 아랑 대신 대답을 하며 빙긋 웃었다.

"아."

"잘 지내셨습니까?"

"나으리."

고작 한나절 정도 보지 못한 것인데 은옥은 그가 참으로 반가웠다.

"괜찮으십니까?"

은옥이 처연히 웃었다.

"저보다 나으리께서 고생하셨지요. 괜찮으십니까? 박 상궁은……."

"괜찮으신 것을 보고 왔습니다."

"다행이에요."

숙주가 고개를 끄덕였다. 그리고 곧장 입을 열었다.

"이제부터가 시작이지요."

"……."

"대신들이 공주마마의 유배를 한목소리로 요구한다는 것을 들었습니다."

모르지 않았다. 궁에는 제법 많은 사람들이 살았고 또 알게 모르게 말들이 전해졌다. 그것을 듣지 못하면 좋으련만 그녀의 귀로 그 말들이 쏙쏙 박혔다.

"진양대군은……."

"그분께서는 늑골을 다쳐 한동안 운신을 못 한다 하더군요. 게다가 공주께서 동복형제인 것이 밝혀졌으니 더는 어찌하지 못할 겁니다. 대외적으로는요."

그의 말에 은옥이 고개를 끄덕였다.

"허나, 모르는 일입니다. 궁 안의 사람들을 믿지 마세요. 당분간은 먹는 것도, 잠이 드는 것도 조심하셔야 할 겁니다. 속이 음흉한 자라 무슨 흉계를 꾸밀지 모르니까요."

"네……."

"일단은 공주의 유배 상소부터 처리하죠."

그의 말에 은옥이 두 눈을 동그랗게 떴다.

"어떻게……?"

"그들에게 공주는 두려운 존재이니까요."

"……."

"금상께 유배를 보내달라 간청하세요."

뜻밖의 말이었다. 놀라 입을 다물지 못하는 은옥에게 숙주가 싱긋 웃었다.

"나머진 저와 청의동자가 알아서 하지요."

"……."

은옥은 이 일을 간단하게 해결할 수 있다 자신하는 숙주를 보며 이곳에 와서 처음으로 웃음을 터뜨렸다.

"풋."

그녀의 뜬금없는 웃음에 숙주는 당황했다. 곁에 있던 아랑도 조금 당황했고 은옥은 혼자 웃음이 터진 것이 민망해 얼굴을 붉히며 서둘러 자신의 웃음을 얼버무렸다.

"아, 그게. 전, 그냥. 어쩐지……."

"어쩐지……?"

"조금, 든든해서요."

숙주는 연이어 뜻밖의 행동과 말을 하는 은옥을 말없이 가만 바라보았다.

"제가 이 한양으로 내려와 처음 만난 분이 나으리이시지요."

"그렇죠……."

"호족들의 영역에서 저 혼자 인간 계집이었답니다."

"……."

그랬다. 호족의 영역에서 스무 해를 넘기는 동안 은옥은 단 한 번도 자신과 같은 사람을 본 적도, 볼 수 있는 기회도 가져보지 못했다.

그런 그녀가 처음 그것도 화산에서 마주한 사람. 그리고 여전히 자신에게 늘 도움만 주는 사람이었다.

"나으리를 만나지 않았다면 아마 전 여기까지 올 수 없었을 겁니다. 맹하게 명화루에서 갇혀 살았겠죠. 어쩌면 서방님을 만나기도 전에 목숨을 끊어버렸을지도 모릅니다."

그녀의 말에 숙주의 두 눈빛이 침잠해졌다.

"정말 어떻게 이 은혜를 갚아야 하나 눈앞이 까마득할 정도예요."

"......."

은옥이 그를 보며 웃었다. 그리고 그의 뒤로 보이는 하늘을 향해 무심결에 시선을 옮긴 그녀가 반짝이며 떨어지는 별똥별을 보고 급한 마음에 소리를 쳤다.

"어!"

"왜, 왜 그러십니까?"

곁에서 조용히 있던 아랑도 놀라 은옥을 향해 다가갔다.

"아, 방금 별똥별이 떨어졌어요. 빨리 소원 빌어야겠다."

은옥이 두 손을 모아 눈을 꼭 감으며 소원을 빌기 시작했다. 그 모습을 숙주가 가만 바라보았다.

"......."

달빛을 받아 투명할 정도로 하얀 피부가 눈에 띄는 어여쁜 공주.

속눈썹도 길어 때때로 파르르 떨렸다. 기도에 집중을 하느라 불그스름한 입술은 꼭 닫혀 있었다. 처음 봤던 때보다는 갸름해진 뺨, 고운 선을 자랑하는 턱선. 작은 두 손을 모아 기도를 하는 그녀의 모습이 참으로 아리따웠다.

그녀가 두 눈을 뜨고 숙주를 향해 빙긋 웃었다. 그런 그녀의 미소에 그가 화들짝 놀라 서둘러 시선을 피했다.

"......."

아랑이 그의 반응에 두 눈을 길게 늘어뜨렸다.

"아가씨, 이제 그만 들어가시지요."

아랑의 말에 은옥이 고개를 끄덕였다.

"아, 제가 나으리 대신 소원을 빌었습니다."

"......예?"

"나으리의 앞날에 늘 행운과 안녕이 따르길 빌었습니다. 이렇게라도 빌어야지요. 제가 나으리께 해줄 수 있는 일이 많지 않으니까……."

"......."

그녀의 말에 숙주가 조용히 웃었다.

"언젠간 이런 일 말고 정말로 나으리에게 도움이 될 수 있는 사람이 되었으면 좋겠습니다."

"……."

"그럴 수 있겠죠……?"

바람이 담긴 물음이었다. 그녀의 물음에 숙주가 고개를 끄덕였다.

"그러길 원하신다면, 그러실 수 있으실 겁니다."

그의 말에 은옥이 천천히 미소를 지었다.

"그런 날이 꼭 왔으면 좋겠습니다. 나으리께 도움이 될 날이."

"예. 한데, 공주마마. 앞으로는 절 부수찬이라 불러주세요. 아무리 아직 봉호를 얻지 못하셨지만 공주의 신분이시니 더는 절 높여 부르실 필요가 없으십니다."

"아……."

"그러니 이제부턴 절 부수찬이라 칭해주시면 됩니다."

그의 말에 은옥이 웃었다.

"예. 나으……. 아니, 부수찬. 알겠습니다."

두 사람이 웃으며 서로를 바라보았다. 아랑이 말없이 그런 두 사람을 바라보며 한숨을 쉬었다. 두 사람이 점점 가까워지는 것을 경계해야 하는 것일까, 아니면 뭐야 하는 것일까.

"그럼……."

신숙주는 별궁을 나섰고 은옥은 자신의 처소로 돌아갔다. 아랑은 별궁의 지붕에 누워 계속해서 고민을 했다.

이 왕궁에서 당분간 버티려면 그가 필요했다. 허나 아랑은 조금 불안했다.

"……."

아랑은 탁야에게 은옥의 일들을 전해야 할 것 같았다. 여우구슬을 은옥에게 건네 화산으로 들어가는 것이 어려웠지만 이러다가 여우왕께서 더 노할 일이 생길 것 같았다.

아랑이 하늘을 향해 고개를 올렸다.

아득한 밤하늘의 별들이 수없이 떨어지기 시작했다.

밤사이 별똥별들이 화려하게 수놓았던 하늘은 거짓말처럼 사라지고, 해가 밝았다. 언제나처럼 사람들은 분주하게 아침을 맞이했다.

그런 사람들 사이로 장옷을 머리에 쓴 기아가 천천히 길을 걸었다. 은옥의 기운을 천천히 쫓고 있었다.

화재로 터만 남긴 채 흔적도 없이 사라진 명화루의 앞에 기아가 나타났다. 그녀는 장옷을 어깨 아래로 내리며 은옥의 기운을 강하게 느꼈다.

"흐응……."

그녀가 지나가던 행인을 붙잡았다. 길을 지나던 사내가 저항 못할 강한 힘에 끌려 그녀의 앞에 서자 당혹감을 감추지 못하고 말을 버벅였다.

"뭐, 뭐요?"

"여기. 여기에 뭐가 있었지?"

그녀의 물음에 남자는 그슬린 흔적이 가득한 터를 보며 대답했다.

"뭐긴, 명화루가 있었지. 그게 글쎄 며칠 전에 홀라당 다 타버리고 터만 남았다오. 꽤 큰 기루였는데 그렇게 한순간에 사라질 줄 누가 알았을꼬. 쯧쯧."

"……."

남자는 더는 자신에게 관심을 갖지 않는 기아를 보며 슬쩍 자리를 옮겼다. 그리고 조금 떨어져 아무래도 좀 느낌이 이상한 그녀를 힐끔힐끔 쳐다보았다.

"그나저나 어디서 왔기에 저걸 물어보는 건가……. 지방에서 올라온 기생인가?"

그가 그렇게 생각할 만한 것이 가채만 하지 않았을 뿐 그녀의 얼굴은 기생들이 하고 다니는 단장을 하고 있었다.

"기루라……."

기루가 있던 터에서 강하게 느껴지는 은옥의 기운이라. 기아는 픽, 웃음을 흘렸다.

"재미있구나. 순진하게만 굴던 녀석이 이런 곳을 출입했다라?"

기아가 키득였다.

"그럼 또 어디로 가신 걸까……."

기아는 다시 자신의 몸속에 있는 여의의 여우구슬에 집중했다. 여우구슬이 느끼고 있는 은옥의 기운을 쫓기 위해 그녀가 걸음을 천천히 옮겼다.

"어서 나의 눈에 띄어주렴……. 은옥아……."

하늘하늘, 따뜻한 봄바람이 기아를 스쳤다. 하지만 기아는 그런 따스함에도 무심한 표정을 지어 보이며 길을 걸었다. 그녀에게 계절의 아름다움 따위는 보이지 않았다.

은옥은 생각보다 꽁꽁 숨어 있었다. 그래 봤자 그녀를 기억하는 여우구슬이 기아를 안내해 종국에는 은옥을 찾게 되겠지만 기아는 슬슬 인내심의 한계에 다다르고 있었다. 무엇보다 귀찮은 인간들이 너무나 많았다.

거슬리는 것들은 전부 치우며 은옥을 찾고 싶었지만 그랬다간 탁야에게 쉽게 붙잡힐 것이 뻔했다. 은옥을 죽이기도 전에 그에게 붙잡힐 수는 없었다.

"내가 될 수 없다면…… 너도 되어선 안 된단다."

"뭐라? 별궁의 공주가 유배를 원한다 하였다고?"

상선이 전해온 연통에 금상은 황당한 표정을 금치 못했다. 바로 어제까지만 해도 그런 말은 하지 않던 은옥이 갑자기 유배를 보내달라고 간청하고 있다 하니…….

"상선, 공주를 봐야겠다. 공주를 데려오거라."

"예, 전하."

결국 은옥은 다시 금상과 마주했다.

"연유가 무엇이냐? 어제까지만 해도 별말이 없었다."

"저로 인해 전하께서 힘들어하는 일은 없었으면 합니다."

"……."

"자식이 부모를 힘들게 하는 것은 불효이지 않습니까."

은옥의 말에 그는 더 말을 잇지 못했다. 스스로 떠나겠다 하는 은옥의 그 말을 거두고 싶었으나 이젠 석고대죄까지 하며 자신의 뜻을 굽히게 하려는 대신들의 의지에 이길 자신은 없었다.

참으로 못난 아비였다.

"이리 못난 아비가 어디 있다더냐. 자식을 제대로 지키지 못하고 있지 않은가."

"……."

"한 나라의 임금으로서 백성들을 보살피고 백성들의 고충을 덜어주는 것에만 능하구나. 아비로서는 참으로 부족하다."

은옥은 그의 말에 주먹을 꽉 쥐었다.

"제가 원하옵고 원하는 일이니 부디 윤허해 주시옵소서."

"……."

고개를 조아리고 간청하는 은옥을 보며 금상은 두 눈을 질끈 감았다. 그 때였다.

"전하, 중전마마 드시옵니다."

"……."

온수현에 있던 중전이 환궁을 하자마자 금상에게 달려왔다. 금상은 놀란 눈으로 은옥을 바라보았고 은옥 또한 예기치 못한 상황에 조금 당황한 표정으로 그를 바라보았다.

드륵.

문이 열렸고 옷이 풀썩거리는 소리가 들렸다. 은옥은 등 뒤로 느껴지는 인기척에 몸이 괜히 긴장을 하며 딱딱하게 굳어갔다.

"……."

세 사람은 한 공간에 있음에도 누구도 목소리를 내지 않았다.

중전이 천천히 앉아 은옥의 옆모습을 바라보았다. 은옥은 차마 고개를 돌릴 수가 없었다. 무슨 이유에서인지 잔뜩 긴장을 해 몸이 굳어갔다. 그때, 중전이 두 손을 올려 은옥의 고개를 조심스럽게 붙잡아 돌렸다.

"아아……."

드디어 시선을 마주한 중전은 왈칵 눈물을 쏟았다.

"네가, 네가……."

"……."

은옥은 어떤 말도 할 수 없었다. 그저 눈물을 뚝뚝 흘리는 그녀를 바라보며 함께 눈물을 지었다. 온수현에서 요양을 하다 전해 들은 사실에 중전은 밤낮 가릴 것 없이 걸음을 재촉해 환궁을 했다. 그리고 은옥을 본 그녀는 자신의 자식이 틀림없다는 것을 확신했다.

자신을 닮아 있다고 했지만 그녀는 오히려 은옥에게서 금상의 닮은 점을 참 많이 발견했다. 오뚝한 코, 깊은 눈매는 딱 금상을 닮아 있었다.

품에 안아보지도 못하고 보내야 했었지만 그녀는 가슴으로 알 수 있었다. 틀림없는 자신과 금상의 딸이었다.

"중전……."

"흑, 전하. 소첩을 죽여주세요. 소첩 전하께 이 아이의 탄생을 말하지 못하였습니다."

금상의 얼굴이 조금씩 굳어갔다. 박 상궁의 일관된 말에 어느 정도 예상은 하고 있었으나 중전의 입에서 직접 들으니 꽤 충격적이었다.

"그대가 어찌……!"

"대비마마께서 그러셨지요. 세자와 왕자들을 위해 잊고 살아야 한다고. 혹여라도 이 일이 밝혀진다면 중전의 자리를 물러나야 할 큰 죄라고. 이 자리에서 세자와 왕자들을 지키고 싶다면 무덤까지 이 비밀을 가지고 가라고 하였습니다. 임영대군과 함께 태어나 죽은 공주는 기록조차 남기지 않을 것이니 잊고 살라 하셨습니다."

중전은 정말로 임영대군과 함께 태어난 공주가 눈을 떠보지도 못하고 죽은 줄 알았다. 함께 그 자리에 있던 대비가 그리 말을 했기에, 박 상궁 또한 그리 말을 했기에 그런 줄로만 알고 금상에게는 말도 하지 못한 채 속으로 그 진실을 끌어안고 슬퍼했다.

임영대군을 보고 있노라면 불쑥불쑥 그 생각이 떠올라 남몰래 눈물짓고는 했던 자신을 떠올리며 중전이 다시 은옥을 향해 시선을 돌렸다.

대비의 말에 감쪽같이 속았다. 태어나자마자 죽었다던 말은 거짓이었다. 어찌, 어찌 자신의 핏줄이나 다름없는 아이를 그리 잔인하게 보내려 했는지 그녀는 이해할 수 없었다.

그녀가 은옥의 뺨을 매만지며 금상에게 말했다.

"전하, 전하의 딸이옵니다. 이거 보셔요. 이렇게 우릴 닮아 있지 않습니까?"

"……."

"전하, 저는 못 보냅니다. 저는 이 아이를 보낼 수 없어요……!"

어찌 만났는데 다시 궐 밖으로 내보내야 한단 말인가. 그녀는 그럴 수 없었다.

은옥은 자신을 끌어당겨 흐느껴 우는 중전의 울음에 결국 눈물을 터뜨렸다. 여의가 생각났고 또 그녀의 마음이 절실하게 느껴졌다.

"중전……."

금상의 눈시울도 붉어졌다. 그들을 바라보던 상선의 눈가도 촉촉해졌다.

"어찌, 어찌 대비마마께서 제게 이러신단 말입니까……. 어찌 생때같은 나의 아이를……."

"……."

허나, 연유를 물을 대비는 이미 오래전 죽고 없었다. 중전은 그제야 죽기 전 대비가 자신에게 했던 말을 이해했다.

'그 아이가 혼자 그리 간 것이 억울했던 게야. 그래서 날 데려가는 건가 봅니다……'

태어난 지 하루도 되지 않은 공주가 세상을 떠나고 대비는 시름시름 앓기 시작했다. 그리고 그해 여름, 대비 또한 숨을 거두었는데 숨을 거두는 순간 까지도 공주의 이야기를 했다.

'그래, 차라리 날 데려가라. 날 데려가는 것으로 끝내야 할 것이야……'

'대비마마……'

중전은 대비의 그 말이 서운했다. 죽는 날까지 죽은 자신의 아이를 들먹 이는 것이 싫었다. 허나, 내색할 수 없는 없었다. 살날이 얼마 남아 있지 않 는 분이시지 않은가. 또, 그저 죽기 전 늘어놓는 허망한 말이라 생각했다.

"이럴 순 없습니다. 전하, 차라리 저와 함께 유배를 보내주세요. 함께 가 겠나이다. 함께 이 궁을 떠나겠나이다."

"중전……!"

"어미가 못나 하필이면 그때 아이를 낳았습니다. 더 품에 품고 있다가 낳 을 것을, 뭐가 그리 급했다고. 뭐가 그리 힘들다고 그때 낳았을까요? 제 탓 입니다. 제가 못나 그렇습니다. 그러니 저도 유배를 보내주세요."

은옥은 자신을 품에 안으며 고집을 부리는 중전의 말에 고개를 저었다.

"아닙니다. 어찌 함께 하시려 하십니까? 저 혼자……"

"아니다. 내 널 어찌 보내겠느냐. 내 널 잃고 산 지가 스무 해가 넘었다. 자그마치 스무 해다. 아가, 네가 살아 있단 것을 알게 된 건 이제 겨우 사흘 이 지났단 말이다. 헌데, 헌데 다시 또 헤어지라니. 나는 그럴 수가 없구나. 나는 그럴 수 없어……"

흐느끼며 말하는 중전의 말에 은옥은 두 눈을 질끈 감았다.

"중전마마……"

두 모녀를 지켜보고 있던 금상의 마음 또한 좋지 않았다.

"중전, 진정하세요. 몸도 성치 않은 분이 어찌 그리 기운을 빼십니까?"

"전하, 저는 못 보냅니다. 제가 살아 있는 한, 절대 공주가 궁 밖으로 나가는 일은 없을 것입니다."

결의에 가득 찬 중전의 말투에 금상의 낯빛은 어두워질 수밖에 없었다.

은옥은 중전과 함께 별궁으로 돌아와 그녀와 온종일 함께했다. 은옥은 중전에겐 미안했지만 그녀와 마주한 내내 여의가 생각났다.

중전은 은옥의 얼굴과 손을 몇 번씩 보듬고 만져가며 그녀를 느꼈다.

"어머님을 불렀다. 너의 외할머니 말이다."

"……."

"널 보시면 정말 놀라실 테지. 어머님을 정말 많이 닮았구나."

그녀의 말에 은옥이 작게 웃었다.

"가족을 닮는다는 것이 이런 느낌인가 봅니다."

"……."

"양모와 양부 아래 자라면서 단 한 번도 느끼지 못했거든요. 닮지 않아, 닮을 수 없어 많이 힘들었던 때도 있었습니다."

그녀의 말에 중전이 옷고름을 집어 눈물을 훔쳤다.

"대비께서 그런 일만 하지 않으셨어도……. 나는 정말로 널 그날 잃은 줄 알았다. 품에 품어보지도 못하고……."

임영대군이 아니었다면 슬픔에 헤어 나오지 못했을 수도 있었다. 중전은 그녀와 쌍둥이 형제인 임영대군을 떠올리며 입을 열었다.

"너의 오라비 임영대군도 지금쯤이면 이 사실을 전해 들었겠구나."

"……."

"기뻐할 게다. 죽은 줄로만 알았던 누이가 살아 있었다니……. 같은 뱃속에서 자라 태어나지 않았니."

그녀의 말에 은옥은 어쩐지 기분이 이상했다.

단 한 번도 자신이 쌍둥이라고 생각했던 적이 없었던지라 쌍둥이였다는 사실이 믿기지 않았다.

"전…… 제가 쌍둥이일 것이라고는 생각을 못 했어요."

"그래, 그랬겠지……. 하지만 쌍둥이란다. 나의 뱃속에서 임영대군과 함께 자랐어. 나 또한 그 사실을 널 낳고 나서야 알았지만."

"……."

중전이 웃으며 은옥의 두 손을 잡았다.

"네가 태어나는 순간까지 나는 너의 존재를 알지 못했지만 정신을 차렸을 때, 내 뱃속에서 나온 널 잃었다는 사실은 무엇에 비할 수 없을 정도로 무척 슬펐단다. 먼저 태어난 임영대군이 살아 나의 품에 있어주었지만…… 그 아이를 볼 때마다 네 생각을 많이 했단다."

"……."

"대비마마의 함구령으로 너의 이야기는 입에도 올릴 수. 없었지. 기록에서 조차 널 남기지 못하게 했어. 불길한 아이라며……. 누구에게도 너에 대한 이야기조차 할 수 없어 너무나 슬펐는데……."

그런 아기가 사실은 살아 있었다니. 그녀는 여전히 믿을 수 없었다. 허나, 눈앞의 은옥을 보며 그녀는 확신했다. 살아 있었다. 살아 있어주었다. 그것만으로도 중전은 족했다. 비록 자신의 자식이 불운을 타고난 것이라는 말을 듣고 살아야 한다 해도 그녀는 살아 있어준 은옥이 고마웠다.

"미안하구나……. 어미가 조금만 늦게 널 낳았더라면……."

중전은 자신을 탓했다. 은옥이 그녀의 말에 고개를 저었다.

"그런 말씀 하지 마시어요. 저는 괜찮습니다."

"……."

"이렇게 다시 만나지 않았습니까?"

은옥의 말에 중전이 그제야 부드럽게 미소를 지었다.

"그래, 이리 다시 만났어. 이렇게 다시……."

중전은 교태전으로 돌아가기 전, 박 상궁이 하옥되었다는 의금부로 향했다.

"중전마마……."

"자리를 잠시 비켜주시게."

주변의 금군들에게 김 상궁이 중전 대신 말을 했고 감옥에 갇혀 있던 박 상궁은 고개를 들지 못하고 중전의 앞에 엎드려 있었다.

중전이 그런 모습을 보며 눈물을 삼켰다. 너무나 원망스러웠지만 어린 시절부터 함께했던 그녀였다. 그 세월이 가족과 한 세월만큼이나 길었다. 자신에 대해 모르는 것이 없을 정도로 박 상궁은 그녀에게 있어 결코 아무런 존재가 아니었다.

"네가 어찌 내게 이러느냐."

"이년을 부디 죽여주시옵소서……."

"죽어 마땅한 일을 한 것은 아느냐?"

그녀의 물음에 박 상궁은 그저 고개를 숙이고 흐느꼈다.

"내 너를 용서하기가 어렵다. 그러기엔 네가 날 기만한 세월이 너무나 기니까."

"……."

"허나……."

"이대로 나의 딸이 살아 있단 것도 모르고 살아갈 뻔한 내게 이제라도 그 사실을 알려주었으니 주상께 참작해 달라 청하긴 할 것이다."

그녀의 말에 박 상궁이 고개를 올렸다. 눈물 젖은 얼굴이 흉하였으나 그들에겐 그런 것은 상관없었다.

"내게 더는 거짓을 말한 것이 없어야 할 것이다. 내 널 용서하는 것은 이것이 마지막일 것이야……."

박 상궁이 다시 한 번 고개를 숙이며 대답했다.

"성은이 망극하옵나이다. 마마!"

완전히 덮어졌던 셋째 공주의 등장에 대신들의 반응은 냉담했다. 중전의 그러한 출산에 기회다 싶었던 대신들은 중전 또한 폐서인 시켜야 한다고 입을 모았다.

"……."

금상은 그들의 그러한 목소리에 결단을 내릴 수밖에 없었다.

며칠 후. 금상이 드디어 입을 열었다.

"별궁에 지내고 있는 공주를 흑산도로 유배 보내기로 한다. 그동안 공주의 출산을 비밀로 한 중전은 중궁전에서 근신하도록."

대신들은 중전에게는 죄를 크게 묻지 않는 금상의 태도에 불만이 있었지만 그나마 가장 큰 골칫거리인 공주를 드디어 별궁 밖으로 쫓아낼 수 있게 된 것에 안도했다. 그녀가 부리는 그 요망한 구미호도 어서 이곳을 떠나길 바랐다.

은옥은 금상의 명을 따랐다.

무명으로 된 저고리와 치마를 입고 나온 그녀가 근신하라는 명으로 나오지 못한 중전이 있는 궁을 향해 몸을 돌렸다.

그리고 그녀가 두 손을 곱게 머리 위로 포개 절을 올렸다.

"……."

하지만 은옥을 바라보는 사람들의 눈빛은 냉랭했다. 그들 사이의 유일한 그녀의 편 아랑이 말없이 그녀의 뒤를 따랐다. 멀리서 그 모습을 숙주가 바라보았다.

"시작하겠습니다."

곁에 있던 청의동자가 말했고 그는 말없이 고개를 끄덕였다.

청의동자는 곧장 별궁의 돌담 위로 올라가 단숨에 가장 큰 나무 위로 올라갔다. 그리고 쉴 새 없이 그 나무를 흔들어댔다.

파라라락!

청의동자의 힘에 이파리들이 흔들려 떨어졌다. 바람 한 점 불지 않는 조용한 순간, 갑자기 흔들리는 나무. 이상한 현상에 놀란 궁인들이 수군대기 시작했다.

"……."

아랑은 청의동자가 무슨 짓을 하는 건지 이해하지 못했다.

청의동자는 계속해서 나무를 흔들다가 껑충 뛰어 다시 돌담 위로 올라갔다. 그리고 돌담 위에 쌓아둔 기와를 떨어뜨리기 시작했다.

"꺄악!"

결국 궁녀 하나가 겁에 질려 비명을 질렀다. 청의동자는 멈추지 않고 기와를 떨어뜨렸고 또 기와를 던지기까지 했다.

"꺄아악!"

"꺄악, 꺄악!"

은옥이 한 발을 내딜 때마다, 청의동자는 기다렸다는 듯 던지고, 떨어뜨렸다.

"죄, 죄인은 머, 멈추시오!"

결국 그녀를 압송하기 위해 함께 있던 의금부지사가 그녀의 걸음을 멈췄다. 은옥이 걸음을 멈췄고 청의동자 또한 기와를 던지고 떨어뜨리던 것을 멈추었다.

"……다시 앞서시오!"

"……."

의금부지사의 말에 은옥은 멈췄던 걸음을 옮겼다.

그러자 다시 청의동자는 다시 나무 위로 올라가 나무를 미친 듯이 흔들었다. 은옥이 걸음을 멈추면 그도 멈췄고 다시 걸음을 옮기면 나무를 미친 듯이 흔들었다.

아랑은 한심하게 그를 바라보다 곧 숙주를 향해 고개를 돌렸다.

생각해 낸 것이 고작 이런 거라니.

그러나 인간들의 반응은 놀라울 정도로 즉각적이었다. 공포에 빠진 궁녀들은 바닥에 엎드려 나무가 흔들리고 기와가 날아가는 것을 차마 보지 못했다.

그녀와 함께 나서던 몇몇의 병사들과 그녀가 궁궐을 나서는 것을 지켜보던 대신들도 예상치 못한 광경에 놀라 말을 잇지 못했다.

떨어진 나뭇잎과 기와가 회오리를 치며 하늘 위로 올라가기 시작했다. 의금부지사의 안색이 하얗게 질려 소리쳤다.

"죄인은 다시 멈추시오!"

은옥이 멈추자 그 언제 그랬냐는 듯 잠잠해졌고 사람들은 그녀를 두려워하기 시작했다. 그리고 그녀의 옆에 있는 아랑을 향해 소리쳤다.

"사특한 것이 간계를 부리는구나! 저것을 잡아라!"

아랑이 그들의 말에 한숨을 쉬었다. 그리고 청의동자를 노려보았다. 그녀의 시선을 피하며 청의동자는 슬쩍 자취를 감췄다.

아랑은 혀를 차며 자신을 에워싸는 자들을 바라보았다. 정말이지 이럴 때는 저들에게도 귀를 보는 눈이 있었으면 싶었다. 청의동자가 하는 꼴이 너무나 우스운데 그들은 벌벌 떨고 있었다. 별것 아닌 것에 벌벌 떠는 것이었다. 그것을 그들은 모르고 있으니 그저 이 상황이 한심하고 어이가 없었다.

"난 아무것도 하지 않았다."

"시끄럽다! 네년이 그러지 않고서야 이런 일이 벌어지지 않을 수 없지 않느냐!"

의금부지사의 말에 아랑은 답답했지만 그들은 청의동자를 볼 수 없었다. 청의동자는 조용히 나타나 마지막으로 별궁의 문을 쾅, 하고 닫아버렸다.

쾅!

사람들이 다시 놀라 소리를 지르며 굳게 닫힌 문을 바라보았다.

"내 더는 네년을 살려둘 수가 없구나!"

그때, 의금부지사가 검을 뽑아 아랑의 목을 치려 했다. 아랑이 그의 행동에 손톱을 길게 뽑아내려는 순간이었다.

두둑…….

비가 내렸다. 한두 방울 내리던 비가 연이어 쏟아지기 시작했다.

"아…….."

오랜 가뭄으로 오지 않던 비가 지금 내리고 있었다. 숙주는 안도의 숨을 내쉬었다.

"세자전하의 말씀이 맞았군……."

은옥이 궁에 입궁을 한 날. 당연히 그 소식은 세자에게도 들어갔다. 세자는 그녀의 소식에 많은 궁금증이 생겼다.

숙주를 은밀히 불러낸 그는 그녀에 대한 이야기를 들으며 안타까움을 금치 못했다. 달이 해를 가린 순간 태어났다는 이유로 버려진 것도 모자라 다시 또 불길하다는 이유로 먼 곳으로 유배를 보내려 하다니.

"정말로 나의 누이라면 이런 일은 부당하다. 아무리 때와 시를 잘못 타고 난 아이라고는 하나 한 나라의 공주가 아니던가."

아직 얼굴 한 번 보지 못한 아이였으나 세자는 은옥을 가여워했다.

"그렇게 하늘의 뜻을 운운한다면……."

"……."

"하늘의 뜻을 이용해 보는 것도 좋겠어."

탁야는 한양을 내려오자마자 인간들을 끌어 모았다. 혼자 이 넓은 땅에서 은옥을 찾는 것은 불가능했다. 하여, 그는 사람을 부려 그녀를 찾기로 했다. 사람을 부리는 것은 생각보다 쉬웠다.

그저 돈과 식량만 있다면 모든 것이 해결되었다. 가뭄으로 모든 것이 귀했다. 그렇기에 탁야가 어떤 일을 시키든 가족을 지키기 위해, 또는 살아가기 위해 그들은 움직였다. 그리고 드디어 그녀의 자취 한 자락을 알게 되었다.

"여긴가."

"예."

"……."

화재로 전부 타버린 집터를 가리키는 사내를 보며 그가 물었다.

"이곳에 그 아이가 있었다고?"

"예. 제가 여기서 일을 해서 압니다. 분명 주인님께서 찾고 계신 그 여인이 맞습니다."

"여기가 어디라고 했었지?"

그의 물음에 남자가 주저했다. 하지만 탁야는 그런 것을 참아줄 정도로 여유가 있지 않았다. 남자의 멱살을 단숨에 집어 올려 서슬 퍼런 눈으로 되물었다.

"말하라."

"며, 명화루라는 기루였습니다······!"

"······."

기루라니.

"기루······. 기생들이 모여 사내를 받는 곳을 말하는 것이 맞더냐?"

그의 물음에 남자는 숨이 막혀 숨을 헐떡이다가도 제대로 대답하기 위해 입술을 움직였다.

"예, 예. 맞습니다······!"

"······."

탁야가 미간을 좁히며 그를 거칠게 땅으로 내려놓았다. 지나던 행인들 모두 그에게로 시선을 집중했다. 하지만 탁야는 그런 시선에 개의치 않아하며 그저 자신의 발 앞에서 엎드려 떨고 있는 남자에게 낮게 읊조렸다.

"이 기루의 주인을 만나야겠다. 당장 안내하라."

"예? 하, 하지만······."

"당장!"

"비가 내리는구나."

드디어 내리는 비였다. 몇 방울 내리다 마는 마른 비가 아니라 바닥을 추적추적 적시고도 남을 비가 내리고 있었다. 모두가 원하는 비 소식이었다. 금상은 한시름을 덜었다는 표정이었지만 곧 가뭄은 해갈되었을지 몰라도 왕가의 복잡한 일은 아직 해결되지 않음에 절로 한숨을 흘렸다.

"예. 다행히 내리는군요."

그와 함께 자리한 세자가 찻잔을 내려놓고 말을 했다.

"아아. 잘되었으면 좋으련만……."

금상의 얼굴은 초조했다. 세자 또한 조금 초조한 얼굴로 열어둔 창가를 향해 고개를 돌렸다.

"하늘의 뜻을 운운하였으니 그들도 이번 일을 어찌하진 못할 것입니다."

그래도 그는 믿었다. 하늘의 뜻이란 것이 정말 있는 건지는 의문이었지만 그렇게 믿는 이들을 위해 준비한 일이었다.

그는 이 일을 부수찬과 함께 꾀하여 만들어냈다.

가뭄으로 비가 오지 않아 비가 오길 학수고대하고 있는 백성들과 대신들이 많았다. 그 또한 그랬다.

세자와 숙주는 그 마음을 이용해 보기로 했다.

"그나저나 세자는 비가 올 날을 정말 기가 막히게 맞히는구나."

금상의 말에 세자가 작게 웃었다.

"소자, 하늘을 읽는 일을 좋아하지 않습니까. 하지만 그래 봤자 하루, 한나절 정도 앞서 읽는 것일 뿐……."

천문에 관심이 많은 세자였다. 그는 날씨를 기가 막히게 읽어내곤 했는데 하지만 먼 앞날까지는 읽지는 못했다. 고작 해봐야 하루 전, 아니면 한나절 정도의 짧은 시간의 앞날이었다.

동궁전 앞 화단에 있는 개미들이 갑자기 떼를 지어 어디론가 가는 것을 본다든지, 그 전날 밤하늘의 달무리가 짙다든지. 또 아니면 서쪽에 피어오른 무지개로 비가 올지 안 올지를 예측했다.

"어쨌든…… 공주가 이 일을 잘 견뎠으면 좋겠구나."

"예, 소자 또한 그러합니다. 가엾은 아이이지 않습니까."

세자는 한 번도 마주하진 않았지만 딱한 아이였다. 언제나 자신들에겐 인자하셨던 대비께서 그런 잔인한 일을 자행하셨을 거라곤 생각도 하지 못했다.

"전하, 소인 들어가겠나이다."

별궁의 동태를 살피기 위해 나갔던 상선이 돌아왔다. 기다리고 있던 금상이 상선이 어서 입을 열길 기다렸다. 함께 있던 세자 또한 상선의 얼굴만 쳐다보고 있었다.

"공주께서 걸음을 옮기실 때마다 괴이한 일이 벌어지더니 하늘에서 비가 쏟아지는 바람에 잠시 걸음을 멈추셨다고 합니다."

세자가 부수찬의 말을 떠올렸다.

'비가 내리는 것만으로는 그들의 마음을 움직이지 못할 것입니다.'

'……'

'제가 좀 더 극적인 상황을 만들겠습니다.'

'어떻게?'

그 말이 끝나기 무섭게 자신의 눈앞에 허공으로 떠오른 책과 붓을 보고 세자는 기절하는 줄 알았다.

'이게 대체……'

'저의 비밀입니다. 지켜주셨으면 합니다.'

'……'

'전 귀를 볼 줄 압니다.'

믿을 수 없는 말이었으나 눈앞에 붓과 책이 여전히 허공에 떠올라 있어 그의 말을 믿을 수밖에 없었다.

혹 눈에 보이지 않는 실이나 어떤 것으로 장난을 부리나 싶어 세자는 체통을 잊고 서책과 붓의 주변을 두 손으로 휘저었다.

'하……'

'이런 일 말고는 딱히 해를 끼치는 귀가 아니니 두려워 마시옵소서.'

'대체 그대는……'

'전 단지 책 읽는 것을 좋아하는 문인일 뿐입니다. 아주 조금 다른 곳에서 특별한 능력이 있긴 하나, 두려워하실 정도로 특별한 능력은 아닙니다.'

태연한 말에 세자는 황당했지만 신기했다.

'정말 귀신이란 것이 있단 말인가……'

'하늘을 읽고 싶어 하시는 세자전하의 마음은 아주 잘 알고 있습니다. 또, 대호군과 함께 많은 발명을 하시어 읽어낸 것도 있으시니 믿기지 않는 일일 수 있으나 세상엔 놀라울 정도로 설명하지 못하는 일들도 분명 존재한답니다. 공주마마의 곁을 지키는 자도 그러한 이치지요.'

'……'

그의 말은 틀리지는 않았다. 설명하지 못하는 일이 눈앞에서 벌어졌으니. 그러나 세자는 이렇게 하늘의 뜻을 사람이 만들어낼 수 있듯 언젠가 분명 하늘을 제대로 읽을 수 있는 날이 오리라 믿고 있었다.

어쩔 수 없이 걸음을 멈춘 은옥은 추적추적 비가 내리는 것을 가만 지켜보았다. 비가 쉬이 그칠 것 같진 않았다.

"부수찬이 말한 게 이런 걸까?"

그녀의 물음에 곁에 있던 아랑이 한숨을 쉬었다.

"길고 길던 가뭄에 내리는 단비라……"

"비가 안 내렸으면 어쩌려고 그랬을까……"

"뭐, 금상께서 버티고 버틴 이유가 이런 것인 건 맞는 것 같군요."

"……"

보내달라는데도 보내지 않았던 금상의 뜻이 이것이었을까?

은옥이 손을 뻗어 내리는 비를 느꼈다. 조금 차가웠지만 단비였다. 이 와중에도 그녀가 해사한 웃음을 지어 보였다.

"그나저나 정말 단비 아니니? 이걸로 메말랐던 땅이 해갈되었으면 좋겠구나."

"……"

그때 의금부 소속의 병사들이 아랑에게 다가왔다. 아랑의 눈이 날카로워졌다. 겁을 먹은 이들이 그녀의 눈치를 보며 말했다.

"고, 공주마마의 곁에 있는 사특한 것을 떼어내라는 의금부판사의 명이다. 네 간계에 우리가 넘어갈 성싶으냐!"

"뭐야?"

그들의 말에 은옥이 아랑을 자신의 뒤로 숨기며 말했다.

"사특한 것이라뇨. 이 아이는 나와는 친자매나 다름없는 아이입니다. 이 일은 이 아이와 전혀 상관이 없어요."

"비, 비키십시오. 애초에 궁궐에 이런 것이 들어오면 안 되는 것입니다!"

"말하지 않았습니까! 나와 친자매나 다름없는 아이라고. 그렇다면 나도 함께 데려가세요. 그곳이 어디든 갈 테니."

"……."

아랑은 자신을 지키려는 은옥을 보며 한숨을 쉬었다. 자신은 그녀를 보호하기 위해 곁에 있는 것이었다. 보호가 아니라 위험에 처하게 만든다면 스스로 사라져야 하는 것이 맞았다.

"가겠습니다."

"아랑……."

"괜찮습니다. 가게 해주세요."

"……."

아랑도 한 번 고집을 피우면 꺾을 줄 모르는 성격이었다. 은옥은 결국 비켜설 수밖에 없었다.

"아랑……."

"어차피 이곳에서 날 어찌할 자는 아무도 없습니다. 걱정 마십시오."

그 말을 하면서 아랑이 은옥을 품에 안았다. 은옥이 얼굴을 찌푸리며 아랑을 꼭 안았다.

"수령을 모셔올 것입니다."

"……."

"그때까지만 버티세요."

"하지만……."

아직 자신의 몸에 아랑의 여우구슬이 있었다. 화산으로 돌아간다면 그것은 자살행위나 다름없었다. 호족의 영역에 들어가기도 전에 다른 종족들에게 붙잡혀 잡아먹힐 수 있었다.

"쉿."

아랑이 말을 하려는 은옥의 입을 막으며 눈을 찡긋했다. 불안한 시선의 그녀를 두고 아랑은 의금부 병사들을 따라 의금부로 향했다.

"……아랑……."

아랑은 은옥을 두고 가며 그 모습을 지켜보고 있는 청의동자에게 나직이 말했다.

"지켜라. 못 지키면 네 영혼은 여우왕에게 갈기갈기 찢겨 한 조각도 남겨지지 않을 것이다."

"……."

아랑은 깊은 밤이 찾아오는 순간을 노려 도망칠 생각이었다. 작은 짐승으로 둔갑해 화산으로 향하리라. 설사 다른 종족들의 먹잇감으로 눈에 띄더라도, 기아에게 붙잡히더라도 이젠 수령을 찾아야 했다.

은옥에게 가장 안전한 곳은 궁궐도, 다른 어느 곳도 아닌 바로 호족의 영역이었다.

"아가씨. 조금만 참으세요. 제가 꼭…… 수령을 모셔오겠습니다."

비는 밤까지 내렸다. 기아는 비를 그대로 맞으며 숙주의 대문 앞에 섰다. 은옥의 기운이 제법 짙게 느껴지는지 여우구슬이 강하게 떨렸다.

"흐응."

기루에서 이곳으로 흘러들어 온 것일까? 기아는 때마침 문이 열리는 것을 가만 바라보았다.

해정의 심부름을 위해 버들이 사의를 쓰고 나왔다. 문 앞에 있는 기아를 보고 흠칫 놀란 버들이 그녀를 찬찬히 훑었다.

사의도 없이 비를 맞고 있는 여인이었다. 옷은 꽤나 좋아 보였으나 몸종도 없이 떠도는 것이 이상했다. 게다가 대문 앞에 바로 서 있으니 영 그냥 지나치기가 어려웠다. 버들이 심상치 않은 기아를 향해 무척이나 의심스러운 눈빛으로 물었다.

"뉘십니까?"

"……."

"이 늦은 밤, 비도 내리는데 우두커니 뭐 하시는 건지요?"

"은옥을 아느냐?"

"예?"

그녀의 입에서 어쩐지 익숙한 이름이 나와 버들이 내심 놀라 다시 되물었다. 기아는 그런 버들이 마음에 들지 않았다.

차가운 얼굴로 버들을 노려보며 그녀는 다시 물었다. 묻는 말에 어떻게 대답을 하느냐에 따라 버들의 운명은 달라질 것이다. 만족스러운 대답이라면 살려둘 것이고 만족스럽지 못하다면 갈기갈기 찢어놓을 생각이었다. 어차피 지금 주변엔 자신과 인간 계집 이렇게 둘밖에 없었으므로.

"은옥이란 계집을 아느냐고 물었다."

버들은 그녀의 말에 곰곰이 생각에 잠겼다. 어디서 많이 들어본 이름이긴 한데 머리가 썩 좋지 않아 그 이름을 가진 자를 쉬이 떠올리지 못했다.

"아, 어디서 많이 들어본 이름인데……."

버들의 말에 기아의 표정이 차츰 풀어졌다.

"어디서 많이 들어본 이름이렷다?"

"아, 이번에 새로 들어온 종년 이름인가……."

"그래?"

"아닌데…… 걔 이름은 단옥이었는데……."

버들의 답답한 기억력에 지켜보고 있던 기아가 손톱을 늘였다. 그리고 버들의 왼쪽 어깨에 손톱 끝을 단숨에 찔러 넣었다.

"꺅!"

놀란 버들이 비명을 질렀다.

"기억을 얼른 하는 게 좋을 거야. 내가 참을성이 아주 없거든."

"흐윽, 사, 살려주세요……."

버들은 이제야 상황의 심각성을 깨닫고 애원했다. 기아는 바들바들 떨며 울음을 터뜨리는 버들의 뺨을 다독이며 속삭였다.

"쉬이. 말했잖아. 기억해 내는 게 좋을 거라고. 자, 은옥이란 계집을 아느냐? 이 집에 있는 것 같진 않구나."

"으, 은옥……."

버들은 어지러운 머릿속을 미친 듯이 헤집으며 은옥이란 이름을 되새겼다.

"아……!"

드디어 떠올린 버들을 보며 기아가 웃었다.

"드디어 기억해 낸 모양이구나."

허나 버들은 쉬이 그 이름의 주인공을 말할 수 없었다. 그녀가 누구던가, 이 나라의 공주였다. 그 공주를 노리는 자에게 쉬이 그것을 말했다간…… 머리가 아무리 좋지 않은 버들이라도 알 수 있었다.

"모, 모르오……!"

뜻밖의 대답에 기아의 표정이 좋지 않았다.

"뭐라?"

"모, 모르오!"

버들의 말에 기아가 입꼬리를 삐뚜름하게 올리며 잔인하게 웃었다.

"재미있구나. 네 눈은 그 아이를 똑똑하게 알고 있다 말하는데…… 네 입은 모른다고 거짓을 말하니……."

"사, 살려주시오. 나는……."

기아는 자비를 몰랐다. 그런 것을 알았다면 여기까지 왔을 리가 없었다. 버들의 처절한 비명 소리에 놀란 해정이 안채에서 나왔다.

"무슨 일이냐……!"

버들의 피를 뒤집어쓴 채 집 안으로 들어온 기아가 해정을 보며 웃었다.

"이 아이가 네 계집종이더냐?"

"……버, 버들아……!"

피투성이가 되어 내팽개쳐진 버들을 보며 해정의 얼굴이 사색이 되었다.

"너무나 아둔하여 내가 훈계를 좀 했다. 걱정하지 않아도 된다. 숨은 붙어 있으니. 아직은."

"으윽……!"

버들의 가슴을 발로 처참히 짓누른 기아가 잔인하게 웃으며 해정을 바라보았다. 해정은 갑작스러운 일에 기절할 것 같았다.

"대, 대체 이게 무슨 짓이오……!"

"이번엔 너에게 물으마. 네가 어찌 대답하느냐에 따라 이 아이의 운명이 달라질 게야."

"그 아이는 놓고 말하시오!"

"그런 건 내가 결정해."

건방진 말에 기아가 버들의 가슴을 더 세게 밟았다.

"아악!"

그러자 해정이 무너지며 소리쳤다.

"마, 말을 하시오, 내 뭐든 대답할 테니 제발 그만……!"

"그래, 그래야지."

기아는 그제야 만족을 하며 해정에게 물었다.

"은옥이란 계집을 아느냐?"

"……."

그녀의 물음에 해정의 표정이 흔들렸다.

"너도 아는구나."

기아는 단번에 그녀의 표정을 읽었다.

"자, 어서 대답하는 게 좋을 거야. 나는 보시다시피 참을성이 아주아주 없거든."

서 행수는 명화루에서 일을 했던 자가 갑자기 나타나 누군가 자신을 만나고 싶어 한다는 말에 의아함을 감추지 못했다.

명화루가 전부 불타고 진양대군에게서도 버려진 탓에 그녀는 정말 오갈 곳이 없었다. 자신의 전 재산도 명화루가 타면서 깨끗하게 없어졌다. 젊은 기생들은 자기 살길을 빠르게 찾아 여러 기방으로 들어가거나 양반들의 첩이 되었는데 자신은 이제 늙고 추해져 부르는 곳도, 또 자신을 챙기려는 아이들도 없었다.

그런 와중에 누군가 자신을 찾는다니 의아했다.

"대체 날 누가 찾는다고 여기까지 데려오나?"

대궐 같은 집이었는데도 비가 내려서 그런가 꽤나 음습한 곳이었다. 게다가 서 행수는 이런 곳에 이렇게 넓은 집이 있었다는 것을 남자의 길 안내로 처음 알았다. 이런 큰 집이라면 그녀 또한 당연히 알았을 텐데 조금 이상했다.

"가, 가보면 알 것입니다."

"……."

남자는 게다가 목 주변이 시퍼렇게 멍이 들어 있었다. 애써 깃으로 가린다고 가리는데 자꾸 깃에 손을 대고 목에 든 멍에 신경을 쓰니 누구나 알아볼 정도였다.

"헌데, 목은 왜 그렇게 멍이 들었나? 누구에게 맞은 거야?"

"아, 아니요. 맞기는……."

"……."

분명 무언가 있는데 말을 도통 하려 들지 않았다. 서 행수는 아무래도 수상했다. 그러나 이미 돌아가기엔 늦은 듯했다.

"여기요. 기다리고 계시니 들어가 보시오."

"……."

그가 문을 열어주었다.

"주인님, 모셔왔습니다."

그러자 굳게 닫혀 있던 문이 슬쩍 열렸다. 누구도 문에 손을 대지 않았는데 문이 슬쩍 열리자 놀란 서 행수가 사내를 바라보았다. 그러나 그는 오히려 대수롭지 않은 표정으로 서 행수에게 말했다.

"들어가 보시지요."

"……."

서 행수는 어쩔 수 없이 그의 말을 따라 그 안으로 들어가야 했다. 마음속 깊은 곳은 돌아가야 한다고 외치는 중이었지만 발은 이미 문턱을 지나 안으로 들어가고 있었다. 어쩐지 보이지 않는 무언가에 끌려 들어가는 느낌도 들었다.

"……."

굳게 닫힌 중문들이 하나하나 열리기 시작했다. 서 행수는 놀랄 수밖에 없었다. 분명 아무도 없는데 문이 하나씩 저절로 열렸다. 그리고 그 끝에 발을 내린 상석이 보였다.

서 행수는 천천히 그 끝을 향해 걸었다.

"……."

"그대가 서 행수라고?"

"날 찾으신 연유가 무엇이오?"

패기 좋은 물음이었다. 음산한 기에 눌려 겁이 날 만도 한데 역시 연륜이란 것이 있는지 담대했다. 허나 탁야는 지금 그런 모습에 재미를 붙일 때가 아니란 것을 잘 알았다.

"이 여인을 아는가?"

그가 바람을 실어 은옥의 그림을 서 행수의 앞에 내려다 놓았다. 서 행수는 믿기지 않는 일에 어안이 벙벙했지만 그림 속 은옥을 알아보고 사색이 되었다.

"이 아이는……."

"그대의 기방에 있었다더군. 등화라는 이름으로."

"어, 어떻게……."

"어디 있는 것이냐."

순식간에 주변의 공기가 차가워졌음을 서 행수는 느낄 수 있었다.

"그건……."

서 행수도 몰랐다. 듣기로는 등화가 궁으로 들어갔다고 하는데 그것이 사실인지는 몰랐다.

"어디 있냐고 물었다."

"헉……!"

대답하기를 주저하는 서 행수를 향해 그가 단숨에 그녀의 코앞까지 다다르자 서 행수는 숨이 턱 막히는 것을 느꼈다.

"네 얼마 남지 않은 삶을 일찍 마감하고 싶다면 대답하지 않아도 좋다."

"소, 소, 소인은……."

탁야가 손톱을 날카롭게 만들어 서 행수의 턱 끝에 가져갔다.

"아는 것을 말하라."

"소인은 잘 모르옵니다. 지, 진양대군께서 명화루의 실질적인 주인이십니다. 저는 그저 그분의 뜻에 따라 주인 행세를 한 것입니다. 드, 등화가 어찌 되었는지는 그분만이 아십니다……!"

"진양대군?"

"예에, 이 나라 임금님의 둘째 왕자님이신……."

"그자가 있는 곳으로 안내하라."

그의 말에 서 행수는 입술을 깨물었다. 이러나저러나 그녀는 누군가에겐 죽을 운명 같았다.

"여기서 당장 죽고 싶은가 보군. 그렇다면……."

턱 밑으로 뾰쪽하게 솟은 그의 손톱이 점점 더 단단하고 길게 솟았다. 아찔한 통증에 결국 서 행수는 그의 말을 따랐다.

"아, 안내하겠습니다!"

기아가 찾기 전에 자신이 먼저 찾아야 했다. 하루라도 빨리. 하루라도 빨리…….

❖

홍연은 서 행수가 진양대군을 찾아왔다기에 자신의 선에서 그녀를 자르기로 했다. 오갈 곳이 없어졌으니 진양대군에게 다시 돌아와 사정을 하려는 것을 모를 리 없었다.

서 행수가 기다린다는 객방으로 향했다.

드륵.

문이 열리고 방 안으로 들어간 홍연은 서 행수와 함께 온 일행이 있다는 것을 눈치챘다.

"……."

"지, 진양대군은 어쩌고 네가 온 것이냐?"

"아시지 않습니까. 그분께서는 지금 안정을 취하셔야 합니다. 무슨 연유로 또 찾아오신 겁니까?"

서 행수는 이젠 자신을 향해 대놓고 귀찮은 티를 내는 홍연의 태도에 화가 치밀어 올랐지만 지금은 그런 것을 따질 처지가 아니었다.

"이분께서……."

서 행수가 가리키는 탁야를 향해 홍연이 같잖은 시선을 던졌다. 그녀의 형편이 변변치 않아진 상황에서 데리고 온 남자라 한들 잘난 놈은 아닐 것이 분명했기 때문이었다. 얼굴은 꽤나 반반했지만 얼굴만 반반하다고 하여 다 되는 세상은 아니었다.

"그래, 나으리께선 누구시기에 우리 진양대군을 만나뵙길 바라십니까?"

"나의 신부를 찾으러 왔다."

"신부?"

"시, 신부?"

그의 대답에 놀란 것은 비단 홍연뿐만이 아니었다. 서 행수도 놀라 얼굴이 하얗게 질렸고 일이 잘못되어 가고 있음을 직감했다.

"그래. 나의 신부."

그가 홍연의 앞으로 그림을 펼쳐 보였다.

"……."

"진양대군이라는 자가 나의 신부를 알고 있다 들었다."

"……."

홍연은 그의 말에 얼이 빠져 그 그림을 뚫어져라 보기만 했다. 그림 속의 여인은 영락없는 은옥이었다.

"이게…… 이 아이가 당신의 신부라고?"

"그래, 나의 신부다. 은옥이는 지금 어디 있지?"

"하."

은옥의 입에서 툭하면 나왔던 서방님이 바로 그였다. 홍연은 그 신랑이라는 자가 대체 누구기에 정절을 지키려 애를 쓸까 싶었는데 과연, 그년 눈에 다른 사내가 들어올 리가 없었다.

"그래서 그년이 그렇게 당신을 찾아 울부짖었군."

"어디 있는가 물었다."

"서 행수가 말을 안 해주던가요?"

"나, 난 몰라!"

자신을 걸고넘어지는 홍연의 말에 서 행수가 화들짝 놀라 소리쳤다.

"흐응."

알면서 말을 안 해준 건지 아니면 자신처럼 믿을 수 없어 말을 안 한 건지 홍연은 두 눈을 게슴츠레 떴다.

서 행수는 그녀의 시선에 한사코 손을 저으며 탁야에게 변명을 했다.

"소인은 정말 모릅니다. 정말 모릅니다! 저 홍연이란 계집이 안다면 더 잘 알겠지요. 항상 은옥을 눈엣가시로 여겼으니……!"

그녀의 말에 홍연의 두 눈이 커졌다.

"서 행수, 이렇게 나오겠다는 겁니까?"

"닥쳐라! 네년이 은옥에게 가진 불손한 마음을 모를 것 같으냐?"

갑자기 시작된 두 여인의 싸움은 탁야의 심기를 더욱더 불편하게 할 뿐이었다.

"흑……."

음산한 기에 눌린 두 사람이 숨이 턱 막히는 것을 느끼며 주저앉았다.

"네 두 년들이 감히 나의 은옥에게 무슨 짓을 한 것이야."

"허억……."

"어디 있는지 말하거라. 당장……!"

홍연은 갑자기 숨통이 조이는 것도 당혹스러운데 그의 눈빛이 달라지는 것을 보고 놀라지 않을 수가 없었다.

"대, 대체 당신은 누구요……?"

음기에 눌려도 할 말을 다 하는 홍연을 내려다보며 그가 웃었다.

"나 말이더냐?"

"윽……!"

숨이 막혀 이젠 눈앞이 깜깜했다.

"여우왕, 탁야다."

홍연은 믿을 수 없는 대답을 듣고 혼절했다. 서 행수는 이미 혼절을 한 상태였고 탁야는 두 사람을 냉담하게 내려다보며 객방을 빠져나갔다.

아무래도 자신의 대답에 제대로 대답해 줄 사람은 서 행수가 말한 진양대군이라는 자인 것 같았다.

그의 집을 아무렇지 않게 돌아다니는 탁야를 향해 몸종들이 다가갔지만 풍기는 살벌한 기에 쉬이 말을 붙이지는 못했다.

"진양대군이라는 자의 방이 어디냐."

누구도 쉽게 그 물음에 대답을 하지 못했다. 그러나 진양대군이 있는 방으로 곁눈질을 하는 덕에 탁야는 쉽게 그의 방이 어딘지 알았다.

"저기군."

그는 단숨에 그의 방으로 향했다. 잔상을 남기며 그의 방으로 향하는 탁야의 그 행동에 놀란 몸종들은 모두 자리에서 주저앉았다.

진양대군은 회복을 위해 침대에서 요양 중이었다. 누군가 들어오는 소리에 그는 그것이 당연히 홍연이라고 생각했다. 마침 목이 말랐던 터라 익숙하게 그녀의 이름을 부르며 원하는 것을 말했다.

"홍연이냐? 내 목이 마르니 물 좀 다오."

"……."

"응?"

고개를 돌린 그는 놀라지 않을 수가 없었다.

낯선 사내가 바로 앞에 서 자신을 내려다보고 있으니 누군들 놀라지 않을까, 순간 그는 저승사자인 줄 알았다.

다행인 것은 청색의 도포를 입고 있어 금세 그 오해는 풀었다. 그러나 감히 고하지 않고 자신의 방을 제 방 드나들 듯 막 들어온 자였다.

"너는 누구냐! 윽……!"

놀란 것도 모자라 화가 나 소리를 치니 늑골이 욱신댔다. 아파서 얼굴을 구기고 잔뜩 찡그리니 그제야 눈앞에 있는 자는 자신이 환자인 것을 눈치챈 듯했다.

"늑골에 금이 갔구나. 어깨도 엉망이군."

"넌 대체 누구지?"

"그대가 진양대군인가?"

"넌 누구냐 물었다! 윽……."

탁야는 두 눈을 흘기며 그에게 말했다.

"그렇게 누워 있는다고 나을 병이 아닌 듯싶군."

"뭐, 뭐라?"

"특히 어깨뼈는 뼈가 바스러져 누워 있는다 한들 다시 움직일 수 없을 것이다. 평생 고통을 동반해 살아야겠지."

진양대군은 그 말에 시선이 흔들렸다.

"의원의 말로는……."

"그자가 무엇을 말했는지는 나에게 중요하지 않아."

"……."

"내가 원하는 대답을 하면 어깨와 늑골을 고쳐주지."

그의 물음에 진양대군은 코웃음을 쳤다.

"감히 여기가 어느 안전이라고 사기를 치려고 하는 것이냐? 여봐라! 어서 이자를…… 윽!"

소리를 지르면 지를수록 늑골의 통증이 커졌다. 결국 말을 다 잇지도 못하고 진양대군은 거친 숨을 몰아쉬어야 했다.

"하아, 하아……."

"일단 내가 원하는 대답을 들으려면 그 늑골부터 고쳐야겠군."

그가 진양대군에게 가까이 다가갔다. 진양대군은 자신에게 다가오는 탁야를 내치고 싶었지만 늑골 부위와 어깨 부위에 자꾸 힘이 들어가 온몸이 아팠다.

탁야가 그의 가슴에 손을 얹었다.

"으악!"

순간 온몸이 갈기갈기 찢기는 고통이 찾아와 진양대군은 온 신경을 바짝 달구는 느낌을 받았다.

"하아, 하아……!"

그러나 아까보다는 숨 쉬기가 훨씬 쉬웠다. 놀란 그가 탁야를 바라보았다. 어깨에 전해지는 통증은 여전했지만 확실히 숨 쉬는 것이 어렵지 않았다. 크게 내쉬어도 괜찮았고 작게 내쉬어도 불편한 점이 없었다. 놀라운 상황에 어안이 벙벙한 것도 잠시 탁야가 그의 어깨를 짓눌렀다.

"으아악!"

"자, 이제 이 어깨도 고치고 싶으면 대답을 하는 게 좋을 거다."

"크억, 이거 놓지 못하겠느냐!"

"똑바로 말을 하는 것이 좋을 게야."

어깨가 끊어질 것 같은 고통 속에도 진양대군은 대체 눈앞에 있는 이자가 무엇을 원하는 건지 몰라도 그것이 엄청나게 간절한 것임을 눈치챌 수 있었다.

"은옥은 어디에 있지?"

"말하라, 은옥은 어디에 있지?"

"그 아이를 찾는 이유는……."

진양대군은 은옥을 찾는 이유가 남다르다는 것을 단번에 느낄 수 있었다. 그 아이가 그렇게 애달피 찾던 신랑이 과연 이자인 것인가 싶었다.

"그 아이는 나의 신부다."

"하하. 그 아이가 말하던 서방이 너였더냐?"

그의 말에 탁야가 두 눈에 힘을 주었다.

"어디 있는지 말을 하는 것이 좋을 것이다."

쫘악.

"아악! 네 이놈! 감히 내가 누군지 알고……!"

"네가 누군지 나에겐 중요치 않다. 난 나의 신부만 찾으면 되거든. 그러니 순순히 말을 해주는 게 좋을 거야. 내가 원하는 말에 대답만 해준다면 평생 병신으로 살아갈 네 몸을 고쳐준다고 하지 않느냐?"

"……."

진양대군은 그의 말에 갈등했다. 그러나 금이 간 늑골을 쉬이 고치는 것을 방금 겪지 않았는가, 물론 그에 비례하는 고통이 상응되었지만 그래도 평생을 그의 말처럼 반병신으로 살아갈 바에야 그가 원하는 것을 던져주는 것이 나았다.

"일단 먼저 날 고쳐보아라, 그럼 내 순순히…… 으악!"

"감히 나와 협상을 할 생각인가? 인간 주제에?"

"으, 아악! 말하겠다. 말하겠다! 그 아이는, 그 아이는……!"

탁야는 그의 뒷말을 참을성 있게 기다렸다.

"그 아이는 지금 궐에 있다 들었다."

"궐?"

"하아……. 그래. 궐. 별궁에 있다 들었지."

탁야는 미간을 좁혔다.

"궐에는 그 아이가 왜?"

진양대군은 그 물음에 입술을 비틀어 올렸다.

"그 아이가 나의 동복동생이라더군. 그대의 신부라고 했으니 그대는 나의 매제가 되는 셈이 아니겠는가?"

"……."

진양대군의 말에 탁야가 미간을 좁혔다.

"뭐라?"

"매제, 어서 내 팔을 고치시게나."

"그 아이가…… 왕가의 핏줄이란 말인가?"

전혀 생각지도 못한 일에 탁야는 잠시 넋이 나갔다. 진양대군은 그의 표정이 재미있어 낄낄 웃으며 대답했다.

"그대도 믿기지 않는가 보군. 그래, 다른 이들은 다 그렇다 하는구만."

"……."

곧장 밖으로 나가려는 탁야의 손을 그가 붙잡았다.

"어허! 약조한 것은 지키고 가야지, 매제!"

탁야가 귀찮은 얼굴로 그의 다친 어깨를 탁 쳤다.

"아악!"

그 손길에 진양대군은 고통스러워하며 바닥을 굴렀고 그러거나 말거나 탁야는 곧장 궁궐로 향했다.

"으윽, 네 이놈……!"

약속했던 것을 지키지 않고 가는 줄 알았던 진양대군은 천천히 자신의 어깨도 치유가 되어가고 있음을 느꼈다.

"하……."

대체 저놈의 정체가 뭐기에 용하다는 의원도 쉽게 고치지 못한 것을 이렇게 쉽게 고치는 것인지 진양대군은 궁금했다.

그리고 그가 곧장 궐로 향했을 것이란 걸 모를 수 없었다. 진양대군은 곧장 밖에 있는 몸종을 불렀다.

"달오야! 어서 내 관복과 말을 준비해라. 내 입궁해야겠다!"

"예? 그런 몸…… 헉!"

멀쩡해진 그를 본 몸종이 믿을 수 없는 눈으로 그를 앞뒤로 보며 놀라워했다.

"세상에, 이게 무슨 일이랍니까? 대군마마, 괜찮으십니까?"

"그래! 그러니 어서 시키는 것이나 가져와라. 시간이 없다. 어서!"

"예, 예!"

그의 명에 몸종은 서둘러 관복과 말을 준비했다. 그가 관복을 받고 갈아입을 동안 탁야는 벌써 궁에 도착했다.

비가 추적추적 내리다가 슬슬 그치려는 것 같았다. 궁문을 지키던 문지기들은 지루함에 하품을 했다.

"하암……."

하품을 늘어지게 하는 순간이었다. 탁야가 순식간에 궁으로 향했다. 거친 바람이 일었고 굳게 닫혔던 문이 요란한 소리를 내며 부서졌다. 하품을 하던 문지기들이 화들짝 놀라 입안 가득 들어온 흙과 빗물에 어쩔 줄 몰라 했다.

"에퉤퉤! 뭐야, 뭐야? 방금 뭐가 들어가지 않았어?"

"쿨럭, 쿨럭! 이게 대체 무슨 일이래……!"

분명 뭔가가 문을 거칠게 차고 들어간 느낌은 있는데 무엇인지 알 수가 없었다. 그러나 그들은 서둘러 사람들에게 알려야 했다.

"치, 침입자다! 궁 안에 침입자가 들어갔다!"

집현전에서 여전히 책을 읽고 있던 숙주가 금군들의 움직임과 더불어 경종이 울리는 것을 듣고 함께 있던 청의동자에게 시선을 돌렸다.

"무슨 일인지 알아보겠습니다."

청의동자는 그가 말을 하지 않아도 알겠다는 듯 대답을 하고 사라졌다.

"……."

금군이 움직이는 것도 모자라 경종이 울리는 것은 심상치 않았다.

은옥 또한 경종이 울리는 것을 듣고 놀라 자리에서 일어났다.

"대체……."

아랑이 빠져나가겠다고 하더니 드디어 빠져나간 것인가 싶었다. 은옥은 그녀를 걱정했다.

"아랑……."

자신에게 여우구슬을 남기고 떠나 화산으로 간다 하여도 많은 난관이 있을 터였다.

"부디……."

부디 그녀가 무사하기를 빌었다.

하지만 아랑은 아직 의금부 감옥에서 나오지 않은 상태였다. 조금 더 조용해지길 기다리고 있던 참이었다.

그녀는 탁야의 강한 기운을 느낄 수 있었다.

"수령……!"

드디어, 드디어 그가 찾아온 것이었다.

"……."

아랑은 곧장 여우로 둔갑했다. 그리고 재빨리 자신의 여우구슬을 공명시켰다. 그가 좀 더 수월하게 은옥을 찾을 수 있게끔 그를 인도해야 했다. 비록 이 공명으로 같은 호족들에게도 자신의 위치를 알리는 꼴이 되었지만 그가 가까이 있는데 그 이유로 더는 망설일 필요는 없었다.

그 시각, 그 공명을 기아 또한 느끼지 않을 수 없었다. 숙주의 집에서 해정의 목을 조르고 있던 그녀가 해정을 놓았다.

"하아, 하아……."

"운이 좋구나."

"윽……."

해정이 그녀를 노려보았다.

"드디어 찾았어."

기아는 곧장 진하게 울리는 공명을 좇아 숙주의 집을 단숨에 벗어났다. 해정은 괴한의 침입에 속절없이 당하고 만 많은 종들을 둘러보며 몸을 떨었다.

집 안은 온통 피로 물들어 있었다. 꽤 다쳐 피를 많이 흘린 상태였고 버들은 이미 두 눈에 초점이 없었다.

"흑……. 버들아……."

해정은 혼자 남은 집 안에서 흐느꼈다.

"서방님……."

그가 절실하게 필요한 때였다. 그러나 그는 아직 퇴궐하지 않았고 해정은 점점 정신을 잃어갔다.

❖

은옥은 갑자기 숨이 탁 막히는 것을 느꼈다.

"허억……!"

무엇인가 자신의 심장을 꽉 움켜쥐었다가 놓는 느낌을 받았다. 몸이 휘청일 정도로 꽤나 큰 충격이라 그녀는 풀썩 자리에 주저앉았다.

"하아, 하아……."

온몸이 떨렸다. 뭔가에 충격을 받은 것처럼 덜덜덜 떨렸다. 자신의 몸에 분명 이상이 생겼다는 것을 알았지만 말이 제대로 나오지 않았다. 이 이상한 감각을 누군가에게 속히 알려야 했는데 누구도 없었다.

경종은 계속해서 울렸고 담장 밖은 너무나 소란스러웠다.

"하아, 하아······. 아랑······."

설마, 설마 아랑이 잘못되어 이런 느낌이 드는 것인가 두려워진 은옥이 온몸을 기어 방을 나섰다.

그런 그녀를 누구도 신경 쓰지 못했다. 침입자가 궁 안에 들어오긴 들어 왔으나 찾을 수가 없었다. 궁 안 사람들은 갑작스러운 상황에 두려움에 떨었 다.

가뜩이나 별궁에 괴이하기 짝이 없는 불편한 존재가 있는데 그녀 때문에 또 무슨 사달이 나는 건 아닌가 그들은 걱정하기 시작했다.

금상 또한 갑작스러운 일에 당황하기는 마찬가지였다.

"침입자라니, 궁에 웬 침입자란 말이냐?"

"그, 그것이. 아직 파악 중인지라······."

"확실하더냐? 궁 안으로 침입자가 들어온 것은?"

"그게······ 문지기의 말은 그러한데······."

문이 분명 부서지기는 했으나 누가 들어갔는지는 알 수 없었다. 게다가 그 큰 문을 사람이 부쉈다는 것은 말이 되지 않았다.

"대체 이게 무슨 일이란 말이더냐······."

"속히 이 일에 대한 진상을 다시 아뢰겠습니다."

내금위장의 말에 금상은 한숨을 쉬었다.

"어서 속히 알아오라."

"예, 전하."

허둥지둥 나서는 내금위장을 보며 금상이 깊게 한숨을 쉬었다. 상선도 내 금위장의 모습을 보며 한숨을 쉬었지만 어쩌면 이 일도 별궁의 공주와 관련 이 있지 않을까 싶었다.

"저······ 전하······."

"말하라."

꾸물거리는 상선의 모습을 보아하니 금상은 무언가 짐작이 가는 것이 있 으리라 단번에 짐작했다.

상선은 그의 말에 잠시 주저하더니 이내 자신의 생각을 전했다.

"혹, 별궁 공주마마와 관련된 일은 아닐까 싶습니다만……."

"또……?"

"……."

금상은 심란한 마음에 한숨을 푹 쉬었다.

"또 그런 것이라면 이번엔 정말 내 그 아이를 지킬 수 없을 것 같구나……."

"전하……."

"상선은 속히 이 일이 그 아이와 관련된 것이 맞는지 확인을 해오거라."

"예, 전하."

상선이 급히 별궁으로 향했다.

탁야는 별궁 주변을 단단히 에워싼 금군들을 보며 미간을 좁혔다. 저 금군이 에워싼 곳에서 아랑의 기운이 강하게 느껴졌다.

"……."

금군들은 갑자기 나타난 청색 도복의 남자에게 창을 겨누며 경계 태세에 들어갔다.

"누구냐!"

"……."

"감히 이곳이 어느 안전이라고 함부로 들어온 것이냐!"

탁야에겐 그들의 말은 들리지 않았다.

"은옥……."

"머, 멈추지 못할까!"

그의 걸음을 막는 금군들의 단단한 방어에 심기가 불편해졌다. 그를 막은 금군들은 갑자기 드는 오한에 벌벌 떨었다. 눈앞에 그가 심상치 않은 존재라는 것을 모를 수가 없었다. 쓰고 있던 흑립이 강한 바람에 날아갔고 그의 긴 잿빛의 머리카락이 물결치며 흩날렸다.

"구, 구미호다!"

누군가 그를 향해 그렇게 소리쳤고 금군들은 겁에 잔뜩 질린 모습으로 주춤주춤 뒷걸음질을 쳤다.

"이곳에 내 신부가 있구나."

"머, 멈춰라! 이놈……!"

금군들은 별궁 안으로 들어가려는 그의 걸음을 기어코 막았다. 탁야는 그런 그들이 자신들의 본분을 다한다고 생각하면서도 은옥과의 재회를 방해하는 것에 화가 났다.

"날 막지 마라. 죽기 싫다면."

그가 나직이 경고했다.

"난 나의 신부를 찾아왔을 뿐이니까."

그의 말에 그들은 길을 내어줄 수밖에 없었다. 금상도 아니고 별궁의 이름 없는 공주를 찾는다니 차라리 잘된 것이 아닌가 싶었다.

물꼬를 트듯 길을 내어주는 금군들을 지나쳐 탁야는 천천히 별궁 안으로 들어갔다. 그때, 은옥이 문을 열고 비틀거리며 나왔다.

그가 왔을 거라고는 꿈에도 모른 채 가슴을 부여잡고 아랑을 찾기 위해 나왔다.

탁야는 하얀 무명옷을 입고 비틀거리며 나오는 그녀를 보며 그제야 자신의 심장이 따뜻하게 도는 것을 느꼈다.

"아아……."

드디어, 드디어 그녀를 다시 만났다. 바라고 바라던 그녀의 온전한 모습에 탁야는 눈물짓지 않을 수 없었다.

은옥이 앞을 향해 시선을 던졌다.

"……."

믿을 수 없는 광경에 은옥은 자신의 두 눈이 어찌 된 것이 아닌가 의심부터 했다. 너무나 그리워, 너무나 애끓어 혹여 환영을 보는 것인가 싶었다.

"……."

이상했다. 눈을 비비고 끔뻑여도 환영은 지워지지 않았다. 오히려 더 또

렷했다. 이상했다. 아까부터 자신의 몸이 이상하게 무겁고 괴로운 것이 설마 악몽을 꾸고 있는 것인가 생각이 들 정도였다. 그렇다면 여기서, 여기서 한 발을 내딛으면 그는 두 걸음 멀어지고, 두 걸음을 내딛으면 다섯 걸음 멀어지는 그런 꿈일까 싶어 쉬이 내딛지도 못한 채 그를 바라보았다.

"은옥아."

"흑······."

그의 목소리가 생경하다. 그의 목소리가 실로 생생했다.

"은옥아."

그의 그 목소리가 너무나 생경해 은옥은 눈물이 금세 차올랐다.

"아아."

꿈일 것임이 분명함에도 은옥은 또 바보같이 그에게로 다가갔다. 한 걸음, 한 걸음. 혹여 그가 멀어질까 두려워 조심스럽게 나아갔다.

"아아, 서방님······."

멀어질 줄 알았던 그가 다가온다. 이 꿈의 마지막은 언제나 멀어지던 그였는데······ 그가 멀어지지 않는다. 가까워지고 있다. 은옥은 또 자신에게 어떤 고통을 안겨주려고 이리 가슴 아프게 그가 더 선명해지는 것인지 알 수 없었다. 그럼에도 그녀는 욕심을 내었다. 그가 다시 자신의 눈앞에서 사라진다 할지라도 좀 더 가까이, 좀 더 선명하게 그를 보고 싶었다.

탁야는 조심스럽게 자신에게 손을 뻗는 은옥을 두고 보았다.

자신의 뺨으로 손끝을 가져가려던 그녀가 잠시 머뭇댔다. 그는 그녀가 이것이 현실이 아니라고 믿는 것을 알았다. 꿈이라 믿기에 이렇게 조심스러운 것이라고, 여전히 자신을 애끓게 그리워하고 그리워해 이것이 현실이 아니라고 생각하고 있었다.

그가 작게 웃으며 손을 거두려는 은옥의 야윈 손목을 잡아 자신의 뺨에 가져갔다.

"아……!"

은옥은 놀랄 수밖에 없었다. 이런 꿈은 또 오랜만이었다. 그녀는 다시 눈물을 터뜨렸다. 그의 따뜻한 뺨을 만지고 그의 따뜻한 온기를 느꼈다. 온전히 그를 느끼는 꿈. 은옥은 조금 더 욕심을 냈다. 이것이 꿈이 아니길, 아니, 꿈이라면 다시는 깨지 않길 바랐다. 깨고 싶지 않았다.

"흑, 오라버니……."

"은옥아. 나의 신부, 나의 반려……."

"흑, 오라버니……. 서방님……!"

은옥이 용기를 내어 그의 품에 안겼다. 탁야는 기꺼이 그녀를 안았고 은옥은 강하게 느껴지는 그의 체취에 두 눈을 크게 떴다.

"서방님……."

"드디어……."

"서방님…… 이게 꿈이 아니어요? 꿈인데…… 꿈일 텐데 너무나 선명해……."

"……."

은옥은 믿을 수 없었다.

이 궐 안에서 그를 만난다는 것 자체가 꿈이었다. 벌써 아랑이 그를 데리고 왔을 리가 없었다. 꿈이어야 맞는 일인데 꿈이 아닌 것 같아 혼란스러웠다.

"이게 대체……."

"은옥아."

"흑, 꿈이 아니었으면 좋겠습니다. 꿈이 아니라 정말, 정말 이 모든 게 사실이었으면 좋겠습니다. 다시 꿈에서 깨어나고 싶지 않아요. 이게 꿈이라면 저는 정말, 정말……."

이것이 꿈이라면 은옥은 더 이상 견디지 못할 것 같았다.

"은옥아."

상기된 두 뺨을 그러쥔 그가 부드럽게 은옥을 불렀다.

"꿈이 아니다."

그 말을 듣고 싶었다.

"흑……!"

"꿈이 아니다. 은옥아."

그의 그 말에 은옥은 그의 품에 완전히 무너졌다.

"흐윽, 서방님……!"

은옥이 이제야 정말 이 모든 것이 꿈이 아님을 자각하고 그의 품에 온전히 안겼다. 탁야는 그런 그녀를 품에 꽉 끌어안았다.

"보고 싶었습니다. 정말, 정말 보고 싶었습니다. 서방님……!"

"그래, 나도 그러했다. 나도, 나도 그러했느니라."

단 하루도 그녀를 그리워하지 않은 날이 없었다. 하루하루가 그리움에 심장이 새까맣게 탔고 자신의 혼이 바스러지는 기분을 느끼며 살아갔다.

한 계절이 바뀌고, 그 계절의 색이 짙어지면 짙어질수록 그녀를 향한 그리움도 그만큼 짙어졌다.

"내 품에 온전히 들어오는 너를, 네 향기를, 네 숨결을…… 단 한 번도 잊은 적이 없었다. 은옥아……."

"흑……."

"다행이다. 다행이야. 널 이렇게 온전히 찾을 수 있어 다행이다. 다행이구나……."

기아는 다행히 은옥을 찾아내지 못한 것 같았다. 자신이 한발 늦어버릴까, 영영 늦어버리는 것은 아닐까 그 또한 은연중으로 겁이 났다. 바보같이 또 은옥을 놓쳐 버릴까 하루하루 새까맣게 심장이 탔다.

"널 두 번 다시 잃고 싶지 않아……."

한 번으로 족했다. 한 번으로.

더는 기아에게 그 어떤 것도 빼앗기지 않는다. 그는 기아의 기운이 점점 더 가까워지는 것을 느꼈다.

"나의 신부는 오직 너뿐이다. 은옥아."

"서방님……."

"널 당장이라도 데려가고 싶은데 그전에 해결해야 할 산들이 많네."

"……."

그의 말이 무슨 뜻인지 은옥은 모르지 않았다.

별궁 안으로 금군들이 몰아닥쳤다.

"네놈은 누구냐! 정체를 밝혀라!"

"……."

긴장한 표정들이 역력했지만 금군들은 자신들의 의무를 다하기 위해 그와 은옥을 포위했다.

"너희들을 상대할 시간이 없는데."

그는 굉장히 시큰둥한 반응을 보였다. 그에게 이런 것은 전혀 위협이 되지 않았다. 그러나 그들은 몰랐다. 은옥 또한 그보단 금군들의 안위가 걱정되었다.

그녀가 그의 옷깃을 잡았다.

"서방님……."

"걱정 마. 크게 벌일 일은 따로 있다는 걸 아니까."

그의 말에 은옥이 작게 고개를 끄덕였다. 그때였다. 여우로 둔한 아랑이 별궁으로 뛰어 들어오는 것을 본 그녀가 소리쳤다.

"아랑!"

아랑이 그녀에게로 뛰어왔다.

작은 여우로 둔갑한 아랑은 꽤 오랜만이었다. 어릴 때나 이렇게 모습을 바꿨지 커서는 이런 모습을 보여주지 않았던 그녀였다. 그런 그녀가 여우의 모습으로 변해 나타난 것을 보자 은옥은 괜히 좋았다. 여우의 모습으로 변한 아랑의 모습은 참으로 귀여웠기 때문이었다.

"오랜만에 보는구나. 여우로 변한 아랑은."

"……."

금위대장이 별궁으로 뛰어 들어왔다.

"네 이놈……! 감히 이곳이 어느 안전이라고 함부로 쳐들어오는 것이냐!"

"난 이 궐의 사정 따위 알고 싶지 않다. 나의 신부를 되찾으러 왔을 뿐."

"뭐, 뭐야?"

"내 신부를 찾으러 왔다."

뒤늦게 숙주가 별궁으로 들어왔다.

여우왕의 모습에 그는 가만히 상황을 지켜보았다. 청의동자 또한 그의 곁에 나타났다.

"여우왕……."

"주인님, 여우왕도 여우왕인데……."

"또 무엇이 문제더냐?"

"호족 하나가 이쪽으로 향하고 있습니다."

청의동자의 말에 그가 의아한 표정을 지었다.

"호족이라면 여우왕과 같은 종족이란 말이 아니냐. 그런데?"

"사악한 기로 똘똘 뭉친 것도 모자라…… 눈에 보이는 족족 사람을 죽이고 있습니다."

"뭐……?"

"절대 공주마마와 여우왕에게 호의적인 상대는 아닌 것 같습니다."

그의 말에 숙주가 불길한 기운이 가득 몰려오는 곳을 향해 시선을 던졌다.

"대체 무슨 일이 벌어지려고……."

그때였다. 그가 바라보고 있는 방향인 별궁의 서쪽 문이 요란한 소리를 내며 부서졌다.

"……."

금위대장이 놀라 서쪽의 문으로 고개를 돌렸다. 은옥과 탁야는 올 것이 왔다는 표정으로 희뿌연 연기가 차츰차츰 가라앉는 곳을 향해 시선을 던졌다.

"아아, 내가 한발 늦어버렸구나."

기아가 굉장히 아쉬워하며 은옥과 함께 있는 탁야를 바라보았다.

"이럴 줄 알았으면 그냥 처음부터 죽여 버릴걸."

그냥 처음부터 목숨 줄을 끊어놓았다면 둘이 다시 저렇게 붙어 있는 꼴은 보지 않았을 텐데.

"그랬다면 네 목숨도 지금까지 붙어 있진 않았겠지. 그걸 두려워해 이렇게 일을 만든 것 아닌가?"

그의 냉정한 대답에 기아는 힘없이 웃었다.

"맞아. 그때 내가 왜 그랬을까? 어차피 이렇게 될 것이었는데."

기아는 진심으로 후회했다.

"정말이지 눈꼴 시려 못 보겠구나."

"……"

그녀는 떨어질 줄 모르는 두 사람의 모습을 두 번은 보고 싶지 않았다. 이 꼴을 보지 않겠다고 화산에서 내친 것이었는데 결국엔 이렇게 되어버렸다.

"어째서 나는 아닌 것이냐, 어째서 나는 아니라는 것이야!"

울화에 치민 그녀의 목소리가 하늘을 울렸다. 그곳에 있던 이들 모두 귀를 막으며 괴로워 주저앉았다.

탁야는 억지로라도 자신을 가지려 애를 쓰는 기아가 이젠 불쌍했다.

"소월이 죽은 것은 아느냐."

"……"

그의 말에 기아의 두 눈빛이 흔들렸다.

"소월은 끝까지 널 지키다 갔다."

"그래서……?"

"널 진정으로 은애하는 자를 알아봐 주지 않은 채 그렇게 보내 버렸는데 어떤 마음도 들지 않는 것이냐?"

그의 말에 기아가 피식 웃었다.

"넌 내가 죽으면 어떤 마음이 들 것 같니? 탁야."

"……."

대답을 하지 못하는 그를 보며 그녀가 그를 비웃었다.

"그래, 딱 그 마음인 것이다. 탁야. 네 그 마음과 지금 내 마음은 그것과 다를 것이 없다."

"……."

탁야가 안쓰러운 눈으로 그녀를 바라보았다. 어린 날부터 지금껏 그녀를 알고 지낸 세월이 수십 년이었다. 친형제와 같았던 소월처럼 그녀 또한 그에겐 친누이와 다름없는 존재였다. 그래서 안타까웠다. 그녀는 좀처럼 포기를 몰랐다.

갖고 싶은 것이 생기면 기필코 가져야 했고 또 갖지 못한다면 스스로를 망가뜨려서라도 기어코 가져야 했다. 그것이 자신을 향해 돌아오지 않기를 바랐으나 결국 이렇게 되었다.

그는 마지막으로 그녀에게 물었다.

"이제 그만하자. 기아야."

"……."

"네 그 마음을 모르지 않는다. 허나, 어떻게 해도 아니 되는 것도 있다."

그의 말을 기아가 가볍게 웃으며 넘겼다. 그야말로 어떻게 해도 안 되는 일에 매달리고 있었다.

"그건 너도 마찬가지가 아닌가? 탁야……!"

그 또한 자신과 다를 것이 없었다. 그러므로 이것은 죽을 만큼 싸워 쟁취해야 하는 것이었다. 기아의 여전한 태도에 탁야는 그녀에게 가졌던 일말의 연민도 지웠다. 아니, 사실 그 연민은 오래전에 지워진 지 오래였다. 그러나 그녀를 위해 기꺼이 죽음을 택한 소월을 한 번 더 떠올리며 기아에게 기회를 주려 한 것뿐이었다.

기아는 그 기회마저 버리고 파국을 선택했다.

그렇다면 자신 또한 그 지독한 파국을 향해 치닫는 수밖에 없었다.

은옥은 다시 그와 헤어질 것이 겁났다. 그의 옷깃을 꼭 잡고 이 순간이 너무나 싫음을 눈빛으로 전했다. 그런 그녀의 마음을 모를 리 없는 그가 작은 그녀의 머리에 슬며시 손을 얹었다.

"괜찮다. 이 고비만 지나면 다 괜찮을 거야."

"서방님……."

"아랑, 이 아이를 목숨 걸고 지켜라."

아랑이 그녀의 품에서 적갈색의 두 눈동자를 반짝였다.

"나 또한 목숨 걸고 나의 신부를 되찾을 것이니."

"서방님……!"

금군들은 갑자기 시작된 양자대결에 얼떨떨해했다. 그러나 곧장 상황을 파악할 수밖에 없었다. 그들의 싸움은 인간의 영역을 넘어선 싸움이었기 때문이었다.

피어오르는 음산한 음기, 공기를 끌어 모아 회오리치는 거대한 폭풍바람, 점점 괴기스럽게 변해가는 기아와 탁야의 모습에 질려 끝내 도망을 치거나 별궁 밖으로 내빼는 자들이 생겼다. 금위대장은 그런 금군의 이탈에 버럭 소리를 질렀다.

"네 이놈들! 감히 궁을 버리고 도망을 치다니. 네놈들이 다 죽고 싶은 게로구나! 이 궁을 지켜야지 않겠느냐!"

숙주는 숨죽여 은옥에게로 다가갔다.

"부수찬……!"

은옥은 자신을 찾아온 숙주를 향해 소리쳤다. 숙주는 조용히 은옥을 안전한 곳으로 데려갔다.

탁야가 그것을 보지 못했을 리가 없었다. 그러나 그는 잠시 은옥과 숙주를 내버려 두고 기아에게 집중했다.

"기아……."

"내 언젠가 말했던 적이 있었지."

"……."

"네 손이라면 기꺼이 죽어주겠다고."

기아가 피식 웃음을 흘렸다. 어쩌면 그날을 예견했을지도 모른다. 결국엔 이렇게 끝이 날 관계였을지도 몰랐다. 허나, 알고 있음에도 멈출 수 없는 것이 있었다. 그녀에게 탁야라는 남자는 그런 남자였다.

여인과 사내에 눈을 뜨기 전부터 그를 연모했고 언제나 그의 시선에 닿기 위해 애썼다. 그럴수록 그는 멀어졌지만 그녀는 최선을 다해 그를 쫓았다.

"너에게도 지금 이 순간은 중요한 순간이어야 할 거야. 날 죽이지 못하면 네 것이 죽을 테니까."

서슬 퍼렇게 변한 기아의 두 눈이 탁야를 향했다. 그의 것이 될 수 없다면 그 또한 누구의 것이 될 수 없다.

이기적인 생각일지라도 기아는 결코 그의 옆자리에 자신이 아닌 누군가가 있는 모습을 볼 수 없었다.

그것이 오직 한 마리의 수컷을 선택해야 하는 암컷 여우의 잔인한 운명이었다.

검은 구름이 달빛을 가리기 시작했다. 완벽한 어둠 속에서 두 짐승의 붉고 파란 눈빛이 빛을 냈다.

크아앙!

짐승의 거대한 목소리가 궁을 삼켰다.

놀란 금상과 세자는 처소 밖으로 나와 별궁이 있는 곳을 향해 시선을 던졌다. 어두운 밤하늘, 별궁만이 요란한 빛을 냈다.

뒤늦게 도착한 진양대군 또한 빛이 났다가 사라지고 또 나타나는 별궁을 향해 급하게 뛰어갔다. 은옥의 신랑이라는 자가 나타나 무슨 짓을 벌이고 있는 것이 분명했다. 혹여 왕위를 노리고 벌이는 싸움인가 조바심이 났지만 그것은 아닌 것 같았다.

"대체 무슨 일인 거지?"

"지, 진양대군……!"

"금위대장!"

사색이 된 금위대장이 그에게 다가갔다.

"피, 피하십시오. 궐에 지금 사특한 것들이 싸우고 있습니다!"

"사특한 것들……?"

"예, 무슨 일인지는 모르겠으나 같은 구미호끼리 싸우고 있습니다. 어서 이것을 전하께 고해야……!"

"……."

황급히 자리를 떠나는 금위대장을 두고 진양대군은 담벽이 허물어지고 별궁이 무너지는 것을 바라보며 입을 다물지 못했다.

"세상에……."

두 눈으로 보고도 믿겨지지 않는 광경이었다. 두 마리의 여우들이 서로를 물어뜯고 던지며 싸우고 있었다. 문제는 그 여우가 언젠가 본 적이 있는 순상馴象의 두 배, 아니, 세 배는 되어 보였다.

별궁이 작아 보이는 것은 착각이었다. 별궁을 지키고 있던 궁녀들과 내시들은 모두 도망을 친 것 같았다. 금군마저도 어찌할 바를 모르고 별궁에서 점점 포위진을 넓혀갔다.

두 마리의 여우는 입에 검붉은 피를 묻혀가며 서로를 물고 뜯었다. 열세인 것은 적색의 여우였다. 그러나 지지 않겠다는 듯 은회색의 여우에게 맞섰다. 진양대군은 어느 쪽이 이기든 볼만한 광경이라 생각했다.

허나, 그의 생각만 그랬는지 뒤늦게 나타난 세자는 심각했다.

"대체 저것이 무엇이란 말인가……!"

"세자저하."

세자의 등장에 진양대군이 허리를 숙였다. 세자가 놀란 눈으로 진양대군을 바라보았다.

"둘째야, 어찌 이곳에 있는 것이냐?"

"아, 마침 궁에서 멀지 않은 곳에 있었나이다. 소란스러운 것 같아 들어와 보니……."

그의 말에 세자가 고개를 끄덕이며 근심했다.

"대체 이게 무슨 일인가, 어서 전하께 가자꾸나. 전하를 지켜야 한다."

"예……."

진양대군은 어쩔 수 없이 자리를 떠야 했다. 왕의 침궁으로 세자와 진양대군, 그리고 근신 중이었던 중전까지 모였다.

"전하, 별궁에는 그 아이가……!"

중전의 말에 금상은 어두운 표정을 지어 보였다. 중전이 자리에서 일어났다. 진양대군과 세자가 따라 자리에서 일어났다.

"어마마마!"

"가야 한다. 그 아이가 아직 그곳에 있을 텐데……!"

"어마마마, 진정하시옵소서."

진양대군이 그녀를 다독였다. 세자는 혹시 모를 일을 걱정하며 넌지시 그에게 말했다.

"전하, 궁 밖으로 피신을 하는 것이……."

"그건 아니 된다. 궁을 버리고 임금이 어딜 간단 말인가."

"하지만……."

"무슨 일이 있어도 궁은 지켜야 한다. 자기 집 하나 지키지 못하는 왕이 무엇을 지킬 수 있겠느냐?"

세자는 금상의 뜻을 막지 못했다. 진양대군 또한 금상의 뜻을 지지했다.

"맞습니다. 형님, 걱정 마십시오. 이 아우가 성심을 다해 형님과 전하, 그리고 어마마마를 지킬 것입니다."

"아우야……."

그의 말에 세자가 감동하여 눈시울을 붉혔다.

"금위대장은 그러고 서 있지 말고 속히 별궁의 상황을 보고 오시게!"

세자가 말하자 진양대군 또한 나섰다.

"소자도 함께 하겠습니다."

"안 된다. 어찌 그런 위험한 곳을……!"

"괜찮습니다. 멀리서 지켜보고 오겠습니다. 소자가 어찌 이리 가만있을 수 있겠습니까? 사특한 것들이 형님과 전하의 궐을 망치고 있나이다. 맞서 싸워 반드시 지킬 것입니다."

입에 발린 말이었다. 그러나 충분히 세자와 금상을 감동시킬 만한 말이었다. 두 사람은 눈가가 촉촉해진 채 진양대군을 바라보았다.

그러나 진양대군의 진짜 목적은 따로 있었다.

이 궐 안에서 치열하게 싸우는 두 마리의 여우 중 은옥의 신랑이 이긴다면 동복형제인 은옥은 자신을 끝끝내 용서할 수밖에 없을 것이었다. 동복형제인데 어쩔 것인가. 게다가 자신 또한 그녀가 동복형제인 것을 모르고 자행한 일이었으니 충분히 용서를 받을 수 있는 일이었다. 그렇게 된다면 그녀의 신랑인 자는 결국 매제로서 자신의 아래 있어야 했다.

그자를 얻는다면, 천하를 얻는 것이나 다름없는 것이 아닌가.

또, 은옥의 신랑이 아닌 또 다른 여우가 이겨도 그에겐 크게 상관없었다. 어떻게든 그 여우를 살살 구슬려 자신의 편으로 만든다면…….

누구든 이기는 자를 자신의 편으로 만들 생각이었다. 얻기만 한다면 이 나라의 가장 막강한 세력이 될 것은 자명했다.

누구든 이겨라.

누구든 상관없으니.

진양대군이 헛물을 단단히 켜는 사이, 숙주는 은옥과 함께 별궁에서 멀리 나와 처참하게 망가지는 별궁의 모습과 피로 물들기 시작하는 두 여우를 안타까운 눈으로 바라보았다.

"아아, 서방님……!"

"안 됩니다. 공주마마."

"……."

어느새 사람의 행색으로 변한 아랑 또한 숙주의 말을 거들었다.

"기아의 두 눈에 띄었다간 우릴 가만두지 않을 것입니다. 여우왕께 맡기세요."

"……."

차라리 기아의 두 눈에서 멀어지는 것이 그를 위해서도 나은 일이었다. 폭주한 기아가 분노의 원인인 은옥을 보고 더욱더 흥분을 한다면 탁야에게도 힘든 일이었다.

"조금이라도 멀리 자리를 피하시는 게 좋겠습니다."

"……."

그러나 그것은 오히려 기아를 자극시키는 일이었다.

기아와 은옥은 서로 같은 구슬을 품은 이유로 보이지 않는 연결고리라는 것이 존재했다. 은옥이 멀어지는 것을 그녀가 모를 리가 없었다.

크아앙!

기아가 은옥이 있는 곳을 향해 매섭게 두 눈을 돌리며 그녀를 향해 달려갔다. 별궁의 동쪽 담이 무너졌고 숙주와 아랑은 크게 당황했다.

"청의동자!"

숙주가 다급하게 그를 불렀고 청의동자가 있는 힘을 다해 기아의 이마를 짓누르며 그녀를 막았다.

크아앙!

그러나 청의동자도 여우구슬을 두 개나 품은 여우에겐 속수무책이었다.

"크악!"

결국 기아에게서 나가떨어졌고 기아는 은옥을 향해 날카로운 이를 드러내며 돌진했다.

"아아!"

끔찍한 기아의 입안을 보게 된 은옥은 그 자리에서 기절을 할 수밖에 없었다. 아랑이 그녀를 안아 서둘러 도망쳤다. 숙주 또한 급하게 자리를 피했다.

기아가 지나간 자리는 처참하게 망가졌다. 게다가 은옥과 숙주를 향해 거침없이 돌과 모래가 떨어졌다.

"윽!"

그녀를 안고 달리던 그가 등에 느껴지는 강한 충격에 얼굴을 찡그러뜨렸다. 얼굴만 한 돌이 그의 등을 강타했다. 휘청이는 숙주를 보며 아랑이 놀라 두 사람을 부축했다.

"괜찮으시오?"

"괜찮으니 어서 공주마마를……!"

그녀를 아랑에게 넘긴 숙주가 비틀거리며 주저앉았다.

"주인님, 괜찮으십니까?"

청의동자가 기아의 이마를 있는 힘껏 밀어내며 소리쳤다.

"윽, 괜찮다……. 난 신경 쓰지 마!"

금위대장은 망가져 가는 궐의 모습에 어쩔 줄 몰라 하고 있는 반면, 멀리서 그것을 지켜보던 진양대군에겐 그야말로 흥미진진한 광경이 아닐 수가 없었다.

탁야가 기아의 등을 물어 다시 별궁으로 던졌다.

"아아, 별궁이……."

별궁이 있던 터가 결국 완전히 무너져 내렸다. 금위대장은 마치 자신의 집이 무너진 것처럼 허망한 표정을 지어 보였다.

기아의 목을 탁야가 물었다. 그녀가 거칠게 몸부림을 쳤다. 기아를 놓친 그가 숨을 몰아쉬며 그녀를 노려보았다. 두 사람 다 거대한 몸짓으로 싸우는 것을 그만두고 다시 사람의 형상을 했다.

"아아, 제법 보기가 좋았는데……."

진양대군이 안타까워하며 중얼거렸다. 금위대장이 놀라 뒤를 돌아보며 그를 바라보았다. 진양대군은 그의 시선에 시치미를 뚝 떼며 어깨를 으쓱였다.

기아는 주변에 떨어진 검을 주워 그에게 달려갔다. 탁야는 창을 주웠다. 다시 시작되는 그들의 싸움을 바라보며 진양대군은 기아를 유심히 살폈다.

"여자였군……?"

악착같이 덤비는 모습이 꽤나 재미있었다.

"좀 도와줄까……."

그 또한 참을성이 부족했다.

"금위대장. 활을 다오."

그의 말에 금위대장이 조금 놀란 눈을 했다.

"대, 대군마마. 허나 저들은……."

"지금이 기회이지 않나? 몸집이 커졌을 때보다 지금 활을 쏘아야 둘 중 하나의 숨을 끊어놓든 말든 할 것이 아닌가? 계속 보고만 있을 겐가?"

"……."

그의 말에 설득을 당한 금위대장이 곧장 활을 가져와 건넸다.

금이 간 늑골과 바스러진 어깨를 탁야가 고쳐준 덕분에 활의 시위를 단단하게 당기는 것이 어렵지 않았다.

"그런데 무지하게 아팠단 말이지……."

허나 그만큼의 고통이 동반되어 썩 기분이 좋지만은 않았다.

"뭐, 배부른 소리인가?"

촉을 누구에게로 향해야 하는 것인지 그는 고민을 했다.

탁야에게로 향하다가도 마음이 바뀌어 기아에게로 향하기도 했다. 그를 지켜보고 있던 금위대장은 그가 누구든 좀 쏘았으면 했다.

"대군……."

금위대장의 채근에 그가 단단하게 당겼던 시위를 놓고 금위대장을 나무랐다.

"어허, 내 집중을 하고 있는데 이리 방해를 해서야……."

"소, 송구합니다."

"조용히 하게. 숨도 크게 쉬지 말고."

"예. 대군마마."

결국 금위대장은 집중한 그가 흐트러지지 않게 멀찍이 떨어져야 했다. 다시 시위가 당겨졌다. 화살촉의 끝은 기아와 탁야를 번갈아가며 과녁을 어디로 할지 한참 고민했다.

"이래나 저래나 역시 매제를 구해야 하나……."

그래야 그간 은옥에게 저지른 일을 용서받지 않을까 싶어 진양대군의 촉끝이 기아에게로 향했다.

마침 두 사람이 힘겨루기에 들어갔다. 칼과 창이 맞대어 잠시 두 사람이 멈춰 서 있었고 그때를 진양대군은 놓치지 않았다.

"내 단숨에 네 숨통을 끊어주마……!"

단단한 시위가 드디어 진양대군의 손에서 빠져나갔다. 활은 기아의 등을 향해 무섭게 날아갔다.

명중을 기대하며 진양대군이 웃었다.

"어서 빨리……!"

조금 먼 거리여서 그런 걸까, 진양대군은 이 순간이 너무나도 길게 느껴졌다.

그는 자신의 화살이 기아의 등에 꽂히길 기대하며 두 눈을 반짝였다.

숙주가 진양대군의 허튼 수를 뒤늦게 파악하고 청의동자에게 소리쳤다.

"막아라, 공주의 여우구슬을 품고 있는 자가 아니냐!"

여우구슬을 품고 있는 이상 쉽게 숨을 끊어놓을 수 없었다. 적어도 여우구슬을 다시 되찾은 후에 목숨을 거둬야 했다.

청의동자가 재빠르게 움직여 화살을 잡으려 했지만 화살은 그보다도 빨랐다. 청의동자를 지나쳤고 화살은 기어코 기아의 등에 다다르는 것 같았다. 숙주의 표정이 순식간에 아찔하게 바뀌었다.

진양대군은 잡고 있던 활을 꼭 잡으며 어서 기아가 쓰러지길 기다렸다.

그러나 난데없는 방해꾼이 등장했다. 누군가 두 사람의 사이를 끼어들었다. 그리고 기아의 등에 꽂혀야 할 화살이 그의 손에 들렸다.

"이……!"

기아는 갑자기 등 뒤로 누군가 나타난 것을 예민하게 받아들이며 탁야를 밀어내고 검을 휘둘렀다.

"소월……!"

기아에게 밀려난 탁야는 믿을 수 없는 눈으로 갑자기 나타난 이를 향해 소리쳤다. 기아 또한 놀란 눈으로 소월을 바라보았다.

"소월……?"

탁야의 말로는 분명 그가 죽었다고 했다. 그러나 버젓이 살아 자신의 앞에 나타난 이는 소월이었다.

"네가 어찌……."

"……."

기아는 그가 다시 나타난 것에 이루 말할 수 없는 기쁨을 느꼈다. 아무리 여우구슬을 두 개씩 품어도 탁야를 이기기엔 역시 버거웠다. 한데, 소월이 나타나 주었다. 누구도 아닌 자신의 영원한 편. 소월이.

"아아, 소월, 역시 살아 있었구나. 그래, 네가 날 두고 갈 리가 없지."

기아는 기뻤다.

세상 유일한 자신의 편이 다시 살아 돌아온 것이 기쁘지 않을 수 없었다. 기아가 소월을 향해 다가갔다.

"소월, 소월. 나의 영원한 그림자. 소월아."

그녀가 소월을 품에 안았다. 언제나 그렇듯 소월은 기아를 품에 꼭 안아주었다. 기아가 빙긋 웃으며 그의 품에서 느른히 숨을 내쉬었다.

"하아. 소월……."

이 편안함, 그래. 이것이었다. 넓은 품, 꼭 안아주는 힘. 언제나 포근한 체취…….

기아는 오랜만에 가득 느껴보는 소월의 품이 그제야 조금 이상하다는 것을 느꼈다.

"넌……."

"많이 기다렸지. 기아."

소월이 그녀를 꽉 품에 안으며 속삭였다. 그러나 그 목소리는 소월이 아니었다. 사색이 된 기아가 그의 품에서 나오려 발버둥을 쳤지만 이미 덫에 걸린 후였다.

"내가 말했잖아. 널 꼭 내 손으로 죽여 버리겠다고……."

"무이……!"

탁야는 놀라지 않을 수가 없었다. 갑자기 사라진 무이가 이렇게 다시 나타날 줄은 꿈에도 몰랐다. 게다가 소월로 완벽하게 둔갑까지 해 나타날 줄이야. 너무나도 확실한 무이의 목소리에 들고 있던 창을 떨어뜨렸다.

뒤늦게 소월이 아니라는 것을 깨달은 기아는 거칠게 저항해 그의 품에서 벗어나려 했지만 벗어날 수 없었다.

"늦었다."

"커억!"

그가 기아의 턱 끝을 붙잡았다. 그리고 탁야에게 소리쳤다.

"어서 여의의 구슬을……!"

탁야가 그의 말에 곧장 기아에게로 달려갔다.

기아는 두 사람이 합심해 자신이 품은 여의의 여우구슬을 빼앗아가려는 것을 직감하고 두 팔을 팔딱이고 온몸을 비틀었다. 그러나 이미 그의 결박술에 걸려 무이의 품에서 벗어날 수 없었다.

"안 돼……!"

몸 깊숙한 곳에서 꿀렁이며 밖으로 나오려는 여의의 구슬을 어떻게든 붙잡아보려 했지만 결코 뜻대로 되지 않았다.

기아의 입에서 하얀 빛이 쏟아져 나왔다. 눈부신 빛에 그곳에 있던 이들 모두 손으로 눈앞을 가려 눈부심을 피했다.

"아아……!"

환하게 터져 나오는 빛과 함께 결국, 악착같이 품고 있던 여의의 구슬을 다시 빼앗겼다. 기아는 허무한 표정으로 무이를 바라보았다. 소월의 얼굴을 한 무이가 씩, 웃었다. 그리고 탁야의 손에 쥔 여의의 구슬을 바라보며 웃었다.

"이제 마지막이다. 기아."

"안 돼⋯⋯."

죽어도 무이의 손이 아닌 탁야의 손에서 죽고 싶었다. 기아가 그의 결박술에서 벗어나기 위해 안간힘을 썼다.

그러나 부질없는 짓이었다. 무이는 그마저도 들어주지 않을 작정이었다. 그녀가 원하는 것은 어떤 것이든 들어주지 않을 것이다. 그녀 또한 자신이 원하던 것을 앗아갔으니 응당 어떤 것도 가질 수 없었다.

"크아악!"

괴로운 비명 소리가 날카롭게 터졌고 기아는 무이의 품에서 종이가 찢기듯 갈기갈기 찢겼다.

무이가 드디어 소월의 모습에서 자신의 본모습을 찾아갔다.

"⋯⋯."

탁야는 무이의 그런 모습을 말없이 바라보았다. 숙주와 청의동자는 다시 쓰러진 은옥에게로 다가갔다. 아랑은 다시 나타난 무이의 모습에 잠시 넋이 나가 있었다.

"무이 님⋯⋯."

"아버지⋯⋯."

"드디어⋯⋯."

그의 표정은 모든 것을 해결해 냈다는 해방감에 휩싸였다. 그러나 탁야는 서글픈 표정이었다. 그럴 수밖에 없었다. 스스로의 몸에 결박진을 새겨 기아를 묶어놓은 것도 모자라 자신의 여우구슬을 이용해 그녀의 온몸을 갈기갈기 찢어버린 것이었다.

"⋯⋯."

무이는 탁야가 조심스레 그러쥔 여의의 구슬을 서글피 바라보며 입을 열었다.

"드디어 찾았다. 여의의 구슬을……."

"아버지……."

"내 온몸에 이것을 그리느라 늦었다."

"어찌 이런 무모한 짓을……."

그 누구의 앞에도 나타나지 않은 것이 이 이유였다. 오직 기아를 붙잡기 위해, 여의의 구슬을 찾기 위해…….

탁야는 결국 눈물을 참지 못하고 흘려야 했다.

"어서 이것을 은옥에게……."

"……."

"이제 나도 편히 눈을 감겠구나……."

"아버지……!"

무이는 그 어떤 때보다도 편안한 눈으로 하늘을 바라보았다.

"드디어 여의의 곁에 가벼운 마음으로 가겠어……."

"아버지……!"

결국, 그도 재가 되기 시작했다. 탁야가 흐느끼기 시작했다.

"안 됩니다. 아니 됩니다. 이리 가시면 안 됩니다. 아버지!"

무이가 마지막 힘을 다해 탁야의 뺨에 손을 얹었다.

"호족들을 보살펴야 할 왕이 이리 눈물을 보여 쓰나……."

"아버지……!"

"네 어미와 함께 먼저 그곳에 가 있겠다……."

"큭, 아버지……!"

재가 되어 사라지는 무이를 결국 탁야는 떠나보낼 수밖에 없었다. 아랑 또한 눈물을 흘리며 전대 수령이었던 무이의 죽음을 슬퍼했다. 은옥이 이것을 보았다면 견디지 못했으리라. 차라리 혼절해 있는 것이 다행이었다.

숙주와 청의동자는 아무런 말도 하지 않았다. 진양대군 또한 상황이 급변하는 것을 가만 지켜보기만 했다.

탁야가 자리에서 힘겹게 일어섰다. 비틀거렸지만 꿋꿋하게 혼절한 은옥에게 다가갔다. 아랑은 잠시 은옥을 똑바로 눕힌 후, 그녀의 입술을 슬며시 벌렸다.

그녀에게 잠시 빌려주었던 자신의 여우구슬을 되돌려받기 위함이었다.

탁야는 그것을 가만 지켜보았다. 이윽고 아랑의 구슬이 은옥의 입안에서 순순히 흘러나왔고 그는 무이에게서 받은 여의의 구슬을 은옥의 입에 넣어주었다.

파아앗!

눈이 부신 빛이 은옥을 감쌌다. 눈꺼풀을 내린 탁야의 두 눈에서 눈물이 흘러내렸다.

투둑.

잠시 소강상태였던 비가 다시 내리기 시작했다.

"……."

탁야가 고개를 올려 하늘을 바라보았다. 먹구름이 몰린 하늘은 꼭 자신의 복잡한 마음과 같았다.

"……."

빗줄기가 잦아지기 시작하자 아랑과 함께 회화나무 아래에 혼절했던 은옥이 깨어났다. 얼굴을 때리는 빗방울 때문에 깨어났지만 곧 어떤 상황에서 혼절했는지를 깨닫고 곧장 탁야를 찾았다.

"서방님……!"

"……."

그가 은옥을 향해 다가갔다. 품 안에 안기는 은옥을 그가 천천히 끌어안았다. 어찌하여 단 한 번도 본 적 없는 얼굴로 울고 있는지 모르겠지만 은옥은 모든 것이 끝이 났다는 것을 알 수 있었다.

그의 등을 다독이며 은옥이 말했다.

"무사하셔서 다행입니다. 참으로 다행입니다……."

"……."

그가 은옥을 향해 웃었다.

"다 끝났다."

"아아……."

탁야의 그 말에 은옥이 희색했다.

드디어 다시 그의 품으로 돌아갈 수 있었다. 드디어, 드디어…….

탁야가 은옥을 안았다. 그녀를 꼭 껴안으며 그는 한참을 서글퍼했다. 비는 더욱더 세차게 내렸다.

금군들은 모든 것이 끝났음을 직감하고 그제야 탁야와 은옥의 주변을 포위했다.

"……."

탁야는 자신의 심기를 건드리는 그들의 행동에 신경이 날카로워졌다.

"치워라."

그가 은옥을 안으며 자리에서 일어났다.

금위대장은 잔뜩 경계했지만 같이 있던 진양대군이 웃으며 말했다.

"이제 모든 게 끝이 난 것 같으니 그만합시다. 금위대장."

"허나……."

은옥과 아랑은 진양대군을 말없이 노려보았다. 곁에 조용히 있던 숙주 또한 진양대군의 빠른 태세전환에 불편한 심기를 감출 수 없었다.

"비록 죄인의 신분이기는 하나 궐이 위험에 빠질 뻔한 것을 결과적으로 구한 것이나 마찬가지 아닌가. 그것만으로도 다행이지 싶은데."

"애초에 이들이 없었다면 그런 것이……."

"그렇다면 그대는 지금 애초에 중전마마께서 공주와 대군을 그 시간에 낳지 않았다면, 아니, 애초에 금상께서 중전마마와의 동침을 하지 않았다면 이런 일이 생기지 않았을 거라고 생각하고 있다는 것이군."

말도 안 되는 그의 꼬투리에 금위대장의 얼굴이 하얗게 질렸다.

"소인은 그런 뜻으로……!"

"그런 뜻이 아니면 대체 무엇이란 말인가? 내 누이가 마땅히 누려야 할 삶을 단지 불길한 기운을 갖고 태어났다는 이유로 누리지 못했다. 한데, 유배를 보내는 것으로는 부족한 것인가? 어디까지 해야 그대들이 만족을 할까 퍽 궁금하군!"

은옥은 그의 말에 기가 찼다.

누이라는 말이 아주 쉽게 나오다니. 뻔뻔해도 이렇게 뻔뻔한 자가 없을 것 같았다.

"금위대장은 내 누이를 보고 그런 막말을 한 무당을 잡아와야 할 것이다. 감히 천한 무당이 나의 누이에게 그런 막말을 하다니, 내 용서할 수가 없구나!"

"하."

은옥과 숙주는 그의 철면피 같은 태세 전환에 황당하기 그지없었다. 분명 몸져누워 있어야 할 자가 나타나 낯 두껍게 누이랍시고 두둔하는 행태가 너무나 꼴불견이었다.

"내 주상전하께 이 일을 다시 철저하게 밝혀 내 누이의 억울한 누명을 풀어줄 것이오. 꼭 그렇게 할 것이니 그리 아시게!"

"대, 대군마마……."

"아니. 그렇게 할 필요 없습니다."

은옥이 결국 입을 열었다. 그녀를 안고 있던 탁야가 조용히 고개를 내려 그녀를 바라보았다.

"내려주시어요. 서방님."

"……."

"괜찮습니다."

탁야가 조용히 그녀를 품에서 내려주었다.

은옥은 진양대군을 똑바로 바라보며 말했다.

"저는 화산으로 돌아갈 것입니다."

"……."

"두 번 다시 이곳에 발을 들이지 않을 것입니다."

그녀의 말에 진양대군이 미간을 찌푸렸다. 은옥은 그의 표정이 어찌 변하든 상관없었다. 그리고 곧장 곁에 있는 탁야를 향해 시선을 돌려 진양대군에게 했던 당돌한 말투는 버리고 물었다.

"모두가 저를 불길하다 합니다. 이런 저라도 괜찮으십니까?"

"……."

"여기 있는 모든 자들이 저를 불길하다고 합니다. 달이 태양을 삼킨 시각에 태어나…… 왕실에 피바람을 불러올 것이라 하였답니다. 어쩌면 이런 일을 예상한 것일까요? 아니면 더 큰 무언가가 있는 걸까요? 저는…… 두렵습니다. 혹여, 혹여 내 이 불길한 탄생이 서방님께도 영향을 미쳐 잘못되시기라도 한다면……. 전……."

그리된다면 은옥은 견디지 못할 것이 분명했다. 그러나 이곳은 싫었다. 차라리 죽더라도 화산에서 죽고 싶었다. 눈물이 고인 그녀를 내려다보며 그가 입가를 슬며시 올렸다.

"나는 널 단 한 번도 불길하다 여긴 적이 없으니, 나의 영역 안에서 행복하면 된다."

"서방님……."

그녀가 누구든 탁야에겐 중요치 않았다. 그에겐 귀하디귀한 하나뿐인 반려였다.

그녀의 존재를 부정하는 이 복잡한 세상이 아닌, 자신의 세상에서 행복을 누리면 될 뿐이었다.

"진정한 너의 자리는 나의 신부다."

가장 듣고 싶었던 말이었다. 그 누구도 아닌 그의 입에서, 자신을 바라보는 따뜻한 그 시선으로 말해주길 바랐다. 드디어 다시 닿게 된 그 마음에 은옥이 환하게 웃음을 지어 보였다.

추적추적 비가 내리고 있음에도 은옥은 추운 줄을 몰랐다. 그가 있음에 아팠던 마음이 온기로 충만했다.

"주상전하 납시오!"

별궁의 소란이 드디어 잠잠해졌다는 소식을 들은 그들이 빗길을 뚫고 나타났다. 은옥은 금상을 바라보았다. 중전도 뒤이어 쫓아 은옥을 바라보았다.

"……."

탁야는 은옥의 친부와 친모인 금상과 중전을 번갈아 바라보았다.

"난 이 아이를 데리고 갈 것이다."

"네 이놈, 감히 이 나라의 임금에게 하대를……!"

금상이 손을 올려 상선의 말을 막았다.

"그대가 여우왕인가?"

"그래. 내가 여우왕이다."

"그대가 우리 공주의 지아비인가?"

그의 당연한 물음에 그가 미간을 좁혔다.

"그래. 내가 이 아이의 지아비이다. 허나, 은옥이 그대의 아이라는 것에는 동의를 하지 못하겠군."

"……."

"이 아이는 우리 호족이 키웠고 호족의 아이다. 그대들의 공주가 아니다."

은옥이 그를 올려다보다 중전에게로 시선을 돌렸다. 벌써 눈물이 한가득 흘러나오고 있었다.

"……."

오랜 시간을 함께 하진 못했지만 은옥은 그녀에게서만큼은 여의에게서 느꼈던 것을 느낄 수 있었다.

"흑……."

옷고름을 올려 눈물을 훔치는 그녀를 보며 은옥은 미간을 좁혔다.

"왕실의 피바람을 불러일으킨다는 그 아이는 그대들이 화산에 버림으로써 죽었다."

"……."

"이 아이는 오직 나의 신부일 뿐. 그대들과는 상관없는 아이다."

"아닙니다!"

중전이 결국 참지 못하고 나와 소리쳤다.

❖

"아닙니다!"

은옥은 소리를 지르며 튀어나오는 중전을 보며 얼굴을 밉게 구겼다. 울먹이는 소리를 간신히 참아내며 그녀를 바라보았다. 은옥은 그녀가 자신을 그냥 놓아주었으면 했다.

욕심이라고 할지라도 어쩔 수 없었다.

차라리 그냥 모든 것이 없었던 일이었으면 좋겠다. 그냥, 그냥 다시 자신은 화산으로 돌아가 그와 함께 행복하게 여생을 살아가고 싶었다. 자신이 누군지 궁금하지 않았다.

그러나 중전은 달랐다.

배 앓아 낳아 잃은 자식이었다. 그저 죽은 줄로만 알고 있던 자식이 이렇게 버젓이 살아 있는데 그런 아이를 이렇게 보낼 수 없었다. 이미 다 커 지아비를 둔 은옥이었지만 그녀에게는 여전히 품 안의 자식일 수밖에 없었다. 해준 것이 없어서, 해주고 싶은 것이 많아서 보낼 수 없었다.

그렇기에 은옥을 이리 쉽게 보낼 수 없었다.

"전하, 안 됩니다. 이리, 이리 이 아이를 보낼 수 없습니다. 전하의 자식입니다. 봉호조차 건네지 못한 전하의 자식이란 말입니다……!"

"중전……."

"어마마마……."

중전의 몸은 좋지 못했다. 세자가 쉼 없이 눈물을 흘리는 중전을 부축했다.

"어마마마, 진정하소서. 이러다 다시 쓰러지시기라도 하면 어쩌려고 이러십니까?"

진양대군 또한 중전의 건강엔 민감했다.

"어마마마, 세자전하의 말씀이 옳습니다. 그만 눈물을 거두소서."

"내 어찌 눈물을 거둘 수 있겠느냐, 네 누이가 떠난다지 않느냐. 네 누이가 살아 있었다는 것을 안 지 얼마나 되었다고 이리 보낼 수 있단 말이냐, 안된다. 나는 못 보낸다. 전하, 통촉하여 주시옵소서……."

"어마마마……!"

결국 그녀가 그 말을 끝으로 혼절해 버렸다. 그대로 뒤로 넘어가는 그녀를 세자와 진양대군이 부축했고 놀란 금상 또한 그녀의 손을 붙잡으며 소리쳤다.

"중전!"

"마마를 어서 교태전으로 뫼시거라!"

결국 중전이 쓰러지자 은옥은 놀랄 수밖에 없었다. 그 모습을 지켜보던 탁야는 미간을 좁혔다.

"어머니……."

은옥의 입에서 얕지만 중전을 부르는 목소리가 튀어나왔다. 은옥은 놀라 서둘러 자신의 입술을 두 손으로 막았지만 탁야 또한 그녀의 그 말을 똑똑히 들었다.

"……."

은옥과 탁야, 그리고 아랑과 숙주는 홀연히 남겨졌다. 별궁은 완전히 무너져 비를 피할 곳이 없었다.

"……."

그때였다. 상선이 그들에게 다가왔다.

"공주와 부마께서는 내궁으로 드시지요."

"……."

"금상께서 공주마마를 내궁으로 모시라는 명을 내리셨습니다."

"……."

은옥은 탁야를 바라보았다. 탁야는 조용히 고개를 끄덕였다.

"아, 부수찬……."

상선을 따라가려던 은옥이 숙주를 불렀다.

숙주가 그녀의 말에 두 눈을 동그랗게 떴다.

"등을 다치신 것 같아서……. 상선대감, 부탁이 있습니다. 이분을 어의에게 데려가 진찰을 받게 하고 싶은데……."

"아."

그랬다. 경황이 없어 아픈 것을 느끼지 못했지만 은옥을 부축하면서 그녀 대신 떨어지는 돌을 맞았다.

그녀의 말에 상선이 고개를 숙였다.

"예, 알겠습니다. 걱정 마시고 내궁으로 향하시지요."

"고맙습니다."

상선의 말에 은옥이 부수찬을 향해 웃었다.

"다행입니다. 저를 곁에서 지키신다고 애쓰시다가 다치신 것 같아 아까부터 마음에 걸렸습니다. 꼭 어의에게 상처 치료 받으셔요."

"예, 알겠습니다. 공주마마."

"그럼……."

은옥이 내궁으로 안내하는 이들을 따라 탁야와 함께 길을 걸었다. 탁야는 순순히 그녀와 내궁으로 향했다.

"저자는 대체 무슨 생각인 거지?"

"글쎄요……."

숙주는 내궁으로 향하는 탁야와 은옥을 가만 바라보았다. 그때 탁야가 슬쩍 고개를 돌려 그를 노려보았다.

"……."

"완벽한 적의로군요."

청의동자가 그의 곁에서 확언했다.

"그래 보이지?"

"아주 확실하게."

비가 계속해서 내렸다. 한동안은 계속 내릴 듯했다.

"돌아가자."

"상처 치료는요?"

"심하지 않다. 피곤해 그냥 집에서 쉬고 싶구나."

"하긴……."

벌써 여명이 떠오르고 있었다.

밤사이 있었던 일들이 결코 꿈이 아니라는 듯 별궁은 쑥대밭이 되어 있었다.

"저걸 다시 지으려면 수년은 걸리겠군……."

"그렇겠죠……."

"가자."

별궁을 바라보던 숙주가 어깨를 으쓱였다. 굳이 자신이 그런 걱정까지 할 필요는 없을 것 같았다. 물론 궁 하나를 짓는 일에 많은 세금이 낭비가 되는 건 사실이지만…….

아침 해가 슬그머니 머리를 들이밀 때 집에 도착한 숙주는 문을 열고 집 안으로 들어가자마자 놀라 말을 잃었다.

"……."

"이게 대체……!"

청의동자가 그 대신 놀라 기함했다. 집 곳곳이 온통 피투성이였고 그의 몸종들이 다 갈기 찢기거나 목이 잘려 죽어 있었다.

"부인……."

그는 그런 광경을 넋을 놓고 바라보다 해정을 떠올렸다.

"부인!"

해정이 마루 위에 쓰러져 있는 것을 발견한 그가 그녀에게 뛰어갔다.

"부인, 부인!"

하얗게 질린 그녀의 얼굴은 너무나 차가웠다. 숙주는 믿을 수 없는 광경에 고개를 저어 이 모든 것을 부정했다.

"아니야, 아니야……. 부인, 부인! 정신 좀 차려보시오. 내가 왔소. 내가 왔단 말이오……!"

그녀의 뺨을 툭툭 치며 그가 소리쳤다. 그녀 또한 피를 많이 흘린 것 같았다.

"대체 누가 이런 짓을……."

"주인님, 마님께서 약하지만 숨을 쉬고 계십니다. 어서 의원에게 가보시는 게……!"

청의동자의 말에 숙주가 재빨리 해정을 품에 안아 들었다.

"하……."

너무나 가벼웠다.

"절대 이리 가면 안 됩니다. 부인, 부인! 정신 차려요……!"

이렇게 해정을 보낼 수 없었다. 아무리 부부간의 정이 없어도 아니, 아무리 그녀에게 정이 없어도 이렇게 그녀를 보낼 수는 없었다.

"부인……!"

흑산도로 유배를 보내라 명하였던 것은 중전의 혼절로 결국 거두었다. 대신들의 반발이 크든 적든 간에 그는 은옥을 두 번 버리지 않기로 했다.

"한 나라를 책임지는 임금이라고는 하나 나 또한 부모 된 자가 아닌가. 쉬이 내 자식의 손을 놓는다면 백성들이 어찌 생각하겠는가. 별궁에 머물던 공주를 내궁으로 옮기고 봉호 또한 지어 정식으로 나의 자식임을 온 세상에 알리겠노라."

비록 그녀의 부군이 여우왕이라는 것이 가장 큰 문제였지만 여우왕은 얌전했다. 여전히 그도 호족의 왕이라는 이유로 왕실 사람들에게 하대를 했으나 그 외의 무례함은 보이지 않았다.

아니, 그저 은옥이 자신의 곁에 있는 것만으로도 그는 얌전했다. 그는 그녀를 곁에서 떼어놓지 않았다.

은옥은 그와 함께 내궁으로 넘어와 중전이 깨어나기만을 기다렸다. 그러나 중전은 쉽게 자리에서 일어나지 못했다. 근래 들어 워낙 쇠약해진 그녀였다. 그렇기에 이번 일은 그녀가 감당하기 어려운 일이었다.

탁야는 그녀가 자신의 품에 있는 것만으로도 안심하고 안도하며 계속해서 그녀를 품에 안았다.

그녀가 앉으면 자신의 무릎 위로 올려 앉혔고 그녀가 이부자리에 누우면 함께 누워 그녀를 안았다. 답답해 잠시 회랑을 걷겠다 하면 곁에 붙어 좀처럼 떨어지려 하지 않았다.

"저, 서방님……."

"응?"

"보는 눈이 많아 제가 너무 부끄러워요……."

"그럼, 처소로 돌아갈래?"

"그게 아니라……."

탁야가 웃음을 흘렸다.

"너와 한 계절을 함께 하지 못했다."

"……."

"한 계절이라는 것이 짧은 것 같아도 제법 길더구나."

"예……. 저도 느꼈습니다……."

어찌 그만 느꼈을까, 자신 또한 하루하루를 넘기는 것이 고통이었고 시련이었다.

"난 당장이라도 널 데리고 화산으로 가고 싶어."

"……."

"허나, 그리한다면 분명 네 가슴에 무거운 돌덩이 하나가 얹어질 게 뻔할 것 같아 기다리는 것이다."

"서방님……."

그의 말에 은옥의 눈가가 촉촉해졌다. 언제나 자신을 먼저 챙기는 탁야의 그 배려가 참 좋았다. 또, 이렇게 다시 그 배려를 느끼며 그를 은애할 수 있어 너무나 행복했다.

"정말 이게 꿈은 아니겠지요?"

탁야는 자신을 만난 순간부터 한 번씩 뱉는 그 말이 이젠 익숙하다 못해 일상이 될 것 같았다.

"이게 꿈이라면 우리 두 사람 다 꿈속에서 깨어나지 않으면 되지 않아?"

"아……."

"걱정 마라. 이제 두 번 다시 너와 헤어질 일은 없을 것이다."

"아아……."

그가 보드라운 그녀의 뺨을 어루만졌다.

"이렇게 널 가까이에서 느낄 수 있는 것이 나는 너무나 좋다. 그래서 떨어질 수가 없구나. 은옥아."

그의 말에 은옥이 살며시 미소를 지었다.

"너무나 보고 싶었거든. 꿈에서라도 널 보고 싶었건만……."

"……."

"나타나 주지 않았어. 옷자락 한 자락도……."

서글퍼진 그의 표정에 그녀의 고운 미간이 슬며시 찡그려졌다. 그가 엄지로 그녀의 미간을 살살 펴며 입을 맞췄다.

"꿈이 아니라서 좋다. 이렇게 널 생경하게 느낄 수 있어서 좋아. 꿈이 아니다. 은옥아. 이것은 꿈일 수가 없어."

"서방님……."

그의 엄지가 그녀의 뺨을 지나 턱 아래로 내려갔다.

"아……."

턱 끝을 올린 그가 그녀의 입술을 내려다보았다. 슬며시 벌어진 입술 사이로 따뜻한 숨이 터져 나왔다. 붉은 이 입술에 입을 맞추고 뜨거운 숨을 삼키고 그녀의 모든 것을 삼키고 싶던 지난날들을 떠올리며 그가 나직이 속삭였다.

"너 없는 밤을 보내는 날이 얼마나 괴로운 나날이었는지……."

"아……."

"넌 모른다. 은옥아."

"서방님…… 여긴……."

그는 그녀의 말을 들어줄 여유가 없었다.

"하앗……!"

탁야의 입술이 드디어 자신의 입술에 포개질 때 은옥은 엄청난 쾌감을 느꼈다. 그녀 또한 원하고 원했던 그와의 입맞춤이었다. 온화한 달빛이 그들을 감쌌다. 은옥은 누군가 이 회랑을 지날까 두렵다가도 그와의 입맞춤을 뗄 수 없었다.

아찔하고 달콤한 기분, 이 기분이 참으로 오랜만이고 다디달아, 놓을 수가 없었다.

부드럽게 닿은 두 입술에서 뜨거운 열기가 전해졌다. 탁야는 조금 더 은옥의 허리를 잡아당겼다. 은옥 또한 그의 옷깃을 잡은 손에 힘을 주기 시작했다. 입맞춤만으로는 끝내기 아쉬운 순간이었다.

한껏 달아오른 은옥의 두 눈이 동공을 길게 수축한 탁야의 눈을 바라보았다.

"아아……. 서방님……."

탁야가 그녀의 달뜬 목소리에 미소를 지었다.

"처소로 돌아가야겠지?"

"으읏. 정말이지……."

사실 은옥은 그를 벌써 맞이하고 싶지는 않았다. 화산으로 돌아가 그와 다시 함께 하면 했지 절대 궁에서는 그럴 수 없었다. 그러나 그의 입맞춤으로 달아올라 버린 몸의 솔직한 반응을 그녀는 이길 수가 없었다.

"난 아직……."

"쉬이, 알아. 나도 이런 낯선 곳에서 널 안는 건 별로 내키지 않아."

"하아……."

"하지만……."

그 또한 이럴 때가 아니란 것을 잘 알고 있었다. 그러나 본능이란 것은 잔악하게도 그런 것에 구애를 받지 않았다.

그녀를 단숨에 안아 처소로 향한 탁야가 빠르게 은옥을 폭신한 이부자리에 눕혔다.

"서방님……."

당의를 입은 그녀의 저고리를 단숨에 풀어낸 그가 가슴싸개에 소복이 감춰진 뽀얀 가슴을 내려다보았다.

"아아, 이런 너를 내 어찌 안지 않을 수 있을까."

은옥은 그의 그런 말에 부끄러워하면서도 가슴싸개를 거칠게 잡아끌고 거추장스러운 옷들을 찢듯 벗겨내는 그의 거친 손길을 피하지 않았다.

"은옥아, 은옥아……."

수없이 자신의 이름을 부르는 그의 목소리가 너무나 좋았다. 그의 부드러운 손길이, 다디단 목소리가, 뜨거운 그 숨결이 전부 다 생경하게 느껴지는 이 순간이 너무나 좋았다. 그와 하나가 되어 열락으로 빠지는 순간을 그녀 또한 원했던 적이 많았다.

"서방님, 서방님……."

너무나 행복한 순간이었다. 다시는 오지 않을 줄 알았던 순간이었고 그리웠던 순간이었다.

"아아, 나의 은옥아. 나의 신부, 나의 반려……."

탁야 또한 은옥을 보듬고 수없이 입 맞추며 그녀와의 동침을 진심으로 기뻐했다.

어스름한 새벽의 빛이 은옥의 처소 안으로 들어왔다. 지쳐 자신의 품에 잠든 은옥을 바라보며 그가 조심스럽게 그녀의 머리와 어깨를 쓰다듬었다.

"……."

중전이 생각보다 꽤 오래 앓아누워 있어 더는 이곳에 있을 수 없었다.

그가 조용히 잠든 은옥을 두고 나왔다.

그리고 자신의 눈치를 살피며 지나가는 궁녀 하나를 붙잡았다. 그의 갑작스러운 행동에 소리를 지르려 했지만 목소리가 나오지 않아 당황한 궁녀가 목을 부여잡고 그를 바라보았다.

"조용히 내 물음에 대답한다면 목소리를 다시 돌려주마. 중전이 있는 교태전은 어디지?"

"그, 그것은 왜……."

다시 자신의 목소리가 나오는 것을 신기해하며 궁녀는 감히 탁야에게 물었다. 그는 그 물음이 썩 달갑지는 않았다. 그러나 이곳은 자신의 영역이 아닌 곳. 객으로 있는 신분이니 그런 건 넘어가야 했다.

"중전이 있는 곳을 가야 하니 묻는 것이다. 벌써 닷새가 지났는데 아직도 일어나지 못한 것이 말이 되는가. 어의라는 것들은 대체 뭘 하는 거지?"

"그게……."

그걸 내궁의 궁녀가 알 리가 없었다. 듣기로는 약도 듣지 않는다는 말만 전해 들었을 뿐, 꽤나 심각하게 아프신 것 같았다. 그러나 그런 말을 전할 틈도 없이 그가 그녀의 등을 떠밀었다.

"안내하라. 더는 나 또한 봐줄 수 없다."

"……."

결국 그에게 붙잡힌 궁녀는 이른 새벽부터 교태전으로 향해야 했다.

"무슨 일입니까?"

"그대들의 상전을 만나야겠다."

"아직 침수……."

"깨어 있는 것을 안다. 내게 허튼 수작 부릴 생각은 안 하는 게 좋아."

중전이 앓아누웠다는 말은 사실과 조금 달랐다. 중전은 규칙적인 생활을 할 정도로 닷새 전보다 훨씬 좋아진 상태였다.

"……."

중전은 조금 겁을 먹은 표정으로 탁야를 상석에서 바라보았다. 그는 그녀를 내려다보며 한숨을 쉬었다.

"아무리 이런다 한들 난 은옥을 데리고 화산으로 돌아갈 것이오."

"……."

"그러니 그만하고 은옥의 마음을 편하게 해주었으면 하는데."

중전은 그럴 수 없었다.

"은옥……. 그 아이의 이름은 누가 지어주었습니까?"

그녀의 말에 탁야가 잠시 숨을 골랐다.

"……나의 어머니께서 지어주셨다. 어머니께서 그 아이를 거두셨지."

"아아."

그 말에 중전이 결국 눈물을 떨어뜨렸다.

"그랬군요. 그랬어."

"……."

탁야는 옷고름을 접어 눈가를 닦으며 입을 여는 중전의 말을 끈기 있게 들었다.

"임영대군을 낳고 곧장 시작된 산통에 나는 무엇인가 잘못되었다는 것을 느꼈습니다."

"……."

"뱃속에 또 아이가 있었다니. 처음 겪는 일이었기에 얼떨떨했고 믿기지 않았지요. 달이 해를 삼킨 것도 몰랐습니다. 오직 내 배에서 나오는 그 작은 아이를 어서 빨리 밀어내겠다고 애를 썼죠."

그날의 일은 제법 생생했다. 처음 겪는 연이은 출산의 고통이었다. 정말 죽을힘을 다해 해산을 했다.

"그 아이를 드디어 몸 밖으로 내보내고 난 뒤의 그 해방감은 이루 말할 수가 없었습니다. 아아, 이제 끝났구나."

"……."

"우렁찬 그 아이의 목소리가 생경하게 들렸습니다. 분명 들었는데……."

아이가 사산되어 태어났다는 박 상궁의 말을 그녀는 절대 믿을 수 없었다. 분명 기운차게 우는 아이의 울음소리가 들렸다. 틀림없이 들렸는데 이미 태어날 때부터 죽어 있었던 아이라고 하니 황망하기가 그지없었다.

"게다가 달이 해를 삼키던 그때 태어나 불길함이 이루 말할 수 없는 아이였다고 대비께서 그러시니……."

"……."

"함구령까지 내려졌습니다. 심지어 주상께도 그 이야기를 전하지 못했습니다. 그 아이가 태어난 것을 아는 궁녀들은 궁에서 사라지거나 죽어나갔죠. 지금 생각하면 그게 다 대비께서 모의한 것이 아닌가 싶습니다."

그녀가 부리던 박 상궁만이 그 사실을 알고 있는 채 수십 년을 함께 했다. 그녀는 그렇게 떠나보내고도 그리워하는 것도 할 수 없는 사실이 사무쳤다. 그저 남몰래, 보이지 않는 곳에서 때때로 눈물을 흘려야 했다.

임영대군이 자라면 자랄수록 그 아이의 빈자리도 함께 자랐다. 허나 누구도 그것을 알지 못했고 알릴 수 없었다.

태어나기를 하필이면 그런 때 태어나 이름조차 지어주지 못하고 보내 버린 자신의 아기.

"한데, 한데 그것마저도 거짓이었다니……."

대비가 모든 것을 꾸미고 그렇게까지 할 줄은 몰랐다. 심지어 자신이 쌍둥이를 출산했다는 사실을 유일하게 알고 있던 박 상궁이 직접 그런 일을 저질렀을 거라고는 생각하지 못했다.

"내 그 긴 세월 가슴속에 한이 남아 태우고 태워내도 모자라 내 혼을 갉아먹는 아픔에 허우적댈 때……."

박 상궁은 초연하게 자신의 곁을 지키다 나이가 들었다는 이유로 퇴궁했다.

"나의 그 긴 세월을 어찌 보상받을 수 있겠습니까? 꽃다운 그 아이가 갓난아기였을 땐 배냇짓을 어찌했을지, 뒤집기는 언제 했는지, 두 다리에 힘을 준 것은 언제인지, 어미라고 불러본 것이 언제인지……! 그 많은 것을 보지 못하고, 겪지 못한 것이 너무 서글퍼 못 보내겠습니다. 여우왕이시여, 정말로 그 아이를 다시 데려가려 하십니까? 조금만, 조금만 나와 은옥이가 모녀의 정을 쌓게 둘 수는 없으신 겁니까?”

“……”

“나는 정말로 그 아이를 두 번 잃고 싶지 않습니다. 이대로 떠나면, 이대로 떠나면 앞으로 죽는 날까지 보지 못할까 두렵습니다. 내 아기, 나의 딸, 나의 공주. 그 아이는 비록 그대의 어머니께서 키우셨지만 낳은 것은 나요. 낳은 모정을 이리 매정하게 밀어내지 말아주시오.”

탁야는 그 말을 듣고 차마 모질게 할 수가 없었다.

“열흘.”

“……”

“열흘 뒤엔 돌아갈 것이오.”

열흘도 그녀에게는 너무나 짧은 기간이었지만 중전은 그것이라도 받아두는 것이 좋다는 것을 굳이 그를 더 겪지 않아도 알 수 있었다.

“감사합니다. 감사합니다……”

결국 열흘을 더 궐에 지내게 되었다. 탁야는 한숨을 길게 내쉬며 곁을 조용히 따라오는 아랑을 향해 말했다.

“넌 화산으로 돌아가야겠다.”

“예. 살펴보고 오겠습니다.”

그가 맑은 하늘을 향해 고개를 올렸다.

“열흘이나 더 있어야 한다니.”

그는 누구도 반기지 않는 곳에서 열흘이 길 것 같은 예감이 들었다.

숙주는 쑥대밭이 된 집을 수습하고 해정을 보살피는 데 힘썼다.

“……”

그나마 숨이 붙어 있어 목숨을 부지할 수 있었지만 언제 깨어날지는 몰랐다. 부수찬의 자리를 다시 내놓고 그녀를 돌보기로 했다.

숨이 붙어 있는 것이 용할 정도였다. 그에게도 보였다. 해정은 가까스로 삶의 끈을 붙잡고 있었다.

"부인……."

마루 한편에 있던 여우털. 그것은 아마도 기아인 듯싶었다. 어찌 알고 이렇게 찾아와 자신의 몸종들을 죽이고 해정을 죽이려고까지 한 것인지는 알 수 없었다. 그래도 그는 이렇게 해정이라도 살아남은 것을 하늘에 감사했다.

그가 그녀의 이마를 정성스레 면포로 닦아냈다.

"눈만 떠요. 내 무엇이든 해줄 테니까……."

부디, 부디 다시 눈을 떠 자신을 바라봐 주길 바랐다. 해정이 이렇게 되고 나니 못 해준 것들이 너무나 많이 생각났다.

눈길 한 번 제대로 준 적 없었고 따뜻한 말 한마디 붙여본 적이 없었다. 그에 반해 그녀는 언제나 그가 중심이었다.

그의 눈짓 한 번, 그의 손길 한 번을 눈에 담고 기억해 내며 지아비가 좋아하는 음식, 좋아하는 것들을 알아가고 꼭꼭 머릿속에 담았다. 그렇게 수년을 함께 부부로 살았다.

해정은 이제 그의 모든 것을 눈을 감고도 떠올릴 수 있을 정도로 그를 알았지만 정작 숙주는 해정을 떠올리면 그저 처연한 웃음만이 떠올랐다.

체념한 듯한 웃음.

예전엔 그 웃음이 참으로 답답해 싫었다. 일부러 그 웃음조차도 보지 않으려 했다. 허나 지금은 그 웃음마저도 절실했다.

"내가 다 잘못했습니다. 부인."

"……."

청의동자는 결국 눈물을 보이는 숙주를 보며 한숨을 쉬었다.

"그러니 눈만 뜨세요. 제발……!"

한편, 진양대군은 뻔질나게 궐의 대문을 드나들었다. 이유인즉 어떻게든 탁야를 다시 만나기 위함이었다. 그러나 은옥과 탁야는 그를 만나주지 않았다. 탁아는 애써 그의 늑골과 어깨를 고쳐준 것을 후회했을 정도로 진양대군에게 감정이 좋지 않았다. 은옥이 그의 그 노기를 잠재우느라 애를 써 그를 보지 않는 것으로 마무리를 지었다.

그것을 아는지 모르는지 그는 호시탐탐 두 사람을 찾아갔다.

"뭐? 오늘도 안 된다는 겐가?"

"예……. 아니 보시겠답니다."

내궁의 궁녀가 그의 눈치를 살피며 말했다.

"허."

서로간의 오해를 풀자고 몇 번을 찾아왔지만 은옥은 끄떡없었다. 진양대군은 슬슬 인내심에 한계가 왔다.

"후우."

그렇다면 중전에게 기대볼 생각이었다.

"네가 아무리 그래도 너와 나는 동복형제가 아니더냐."

그가 싱긋 웃으며 발걸음을 교태전으로 옮겼다. 중전께서 여전히 병상이라 걱정이 되는 부분도 없잖아 있었다. 워낙 연약하신 분이시라 이 일을 견디기 힘드셨을 것이다.

그러나 교태전을 찾은 진양대군은 의외의 모습으로 앉아 있는 중전을 보며 조금 당황했다.

"어마마마, 괜찮으시옵니까?"

"유야, 은옥이 이곳에 좀 더 머물다 간다는구나. 그 아이가 머무는 동안 함께 좋은 추억을 만들고 싶어."

"아……."

"뭘 하면 좋을지 고민이었단다. 함께 하고 싶은 게 많은데, 이것을 어찌 열흘 안에 다 할까……."

열흘이란 시간은 너무나 짧았다.

중전은 그것이 너무 아쉬웠지만 어쩔 수 없는 일이란 것을 인정해야 했다. 자신의 마음만큼 은옥의 마음이 그러하진 않았다. 그럴 수밖에 없다 생각하지만 그래도 그것을 인정하기가 참 어려웠다.

"때때로 답답하고 복잡한 이런 곳보다는…… 사랑하는 부군과 함께 살던 곳에서 자유롭게 사는 것이 좋겠지."

"……."

중전의 얼굴이 순식간에 어두워지자 진양대군이 입술을 굳게 닫았다. 심성이 곱고 유약하시어 금세 은옥에게 정을 붙이신 것이었다.

그러다 중전은 곧 빙긋 웃었다. 아이처럼 들뜬 표정을 지어 보이며 입을 열었다.

"일단은 금상께 어서 그 아이에게 봉호를 내려달라 했단다. 금상께서 지어준 봉호를 부르며 그 아이와 함께 열흘을 보내고 싶구나."

"그러시군요. 임영대군은 아직 궐에 입궁하지 않았나 봅니다?"

"아아, 오늘 입궁하겠다 기별이 왔단다. 그 아이도 무척 떨리겠지? 쌍둥이 누이를 만나는 것이 아니냐."

"아아, 그렇군요……."

진양대군이 빙긋 웃었다.

"볕이 참 좋더군요. 함께 비원을 거닐면 괜찮을 것 같습니다."

"그래. 그게 좋겠다."

만나주지 않는다고 영영 만나지 않을 사이가 아니었다. 그는 중전의 곁에서 기분을 맞춰주며 은옥과 탁야를 다시 만날 순간을 기대했다.

여우왕의 등장에 은옥의 유배를 강력하게 요청하던 대신들의 목소리는 쥐 죽은 듯 들어갔다. 모두 이젠 금상보다 여우왕의 눈치를 살피기 시작했다. 진양대군은 그를 자신의 편으로 만든다면 쉽게 왕위에 오르지 않을까 기대했다.

은옥은 이제 공주의 신분이다 보니 일반 반가의 여식이 궁에 들어올 때 입는 당의저고리가 아닌 용보가 박힌 연두색의 저고리를 입었다. 거기에 붉은 적색의 대란치마를 입고 탁야와 함께 비원으로 향했다.

그녀의 차림새는 궁중예법에 맞는 차림새였지만 탁야는 달랐다. 내시가 가져온 관복과 관모는 던져 버렸고 움직임이 편한 검은 무복을 입고 있었다.

두 사람은 나란히 교태전으로 향했다.

은옥은 자신과 탁야를 힐끔힐끔 쳐다보는 궁인들의 시선을 느끼며 괜히 어색해했다.

"왜 그러느냐?"

"혹, 저와 서방님의 모습이 이상한가 싶어서요. 이상합니까? 이런 옷이 안 어울리는 걸까……."

"이루 말할 수 없이 네가 고와 그런 것이다."

그의 말에 은옥이 픽, 웃었다.

"언제나 그런 말씀을 하시니 이젠 서방님 말씀은 못 믿겠습니다."

"내 말만 믿으면 되지 않나?"

"피이."

그의 말에 은옥이 입술을 쌜쭉거렸다. 평소의 그녀의 모습에 그가 웃음을 지었다.

"더할 나위 없이 예쁘다. 그러니 주눅들 것 없다. 게다가 넌 나의 하나뿐인 신부이지 않느냐? 여우왕의 왕비로서 좀 더 자신감을 가지는 게 좋겠구나."

"예에. 여우왕의 왕비로서 당당해지겠습니다. 그래도 서방님이 곁에 있으니 이곳이 좀 더 편해졌어요."

그가 없었다면 하루도 버티지 못하고 뛰쳐나가고 싶었을 것이 분명했다.

"나 또한 그렇다. 여긴 내 취향이 아니야. 예법이니, 예절이니……. 불편하기 짝이 없는 곳인데 어찌 편하겠어?"

"그래도 적응 잘하시던 걸요? 특히 나인들 부릴 땐 저보다 더 능히 부리시면서……."

"네가 굳이 그들의 눈치까지 살피는 것이다."

은옥은 자신의 이마에 검지를 튕기며 지지 않고 대답하는 그를 보며 웃었다.

"피이. 예예, 제가 쓸데없이 눈치만 살핍니다. 여우왕의 왕비답지 않게
요."

"이제라도 답게 행동하면 되지."

중전의 처소로 향하던 두 사람은 벌써부터 나와 자신들을 기다리고 있던
중전을 발견했다.

"아……."

심청색의 당의저고리와 고운 살굿빛의 대란치마를 입고 나온 중전이 빙
긋 웃음을 지어 보였다.

그녀의 곁에는 진양대군과 임영대군이 함께였다. 은옥은 진양대군이 함
께 있는 것을 보고 퍽, 불편한 표정을 감추지 못했다.

두 사람 사이의 일을 알 리 없는 중전은 그저 동복형제들끼리 만나게 되
어 기쁜 얼굴이었다.

"……."

임영대군은 은옥을 어색해했다. 아니, 곁에 있는 탁야를 더 어색해했다.
진양대군은 호탕하게 웃으며 은옥에게 다가갔다.

"하하, 선남선녀가 따로 없군. 궁에서의 생활은 할 만한가?"

"……."

적개심이 가득한 은옥의 눈빛에도 진양대군은 아랑곳 않았다. 탁야는 감
정을 담지 않은 눈으로 진양대군을 쳐다보았다.

진양대군이 비원으로 향하는 길을 안내했다. 중전이 은옥의 곁으로 가 그
녀의 손을 잡았다.

"함께 손을 잡고 걷고 싶은데. 그래도 되겠느냐?"

"……."

중전의 말에 은옥은 불편한 마음을 애써 뒤로하고 고개를 끄덕였다. 인정
할 수 없었지만 그녀의 아들이기도 했다. 하지만 그가 자신의 오라비라는 것
은 절대 인정하고 싶지 않았다.

은옥이 중전과 함께 앞서 걷는 것을 보며 진양대군은 그녀의 뒤를 천천히

쫓으며 비원의 절경을 감상하고 있는 탁야에게 슬쩍 말을 걸었다.

"지난번엔 고마웠습니다. 매제."

"……."

탁야는 진양대군을 내려다보며 한숨을 쉬었다. 은옥에게서 뒤늦게 그에 대해 들은 바가 있어 그 또한 썩 좋은 감정을 가지고 있지 않았다. 성격 같아선 산 채로 온몸의 뼈를 산산조각을 내어 까마귀 밥으로 던져 줬을 텐데 그리할 수 없음이 개탄스러웠다.

"궐 안에서 가장 아름다운 곳이 비원이니 실컷 봄의 싱그러운 정취를 느끼십시다."

"시끄럽군."

"……."

곁에 조용히 있던 임영대군이 탁야의 말을 듣고 놀라 토끼눈을 했다. 어느 누구도 대군에게 그런 말을 할 수 있는 자들이 없었다.

아무리 신령하고 영험한 자라고는 하나 무례하기 짝이 없었다. 그들의 자세한 사정을 모르는 임영대군이 탁야를 향해 호통을 쳤다.

"참으로 무엄하군. 그대가 아무리 우리와는 다른 존재라고는 하나 감히 왕실의 후손에게 이토록 무례해도 되는 것인가?"

"……."

탁야가 마음에 들지 않는 눈으로 임영대군을 노려보았다. 그 눈빛에 기가 살짝 죽긴 했지만 임영대군은 기개를 잃지 않았다.

"구야, 어찌 그러니?"

임영대군의 호통을 들은 중전과 은옥이 그와 탁야, 진양대군을 번갈아 바라보았다.

"그것이……."

자신을 부르는 중전의 말에 임영대군이 이맛살을 구기며 대답을 하려 했다.

"아닙니다. 임영대군이 매제에 대해 궁금한 게 부쩍 많은가 봅니다."

"아아. 그렇구나. 그래, 나도 궁금한 게 많아요. 그대가 사는 곳은 어떤 가요?"

은옥이 진양대군과 함께 서 있는 탁야를 바라보았다. 표정엔 아무런 감정을 담아내고 있지 않았지만 그것만으로도 은옥은 그의 심기가 썩 좋은 상태가 아니라는 것을 잘 알았다.

"……그건……."

은옥이 중전의 말에 대신 입을 열려고 했다.

"이곳처럼 담을 쌓아 외부의 침입을 막듯 호족들의 영역 또한 비슷하오. 호족의 왕이 호족의 영역에 결계를 치고 좀처럼 찾아 들어올 수 없게 외부의 침입을 막지."

"아아, 그렇군요."

"그래도 그곳의 규율은 이곳보다는 자유로운 편이지. 예법과 예절을 딱딱하게 따지는 곳은 아니니."

임영대군은 중전에게도 말을 높이지 않는 탁야가 마음에 들지 않았다. 그러나 진양대군이 자신의 팔을 잡고 진정하라고 속삭여 더는 입을 열지 못했다. 중전은 그들의 그런 낌새는 눈치채지 못했다. 그저 잡고 있는 은옥의 손이 따뜻하고 보드라워 자라면서 고생은 하지 않았다는 생각에 마음을 쓸어내렸다.

은옥은 자신의 손을 보듬으며 훌쩍이는 중전을 물끄러미 바라보았다.

"절 지키지 못했던 것에 너무 미안해 마셔요."

"……."

"저는 자라면서 단 한 번도 제가 태어난 것을 원망하거나 탓한 적이 없었습니다. 서방님의 곁에서 단 한 번도 행복하지 않았던 적이 없었으니까요. 오히려 이곳으로 내려와 저는 불행했습니다."

"……."

그녀의 말에 중전의 표정이 조금씩 어두워졌다.

"그곳으로 돌아가면……."

중전이 은옥에게 조금 떨리는 목소리로 천천히 물었다. 돌아올 대답이 너무나 아프지만은 않길 빌며 잡고 있는 은옥의 손을 꼭 잡고 물었다.

"다시 날 보러 오지 않을 것이냐?"

"……"

은옥이 그녀의 물음에 입술을 달싹였다. 자신을 낳아준 어미이나 은옥에게 진정한 어머니는 여의였다. 자신을 지키지 못한 탓에 그녀를 어미로 인정하지 않는 것이 아니었다. 낳아준 모정이란 것을 모르지 않으나 그녀는 이곳이 싫었다.

"내가 태어날 수 있었던 건 주상전하와 중전마마 덕분입니다."

"……"

"화산에 버려지지 않았다면 지금 제 곁에 계신 서방님은 만나지 못했을 겁니다."

중전이 끝내 눈물을 흘렸다.

"고맙습니다. 내가 태어나 양어머니와 아버지를 만나 과분한 사랑을 받으며 그분들의 아들인 지금의 서방님을 만날 수 있었던 건…… 모두 두 분 덕분입니다."

"……"

"저에겐 이미 저의 가족이 있습니다."

"흑……"

은옥은 코끝이 찡해지는 느낌을 받았다. 그러나 눈물을 흘리지는 않았다. 그저 담담히 말을 이어갔다.

"돌아간다면 아마 다시는 이곳으로 오지 않을 듯합니다."

그 말을 들은 진양대군의 두 눈동자가 흔들렸다. 그렇게 둘 수는 없었다.

"딱."

"……"

"딱 열흘간. 이 아름다운 모습을 자랑하는 궐에서……"

중전이 은옥과 시선을 마주하며 눈물을 흘렸다. 은옥이 그녀의 눈물을 다른 손으로 닦아주며 나직이 말했다.

"공주의 신분으로 성심을 다해 두 분께 효를 하고 갈 것입니다."

"아아……."

"금상께서 제게 봉호를 주셨습니다. 열흘간 절 부르실 땐……."

"……."

은옥이 싱긋 웃으며 말했다.

"정은공주라 칭해주세요. 어마마마."

"아아……."

중전이 그녀의 대답에 결국 눈물을 터뜨렸다. 은옥은 통곡을 하는 그녀를 다독이기 바빴다. 진양대군이 휘청이는 중전을 부축하며 은옥을 바라보았다.

"……."

은옥은 그의 시선에 중전에게 향했던 따스한 표정을 순식간에 지워 버렸다.

"부용정으로 들어가 잠시 진정하시는 게 좋을 것 같습니다. 어마마마."

부용지 위에 있는 정자에 들어간 중전은 소식을 듣고 온 어의에게 진맥을 받으며 진정하기 시작했다. 은옥은 그런 그녀 곁에서 떨어질 줄을 몰랐다. 진양대군은 부용정 안으로 들어오지 않고 밖에서 연못을 바라보는 탁야에게로 향했다.

"이 나라의 공주의 부군이 되어 세상을 호령하는 것도 나쁘지 않지 않소? 매제."

"……."

탁야는 연못 위에 비친 진양대군을 가만 바라보았다.

"그대의 신부가 조선의 왕녀인데. 어찌 욕심을 가지지 않는 거지?"

연못의 수면 위로 떠오른 진양대군의 모습은 지독한 야욕에 사로잡혀 있었다.

"이유."

"……."

탁야가 진양대군의 호를 부르며 연못에 두었던 시선을 그에게로 옮겼다.

"그대는 욕심을 많이 버려야 한다."

"뭐……?"

"욕심을 차리는 만큼 얻는 것이 있을 수 있으나 그만큼 잃는 것도 생길 것이다. 반드시."

"……."

진양대군이 두 눈을 가늘게 뜨며 그에게 물었다.

"사람의 앞날도 보는 것인가?"

"아니. 난 영험하고 신령한 존재이기는 하나 신은 아니다."

탁야의 말은 단호했다.

"허나, 네 그 새까만 야욕이 결국 네가 가지고 있는 것까지 해칠 것이란 건 안다."

"……."

"그러니 거기까지만 하는 게 좋을 거야."

진양대군은 그의 말을 힘껏 비웃었다.

"내 야욕을 보았다니 솔직해지지."

"……."

은옥이 그때 부용정에서 나왔다. 중전과 임영대군과 함께 하는 자리가 괜히 어색해 탁야를 찾아 나온 것이었다. 두 사람을 말없이 바라보았다.

"주상전하께서도 장손이 아닌데 왕위에 올랐으니 분명 나에게도 왕위의 기회가 있을 것이라 생각하오."

"……."

"그 기회를 잡기 위해서는 그대의 도움이 필요하지 않을까 싶고. 탐나지 않소? 이 대궐이, 이 조선의 땅. 호족들이라는 그대의 종족들 모두 화산에서 내려와 터전을 마련해 줄 수 있고 말이오."

그의 말에 탁야가 웃었다.

"내가 그런 것에 욕심이 날 위인으로 보이는가?"

진양대군의 표정이 밉게 구겨졌다.

"그만하시지요."

"……."

은옥이 단호한 목소리를 내며 진양대군에게 다가갔다. 진양대군은 그녀에게로 시선을 돌리며 어깨를 슬쩍 틀었다.

은옥이 탁야의 곁에 서며 진양대군을 날카롭게 노려보았다.

진양대군은 여전히 적대적인 그녀를 바라보며 한숨을 내쉬었다.

"내, 몇 번이나 널 찾아가 그간 있던 일들을 사과하려 애썼는지 아느냐?"

"……."

"네가 나와 동복형제임을 알았다면 내 그런 실수는 하지 않았을 것이다."

"알고 그랬다면 진양대군께서 제게 했던 여러 짓들에 대해 입을 다물고 있지는 않았겠지요."

그녀의 말에 진양대군의 눈빛이 날카로워졌다.

"진양대군의 그 욕심을 내 모르는 것이 아니나, 그만하세요. 주상전하께 진양대군께서 내게 한 일을 낱낱이 고하기 전에."

"……."

"내가 전하께 말을 하지 않는 이유는 단 하나입니다."

"……."

탁야의 손을 살며시 잡은 그녀가 진양대군을 똑바로 바라보며 입을 열었다.

"두 분이 나의 생부와 생모란 이유가 아니라 난 곧 나의 왕과 함께 사라질 사람이니까."

기록에조차 남기지 말아주길 원해 금상이 그것을 윤허했다. 사관은 그의 뜻을 받아들였다. 일단 이 모든 것들이 사실일지라도 후대의 사람들이 과연 이 기록을 보고 믿을지 의문이었기 때문이었다.

하여 사관 또한 그동안 기록한 모든 것들을 지웠다. 그렇기에 은옥은 그가 자신에게 저질렀던 무수한 악행들도 함께 묻었다.

"그러니 우릴 가만두세요."

"어리석구나. 네 부군이 좀 더 큰 세상에서 활개하는 것이 분명 나은 일이다."

"우리의 터전을 어찌 꾸려갈지는 우리가 정합니다."

단호한 그녀의 말에 진양대군이 이를 악물었다.

"허니, 그만 욕심내세요."

은옥은 자신을 지나치는 진양대군을 가만두었다. 탁야 또한 비원을 빠져나가는 그를 별 감정 없는 눈으로 쫓았다.

"괜찮겠어?"

"또 무슨 짓을 할지 모르는 분이긴 합니다. 워낙 음흉한 성정이시니……."

은옥의 말에 탁야 또한 고개를 끄덕였다.

"허나 쉽게 무슨 짓을 하지는 못할 거야."

"……."

"이젠 네 곁에 내가 있으니까."

그의 말에 은옥이 입가를 올렸다.

"예. 하여 이젠 그가 두렵지 않습니다."

"그래."

임영대군이 돌아오지 않는 은옥과 진양대군을 찾아 부용정을 나왔다.

"……."

은옥은 임영대군을 가만 바라보았다. 자신과 닮은 듯 닮지 않은 쌍둥이 오라비였다. 조금 어색했지만 진양대군처럼 불편한 감정이 솟진 않았다.

"나는 여전히 믿기지가 않군."

임영대군은 뭔가 느낌이 오묘했다. 같은 어미의 뱃속에서 함께 자라고 태어난 쌍둥이 동생이라니. 그것도 이십여 년을 모르고 지냈다가 만나 그런지 애틋한 마음보다는 신기하면서도 낯설었다. 형제가 아니라 누이라 더 그런 것 같았다. 차라리 형제였다면 이런 마음이 들지 않았을 수도 있겠다 싶었다.

그의 그러한 생각을 은옥 또한 어느 정도 동의하는 바였다. 임영대군은 중전보다는 오히려 금상을 좀 더 닮아 있었다.

탁야 또한 두 사람을 가만 바라보며 속으로 신기해했다. 닮은 듯 닮지 않은 쌍둥이였다.

"정은공주."

중전이 그녀를 찾았다. 부용정을 나온 그녀를 향해 은옥이 다가갔다.

"예. 어마마마."

살갑게 불러주는 그 말에 중전의 눈시울이 다시 붉어졌다. 그러나 눈물을 흘리지는 않았다. 눈물을 흘리고 슬퍼하는 시간도 아까웠다.

"돌아가자. 배고프지 않니? 주상전하와 함께 오찬을 하자꾸나."

"예."

"여우왕께서도 함께 오찬을 하실 것이지요?"

중전의 살가운 물음에 탁야는 말없이 고개를 끄덕였다.

"임영대군도 온 김에 함께 하자꾸나. 온 가족이 함께 오찬을 하자."

중전은 이렇게 함께 모여 밥 한 끼 하는 것 또한 상상했던 적이 있었다. 장성한 두 남매가 꾸린 가족과 함께 다복하게 식사를 하는 것. 중전은 그것이 정말로 이루어지게 된 것이 기뻤다.

"아아, 날이 너무 좋구나. 정은공주. 오늘은 이 어미와 하루 종일 함께 하자. 날도 좋고 교태전 화단에 핀 작약 꽃들이 너무나 예쁘단다. 그곳을 거닐며 너의 어린 시절 이야기를 들려주렴."

"예에, 알겠나이다."

은옥이 빙긋 웃으며 중전의 말에 흔쾌히 대답했다.

봄기운이 짙은 날이었다. 궐 안으로 드리우는 햇살은 따뜻하고 안온해 포근한 기운을 가득 뿜어냈다.

화산 속에서 맞이하는 봄도 좋았지만 궐에서 맞는 봄 또한 나쁘지 않았다. 작약 꽃들이 즐비한 교태전의 화단. 푸른 회화나무가 높게 뻗어 시원한 그늘을 만들었다.

"회화나무가 참 많아요."

"아아, 높이 자라 이렇게 그늘을 만들어주니 그런 것이겠지."

중전이 말했다. 그 말을 듣고 있던 탁야가 웃으며 그녀의 말을 정정했다.

"악귀를 쫓는다는 건 말하지 않는 걸 보니 날 위한 배려인가?"

"아……."

은옥도 사실 알고 있는 것이었다. 회화나무라고 말하나 한자로는 괴화槐花라고 쓰기 때문이었다. 탁야가 귀는 아니었지만 많은 이들이 알고 있는 구미호는 악귀나 다름이 없었다. 그렇기에 은옥은 감히 중전이 얼버무리는 모습이 어여쁘다고 생각했다.

"벌써 해가 서쪽을 향해 기우는구나."

"……."

중전은 그것이 너무나 아쉽고 섭섭했다. 허무해하는 그녀를 올려다보며 은옥이 당의 속에 감춘 손을 잡았다.

"……."

"아직 해가 완전히 저물지 않았습니다."

"그래…… 이렇게 아쉬워할 시간도 아깝지."

"예. 아깝습니다. 허니, 그만 울적한 마음을 접으시어요."

은옥의 말에 중전이 웃으며 고개를 끄덕였다.

"아흐레나 남았는데 말이다. 그치?"

아흐레밖에 남지 않은 것이었지만 중전은 애써 그것을 많이 남았다는 것으로 쳤다. 그래야 조금 더 마음이 편했다. 그래야 조금 더 은옥을 쉬이 놓아줄 것 같았다.

다

　피로 얼룩진 집 안은 어느 정도 정리가 되었고 숙주는 한동안 안채에 머물며 그녀를 보살폈다.

　중문 너머 안채 가장 안쪽에 자리한 6폭의 화조도병풍은 스승께서 그녀의 혼인 선물로 선물한 것이었다. 병풍 앞, 유황색의 보료는 해정처럼 따뜻한 느낌을 가득 심어주는 색감이었다. 또, 작은 경상 위에 놓인 서책들은 그녀 또한 숙주처럼 책을 좋아하고 있다는 것을 보여주었다. 면경이 접혀진 경대와 경대 옆자리엔 그녀가 자수를 놓다 만 자수틀이 있었다. 모든 것들이 그녀의 손길이 닿은 것들이었다.

　이부자리에 반듯이 누워 핏기가 좀처럼 돌지 않아 혈색이 없는 백지장 같은 하얀 피부의 해정을 내려다보다 그녀가 앉아서 생활했을 보료를 바라보며 한숨을 쉬었다.

　그때였다. 해정의 미간이 살며시 좁혀지더니 눈꺼풀이 파르르 떨렸다. 그녀가 눈을 뜨자 숙주는 그제야 안도의 웃음을 지어 보였다.

　"부인, 정신이 드십니까?"

　"서방님……."

　"그래요. 날 알아보겠소?"

　해정이 고개를 끄덕였다.

　"여우, 구미호가 집안의 식솔들을……."

　그녀의 말에 숙주가 고개를 끄덕였다.

　"미안하오……. 일이 이렇게 될 줄은……."

　"모두…… 죽었습니까?"

　"……."

　숙주가 망설임 끝에 턱 끝을 움직여 주억거렸다.

　"버들이도……?"

　버들이.

그녀가 아끼던 시종 계집이었다. 자매처럼 살뜰하게 살피던 것을 그가 모를 리 없었다.

"양지바른 곳에…… 묻어주었습니다. 스님을 불러 천도하였으니…… 좋은 곳으로 갔을 게요……."

"아아……."

그의 말에 해정이 결국 눈물을 쏟았다. 버들의 죽음을 예상하지 못한 것은 아니었지만 막상 두 귀로 들으니 가슴이 아팠다. 어린 시절부터 함께 했고 시집을 오면서 따라온 자신의 집안 몸종이었다. 함께 자라 친자매만큼 사이가 돈독해 서로의 일을 살뜰히 살폈던 하나뿐인 친구이자 가족 같은 아이였다.

"흐윽……."

한참 사경을 헤매다 온 탓에 울 기력도 없을 텐데 눈물을 흘리는 해정을 바라보며 그가 안절부절못했다.

"울지 마시오. 기력을 되찾아야지 않겠소? 내 어서 죽을 가져오리다."

해정은 자신을 돌보느라 수척해진 숙주를 바라보았다. 그리고 그의 옷깃을 간신히 붙잡았다.

"왜 그러시오? 어디 안 좋은 게요?"

"여태 혼자서 절 돌보신 겁니까?"

"……."

어디가 아프다는 건 줄 알고 잠시 긴장했던 숙주는 별 물음이 아닌 것을 깨닫고 안도하며 웃었다.

"남에게 나의 안사람을 어찌 맡기나. 의원에게 보이는 것 말고는 누구에게도 부인을 맡기지 않았습니다."

그의 말에 해정은 조금 감동했다.

언제나 그에게 밀려나 있었기에 이렇게까지 수척한 얼굴을 한 채 자신을 간호할 것이라고는 생각하지 못했기 때문이었다.

"다행이오. 영영 깨어나지 못하는 줄 알고 가슴을 졸였어요."

"……."

진심 어린 말에 해정은 결국 다시 눈물을 보였다. 그가 이마를 찡그리며 말했다.

"울지 마시오. 기운을 그리 낭비하면 안 되오. 내 의원도 부르고 죽도 곧 가져올 테니 조금만 기다리시오."

해정이 고개를 끄덕였다.

숙주는 서둘러 안채를 나왔다. 처음에 아무도 없는 집 안에서 그는 그녀를 위해 미음이라도 만들어보려 했지만 아궁이에 불을 떼고 미음을 만드는 것이 쉽지만은 않았다. 보다 못한 청의동자가 아궁이의 불을 대신 떼어주었고 또 미음은 결국 태워 국밥집 여주인에게 부탁해 얻어야 했다.

숙주의 소식을 뒤늦게 듣게 된 그의 집안과 해정의 친정에서 사람이 이제야 와 어지러운 집 안이 조금씩 정리가 되어가고 있었다.

"마님께서 깨어나신 겁니까?"

새로 온 그의 여몸종이 물었다.

"그래. 그러니 만들어두었던 미음을 가져오거라. 내 직접 먹일 것이다. 그리고 다른 아이를 시켜 의원을 불러라. 그녀의 상태를 진맥하게 할 것이다."

"예, 예."

해정이 깨어났다는 소식에 몸종들이 바삐 움직였다. 보름 만에 정신을 차린 것이었다. 숙주는 보름 만에 그녀가 깨어난 것을 진심으로 하늘에 감사했다.

"감사합니다. 감사합니다……!"

청의동자는 말없이 그 모습을 지켜보며 그 또한 안도의 숨을 내쉬었다. 저승차사가 그녀를 데려가지 않은 것은 아직 죽을 때가 되지 않아서이기도 했지만 그녀의 의지에 따라 달라지는 삶이었기에 데려가지 않은 것이었다.

그녀의 의지는 아직까지는 삶이었던 듯했다.

"다행입니다. 마님께서 다시 정신을 차리셔서……."

청의동자의 말에 숙주는 고개를 연신 끄덕였다. 그는 해정이 다시 깨어난 것이 정말로 기뻤다. 부엌에 들어가 죽을 떠온 몸종의 반상을 대신 받아 안채로 가져갔다. 양반의 체통이고 뭐고 그에겐 지금 그런 것은 중요하지 않았다.

"자, 어서 한술 드십시다."

"……."

해정은 믿기지 않았다. 누구의 손도 빌리지 않고 직접 반상을 가지고 들어온 것도 놀라웠지만 그것을 자신에게 직접 먹이겠다고 다가오는 것도 놀랍지 않을 수가 없었다. 아무리 버들이 없고 평소 부리던 몸종이 없다지만 이것은 해정으로선 너무나 부끄러운 일이 아닐 수 없었다.

혼절을 해 있을 땐 무엇도 분간할 수 없는 상태였기에 순순히 그가 준 미음과 약을 받아먹었다고 치지만 지금은 정신이 온전했다.

하여 그의 그러한 행동이 너무나 낯설었고 또 고분하게 받아들일 수 없었다.

"소, 소첩이 알아서……."

"고개를 가눌 기력도 없는 사람이 뭘 알아서 하겠다는 말이오? 이리 내게 기대시오."

이미 그녀를 보름간 정성으로 간호를 한 탓에 해정을 부축해 품에 앉히는 것이 어색하지 않은 숙주였다.

그러나 해정은 너무나 부끄러웠다.

"허나……."

"내가 먹여주는 것이 싫습니까?"

"……."

숙주는 혹시 자신의 이러한 행동이 싫어 그녀가 완강하게 거부하는 것인가 싶어 조심스럽게 물었다. 해정이 재빨리 고개를 저었다.

"어찌 제가 싫겠습니까? 단지, 단지…… 이리 다정하시니 적응이 되지 않아 그렇습니다."

"……."

해정의 눈가에 다시 눈물이 맺히기 시작했다.

"이게 혹시 꿈이 아닐까 겁이 나기도 하고, 죄책감에 마음에도 없는 일이 아닐까 겁이 나서……."

숙주가 그녀의 말에 미간을 좁혔다. 그 작은 반응에도 해정은 예민하게 반응했다.

"소첩, 상처받기가 두려워 그렇습니다. 몸도 마음도 힘들어 그렇습니다. 그러니 상처 받지 않으려고 합니다. 괜히, 괜한 죄책감에 이러시는 거라면 이러시지 않아도 정신을 차렸고 서방님의 지극한 간호에 기운을 차릴 수 있을 것 같으니 그만하시어요."

그녀의 말에 그가 그릇을 들고 있던 손을 내려놓았다. 해정은 그가 그렇게 나올 줄 예상한 바, 차분히 숨을 고르기 시작했다.

"……."

숙주는 짧게 한숨을 쉬며 그릇을 반상에 내려놓고 해정의 양어깨를 붙잡았다.

"서방님……?"

"죄책감도 맞고 그대의 지아비라는 책임감 때문에 이러는 것도 맞소."

"……."

"그대가 내 아내인데 어찌 가만히 있겠는가."

단지 그런 이유라면 해정은 너무나 아팠다. 아내가 아니었다면 이렇게까지 하지 않았을 것이란 말과 같게 들렸다.

그러나 숙주의 마음은 그런 것이 아니었다.

"상처받지 마세요. 나는 그대의 지아비입니다."

"……."

해정이 그를 올려다보았다.

"난 부인을 잃고 싶지 않습니다."

"서방님……."

"부인을 잃을까 두려웠습니다."

단 한 번도 그녀가 자신을 먼저 떠날 것이라고 생각해 본 적이 없어 충격이 컸던 걸까, 숙주는 정말로 그녀를 잃을 수 있다는 생각이 들자 무서웠다.

"그래요. 나에게서 부인은 그저 스승님의 손녀…… 그 이상도 이하도 아니라고 생각했었지요."

"……."

"허나, 아니었습니다."

해정이 울먹이기 시작했다.

"나의 부인입니다. 그대는."

"흑……."

"바보같이 정말 부인을 잃을 뻔한 순간이 되어서야 깨달았습니다. 부인의 소중한 자리를 내가 너무 하찮게 생각했습니다. 내가 어리석었던 게지요."

"아아, 서방님……."

해정이 울음을 터뜨리자 숙주가 그녀의 뺨에 흐르는 눈물을 닦아주며 말했다.

"울지 마세요. 기력이 쇠한 사람이 이렇게 펑펑 울면 어쩝니까? 애써 부인의 수발을 든 것이 무용지물이 되겠어요."

그의 말에 해정이 고개를 끄덕였다.

"예, 울지 않을 것입니다. 울면 안 되지요. 기뻐해야 하는 것 아닙니까? 소첩, 신 씨 집안에 시집을 온 이래 가장 기쁜 순간이 지금 이 순간입니다. 기쁜 순간을 눈물로 흘려보낼 수 없지요."

"암요. 당연하지요."

울던 해정이 이내 웃자 숙주도 그녀를 따라 웃었다.

"허니, 더 기운을 차립시다."

"예……."

숙주가 그녀를 위해 가져온 미음을 다시 들었다. 후후, 숨을 불어가며 뜨거운 미음을 식혔고 해정은 그런 정성스러운 행동 하나하나에 감동을 하며 기쁜 눈으로 그를 바라보았다. 더 바랄 것이 없는 상황이었다.

"자, 아⋯⋯."

그가 죽을 식혀 그녀가 먹기 좋게 미음을 숟가락 끝으로 떠 작은 그녀의 입 앞으로 가져갔다.

망설이던 해정이 결국 마른 입술을 벌렸다.

숙주는 조심스럽게 그녀의 입안에 미음을 넣어주었다. 해정은 그가 떠주는 대로 아기 새처럼 받아먹었다.

그것을 지켜보던 청의동자는 한숨을 쉬었다.

"아아, 변해도 너무 변하시는군."

적응이 안 될 정도로 변해 버린 숙주의 모습이 너무나 낯설어 청의동자는 끝내 그 자리에 있지 못했다.

허나, 이해가 되지 않는 것은 아니었다. 부부의 연으로 함께한 지가 수년이었다. 그 긴 세월 동안 일말의 정이 생기지 않았다면 그것은 거짓 아니면 기만이었다.

"그나저나⋯⋯."

이쪽과 궐의 일이 대충 정리가 되어가니⋯⋯.

"⋯⋯."

화산의 기운이 심상치 않아졌다.

"또 무슨 일이 벌어지려고 저러는 것인지⋯⋯."

불안한 청의동자의 두 눈에 비친 화산의 모습은 불이 일렁이는 것처럼 보였다. 불의 기운은 아니었다. 묘하게 다른 기운. 뭔가 서로 부딪히는 것 같기도 했고 합쳐지는 것 같기도 했다.

"⋯⋯."

여우왕도 그것을 느껴야 할진대 궐에서 무엇을 하는 것인지 꾸물거리고 있었다.

"이거 참⋯⋯."

청의동자는 또 무언가 터질 것 같은 불길한 기분에 사로잡혔다.

"부디 아무 일도 아니어야 할 텐데⋯⋯."

진심으로 그는 그것을 바랐다.

화산의 영험한 존재들이 한데 모였다. 따뜻한 봄, 모든 종족들이 깨어나 활동을 할 시기. 누구 하나 빠지지 않고 모인 그들 가운데 낙예가 여유롭게 차를 마시고 있었다.

우매한 웅熊족의 수령은 꿀차를 마시며 따분한 표정을 지어 보였다. 랑狼족의 수령 또한 느른한 표정을 지어 보였다.

범虎족의 수령은 날카로운 손톱을 갈며 자신들을 불러낸 낙예의 말을 기다렸다.

낙예는 랑족과 범족, 웅족들이 한데 모인 곳에서 비열하게 웃었다. 모두다 속내를 천연덕스럽게 숨기고 있었지만 그 속내를 모르는 이는 아무도 없었다.

"다들 나와 한마음이지 않아?"

솔직한 낙예의 말에도 그들은 서로의 눈치만을 살필 뿐 제대로 된 대답은 하지 않았다. 탁야가 자리를 비운 이때가 그들에게도 기회인 것은 사실이었다. 그러나 그들은 탁야가 달리 두려운 것이 아니었다.

호족 중에서 가장 강한 자였지만 화산에서도 가장 강한 자였다. 범족과 웅족마저 어찌할 줄을 몰랐고 한때 호족을 발아래 두었던 랑족 또한 지금은 신세가 역전이 되어 감히 덤비기를 꺼려했다.

"호족의 왕이 없다고. 이게 무슨 의미인지 몰라?"

낙예는 그들이 답답했다.

탁야가 자리하지 않음에도 그를 두려워하다니. 게다가 선대 수령인 무이도 보이지 않았다. 지금이야말로 절호의 기회가 아니던가. 호狐족의 왕이 자리를 비운 이때, 합심을 하여 영역을 침범한다면 승산이 있었다.

"그들의 영역만 갖게 된다면 우리는 좀 더 편안하게 삶을 영위할 수 있다고."

"호족의 왕이 그것을 가만 보고 있겠어?"

호족은 점점 단단해지고 강해져 갔다. 선대 수령인 무이가 잘 이끌었고 또 그의 아들인 탁야가 그 곁을 굳건히 지키며 영역을 보호했기에 가능한 일이었다. 게다가 무이가 수령의 자리를 물려주고 난 뒤에 생긴 호족의 영역 안에서의 내전도 그들이 생각했던 것보다 더 빨리 극복했다.

그렇기에 절대적으로 이 순간이 기회라 여겼다.

그 강한 두 녀석이 현재 영역 밖으로 나가 영역을 비워두고 있는 이 순간은 다시 올 수 없는 절호의 기회였다.

"그래도 지금이 기회야. 두 번 다시 올 리 없는 아주 좋은 기회라고."

"아아……."

그들 또한 그것을 모르지는 않았지만 그럼에도 망설여졌다. 잘못했다가는 화산이라는 삶의 터전을 통째로 잃을 수도 있는 일이었다.

"우리가 합심한다면 아무리 탁야의 굳건한 결계라도 파괴할 수 있을 거다."

낙예의 말을 가만히 듣고 있던 웅족이 그의 편을 들기 시작했다. 그가 입가를 말아 올렸다.

그래, 이렇게. 이렇게만 되면 된다. 차근차근, 화산의 왕이 되는 계단을 밟아가면 되었다.

"낙예 님."

그때, 화산을 내려간 기아를 쫓았던 의양이 급하게 다시 화산으로 들어왔다. 의양은 화산을 들어오자마자 급하게 그를 찾았다. 낙예는 일단 다른 종족들을 두고 은밀히 그와 대화를 나누었다.

"호족의 왕은. 어찌 되었더냐?"

"그것이, 기아는 죽고 그자의 반려를 찾았습니다……."

"벌써? 그럼 당장 돌아오는 것인가?"

기아 그것이 생각보다 빨리 죽어버렸다는 의양의 말에 두 눈을 동그랗게 떴다.

"그게……."

의양의 뜨뜻미지근한 대답에 낙예가 미간을 좁혔다.

"대체 무슨 일인데 말을 제대로 못하는 것이야?"

이럴 줄 알았으면 의양과 함께 내려가는 게 나았을 뻔했다. 답답한 그의 태도에 낙예는 짜증이 치솟았다.

"그 반려가……."

말을 자꾸 잇지 못하는 의양을 보며 낙예가 이를 꽉 깨물고 물었다.

"그래, 그 계집이 왜? 죽었더냐?"

"아뇨, 인간들의 왕의 딸이랍니다."

생각 밖의 대답에 낙예는 잠시 머릿속이 굳어버리는 것을 느꼈다. 호족들마저 근본을 모르는 하찮은 인간 계집이라고 등한시하던 그 계집이…….

"뭐라고?"

믿기 힘들어하는 낙예를 의양 또한 이해했다. 그 또한 이해하기가 어려웠으니 당연한 것이 아닌가.

"공주라고 합니다. 왕가의 공주요……!"

"허……."

"호족의 왕이 인간들의 영역까지 등에 업는다면……."

의양의 말에 낙예가 불편한 심기를 보였다.

"그렇게 둘 수야 없지. 이 화산을 무학대사라는 그 땡중에게 장악당했을 때도 퍽 기분이 좋지 않았는데 말이야."

"……."

"팔도를 가진다라……."

생각에 잠기는 그를 보며 의양이 불안한 눈빛을 지어 보였다.

"어찌하시려고……."

"그래도 차근차근 하나씩 해야 하지 않겠느냐? 호족의 왕의 가장 큰 수맥을 끊어야지."

호족의 영역을 탐내고 있을 종족들의 왕들이 자신을 기다리고 있다는 사실을 상기한 그가 그들에게로 향했다.

"형제들이여. 시작하자고. 절호의 기회야!"

그가 없는 사이에 마음을 굳혔는지 그들 또한 자리에서 동의하며 자리에서 일어났다.

아무리 탁야의 결계가 정교하고 깨기 힘들다 한들 호족을 제외한 모든 종족들이 합심한다면 방법이 없었다.

또, 호족들이 없다면 탁야 그 또한 왕이 아니라 외로운 승냥이에 불과하게 되는 것이었다.

낙예가 잔인한 웃음을 띠었다.

탁야의 명을 받고 화산으로 돌아간 아랑은 어쩐지 화산이 너무나 조용해 불안했다. 이제 웬만한 종족들이 동면에서 깨어나고 활동을 할 시기였다. 그런데 쥐 죽은 듯 조용하다. 아랑이 입술을 꾹 깨물며 길을 걸었다.

"……."

수상쩍다.

화산의 분위기가 이렇게까지 고요한 것은 꽤나 오랜만이었다.

마치 폭풍 전야 같은 기분이었다. 아랑도 최대한 기척을 죽여 호족의 영역을 향해 걸어 들어갔다.

차락…….

편백나무가 빼곡하게 있는 길을 걷던 아랑이 기척을 느끼며 고개를 돌렸다. 그러나 좀처럼 그 기척이 어떤 기척인지는 느낄 수 없었다.

하늘을 향해 길게 뻗은 편백나무를 타고 낙예의 독사들이 슬금슬금 움직였다. 아랑이 화산의 숲으로 돌아온 것을 눈치챈 낙예가 씩 웃으며 손끝으로 연결한 실을 움직였다.

쐐애액!

아랑은 갑자기 자신에게로 몰려드는 독사들을 보고 놀라 껑충 날아올랐다.

"헉……!"

하지만 나무 위에도 뱀이 있었다. 아니, 사방에 뱀들이 우글거리고 있었다. 날카로운 이빨을 자랑하며 주둥이를 벌려 위협하는 뱀들을 손톱을 길게 빼 동강을 내며 호족의 영역으로 달려갔다.

"사족 녀석들……!"

누가 보아도 사족의 낙예 짓이 뻔했다. 아랑이 이를 으득 갈며 등 뒤로 떼로 몰려오는 칠점사들의 어마무시한 추격에 치를 떨었다.

다른 종족들에게 길 안내를 하고 있다는 사실은 까마득하게 모른 채 아랑은 물색의 은근한 탁야의 기운을 찾아내었다.

'저기다!'

드디어 그의 결계 안으로 들어가 위험을 모면하겠다! 생각했지만 그것은 그녀의 착각이었다.

기다렸다는 듯 송골松鶻족이 날아와 아랑으로 인해 벌어진 결계를 부리와 날카로운 발로 찢고 물어뜯었다.

"적이 침입했다!"

호족들이 이를 눈치채지 못할 리가 없었다. 왕의 부재에 가뜩이나 불안했던 그들이었다. 탁야가 돌아오길 바라고 있는 와중에 송골족과 사족 그리고 뒤이어 쳐들어오는 랑족과 웅족, 범족의 침공은 그들을 공포로 몰아가기에 충분했고 속수무책 당할 수밖에 없었다.

아랑은 자신으로 인해 이런 일이 벌어진 것 같아 넋이 나갔다. 그러나 되돌리기엔 너무 늦어버렸다. 적들의 무자비한 공격을 방어하며 그녀는 어서 빨리 탁야가 와주길 바랐다. 자신의 결계가 깨진 것은 이미 알아차렸을 터이니 늦지 않게 와주길 빌었다.

호족들의 영역으로 여러 종족들이 끊임없이 쳐들어왔다.

역시, 그의 부재를 알고 작정한 것이 틀림없었다. 호족들 모두가 강력하게 저항한다고 한들 소용이 없는 일이었다.

"탁야 님……!"

버텨야 했다.

"버텨라. 수령께서 오실 때까지 버텨야 한다!"

❖

중전과 함께 즐거운 오찬까지 즐긴 탁야가 은옥과 내궁으로 향했다.

"……."

은옥은 탁야와 나란히 길을 걷다 갑자기 걸음을 멈춰 서는 그의 행동에 놀라 의아한 눈으로 고개를 돌렸다.

그의 눈동자가 심하게 흔들렸다. 이내 갑자기 휘청이기 시작했고 놀란 그녀가 곧장 그를 부축하며 소리쳤다.

"서방님!"

숨을 몰아쉬며 탁야가 은옥의 손목을 꼭 잡았다. 그의 은회색 눈빛이 서슬 퍼런 빛을 냈다.

갑작스럽게 상태가 이상해진 그를 보며 그녀는 겁이 났다.

"왜, 왜 그러십니까? 어찌 그러셔요?"

"화산에……."

탁야는 자신의 결계가 호족이 아닌 누군가에 의해 파괴된 것을 눈치챘다. 화산이 있는 방향으로 고개를 돌린 그가 강력한 사기로 뒤덮인 것을 보며 얼굴을 잔뜩 찌푸렸다.

"화산으로 가야겠다."

"예? 지금요?"

"……."

그의 심상치 않은 표정에 은옥은 어쩐지 느낌이 좋지 않았다.

"저도 함께 하겠습니다."

"아니."

"서방님……!"

"너는 여기 있어라."

그의 말에 은옥이 고개를 저었다.

"그럴 수 없습니다. 어찌 저 혼자 이곳에 남아 있으란 말입니까?"

"널 지키기 힘들 것 같아."

탁야는 자신이 없었다.

화산으로 함께 들어가 그녀도 지키면서 호족의 영역에 번진 간악한 사기를 거둘 자신이.

모든 종족들의 표적이 될 것이 불 보듯 빤했다.

하지만 은옥은 그를 보낼 수가 없었다. 고개를 저으며 뜨거운 그의 손을 잡고 애원했다.

"이제 더는 떨어지고 싶지 않습니다. 서방님 없는 곳에 한시도 있기 싫습니다. 차라리 서방님의 곁에서 죽으면 죽었지 더는 누군가와 헤어지고 기다리는 것은 하고 싶지 않아요."

탁야가 한숨을 쉬며 눈물짓는 은옥을 바라보았다.

"아아."

그 또한 그녀와 같이 화산으로 돌아가고 싶었다. 하지만 지금은 아니었다.

탁야가 결국 운혈을 눌러 은옥을 기절시켰다.

"아……."

"미안하구나. 꼭 다시 돌아오마."

풀썩, 자신의 품으로 떨어지는 은옥을 부드럽게 안아 올린 그가 그녀의 처소로 향했다. 이부자리 위에 그녀를 다소곳이 내려놓은 그가 동그란 그녀의 이마에 입을 맞췄다.

"꼭…… 다시 널 찾아오겠다."

"……."

그는 은옥이 돌아와 편하고 안온하게 살아갈 수 있는 곳으로 꼭 되돌려놓을 생각이었다. 그러기엔 그녀가 일단 이곳에 있는 것이 안전했다.

떨어지지 않는 걸음을 억지로 돌린 그가 빠르게 화산으로 향했다.

감히 호족의 영역을 탐하는 자. 그것이 어떤 것이 되었든 용서할 수 없었다. 그의 눈빛이 더욱더 차갑게 빛났다.

화산은 호족을 제외한 나머지 종족들의 동맹으로 온통 아수라장이었다. 그것은 화산의 초입부터 강하게 느껴졌다. 온갖 종류들의 뱀들이 뒤엉켜 한 발자국도 들어오지 못하게 했고 푸른 잎들이 빼곡하게 자리한 나뭇가지에는 송골매들이 묵직하게 앉아 날카로운 눈으로 화산을 경계하고 있었다.

탁야가 입가를 올리며 얄팍한 수를 가뿐하게 던져 버렸다. 땅을 뒹굴던 뱀들은 던져져 나무와 돌에 부딪혀 처참하게 피를 흘렸고 송골매들은 강력한 바람에 백 리 밖으로 힘없이 날아가 버렸다.

웅족과 랑족이 그를 발견하고 덤볐다. 랑족들은 떼를 지어 날카로운 이빨로 그를 물어뜯으려 했고 웅족은 날카로운 발톱을 내세우며 둔한 몸을 휘둘렀다.

탁야는 자신의 어깨를 물고, 등을 발톱으로 할퀴는 웅족과 랑족을 집어 던지며 소리쳤다.

"으아아!"

화산이 그의 목소리에 크게 요동쳤다. 화산을 찾아오던 어둠이 점점 빨라졌다. 아니, 그것은 탁야가 폭주를 하면서 모이기 시작한 그의 어마어마한 사기였다.

화산이 검게 물들어갔다.

은옥이 눈을 떴을 땐 이미 탁야는 사라지고 없었다.

"서방님……."

결국 그는 자신을 두고 떠난 것이었다.

탁야가 화산으로 돌아간 것을 깨닫고 그녀는 가만히 앉아 그를 기다릴 수 없었다. 궁을 나가 그에게로 향해야 했다.

뒤늦게 금상이 탁야가 궁 밖을 나가 버렸다는 것을 전해 들었다. 궁문을 지키고 있던 문지기의 말로는 그는 스스로 문으로 나간 것이 아니라 상체를 구부려 도둑고양이처럼 지붕과 담을 넘어 어디론가 사라졌다는 것이었다.

헌데, 은옥 또한 궁 밖을 나가야 한다고 자신을 찾아와 내보내 달라 청을 하니 난감하기가 이를 데가 없었다. 열흘을 중전과 함께 지내다 돌아가겠다고 한 지가 한나절이 채 지나지 않았다. 갑자기 이러는 연유가 궁금했다.

"화산에 무슨 일이 생긴 것이 분명합니다."

은옥은 확신했다.

급하게 자신을 두고 가야 할 만큼 급박하고 위험한 어떤 일이 생긴 것이 분명했다.

"그렇다면 금위군들을 불러 함께……."

"아닙니다. 사람이 낄 수 없는 영역입니다. 전하. 그러니 제발 절 그냥 내보내 주세요. 가야 합니다. 그분께 가고 싶어요. 이렇게 무기력하게 기다리고만 있을 순 없습니다."

그녀는 기다릴 수 없었다. 위험에 처하더라도 화산으로 들어가 그와 함께하고 싶었다.

"안 된다."

제발 보내주십사 간청했지만 금상의 대답은 확고하게 불허였다. 원하는 답을 듣지 못한 은옥이 서운한 표정을 지어 보이며 말했다.

"어찌, 어찌……!"

"그가 널 이곳에 두고 간 것은 필시 그곳이 목숨을 내놓아야 할 정도로 위험해서인 것일 텐데 어찌 보낼 수 있겠느냐."

금상은 그런 곳에 은옥을 보낼 수 없었다.

"하지만……."

"그만."

금상은 더 듣고 싶지 않다는 듯 손을 올려 그녀의 말을 막았다.

"무엇 때문에 그렇게 급히 화산으로 돌아간 것인지는 사람의 힘으로 알수 없다고 하니 그가 돌아올 때까지 공주는 내궁에서 기거하도록 하라."

은옥이 그럴 수 없다는 얼굴로 그를 불렀다.

"전하……!"

"여봐라! 어서 공주를 내궁으로 돌려보내지 못하겠느냐?"

밖에 있던 궁녀들이 서둘러 들어와 조심스럽게 그녀를 붙잡았다. 양팔을 붙잡힌 은옥은 그대로 그의 집무실 밖으로 끌려 나갔다.

갑자기 여우왕이라는 자가 궁에서 사라지자 궁은 또다시 술렁이기 시작했다. 그리고 그 소식은 진양대군에게까지 들어갔다.

"뭐라? 여우왕이 사라져? 어디로?"

뜬금없는 소식에 황당해 되묻는 그에게 그의 수족이 대답했다.

"본디 있던 곳으로 갑자기 사라진 것 같았습니다."

그 대답에 그가 턱을 쓸어 만지며 한숨을 쉬었다.

"본디 있던 곳이라……. 그렇다면 화산을 말하는 것 아닌가?"

"예. 아마 그곳에 무슨 일이 있는 것이 아니겠습니까?"

"흐음……."

진양대군은 갑자기 은옥을 두고 갈 정도로 급한 일이 무엇인지 퍽 궁금했다.

"화산으로 향할 차비를 하여라."

"예?"

뜬금없는 그의 말에 진양대군이 다시 말을 정정했다.

"아니다. 일단 궁으로 가자꾸나."

"예……."

진양대군은 일단 은옥을 떠보기로 했다. 어쩌면 그녀에게 잘 보일 기회가 될 수 있다고 생각했기 때문이었다. 금상께 화산으로 보내달라 간청을 했다 하니 잘 구슬려 자신의 편으로 만들 기회를 잡아볼까 했다.

그는 아직도 탁야의 도움을 받아 왕위에 오르는 꿈을 포기하지 않았다. 곧장 그는 입궁을 했고 진양대군은 공주와 옹주들이 있는 내궁으로 향했다.

한데, 그녀의 처소 앞에 숙주가 있었다. 은옥 또한 처소 앞에서 그를 만나 대화를 나누고 있었다.

"……."

그의 정실부인이 구미호에게 습격을 받아 사경을 헤맨다 들었는데 기운을 차린 모양이었다. 그가 다시 궁을 출입하는 것에 심기가 썩 불편해진 진양대군은 그들을 멀찍이서 지켜보았다.

숙주는 청의동자에게서 아무래도 탁야에게 무슨 일이 생긴 것이 분명한 것 같다는 말에 곧장 궁으로 들어왔다. 해정이 기운을 차리지 못했다면 알아도 오지 못했을 텐데 다행히 이젠 운신을 할 수 있는 정도였다.

"제가 화산으로 향해 보겠습니다."

"하지만……."

"제겐 청의동자가 있지 않습니까."

"그럼 저도 함께……."

숙주가 고개를 저었다.

"계십시오."

"허나……."

"그분의 마음을 일부분 이해할 듯합니다."

그의 뜻 모를 말에 은옥의 눈동자가 흔들렸다.

"그분께서는 공주마마께서 털끝 하나 다치지 않길 바라고 계실 겁니다. 그러니 그리 떠난 것이겠지요."

"……."

"저 또한 제 안사람 잃을 뻔하니 알게 된 것이 있습니다."

은옥은 해정이 다쳤다는 것을 바로 얼마 전에 전해 듣게 되어 안 그래도 마음이 좋지 않았다. 중전과 금상에게 부탁을 해 그의 집안을 돌봐달라 말을 하긴 했지만 그의 모습은 꽤나 수척해 보였다.

"당시에 많이 다치셨다 들었습니다. 지금은 괜찮으십니까?"

"다행히도요."

"아아……."

"전 바보같이 저의 안사람을 위험에 빠뜨리고 나서야 깨달은 것이 많습니다."

은옥은 그의 말에 그저 고개를 끄덕였다.

"여기가 가장 안전합니다. 공주마마께서는 당분간 이곳에서 그분을 기다리시지요."

"하지만……."

"아니 오실 분이 아니지 않습니까?"

"……."

돌아온다 하였으니 돌아올 것이다. 은옥 또한 잘 알았다. 결국 그의 말에 그녀는 고개를 끄덕일 수밖에 없었다.

진양대군은 숙주가 화산으로 갈 것이라는 말에 두 눈을 가늘게 떴다.

"쳇……."

선수를 빼앗긴 것도 빼앗긴 것이지만 그녀의 출궁 의지를 완전히 꺾어버린 숙주의 행동이 마음에 들지 않아 혀를 찼다.

"그나저나 그 화산이란 곳에서 대체 무슨 일이 벌어지기에……."

어렵사리 찾은 신부를 두고 간단 말인가.

그는 역시 그 화산이라는 곳을 가보는 것이 좋겠다고 생각했다. 그런데, 그때였다. 진양대군의 또 다른 수족이 급하게 그에게로 뛰어와 말했다.

"큰일 났습니다!"

"왜 그러느냐?"

"인순부 쪽에서 불이 나 크게 번지고 있다 합니다!"

"뭐?"

불이 제법 크게 번지고 있는지 그의 수족의 얼굴엔 다급함이 진하게 묻어 있었다.

"서북풍이 크게 불어 불이 거세게 타오른다고 합니다."

그 말에 진양대군이 서둘러 한성부의 남쪽으로 향했다.

수족의 말처럼 정말로 활활 타오르고 있었다. 숙주 또한 화재 소식을 듣고 와 활활 타고 있는 인순부의 행랑과 인가를 보며 팔을 걷어붙였다. 원인 모를 불이 엿새째 계속되었던 사건이 있은 후, 금상은 화재를 예방하기 위해 금화도감을 설치했다. 그러나 제법 큰 불이라 진화를 함에 있어 어려움이 많았다.

진양대군은 그것을 지켜보며 혀를 내둘렀다.

한성에서 난 화재 이래로 가장 큰 불이 아닌가 싶었다. 인가의 피해가 꽤 심각했다. 화상을 입고 고통스러워하는 백성들, 또 집 안에 갇혀 나오지 못한 자신의 가족을 부르며 새빨간 불 앞에서 울고 있는 백성들도 보였다.

"하……."

그야말로 불지옥이었다.

탁야가 화산으로 돌아가자마자 생긴 불길한 일이었다. 예부터 화산에는 불기운이 많다 하여 왕가에서도 꽤나 조심히 생각하는 산이었다.

이 화재 또한 그것과 연관이 있지 않을까 그는 생각했다.

궐을 나온 숙주가 뒤늦게 인순부에 화재가 났다는 것을 듣고 나타났다.

"또다시 불이……."

원인을 알 수 없는 불인지 아니면 누군가 방화를 한 것인지 아직까지 밝혀진 것은 없었지만 숙주는 화산과 관계가 있을 것이라 예상했다. 그의 곁에 있던 청의동자가 그 생각에 확신을 얹었다.

"화산이 망가지고 있습니다. 저 안에서 분명 무슨 일이 벌어지고 있는 것은 확실합니다. 주인님."

"……."

그러나 당장 불이 미친 듯이 타오르는 것을 두고 화산으로 달려갈 순 없기에 그는 불부터 끄기로 했다.

궐에 있던 대신들과 금상 또한 인순부 화재에 대해 전해 들었고 곧 은옥도 그 소식을 전해 들을 수 있었다.

"또 불이……."

은옥은 화산이 있는 방향으로 시선을 던지며 두 손을 모았다.

"서방님……."

"걱정이 되십니까."

"누, 누구……."

탁야의 걱정을 한가득 하고 있는 은옥이 어디선가 나타난 내관을 보고 놀라 뒷걸음질 쳤다. 느낌이 이상했기 때문이었다.

"하지만 이제 공주마마의 안위를 걱정하셔야 할 것 같습니다."

깊게 눌러쓴 관모를 검지 끝으로 들어 올려 얼굴을 드러낸 낙예가 입가를 씩 올리며 웃었다.

"오랜만입니다. 여우왕의 신부이시여."

"다, 당신은……."

은옥은 그를 알아보았다.

탁야와의 혼례식 날 마주한 적이 있었다. 호족의 영역 안으로 초대 받았던 사족의 왕.

"자, 나와 함께 돌아가자. 여우왕의 왕비님."

낙예의 비열한 웃음에 은옥은 온몸이 딱딱하게 굳어가는 것을 느꼈다.

진양대군은 불에 타는 인순부를 보며 화산을 향해 시선을 돌렸다. 그가 곁에 있는 수족에게 말했다.

"화산으로 가야겠다."

"예?"

"대체 저기서 무슨 일이 일어나기에 이곳까지 영향이 미치는지를 알아야겠어."

"하지만…… 여우왕이 화산으로 돌아갔단 이유 하나만으로 이곳의 화재와 연관성을 찾기엔……."

진양대군은 고개를 저었다.

"아니. 이건 단순한 일이 아닌 것 같아."

"하지만…… 화산은 위험합니다. 산세도 험하고 산짐승들이 들끓어……."

"내가 누구더냐? 활 하나만 가지고 들어가도 충분하다."

"……."

그의 수족은 그를 말릴 수 없다는 것을 잘 알았다.

결국 진양대군은 화산으로 향했다.

화산은 입구부터 무척이나 괴기했다. 불의 기운이 흐른다는 산치고는 꽤 음산하기까지 했다. 그는 천천히 산속으로 발을 들였다.

빼곡한 나무들 사이에 드리우는 노을을 보며 진양대군은 걸음을 서둘렀다.

"해가 지겠군."

"해가 지기 전에 사찰로 향해야 합니다. 대군."

수족의 말에 진양대군이 고개를 끄덕였다.

기대했던 것보다 산속의 상황은 고요했다. 뭔가 일어났을 거라고 생각을 하고 들어온 진양대군은 김이 빠진 얼굴로 숲을 둘러보았다.

"사람이 참견할 수 없는 경지라 이건가."

이럴 줄 알았다면 은옥을 데리고 올 것을 그랬다. 적어도 그녀와 함께 왔다면 희귀하고 기이한 일을 겪었을 텐데.

조금 후회스러운 상황이었다. 돌아갈까, 싶었던 그가 또 다른 누군가 산속으로 들어오는 것을 눈치챘다.

"대군, 누군가 이 산으로……."

"쉬이."

수족의 말에 진양대군이 검지를 들어 입술에 가져갔다.

"……."

수풀 사이로 몸을 잽싸게 숨긴 진양대군은 숲 안으로 들어오는 또 다른 자를 유심히 살폈다.

숙주인가 싶었지만 아니었다.

"저건……."

진양대군의 두 눈이 휘둥그레졌다.

화산 안으로 들어오는 자는 다름 아닌 은옥이었다.

"……."

의기양양한 표정으로 은옥을 끌고 가는 남자는 한눈에 봐도 비열해 보였다. 은옥은 꽤나 얌전히 화산을 오르고 있었는데 진양대군은 그것이 그녀의 목에 둘러진 뱀 때문이라는 것을 알아볼 수 있었다.

"……."

순순히 산을 오르는 것이 아니라 목숨을 위협받고 있는 것이었다.

"쫓아가자."

"예?"

"쉬, 눈치채지 못하게 조용히 쫓아야 한다. 기척을 죽여라."

"……예."

은옥은 자신의 목에 작은 칠점사를 두르고 화산까지 끌고 온 낙예를 노려 보았다. 사족들의 성정은 익히 들어 알고 있었다. 비열하기가 이루 말할 수 없을 정도로 비열해 온 종족들이 좋아하지 않는 적이었다.

"날 어디로 데려가려는 거죠?"

"글쎄, 어디일까?"

낙예는 즐거운 표정으로 되물었다. 은옥은 그의 그러한 행동에 입술을 깨 물었다. 그녀의 목에 둘러져 있는 칠점사는 기분 나쁜 소리를 내며 종종 은옥을 향해 날카로운 이빨을 드러냈다. 자칫 칠점사의 심기를 건드리면 얼굴을 사정없이 물어뜯길 것 같았다.

"……."

설마 낙예가 내관으로 변장을 해 궁으로 숨어들어 올 줄은 몰랐다. 은옥이 치마를 꼭 쥐어 잡았다.

낙예는 그런 그녀를 바라보며 승리의 미소를 지었다. 그간 평화를 유지했던 종족들의 대전투나 다름없는 상황이었다. 싸움을 붙이고 나와 은옥을 끌고 온 것은 자신이 생각해도 아주 기발한 일인 것 같았다.

"과연 여우왕의 표정이 어떻게 변할지 궁금하구나."

"……."

"볼만할 것 같지 않아? 응?"

"악랄하기가 이를 데 없는 자라는 말은 익히 들었습니다. 역시, 사족의 왕답군요."

은옥의 신랄한 힐난에도 낙예의 얼굴엔 웃음기가 맴돌았다.

"그대의 왕의 발꿈치에도 못 따라갈 명성인데. 그대의 왕은 수틀리면 같은 편의 피도 서슴없이 보지 않는가. 그러니 그대가 그의 비가 된 것이고 말이야."

"……."

"내전으로 약세인 호족들이 얼마나 버틸까? 호족들은 버틸 수 없을 거야. 허나 그대의 왕이 쓸데없이 버티고 버틸 것 같기에 이런 짓을 하는 것이라네."

낙예는 그가 원하는 것이 무엇인지 모르지 않았다.

오직 자신의 신부와 함께 할 수 있는 세상을 갈망했다. 그렇기에 호족이 버티지 못하고 나가떨어져도 그는 포기하지 않을 것이 분명했다. 이 일이 장기전으로 간다면 어느 쪽이나 득이 될 건 없었다.

그는 탁야가 그녀를 이용해 화산뿐만이 아니라 인간들의 영역까지 세력을 넓혀 화산의 종족들을 위협하는 꼴은 보고 싶지 않았다. 가소로운 것들이 잘난 줄 알며 땅을 차지하는 것도 짜증이 나는데 그보다 더 꼴 보기 싫은 탁야가 그들 위에 군림해 모든 것을 장악하려는 것은 더 싫었다.

"……."

호족의 영역은 내전과 침공에 황폐해져 있었다. 은옥은 믿을 수 없는 눈으로 그곳에 발을 들였다.

"……."

푸르른 나무와 바위 사이사이에 예쁘게 지어졌던 전각과 통나무로 지은 집들이 다 부서지고 타 없어졌다. 누구의 것인지 모를 피가 바위와 땅을 적셔 굳어 있었고 형체마저 온전치 못한 시체들이 지척에 깔려 있었다.

"아아……."

처참한 모습에 충격을 받은 은옥은 두 다리에 힘이 풀리는 것을 느꼈다.

풀썩 주저앉아 버리는 그녀를 억지로 일으킨 낙예가 팔을 잡아당기며 어디론가로 질질 끌고 갔다. 뒤늦게 그에게 미약하게 반항했지만 은옥은 끌려갈 수밖에 없었다. 칠점사가 눈앞에서 날카로운 이빨을 보이며 주둥이를 쩍 벌리고 있었기 때문이었다.

"……."

은옥은 검붉은 피를 뒤집어쓴 여우, 탁야를 단숨에 찾을 수 있었다. 많이 지쳐 보였다. 다른 호족들도 그를 엄호했지만 역부족 같아 보였다.

"서방님……."

수많은 종족들이 작정을 하고 덤볐다. 게다가 내전으로 호족의 수 또한 부족했다. 숨 돌릴 틈 없이 공격은 이어졌고 탁야는 이를 악물고 그들을 상대하고 있었다. 그의 피인지, 적들의 피인지 모를 피를 뒤집어쓴 채 단 한 번도 본 적이 없던 그의 긴박한 표정에 은옥의 표정이 어두워졌다.

거친 숨을 몰아쉬던 탁야가 은옥이 화산으로 들어왔다는 사실을 깨달았다. 그의 은회색의 눈동자가 흔들렸다.

많은 종족들과 함께 싸우다 보니 낙예가 이곳에 없었다는 것을 깨닫지도 못했다. 낙예의 손에 잡혀 끌려온 은옥을 보자 그는 크게 동요했다.

낙예가 잔인하게 웃으며 은옥을 자신의 앞에 데려가 그녀의 귓가에 입술을 가져갔다.

크르릉…….

탁야가 그의 행동에 심기가 불편한 소리를 내며 눈에 살기를 띠었다.

"인간의 계집은 그래도 좀 즐길 만한 것이 많지. 살도 야들야들하고 말이야."

"……."

은옥은 자신의 귓가에 뜨거운 숨을 불어넣는 낙예의 거북한 행동에 두 눈을 질끈 감았다. 탁야가 그녀에게로 한눈을 팔자 랑족들이 다시 떼 지어 덤비기 시작했다. 그를 엄호한 호족들이 버텨보려 했지만 워낙 수적으로 밀렸다.

크앙!

탁야가 랑족들을 물어 던지며 낙예를 향해 달려갔다. 그러나 낙예는 눈 하나 깜짝하지 않았다.

"읏!"

은옥은 자신의 목에 감겨 있던 뱀이 천천히 숨통을 조이자 괴로움에 뱀의 몸을 붙잡았다. 그러나 뱀은 쉽게 풀리지 않게 온몸에 힘을 꽉 주고 있었다. 순식간에 얼굴이 창백하게 바뀐 은옥이 휘청이며 무릎을 구부렸다. 하지만 낙예는 그런 은옥의 뒷덜미를 잡아 올려 더욱더 숨통을 조이게 했다.

결국 맹렬하게 달려오던 탁야의 걸음이 멈춰졌고 낙예는 비열하게 웃으며 눈을 찡긋댔다.

"그래, 그렇게 얌전히 있어야 그대의 신부가 다치지 않아."

"낙예……!"

"아아, 호족의 왕이시여. 그대의 신부가 괴로워하는 것이 보이지 않소?"

"윽……."

숨통이 트이는가 싶더니 다시 조여가는 통에 은옥은 얼굴을 찡그러뜨릴 수밖에 없었다.

탁야의 전의가 상실되자마자 랑족들이 기다렸다는 듯 달려들었다. 그를 물어뜯고 던졌고, 은옥은 처참한 그 모습에 소리를 질렀다.

"꺄아악!"

"하하, 그래. 차라리 그대가 괴로운 것이 낫지 않은가."

즐거워하며 웃는 낙예를 올려다보며 은옥이 자리에서 일어나 손을 올렸다. 하지만 낙예는 순순히 그것을 맞아줄 상대가 아니었다. 그녀의 손을 붙잡으며 그가 날카로운 엄니를 드러냈다.

"헉……!"

혐오스럽기 그지없는 모습이었다. 딱 기절하고 싶었지만 기절한다면 어찌 될지 모르는 상황이었다. 자신도, 그도.

은옥은 가까스로 버티며 그를 노려봤다.

"이런다고 이곳이 낙예 당신의 것이 될 것 같습니까?"

"안 될 것도 없지 않은가. 사족의 왕이 화산을 갖는 게 왜 안 된다는 것이지?"

"당신이 이곳의 주인이 된다면 필시 화산은 처참하게 망가지기만 할 것입니다. 황폐하기가 이를 데 없어질 것이며 갈수록 괴괴해져 모두에게 버려질 것이오. 보십시오. 모든 것이 망가져 버린 이곳을……!"

낙예는 그녀의 말을 귓등으로도 듣지 않았다.

"쓸데없이 많은 날을 앞서 보는군. 그대는 지금 당장 그대에게 벌어질 일이나 걱정하는 게 좋아."

"으윽!"

다시 숨통을 조이며 똬리를 트는 칠점사의 행동에 은옥은 눈앞이 새까맣게 사위는 것을 느꼈다.

한편, 은옥의 뒤를 쫓아온 진양대군은 눈앞에 벌어지는 일이 도저히 믿기지 않아 들고 있는 활을 써볼 생각도 못했다.

"……."

온갖 동물들이 먹이사슬을 무시하고 싸우기 시작했다. 그를 뒤쫓아온 수족도 그 모습이 좀처럼 믿기가 힘든지 두 눈을 비벼댔다. 그리고 뒤늦게 은옥이 위험하다는 것을 눈치채고 슬며시 진양대군에게 말했다.

"공주께서 위험하십니다……! 대군마마."

"……."

그제야 진양대군이 은옥에게로 시선을 돌렸다. 진양대군이 활을 들어 등 뒤에 화살통으로 오른손을 넘겼다.

화살을 시위에 껴 단단하게 당긴 그가 은옥에게 과녁을 조준했다.

"……."

파앙!

그가 활을 쏘았다. 화살은 은옥에게로 서슴없이 날았다. 그의 화살이 낙예가 아닌 은옥에게로 향하는 것을 본 수족이 놀라 그에게 물었다.

"어, 어찌……!"

"……."

수족의 얼굴이 하얗게 질렸다.

"아……!"

그러나 수족의 예상과 달리 화살은 은옥의 목에 매달려 기분 나쁜 소리를 내며 주둥이를 쩍쩍 벌리고 있는 뱀의 머리에 꽂혔다.

작은 뱀이라 맞추기가 어려웠을 텐데 그것을 기가 막히게 맞춰 버린 것이다.

"와……."

수족은 그의 탁월한 활솜씨에 감탄을 안 할 수가 없었다. 그러나 그와 동시에 그의 위치 또한 발각이 되었다.

낙예가 화가 잔뜩 난 얼굴로 진양대군을 노려보았다. 그리고 기분 나쁜 소리를 내며 진양대군을 향해 달려갔다.

"으악……!"

순식간에 다가오는 낙예를 보며 놀란 수족이 뒤로 자빠졌다. 진양대군이 검을 뽑았다. 은옥은 숙주가 아닌 진양대군이 자신을 도와주었다는 뜻밖의 사실에 놀라 그저 그를 바라보았다.

"하아, 하아······."

탁야는 은옥이 낙예와 멀어졌다는 것을 확인하자마자 저항하지 않았던 것을 그만두고 허리와 뒷다리를 물고 늘어지는 랑족들을 거칠게 떨쳐냈다.

아차, 싶었던 낙예가 진양대군을 향해 이를 드러내다 말고 뒤늦게 은옥을 향해 달려갔지만 탁야가 조금 더 빨랐다. 은옥을 품으며 낙예를 노려보았다.

으르릉······.

"쳇······."

낙예가 혀를 찼다. 하지만 랑족과 웅족들이 탁야를 신랄하게 할퀴고 물어뜯은 덕분에 그의 체력이 상당히 소모된 것이 눈에 보였다. 그보다 화산을 들어온 불청객이 더 거슬렸다.

낙예는 진양대군을 향해 섬뜩한 시선을 흘겼다.

"······."

진양대군은 낙예의 살기 어린 시선 하나만으로도 숨이 좀처럼 트이지 않는 기분에 사로잡혔다.

그리고 그때, 숙주가 청의동자와 함께 화산으로 들어왔다.

"대군마마!"

사족들이 진양대군을 향해 달려오는 것을 보고 그가 소리쳤다. 진양대군은 가까스로 사족의 공격을 맞섰다. 청의동자가 곧장 사족들에게로 달려가 그들을 공격했다. 신기한 것은 진양대군 눈에 청의동자가 보인다는 것이었다.

"아니, 동자승이 무슨 재주가 이렇게 뛰어난 것이야?"

청의동자는 자신을 똑바로 바라보며 중얼거리는 진양대군의 말에 두 눈을 동그랗게 떴다.

"제가 보이십니까?"

"그, 그렇다만······."

"화산이라서 보이는 건가······."

어쩌면 영험한 영역이기에 그런 건지도 모르겠다 생각하며 청의동자는 계속해서 공격해 오는 사족들을 해치웠다.

진양대군 또한 검을 뽑아 그들을 상대했다. 숙주는 낙예를 바라보았다.

"피부 곳곳에 언뜻 비늘이 보이는 것을 보아하니 이무기?"

"너희 같잖은 인간들은 그렇게 부르기도 하지."

"……."

뒤늦게 아랑이 탁야에게 다가왔다.

"헉, 헉……. 수령님. 아가씨……!"

"아랑!"

아랑이 보이지 않아 걱정이 한 아름이었던 은옥이 그녀의 등장에 기쁜 마음을 감추지 못했다.

"살아 있었구나. 흑, 난 또……."

"죄송합니다. 제가 영역 안으로 생각 없이 들어오지만 않았어도 이런 일은……."

탁야가 은옥을 머리로 밀어 아랑에게 보냈다.

"서방님……."

거대한 여우로 변해 있었지만 은옥은 탁야의 콧등과 턱을 만지며 그의 걱정을 했다. 아랑은 은옥의 어깨를 끌어당겨 자신에게로 오게 했다.

"제가 호위하겠습니다. 아가씨."

"……."

"그곳이라면 안전할 것이다. 그곳으로 데려가거라."

"예."

그의 말에 은옥이 두 눈을 동그랗게 떴다.

"그곳이라니……."

그녀의 말에 그는 더 말을 않았다. 낙예가 곧장 자신을 향해 공격을 해오는 탓도 있었다.

"서방님……!"

은옥이 그를 불렀지만 아랑이 그녀를 잡아당겼다.

"아가씨, 이쪽으로……!"

"하지만……."

"아가씨가 안전하셔야 탁야 님께서 이 전쟁을 순조롭게 끝내지 않겠습니까?"

"……."

결국 은옥이 아랑과 함께 걸음을 옮겼다. 그러나 한 걸음, 한 걸음 옮기는 일이 쉽지만은 않았다.

아랑이 그녀를 엄호하며 나아갔다.

인순부의 불은 간신히 진화가 되었지만 사상자들과 피해 입은 백성들이 얼마나 많은지 제대로 파악할 수 없을 정도라 금상은 사건을 수습하기 바빠 정신이 없었다. 교태전에 온 소식에 뒤늦게 그는 은옥이 사라진 것을 깨달았다.

"정은공주가 어찌 보이지 않는다는 것이야?"

"그것이, 아무래도 궁 밖을 나가신 것 같사옵니다……."

"뭐라? 결국……!"

상선의 말에 금상이 지끈거리는 머리를 잡으며 한숨을 쉬었다.

"아아, 이 무슨……."

"전하, 괜찮으시옵니까?"

부쩍 건강이 안 좋아지는 금상이었기에 상선은 그의 옥체가 미령해질까 겁을 냈다.

"병사를, 병사를 모아 화산으로 향하라. 분명 좋지 않은 일로 그자가 그렇게 사라진 것일 테니……."

"예, 전하……."

"세자도 그곳으로 향하겠나이다."

그때 세자가 그의 집무실로 들어와 말했다. 금상은 단호하게 대답했다.

"안 된다. 그런 곳에 어찌 세자를 보낼 수 있겠느냐?"

"소자, 그 화산이라는 곳이 대체 어떤 곳인지 가서 소자의 눈으로 보고 겪고 싶습니다. 또, 나라에 해를 입힐 만한 것들이 있다면 응당 무찔러야 하지 않겠습니까?"

한 번 고집을 부리면 절대 꺾을 수가 없는 성정의 세자였다. 결국 세자도 화산으로 향하게 되었다.

워낙 공주의 지아비가 대단한 존재라 화산으로 향하는 병사들의 수가 적지 않았다. 수백의 병사들을 이끌고 세자가 어둠이 찾아온 화산의 초입에 섰다.

초입부터 심상치 않은 느낌에 몇몇의 병사들은 들어가기를 주저했다. 세자 또한 막상 산으로 들어가려니 기분이 좋지 않았다. 그러나 물러날 수는 없었다. 그가 용기를 내어 들어갔고 병사들은 어쩔 수 없이 세자의 뒤를 따랐다.

산세는 너무나 험했다.

걷고 걸어도 무엇 하나 보이지 않았다. 세자는 은옥이 분명 화산에 있을 것이라 확신했는데 어디에도 보이지 않자 당황스럽기만 했다.

"사람이 낄 수 없는 영역이라더니……."

그 말이 사실이란 말인가. 황망한 눈으로 주변을 돌아보던 그가 미친 듯이 산을 빠져나오는 진양대군의 수족과 맞닥뜨렸다.

"힉!"

사람이 아닌 것들과 싸우는 것에 정신이 팔린 진양대군의 눈을 피해 도망을 쳤던 것이었다. 헌데, 엎친 데 덮친 격으로 이번엔 세자와 마주하게 된 것이었다.

"세, 세자전하……!"

"넌 진양대군의 수하가 아니더냐?"

"그, 그것이……."

"진양대군도 이곳에 있느냐?"

그의 물음에 수족은 제대로 말을 하지 못했다. 결국 세자가 검을 뽑아 그의 목에 서늘한 날을 바짝 가져다 댔다.

"지금 당장 네 목이 잘려 나가는 것을 원하지 않는다면 대답 잘해야 할 것이다."

"진양대군은 이 산에 있사옵니다!"

"안내하라."

"하, 하지만……!"

다시 그 지옥과 마찬가지인 곳으로 돌아가고 싶지 않았다. 오줌을 지릴 정도로 그곳은 너무나 두려웠다. 상상하지 못했던 것들이 눈앞에서 벌어졌다. 그리고 피 냄새로 진동했다. 자칫 미칠 수도 있을 것 같았다.

보통 사람이라면 절대 견디지 못하는 것이었다.

인간의 전쟁을 뛰어넘은 전쟁이었다.

"정녕 네가 죽고 싶은 게로구나!"

세자의 맹렬한 기세에 결국 기가 죽은 사내가 왔던 길을 그대로 돌아갔다. 그러나 참 희한했다. 분명 왔던 길을 되돌아간다고 간 것인데 그가 목격했던 그 지옥과도 다를 것이 없는 기이한 영역은 보이지 않았다.

"여기가 확실한 것이냐?"

세자는 그를 믿지 못했다.

그러나 그는 정말이었다. 돌아온 길을 그대로 돌아왔다. 늦은 밤이라 헷갈릴 수도 있었을 테지만 그는 분명 바위 위에서 허리가 굽은 채 자란 소나무를 기억했다. 이 소나무에서 멀리 떨어지지 않은 곳이었다. 두 걸음, 아니, 세 걸음만 걸으면 곧장 역한 피 냄새를 몰고 오며 괴이한 세상이 순식간에 펼쳐졌다.

그러나 세자와 그 주변엔 그런 괴이함도, 음산함도 없었다.

"대체……."

"네 이놈……!"

세자의 말에 남자가 땅에 무릎을 꿇으며 소리쳤다.

"전하, 소인은 정말 한 치의 거짓도 없이 온 길을 그대로 돌아간 것입니다! 믿어주시옵소서! 소, 소인도 대체 이게 어찌 된 영문인지 모르겠나이다!"

그의 말에 세자가 미간을 좁혔다.

"이게 대체……."

역시 사람은 낄 수 없는 것인가, 세자는 허무한 표정을 지어 보이며 화산의 주변을 돌았다.

"어디 있는 것인가……. 공주……."

화산에 꽤나 많은 인간들이 들어왔다는 사실을 그들은 알았다. 낙예와 탁야는 서로 맞붙어 치열하게 싸웠다. 거대한 이무기로 변한 낙예는 그의 몸통을 휘감았다. 그리고 뾰족하고 넓은 턱주가리를 쩍 벌리며 그를 향해 위협하며 말했다.

"하찮은 인간을 신부로 맞이하는 것도 그냥 넘어갔는데 이번엔 화산으로 인간들을 수없이 끌어들이는군."

"……."

"왜, 인간들에게 도와달라고 부탁이라도 하려는 생각인가?"

"닥쳐……."

하지만 낙예는 멈추지 않았다.

"하찮은 인간들에게 기대어 이겨보실 심산이었던 겝니까?"

"낙예, 네 이놈……!"

그가 이빨을 드러내며 으르렁댔다.

"인간들은 말이야. 하찮기 그지없음에도 자기와 다른 존재에 대해서는 꽤나 부정적이고 자기중심적인 사고를 고집하지. 자기들만 소중하고 자기들이 우월해 배척하고 때때로 살생도 서슴지 않아."

"……."

"이미 우리의 조상들이 그들에게 많이 당하지 않았던가? 그럼에도 인간들의 도움을 받으려 하다니 어리석다, 어리석어!"

탁야가 자신의 몸을 휘감은 낙예의 몸통을 물었다. 이무기의 몸통을 감싼 비늘은 강철만큼 단단했다. 그것을 믿고 낙예는 탁야의 몸통을 좀 더 세게 조여갔다. 숨이 막혀 눈앞이 아찔해진 탁야가 내달려 단단한 바위에 몸을 들이박았다.

쐐애액!

그의 비명이 화산을 울렸다.

그것은 산에 들어온 세자의 일행에게도 들렸다.

"대체……."

기기괴괴한 소리만 들려올 뿐, 어떤 것도 보이지 않으니 답답할 노릇이었다.

한편, 진양대군과 숙주는 서로의 등을 맞대고서 줄지 않는 적들을 바라보고 있었다.

"이런 곳까지 오실 줄은 몰랐습니다. 대군."

"아아, 궁금해서 말이야. 대체 화산이 어떤 산이기에 화산, 화산 하나……."

"겪어보시니 어떠십니까?"

"아아, 재미있는 곳이긴 하군. 대화로 풀었으면 하는데 그게 안 되어 아쉽달까."

그의 말에 숙주가 작게 웃었다.

"이렇게 등을 마주하고 싸울 줄은 생각지도 못했습니다."

"그건 나도 마찬가지야."

"분명 말은 이렇게 하시지만 대군께서 다른 의도가 있는 것을 압니다."

"아아."

역시 그냥 넘어가지 않는 숙주의 말에 진양대군이 한숨을 쉬었다. 뭐, 순수하게 받아주는 것이 이상하긴 하겠다.

"그런데 부수찬."

"예."

"그대는 이 싸움이 끝이 날 것 같은가?"

"……."

인간으로서 체력의 한계에 부딪히는 것은 어쩔 수 없었다. 아무리 무예에 뛰어난 진양대군이라고 하나 이 싸움은 불리했다. 인간의 능력을 넘어선 존재들이었다. 이렇게 싸운다고 승산이 있는 것이 아니었다.

숙주 또한 힘에 부치는 일이긴 했다. 게다가 자신은 진양대군처럼 무예가 출중한 편도 아니었다.

"그대에게 좋은 생각이 있다면 따르고 싶어지는군."

그의 말에 숙주가 미간을 좁혔다.

"그런 게 있을 리가 없지요."

"진사시 장원 급제까지 한 영재치고는 영 시원치 않은 대답이군."

발끈한 그가 대꾸를 하려 했지만 그들의 말장난을 듣고 있을 정도로 상대 편은 너그럽지가 못했다.

바짝 붙어 있던 두 사람의 등이 떼어졌다. 진양대군은 활과 검을 두루 사용하며 자신을 공격하는 자들을 제거했다. 숙주도 방어를 하며 곧잘 적을 물리쳤는데 틈이 보인다 싶으면 청의동자가 와서 그를 구했다.

그런 모습을 보며 진양대군은 은근 그를 부러워했다.

"쳇, 나도 저런 놈 한 놈쯤 곁에 있으면 편하겠네……!"

낙예가 탁야에게 목덜미를 물려 단단한 바위로 던져졌다. 숙주와 진양대군은 머리 위로 날아가는 거대한 이무기 그림자에 놀라 고개를 올렸다. 그들과 함께 싸우던 이들도 낙예의 그림자에 고개를 올렸고 바위에 부딪치며 쓰러진 낙예는 이무기에서 사람으로 변해 버렸다.

"크윽."

피를 토하며 탁야를 노려보았고 숙주와 진양대군은 낙예와 그를 번갈아 쳐다보았다.

탁야에게 랑족의 수령이 달려들었다. 몸집이 큰 늑대의 공격이었다. 격렬한 싸움이 다시 이어지는가 싶었지만 탁야가 단숨에 늑대의 목을 물어 단숨에 꺾어버렸다.

잿빛이었던 그의 털은 온통 피로 물들어 붉어져 갔다.

그의 살기가 가득한 눈빛에 기가 눌린 이들이 주춤주춤 뒤로 물러나기 시작했다. 낙예가 자리에서 일어나 중얼거렸다.

"여우 하나 해결을 못해 절절매다니……. 한심한 것들……!"

낙예의 말에 다른 종족들은 차마 고개를 들지 못했다.

"탁야……!"

낙예가 비틀거리며 자리에서 일어났다. 탁야가 거칠게 울었다.

크아앙!

화산이 그의 울음에 크게 요동쳤다.

은옥은 그의 목소리가 크게 울려 퍼지는 것을 들으며 안절부절못했다.

"아랑아, 서방님께서……!"

"괜찮으실 겁니다……."

"……."

아랑이 은옥을 데리고 잠시 몸을 피한 곳은 다름 아닌 등꽃이 흐드러지게 핀 등나무였다. 여의가 좋아하던, 그가 좋아하던, 그 나무 아래였다.

"서방님……."

이곳은 마치 궐의 비원처럼 아무나 찾아 들어올 수 없는 곳이었다. 무이가 여의를 위해 만든 곳. 봄이 되면 그녀가 좋아하는 등나무와 수구화가 흐드러지게 피는 여의의 화원이었다. 이곳은 호족들도 몇 알지 못하는 곳이었다.

아름다운 절경을 다시 마주함에도 은옥은 탁야의 안위 걱정뿐이었다.

"제발⋯⋯."

은옥이 두 손을 모아 하늘에 기도했다. 그가 무사하기를, 더는 자신과 그의 앞에 어떤 이별도 찾아오지 않길 바랐다.

"⋯⋯."

그의 명으로 은옥을 이곳에 데려오긴 했지만 발각이 안 될 곳은 아니었다. 그나마 호족들도 모르고 다른 종족들에게도 알려지지 않은 곳이기에 찾아 들어오는 것이 시간이 걸릴 뿐이었다.

아랑은 긴장을 늦추지 않은 채 그녀를 엄호했다.

크아아앙!

연이어 들리는 누구의 울음소리인지 모를 소리에 은옥은 또다시 긴장했다.

"아아⋯⋯."

낙예는 끝까지 탁야를 물고 늘어졌다. 예리하고 긴 낙예의 손톱과 탁야의 손톱이 얽혔고 그들은 서로를 노려보며 힘겨루기를 했다.

"이젠 내가 이 화산의 왕이 되겠어⋯⋯!"

그의 야망에 탁야가 그를 비웃었다.

"이 화산은 누구의 것도 아님을 아직도 모르는구나. 어리석은 독사야."

그동안 화산에서 종족 간의 특별한 전쟁이 없던 이유가 무엇인지 다시 상기시키려는 어리석은 낙예의 행동에 그가 혀를 찼다.

"아니. 이젠 내가 이 화산을 가질 것이다."

그의 말에 낙예와 함께 싸우던 랑족이 그의 말에 발끈해 소리쳤다.

"누가 화산의 왕이 된다고? 낙예, 네놈이 우릴 속였구나!"

속내를 드러낸 낙예의 행동에 그를 돕던 모든 이들이 술렁이기 시작했다. 진양대군과 숙주 또한 그들의 반응에 잠시 뒤로 빠지기 시작했다.

"⋯⋯."

진양대군은 낙예를 유심히 보기 시작했다.

낙예는 혀를 차며 탁야에게서 떨어졌다.

"각자의 영역 안에서 최선을 다해 종족의 안위와 평안을 지키는 것만으로도 충분하다."

낙예는 그의 말을 있는 힘껏 비웃었다.

"아니. 가장 강한 자가 지배하고 다스리는 것이 당연한 것이다."

진양대군은 낙예의 말에 격한 공감을 했다. 하지만 곁에 있는 숙주를 의식하며 잠잠히 지켜보기만 했다.

"사족들이여! 화산을 지배하라!"

쐐애액!

그의 말에 기다렸던 수백 마리의 뱀들이 땅 위로 올라왔다.

"헉!"

떼를 지어 올라온 뱀들이 바글바글 뭉쳐 땅 위에 있는 이들을 물어뜯고 휘감았다.

숙주와 진양대군은 검으로 자신들을 향해 오는 뱀들을 걷어찼다.

"젠장, 이러다 저승길로 가겠군……!"

"청의동자!"

숙주가 청의동자에게 도움을 청했다. 청의동자는 그들 주변에 푸른 불기둥을 솟게 했다. 뜨거운 불에 뱀들이 타며 나가떨어졌다.

낙예가 불러온 뱀들은 모두 치명적인 독을 품고 있는 독사였다.

"끄아악!"

독을 품은 뱀들에 물려 많은 종족들이 하나둘씩 쓰러져 갔다. 탁야에게 달려드는 것들도 예외 없이 전부 독사였다. 탁야는 자신에게 다가오는 뱀들을 긴 손톱으로 날리고 태워 버렸다. 다른 종족의 수령들 또한 독사들의 끊임없는 출현에 애를 먹고 있었다.

"죽어라, 여우왕……!"

낙예가 두 눈을 희번득 뜨며 그에게 달려갔다. 탁야가 낙예를 거칠게 밀어냈다. 이대로라면 승산이 없었다.

'이무기의 약점…….'

이무기의 비늘은 단단하기가 강철만큼 단단해 뚫기가 어려웠다. 그래서 낙예의 피부에 상처를 내기가 퍽 어려웠다.

탁야는 길게 뻗은 손톱을 다시 원래대로 돌려놓으며 높은 고목나무 위로 올라갔다. 낙예는 여지없이 그를 쫓았고 이무기로 변해 더욱더 빠르고 날렵하게 격차를 좁혔다. 탁야가 발돋움해 공중으로 뛰어올랐고 낙예도 머리를 들어 그를 그대로 쫓았다. 날카로운 손톱을 다시 길게 뻗은 그가 씨익 웃으며 낙예의 목 아래, 역린을 찾아냈다.

거꾸로 솟은 비늘이었다.

그곳이 낙예의 급소였다.

끼애애!

그의 손톱이 정확하게 낙예의 급소에 꽂혔다. 한 치라도 빗나갔다면 그의 손톱이 부러지고 손가락이 바스러졌을 것이었다.

거대했던 낙예의 몸이 점점 작아졌다. 탁야가 그의 몸에서 손톱을 뽑았다.

"……."

그의 죽음에 땅 위에 있던 뱀들이 괴상한 소리를 내며 몸을 꿈틀거렸다. 시간이 조금 지나니 보기 흉하게 썩기 시작했고 지독한 냄새를 풍기며 땅 위에 흔적만 남긴 채 사라졌다.

진양대군과 숙주가 지독한 냄새에 서둘러 소매를 들어 코를 막았다.

"큭, 지독하군."

"……."

수령을 잃은 사족들이 주춤, 주춤 다른 종족들의 눈치를 살피며 후퇴하기 시작했다. 그들에게 당한 다른 종족들이 낮게 으르며 원망의 눈으로 노려보았다.

탁야는 꽤나 많은 피를 흘려 어지러웠지만 약한 모습을 보이는 순간 그들에게 물어뜯길 것이란 걸 알았다.

"내 영역에서 다들 꺼져라."

"……."

"꺼지지 않는다면 죽여달라는 뜻으로 알겠다."

그의 말에 송골족이 가장 먼저 자리를 떴고 웅족과 범족, 랑족들이 하나둘씩 그의 영역 밖으로 나가기 시작했다. 탁야와 거리를 두고 있었던 호족들이 그를 향해 달려갔다.

탁야는 그들에게 둘러싸였고 흐린 시야를 고쳐보며 다른 종족들이 호족의 영역 밖으로 나가는 것을 끝까지 지켜보았다.

동이 트고 있었다.

화산에 어떤 일이 벌어지고 있는지 모른 채 아침 해는 언제나 그렇듯 따뜻하고 찬란하게 떠올랐다.

진양대군과 숙주 또한 동이 튼 것을 뒤늦게 자각하고 한숨을 내쉬었다. 태어나 가장 지독하게 맞았던 밤이 지났다.

"큭……."

비로소 자신의 영역에 호족들만 남게 되자 탁야는 그제야 긴장을 풀었다. 호족들이 재빠르게 부축해 휘청이는 그를 붙잡았고 탁야는 곧장 은옥을 찾았다.

"은옥, 은옥을……."

결국 탁야는 혼절했다.

"수령님, 수령님!"

"은옥……."

❖

후원 밖 상황을 살피고 돌아온 아랑이 은옥에게 소리쳤다.

"아가씨……! 수령께서 찾으십니다……!"

안절부절못하고 그의 안위와 호족들의 안위를 걱정하던 은옥이 아랑의 말에 서둘러 후원을 벗어났다.

"서방님……!"

그의 처소는 다행히 무너지지 않고 온전했다. 무이와 여의의 처소는 형체를 알아볼 수 없게 무너졌고 은옥의 처소였던 곳은 나무들이 꺾여 쓰러지면서 망가져 버렸다.

그가 몸져누운 침상으로 달려간 그녀가 온몸이 상처투성이인 탁야의 모습에 눈물을 쏟았다.

"흑, 서방님……!"

"아아, 은옥아."

그녀의 목소리에 눈을 뜬 탁야가 순하게 웃으며 말라 버린 입술로 은옥을 불렀다.

"괜찮으셔요? 괜찮으신 겁니까?"

"응. 괜찮아. 조금 피곤할 뿐이야……."

"아아, 다행입니다. 다행입니다. 흑……."

두 번 다시 그를 보지 못하게 될까 두려웠다. 다시는 그 없는 세상을 살고 싶지 않았다. 은옥은 자신의 뺨을 그러쥐는 그의 손을 붙잡아 울먹였다.

"흑, 얼굴이 너무 창백해요. 손이 너무 차가우셔요."

"괜찮아. 조금만 쉬면 된다."

그 말에 은옥이 고개를 끄덕였다.

두 사람을 말없이 바라보던 숙주와 진양대군은 슬쩍 자리를 피했다.

"자, 이제 그럼 모든 게 잘 마무리된 것 같으니 갈까?"

진양대군의 말에 숙주는 고개를 저었다.

"아직입니다."

그의 말에 진양대군은 얼굴을 믾게 구길 수밖에 없었다.

"사찰의 결계가 무너져 한양에 다시 불이 나기 시작한 것입니다."

"……."

"그곳으로 가봐야겠습니다."

"아아, 끝이 아니었군."

한숨을 쉬는 진양대군을 보며 숙주가 말했다.

"보통의 산이라면 먼저 내려가 보시라고 하겠지만……."

서로에게 실이 되어버린 전쟁에 종족들의 심기가 불편한 지금 혼자 내려 갔다간 그들의 아침거리가 되기 십상이었다.

"사찰의 결계를 다시 고칠 수는 있고?"

"이 녀석이 알아서 할 것입니다."

"응? 이 꼬맹이가?"

그 말에 청의동자가 뾰로통한 눈으로 진양대군을 바라보았다.

"작다고 쉬이 보지 마시지요. 이래 봬도 대군보다 훨씬 먼 시간을 지나왔 습니다."

"흐응, 그래?"

그럼에도 청의동자가 만만하게 보일 수밖에 없는 건 역시 외양 때문이었 다. 고작해야 다섯 살밖에 안 되어 보이는 동자귀였다.

청의동자가 그를 가만히 쳐다보았다.

언젠가 자신이 그의 눈에 보인다면 해주고 싶었던 말이 있었는데 이 기회 에 하는 것이 좋을 것 같았다.

"대군께서는 선왕을 참 많이 닮으셨습니다."

그의 말에 진양대군은 있는 호탕하게 웃었다. 언젠가 선왕이 살아 계실 적에도 그 이야기를 들은 기억을 떠올렸다.

"그래, 내가 어릴 때에도 선왕을 잘 따랐던 탓인지 그런 말을 종종 듣곤 했지."

"……."

"어디가 닮았나? 그러고 보니 예전에 어떤 주지승이 그런 말을 한 적이 있었지……. 선왕께서 나와 어디가 닮았냐고 물어보니……."

"운명."

그 말에 진양대군이 말을 멈추고 청의동자를 바라보았다.

"그걸 어찌……."

"말하지 않았습니까. 대군보다 훨씬 먼 시간을 지나온 존재라고요."

"……."

그가 미간을 찌푸렸다. 청의동자의 의미심장한 말을 그냥 지나치고 싶지 않았지만 갑자기 그가 보이지 않았다.

"어, 어딜 간 것이야?"

"……."

두 사람을 가만 지켜보고 있던 숙주는 한숨을 쉬었다. 청의동자가 사라진 것이 아니라 호족의 영역을 나오면서 청의동자가 보였던 것도 사라져 버린 것이었다.

선왕과의 닮음이 운명이라…….

의미심장한 말이었다.

선왕께서 왕의 자리에 오를 수 있었던 것은 왕자의 난으로 오른 것이었기 때문이었다.

"……."

한편, 은옥을 찾기 위해 온 병사들과 세자는 사찰에서 해를 보며 허무해했다. 어떤 것도 볼 수 없었다. 비록 종종 짐승 울음소리가 들리긴 했지만 그 것만으로 그들을 찾기엔 산은 너무나 복잡하고 어려웠다.

세자는 탁야를 절대 이런 방법으로는 찾을 수 없다 판단했다. 일단은 돌아가야 하는가 싶다가도 은옥이 어찌 되었는지 그 소식을 기다릴 중전 때문에 쉬이 발을 옮기지 못하고 있었다.

"이를 어찌한단 말인가……."

그때, 사찰 안으로 숙주가 들어왔다. 생각지도 못한 숙주의 등장에 세자는 놀라워할 수밖에 없었고 뒤이어 나타난 진양대군의 모습에 말을 제대로 하지 못했다.

"어, 어찌 그대들이……."

"세자전하."

숙주가 그에게 고개를 숙였다. 진양대군도 세자를 향해 다가가 세상 다시 없을 걱정스러운 목소리로 그를 살폈다.

"형님, 괜찮으십니까? 어찌 이런 험한 산속까지 오셨습니까."

"아아, 정은공주가 궐 밖을 나간 것 같아 내 여기까지 오게 되었구나. 정
은공주는 만났느냐?"

"예. 일단 궐로 돌아갑시다. 그 아이는 일단 화산에 두어야겠어요."

"하지만……."

중전이 그녀를 애타게 기다리고 있었다.

"다시 돌아올 것입니다. 그러니 걱정 마세요. 워낙 어제 복잡한 일이 많아
정리하는 데 시간이 걸릴 것 같았습니다."

"넌 어제 있었던 일들을 다 보았던 것이냐?"

그 물음에 진양대군이 어깨를 으쓱였다.

"예. 이 두 눈으로 생생히 보았습니다."

"정말이냐?"

그 말에 진양대군이 고개를 끄덕였다.

"예. 궐로 돌아가 모든 걸 설명하겠습니다. 가시지요."

모든 게 정리된 것 같아 세자는 어쩔 수 없이 궐로 걸음을 돌렸다.

"아아, 헛걸음만 했구나."

숙주는 조용히 청의동자에게 눈짓했다. 청의동자는 다시 깨져 버린 결계
를 복원했다. 그것이 눈에 보일 리 없는 세자와 진양대군은 서로를 살뜰히
챙기는 데 여념이 없었다.

"조심하세요. 이 산은 제법 험합니다. 돌길에 간혹 벼랑도 보이는 것이 방
심하면 다칠 수 있습니다."

말은 그렇게 하면서 정작 본인은 서슴없이 길을 내려갔다. 세자는 그 모
습을 보며 혀를 내둘렀다.

"진양대군을 따를 수 있는 자가 있겠는가? 나는 따를 수 없구나."

벌써 멀리 내려간 그를 보며 세자를 따른 병사들 또한 혀를 내둘렀다.

진양대군은 어서 빨리 내려가 자신이 본 것들을 금상과 중전에게 이야기

하고 싶었다. 이 화산의 영험한 존재들을 잘 얻기만 한다면…… 조선은 그 어떤 나라보다 막대한 나라가 될 것이 분명했다.

"점점 탐이 난단 말이지……."

진양대군의 두 눈빛이 음흉해지기 시작했다.

잠시 기절했던 탁야가 정신을 차렸다. 곁에서 온종일 간호했던 은옥은 탁상에 엎드린 채 잠이 들어 있었다.

그가 자리에서 일어났다.

"……."

탁야를 온종일 간호했더니 피곤했던 모양이었다. 깊게 잠이 든 그녀를 조심히 안아 침상으로 걸음을 옮겼다.

그가 숨을 천천히 내쉬며 은옥을 내려다보았다. 다행히 그녀는 어느 한곳 다친 곳이 없었다. 가냘픈 그녀의 뺨을 조심스럽게 만지며 안도했다. 그녀의 손을 잡아 자신의 뺨으로 가져온 그가 따뜻한 온기를 느끼며 눈을 감았다. 그 또한 다시 그녀를 보지 못할까, 두려웠다. 은옥을 다시 느낄 수 있음이 하늘에 고맙지 않을 수 없었다.

"하아."

탄식을 내뱉으며 고운 그녀의 손등에 입을 맞췄다. 그가 깨어났다는 것을 전혀 깨닫지 못하고 잠이 든 은옥은 새로운 해가 떠오를 때가 되어서야 눈을 떴다.

"서방님……?"

탁상 앞에 앉았던 자신이 침상에 누워 있단 것을 깨달은 은옥이 발딱 일어나 그를 찾았다. 처소 어느 곳에도 그가 보이지 않았다.

"서방님!"

은옥이 그를 찾아낸 곳은 여의의 후원이었다.

"은옥아."

그가 언제나 다를 것 없는 예전과 같은 똑같은 미소로 자신을 반겼다. 은옥이 울먹이며 그에게 달려갔다.

"서방님!"

탁야는 달려오는 은옥을 안았다. 몸이 전부 회복된 건 아니었다. 그녀가 와락 안기자 늑골과 근육에 통증이 올라왔다.

"……윽."

은옥이 놀라 그의 품에서 빠져나왔다.

"괜찮으셔요? 빨리 처소로……."

"괜찮아. 잘 잤느냐?"

그가 자신을 다시 품에 안자 은옥이 수줍게 웃으며 대답했다.

"예……. 깨우지 그러셨어요……."

그녀의 말에 탁야가 작게 웃었다.

"그러기엔 너무 잘 자던걸?"

"그, 그건……."

당황하는 그녀를 내려다보며 그가 웃었다.

"은옥아, 봐라. 여기 등꽃이 드디어 흐드러지게 피었다."

"……."

그 말에 은옥은 드디어 여의의 후원을 제대로 살펴보았다.

"아아……."

여의가 좋아하는 등나무가 흐드러지게 피어 은은한 향기를 자아내고 있었다. 분명 탁야보다 먼저 이곳에 왔던 은옥이었는데 그의 말에 후원을 제대로 보게 되었다.

"어머니가 참 좋아하는 절경이었죠."

"그래. 아마 화산에서 가장 아름다운 곳일 거야."

"아아."

은옥이 그의 품에서 슬쩍 나와 등나무 아래로 향했다. 탐스럽게 열린 등꽃을 보며 그녀가 웃었다.

"아아, 그리웠습니다. 너무 그리웠는데……."

그와 있으니 비로소 이 아름다운 모든 게 보였다.

"다시는 보지 못할까 두려워했었습니다."

탁야가 천천히 은옥의 뒤로 와 그녀를 끌어안았다.

"다시 보지 못할 리가 없잖아. 내가 여기 있는데."

"하아……. 예. 바보같이 그런 생각을 했었어요. 불과 며칠 전까지만 해도
그랬는데……."

믿기지 않아 은옥은 손을 뻗어 등꽃을 그러쥐었다.

"참으로 예쁜 꽃봉오리가 아닙니까."

"그치?"

"어머니께서 참 좋아하셨는데……."

"응……."

이제 여의와 무이는 없었다.

"두 분은…… 저승에서 잘 지내고 계시겠죠?"

그 말에 탁야가 은옥의 어깨에 고개를 파묻었다. 부디 그러하길 빌었다.
은옥이 몸을 돌려 그를 안았다.

"서방님도 잃을까 두려웠습니다."

"널 두고 내가 어찌 그런 곳을 가겠어?"

"예. 그런 곳은 가지 마십시오. 아직은, 아직은 서방님과 헤어지기 싫습니
다."

은옥이 그를 꼭 껴안았다.

"윽."

자꾸 은옥은 바보같이 잊고 있었다. 그의 신음에 다시 그에게서 떨어진
은옥이 얼굴을 찡그리며 탁야를 올려다보았다.

"미안해요. 자꾸 잊어버리니……. 서방님, 어서 처소로 돌아가요. 쉬셔
야……."

"조금만 더 이 운치를 즐기다 가면 안 될까?"

탁야는 조금 아쉬웠다. 이 아름다운 절경을 그녀와 함께 보며 조금 더 이곳에 머물고 싶었다. 그런 그의 말을 은옥은 완강히 만류할 수 없었다.

"그럼 조금만 더 있다가……."

"자, 여기 나무 아래에서 잠시 쉬었다 가자."

그가 등나무 아래로 그녀를 끌어당겼다. 은옥이 그의 품에 안겨 등나무의 시원한 그늘 아래 있게 되었다.

"아아."

싱그러운 풀과 은은한 꽃내음. 그리고 잔잔히 불어오는 바람이 좋았다.

"바람이 향기를 몰고 오는구나."

"예……."

그가 은옥의 뒤통수에 입을 맞췄다. 그녀가 웃으며 고개를 올려 탁야를 올려다보았다. 수척해진 그였지만 웃음은 자연스럽고 따뜻했다.

"좋다. 너무나 좋구나."

은옥도 순순히 그 말을 동의했다.

"네. 저도 정말 좋아요."

그러나 마음에 걸리는 것이 아주 없지는 않았다. 궐에서 자신을 기다리고 있을 중전을 떠올렸다.

"……."

고개를 천천히 내려 은옥은 그녀를 떠올렸다. 제대로 된 인사도 없이 왔다. 경황이 없었다. 낙예에게 붙잡혀 궐을 나와 화산으로 향했기 때문이었다.

"그리고 보니 진양대군과 부수찬은……."

"화산을 내려 나간 것 같아."

"아아. 내려갔구나."

"……."

말이 없어진 은옥을 탁야가 가만 내려다보았다. 그녀의 마음을 모를 리가 없었다. 자신의 품으로 은옥을 조금 더 가까이 끌어당긴 그가 낮게 속삭였다.

"아랑과 함께 다시 궐로 돌아가."

"하지만……."

"아쉽게도 나는 이곳을 좀 정리해야 할 것 같아 같이 못 가겠구나."

은옥이 슬쩍 허리를 돌려 그를 바라보았다.

"서방님과 떨어지는 건 싫어요……."

"하지만 안 갈 수는 없지."

"……."

틀린 말이 아니었기에 은옥은 입을 열지 못했다. 시무룩해진 그녀에게 그가 입을 맞췄다.

"그러니 나와 함께하는 이 순간을 후회 없이 보내자꾸나. 잠시 헤어지는 그때에 덜 그리울 수 있도록 말이다."

자신을 끌어안으며 말하는 그의 말에 은옥이 뱅글거렸다.

"피이, 그러면서 제 옷고름은 왜 풀어 내리시는 거예요?"

"아아, 들켰구나."

"이러지 마셔요. 아직 서방님 몸이 다 회복되지 않으셨잖아요."

"아아, 괜찮아. 아주 작은 움직임 정도는……."

그의 말에 은옥이 부끄러워하며 송화색의 삼회장 저고리가 풀어지는 것을 막으려 했다.

"으응, 이러지 마셔요. 아직 해가 지지 않았지 않습니까?"

"해가 지지 않았지만 아무도 이곳은 들어오지 않는다."

"흐웃. 하지만……."

"우리 둘뿐이지 않니. 우리 둘. 이 아름다운 공간에 오직 우리 두 사람뿐이야."

그가 나직이 속삭이며 풍염하게 올라온 그녀의 가슴을 부드럽게 쥐었다. 어느새 가슴싸개까지 전부 풀어헤친 그의 재빠른 손길에 은옥은 부끄러워 어쩔 줄 몰라 했다.

붉은 치마 속으로 그의 손이 파고들었다. 은옥은 자신의 뺨이 필시 빨갛게 달아오르고 있다는 것을 느꼈다.

슬며시 돌아져 있는 은옥의 허리를 꽉 끌어안으며 탁야가 그녀의 입술에 입을 가져갔다. 달콤한 그의 숨이 뺨에 닿자 은옥은 조금씩 긴장했다.

"아아, 여전히 부끄러움이 많은 나의 신부님……."

그가 그녀의 아랫입술을 핥듯 빨았다.

"으응……."

고개를 돌려 그의 입맞춤을 슬쩍 피하려 했지만 탁야는 집요하게 쫓아 그녀의 입술을 열고 혀를 얽혔다.

"으읍……."

은옥은 자신의 몸을 등꽃 잎들이 떨어진 부드러운 땅 위에 내려놓는 탁야를 올려다보았다. 탁야가 미려하게 웃었다. 그의 등 뒤로 주렁주렁 매달린 등꽃이 햇빛에 이채롭게 빛을 냈다.

"아아……."

"아름답구나."

"그런……."

봉긋하게 솟은 은옥의 가슴으로 입술을 내린 그가 뾰족하게 솟은 정점을 깨물었다.

"아웃! 싫어……."

"귀여운 소리를 하는구나."

은옥의 앙탈 섞인 말을 듣던 그가 작게 웃었다.

그가 양손에 그녀의 가슴을 부드럽게 그러쥐었다. 입을 맞추고, 핥고 빨았다. 그녀의 고운 피부가 탁야의 애무에 붉게 물들어갔다.

"아앙……. 그만……."

은옥은 아랫배가 자꾸 긴장이 되었다. 또 은밀한 자신의 꽃잎이 자꾸 젖어드는 것을 느꼈다. 그녀의 몸은 은옥의 입술과 달리 솔직하기가 그지없었다.

음란하게 꿀을 흘려 내보내고 있었다. 꽃잎이 젖다 못해 엉덩이까지 젖어버린 것 같았다.

"아아, 서방님……."

너무 음란하게 벌써부터 젖어버렸다. 햇님이 이렇게 밝게 자신을 비추고 있는데, 자신의 몸은 벌써 그와의 밤일을 기억하고 한껏 달아올라 버린 것이었다.

그녀가 울며 매달리자 그가 작은 그녀의 귓바퀴를 핥으며 야릇한 신음을 흘렸다.

"하아, 은옥……. 괜찮다. 누구도 널 보지 않아……. 괜찮아. 괜찮아."

"흐으읏."

그의 손이 은옥의 다리 사이로 들어왔다. 그녀의 비밀스러운 곳을 찾아들어온 그는 촉촉하게 젖은 꽃잎을 손가락으로 가볍게 갈랐다.

"하앗!"

"담뿍 젖었어. 기특하게도. 네 몸은 날 원한다고 소리를 지르고 있구나."

"아아……."

그의 손가락이 꽃술을 지분대며 은옥을 애태우기 시작했다.

"아!"

꽃술은 소용돌이치는 달콤한 희열에 그녀를 바짝 달구었다. 은옥은 온몸이 쾌감에 저려가는 것을 느꼈다. 숨조차 제대로 내쉬지 못할 정도로 머릿속이 어지러웠다.

"하아, 아아. 서방님……!"

꽃술을 희롱하던 손가락이 잠시 떨어졌다. 그리고 곧장 그의 중지가 도톰한 꽃잎을 벌려 안으로 들어왔다. 꽃길은 온통 그녀의 꽃물로 넘쳐흘렀다. 그의 긴 손가락이 움직일 때마다 꿀쩍이는 소리가 났다. 은옥이 부끄러움에 두 손을 얼굴에 올려 신음을 삼켰다.

"으읏……!"

꽃길과 꽃술에 열기가 가득 피어올랐다. 희열을 좇아 경련을 하면서 젖기 시작했다. 은옥이 흐느끼며 그의 이름을 불렀다.

"으흣, 탁야 오라버니……!"

"아아, 오랜만에 듣는구나."

탁야가 낮게 웃으며 동그란 그녀의 무릎을 벌렸다. 슬쩍 벌려져 있던 그녀의 두 다리를 방만히 벌렸다.

"하아아!"

단단한 선단이 은옥의 꽃잎을 가르고 꽃길을 가득 메우며 밀려들어 갔다. 빠르지만 급하지 않고 극도의 황홀함에 은옥은 호흡이 곤란해졌다.

"하으……."

그가 느릿하게 허리를 움직였다. 그리고 두 손은 그녀의 가슴을 부드럽게 쥐었다. 조금 거칠면서도 단단한 그의 손바닥에 바짝 선 붉은 정점이 닿자 은옥은 야릇한 신음을 흘렸다.

"아앙……."

그의 움직임이 조금씩 빨라졌다. 꽃길을 여유 있게 쓸어내리던 그가 푹, 푹 그녀의 깊은 곳을 찔러댔다.

"아핫. 아, 으앗. 탁야 오라버니……."

은옥이 아득한 기분에 휩싸이며 눈가에 눈물이 맺혔다.

"아, 조금만 더……."

쾌감과 갈망이 그녀의 몸 안에 뜨겁게 들끓기 시작했다. 은옥의 그러한 욕망을 들여다본 탁야가 그녀를 일으켜 안았다.

"아아!"

은옥은 그의 무릎에 앉힘과 동시에 단단한 살덩이가 안쪽 깊숙한 곳을 찌르며 파고들자 아찔한 쾌감이 자신의 온몸을 흔드는 것 같았다.

하나로 연결된 몸이 열희에 함락되어 갔다.

그녀가 그의 목에 팔을 두르고 힘껏 그를 안았다. 단단한 그의 가슴과 풍염한 은옥의 가슴이 밀착되어 비벼졌다. 팽창한 살덩이가 농밀해진 길을 더 깊이 박기 위해 쉼 없이 움직였다.

탁야는 자신을 삼킨 기특한 은옥이 너무 좋았다. 뜨겁고 달콤했다. 세상 어디에도 없을 자신만의 열매였다. 누구도 맛보지 못할 자신만의 다디단 열매.

"아아, 네 안이 너무나 다디달아 녹아버릴 것 같다 은옥아."

감미로운 쾌락이 두 사람을 휩쓸고 간다. 탁야가 은옥의 등에 팔을 둘렀다. 점점 더 그의 움직임이 격렬해져 갔다.

"아앙, 안 돼. 너무 깊어요. 하앗, 싫어⋯⋯."

그가 땅 위로 그녀를 조심히 눕혔다. 은옥의 두 다리를 붙잡고 탁야가 뇌쇄적인 목소리로 속삭였다.

"나의 아이를 가져줘."

"아아⋯⋯."

"너를 닮은 딸이어도 괜찮고 나를 닮은 아들이어도 괜찮다."

은옥이 그의 말에 감동해 눈물을 흘리며 고개를 끄덕였다.

"우리의 아이를 이곳에서 키우며 여생을 보내자."

"흐윽, 네에⋯⋯. 네에, 서방님⋯⋯."

어쩌면 은옥은 그 말을 듣고 싶었는지 몰랐다. 그 말에 감읍해 은옥이 울며 그를 끌어안았다.

욕망을 가득 머금은 그의 선단이 가열차게 움직였다. 은옥은 탁야로 가득 채워지는 듯한 기분에 휩싸였다. 머릿속이 어지러웠고 신음은 참을 수 없었다.

뜨겁게 절정에 차오른 그가 그녀의 자궁 깊은 곳에 비말을 터뜨렸다.

"아아⋯⋯."

깊게 박힌 그의 선단의 뜨거운 열기에 은옥이 몸을 작게 떨었다. 그가 은옥을 끌어안으며 신음을 흘렸다.

"하아⋯⋯."

"서방님⋯⋯."

은옥은 의식이 멀어지는 것을 느끼면서도 끝까지 그를 불렀다. 탁야가 그녀를 조금 더 꽉 끌어안으며 속삭였다.

"그래, 여기 있다. 걱정 말아. 눈을 떠도 난 네 곁에 있을 것이다."

눈꺼풀이 감긴 은옥이 멀어지는 의식 속에서도 그 말을 들었는지 웃음을 흘렸다. 탁야는 그런 그녀를 품에 안고 슬며시 땀이 맺힌 동그란 이마에 입을 맞췄다.

"은애한다. 나의 신부여."

진양대군은 궁으로 돌아오자마자 금상과 중전에게 자신이 화산에서 겪었던 일을 이야기했다.

"허어. 정말로 그런 일이 있었단 말이냐."

금상은 진양대군의 말을 믿을 수가 없었다.

"부수찬도 함께 갔으니 그에게도 이 이야기를 확인해 보소서. 한 치의 거짓도 없사옵니다."

그의 말에 금상이 턱수염을 만지며 한숨을 쉬었다.

"화산에 그런 존재들이……."

"아바마마, 이들을 잘 이용하면 조선에 큰 도움이 되지 않겠습니까?"

진양대군의 말에 금상이 그를 바라보았다.

"넌 그들이 사람에게 도움이 될 것 같으냐?"

"소자는…… 이 나라의……."

금상이 그의 말을 더 듣고 싶지 않다는 듯 손을 올렸다.

"됐다. 그런 것은 대군이 생각하지 않아도 된다."

"……."

그 말에 진양대군은 입을 다물 수밖에 없었다. 선을 긋는 금상의 태도에 그는 다시 한 번 그가 자신에게 왕위를 물려줄 생각이 없다는 것을 알아차렸다.

"그래서 공주는 언제쯤 온다고 하더냐?"

"예?"

"정은공주 말이다. 중전과 약속한 날짜를 지키지 못하고 가지 않았더냐."

"아……."

진양대군은 그의 물음에 제대로 대답하지 못했다. 은옥의 안위는 궁금하지도 않았다. 그저 화산의 신비로운 존재들의 이용가치에 들떠 은옥을 데리고 올 생각을 못한 것이었다.

"그것이……."

"중전이 그 아이 걱정으로 잠을 못 이뤘다. 어찌 네 동생보다 그런 일에 더 정신이 팔린 것이냐."

"소, 송구합니다."

금상이 한숨을 쉬었다.

"진양대군은 규표를 제작했으니 양평대군과 함께 삼각산 보현봉에 올라 해 지는 곳을 관찰하라."

"예…… 전하. 명 받잡겠습니다."

금상은 자신이 조정 일에는 관심을 두지 않길 바라고 있다.

그저 자신은 그런 일보다 매일 같은 시간에 산을 올라 규표를 가지고 그것의 그림자로 길이를 재고 1년의 길이를 측정해 절기와 방위 시간 따위나 알아내라는 금상의 말에 이를 악물었다.

그의 집무실을 나온 진양대군이 주먹을 꽉 쥐었다. 다시 한 번 그의 마음을 확인한 그가 자조했다.

"아바마마. 아바마마께서도 적통이 아니시지 않습니까? 적통이 아닌 제가 그 자리를 탐내는 게 탐탁지 않으시면 안 되지요……."

하지만 진양대군은 다시는, 다시는 금상의 앞에서 어떤 마음도 내비치지 않아야겠다고 생각했다.

진양대군을 내보낸 금상은 한숨을 쉬었다. 자라면 자랄수록 진양대군은 왕위에 대한 욕심을 드러냈다. 금상이 그것을 모를 리가 없었다.

"아아. 저 아이가 가장 걱정이구나……."

금상도 점점 노쇠해지고 있었다. 왕위를 선위하고 중전과 함께 여생을 보내고 싶었다.

"후우."

그의 깊은 한숨에 곁에 있던 상선의 표정도 어두워졌다.

"상선, 중전은 아직도 수라를 들지 못하고 있다 하느냐?"

"예…… 전하. 중궁전으로 들어갔던 수라가 그대로 나왔다 합니다."

"하아. 그 아이는 대체……."

세자가 화산으로 들어가 찾아오지 못했으니 다시 사람을 들여보낸다 한들 찾지 못할 것이 빤했다. 그저 그 아이가 궐로 돌아오기를 기다려야 하니 그의 속이 타들어갔다.

"중전에게 가야겠다. 수라간에 간단한 상을 준비해 중궁전으로 올리라 하라."

"예, 전하."

중전은 은옥이 갑자기 사라졌다는 말에 충격에 빠져 있었다. 금상이 아무것도 먹지 못하고 있는 그녀의 손을 잡고 다독였다.

"중전. 한술이라도 들어요. 그 아이를 영영 보지 못하는 것도 아니지 않습니까?"

"전하……."

"진양대군의 말을 들어보니 괜찮은 것 같아요. 곧 돌아오겠지요."

"……."

중전이 고개를 끄덕였다.

"예. 곧 다시 돌아오겠지요?"

"예. 그러니 이제 자, 여기 타락죽 한술 떠요."

"……."

직접 그가 수저를 들어 그녀의 입 앞에 가져갔다.

"전하……. 어찌……."

"이렇게라도 안 하면 수저를 아니 들 것 아니오?"

중전은 그의 행동에 수줍어하면서도 거절 않고 입을 벌렸다.

"옳지."

"……."

"기다립시다. 기다리면 다시 오겠지……."

"예……. 꼭 다시 오겠지요?"

중전의 힘없는 물음에 금상이 고개를 끄덕였다.

"오겠지. 올 거요. 그러니 우린 평소처럼 기다리면 됩니다."

은옥은 그의 처소를 나와 땅을 밝히는 초연한 달빛을 바라보며 서 한숨을 쉬었다.

"하아."

"아가씨."

아랑이 탁야를 위한 보약을 가져와 그녀에게 건넸다. 은옥이 그것을 받아 들며 웃었다.

"고마워."

"수령께서는 점점 회복을 해가고 계십니다. 그러니 크게 걱정하지 마세요."

"응……."

그 말에도 그녀의 얼굴이 어두운 것을 보며 아랑은 조심스럽게 입을 열었다.

"그분들이 걱정되십니까?"

"응? 그게……."

"내일이라도 내려가시지요."

"……."

아랑이 그녀를 보며 웃었다.

"그분들께서도 걱정이 크실 겁니다. 걱정을 덜어주셔야죠."

"그치만……."

"아랑이랑 같이 다녀와."

그때, 언제 나왔는지 모를 탁야가 은옥의 동그란 머리를 쓰다듬으며 말했다.

"내 몸이 다 화복되면, 데리러 갈게."

"서방님……."

"내 걱정은 안 해도 된다는 걸 아까 겪어서 알잖아?"

그의 짓궂은 말에 은옥이 아랑의 눈치를 살피며 그를 나무랐다.

"서방님……!"

"허니, 괜히 나 때문에 내려가는 걸 망설이지 마."

"……예……."

탁야가 은옥의 손에 들린 약을 가져가며 그녀에게 말했다.

"자, 그전에 내 약을 먹여다오. 너무 써서 먹기가 힘들더구나. 네가 먹여주면 먹기가 수월할 것 같아."

그의 말에 은옥이 황당한 웃음을 터뜨렸다.

"제가 대신 먹여 드리면 쓴 약이 달콤해지기라도 한답니까?"

"그럼, 그렇고말고. 다디달아지지."

처소 안으로 들어가는 두 사람을 보며 아랑은 한숨을 쉬었다.

"죽을 때까지 저런 모습들을 봐야 하는 건가……."

수령의 여러 가지 모습 중 저런 모습은 절대 적응되지 않는 모습이었다. 아랑은 고개를 저으며 그들의 처소를 벗어났다.

은옥은 그의 곁에서 아랑이 가져온 보약을 호호 불어 식혔다.

"호오, 호오……."

정성스레 식히는 그녀의 모습을 보며 탁야가 웃었다.

"아아."

어느 정도 뜨거운 열기가 식힌 것을 확인하며 은옥이 그에게 약을 떠 건넸다.

"아."

그가 순순히 입을 벌려 보약을 받아먹었다. 맛은 썩 좋지 않았다. 얼굴을 찡그렸다. 탁상 위에 놓여 있는 유밀과를 슬쩍 바라보는 그를 향해 은옥이 단호하게 말했다.

"약 다 드시고 나서 먹는 겁니다."

"오랜만에 보는구나. 은옥이가 만든 유밀과."

"그쵸? 오랜만에 해봤어요."

"아."

그가 입을 열었다. 은옥이 웃으며 보약을 마저 그의 입안에 넣어주었다.

은옥은 아랑과 함께 오랜만에 유밀과를 만들었다. 쓴 것은 무척 싫어하는 탁야의 입맛 탓에 은옥은 아침부터 일어나 유밀과를 준비했다. 이번엔 아랑의 도움을 받지 않고 혼자 힘으로 해본 것이었다.

아궁이 불부터 기름에 튀기는 것까지. 유밀과에는 많은 정성이 들어갔다.

약을 다 먹은 그가 유밀과를 집어 먹었다. 은옥이 긴장한 얼굴로 탁야를 올려다보았다. 좀 태운 것도 같은 기분이 들어 혹 그의 입맛에 맞지 않을까 걱정이 되었다.

"튀, 튀길 때 잠시 한눈을 팔았더니……."

"맛있어."

그가 유밀과를 한 개 더 집어 먹으며 웃었다.

"역시 유밀과는 은옥이가 한 게 제일 맛있어."

수줍게 웃는 은옥의 머리를 쓰다듬으며 탁야가 말했다.

"궐에 싸 가져가도 좋을 것 같은데."

"아……."

은옥도 그 생각을 안 한 건 아니었다. 사실, 조금 싸둔 것이 있었다.

"맛있어. 그들도 좋아할 거다."

"그럴까요? 너무 평범한 음식이라······."

"평범하다니. 누가 만들어주는 건데."

유밀과를 하나 더 집어 먹으며 그가 은옥의 말을 단호하게 부정했다. 그녀의 유밀과는 일품이었다. 달콤하고 단백했다.

"좋아할 거야."

"예······. 그래 주셨으면 좋겠습니다."

날이 바뀌고, 은옥은 다시 궐로 향할 채비를 했다. 중전과 금상을 위해 직접 만든 유밀과를 들고 아랑과 함께 화산을 나섰다.

"많이 혼나면 어쩌지?"

"그럴 리는 없으니 걱정 마셔요."

그녀의 말에 은옥이 배실 웃음을 지어 보였다.

"궐에 가기 전에 먼저 들를 곳이 있어."

"예?"

아랑은 그녀의 그 말을 의아하게 생각했다. 궐이 아닌 다른 곳 어디에 들른다는 말인지 이해가 가지 않았다.

"부수찬······. 부수찬의 부인이 우리 때문에 다쳤잖아. 찾아가서 미안하다고 말하고 싶어. 그동안 찾아가지 못했잖아."

늦은 감이 없잖아 있었지만 꼭 해정에게 사과를 하고 싶었다. 아랑도 그 마음을 이해했다.

"그렇죠. 엄한 분께서 다친 거니······."

"응······."

"알겠습니다. 그곳으로 먼저 가시죠."

해정은 여전히 몸을 보하는 약을 마셔야 했지만 어느 정도 몸을 회복해 가고 있었다. 낮에는 잠시 나와 햇빛을 맞으며 짧게라도 마당 앞을 산보했다. 그리고 그런 그녀의 곁을 늘 숙주가 지켰다.

"힘들면 그만해도 됩니다. 부인."

"괜찮습니다. 이렇게 움직여야 얼른 낫지 않겠습니까? 서방님께서 더는 걱정하지 않게 꼭 건강해질 것입니다."

해정의 말에 숙주가 힘없이 웃었다.

"나에게 조금 기대도 됩니다."

"아……."

"괜찮아요. 부인이 귀찮거나 싫어질 일은 없으니 그렇게 애쓰지 마세요."

이제 그는 더 이상 자신의 마음을 표현함에 있어 어려워하거나 숨기지 않았다. 그 말에 감동한 해정이 말없이 고개를 주억거렸다.

"주인마님."

그때 두 사람 사이를 시종이 조심스럽게 끼어들었다.

"흠흠."

숙주가 헛기침을 내뱉으며 불편한 시선으로 시종을 바라보았다.

"무슨 일이지?"

"저, 은옥이라는 웬 아낙네가 찾아왔는데요. 마님을 만나고 싶다고……."

숙주는 은옥이 찾아왔다는 말에 한 번 놀라고 또 자신이 아니라 해정을 찾아왔다는 말에 두 번 놀랐다.

"공주마마."

그녀를 맞이한 숙주는 놀란 눈으로 은옥을 바라보았다.

"부수찬."

"어찌 예까지……."

"부수찬에게도 고마운 것이 있고, 또…… 부수찬의 내외분께도 미안하고 고마운 것이 많아서요. 꼭 그것에 대한 고마운 인사와 답례를 하고 싶었습니다."

"아닙니다. 소신 그런 것을 바라고 한 것이……."

그의 말에 은옥이 웃으며 따라 말했다.

"그런 것을 바라고 한 일이 아닌 거 압니다. 그래도 고마운 것은 고마운 것이니 저의 뜻을 밀어내지 말아주셔요.”

“…….”

“일단 이러지 말고 안으로 드시지요.”

그의 말에 은옥과 해정이 고개를 끄덕였다. 은옥은 숙주의 품에 기대어 걷는 해정의 모습을 보며 곁에 있는 아랑에게로 시선을 돌렸다.

“걱정 마세요. 시간이 지나면 전부 회복될 겁니다. 내상이 심하진 않은 것 같네요.”

“…….”

“가지고 온 것들이 있으니 그것만 먹어도 곧 괜찮아질 겁니다.”

“응…….”

네 사람은 간단히 차려진 다과상 앞에 앉았다.

“저 때문에 고초를 겪었다 들었습니다.”

“아닙니다. 어찌 그것이 공주마마 때문이겠습니까. 탐욕스러운 자가 저지른 악행이니 괘념치 마시지요.”

그래도 은옥은 그녀에게 미안한 것이 많았다.

“이거…….”

은옥이 건넨 나무 상자를 해정은 의아한 표정으로 바라보았다.

“이게?”

“풀어보셔요.”

해정이 그녀가 건넨 것을 풀어보았고 곁에서 그것을 말없이 바라보던 숙주도 내심 놀라 은옥을 향해 시선을 던졌다.

“이건…….”

“예, 백 년 된 산삼입니다. 부디 이걸 드시고 다시 건강을 찾으셨으면 해요.”

“이리 귀한 것을…….”

“다섯 뿌리이니 달여 먹으면 허약해진 몸이 곧 괜찮아질 것이오.”

아랑이 은옥 대신 말을 해주었다.

해정이 그것을 밀어내려 했으나 숙주가 그것을 기꺼이 받았다.

"감사합니다. 꼭 잘 달여 먹이지요."

그의 말에 은옥이 웃으며 대답했다.

"예. 꼭 한 방울도 남김없이 달여드세요."

"예. 공주마마."

숙주는 은옥이 못 본 사이에 꽤나 애처가가 되어 있었다. 티격태격하면서도 서로를 위하는 그런 두 사람의 모습을 보며 그녀가 작게 웃었다.

"그나저나 중전마마께서 공주마마의 걱정이 이만저만이 아니십니다. 제대로 식사도 못 하고 계신다고……."

"아……."

"서둘러 걸음하심이……."

그 말에 지체하지 않을 수가 없었다. 은옥이 고개를 끄덕였다. 아랑과 곧장 숙주의 집을 나선 은옥이 해정을 마주 보았다.

그녀를 배웅한 해정이 그녀에게 허리를 숙였다.

"감사합니다. 공주마마. 꼭 회복하겠나이다."

"예. 꼭 부디 회복하시어요."

은옥이 해정의 두 손을 잡았다.

"짧은 만남이었지만 고마웠던 것이 너무 많았습니다."

"……."

"부수찬에게도 고마운 게 많지만 그대에게도 고마운 게 많아요."

해정이 그녀를 바라보았다.

"행복하시길."

"공주마마께서도 행복하시길 바랍니다."

마지막 인사였다. 해정도 그녀에게 마지막 인사를 건넸다.

은옥은 숙주의 집을 나와 궐로 향했다.

그녀가 다시 궐로 돌아오자 가장 먼저 그녀를 맞이한 사람은 중전이었다. 버선발로 나와 그녀를 맞이한 중전은 은옥이 무사한 것을 확인하고 안도했다.

"아아, 무사했구나."

"예. 전 괜찮습니다."

"아아, 다행이다. 참으로 다행이다. 공주."

단 며칠 만에 중전의 얼굴은 부쩍 해쓱했다. 은옥은 그녀에게 너무나 미안했다. 중전의 눈이 촉촉해져 있는 걸 보고 은옥이 울먹였다.

"죄송해요. 걱정 많으셨죠?"

"아니다. 네가 무사했으면 됐다. 그거면 됐다."

"어마마마……."

"어서 들어가자."

두 사람은 중전의 처소로 향했다.

금상도 그녀가 왔다는 소식을 듣고 중궁전을 찾았다.

"정은공주."

"주상전하."

"어디 다친 곳은 없느냐? 화산이 꽤나 복잡했었다던데."

그의 말에 은옥이 고개를 저었다.

"저는 괜찮습니다. 단지 서방님께서 다치시어 함께 오지 못하였습니다. 송구합니다."

금상은 고개를 저었다.

"아니다. 둘 다 괜찮다면 됐다."

"예."

세 사람이 함께 있던 공간이 갑자기 공기가 묵직해졌다. 침묵이 찾아왔고 어색하기가 그지없어져 버린 것이었다.

"아, 제가……."

은옥은 고운 분홍색 보자기에 싸온 합을 꺼냈다.

"부족한 솜씨지만 유밀과를 만들어 왔습니다."

"아아, 공주 네가?"

중전의 물음에 은옥이 수줍게 웃음을 지었다.

"예, 제가 만들어보았습니다. 맛이 괜찮을지는⋯⋯."

금상과 중전은 서로를 바라보며 어색한 표정을 감추지 못했다. 뜻밖의 선물이었다. 은옥에게 이런 선물을 받을 줄은 생각하지 못했던 탓에 두 사람은 합에 담아온 유밀과를 가만 바라보았다.

"⋯⋯마음에 들지 아니하십니까?"

"아, 아니다. 그럴 리가 있겠느냐. 이런 걸 준비해 올 줄은 몰라서⋯⋯."

"제가 할 줄 아는 것이 많지 않은데 그래도 유밀과는 정말 잘 만들거든요."

중전을 모시는 김 상궁이 은옥에게 그것을 받아 접시에 나눠 중전과 금상에게 나눠 주었다.

중전이 예쁜 꽃모양 틀에 찍어온 유밀과를 바라보며 웃었다.

"참으로 예뻐 먹기가 힘들구나."

"아⋯⋯."

금상이 먼저 은옥의 유밀과를 한입 베어 먹었다.

"음."

달콤한 유밀과가 생강향의 풍미를 더해 입안 가득 머물렀다. 금상이 고개를 끄덕이며 맛있게 먹자 곁에 있던 중전도 들고 있던 유밀과를 한입 베어 먹었다.

"으음."

맛이 좋았다.

은옥은 긴장한 눈으로 두 사람을 바라보았다. 맛이 없는 건 아니었지만 워낙 산해진미를 많이 접하는 분들이라 평범한 음식이 입맛에 맞지 않으시는 건 아닌가 걱정을 했다.

금상과 중전은 손에 들고 있는 것을 마저 먹으며 합에 있는 유밀과를 하나 더 집었다.

"맛있다. 담백하면서 달콤하고. 유밀과가 본디 느끼한 면이 있는데 이것은 느끼함이 덜하구나."

중전의 말에 긴장했던 은옥의 표정이 점점 환하게 바뀌었다.

"다행입니다. 혹, 입맛에 맞지 않으시면 어쩌나 걱정했는데……."

그녀의 말에 중전이 웃으며 유밀과를 하나 더 집어 먹었다.

"맛있다. 내 이런 것을 선물 받을 줄은 몰랐어. 정의공주도 이런 솜씨는 없는데. 잘 만들었구나."

중전의 말을 동의하며 금상이 고개를 끄덕였다.

"그래, 내 공주에게 이런 것을 받아보는 것은 처음이구나. 맛이 좋다. 유밀과는 손도 많이 가는 것인데 제법이구나."

그의 말에 은옥이 수줍게 웃었다.

"과찬이십니다……. 맛있게 드시니 뿌듯하네요."

쑥스러워하면서 동시에 우쭐해하는 은옥을 보며 중전과 금상이 웃음을 터트렸다. 오랜만에 두 사람이 소리 내어 웃는 것이었다.

상선과 김 상궁이 그들의 웃음에 놀라 서로를 바라봤다. 그리고 곧장 그들의 꾸밈없는 웃음에 함께 기뻐했다.

나이가 들어 노쇠해지기 시작하면서 금상은 정무를 힘들어했고 중전은 잦은 요양을 떠남에도 나을 기미가 없어 얼굴에 수심이 늘 가득했다.

그런 두 사람에게 은옥이 잠시라도 행복한 웃음을 불어넣어 준다면 그들은 더 바랄 것이 없었다. 은옥이 그들의 웃음에 따라 웃었다.

은옥은 탁야와 함께 하지 못했지만 중전과 금상에게 최선을 다했다.

앞으로 이레. 이레가 지나면 그를 다시 만날 수 있기에 은옥은 그날을 기대하며 자신의 친부모에게 최선을 다했다.

하지만 아무리 다시 만날 수 있다 한들 하루, 하루가 지날수록 그에 대한 그리움은 날로 짙어졌다.

"아아……."

은옥은 너무나 그가 보고 싶었다. 아랑이 그녀의 곁에서 한숨을 쉬었다.

"그렇게 보고 싶으십니까?"

"그럼, 너무 보고 싶다. 아랑아."

기다렸다는 듯 말을 하는 은옥의 말에 아랑이 픽, 웃음을 흘렸다.

"너무 보고 싶구나."

이제 겨우 사흘을 남겨두고 그런 말을 하니 아랑은 그저 우스웠다. 그러나 그런 마음은 비단 그녀뿐만이 아니라는 것을 깨달았다.

"……."

아랑은 점점 더 가까이 그리고 대놓고 강하게 느껴지는 탁야의 기척에 한숨을 쉬었다.

"공주마마만 그런 것은 아닌가 봅니다."

"응? 그게 무슨 소리야?"

"……."

은옥은 자꾸 한곳에 두는 아랑의 시선에 얼결에 그녀의 시선을 쫓았다.

"아……."

아랑의 시선 끝에 자신이 그립다, 그립다 말을 하던 그가 보였다.

"아아."

"나의 신부를 찾으러 왔다."

은옥이 그 말에 웃으며 소리쳤다.

"서방님!"

탁야가 은옥을 향해 두 팔을 뻗었다. 그녀는 기다렸다는 듯 그의 품을 향해 뛰어 들어갔다.

"나의 신부."

"나의 여우왕……."

"널 데리러 왔다."

"기다리고 있었습니다."

은옥이 그의 말에 웃으며 대답했다.

탁야가 그녀를 꼭 껴안았다. 은옥도 그를 꼭 껴안으며 깊게 숨을 들이마셨다. 그와는 단 하루라도 떨어지고 싶지 않단 것을 그녀는 다시 한 번 느꼈다.

"나의 여우왕이시여……."

은옥이 그를 올려다보며 말했다.

"너무나, 너무나 은애합니다."

"나 또한 그렇다."

"앞으로도 변치 않을 것입니다."

탁야도 고개를 끄덕였다.

"영원히 그대를 은애할 것이다."

"공주가 아닌 아무것도 아닌 계집으로 돌아간다 할지라도요?"

"당연하지."

"제가 정말로 불길한 기운을 품고 있어도요?"

그딴 것은 자신을 이길 수 없었다. 마주한 그의 눈빛은 은옥을 향해 한 치의 흔들림이 없었다.

"그런 것은 나에게 문제 되지 않는다. 설사 정말로 네가 잔악한 존재라 할지라도……."

"……."

"나는 널 놓지 않아."

은옥이 그의 말에 웃었다.

"아아, 은애합니다. 은애합니다. 서방님."

탁야가 그녀의 입술에 입을 맞췄다.

여우왕이 다시 그녀에게 돌아오자 금상은 그를 극진히 대접했다. 두 사람은 사흘을 궐에 함께 머물렀고 다음 날 금상과 중전에게 큰절을 올린 후 화산으로 향했다.

화산으로 들어간 두 사람을 그 이후 보았다거나 만났다는 자들은 나오지 않았다.

❖

그로부터 6년 후.

"괜찮은 게냐?"

"······예. 괜찮습니다."

은옥이 애써 웃으며 밤하늘의 반짝이는 별을 바라보았다.

"이젠 절 하늘에서 보고 계시겠죠?"

"그래······."

"하늘에서 절 바라보시면서 더는 절 그리워하지 않으셨으면 좋겠습니다."

그녀의 말에 탁야가 고개를 끄덕였다. 그가 은옥을 부드럽게 끌어안으며 볼록 올라온 그녀의 배를 소중하게 쓰다듬었다.

"이 녀석도 하늘에서 지켜주실 거야."

"······."

은옥이 숨을 내쉬며 그의 손위에 자신의 손을 올려두었다.

"제법 배가 많이 불렀구나."

"그렇지요? 신기합니다. 아직도 안 믿겨요. 뱃속에 서방님과 나의 아기가 자라고 있다니······."

탁야가 그녀의 뒤통수에 입을 맞췄다.

"고마워."

그의 말에 은옥이 웃었다.

"부디 건강하게 태어났으면 좋겠어요."

"그래. 이 화산에 우렁찬 울음소리가 어서 빨리 울렸으면 좋겠다."

"예. 부디 건강한 사내로 태어나 서방님의 뒤를 이어 이 화산을 평화롭게 지켜 나갔으면 합니다."

은옥은 바라고 바랐다.

비록 오늘은 중전이 승하하여 온 세상이 슬펐지만 은옥은 부디 그녀가 좋은 곳으로 가 자신을 그리고 앞으로 태어날 자신의 아기를 지켜주길 바랐다.

"부디 좋은 곳에서 절 바라봐 주시길······."

그녀는 두 손을 모아 승하한 중전의 죽음을 깊게 애도했다. 탁야 또한 그녀의 그런 행동에 눈을 감았다.

은옥이 의연하게 중전의 죽음을 견딜 수 있는 것은 다 뱃속의 아기 덕분이었다. 어머니로서 성장하고 있는 그녀였다. 탁야 또한 중전의 죽음을 애도하며 자신과 은옥의 아이를 지켜주길 간절히 기도했다.

6년이란 시간 동안 화산은 흘러가는 시간 속에 변함없이 계절을 바꾸고 만물을 새롭게 소생시켰다.

은옥은 바라고 바라던 아기를 가졌고 아기를 기다렸다. 그 기다림 중에 소중했던 사람이 떠나갔고 그녀는 그것을 이젠 너무나 아프게만은 받아들이지 않았다.

그녀가 하늘을 향해 마음속으로 속삭였다.

'다음 생에는 꼭, 행복한 모녀로 만나 함께 했으면 합니다. 어머니…….'

"이제 그만 들어가자."

탁야의 말에 은옥이 고개를 끄덕였다.

"예."

그녀는 또 어떤 앞날이 자신에게 닥칠지 알 수 없었지만 믿었다.

"서방님."

"응?"

"서방님이 있어 다행입니다."

"……."

그녀의 말에 탁야가 말없이 웃었다.

"서방님께서 없었다면 이 모든 걸 어찌 견뎌냈을까요?"

탁야가 그녀의 손을 잡았다.

"없었다면, 은 생각하지 말라."

"……."

"내가 이렇게 생생히 있는데 그런 생각은 할 필요가 없지 않느냐?"

자신의 손에 입을 맞추는 그의 행동에 낮게 웃으며 고개를 끄덕였다.

"예. 그렇네요. 바보 같은 생각이었어요."

"그래. 난 언제나 너와 함께 할 것이니라. 설사 죽음이 찾아온다 하여도."

"……."

은옥이 그를 올려다보았다.

그가 그녀의 고운 이마에 입을 맞췄다.

"그대는 그저 앞으로 나와 우리의 아이를 위한 삶을 살아갈 준비를 하면 된다."

"예."

"나와 우리의 아이에게 사랑을 받으며 또 사랑을 할 날을 살아갈 준비를 하자."

그 말에 감동한 은옥이 그의 뺨에 입을 맞췄다.

"예. 그리하겠습니다."

살며시 열린 창밖으로 보이는 밤하늘의 별빛이 아름답게 빛났다. 은옥과 탁아는 서로를 향한 마음을 다시 한 번 확인하며 행복해했다.

〈完〉

• 작가 후기 •

　　끝까지 읽어주신 모든 독자님들께 감사드리며 부족한 글 다듬어주신 예원북
스 출판사 관계자분들께 감사 인사드립니다.
　　언제나 응원해 주시는 로맨스화원 작가님들과 로협 작가님들께도 감사 인사
올려요.
　　마감한다고 반려 중인 두 똥고냥이들 보살펴 주신 저희 어머니께도 감사의
인사를 드립니다.
　　봄이 성큼 다가왔어요.
　　언젠가 또 다른 계절에 다시 더 좋은 작품으로 찾아뵐 수 있게 노력하는 글
쟁이가 되겠습니다.
　　감사합니다.